Trois adolescents, élèves d'une institution, Saint-Wandrille, dans le nord de la France. Si on ne s'y destine pas forcément au sacerdoce, on y reçoit une éducation tout imprégnée de la religion. Le souci majeur des Pères est de préserver sinon d'armer les âmes dont ils ont la charge contre celui que l'apôtre saint Pierre, dans une lettre aux chrétiens, appelle « votre adversaire, le Diable (qui) rôde comme un lion rugissant, cherchant qui dévorer ».

Mais comment empêcher que le monde dont le prince, selon l'Évangile, est précisément le démon, ne vienne assaillir le royaume de l'enfance? Elie Hurleau, Jean Demeure, Antoine Fussy — le gamin de l'hôtel du *Coq hardi,* dans *les Stigmates* — ont leurs parents, dont l'existence contraste avec la vision idéale des êtres et des choses qu'inculpent les maîtres. A chacun son drame. Sur Antoine plane la vocation sacerdotale refusée par son beau-père, M. Valentin, autre personnage des *Stigmates,* comme l'abbé Douve, le plus attentif des éducateurs. Elie et Jean vacillent à la lisière des jeux d'enfants et des passions d'hommes; ces passions auxquelles sont déjà affrontés — autres assauts du monde extérieur — leurs jeunes professeurs laïcs, Paule de Borre ou Frédéric Ramette. Sans parler du grouillement adulte alentour.

Sous les regards juvéniles, blessés parce que lucides, les « grandes personnes » apparaissent et se découvrent également vulnérables.

Né à Paris en 1911, Luc Estang a fait ses études dans des collèges religieux d'Artois et de Belgique. Entré au journal la Croix *en 1934, il y créa et dirigea, jusqu'en 1955, les rubriques de littérature, d'art et de spectacles. Depuis 1956, il a appartenu au comité des Éditions du Seuil. Romancier, essayiste et poète, il a reçu en 1962 le grand prix de littérature de l'Académie française pour l'ensemble de son œuvre.*

Luc Estang

CHARGES D'ÂMES

II

Cherchant qui dévorer

roman

Éditions du Seuil

TEXTE INTÉGRAL

EN COUVERTURE : illustration Rozier-Gaudriault

ISBN 2-02-009137-2
(ISBN 2-02-000805-X, 1re publication)

Les pères mangeront leurs fils au milieu de vous
et les fils mangeront leurs pères...

ÉZÉCHIEL, 5,10.

Au-delà de tout commençait le monde.

L. E., *Le Mystère apprivoisé.*

LIVRE PREMIER

I

Elie avait mal. Touchée d'abord, l'âme lui semblait s'être faite chair pour mieux souffrir. Elle gardait les mots en elle comme une grenaille brûlante. Les coups sur la peau laisseront moins de trace. Mais ils avivaient l'autre blessure. Mots et coups : bloc de mal où l'énergie s'appuyait. Que la douleur faiblît, ici ou là, et le corps batailleur s'écroulerait.

« Vas-y, Dewaële ! »

Elie ne pouvait plus se contenter de parer des attaques que la maladresse seule, tout à l'heure, rendait dangereuses. Il ne viendrait pas à bout de son dernier adversaire aussi facilement que des précédents. Agrippés à lui, il les envoyait rouler à trois mètres rien qu'en s'ébrouant. Ecœurés par tant de culbutes, mouchés à l'aller et au retour, rattrapés dans leur fuite par une mornifle supplémentaire, ces péteux ne s'y frottaient plus. La meute mise à mal ne savait qu'aboyer du haut du remblai.

« Vas-y, Dewaële ! »

Celui-là sait se battre. C'est leur chef. L'instant d'avant il se tenait à leur place et les excitait de la même façon. Il attendait qu'Elie les eût éliminés. Affronter, intact, un champion essoufflé, au visage griffé, aux mains mordues, aux genoux en sang, lui paraissait-il glorieux ? Sans doute ne voyait-il de gloriole qu'au terme du règlement de comptes entre les deux grands. Ou il estimait valoir, à lui seul, autant que sa troupe, et il équilibrait les chances; ou il craignait que le cafouillage ne l'empêchât, en cas de victoire, d'en revendiquer sa juste part — la principale.

Dès l'empoignade, Elie comprit que l'affaire devenait sérieuse. Une vraie bataille d'hommes remplaçait l'assaut de gamins rageurs. Elle tenait de la lutte et de la boxe. Il fallait calculer les prises et ajuster les frappes. Dewaële, malgré son air sournois, ne visait pas les parties; mais il se servait autant de sa tête que de ses poings. Ce fut au premier coup de tête reçu en pleine poitrine et qui lui coupa la respiration, ce fut à ce moment qu'Elie se sentit un bloc douloureux.

En ripostant, il découvrait une paille dans cet acier. Non pas le moindre relâchement de souffrances qui l'eût ébranlé, mais, souvent éprouvé, provoqué maintenant par la dureté de Dewaële : l'étonnement.

Antoine le lui avait révélé un jour qu'ils terminaient un concours d'endurance. — Qu'était-ce ? Une course à pied autour de la cour pendant la durée de la plus longue récréation, ou la récitation du chapelet entier, les bras en croix, pendant une retraite ? : « C'est drôle, quand tu peines, tu prends un air étonné et tu te mets à sourire ! »

Dewaële devait voir le fameux sourire et croire à du défi. Ce n'était que de l'étonnement, comme chaque fois que les forces d'Elie rencontrent un obstacle. On dirait qu'un autre Elie passe outre et stimule l'impuissance.

Dewaële essuya une série de gauche-droite à la face. En la martelant, Elie se prenait de sympathie pour cette face, comme s'il y sculptait sa propre ressemblance. Elle cessait d'être celle d'un insulteur. Il y cherchait l'indice de ces préoccupations loyales qu'il prêtait à l'adversaire. Elle se voilait, floue, jusqu'à n'être plus un visage; rien qu'une limite à dépasser sans colère.

« Vas-y, Dewaële, vas-y ! »

Leurs cris redoublaient. Elie vit la figure de Dewaële presque contre la sienne. Il lui restitua sa personnalité. Le reconnaissant, il sut combien il le détestait. Ce teint blême, marbré par endroits, ce menton fuyant au-dessous d'une moue mauvaise, ce front bas, ces cheveux blond filasse, d'ordinaire coiffés « à l'embusqué » et qui retombent en mèches raides sur les oreilles : c'est bien la tête d'un gars d'ici, d'un de ceux qui font les fiers-culs le dimanche ou à la ducasse, avec leur casquette à carreaux et leur foulard de couleur. Il en ressentit une horreur si subite qu'il tenta de reculer. Mais Dewaële lui avait saisi la taille — ce qui motivait les clameurs — et il approchait encore sa figure pour une accolade haineuse. Il posa son menton sur l'épaule d'Elie et pesa de tout son poids, tandis que de ses mains nouées il creusait les reins de l'antagoniste et s'efforçait de le faire glisser sous lui.

Arc-bouté, Elie l'entendit pousser des « Han ! » saccadés. Il se surprit en train d'accorder son souffle au sien. Il sentit une viscosité tiède lui couler dans le cou. Dewaële bavait. Le dégoût, autant que la fureur, le fit ruer dans l'étreinte. Les deux corps churent ensemble.

Ni l'un ni l'autre n'essayent de se relever. S'ils prennent tour à tour l'avantage en se dégageant, c'est pour tenter d'immobiliser au sol le vaincu.

« Vas-y, Dewaële ! »

Les vociférations rythment la bataille. Retenues quand Dewaële a le dessous, déchaînées quand il a le dessus. C'est le cas. Elles assourdissent Elie au point qu'il se demande si la meute n'accourt pas à la curée. Il ne peut regarder; Dewaële, à cheval sur sa poitrine, tâche de le serrer à la gorge et lui ne se protège qu'en lui emprisonnant les poignets à bras tendus. Il ne saurait résister longtemps. Le harcèlement des péteux l'avait déjà fatigué. Sa position l'épuise alors que Dewaële récupère. Ne s'aperçoit-il pas que la prise se relâche, Dewaële ? Sa tête est plus odieuse que tout à l'heure avec la présomption triomphante qu'elle affiche. Ah ! et puis ce corps tout entier est répugnant.

Juste quand Elie allait s'abandonner, consentir à la défaite, ses yeux s'arrêtèrent sur le ventre de Dewaële. Il palpitait mollement à travers ce qui restait d'une chemise bouffant hors de la culotte. Ventre ballonné de mangeur de pain et de pommes de terre. On dirait une panse de goret. Non. Il est trop blanc. Si blanc qu'il fait sale ! A la place du nombril, il semblerait qu'un doigt, en refoulant la chair sans la crever, eût foré ce trou.

Elie réprima une nausée. Il rassembla ses forces. Libérant brusquement les poignets de Dewaële, il lui lança à bout portant les deux poings dans le ventre. L'autre partit à la renverse, laissant échapper un hoquet. Elie bondit sur lui et le terrassa à son tour. Il ne se tint pas à cheval, mais à genoux sur le ventre de Dewaële et de le sentir chaud et flasque lui donna une nouvelle nausée. Il décida d'en finir. Saisissant la tête de l'ennemi par les oreilles, il la heurta plusieurs fois contre le sol.

« Demande pardon ! »

Autour d'eux, les cris avaient cessé. La bande devait

guetter avec angoisse les réactions de son chef. Celui-ci ne se débattait plus. Assommé, il fermait les yeux. Il les ouvrit au premier répit.

« Cha va ! fit-il entre ses dents. Lâche-me.

— Demande pardon », répéta Elie.

Il recommença l'assommement. Quand il s'arrêta :

« Pardon ! » murmura enfin Dewaële la bouche hargneuse.

Il le lâcha. Tournant le dos à la bande, il marcha vers un sentier conduisant à la berge. Il s'époussetait à deux mains. Il n'avait pas fait vingt mètres qu'instinctivement il se baissa. Une pierre frappa un arbre, non loin de lui. Il se retourna et fit mine de rebrousser chemin. La meute s'enfuit sans attendre le chef qui, relevé, fourrageait dans sa culotte.

Arrivé au sentier, à l'abri des regards, Elie vomit par longs spasmes. Puis, vacillant, il descendit jusqu'au chemin de halage et le suivit en direction du bourg.

Déjà les brumes de septembre. En fin d'après-midi, comme au début de la matinée, le ciel s'appesantit sur la rivière. Elle fume. Haleine familière. Cet air fade, Elie le trouve tonique, autant qu'Antoine celui, saumâtre, de la mer.

Où est-il Antoine aujourd'hui ? A Berck ou à Saint-Wandrille ? La colonie, d'habitude, rentre aux environs du quinze... Ils devraient s'écrire pendant les vacances, faute de pouvoir se rencontrer. Le réseau de canaux ne s'étend pas à l'Artois maritime. Quand *L'Adèle* va jusqu'à la mer, c'est à Calais, à Dunkerque, en Belgique, en Hollande. Le plus souvent, ces mois d'été, elle limite son trafic aux ports fluviaux. Offrir l'hospitalité ? On logerait bien à quatre dans la péniche. Les Hurleau y consentiraient. Mme Fussy n'y verrait pas d'inconvénient; dire qu'elle ne se charge pas de son fils même pour une semaine ! Antoine n'en paraît pas affecté; pourtant il l'aime, sa mère, lui aussi. Mais il faudrait compter avec les objections de l'abbé Douve. Il a toujours peur qu'on ne se damne quand on échappe à sa surveillance. « L'abbé Douve — l'abbé couve ». Ah ! si Antoine avait été là tantôt...

Cymbales, sang sonore aux tempes. Ni la marche, ni la fraîcheur montant de l'eau n'avaient calmé Elie. La fièvre le bandait encore. Un vagabondage d'imagination avait pu le distraire de son mal; il y adhérait plus consciemment après le détour.

Si Antoine avait été là, on eût vidé la querelle à moindres frais. Ils se seraient partagé la besogne. Devant eux deux, Dewaële et sa bande n'auraient pas occupé le terrain plus de cinq minutes. Antoine, vif comme il est, prévenait les traîtrises de la meute pendant que lui, Elie, faisait son affaire du chef. En n'importe quelle compétition, qui leur tient tête, à Saint-Wandrille, quand ils sont dans le même camp ?

Si Antoine avait été là, la bagarre aurait-elle éclaté ? Le dernier à abandonner un parti, quand il l'a pris, et il prend toujours celui d'Elie, il commence par intervenir en conciliateur. Il atténue, pour les autres, les saillies du caractère de son ami...

C'est lui, Elie, qui avait frappé le premier. Ils le cherchaient depuis plusieurs jours. Dewaële avait tout de suite bronché devant ses airs de commandement. Habitué à briller en classe comme en récréation, Elie, hors de Saint-Wandrille, ne se résigne pas à jouer un rôle effacé. Cela ne date pas de son entrée au collège. Du plus loin qu'il se souvienne — tiens ! des années de Marmande, la ville chaude où l'on s'était réfugié, fuyant les régions envahies —, il s'imposa aux autres.

Là-bas, haut comme ça, il ne se laissait pas traiter de « chti-mi ». Au retour les moqueurs perdirent l'habitude de l'appeler « monmbon » avant qu'il eût perdu, lui, son accent chantant. Enfants de mariniers, de fréquentation assez assidue, ou compagnons éphémères rencontrés sur quelque quai de canal, le temps d'un chargement ou d'un déchargement de péniche, il se mettait à leur tête, sans contestation. Durant les vacances, si peu qu'il séjourne dans une localité, il lui faut rassembler une bande et s'en faire obéir.

Ici, la bande existait déjà, et elle avait un chef. Antoine aurait conseillé à Elie de ménager la susceptibilité de Dewaële; il lui aurait recommandé de ne pas supplanter le fils de la postière; dans moins de deux semaines, on retrouverait le vrai clan. Sage Antoine. Même à l'égard du clan sur lequel ils règnent ensemble, il prêche la modération. Il reproche à Elie de trop faire sentir son autorité, parfois. Il n'a pas tort; c'est instinctif ce besoin d'organiser, d'entraîner, de dominer. Antoine aurait eu raison dans le cas de Dewaële; mais c'était tout naturel d'inventer de nouveaux jeux; ces gars-là n'ont pas d'imagination.

Dewaële en fut réduit à répéter les ordres d'Elie, en criant pour sauver la face. Il rageait; il perdait du prestige. Comment le reconquérir avant qu'il fût trop tard ? La bande l'admirait parce qu'il était fort. Il éprouverait donc sa force aux dépens d'Elie. Voilà quel put être son plan. Et voici quelle en dut être la préparation : Dewaële monta les péteux contre un gêneur qui les subjuguait, mais pas au point de balancer d'un coup leur fidélité au chef qui resterait, alors que l'autre s'en irait.

Cet après-midi, quand Elie arriva au rendez-vous

habituel, sur le champ de manœuvre, rien dans l'accueil ne lui donna l'éveil. Dès qu'il entreprit d'expliquer la partie, ils grognèrent. Sa voix était impérieuse; il ne la haussa pas pour leur demander :

« Qu'est-ce qui ne vous plaît pas ? Vous ne savez pas encore à quoi on va jouer.

— Ch'ti là !... »

Ils le huèrent et s'écartèrent de lui. Décontenancé il se tourna vers Dewaële. Il comprit qu'il s'était tramé quelque chose. Dewaële ne dit pas un mot, ne fit pas un geste. Il affectait le détachement. Il regardait devant soi en sifflotant.

« Qu'est-ce qu'il y a ? dit Elie s'adressant à tous.

— Il y a qu'on en a marre ! dit l'un des péteux.

— De quoi ? »

Ils se poussèrent du coude et hochèrent la tête d'un air entendu.

« Et toi, Dewaële, peux-tu m'expliquer ? »

Dewaële esquissa un mince sourire et continua de siffloter. Elie s'impatienta :

« Si vous vous taisez, vous êtes une bande de lâches... »

Ils le huèrent de nouveau. Le type qui avait parlé l'instant d'avant s'approcha :

« J'vas te l'dire, mi ch'qu'y a. Ch'est d'ti qu'on en a marre. T'es toudi là à nous commander. T'es mi not'chef. »

Les autres approuvèrent. Elie était plus étonné que vexé. Il tint à décocher un trait :

« Vous avez mis le temps à vous en apercevoir ! Salut ! »

Il leur tournait le dos quand il fut interpellé :

« Hé !... »

C'était le même péteux, le plus petit de la bande, le

plus antipathique avec sa figure tavelée et ses yeux bigles derrière des lunettes à monture de fer; la langue la mieux pendue aussi, malgré un patois guttural, à croire qu'il râclait des crachats...

« J'avais core qué cos à t'dire... on s'vinte pas quand on a une mère... »

Une phrase qui n'en finissait pas. Les mots scandaleux n'ont pas fini de fondre. Elie ne veut pas se les répéter de crainte de les enfoncer plus profondément dans le cœur. Un jour Antoine lui a raconté qu'un bonhomme, un blessé de guerre, qui se faisait appeler La Passoire tellement il avait reçu de mitraille, laissait tomber, parfois, d'une manche ou d'une jambe de pantalon quelque éclat que le chirurgien avait renoncé à extraire. Il faudra que les mots tombent de lui de la même façon. A qui confier le soin de les déloger de cette plaie qu'ils ont ouverte ?

Il était demeuré stupide une minute. Puis il avait frappé, déclenchant la bataille. Il regrette d'avoir dû attaquer ce petit péteux; le véritable provocateur était Dewaële. Mais son poing partit presque malgré lui; il écrasa la bouche d'où le blasphème était sorti comme pour le lui faire ravaler. Qu'importait, après, l'assaut des autres moucherons et la tactique de Dewaële ? C'était la même saleté qu'il affrontait chez tous.

Leurs coups lui font encore mal; et sous chaque meurtrissure il sent le plomb des paroles.

Dans un quart d'heure il atteindra *L'Adèle* amarrée à l'entrée du bourg. Sa mère en le voyant apparaître se précipitera pour le soigner, grondeuse et tendre. Son père le contemplera fixement, muet, tétant sa pipe comme toutes les fois où sa force demeure inemployée. Il fera tiède dans la cabine, sous la lampe;

à peine devinera-t-on la proche présence de l'eau.

D'y penser, et d'essuyer un brusque coup de vent, porteur de nuit, le bouleversa. Il lui sembla que la douleur perdait l'équilibre, qu'elle se raccrochait à sa gorge et à ses yeux. Il accepta de n'être qu'un enfant, malheureux dans son cœur et dans son corps. Il se mit à courir sur la berge. Seul le vent d'ouest, le vent d'équinoxe éparpilla cette souffrance qui s'échappait avec une longue plainte, à bouche tordue, et sécha ses larmes.

II

LE cabriolet de Mlle de Borre dépassait les attelages chargés de betteraves fourragères. La mule allait au trot. De loin en loin, une étincelle jaillissait sous ses fers. Roues caoutchoutées; avec le tintement des grelots, rien que les sabots tapant le pavage comme un tambour de basque. Quand elle arrivait à la hauteur de boulonnais pattus, la fine bête encensait et les sonnailles précipitaient la mesure.

Bientôt l'automne. On dépisterait sa venue les yeux fermés. Mieux que la chute accélérée du jour, l'annonce l'âpre goût de la bise. On saurait que c'est un soir de la fin de septembre à seulement se passer la langue sur les lèvres. On y trouve la même amertume que le ciel bas dépose sur les champs, de chaque côté de la route.

Mlle de Borre conduisait assise très droite, les guides hautes. Les hommes se découvraient sur son passage. Elle leur répondait d'un mouvement de tête. Les jeunes suivaient longtemps des yeux le cabriolet. Et le silence alourdissait les corps fatigués autour des attelages.

Paule ouvrit la grille. Au pas, la mule prit la direction des communs et s'arrêta devant la remise. Paule lui tint la bride pour engager l'arrière de la voiture sous le hangar. Elle n'eut plus qu'à dételer; la bête regagnait d'elle-même l'écurie.

Léontine surgit du côté de l'office. Traînant les pieds, le buste et la croupe en fausse équerre, sa lourde carcasse de Picarde avait l'air de grincer :

« Il me semblait bien t'avoir entendue rentrer, ma fie, dit-elle. As-tu besoin de moi ?

— Merci, ma bonne Tine. Mulysse peut se passer d'un bouchonnage, je l'étrillerai demain. Où est mon père ?

— Monsieur dérange ses livres une fois de plus... Je servirai le souper dans une demi-heure. »

Paule monta dans sa chambre. Elle changea de robe, brossa longuement ses cheveux, se coiffa, égalisa sous un maquillage léger les couleurs dont la promenade de l'après-midi avait marqué son teint, s'humecta de parfum le lobe des oreilles et pénétra dans le cabinet de travail-bibliothèque de son père :

« Ecoutez, mon chien, si vous continuez, je vais vous mettre à la porte », était en train de dire M. de Borre.

Elle lui tendit son front.

« Paix, Taquin !... Quelle misère vous a-t-il faite encore ?

— Regarde ! »

De toute l'envergure de ses longs bras, il mesura le désastre. Il paraissait patauger dans les flaques de papier imprimé.

« A peine posé-je par terre une pile de livres, cet animal n'a rien de plus pressé que de la faire s'écrouler. Et il ne se contente pas de ça. Tiens. Taquin ! Veux-tu, vilaine bête ! »

Le petit fox mordait dans une reliure ancienne, l'agitant à pleine gueule; il éparpillait des feuillets; son bout de queue remuait frénétiquement.

« Allez coucher ! » fit Paule qui entrebâilla la porte. Le chien partit en rampant avec des jappements plaintifs.

M. de Borre soupira et se rongea les ongles.

« Tu vois quel travail m'attend ces jours-ci. Ce n'était pas assez de classer. Il va falloir que je recolle. »

Il se voulait le plus occupé des hommes. Ses matinées ne suffisaient pas à établir un emploi du temps chaque jour remis en cause. C'était son occupation principale : réfléchir des heures durant à de possibles activités.

« Mon pauvre papa, quand renoncerez-vous à vous inventer des soucis !

— Quand je ne me saurai plus paresseux, répondit-il sérieusement; alors je me permettrai d'être oisif !

— Votre monographie sur Orchiecourt vous rebute-t-elle déjà ?

— Je n'ai pas écrit cinquante pages et me voici à la période contemporaine. Notre commune manque de fastes. Sa chronique laisse les siècles couler comme une poignée de sable entre les doigts. Un coquillage de temps en temps : minuscule, fragile; on n'y entend guère la rumeur de l'Histoire !

— Pourquoi vous êtes-vous attaqué une nouvelle fois à cette bibliothèque ? N'avez-vous pas expérimenté tous les modes de classement ? »

M. de Borre poussa une sorte de hennissement joyeux.

« Je tiens compte de l'expérience. J'ai essayé du classement par noms d'auteurs, puis par titres d'ouvrages, puis par genres. Il me reste à tenter la synthèse de ces différents ordres. Comprends-tu ? Respecter l'ordre alphabétique tout ensemble des genres, des titres et des auteurs; l'idéal serait de se soumettre également aux siècles et aux formats.

— Tant d'exigences ne sont pas conciliables », dit Paule avec un sourire.

M. de Borre fit entendre de nouveau un rire haut perché et tout de suite essoufflé.

« Bien sûr, dit-il. Trop rationnel, donc absurde ! L'amusant c'est de serrer l'absurde au plus près, de se rendre à l'évidence d'une logique impraticable, de rompre avec elle pour ne pas s'y briser la tête et de chercher un joint empirique. Autrement, on devient un maniaque, un obsédé... »

Il parlait d'une voix enjouée, non sans jeter des coups d'œil furtifs vers sa fille. Paule connaît ce ton et ces regards. C'est l'indice que M. de Borre s'efforce à donner le change ou sur son humeur ou sur la portée de ses paroles. Même enfant, Paule ne s'y trompait pas : la fantaisie parternelle lui parut toujours contrainte; elle lui préférait la gravité, fût-ce hors de propos. Comme tout à l'heure quand il adressait une semonce à Taquin; ou comme le plus souvent, quand il s'applique à des tâches futiles. M. de Borre aime que sa fille entre dans son jeu et feigne de le plaindre. Il lui arrive de se moquer de soi-même. Et Paule surprend ces regards chargés d'une espèce de ruse inquiète. Elle se demande si son père, après vingt années, ne souffre pas encore d'avoir perdu celle dont le portrait orne les pièces communes de la maison, et les deux chambres; si les besognes qu'il s'ingénie à grossir ne servent pas à tuer, plus que le temps, un désespoir secret.

Suivant sa pensée, elle ne put éviter un accent pitoyable pour dire :

« Vous n'avez pas eu de motifs de contrariété, aujourd'hui, père ? »

M. de Borre s'était assis à son bureau. Il commençait de se ronger une envie. Il s'interrompit net :

« Pourquoi pareille question ?

— Excusez-moi, vous me semblez nerveux.

— Il n'y a pas d'autre cause que celle-là (il désignait la bibliothèque en désordre). C'est-à-dire... (il hésita) je n'aurais pas mis ça sens dessus dessous si j'avais pu prévoir une visite de nos cousins de Lillers. Ils s'annoncent pour demain midi.

— Toute la famille ?

— Henry et Bertrand.

— On ne voit qu'eux !

— Tu es injuste, ma petite belle. Naguère tu leur reprochais de nous traiter en parents pauvres.

— Ils continuent. Ce n'est pas parce que Bertrand me bredouille un compliment à l'arrivée et au départ que j'oublie la morgue de son père.

— Tu exagères... » murmura M. de Borre avec embarras.

Elle le voyait refréner un besoin de porter ses doigts à la bouche. Ils pianotaient dans le vide, se frictionnant à vive allure, comme des pattes de mouche. Paule observa les taches brunâtres sur le dos des mains. Elle n'aurait su dire si elle éprouvait de la tendresse ou du dégoût.

« Je ne cesserai pas de leur faire bon visage. Soyez sans crainte. Quant à la bibliothèque, quelle importance ? Vous la consignerez.

— Ce n'est pas ce qui me tracasse. Il m'est bien égal que nos cousins constatent le capharnaüm. Mais ça m'ennuierait de le laisser derrière moi pendant deux ou trois jours.

— Vous devez vous absenter ?

— Je suis convié à une partie de chasse. On a préjugé mon acceptation. Nos visiteurs viennent me chercher en auto. »

Il ne dissimulait plus sa gêne. Plus de faux enjouement; mais toujours les coups d'œil .en coulisse. C'était bien là le père qui compliquait à plaisir des situations simples et que de mystérieux scrupules incitaient à une rouerie puérile.

« Vous m'annoncez ça comme si vous alliez vous rendre fautif de je ne sais quel méfait ! dit Paule avec douceur. Ne vous privez pas d'un plaisir. La chasse est le seul que je vous voie vous accorder. »

M. de Borre posa la main sur le bras de sa fille.

« Il n'est jamais si grand que lorsque tu veux bien t'y associer. Le voudras-tu cette fois ? Tu es invitée.

— Je ne puis abandonner la maison à Léontine pendant tout ce temps, père. Puisque la pagaïe de votre bibliothèque vous préoccupe, j'y remédierai de mon mieux; vous voilà tranquillisé ?

— Je me doutais que tu refuserais, dit-il d'un air déçu.

— Ça ne doit pas contrarier vos projets.

— Mes projets... Enfin ! Tu me conseilles de partir demain avec Henry et Bertrand de Lillers ?

— Puisque ça vous tente.

— Ça me tente et ça m'ennuie.

— A cause des livres ? Je vous ai dit que je m'en occuperai.

— A cause de toi...

— Pourquoi, mon Dieu !

— Depuis la guerre, nous ne nous sommes jamais quittés plus d'une journée », répondit M. de Borre. Sa voix tremblait un peu. Il l'éclaircit et ajouta : « Bon. Je me range à ton avis. Je ne désobligerai pas les Lillers. »

Paule faillit faire observer que son avis ne voulait qu'abonder dans le sens du désir paternel; sans égard aux Lillers. A quoi bon ? M. de Borre ergoterait.

Il adore amener sa fille à lui dicter une résolution qu'il a déjà prise. Il amorce de loin, et d'autant plus que ses mobiles se révèlent plus obscurs. Pourquoi avoir tergiversé dans cette histoire d'invitation ? Pourquoi cette espèce de mauvaise conscience ? Paule renonça à élucider ces problèmes. M. de Borre, intimement soulagé, semblait-il, reprenait :

« Et toi ? Qu'as-tu fait de beau cet après-midi ?

— Je suis passée chez Ramette faire réparer les harnais de Mulysse. De là j'ai tourné bride et suis allée chez ma couturière. En revenant, comme je faisais un détour par la gare, je suis tombée sur la colonie de Saint-Wandrille qui débarquait. Quelles mines ! Du pain cuit. J'ai échangé quelques mots avec l'abbé Douve. Toujours aimable, rougissant... et froid ! La rentrée générale a lieu dans une dizaine de jours.

— La circulaire de l'économe aux bienfaiteurs m'en avise aujourd'hui même, et que le prix de la pension est notablement augmenté », dit M. de Borre.

On frappa. Léontine se montra dans l'entrebâillement de la porte :

« Mademoiselle est servie.

— Et moi qui ne suis pas prêt ! s'exclama M. de Borre. Excuse-moi. »

Il sortit et revint un quart d'heure plus tard. Rafraîchi, ayant quitté son veston d'intérieur pour une tenue de ville, il offrit le bras à sa fille. Ils gagnèrent la salle à manger où chaque soir, en tête-à-tête, ils se donnaient l'illusion d'un souper cérémonieux.

III

« Vingt dieux ! Il y a bourrelier et bourrelier », cria Fernand Ramette.

La pendule à « carillon Westminster » joua sa ritournelle et sonna huit heures.

Ramette parut dégrisé d'un seul coup. Il se passa le doigt sur sa moustache blonde de bel homme et regarda autour de soi avec étonnement. Une lueur amusée grandissait dans ses yeux à mesure qu'il semblait découvrir les détails du tableau. Cette femme debout devant lui, sa femme, au visage fermé; les jumelles, cachées dans les jupes maternelles; les deux fils, Désiré, l'aîné, qui, la bouche pleine, mastiquait imperturbablement, et Frédéric, que la scène ennuyait. L'inspection terminée, le père se mit à rire comme après une bonne farce.

« Tu trouves ça drôle ! » gronda Mme Ramette en reprenant place à table.

D'un coin de tablier, elle épongeait la toile cirée.

« T'avos l'air d'une mère poule ébouriffée, madame Ramette, et ch'tiotes-là des pouchins apeurés.

— Et toi, de quoi avais-tu l'air à glapir comme tu l'as fait ?

— D'un renard, sûr. Il a le poil doux le renard,

madame Ramette. Certaines poulettes ne s'en plaignent pas. »

Avec ostentation, il caressait sa moustache.

« Epargne-nous tes gaudrioles, dit la mère. Ce n'est pas encore ce soir que nous pourrons causer gentiment, raisonnablement, comme dans les autres familles. »

Il leva l'index.

« C'est d'ta faute. Je ne suis pas soûl. Renseigne-te : on ne m'a presque pas vu à l'estaminet aujourd'hui. Tu remarqueras que je suis rentré de bonne heure. J'ai commencé à causer gentiment, raisonnablement comme tu dis. Tu as tout gâché en prenant parti contre mi. Alors que tu n'y connos rien. Tu ne penses qu'à combattre min autorité. Tu veux toudi porter l'culotte. Admettons qu'une bistouille m'échauffe l' sang : à tant souffler dessus, tu t'attires des retours de flamme. Voilà, Françoise Ramette. »

Frédéric dressait l'oreille. Jamais son père n'avait prononcé un plaidoyer, ou plutôt un réquisitoire aussi circonstancié. D'ordinaire, il hurle des menaces et, en de rares occasions, va jusqu'à la brutalité. Il faut admettre qu'il se tient ce soir au point miraculeux où l'ébriété donne du montant tout en laissant lucide. Ce qu'il dit est juste. De tels reproches sont plus pénibles à entendre que les habituelles criailleries. Frédéric l'éprouve-t-il seul ? Les jumelles, silencieuses, jouent à l'écart, en face l'une de l'autre comme devant un miroir; Désiré mange et boit, impavide. Et la mère ?

Elle a haussé les épaules :

« J'ai approuvé D'siré qui blâme ta nouvelle marotte, dit-elle. C'est mon droit, non ? Il n'y a pas besoin de s'y connaître pour comprendre que c'est perdre du temps et de l'argent. »

De la main, Désiré fit signe qu'il voulait parler. On attendit qu'il eut fini d'avaler ce qu'il avait dans la bouche.

« Je n'ai pas blâmé min père, dit-il posément. Je soutiens que les gens d'ichi ne demandent que du solide et du pratique.

— Tu contentes ces clients-là, min garchon. On sait que l' fils Ramette, il bâcle pas l'besogne. N'impêche que d'autres aiment en plus l'biau travail. A qui s'adressent les messieurs des environs pour commander une selle, des guides enjolivées ou même, comme Mlle de Borre, un harnais coquet avec des grelots ? C'est à Fernand Ramette qu'ils s'adressent.

— Ça n'a rien à voir avec la maroquinerie, dit la mère, toujours maussade.

— Ça prouve que personne n'en remontrerait à Ramette pour le travail du cuir. A preuve que j'ai déjà fabriqué des sacs à main, tout pareils à ceux que les garces guignent dans les magasins de Saint-Wandrille. Pourquoi n'étendrais-je pas m'n'affaire ? Quo que t'en penses, min fiu ?

Il se tournait vers Frédéric.

« Désiré est un artisan, papa est un artiste, répondit-il sans trop se compromettre.

— Ah ! » firent-ils ensemble, également satisfaits.

Sans doute chacun entendait-il la distinction dans le sens où elle lui était le plus favorable. Frédéric sourit avec lassitude. C'était toujours la même histoire quand il se trouvait là. On le priait d'arbitrer le différend. Tout gosse on le prenait à témoin déjà : « Demande au petit ! » Il aura passé son enfance à se soucier de ses parents beaucoup plus qu'eux ne se seront souciés de lui : « Père, gardez-vous à droite. Mère, gardez-vous à gauche », murmurait-il dans son cœur.

Aucun secours de l'aîné. Dès qu'une dispute entre les parents s'annonçait, alors que Frédéric, douloureusement, notait les cris et les gestes : « Si elle n'avait pas dit ça; s'il n'avait pas fait ci », Désiré disparaissait pour ne revenir qu'après l'orage. Le voilà un homme, à la veille de partir soldat, Désiré. Il subit les mœurs familiales avec placidité. C'est rare qu'il soit mêlé au conflit comme ce soir. D'habitude il s'éclipse à temps.

« La preuve que m'n'idée de maroquinerie n'est point sotte, madame Ramette, reprit le père... Admettons que tu reçoives l'visite d'un colporteur, un démarcheur, un représentant, quoi ! Il veut t'vindre es' camelote. Il te conte sin boniment. Te vas-ti t'laisser faire ? Bernique ! C'est ti qui lui refiles, j'sais pas mi, un lot d'castroles ! »

La mère, encore une fois, haussa les épaules.

« T'es sot ! fit-elle. Je ne suis pas marchande de casseroles.

— Admettons, que j'te dis... Eh bien, c'est arrivé à mi. Amédée Cassagne, ch'l'assureur, est venu tantôt. Tu l'as vu, hein, D'siré ?

— J'sortos comme il entrot.

« — Qu'est-ce qu'il y a pour votre service, monsieur Cassagne ? » je lui demande. « Hé, bé, mon bon, il me « répond, comme ça tout rond, j'allais vous demander « la même chose. — Tant mieux. Je fabrique point « de harnais pour ces ch'vaux-là », je lui fais en lui montrant son auto. Il éclate de rire. Mi aussi. Ah ! on doit avoir du plaisir avec ch'n'homme-chi. Et puis, il commença sin boniment. Je l'attends de loin : la pluie, le beau temps, le ciel de par ici et celui de son pays, toudi clair comme eun' fenêtre, qu'il prétend. Ça ne l'empêche pas de se plaire chez nous, « dans le Nord », comme il dit. Il parie qu'il connot la région mieux que mi. Pas étonnant; c'est son métier, et avec s'n'auto... Des accidents ? Quelquefois. Hé, bé, il est assuré, pardi ! « Vous ne voudriez pas, monsieur « Ramette, que je néglige les précautions que je recom- « mande aux autres ! » Ça faisait plus d'un an qu'il n'était pas passé par Orchiecourt. Il y compte des clients. Il venait payer ch'père Descottes, rapport à sin bras cassé : « Et vous, monsieur Ramette ? Toujours « pas décidé ? Un accident est si vite arrivé ! Il « existe une formule d'assurance-vie réversible sur « deux têtes. » Nous y voilà. Et je te salive, et je te postillonne : « Police, sinistre, prime. » Et je te montre des papiers. Il me donnot soif.

— C'est une excuse que tu nous prépares ? dit la mère aigrement.

— Attends. Té vas voir... Cassagne causait toujours; je ne l'écoutais que d'une oreille. Et v'là que j'entends des grélots. Je me dis : « Tiens Mlle de Borre est en promenade. » Sur ce, la mule s'arrête devant l'atelier. La demoiselle saute de l'carriole et entre : « Monsieur « Ramette, voudriez-vous regarder le harnais de « Mulysse; il me semble qu'il la blesse. » C'étot trois fois rien comme réparation. Sans m'vinter, c'est du biau travail qu'il avait livré, Fernand Ramette. Ensuite, la demoiselle : « Monsieur Ramette, il paraît que vous « confectionnez des sacs de dame ? — Des fantaisies, « mademoiselle, j'y réponds. Jugez vous-même. » J'en avos justement un pour... N'importe. La demoiselle l'ouvre, le tourne et le retourne. Enfin, avec son air de vous accorder une faveur en vous demandant qué cose : « Alors, ayez l'obligeance de me faire une « serviette, avec une poignée, vous savez ? Quelque « chose à la fois de solide et d'élégant, de pratique aussi. « C'est un cadeau que je désire offrir à mon père.

« Gardez-moi le secret, n'est-ce pas ? — Comptez « sur moi, mademoiselle. M. le maire fera des envieux « parmi nos collègues du Conseil municipal — Merci, « monsieur Ramette. » Là-dessus, un petit signe de tête et demi-tour Mulysse !

« Pendant ce temps Cassagne n'avot rien dit. Il s'était incliné à l'arrivée et au départ de la demoiselle; c'est tout. Elle n'avait pas plus pris garde à lui qu'à un paquet d'bourre. Mi non plus. Je l'avos oublié. Dès que nous sommes seuls : « C'est Mlle de Borre ? « — Vous ne la connaissez pas ? Vous n'avez pas encore « proposé d'assurance à L'Maison-sous-l'église ? » je lui « demande. « Je suis en correspondance d'affaires « avec M. de Borre », il me répond. Et aussitôt : « J'ignorais vos talents. Vous ne devriez pas être « bourrelier, mais maroquinier. » Hein ? Quo que t'en dis, Françoise Ramette ?

— Et après ? fit la mère.

— Après, la langue de Cassagne se remit à fonctionner. Plus question d'assurance, du moins pour mi. Il me demanda si je rencontrais souvent M. de Borre. Je lui dis que forcément, comme conseiller municipal, je le voyais chaque fois qu'il y avait séance à la mairie, mais que le reste du temps il se montrait peu. Il voulait savoir encore si notre monsieur était « solvable » comme il dit; bref ! s'il avait du bien.

— Quelle curiosité ! s'exclama Frédéric. J'espère que tu l'as envoyé paître, papa. Qu'est-ce que cet interrogatoire ?

— Min fiu, ch'l'assureur il est, paraît-il, inspecteur et agent et il s'occupe de polices. Alors !...

— Je t'en prie, papa. C'est sérieux. La situation de M. de Borre ne regarde pas ce Cassagne.

— Il faut croire que si, puisqu'ils sont en affaires tous les deux.

— Ce n'était pas à toi de le renseigner.

— Je lui ai dit seulement ce qu'il aurait appris de n'importe qui : que M. de Borre n'a plus de terres.

— Sauf le grand champ vers Danville.

— Hum ! Je crois qu'à l'heure qu'il est, le père Descottes s'est arrondi de ce côté-là aussi. Rassure-toi : j'ai dit à Cassagne que ces ventes ne prouvaient rien; si M. le maire d'Orchiecourt se montre aussi économe de son argent que de celui de la commune, je lui ai dit, il en a de reste. J'ai ajouté : « Vous avez vu, ça « n'empêche pas sa fille de lui offrir des cadeaux ! »

— « Comme si une telle fille n'était pas un cadeau « suffisant ! » il a murmuré.

— Il a dit ça ? s'exclama Frédéric.

— Quoi ! fit le père. Tu lui donnes tort ? Mi j'ai m'n'idée. Ça m'étonnerot qu't'aies l'même que mi. »

Il cligna de l'œil vers Frédéric. Celui-ci se sentit rougir et se tut.

« Tu causes, tu causes... fit la mère. Et nous attendons que tu justifies ta vanterie.

— Je cause gentiment, raisonnablement. J'arrive au bout de m'n'histoire. « Vous devriez m'en fabriquer « une de serviette, à moi aussi, qu'il dit Cassagne, « solide, élégante, et pratique; pareil que pour M. de « Borre. Je repasserai dans quelque temps. D'ici là « vous aurez peut-être réfléchi rapport à l'assurance. » Ça le tenot de nouveau. Je lui dis : « Pour la serviette, « à votre service, monsieur Cassagne. Pour l'assurance, « on verra. — Je ne désespère pas qu'une bonne « police à votre nom étrenne le maroquin », il répond. Nous sommes allés à l'estaminet. Et voilà.

— C'est tout ? fit la mère sans aménité. Ça ne méritait point tant de parlerie !

— Savoir !... Je me demande si L'Maison-sous-l'église a reçu la visite de ch'l'assureur... » ajouta-t-il comme pour lui seul.

Il se caressait la moustache. Il considéra rêveusement Frédéric qui se déroba.

IV

Les jours qui suivirent la bagarre, Elie ne rencontra pas la bande. Il ne descendait à terre que le temps de se dégourdir les jambes et ne s'éloignait guère de la péniche.

Le vent, l'autre soir, qui, lui passant dessus, l'amollit comme l'eût fait la langue d'un chien triste — non ! qui le désempara comme, à ce que raconte Antoine, il arrive aux bateaux d'Etaples tous les ans à cette époque —; le vent des hautes marées qui, mieux qu'elles, déborde la côte et loin dans les plaines de Flandre, sur les monts d'Artois et les étangs de Picardie, répand une odeur de tempête, un goût de naufrage; ce vent ne le trompait pas : dès le lendemain le chemin de halage se tapissa de feuilles mortes et la rivière se plomba. Les feuilles continuaient de tomber avec une lenteur mélancolique ; des averses changeaient les argiles en patinoires.

Elie prétexta ces maussaderies pour rester à bord. Le père allait au bourg débattre de frêts litigieux avec les syndics de la batellerie.

« Mon pauvre Nicolas ! disait Manman. Un grand penseur a écrit que les rivières sont des chemins qui marchent et qui portent où l'on veut aller. On voit bien qu'il n'était pas marinier !

— Ils me font endéver, disait papa. Nous risquons de manquer le chargement à Saint-Wandrille.

— J'en connais un qui ne se plaindrait pas de ces vacances supplémentaires ! Quoique... Tu as l'air de t'ennuyer, mon chéri ?

— Non, Manman. Je t'assure... »

Nicolas Hurleau dévisageait son fils, lui appuyait un poing velu contre la joue en manière de tendresse et partait, tétant sa pipe. Ses larges épaules dandinaient comme pour fendre la bise.

La mère vaquait aux soins du ménage. Du pont à l'entrepont le plancher était ciré. Dans la timonerie qui servait aussi de salle à manger, et de refuge à Elie, le volant brillait autant que les cuivres de la batterie de cuisine; les rideaux n'y étaient pas moins empesés et les napperons moins prodigués que dans la cabine. Si salissante que fût la marchandise transportée dans les cales, le logis ne cessait pas de resplendir. Après un déchargement, ne voyait-on pas Adèle Hurleau, la première, laver sa péniche à grande eau ? Toujours dominait l'odeur de savon noir et de Miror.

« Tu n'en finiras jamais d'astiquer, Manman !

— Notre chalet serait plaisant !... C'est comme moi : voudrais-tu que je me néglige ?

— Oh ! non... Tu ne ressembles pas aux lourdaudes d'ici.

— Ecoutez-moi le coquelet ! »

Elle riait. Ni à une tâche urgente, ni à la fatigue, Manman ne sacrifierait sa coquetterie. Au besoin elle se lève plus tôt. Quand il était tout petit garçon, Elie, entre deux sommeils, la surprenait en train de peigner une chevelure lui tombant jusqu'aux jarrets. Il s'enchantait du spectacle. Maintenant encore, avec plus de discrétion et non sans un trouble délicieux, il lui arrive d'y assister. Eveillé de bonne heure, il fait semblant de dormir pour que Manman n'écourte pas le rite. Elle prend ses aises en repoussant le rideau qui sépare les deux lits. Les yeux mi-clos, Elie contemple le prodigieux ruissellement dont la couleur et la senteur sont celles d'un sous-bois à l'automne. Il guette l'instant où le flot, qui nargue la mode, va se retourner comme une vague, pendre devant le visage maternel et, balayant le parquet, faire du corps ployé un saule pleureur. Il attend le reflux et surveille l'endiguement. Ce matin l'orage menaçait; les cheveux crépitaient entre les dents du peigne.

« La citation sur les chemins qui marchent, de qui était-ce ?

— De Pascal, mon chéri... »

Elle allait et venait; ses sabots claquaient sur un plat-bord. Elle chantonnait. Il hésita une minute, puis :

« Manman... pourquoi t'es-tu mariée avec papa ? »

Elle s'arrêta, l'air stupéfait. Et venant vers son fils :

« A quoi penses-tu en me demandant ça, mon chéri ? dit-elle avec gravité. Est-ce que ton père et moi nous te donnons l'impression de ne pas nous entendre ? »

Il se sentit devenir cramoisi.

« Ce n'est pas ça, répondit-il si vite qu'il bafouilla. C'est à cause du métier de papa.

— Tu n'en as pas honte, j'espère ? Les Hurleau sont dans la batellerie depuis cent ans, je crois. Fidélité vaut noblesse. Quand elle s'accompagne d'un bon renom. Des nomades, si tu veux; aussi fiers et aussi libres que ceux qui vont sur les routes. Tu ne perpétueras sans doute pas la dynastie. Tu étudies au collège. C'est un sacrifice que ton père a consenti pour toi... et pour moi.

Je souhaite que ni lui ni moi n'ayons à le regretter. »

Bouleversé, la gorge serrée, luttant contre la montée des larmes, Elie réussit quand même à murmurer :

« Oh ! Manman, qu'est-ce que tu imagines !... J'aime et je respecte papa comme il est, pour ce qu'il est. J'ai parlé de son métier justement parce que tu as rêvé d'un autre pour moi; parce que toi-même tu n'y étais pas préparée. Tu as ton brevet. Tu as été élevée au couvent. »

Elle le reprit avec douceur :

« A l'orphelinat... N'es-tu pas assez grand garçon pour comprendre ce que cela signifie ? Quand Mlle Adèle Danchez, seule au monde et sans fortune, rencontra Nicolas Hurleau, patron-marinier, elle ne se soucia guère de l'instruction reçue chez les bonnes sœurs. J'aimais ton père; cette explication suffirait. »

Ne trouvant rien à ajouter, Elie, le feu aux joues, l'embrassa. Elle paraissait rassérénée. De nouveau elle riait et grondait tendrement :

« Te voici à l'âge bête... Tout de même, tu m'inquiètes depuis quelques jours. Tu m'as l'air bizarre... Tiens, depuis que tu nous es revenu dans un tel état... Tu nous as bien dit la vérité, tu ne t'étais pas battu pour de bon ?

— Je me suis battu en jouant trop sérieusement à la petite guerre. Si tu avais vu les autres, ils ont écopé aussi.

— Pourquoi ne viennent-ils pas te chercher ? Tu ne sors plus. Vous êtes fâchés, hein ?

— Le mauvais temps doit les décourager comme moi. Et puis, moi, je pense à la rentrée. »

Cette fois, ce fut elle qui l'embrassa. Elle recommença ses allées et venues dans un joyeux claquement de sabots. Manman active et claire.

Elle interrompit ses occupations.

« Tu n'as pas l'intention d'aller te promener, mon chéri ?... Alors, je vais au bourg. Je n'en ai pas pour longtemps. »

Il y avait ces absences...

Durant ses premiers mois d'internat, le soir, quand le sommeil tardait à venir, Elie rêvait de voix chuchotantes dans la cabine, de mains qui le bordaient et de clapotis de l'eau contre la coque de la péniche. Le jour, à son banc d'étude, devant le tableau noir ou la carte murale que l'abbé Filâtre frappait d'une longue règle, la nostalgie le poignait de la plaine interminable et du bateau glissant comme l'index entre les pages d'un livre.

Au cours de ces journées aussi plates que la rivière, au fond de ces songeries aussi transies que l'horizon, un unique et même remous : les mots du péteux à lunettes, mots qu'Elie également lisait sur toutes les bouches closes de la bande à Dewaële. Souffrant seul de l'ignominie, il la ressentait pour trois. A travers lui, les ricochets atteignaient ses parents : il voyait les éclats douloureux se loger à un endroit prédestiné de leur être. Avec effroi il s'aperçut qu'à tant ressasser l'infamie, il s'en faisait le complice. C'était déjà trop d'impiété que cet acharnement à se persuader qu'il s'agissait d'une calomnie. La hantise tournait au soupçon. Il eût mieux valu ne pas s'obstiner, rejeter une bonne fois les idées offensantes, ne croire que ses yeux, n'écouter que son cœur, se fier éperdument à ce que l'on aimait.

Manman jolie et vive. Elie se plaisait à lui prêter des ancêtres espagnols. Son nom de jeune fille : Danchez; et cette carnation mate que son enfant a héritée. Papa si tranquille et si fort. Sa force de « boyau rouge », il l'a léguée à son fils avec des yeux bleus; mais non la tranquillité.

Comment échapper à l'obsession ? Elie descendait dans la cabine et allait se camper devant l'armoire à glace. Il s'examinait minutieusement, sévèrement. Tantôt, prenant du recul, il évaluait sa prestance en différentes attitudes; tantôt s'approchant du miroir au point de le ternir avec son souffle, il tâchait de capter le regard de ce double, qui fuyait le sien. Qu'espérait-il apprendre qu'il ne sût déjà ? Il était lui, Elie Hurleau, fils de Nicolas et d'Adèlc née Danchez. Le temps d'un éclair, il distinguait dans ses gestes le pli imprimé par le père ou par la mère, il démêlait sur son visage les traits imposés par chacun d'eux; puis tout se confondait, tout se brouillait. Il faudrait se voir par les yeux d'un autre ! Quel gage de perspicacité serait-ce ? Elie doutait que n'importe qui pût trancher ce qu'il tentait vainement de dénouer dans une glace : là, dans la ressemblance, père et mère continuaient de vivre unis, intacts; mais dans l'imagination troublée par les paroles du binoclard, l'union était faux-semblant et Manman... ah ! Manman était abîmée.

« Est-ce que ton père et moi nous te donnons l'impression de ne pas nous entendre ? » Non, certes. Il se sent rougir comme tout à l'heure. Que Manman a eu l'air grave, soudain, presque angoissé. Comment a-t-elle cru qu'il pouvait penser ça ? C'est bien fait pour lui. Il a été maladroit. En demandant « pourquoi t'es-tu mariée avec papa ? » il cédait à son obsession sans se l'avouer. Ainsi quand il interprète, malgré soi, les silences de papa et les propos de Manman. Il ne découvre rien.

Découvrir quoi ? Il se raisonnait. Le salopiot n'avait fait lever en lui que des images confuses qu'il abomina d'instinct. Elie n'avait même pas exigé des explications : « On s'vinte pas quand on a une mère... » Il avait cogné. Maintenant les mots cognaient dans sa tête. Le raisonnement ne les calmait pas. Des ragots, oui. Qui les colportait ? Par qui Dewaële et les autres les connaissaient-ils ? Papa et Manman n'en avaient-ils pas eu vent ? Qu'est-ce qui donnait prise à ces sales racontars ? Ah ! il y avait les absences de Manman.

Elie ne les remarquait pas auparavant. Etaient-elles moins fréquentes ? Avaient-elles lieu pendant ses propres escapades ? Ces jours-ci Manman profite de ce qu'il reste à bord, semble-t-il, pour partir un après-midi sur trois. Elle revient environ deux heures plus tard. Tout est prêt quand papa rentre. On n'en parle pas...

Il y avait ces absences. Elles laissaient *L'Adèle* comme suspendue dans le vide. Le ciel pluvieux, la rivière grise, la berge gluante et, au loin, la plaine désolée navraient d'angoisse Elie. Sa solitude criait à l'abandon.

V

Frédéric embrassa la mère, tapota la joue des jumelles et sortit avec le père qui fredonnait à lèvres fermées. Il l'accompagnera jusqu'à l'atelier; dix minutes de marche sans se presser.

« Notre artilleur doit faire du cheval à cette heure, dit-il.

— Du tape-cul, da ! » cria Fernand Ramette en s'esclaffant. Il ajouta : « Oh ! je ne me fais pas de mauvais sang pour D'siré. Avec son métier, il trouvera une planque.

— Et puis il n'est pas bilieux. »

Le père jeta un regard de côté à son fils et d'un ton qui émut Frédéric :

« C'est pas comme ti, dis, min fiu ? T'as pas beaucoup de plaisir à l'mason...

— Je ne me plains pas.

— Je l'devine, va. Pourquoi te n't'amuses pas ailleurs, comme mi ? »

Embarrassé, Frédéric hocha la tête en souriant. Fernand Ramette parut confus à son tour et se donna une contenance en se lissant la moustache. Son visage un peu poupin rosissait.

« Je n'pensons pas... à che qu'te penses, reprit-il.

C'est pas du bon eximple. Je volos dire qu'il ne tiendrot qu'à ti d'aller étudier à Lille et de fréquenter l'jeunesse instruite. Là-dessus, tin père et Mme Ramette tomberont d'accord.

— Merci, papa. Tu oublies que Désiré ne va pas t'aider de dix-huit mois.

— T'in fais pas, Fernand Ramette suffira. On peut core te payer tes diminches... Tu secoues l'tiête comme l'mule à Mlle de Borre. C'est décidé : tu préfères retourner surveiller à Saint-Wandrille ?

— J'y travaille mieux qu'à la Faculté. Mes anciens professeurs me conseillent. Et j'évite la dissipation.

— T'es si raisonnable que tu m'en fais peur, min tiot ! »

Il n'y avait personne d'autre qu'eux dehors en ce début d'après-midi. Une minute, leurs pas seuls, butant contre des pavés inégaux, troublèrent le silence. Avec la complicité des maisons de briques ternes, le ciel cotonneux calfeutrait cette rue. Enfin, comme si ce fût l'aube, un coq s'égosilla, l'imbécile, et, à proximité, on commença de battre l'enclume. Monotonie villageoise; tristesse ou quiétude ?

« Ça m'ennuierait de m'éloigner d'Orchiecourt, dit Frédéric.

— Là, j'comprinds mieux ! » fit Fernand Ramette.

Frédéric entendit raillerie. Inquiet il dévisagea son père. Celui-ci montrait un air préoccupé.

« Mlle de Borre », murmura-t-il.

Le père lui posa doucement la main sur l'épaule. Ils arrivaient devant la bourrellerie.

« Entre; on va causer un tiot queu. »

« Léontine, mon manteau, je vous prie. »

Levé de table, le café bu, M. de Borre prenait

ce qu'il appelait, dans son emploi du temps, une récréation. La domestique, rituellement, confia le manteau à Paule, qui aida son père à l'endosser. Le long corps s'y emmitoufla avec des trémoussements de volupté frileuse. Tel un chat, M. de Borre se frottait le menton contre le col de fourrure. Et il entraîna sa fille par le bras.

Le parc conservait la calme splendeur dont le revêtait la saison, malgré les écharpes de brume au faîte des ormes, et ces jonchées de feuilles déjà pourrissantes dans les allées. Septembre. Bouchées, les perspectives y gagnaient du mystère. Au sol, l'automne opérait son alchimie d'embaumeur.

« Quel abandon ! dit M. de Borre.

— Il faut s'y résigner, dit Paule. De toute manière, le pauvre Justin ne suffisait plus à la tâche.

— Du moins il entretenait les pelouses et taillait les massifs. Ce minimum n'est pas assuré depuis deux ans. »

Le mari de Léontine qui remplissait l'office de jardinier n'avait pas été remplacé après sa mort.

« Léontine et moi ne pouvons que désherber les abords de la maison.

— J'avais bien pensé m'en charger. Mais tu me connais : je ne supporterais pas de faire les choses à moitié. Trois hectares sans le bois, c'est quand même beaucoup. L'entreprise nécessiterait des soins assidus. Je devrais lui sacrifier mes autres occupations.

— Ne vous mettez pas en peine, père, dit Paule. Pour tout vous avouer, j'adore ce fouillis. »

M. de Borre fit des « tt, tt, tt » de protestation et ajouta :

« Cela ne te ressemble pas. Toi, si nette ! »

Le père et la fille marchaient serrés l'un contre

l'autre. Paule, les mains dans les poches de son tailleur, humait le vent mouillé et l'odeur de cimetière qu'elle faisait sourdre exprès à chaque pas pour entendre le froissement des feuilles. M. de Borre avançait légèrement de biais, l'épaule gauche effacée du côté de sa fille, la droite en proue. Il fumait en soufflant très fort du nez; la fumée se distinguait mal de son haleine.

« Que reproches-tu au juste à Bertrand de Lillers ? » demanda-t-il brusquement.

Paule réprima un mouvement d'impatience. Elle croyait avoir coupé court à ces avances.

« Rien de plus qu'aux autres », répondit-elle d'un ton paisible.

M. de Borre joua l'étonnement :

« Quels autres ?

— Voyons, père : n'est-ce pas comme d'un nouveau prétendant que vous me parlez de Bertrand de Lillers ? »

Il porta une main à sa bouche et se mordilla les ongles.

« Eh bien oui, là, finit-il par dire. Cette fois il s'agit d'une demande en règle. L'autre jour tu ne m'as pas laissé t'expliquer. Tu t'es cabrée dès que j'eus prononcé le nom.

— Il faut croire que j'avais deviné... Cette demande est le résultat de la partie de chasse, n'est-ce pas ? C'était moi la bécassine à tirer ! »

Le trait lui avait échappé. M. de Borre l'accusa en geignant.

« Voilà que tu deviens méchante. Tu ne m'épargnes même pas, moi. Comme si je m'étais laissé faire violence par personne d'autre que toi. Rappelle-toi : j'hésitais assez à me rendre à cette invitation. C'est toi qui m'y as engagé. Elle n'était qu'un prétexte. La demande en mariage, officieusement, en dépendait. D'où mes tergiversations. »

Il ergotait, comme d'habitude.

« Pourquoi ne m'en avoir rien dit ?

— Pour ne pas te dresser d'avance contre un projet qui méritait examen. L'invitation des Lillers me permettait cet examen de sang-froid. »

Ils marchaient sous les futaies. Etait-ce l'humidité ou la contrariété ? M. de Borre renifla avec ostentation. Paule veilla que sa voix ne fût plus acide en disant :

« Vous n'encourez aucun reproche, père. Je constate seulement que vos cousins vous ont invité par intérêt.

— Le nôtre. Je veux dire le tien, aussi bien que celui de Bertrand.

— J'ignore quel peut être l'intérêt de Bertrand; en tout cas, moi je ne m'intéresse pas à ces plans. »

M. de Borre s'agita de nouveau; Paule le sentait se frictionner nerveusement les doigts.

« Il n'y a pas de plans ! fit-il, de sa voix de tête. Que vas-tu supposer ! Bertrand t'aime. Un point c'est tout. Ses parents en passeront par où il voudra. Non seulement ils t'agréeraient sans dot, mais ils te constitueraient celle que je ne puis te donner.

— Je rends grâce à leur générosité. Par malheur, moi, je n'aime pas Bertrand.

— Tu ne m'as toujours pas dit ce qui te déplaît en lui.

— Pardon. Je vous l'ai dit : rien de plus — et j'ajoute rien de moins — que ce qui me déplaisait chez les autres. C'est assez qu'aucun d'eux ne me plaise ! »

M. de Borre soupira.

« Tu es exigeante, ma petite belle. Je ne t'en blâme pas. Si j'écoutais mon orgueil paternel — il fit entendre son rire hennissant — je proclamerais que nul homme n'est digne de ma fille. Prends garde, cependant. Nous vivons retirés. Les prétendants se font de plus en plus rares. Combien savent qu'il existe une demoiselle à marier dans cette demeure perdue ? La belle au bois dormant risque de s'éveiller seule, trop tard, et d'attendre en vain le prince charmant.

— Je ne dors pas, dit Paule, et je n'attends pas de prince charmant. »

M. de Borre s'arrêta comme s'il heurtait une souche. Il obligea sa fille à se tourner vers lui.

« Tu ne songes pas à te faire nonne, par hasard ? »

Elle rit franchement.

« Ai-je l'allure d'une postulante ? Les Dames du Saint Sauveur, si elles me laissent de bons souvenirs, n'ont pas réussi à me persuader de ma vocation religieuse.

— Remarque... »

Il n'exprima pas sa pensée et ils reprirent leur marche. Paule le relança.

« Que vouliez-vous me faire remarquer ?

— Oh ! quelque chose de superflu : que je n'aurais pas mis obstacle à ta vocation.

— Tenez-vous tellement à ce que je vous quitte ? »

Elle sentit la main qui lui tenait le bras l'emprisonner plus étroitement et trembler. La voix de M. de Borre parut descendre dans le grand nez renifleur. Les paroles sortaient comme d'une trompette bouchée.

« Tu as le cœur de me demander ça ! Quand je suis dans le plus cruel embarras ! Crois-tu que je trouverais du bonheur à vieillir solitaire ? Supposé même, le couvent étant exclu, que tu te maries et qu'un gendre m'accepte en tiers, ici ou ailleurs, t'imagines-tu qu'il me serait agréable de lui disputer notre intimité ? Ne nous sommes-nous pas toujours bien entendus tous les deux ? J'ai remplacé de mon mieux ta pauvre mère. Sans la guerre et ma mobilisation je n'aurais pas eu besoin de sitôt des Dames du Saint-Sauveur... »

Tenta-t-il de maîtriser son attendrissement ? La trompette sanglota un peu :

« ... Bref ! Je ne suis pas mal fier de mademoiselle ma fille. Quand je pense que n'importe quel sagouin... enfin, un joli cœur quelconque, peut s'en faire aimer du premier coup ! Moi qui l'entoure depuis sa naissance d'une tendresse vigilante, je me réjouirais de la voir s'envoler avec lui ? »

Pour finir, la trompette s'étrangla. Paule, touchée, pencha la tête et une seconde appuya sa tempe contre l'épaule de M. de Borre. Ainsi, petite fille, le câlinait-elle si elle désirait obtenir une faveur; elle se suspendait au bras paternel jusqu'à ce que la haute taille se courbât vers elle. Puis, doucement :

« Alors permettez-moi de m'étonner, père, dit-elle : pourquoi cette insistance périodique à me choisir un parti ?

— Parce que, ma petite belle, je me préoccupe de ton bonheur plus que du mien. Tu sais que nous avons juste de quoi vivre avec décence. Il faut prévoir que nos revenus iront encore en s'amenuisant. Je redoute pour toi un avenir morose. »

Alerte ! Elle surprenait dans les regards paternels la lueur de dérobade. Sous quel jour M. de Borre envisage-t-il le mariage de sa fille ? Il semblait, jusqu'à présent, se faire un devoir de vanter les mérites des soupirants, mais n'être pas fâché que Paule n'en agréât aucun. Tout à l'heure encore elle admirait l'inconsciente rouerie qui opposait au prince charmant le patriarche frustré. L'argument financier, déjà invoqué en faveur de Bertrand, et cette nouvelle allusion à la pauvreté compliquaient le débat sentimental.

« Y a-t-il un fait nouveau ? demanda-t-elle. C'est la première fois que vous exprimez ce genre d'inquiétude.

— Non, non, il n'y a rien de nouveau, répondit-il vivement. Je me désole de te vouer à une existence de plus en plus médiocre, voilà tout.

— Elle ne me pèse pas.

— Merci, oh ! merci, mon enfant chérie, fit M. de Borre avec une exaltation soudaine. Combien je voudrais que tu dises vrai. Alors, au diable les prétendants ! »

Et rembruni, sans transition :

« T'ai-je dit que Saint-Wandrille va me coûter beaucoup plus cher ? La sagesse me commanderait de renoncer à payer une pension entière et de me contenter de ce qu'ils appellent des « journées de pain ». Je figurerais au nombre des bienfaiteurs d'occasion.

— Vous n'êtes pas tenu à une charité qui excède vos ressources.

— J'en fais une question d'amour-propre.

— Pardonnez-moi, père : la charité, dans ces conditions, est tarée. Dieu lui préfère l'obole de la veuve. »

M. de Borre fit de nouveau des « tt, tt, tt » d'impatience, tout en ébauchant une révérence.

« M. le curé peut se féliciter de sa catéchiste ! reprit-il. Toutefois, tu confonds peut-être amour-propre et vanité. Ce n'est pas du qu'en dira-t-on que je me soucie. Depuis plusieurs années, j'assure à un enfant inconnu une éducation convenable, des études dont il ne m'importe guère qu'elles le conduisent ou non au sacerdoce pourvu qu'elles l'aident à tenir un rang honorable dans la société. Mettons qu'en agissant ainsi je m'acquitte d'une obligation de conscience. Je me résoudrais mal à tricher. »

Voilà la sorte de scrupules dont la gratuité, tout à coup évidente, décontenance Paule et l'émerveille; l'intrigue aussi et la persuade que ce père, pourtant familier, lui reste étranger. L'image de la morte, de la mère à qui la vie fut arrachée en même temps que naissait sa fille, cette fois encore lui vint à l'esprit. Et, cette fois encore elle n'osa pas interroger M. de Borre.

« S'il nous faut supporter quelques privations, j'y suis prête quant à moi, dit-elle.

— De quoi te priverais-tu, ma pauvre enfant ?

— Eh bien, d'une robe, par exemple, d'un parfum, d'une fantaisie.

— Je n'y consentirai jamais ! » dit M. de Borre avec une subite violence. Il ajouta d'un ton geignard : « Tu vois à quels tracas tu échapperais en te mariant.

— Ne parlons plus de ça, père. »

Ils rebroussaient chemin. La récréation de M. de Borre dépassait sa durée coutumière. Paule réfléchissait. Elle dit :

« Et si je m'associais à votre bienfaisance ? Ne serait-ce pas le moyen, en vous épargnant une charge supplémentaire, de vous mettre en règle... avec vous-même ? »

M. de Borre, pour la deuxième fois, s'arrêta net. Il fit face à sa fille. Son grand nez paraissait un peu pincé. Paule lut sur le visage anguleux comme un mélange d'espoir et de crainte.

« Que proposes-tu ? murmura-t-il.

— Des cours bénévoles de dessin et de violon à Saint-Wandrille. Ils font défaut à certains enfants très doués. Le supérieur, un jour, s'en plaignait devant moi. J'ai cru entendre une discrète sollicitation. Mon offre devrait être bien accueillie. »

A mesure que Paule parlait, une rougeur montait aux joues de M. de Borre, comme quand on accuse une méprise intime.

« C'est une idée, dit-il d'un air à la fois déçu et désinvolte. Je vais travailler. Le conseil municipal se réunit demain. »

Coupant au plus court, les jambes d'échassier regagnèrent la maison. Paule continua sa promenade.

« Le pire, c'est que tu n'es pas le seul ! » dit Fernand Ramette.

Frédéric ne se prêtait pas sans répugnance à cette conversation. Néanmoins il y apportait une attention aiguisée par il ne savait quels sous-entendus. Depuis que son père avait prononcé le nom de Mlle de Borre, il restait sur le qui-vive, écartelé entre le besoin de préserver un culte et le désir de connaître un jugement. L'entretien le laissait encore indécis. Fernand Ramette le dispensait de tout aveu en parlant comme si le secret de Frédéric n'en eût été jamais un pour lui. Il s'expliqua à voix haute pourquoi son fils aimait mieux végéter à Saint-Wandrille que manquer la moindre occasion de revenir à Orchiecourt. Il ne se moquait pas. Il contemplait Frédéric du même regard pensif, inhabituel chez cet homme léger, que l'autre soir après l'histoire de l'assureur. Frédéric se donnait une contenance en faisant claquer par petits coups une lanière repliée sur elle-même. Il se souvint d'avoir dû punir, en étude, peu avant les vacances, un bon élève de troisième, Antoine Fussy, qui s'amusait ainsi avec sa ceinture et distrayait les autres. Il allait s'égayer quand la réflexion du père le meurtrit. Il ne retint pas un claquement plus sec de la lanière. Et la rejetant :

« C'est vrai que tout le monde admire Mlle de Borre », dit-il sans lever les yeux.

Fernand Ramette se monta.

« Tout le monde ? Admettons. Vous faites de fameux coqs, tertous ! Vous ne voyez pas que vous posez aux dindons ? La demoiselle n'est pas pour vous, garchons !

— Personne ici n'aurait l'audace d'y prétendre.

— N'n v'là une, à c't'heure ! Quoi que ch'est ces manières de vous raviser comme des quiens ? Me crois-tu bénœil ? Ch'ti qui va à l'ducasse perd es' place. Pas un qui l'oublie. Le jeu risque de durer longtemps. Eh bien, c'est pour du beurre.

— On se contente de la voir passer.

— Comme si elle étot l' Saint-Sacrement ! Farceurs ! Vous voudrotes ben y toucher, hein ? Chacun s'console en pensant que l'voisin, n'est pas plus malin.

— Elle est si pure.

— Té veux m'n'avis ? Trop pure. C'est ça qu'est malsain.

— Parce que nous, nous ne le sommes pas assez.

— T'as lu ça dans tes livres ? Mi, sans être un savant, j'ai d'l'expérience. J'te l'répète : c'est pas naturel que l'dernier des vachers autant que ti vous ayez l'cœur à l'envers devant c'te garcette. Quand il y a tant d'oiselles dodues à point !

— Papa, je t'en prie ! »

Frédéric, la gorge serrée, les larmes aux yeux, se sentait près de haïr son père. Celui-ci vint à lui, en secouant la tête et d'un ton repentant :

« Là, min fiu. J'y ai été comme une brute. C'est que ça me tourmente de t'voir amouraché comme ça. Oh ! la demoiselle a tout pour te plaire. Le malheur, écoute-me ben, c'est qu'aucun homme ne peut lui plaire à elle. Ne me demande pas pourquoi. Je ne saurais pas t'expliquer. Ce qui me faire dire ça, c'est pas seulement qu'alle n'a pas core élu aucun des biaux messieurs qui fréquentent L'Maison-sous-l'église, de temps en temps; et ne va pas croire : sûr que tous ceux-là, comme ti le premier, prendrotent l'fille quasimint nue. Non. Ce que j'te dis, je l'sens. Même qu'il n'y a qu'une chose que j'y reprocheros à t'belle : c'est, alors que personne, té m'entends, n'a chance de l'séduire, de savoir qu'elle plaît et d'aimer plaire.

— Qui sait ? murmura Frédéric. Un jour quelqu'un l'aimera d'un tel amour qu'elle en subira la contagion. »

Fernand Ramette haussa les épaules.

« J'vas core te dire une chose. N'te fâche pas : n'importe quelle autre fille qui agirot comme Mlle de Borre mériterot d'être appelée une garce. Elle, c'est spécial. N'empêche qu'un jour, alle pourrot ne pas voler l'contagion : un gars musclé la lui collerait sans lui demander l'permission ! Te fâche pas, j't'ai dit. A tant faire que d'imaginer, j'aimeros mieux que ce soit ti l'gars en question; c'est l'expérience qui parle. Tu lui préfères le sentiment ? A't'mode ! Il faudrait l'aider à mûrir et à crever, rapport à l'contagion, comme un abcès. Si tu veux pas guérir tout seul, fais confiance à tin père. »

Frédéric, étourdi, écœuré comme s'il s'était battu, renonça à démêler le sens de ces paroles. Il y percevait un bizarre mélange de menace et de réconfort. Il regarda franchement son père. Le visage poupin souriait, les ordinaires plis de malice tirant les yeux vers les tempes; un doigt s'attardait sur la moustache blonde. L'impression de réconfort l'emporta.

Fernand Ramette parut lire dans son fils. Il lui encadra la figure de ses mains :

« J't'ai cher, tu sais, min fiu, dit-il avec simplicité.

— Moi aussi, papa, je t'aime bien. »

Frédéric sortit, éperdu, en proie à un vertige d'émotion et de pudeur dont il se délivra en offrant ses joues au vent brumeux.

Frédéric passa devant l'église d'où La Maison-sous-l'église tire son nom parce qu'elle y est adossée. Un vaste manteau de vigne-vierge recouvrait les murs de la propriété et, de part et d'autre, débordait sur la façade du sanctuaire. Le portail clouté s'en défendait avec peine. Frédéric prit la route en direction de Saint-Wandrille.

Paule atteignit cet endroit du parc d'où la maison, jusqu'ici masquée par la futaie, surgit derrière le dégagement de la pelouse avec une grâce neuve. La construction n'affecte pas d'autre noblesse que celle de justes proportions dans ce cadre, maintenant, d'or fané. Telle qu'elle, Paule l'aimait. Elle ne regrettait pas les métairies vendues Elle ne considéra jamais comme son domaine que celui-là, en partie clos de murs le long desquels il lui plaît de marcher seule. Elle s'y sentait appropriée. Il n'était pas jusqu'à la pieuse fantaisie de l'aïeul bâtisseur, sous la Restauration, jumelant la demeure de Dieu et la sienne — laquelle des deux, dans sa pensée, patronnait l'autre ? — qui, d'avance, ne s'accordât à son âme; âme et domaine également inviolables.

Du côté de la route nationale, le mur d'enceinte bornait La Maison-sous-l'église sur environ quinze cents mètres. Frédéric le suivit, jetant malgré soi les yeux dans le fossé où, quelques années plus tôt, il ramassait tant de chargeurs encore garnis de balles. L'intéressant, c'était de recueillir la poudre; on la recherchait surtout en bâtonnets — on la croquait, malheureux ! — pour graver un nom sur un pupitre. Frédéric a eu du mal à sauver la face le jour où un élève lui montra des initiales incrustées dans le bois et lui demanda s'il ne s'agissait pas des siennes. Heureusement qu'Elie Hurleau ne fait pas du mauvais esprit. La semaine prochaine, rentrée générale à Saint-Wandrille. Répétitions, surveillances. Il convenait d'aller rendre visite à M. le supérieur. Et l'abbé Douve doit être là. Ah ! voici la courbe de la route, le renflement du mur et la brèche produite par un obus de plein fouet.

Paule avança. Il faudra combler ce trou, ne fût-ce qu'au moyen de barbelés. C'est bien la centième fois qu'elle en fait la réflexion. Est-ce là le domaine inviolable ? Ah ! l'âme se sait mieux préservée.

Comme Paule se penchait, deux mains prenaient appui sur les briques effondrées et un buste se dressait dans l'ouverture de la muraille.

La jeune fille recula avec un petit cri; Frédéric fit : « Oh ! pardon », et se rejeta en arrière au risque d'un accident en tombant dans le fossé. Quand, revenue de sa surprise, Paule regarda, le garçon disparaissait au tournant.

VI

« A TOUT à l'heure », dit Manman.

Elie se retint pour ne pas crier : « Qu'est-ce que tu vas encore faire au bourg ? » Le père est présent cet après-midi. Il en a terminé avec les syndics. Depuis le matin, il révise le moteur. Il apporte autant de minutie à soigner la mécanique que Manman à frotter les meubles. Il ne s'agite pas comme elle. C'est toujours la même force patiente.

« A t't'à l'heure », répondit-il.

Il a juste retiré sa pipe de la bouche. Il n'a posé aucune question. Il n'en pose jamais. A croire qu'il sait ce que fait sa femme, qu'il n'y a là rien d'extraordinaire. Et s'il était aveugle, trop confiant ? Quoi ! Elie n'a-t-il pas confiance en Manman, lui ? Oh ! si. Comment se délivrer le cœur du plomb lancé par le péteux et qui, à chaque absence maternelle, remue dans la blessure ? Il lui faut la preuve que sa confiance est justifiée, que les propos du salopiot n'ont pas de sens. Du moment qu'il s'expliquerait les absences fréquentes de Manman, il n'aurait plus d'inquiétude. Rien ici voudrait dire : rien là.

Il n'y tint plus. Il attendit que sa mère se fût éloignée.

A deux cents mètres finissait le chemin de halage et commençait le quai où d'autres péniches étaient amarrées. De là, également, partait sur la gauche la rue qui menait au centre du bourg. Une maison d'angle en bouchait la vue.

« Je vais faire un tour, moi aussi,papa.

— Tu aurais pu accompagner ta mère.

— Je pars à travers champs.

— C'est ça. Prends de l'exercice, mon garçon. Tu as l'air d'une poule mouillée, à c't'heure. »

Elie s'apprêtait à recevoir l'habituelle bourrade affectueuse sur la joue; le père montra ses mains pleines de cambouis, sourit et redescendit dans les cales.

Elie n'avait pas menti. Une jachère s'étendait un peu au-dessus du niveau de la berge. Il escalada le talus et sans paraître se dépêcher, à pas de promenade sportive, il marcha droit devant soi.

Si Nicolas Hurleau, remonté sur le pont, le suit des yeux, il ne peut lui assigner d'autre but que l'horizon ou que cette incision pierreuse dans les terres, là-bas, comme la ligne de tête au milieu d'une paume : la route nationale. Elle conduit au bourg. Le père, quand son fils arriverait là, discernerait à peine sa silhouette. Il la perdra de vue encore plus tôt.

Elie appuyait sur la droite. Il s'approcha d'une haie qui séparait la jachère et, au-delà, les pâtures, des jardins dépendant de maisons bourgeoises. Il n'eut qu'à se glisser dans une brèche qu'il connaissait et regarder : *L'Adèle* n'était plus visible. Il courut. Non loin, sous le ciel bas, des corbeaux volaient et croassaient de compagnie. Un chemin privé longeait la haie. Elie contourna une propriété et, en biaisant, rejoignit la rue par où, de la rivière, on accédait au centre du bourg. Ainsi espérait-il avoir réduit à rien l'avance prise par sa mère.

Comment s'en assurer ? Que Manman survienne juste comme il inspectera les abords et il restera quinaud. Si, d'aventure, elle était déjà passée, s'il l'a manquée d'une seconde, il se morfondra. Mieux vaut affronter le premier risque. Il prétendra s'être décidé brusquement à l'accompagner. Encore un grief auquel il n'avait pas pensé jusqu'ici : jamais elle ne lui demande : « Tu viens avec moi, mon chéri ? » Oh ! elle n'est pas de ces mères qui voudraient qu'on colle à leur jupe. Il lui en sait gré. Tout de même, n'aurait-ce pas été naturel, le voyant désœuvré, qu'elle l'invitât à sortir avec elle ? Qu'est-ce qu'il se disait ?... Oui au cas où Manman et lui se rencontreraient, eh bien, un visage contrarié ou content, le refus ou l'acceptation plus ou moins embarrassés de la compagnie, serviraient d'indices.

Adossé au mur, prudemment, Elie jeta un œil sur la rue, du côté d'où sa mère devait venir. Quelle chance ! Il l'aperçut à peu de distance, comme elle détournait la tête. Il se hâta de rebrousser chemin de quelques pas. Posté derrière une saillie du mur, le cœur battant, il guetta... La voici qui passe. Il s'élança et dès qu'il la vit, à une dizaine de mètres devant lui, se freina.

La difficulté était de la suivre sans se trahir. Si elle le surprenait, il feindrait de l'avoir recherchée. Si les passants signalaient son manège, il faudrait donner à la filature le prétexte d'un jeu. Manman le croirait-elle ? Elie garderait-il son sang-froid si elle se montrait fâchée ? Il n'a pas tellement bonne conscience...

C'était un jour de braderie. La cohue facilita les choses et les compliqua à la fois. Aisément dissimulable aux regards de sa mère, Elie manqua souvent la perdre de vue. Elle se laissait entraîner par la foule. Elle baguenaudait d'un éventaire à l'autre. Elle s'arrêtait et palpait des marchandises. Elle achetait. Elie se sentit rougir. Folle imagination ! Les commerçants ne font pas de livraisons à la clientèle occasionnelle des péniches. Il faut bien que Manman aille aux provisions trois ou quatre fois par semaine; à plus forte raison quand on brade. Ne voyait-il pas qu'elle emportait son cabas ? Il ne voyait qu'elle qui s'absentait. Il eut honte. Il allait courir à elle et, pour de bon, lui dire qu'il a désiré, tout d'un coup, passer l'après-midi avec elle. Il éprouva un puissant élan de tendresse et de remords, de bonheur.

Elie se retint d'appeler « Manman ! » crainte du ridicule. L'entendrait-elle dans ce brouhaha ? Il tenta d'accélérer l'allure, de s'ouvrir un passage. La presse augmentait en sens inverse. Il eut beau jouer des coudes il piétinait. Quand il réussit à se dégager, sa mère avait disparu.

Elie franchit rapidement une dizaine de mètres. La presse recommença. Il se haussa sur la pointe des pieds, le cou tendu, En vain. Tant pis, puisque le voilà rassuré. Il retrouvera Manman à bord, tout à l'heure. Il se promet de lui manifester plus d'affection que de coutume. Elle ne comprendra pas, ou l'attribuera à l'imminence de la rentrée à Saint-Wandrille. Il est soulagé d'un grand poids. On dirait une main qui, après avoir serré le ventre, se met à le caresser et fait respirer à fond.

Elie n'avait plus qu'à profiter de la première issue, entre les déballages de toutes sortes qui encombraient la place du marché. Et ce fut une piste à laquelle il ne s'attendait pas : le bureau de poste. Sa mère pressait le pas dans cette direction. L'angoisse le ressaisit. Il s'étonna. Qu'y avait-il d'alarmant ? Aller à la poste est aussi banal que d'acheter des provisions. De nouveau, il eut honte. Mais le malaise ne le lâchait pas. Cette démarche de sa mère, la pensée qu'elle pût avoir affaire à la mère de Dewaële troublaient Elie. Inexplicablement, il appréhende que les saletés du binoclard prennent leur source derrière ces murs gris, ces fenêtres grillées, ces vitres dépolies, sans rideaux et cette porte annoncée par une plaque d'émail et l'inscription : « *Postes, Télégraphes, Téléphones — Bureau auxiliaire — Recettes, Perceptions.* » Il hésita à entrer. Et s'il tombait sur Dewaële ? Inutile d'essayer de voir quelque chose à travers les croisées. Une fois de plus il se cacha.

Manman réapparut quelques instants plus tard. Elle décachetait une lettre. Elle la lut tout en continuant de marcher à pas lents. Elie se sentait oppressé; sa honte redoubla comme s'il surprenait un secret. En était-ce un cette lettre ? Abrité par le vantail d'une porte cochère, Elie ne quittait pas sa mère des yeux. Il ne put rien deviner à l'expression de son visage, même quand elle passa près de lui; rien sinon que la lettre nécessitait un déchiffrement attentif.

Il sortit de son refuge un peu après. Il regagna la berge par le même itinéraire qu'à l'aller, non sans avoir laissé du champ à sa mère. Il remâchait jusqu'à l'écœurement un goût de friture figé dans le brouillard. Détestable imprégnation des braderies et des ducasses. Il lui semblait que ce fût aussi la rumination des paroles du binoclard, de l'haleine de Dewaële, la solitude et la hantise des journées précédentes, la honte et l'insatisfaction d'aujourd'hui.

Qu'a-t-il gagné à jouer au détective ? Un désarroi supplémentaire. Il s'en veut d'avoir espionné Manman. Et il n'a rien appris. Son imagination bute comme une mouche contre les vitres du bureau de poste. Etait-ce là que se rendait Manman chaque fois qu'elle allait au bourg ? Qu'a-t-elle dit, qu'a-t-elle fait qui prêtât à jaser ? La mère de Dewaële aura bavardé devant son fils ou celui-ci en aura été le témoin; et il raconta tout aux autres. Mais quoi ? Cette lettre... Elie lui-même écrit toujours à ses parents poste restante; le moyen qu'il en soit autrement ? Cela signifie-t-il que Manman entretienne une correspondance en cachette de papa ? Avec qui ? C'est ça, sans doute, que prétendait le péteux : « Quand on a une mère qui va vir ailleurs. » A ce compte-là, tous les mariniers seraient sujets aux cancans. Et si les cancans provenaient des mariniers eux-mêmes, de ceux que les Hurleau retrouvent assez régulièrement aux étapes fluviales, sans beaucoup frayer avec eux en dehors du métier ? Manman surtout reste sur la réserve à l'égard des commères. Que n'est-il encore un gosse ! Il aurait dit, naïvement, le soir de la bagarre, ce qui s'était passé. On l'aurait rassuré et ce serait tout. Mais voici qu'il va entrer en Humanités. L'abbé Douve les a prévenus avant les vacances : « Quand vous reviendrez, vous serez des hommes ! » Elie a bien senti qu'il devenait un homme. Il y a maintenant des choses qu'on ne comprend pas, qui font mal, et dont on ne peut parler à personne; des choses aussi redoutables et mystérieuses que celles qu'invente la fièvre.

Elie ramassa une pierre et visa les corbeaux — était-ce les mêmes que tout à l'heure ? — qui endeuillaient cette jachère, déjà si triste à la tombée du soir, et où ils ne trouvaient rien à picorer. Il ne les atteignit pas. La mouche imaginative heurtait toujours les fenêtres du bureau de poste; l'image maternelle s'effaçait derrière les vitres, non plus simplement dépolies, mais embuées par le souffle aigre de Dewaële. Une risée de la rivière ne dispersa pas ces brouillards. Quand Elie arriva devant *L'Adèle,* il vit, sur la dorure du nom, un énorme crachat.

Sa mère était de retour.

« Tes copains sont venus, dit le père. Ils ne m'ont rien demandé. Je ne leur ai pas dit où tu étais. »

Elie haussa les épaules. Le lendemain, il se leva le premier afin de nettoyer la poupe sans attirer l'attention. Dans la matinée, on appareillait pour Saint-Wandrille.

LIVRE DEUXIÈME

I

DEPUIS le début de la matinée, par groupes ou isolément, les élèves rentraient. M. Maffre, le portier, dit frère Jacques parce qu'il sonnait la cloche du réveil, tailleur, de surcroît, répartissait les arrivants et leur famille dans deux parloirs. Dans le grand, les anciens, dans le petit, les nouveaux. M. le supérieur réservait une audience privée à ceux-ci; il venait d'accueillir ceux-là collectivement — ce qui ne les dispensait ni des recommandations ni des compliments particuliers. Rude journée pour lui. Il lui fallait alterner les démarches en observant la même bienveillance diplomatique, chaque fois, devant le « cher enfant » et les « chers parents »

Anciens ou nouveaux, M. l'économe prenait en charge les pensionnaires à la sortie du parloir. Sa présence glaçait les dernières effusions. Il entraînait son monde à la lingerie et, après pointage des noms, laissait les sœurs inventorier les trousseaux. L'administration satisfaite, on n'avait qu'à rejoindre les autres dans la cour. On était vraiment « rentré ».

Il y avait ceux qui, déjà, se démenaient en criant et ceux qui entouraient les professeurs; il y avait ceux qui, par deux ou par trois, nouaient ou renouaient amitié, en échangeant des souvenirs de vacances, et ceux qui restaient solitaires. Il y avait les habitués de longue date, les adaptés spontanés et les réfractaires qui d'une année à l'autre, éprouvaient la même inaccoutumance qu'au premier abord. Un regard inexpérimenté ne saurait discerner à coup sûr les anciens et les nouveaux. Le comportement des uns et des autres le tromperait. Cet enfant, rouge d'animation est un nouveau; ce silencieux, réfugié sous le préau, est un ancien. Ah ! non loin de lui, pareillement taciturne, c'est un nouveau. Comment s'appelle-t-il ? M. le supérieur, pendant le repas, ce midi, a envoyé frère Jacques le prier, lui, l'abbé Douve, de venir au parloir. Il lui confiait spécialement cet enfant, dit-il. C'était pour mettre fin à une scène pénible. Le petit ne quittait son père que pour s'agripper à sa mère. L'un et l'autre, bouleversés, ne savaient que répéter : « Voyons, mon chéri, sois raisonnable. — Sois un homme. — Tu sais bien qu'il le faut. » L'abbé Douve se garda de prononcer un seul mot. Il posa les mains, avec toute la douceur mais aussi toute la fermeté dont il se sentit capable, sur les maigres épaules secouées de sanglots. L'enfant lui obéit, les yeux révulsés, les lèvres bleues, la gorge brisée et les membres raidis. Questionné durant le trajet, d'une voix qui promettait un passe-droit : « Avez-vous faim ? Aimez-vous mieux faire connaissance avec vos camarades plus tard ? » il répondit par des signes de tête. Sans plus l'importuner, l'abbé Douve lui épargna le réfectoire et l'humiliante curiosité de la communauté. A la récréation, une inquiétude : le nouveau n'était plus là. Ce ne fut qu'une fausse alerte. Il apparut bientôt sous le préau. Il avait dû se cacher par crainte que son isolement ne devînt un point de mire. Dans le mouvement général, il risquerait moins d'attirer l'attention; il serait un nouveau entre autres, non identifié. Il semblait s'être ressaisi. L'abbé Douve jugea préférable de ne pas s'enquérir de lui. Même une bonne parole pouvait froisser son chagrin. Les confrères ne se méfient pas assez de telles atteintes à la pudeur. La plupart ont pourtant connu l'internat. Leur enfance est-elle si lointaine ? Ou furent-ils tous des adaptés spontanés ? L'abbé Douve n'avait pas vécu ailleurs que dans sa famille avant le grand séminaire. C'est à Saint-Wandrille que les précoces détresses du cœur lui ont été révélées. Il n'est pas toujours possible d'y remédier; le remède n'est jamais le même. Il faut le deviner, ou mieux encore attendre que l'enfant le suggère. En ce moment, il y a ceux qui se frottent à lui et l'étourdissent de leur bavardage; et il y a ceux qui, après une brève présentation, s'égaillent impatients ou effarouchés. Il en sera ainsi au cours des mois à venir, en promenade et pendant des récréations. Dix années de préfectorat, à peine interrompu par les vacances, puisqu'il assume la direction de la colonie à Berck et ne prend qu'un congé d'une huitaine de jours en famille, ont renseigné l'abbé Adrien Douve sur tous les manèges des garçons. Avec lesquels doit-il compter le plus, les empressés ou les indifférents ? Ce petit du préau, là-bas, le nouveau — on dirait qu'il se dispose à jouer — viendra-t-il à lui ? Comment ? L'émouvante maigreur des épaules, sous les doigts. Sensation physique qu'on prenait possession d'un dépôt. Il faut remonter huit ans en arrière, jusqu'à l'arrivée d'Antoine, conduit par le père Lorraine, pour découvrir une impression semblable. Où est-il Antoine ? Avec Elie, naturellement. Que ce dernier a grandi ! Le pantalon le virilise. Seigneur, les enfants vieillissent-ils si vite ?...

Elie avait fait une apparition sensationnelle ce matin. Il rentrait bon premier. Ceux de la colonie étaient en étude libre, sous la surveillance de l'abbé Douve. Antoine qui occupait un pupitre au premier rang, juste devant la porte, l'aperçut dressant la tête au-dessus du papier vitrage. Il lui fit un signe joyeux. Elie se montra et fut accueilli par un murmure flatteur : « Quel est ce beau jeune homme ? » dit l'abbé Douve d'un ton plaisant. Ceux du fond montaient sur les bancs pour voir. Puis, l'effervescence tomba. Tellement que d'autres qui étrennaient un pantalon, des rhétoriciens, durent s'étonner de leur peu de succès. Elie avait innové, une fois de plus. On a toujours l'air de l'imiter. C'est comme avec les bas. Il y a longtemps. Le jour où, malgré le règlement, il les roula au-dessous des genoux en prétextant qu'ils le gênaient pour courir et qu'ils se trouaient à la moindre chute, tout le monde réclama des bas de sport. L'économe n'objecta rien.

« Il faut s'y habituer, était en train de dire Elie. Ça n'empêche pas Frédéric de courir vite.

— Tu le portais en vacances ? demanda Antoine.

— Penses-tu. Ça s'est décidé hier, au magasin. La vendeuse a prétendu qu'il n'y avait plus de culotte à ma taille. D'ailleurs, a-t-elle ajouté, ce sera plus convenable. »

Antoine, jarrets tendus, baissa les yeux vers ses propres genoux. Ils saillaient, piquetés de roses cicatrices dont le hâle n'était pas venu à bout. Leur nudité lui parut impudique. Demandera-t-il un pantalon à Mamy, lui aussi ? Il est vrai qu'il a presque une tête de moins qu'Elie. Ça doit coûter plus cher qu'une culotte, un pantalon. Et il en faut deux.

« Comment vas-tu faire avec l'uniforme ?

— C'est réglé, mon vieux. Frère Jacques a pris mes mesures séance tenante.

— Ça te va bien, fit Antoine admiratif. Tu as vraiment l'air d'un homme. »

Le visage d'Elie s'assombrit.

« Si on n'avait que l'air ! dit-il... Ça te plaît, à toi, d'être un homme ?

— Je voudrais que ça aille plus vite... C'est drôle, je sais qu'un jour je serai comme l'abbé Douve, ou même, avant, comme Frédéric; mais je n'y crois pas. En attendant, je me sens comme entre deux peaux : l'une trop petite et l'autre trop grande.

— Ah ! toi aussi. Tu n'as rien remarqué d'autre ? »

Antoine hésita :

« Non, finit-il par répondre. Quoi donc ?

— Tu le découvriras tout seul. » Et comme s'il changeait de conversation :

« Tu t'es amusé autant que les autres années à Berck ?

— Ce sont les mêmes dunes et la même mer... Et toi ?

— C'est la même péniche », dit Elie d'une voix sourde.

Qu'est-ce qu'il a Elie ? Depuis un instant ses paroles ont l'air à double sens. Il ne semblait pas contrarié en arrivant. Antoine et lui n'ont pu bavarder à loisir qu'après le déjeuner. Un malaise s'insinue entre eux avec ce silence subit. Elie lui met la main sur l'épaule. Et la voix faussement enjouée :

« Tu sais, mon vieux Toine, tu as peut-être de la chance de ne pas retourner chez ta mère aux vacances ! »

Antoine, surpris, allait le questionner quand un projectile le frôla. Il tourna la tête. Le tireur était Jules Vallard, un élève de rhétorique, chef du clan adverse.

Antoine, avant de réagir, voulait s'assurer qu'on les visait, lui ou Elie. Ce dernier, absorbé dans ses pensées, n'avait pas bronché. Non. Ce n'était pas eux que Vallard prenait pour cible. Du milieu de la cour, où il gesticulait entouré de quelques fidèles, il pouvait même ne les avoir pas identifiés. Eux, après un *a parte* au chevet de la chapelle d'où l'on a vue sur le potager, étaient descendus vers le préau et passés dans le champ de tir.

« Regarde, Elie ! »

De toutes ses forces, Vallard lançait la balle contre le mur du préau; sa fameuse balle de caoutchouc plein, dure comme une pierre, d'une élasticité telle qu'on la faisait rebondir jusqu'à l'étage. Périodiquement l'abbé Douve la confisquait : au cours d'une partie, elle envoyait quelque joueur à l'infirmerie. Restituée sous promesse qu'elle ne servirait pas à frapper, elle amusait les pieds un moment et ne tardait pas à exciter les mains. Le jeu défendu recommençait. Le mal que cette balle pouvait faire semblait ajuster les coups des chasseurs et décupler l'agilité des lièvres. Traque implacable et fuite panique. Cerné, le gibier courageux feintait jusqu'au bout, s'offrant de biais pour effacer le coup dans un ultime saut en arrière, ou, se présentant de face, les mains — c'est du feu — ouvertes en bouclier; le gibier fataliste s'exposait de dos, sans vergogne; le gibier trembleur attendait comme une biche aux abois le caprice du chasseur. Celui-ci, ou pitoyable n'usait de son avantage que pour la forme et mesurait la violence du tir à la distance, ou cruel cinglait des mollets, fauchait un flanc, poignait une poitrine avec la même brutalité à un mètre qu'à dix. Tel était Vallard. De loin on eût pu croire que maintenant il s'exerçait contre le mur du préau rien que pour le plaisir de voir sa balle rebondir jusqu'à lui. Mais il s'adonnait à un jeu de massacre sur ce nouveau qu'il obligeait à bouger. Voilà combien de temps que le divertissement dure ? Jules ne s'applique-t-il pas, laisse-t-il exprès une marge au hasard ? Il aurait déjà touché le petit s'il l'avait voulu. Sans doute lui suffit-il d'imaginer l'angoisse de sa victime. Quand il l'a ratée de peu, il rit et ses acolytes, « les Potames », l'imitent servilement. Le petit ne quitte pas le terrain. Il feint de pas prendre cette méchanceté au sérieux. Il se déplace juste ce qu'il faut pour ne pas tenter le sort. Il répond à chaque claquement de la balle par un pauvre sourire que dément son regard.

« Il est crâne, ce gosse ! dit Elie.

— Il doit se sentir d'autant plus morfifié.

— On y va ? Fais-moi la passe. »

Ils s'étaient compris. Elie déborda le groupe de Vallard sur la gauche; Antoine un peu en arrière guetta l'instant propice. Une nouvelle fois Jules lança la balle. Antoine se précipita, la saisit au rebond et avant que les autres fussent revenus de leur surprise, la passa à Elie. Celui-ci la reçut à contre-pied; ce qui lui permit, sans perdre une seconde, le tir ordinairement prestigieux : pivotant sur soi-même, le bras gauche tendu à la façon d'un discobole, d'un seul élan, comme au jugé, il atteignit Vallard en plein ventre. L'autre plia. Bientôt redressé, il s'empara de la balle qu'un de ses suivants avait ramassée et, rageur, riposta. Elie esquiva le coup. L'abbé Douve l'évita de justesse; comme d'habitude il avait rentré la tête dans les épaules; son lorgnon, retenu par une chaînette, pendait.

« Donnez-moi cette balle », dit l'abbé.

Et il l'enfouit dans la poche de sa douillette. Jules fit l'œil noir à Elie; celui-ci écarta les bras, comme pour signifier : « Désolé. Tu n'as à t'en prendre qu'à toi. » Il rejoignit Antoine auprès du nouveau.

« Comment t'appelles-tu ?

— Jean Demeure.

— Lui se nomme Antoine Fussy, moi Elie Hurleau; à part ça, lui c'est moi et moi c'est lui. Tu comprends ?

— Je vous remercie tous les deux, dit Jean en s'essuyant les yeux.

— N'y pense plus, dit Antoine.

— Si ce type t'embête encore, viens me chercher, dit Elie.

— Il ne faut pas avoir peur de lui, dit Antoine. Il est brute, mais pas plus mauvais qu'un autre.

— Au cours c'était pire, dit Jean. Il n'y aurait eu personne pour me défendre.

— Quel cours ? fit Elie.

— Une boîte privée à Paris.

— Ah ! tu es Parisien, s'exclama Antoine. Moi aussi. Nous sommes quelques-uns. Quel quartier habites-tu ?

— Le Champ-de-Mars... Tu connais ?

— Je n'ai pas revu Paris depuis que je suis ici. Avant... j'habitais la banlieue.

— On a le droit d'aller en vacances ? demanda Jean d'un ton alarmé.

— Rassure-toi, dit Elie. Ça dépend des parents... Dans ton cours, tu n'étais pas pensionnaire ?

— Non. Et il n'était pas tenu par des prêtres.

— Tu as la vocation ? dit Antoine.

— Je ne sais pas. Papa a décidé de m'envoyer ici pour ma santé.

— Qu'est-ce qu'il fait ton père, dit Elie.

— Il est médecin.

— Alors il n'y a rien à dire. Parce que tu sais, on n'est pas dorloté à Saint-Wandrille.

— Ne l'effraie pas, dit Antoine. Tu verras, on s'habitue », ajouta-t-il en s'adressant à Jean.

Celui-ci sourit. Une fossette lui naît au menton. Il est presque trop joli de figure pour un garçon. Plus encore que le teint délicat, on remarque les yeux, gris ardoise, et les cils extraordinairement longs qui les ombragent. Les paupières battent comme en un perpétuel étonnement. Est-ce un genre qu'il se donne ? Il en perdra vite le goût. Quelle tête aura-t-il quand frère Jacques aura réduit à la tondeuse ces cheveux fous ? Antoine éprouve un mélange d'irritation et de sympathie. La sympathie l'emporte. Chez Elie aussi, sans doute. Ils ont de commun l'instinctive répulsion envers les camarades laids et grossiers. Ils n'aiment pas plus les « moules ». Jean a pour lui son attitude de tout à l'heure. Quant à l'air de sortir d'une boîte de coton, Antoine n'a qu'à se rappeler sa propre prise de contact avec cette cour hurlante huit ans plus tôt pour s'apitoyer. Aucune comparaison avec le Pensionnat des Moulineaux. Il était arrivé la veille au soir. Réfectoire, dortoir : sa détresse restait secrète. Le lendemain, à la première récréation, il n'eut pas le loisir de s'isoler. Il y avait jeu collectif. Il fallut courir. Son cœur se soulevait à chaque pas. Jean subit un apprentissage moins expéditif. Si malingre qu'il paraisse, il est tout de même plus âgé que ne l'était Antoine.

« En quelle classe entres-tu ?

— J'ai fait ma cinquième. Le supérieur a parlé à papa de la dernière année de grammaire.

— C'est la quatrième et la troisième qui se chevauchent. On gagne un an, dit Elie.

— Le supérieur a dit aussi que je devrai travailler le grec seul pendant le premier trimestre. Je préparais latin-sciences. »

Elie fit entendre un léger sifflement. Puis :

« Tu es calé en sciences ?

— Papa me poussait.

— Tu sais, ça ne compte guère ici.

— On a pourtant un professeur à la hauteur, dit Antoine.

— Tiens, il n'est pas là l'abbé Omer, dit Elie. Il aura oublié la rentrée !

— Ils sont chic, les profs ? demanda Jean.

— A Saint-Wandrille on ne dit pas « les profs », répondit Elie. Ce sont « les maîtres ». Quant à être chic...

— Ne l'influence pas, dit Antoine.

— On peut les lui désigner. Regarde, ils sont presque tous là. Mais d'abord, as-tu contemplé ton château ? Car c'est un ancien château... »

A part l'ouverture conduisant au potager et de là, en bifurquant sur la droite, au petit parc qui rendait accueillante l'institution Saint-Wandrille, la cour était ceinte de bâtiments et d'un haut mur aux deux tiers mitoyen. Contre ce mur s'appuyaient le préau et les latrines. Les bâtiments dessinaient un fer à cheval. La chapelle formait l'une des branches. Les visiteurs y accédaient par un portail ouvrant sur le parc; une entrée latérale réservée à la communauté la faisait communiquer directement avec le corridor de la construction principale où débouchaient la loge du portier, les parloirs, les bureaux du supérieur, de l'économe, du préfet et les salles de classe. L'autre branche comprenait la salle d'études — ouvrant elle aussi sur le parc, elle servait à l'occasion, de salle des fêtes —, la bibliothèque et, en sous-sol, le réfectoire et les cuisines. Du côté de la chapelle, l'escalier d'honneur menait chez les sœurs de l'infirmerie et de la lingerie; les chambres des professeurs et deux dortoirs occupaient le reste de l'étage; on y montait par un escalier assez raide.

Sur le trottoir carrelé qui bordait les trois corps de bâtiment, des soutanes circulaient chacune avec son escorte d'élèves. Montrant la plus entourée :

« Tu vois, le blond au lorgnon, c'est le professeur de seconde, l'abbé Douve, le préfet, dit Elie.

— J'ai déjà eu affaire à lui, dit Jean. Il a l'air gentil.

— L'abbé Douve, — l'abbé Couve », murmura Antoine.

Elie donna des explications :

« Une année, pour la fête de Saint-Wandrille, un rhétoricien a composé les litanies de la communauté. L'invocation de l'abbé Douve a eu le plus de succès. C'est devenu une scie. Tu comprends : l'abbé couve; la mère poule quoi ! Il a beau n'avoir qu'un œil; il surveille tout.

— Il n'a qu'un œil ? fit Jean étonné.

— Il a perdu l'autre à la guerre, dit Antoine. Quelle déveine : la veille de l'armistice ! Quand on veut lui faire peur, on n'a qu'à lancer quelque chose dans sa direction.

— Viens, dit Elie. Je parie qu'il est en train de montrer son œil de verre aux nouveaux. C'est pour qu'on n'y fasse plus attention, tu comprends ? »

Ils s'approchèrent. L'abbé lisait sa citation à l'ordre du régiment : « Excellent sous-officier... » Il replia soigneusement le papier tout craquelé et le rangea dans son portefeuille. Les enfants ne perdaient pas un seul de ses gestes. Il sourit : combien l'intriguait jadis la manière dont les prêtres étaient vêtus sous leur soutane ! Voici qu'il propose à son tour la même énigme à des générations de petits curieux. Ils n'observent que la disparition des objets au fond des poches; leur vastitude doit les laisser perplexes. Il s'interdit de paraître le moindrement déboutonné. Ce n'est pas comme le cher abbé Omer. Quel succès le jour où, sortant en récréation, les élèves le surprirent robe troussée, utilisant les latrines !

L'abbé Douve racontait son opération, l'adoption de cet œil si bien imité, le temps qu'il lui avait fallu pour s'y accoutumer.

« C'est du vrai verre ? demanda un petit.

— Vous allez en juger », répondit l'abbé.

Il ôta son lorgnon. Les enfants, tout en se bousculant, retenaient leur souffle. Ils regardaient avec une surexcitation un peu angoissée cet œil aussi bleu que l'autre, mais d'une immobilité inquiétante entre les paupières trop resserrées et comme indurées. Qu'allait-il se passer maintenant ? L'abbé prit délicatement son lorgnon d'une main et de l'autre en écarta la chaînette. Du rebord de la monture, il heurta l'œil de verre à petits coups.

« Vous entendez ? » demandait-il.

Quand il eut terminé les enfants respirèrent. Ils semblaient moins horrifiés qu'émerveillés.

« Voilà les curiosités satisfaites, dit l'abbé. N'oubliez pas que l'œil qui me reste en vaut deux », ajouta-t-il en brandissant l'index.

Antoine, Elie et Jean quittèrent le cercle.

« Ton professeur sera celui-là, l'abbé Marlet, dit Elie.

— Et l'autre avec qui il cause?

— C'est l'abbé Blot. Comme l'abbé Douve, il fait une année la première, une année la seconde. Ainsi on a le même maître pour les deux années d'Humanités, tu comprends ? Nous, nous sommes tombés sur l'abbé Douve. Cette année l'abbé Blot fait la Rhéto.

— Il a l'air sévère, dit Jean.

— Parce qu'il est noir et sec ? fit Antoine. Il est juste.

— Le janséniste, enfin le glaçon, c'est l'économe, l'abbé Filâtre qui enseigne dans la section primaire, dit Elie. Tu as dû le voir en arrivant.

— Je n'ai pas fait attention, dit Jean. Et le monsieur là, c'est aussi un professeur ?

— C'est Frédéric, dit Elie. Pardon : monsieur Frédéric. Tu comprends, nous avons du mal à l'appeler monsieur; c'est un ancien élève. Il y a trois ans on le tutoyait.

— Il est pion ? demanda Jean.

— Si tu veux. Ici on dit : *socius*. L'allié de l'abbé Douve, quoi ! Il surveille surtout l'étude. Il donne des répétitions parfois. C'est peut-être avec lui que tu potasseras ton grec.

— Il est rosse ?

— Oh ! non. Du moment qu'on ne chahute pas...

— Je croyais bien qu'il avait la vocation, dit Antoine.

— Tu ne penses qu'à ça ! dit Elie. Moi, ce qui m'étonne, c'est qu'il ne soit même pas parti pour sa philo. Il n'y a pas de classe de philo à Saint-Wandrille, ajouta-t-il à l'intention de Jean. Après la rhétorique, on entre au grand séminaire; ou on va finir son bachot ailleurs. Frédéric a travaillé avec l'abbé Douve. »

Le nouveau ne semblait pas comprendre. Antoine fit un signe de tête à Elie :

« Il a encore le temps !...

— Le supin, dit Elie. Fin des réjouissances. »

M. le supérieur passait de groupe en groupe, plein de bienveillante majesté, flattant les mentons et signant les fronts. Les jeux cessaient. Il alla se poster sous la cloche, devant la porte de l'étude. Il consulta sa montre, attendit gravement une minute et sonna quelques coups. Déjà les anciens se mettaient sur deux rangs.

« Les nouveaux à part », cria-t-il.

Jean rejoignit une quinzaine de garçons, en majorité plus petits que lui, qui se mettaient eux aussi en double file. Au milieu du brouhaha, tout en gagnant leur place respective dans les rangs, suivant le même ordre qu'à la chapelle, Elie et Antoine encourageaient Demeure du regard.

« On l'adopte ? demanda Antoine à mi-voix.

— On verra, répondit Elie. Il sent la fille. Il fait viande à curé... »

M. le supérieur donna le second signal. Les rangs finirent de se composer en silence.

M le supérieur siégeait sur l'estrade du surveillant d'étude. A sa droite et à sa gauche, par ordre de préséance — l'abbé Douve d'un côté, l'abbé Filâtre de l'autre, puis l'abbé Blot et ainsi de suite jusqu'à Frédéric — les professeurs occupaient des chaises au même niveau que les élèves. Une fois les anciens installés devant leurs pupitres, on avait attribué hâtivement les places vacantes aux nouveaux.

Attributions provisoires. L'abbé Douve se réservait de les modifier au fur et à mesure qu'il connaîtrait mieux les titulaires. La discipline, et non seulement celle qui se voit, dépend beaucoup des promiscuités. D'une année, parfois d'un trimestre à l'autre, on constate la nécessité de certains changements. Même, sinon surtout, parmi les anciens. Chez les humanistes, en particulier, quels subits écarts de conduite ou, celle-ci restant irréprochable, quelles sautes soudaines de ... comment dire ? de température d'âme ! On sent cela mieux qu'on ne l'exprime. Diagnostic tâtonnant, médecine empirique, à égale distance de l'optimisme de M. le supérieur et du pessimisme de M. l'économe.

M. le supérieur prononçait la traditionnelle allocution de bienvenue. Il ne se renouvelle guère. A sa décharge, il faut inscrire le surmenage de cette journée et l'économie des idées pour la quotidienne lecture spirituelle du matin. Il excelle à passer du ton familier au langage fleuri. Il insiste sur le bon esprit qui règne à Saint-Wandrille : « Cette maison doit être pour vous une seconde famille. » Il vante les avantages d'une communauté restreinte : moins de quatre-vingts enfants. Petits et grands sont mêlés dans les mouvements d'ensemble : c'est plus fraternel. Les uns servent de modèles aux autres. Les « dévoués professeurs » partagent cette même vie. Des soins de toutes les secondes, qui ne se limitent pas à la classe, comme en certains établissements où les éducateurs conçoivent leur rôle à la façon du mercenaire dont parle l'Evangile. Ici ce sont des « bons pasteurs ». Plus que sur une obéissance d'élèves à maîtres, ils comptent sur une affection de fils à pères. Non pas qu'on doive distraire la moindre parcelle de ce qui revient aux « chers parents » et aux « généreux bienfaiteurs ». Il en va du cœur comme de la Sainte Hostie où Notre-Seigneur se donne chaque fois en entier; il ne se partage pas, mais se multiplie : « Vous comprenez que j'use d'une simple comparaison, que je n'identifie pas une expérience psychologique banale et le mystère de l'Eucharistie. » Quelle meilleure preuve d'amour filial, quel meilleur gage de reconnaissance aux « chers parents », aux « généreux bienfaiteurs » qui s'imposent de si lourds sacrifices, que reporter « sur ceux à qui ils ont confié le soin d'orner votre intelligence et d'élever votre âme, les sentiments... » Comment écoutent-ils ? Petits visages impénétrables. Les prunelles dilatées des plus jeunes sont aussi trompeuses que les paupières plissées des plus âgés : transparence et ironie dissimulent une semblable évasion dans le rêve, une surdité égale aux belles paroles de M. le supérieur. Il a trop donné le change, lui, Adrien Douve, chez les Jésuites ou au séminaire, pour ne pas se méfier. Il aimait mieux la littérature. Oh ! tous ne lui ressemblent pas. Au séminaire, il aurait parié que Théodore Valentin était réellement, excessivement même, attentif. Mais que fait-il en ce moment, l'abbé Douve, sinon ce qu'il soupçonne beaucoup d'élèves de faire ! Voyons, où en est M. le supérieur ? Il est sorti de sa période. Il en éclaire le premier point. « Orner votre intelligence. » Des souhaits de succès scolaires. Il a une pensée pour toutes les classes. Il cite l'*Epitomae* et le *De viris,* César et Cicéron, Homère et saint Jean Chrysostome. On l'écoute mieux, dirait-on. Les confrères eux-mêmes qui, sauf M. Filâtre, cachaient leur ennui derrière une attitude pleine de componction, ont relevé la tête. Guettent-ils une défaillance de mémoire, un solécisme dont ils riront sous cape ? N'importe. Les bras croisés, le chef droit, ils marquent leur intérêt.

Deuxième point : « Elever votre âme. » C'est le lieu de rappeler la destination primordiale de cette maison : préparer de futurs prêtres. Si tous les élèves qu'on y reçoit ne manifestent pas d'emblée des signes de vocation, si l'on n'exige pas, comme avant la guerre, au moins l'aveu de quelque inclination au sacerdoce, on ne doit pas perdre de vue que Saint-Wandrille reste, en principe, un petit séminaire. Chaque année le grand séminaire y recrute des lévites. Ces résultats consolants répondent aux vues du ciel et confirment la sagesse des directives épiscopales : on a voulu que le règlement de Saint-Wandrille fût le même que par le passé. « Ainsi, mes chers enfants, votre âme s'épanouira-t-elle dans une atmosphère religieuse plus haute encore que celle des ordinaires collèges catholiques, du reste si méritants. » De nouveau les « chers enfants » vaguaient, semblait-il. Parmi eux combien, à travers la voix du supérieur, percevaient l'appel ineffable ?

Adrien Douve, lui, l'avait entendu plus tard qu'à cet âge. Sans le père Lorraine et sa retraite prêchée aux étudiants de la Faculté, y aurait-il pris garde ?

Et maintenant des consignes pratiques. Les curiosités sont éveillées. Le règlement habituel entre en vigueur dès cette minute. C'est celui des dimanches et fêtes. Après le goûter, récréation suivie des vêpres et d'une étude libre. Ensuite souper, Complies et grand silence pour le coucher jusqu'au déjeuner du matin. Les anciens initieront les nouveaux. Demain, commencement des classes. Plus exactement mise en train.

« Voici une bonne nouvelle, en rapport avec ce qui a été dit sur l'atmosphère religieuse de la maison. A partir de jeudi et jusqu'à la fin de la semaine, une retraite sera prêchée à la communauté. Qu'elle soit pour tous, au début de cette année scolaire, l'occasion de se retremper en Dieu et de prendre de saintes résolutions. Qui sera le prédicateur ? Les plus anciens d'entre vous le connaissent déjà. Il est venu, il y a quatre ans. C'est le père Lorraine. »

Des élèves, toujours les mêmes, exprimèrent leur plaisir avec ostentation, se frottant bruyamment les mains à toute allure et répétant « chic ! chic ! » Ils se livraient à ce genre de manifestation quoi qu'on annonçât d'exceptionnel. Incorrigibles péteux ! Dégoûté Elie, comme quelques autres, chercha des yeux Antoine.

Celui-ci, rouge de surprise heureuse, regardait l'abbé Douve qui inclina la tête en souriant.

« Une autre bonne nouvelle, dit M. le supérieur, concerne la culture profane dont Saint-Wandrille tient à honneur de ne pas faire fi. Nous déplorions, jusqu'ici, une carence, hélas ! indépendante de notre volonté, du côté des Beaux-Arts. Eh bien, nous aurons désormais des cours de dessin et de violon. Cela grâce à la générosité d'une personne très artiste dont la famille compte au nombre de nos plus fidèles bienfaiteurs : j'ai nommé Mlle de Borre. Les candidats à ces cours évidemment facultatifs et limités, auront à se faire connaître à l'abbé Douve qui appréciera. »

Frédéric dut réprimer un geste de stupeur. Il feignit un besoin de se passer les mains sur le visage. Pourvu que les élèves ne remarquent pas son trouble ! Il tourna les yeux vers l'abbé Douve. Celui-ci affichait l'indifférence.

II

Avant le séminaire, Adrien Douve ne savait pas ce qu'était la nuit. Ces enfants l'apprennent de bonne heure. Ils ne l'oublieront pas plus que lui, quoi qu'ils fassent. Valentin ne pouvait pas l'oublier, en dépit des chemins de perdition qu'il s'y frayait, tandis qu'Irène et Anne-Marie restaient seules. Ce qu'est la nuit, la grave et poignante poésie de l'ordinaire des Complies l'exprime. De la première bénédiction qui demande au Seigneur qu'elle soit tranquille et qui lie cette quiétude à celle de la mort, jusqu'à la dernière oraison qui prie Dieu de visiter la maison, d'en éloigner les embûches de l'ennemi : et que les anges l'habitent; en passant par la Leçon brève, ah ! jamais écoutée sans frisson, de saint Pierre qui prescrit sobriété et vigilance et montre l'adversaire, le rôdeur diabolique semblable à un lion rugissant cherchant quelle proie dévorer; et par l'hymne où sont conjurés les songes et les fantômes qui polluent les corps privés de conscience; et par le repons où l'on se confie au Seigneur comme la prunelle de l'œil, où l'on se met à l'ombre de Ses ailes. Ah ! oui, un œil menacé par l'invisible et aussi de grandes ailes refermées, voilà ce qu'est la nuit. Ces enfants en appréhendent pour jamais le mystère. Si peu qu'ils comprennent le latin, la solennité imagée des vocables les pénètre. Le claquoir du cérémoniaire ne dissipe pas ce recueillement, ce repli sur eux-mêmes.

Au sortir de la chapelle, la communauté, sur deux files, s'engageait dans le long corridor conduisant à l'escalier des dortoirs, Arrivés au bout du corridor, les chefs de files s'arrêtaient. Tout le monde se tenait immobile. Brusquement on était plongé dans une demi-obscurité. Seule apparaissait, lumineuse dans sa niche, sous une guirlande d'ampoules électriques, la statue de la Vierge.

Antoine goûtait cet instant comme au premier soir. Il lui manquait pendant les vacances. C'est ce rite qui avait décidé de son amitié pour Elie, plus ancien de six mois. Qu'attend-il, Elie, pour entonner le « Salve Regina » ?

Il n'y eut que deux notes, l'une rauque, l'autre criarde, échappées à des registres désaccordés. On pouffa en se retournant sur Elie cramoisi qui désignait sa gorge avec une mimique d'impuissance.

« Crespel, entonnez », dit l'abbé Douve.

Une voix pure monta et le chœur continua l'antienne.

Ce n'était plus la voix d'Elie, celle qui avait bouleversé Antoine et qui l'émouvait chaque soir depuis tant d'années. Etait-ce parce qu'il était nouveau qu'il avait été si touché ? Il ne le croit pas plus qu'il n'attribue à l'amitié la ferveur avec laquelle il entendit toujours chanter Elie. La voix modulant, sur un air qui ne ressemblait à aucun de ceux que fredonnaient l'oncle, Tanty ou les autres artistes, des paroles incompréhensibles, cette voix l'avait secoué, lui avait hérissé la chair de la tête aux pieds. Il évoqua, il ne sut pourquoi, une blessure de jeune animal. Par la suite il imagina

Adam adressant son premier salut à Eve de cette voix-là. « Salve Regina » Eve ressemblait à Régine, la reine d'Espagne de *Ruy Blas ;* et Adam... à l'oncle Rodolphe. Absurde ! De toute manière Adam était un homme, doué d'une grosse voix par conséquent. Voilà Elie devenu un homme à son tour. Et lui, Toine ? Oui, bien sûr : il se surprend à chanter en basse. Ils sont plusieurs dans le même cas. Quand Elie lui a demandé, cet après-midi, s'il n'avait rien remarqué d'autre, était-ce à cela qu'il pensait ? Antoine a observé pire sur son corps. « *Et Jesum, benedictum, fructum ventris tui...* » Fruit de ventre. C'est drôle; comme en rapport avec... la chose. Le latin des prières est plein d'expressions semblables. Elles donnent de mauvaises pensées : « *Ora pro nobis, sancta Dei genitrix.* » Crespel chante juste. Rien de comparable avec Elie cependant. Dès le lendemain de son arrivée, Antoine aurait pu connaître lequel, parmi ses nouveaux camarades, possédait cette voix inouïe. Exprès, il ne s'en enquit pas. Il mit une constance un peu douloureuse à tenter de le deviner. Il n'y réussit qu'à la chapelle, lors d'une grand'messe. A la suite de quoi, Elie lui plaisant, il rechercha son amitié qui se donna immédiatement.

Le supérieur a remonté les rangs. Il fait face à la communauté qui, agenouillée, reçoit la bénédiction. C'est le grand silence.

Jean Demeure trouva son lit dans le dortoir placé sous la surveillance de M. Frédéric. Celui-ci l'ayant conduit jusque-là, le laissa inventorier la petite armoire en bois blanc où la sœur lingère avait dû, d'autorité, ranger quelques affaires. Jean n'avait même pas assisté à l'examen de son trousseau. Il savait du moins que ce trousseau, suivant une prohibition formelle de M. l'économe, ne comprenait pas de pyjamas, mais des chemises de nuit. Papa et maman avaient plaisanté là-dessus. Lui, Jean, ne se rappelait pas avoir jamais dormi en chemise de nuit. Il en sortit une de l'armoire. La revêtir l'amusait et l'attristait tout à la fois. Même la nuit il se sentirait en uniforme. Il traînait un peu, comme s'il fût seul dans sa chambre. La lumière tomba en veilleuse. Il commença de se déshabiller sans prêter attention à ses voisins.

Ceux-ci, déjà couchés, observaient le nouveau. Soudain ils n'en crurent pas leurs yeux. Instinctivement ils y portèrent la main, les doigts restant écartés par la curiosité : pour changer de chemise le nouveau se mettait nu.

On s'agita, on pouffa, on chuchota. Jean, à voir les autres, dressés sur un coude, la tête tournée vers lui, sentit qu'il était cause d'un trouble. Il n'eut pas le temps d'en deviner la nature. Comme il se glissait entre les draps. M. Frédéric surgit. Le surveillant s'adressa à voix basse à un voisin de Jean :

« Et le grand silence !... Qu'est-ce que ce remue-ménage ?

— C'est le nouveau... Il a manqué à la modestie. »

Frédéric se fit expliquer l'incident. Il se pencha sur le coupable.

« Comment vous appelez-vous ?

— Jean Demeure.

— Eh bien, Jean, dit-il doucement, à l'avenir il faudra vous vêtir et vous dévêtir en respectant la décence. Il n'est pas convenable de se montrer nu.

— Je ne savais pas monsieur, balbutia l'enfant; il n'y a pas de filles ! »

Mis au courant l'abbé Douve sourit :

« Vous avez bien fait de ne pas le gronder », dit-il.

Il ajouta après une seconde de réflexion : « L'argument de ce petit est moins innocent qu'il ne paraît. Ou s'il l'est, c'est le paradoxe de notre éducation chrétienne que de faire perdre cette innocence-là ! »

Une dernière ronde, et l'abbé Douve et Frédéric gagnaient leurs cellules, commandant chacune un dortoir.

Calme nuit. En prêtant l'oreille, on croirait entendre la respiration lointaine de la mer, comme à Berck dans les baraquements plantés au milieu des dunes; et ce froissement brusquement amplifié d'un jeune corps qui se retourne ou se détend ressemble à quelque subit glissement de sable ou au déboulé d'un lapin. L'abbé Douve, là-bas, aimait à veiller tard après que les garçons s'étaient endormis. Ici, il écourte la veille. Mais il lui plaît, une fois prise, avec Matines et Laudes, l'avance permise dans la récitation du bréviaire, d'éprouver presque charnellement la délivrance de son fardeau vivant. Ce fardeau repose. En même temps, plus que la turbulence du jour, l'abandon nocturne pénétre le veilleur d'un sentiment grandiose et intime : celui d'avoir la garde de ces enfants, de les protéger. Contre quoi ? Contre tout ce qu'ils ignorent, contre les mauvais rêves, même, qu'ils ne savent pas interpréter. « L'abbé Douve, l'abbé couve. » Il sourit. C'est vrai. Il se sent autant de fois père qu'il a eu, qu'il a et qu'il aura d'élèves à faire marcher en rang, à rappeler à l'ordre, à encourager, à complimenter, à obliger au silence ou au jeu, à instruire, à confesser. Et si quelques-uns, dans le nombre, sont plus constamment présents que les autres à sa pensée, doit-il s'accuser d'une coupable préférence, Seigneur ? N'est-ce pas plutôt parce que, mystérieusement, Vous les lui désignez comme vos otages ou comme les témoins de la température spirituelle de la communauté ? Que ces âmes choisies montent ou baissent et la communauté entière a l'air de les suivre. En cette première nuit d'une nouvelle traversée, sur ce dortoir pareil à un vaisseau qui vogue avec ses seuls feux de position, l'homme de quart vous prie, Seigneur, de faire descendre votre paix afin que la cargaison soit menée à bon port...

Sage nuit. L'abbé Douve a éteint sa lumière. Toine va dormir. Les grains du chapelet sont tièdes. Habituelle oraison jaculatoire : « *In manus tuas, Domine, commendo spiritum meum.* » Remis entre les mains du Seigneur, puisse son esprit ne pas s'égarer, comme trop de fois, vers ces paysages cauchemaresques d'où il lui semble, alors même qu'il sait qu'il dort et qu'il lutte pour s'éveiller, ne pouvoir revenir : des rues et encore des rues qui accourent au-devant de lui, en tous sens, qui se multiplient; et plus il prétend rester immobile, plus elles bougent, entraînant pêle-mêle les maisons, les tramways et les gens et le contraignant à des enjambées immenses qui ne le mènent nulle part. C'est malin d'y penser maintenant ! Non. Rien à craindre. Il se sent sage. Et content. Les classes recommencent demain; c'est moche. Mais le professeur d'Humanités c'est l'abbé Douve. Et puis Elie est là. Et le père Lorraine arrive dans trois jours. Il faut dormir. Dernière habitude : Toine baise la médaille de Notre-Dame-des-Sept-Douleurs, la médaille que madame Trosse a retirée de son cou pour lui, une fois qu'il avait été si malade; Anne-Marie portait la même...

Bonne nuit. Bonne au point qu'Elie n'en révélait la saveur à personne. Il croisait les bras sur sa poitrine, serrant la nuit comme un gros pain. Il se frottait les pieds l'un contre l'autre avec un bien-être animal. Non, personne, pas même Antoine, ne peut deviner cette jouissance chez un meneur de jeux, un chef de clan : l'immersion dans le bain noir, la dérobade absolue, la perte de conscience inviolable. Il y avait beau temps qu'il évitait de rêver à *L'Adèle* avant de s'endormir. Mais il arrivait, sur les rivières du sommeil, que le lit de fer rencontrât la péniche. Maintenant le lit devient une embarcation de sauvetage détachée de *L'Adèle*. Le monde hostile — c'est parce qu'il le sent hostile qu'Elie l'affronte, le jour, s'imposant aux camarades, provoquant la considération des maîtres — ce monde hostile ne se limite plus à Saint-Wandrille. Manman, contre toi aussi, contre ta hantise, la bonne nuit ouvre un refuge. En voici le sésame : Bran à tous !...

Nuit amère. Jean souffrait de s'être fait remarquer. Il lui semble qu'on l'épie encore dans la pénombre. Il voudrait se cacher avec son chagrin; ce serait un peu comme s'il berçait son cœur. La mortification l'a contracté. Tout ça rien que pour une façon de se déshabiller. S'habituera-t-il jamais à la pension ? Combien de réprimandes risque-t-il encore ? C'est tellement différent de la maison. La nourriture n'a pas le même goût — oh ! la soupe dont la première cuillerée lui noua la gorge —, les objets n'ont ni le même poids ni la même odeur. Cette chemise de nuit, Maman a oublié de la blanchir. L'apprêt irrite la peau. Et Jean s'y sent emprunté. Ses jambes, accoutumées au pantalon de pyjama, se touchent avec méfiance. Les draps conservent le parfum familial. Mais du matelas, du traversin et des couvertures monte une odeur étrangère. Il faut y plonger désespérément, se tasser dans le lit, afin que les autres ne soupçonnent pas les larmes. Où Elie et Antoine dorment-ils ? Papa Maman, où sont vos baisers du soir ? Pourquoi, oh ! pourquoi...

Jean sursauta :

« C'est assez pleuré, mon petit Jean, murmurait une voix à son oreille. Vos parents auraient beaucoup de peine s'ils vous voyaient. Apprenez à devenir un homme. Dormez pour ne pas vous montrer paresseux demain matin. »

L'abbé Douve le borda et du pouce lui signa le front. L'enfant, apaisé, ferma les yeux...

Nuit impatiente. Frédéric ne trouvait pas le sommeil Il demeurait sous le coup de l'annonce du supérieur : Paule de Borre professeur à Saint-Wandrille ! Professeur bienfaitrice, sans doute. Après tout, vue de l'extérieur, la chose n'apparaîtrait pas plus étonnante, de sa part, que de tenir l'harmonium et de catéchiser les gosses d'Orchiecourt. Qui sait, cependant, si ce geste ne trahit pas une aggravation de soucis à La Maison-sous-l'église ? Frédéric se rappelle l'enquête de l'assureur Cassagne. Ah ! il se rappelle aussi et surtout la mise en garde de Fernand Ramette et son réconfort équivoque. L'idée de ce professorat l'échauffe comme une chance et l'inquiète comme un caprice. Qui marche dans le dortoir ? Frédéric se lève et regarde par la lucarne. C'est l'abbé Douve. Ah ! il a eu une pensée pour le nouveau; il aura craint que l'enfant ne prenne trop à cœur les mines scandalisées de ses camarades. « L'abbé Douve — l'abbé couve ! » Il n'a pas bronché en entendant la nouvelle. Il la connaissait déjà, bien sûr. Depuis quand ? Au fond, il n'est pas loin de juger Paule de la même manière que le père Ramette. A la première occasion il faudra lui parler...

III

M. de Borre sortait le dernier de la mairie. Les autres avaient déjà traversé la place en direction de l'estaminet. Fernand Ramette s'attardait. On le héla.

« Gardez-moi eun' tournée ! » cria-t-il.

Quand M. de Borre parut, il l'aborda.

« Comme ça, monsieur le maire, vous rentrez à c't'heure ? »

M. de Borre lui lança un regard de biais. Que signifiait cette attention insolite ?

« Que ferais-je de mieux ? répondit-il. Mais toi, Ramette, tu ne vas pas continuer le conseil chez le débitant, ce soir ?

— J'ai ben l'temps. Il a été calme le conseil aujourd'hui.

— C'est vrai. Même toi, pour une fois, tu ne m'as pas reproché de lésiner sur les dépenses de la commune !

— Avec votre permission, monsieur le maire, je vous accompagne », dit le bourrelier. Il reprit : « Faut pas m'en vouloir quand je vous asticote. Ce que j'en dis c'est pour les jeunes. Ils n's'amusent pas assez au village.

— La ville n'est pas si éloignée. Ils peuvent aller au cinéma ou au bal.

— Avez-vous remarqué qu'ils n'y vont pas ? Je parle des gars.

— Ah ! oui ? » fit M. de Borre comme frappé. Il ajouta aussitôt : « Que veux-tu que nous y fassions ? Ça les regarde. »

Ils marchaient trop vite au gré de Fernand Ramette. Serré dans son manteau, le grand nez émergeant à peine du col de fourrure, M. de Borre, sur ses longues jambes, avançait en crabe. Fernand s'efforça de le freiner.

« C'est pas bon que les coqs, même les vieux, mettent l'tiète sous l'aile en plein midi, dit-il sentencieusement.

— Je ne comprends rien à tes inquiétudes, dit M. de Borre. Est-ce ton Frédéric qui te tourmente ? Il a retrouvé son poste à Saint-Wandrille, n'est-ce pas ?

— Et se dispose à passer tous ses diminches ici. Oui, Il s'agit pas seulement de lui.

— Quoi qu'il en soit, nous n'avons pas à divertir la jeunesse d'Orchiecourt aux frais de la commune. Si elle est en proie au cafard, comme ils disent maintenant, la question est d'ordre moral. C'est du ressort de M. le curé et de l'instituteur. Soumets-la à l'un et l'autre. Qu'on fonde... je ne sais pas, moi, un patronage ! Tiens ! l'instituteur, au Conseil, parla un jour d'une clique ou d'une société de football. Personne ne l'écouta. Ce serait à reconsidérer. A la rigueur, la municipalité subventionnerait quelque entreprise de ce genre. Mais tes projets de réjouissance sans lendemain... Non. Ce serait inutile et ruineux. »

Le ton de M. de Borre trahissait de l'impatience; son nez trompettait.

Le maire d'Orchiecourt prenait sa tâche administrative à cœur. Il en suppléait la modestie à force de zèle. Il laissait au secrétaire de mairie. M. Duhamel, le vieil instituteur, juste assez d'initiative pour ne pas le désobliger. Que d'occupations, en fin de compte ! Des édiles plus importants mais moins consciencieux que lui n'en assumaient pas autant. Il ne se souciait d'autre politique que celle de son clocher. Comme sa fille, il se sentait royaliste. Le sentiment n'engageait pas la raison. Quelques années auparavant, quand Rome avait condamné *L'Action Française,* ni lui ni Paule, à ce qui lui parut, n'éprouvèrent de drame de conscience. S'ils frondaient la mesure disciplinaire, de temps en temps, c'était plus par esprit d'indépendance et pour affirmer une fidélité chimérique que par conviction; le monarchisme doctrinal les rebutait. Ils s'accommodaient de vivre en République. L'hôte de La Maison-sous-l'église entendait jouer son rôle traditionnel de notable. Personne ne lui disputait l'écharpe. Au Conseil municipal, seul le bourrelier le harcelait avec des programmes de festivités insensés. Si on l'écoutait, à tout propos, de la Saint-Nicolas à la Saint-Crépin, la commune pavoiserait. M. de Borre croyait à une revendication personnelle de bambocheur. Et voilà qu'on lui parlait de l'ennui de la jeunesse. La belle affaire ! Est-ce qu'il s'amuse, lui ? Et Paule ? Cela valait-il que ce joyeux drille de Ramette sacrifiât une réunion d'estaminet ?

On arrivait devant La Maison-sous-l'église. Le grand nez trompetta une dernière fois à vide. La chasse d'air, énergique, semblait clore la discussion. Fernand Ramette ne s'en émut pas. Il se flatta la moustache, puis :

« Voyez-vous, monsieur le maire, les anciens comme mi s'rappellent le temps de feue Mme de Borre, dit-il avec douceur. Alors la municipalité n'avait pas à réfléchir sur la tristesse du village. Tout le monde était gai. Le père Duhamel vous le dirait. »

M. de Borre s'arrêta net et fit face.

« Pourquoi évoques-tu ces souvenirs... si douloureux pour moi ? Je te l'interdis...

— Ne vous offensez pas. C'est un hommage à la mémoire de madame... Je revois core son arrivée ici. Quelle belle noce ! Tout le village banqueta dans le parc, y compris nous, les gosses. J'avos, bon Dieu ! dix ans juste. Il y a trente ans de ça. Les jeunes ne peuvent pas savoir. La noce, on aurait juré qu'elle continuait. Le jeudi le parc était ouvert aux enfants et le dimanche à tout le monde. Madame nous recevait à goûter. On ne faisait pas seulement bonne chère. On s'amusait. Vingt dieux, monsieur le maire, vous rappelez-vous les 14 juillet de ce temps-là ? Tous les jeux qu'elle organisait, madame ? La course en sac, à trois pieds, à la birouette; les cadeaux suspendus par une ficelle qu'il fallait couper, les yeux bandés, avec des ciseaux; les tartines de confiture à manger sans mettre les mains; la pêche de la pièce de dix sous dans un baquet d'iau; et le mât de cocagne enduit de savon noir où Fernand Ramette a usé tant de culottes ! Ah ! on avot du goût.

— Tais-toi ! » murmura M. de Borre.

Ils avaient repris leur marche et dépassé la grille de La Maison-sous-l'église. L'éclairage communal cessait à cet endroit. Il leur sembla qu'à quelque distance devant eux d'autres pas traînaient sur la route. Ils n'y voyaient pas à trois mètres. D'instinct ils ralentirent. M. de Borre se rongeait les ongles. Fernand l'entendait souffler. Il ne tint pas compte de son ordre. Sans élever la voix, comme pour une confidence complice de l'obscurité, il ajouta :

« Vrai, j'en ai profité. Et puis, un jour, Madame a paru moins en train. Oh ! elle se montrait core accueillante. Mais on sentait que ça lui coûtait. On aurot dit que la joie des autres lui faisait mal. Par bonté elle voulait qu'on s'ébatte comme d'habitude. Elle se forçait à sourire. Ensuite, il eut l'air de plus en plus contraint, son sourire. Là-dessus, je commençai de fréquenter Françoise Cagin, future Mme Ramette. J'allos souvent à Danville. Le père Descottes m'en moque core à c't'heure. Elle m'a laissé tirer la langue plus d'une fois, Françoise. Je me revanchais. Sauf votre respect, monsieur le maire, le renard visitait les poulaillers des environs. J'ai poussé ainsi jusqu'à Mauchief-le-Haut.

M. de Borre, de nouveau, s'arrêta et fit face. Le bourrelier finissait de rouler une cigarette. Le maire d'Orchiecourt, nerveusement, en prit une dans son étui. Il frotta, le premier, une allumette. Il tendit la flamme à Ramette. Elle s'éteignit avant même d'avoir éclairé le visage qui s'approchait.

« Attendez, monsieur le maire. Vous permettez ? »

Ramette, à son tour, frotta une allumette et se servit aussitôt. Abritant le feu au creux de sa main, il l'offrit à M. de Borre. Celui-ci n'avait rien pu lire sur le visage qui, une seconde, s'était arraché à la nuit, rien que l'attention machinale du fumeur guettant, les yeux baissés, un point rouge. Obligé de s'incliner vers la main du bourrelier, il ne put, la seconde après, capter le regard qui sans doute se livrait à lui. Il lui sembla en éprouver le poids sur son propre visage dénudé; il s'irrita du tremblement nerveux qui se communiquait à la cigarette et il faillit éteindre la flamme. Maintenant tous deux replongeaient dans le noir comme dans une encre soudain épaissie. M. de Borre cligna des yeux. Il tenta une dernière fois de scruter son interlocuteur. Il dut y renoncer. On rebroussait chemin.

Etait-ce à dessein que Ramette avait nommé Mauchief-le-Haut ? Que sait-il ? Faut-il à présent l'interroger au risque de l'alerter, si tant est que la cigarette lui a donné le change sur une halte subite ? Couper court ? En voilà assez. Vit-on jamais M. de Borre errer sur la route à pareille heure, et en compagnie du bourrelier ! User d'ironie, se piquer d'insolence; personne, pas même Paule, n'a levé ce masque. Trop tard. L'autre a pris l'initiative, malgré le sursaut dès les premiers mots. Le pire c'est que ce bavardage indiscret provoquait une sombre jouissance, tel un prurit gratté jusqu'au sang. Le « Tais-toi ! » ne voulait pas dire autre chose que le « Assez ! » de la femme en amour. De là cette promenade inimaginable. L'initiative, Ramette la garde. Il recommencera de parler quand bon lui semblera. Il ne peut pas ne pas avoir prémédité le colloque.

« Faites excuse, monsieur le maire, reprit le bourrelier en lâchant une grosse bouffée de fumée. Je récapitulais, en dedans, le plus triste. La mort de Madame. Pensez si je me rappelle : c'était la veille du départ de la classe. On devait, toute une bande de conscrits, se réunir en ville pour faire un peu la fête. Ah ! ouiche ! L'envie m'en a passé sur-le-champ quand, en me levant, j'ai appris la nouvelle. Les nouvelles plutôt, puisque mademoiselle de Borre était venue au monde en même temps que la pauvre madame s'en allait.

— Mlle Paule n'est pas responsable », ne put s'empêcher de murmurer le maire d'Orchiecourt.

Fernand Ramette ne s'étonna pas de la réflexion :

« Pour sûr, dit-il. Les gens le savotent ben. N'empêche qu'ils s'attristaient plus de la mort qu'ils ne se réjouissaient de la naissance. D'autant que depuis que madame était grosse, ils espéraient qu'elle retrouverait sa gaieté. Bref ! ce fut la fin de tout. Et puis il y a eu la guerre. L' Maison-sous-l'église n'est plus comme avant. »

M. de Borre prit un ton geignard et l'on eût dit que des sanglots lui montaient au nez.

« Comment veux-tu ! Elle héberge un bonhomme que le chagrin — un chagrin que tu n'as pas craint de raviver, Fernand Ramette ! — a vieilli précocement; et une orpheline qui, sans doute, n'aurait pas demandé mieux que de continuer la tradition maternelle, si elle-même l'avait connue. La pauvre enfant paie assez de sa personne au village, non ? »

Le bourrelier rit calmement. M. de Borre haussa la voix et la trompette nasale sonna à plein.

« Tu ne vas pas me dire qu'on ne lui en sait aucun gré, qu'on la déteste ?

— Au contraire ! dit Ramette. On vénère Mlle de Borre. On l'a chère... On l'adore même ! »

Ils rentraient dans la zone chichement lumineuse qui s'étendait, de la grille de La Maison-sous-l'église à l'autre extrémité d'Orchiecourt. M. de Borre put enfin dévisager à loisir le bourrelier. Celui-ci, en dépit des paroles qu'il venait de prononcer, ne laissait pas entendre raillerie. Déconcerté, M. de Borre balança pour décider s'il briserait là.

Bonne nuit. L'absurdité de cette soirée s'effacerait sous des apparences raisonnables. Bonne nuit Ramette. Une façon d'avoir l'air de trouver naturel son comportement. Après tout, il l'est peut-être. Quelque impérieuse réminiscence fit souhaiter au bourrelier le confident le plus propre à en partager la nostalgie : « C'est un hommage à la mémoire de madame. » Mais il reste l'allusion — en était-ce une oui ou non ? — à Mauchief-le-Haut. Et le rire et les mots ambigus au sujet de Paule. D'ailleurs Ramette ne semble pas considérer l'entretien comme terminé. Il attend. M. de Borre préféra jouer son va-tout. Il posa la main sur le bras de Fernand et,avec un bref hennissement :

« Grâce à toi, Ramette, je ne risque pas l'insomnie. Cette promenade inaccoutumée m'aura finalement calmé les nerfs. Mais j'aimerais que tu me dises si tu n'avais pas une idée derrière la tête en m'entraînant ainsi dans la campagne et en remâchant un passé qui m'appartient plus qu'à toi ? »

Le bel homme se caressa la moustache. Ses yeux pétillaient mais il demeura grave.

« Pour sûr que j'ai m'n'idée, monsieur le maire, répondit-il. C'est rapport à mes remarques, tout à l'heure, sur Madame et son espèce de maladie de langueur. Pensez ! Les gens n'ont pas réfléchi à ça du premier coup. Je crois même que longtemps ils n'y ont rien vu. Ils attribuaient tout à l' grossesse. Mi j'avos observé que ça datot d'avant. C'étot mi qui répétos que l' délivrance arrangerot les choses. A cause de c' que j' savos; depuis deux ans environ; depuis que j'fréquentos, *mi aussi* — il appuya sur ces deux mots — à Mauchief-le-Haut. »

M. de Borre lui saisit le bras.

« Viens ! » souffla-t-il.

A longues enjambées, plus araignée de mer que jamais, il obligea Ramette à le suivre dans un chemin de terre bordé de bouleaux; comme s'il craignait, sur la grand'route, une improbable rencontre. Fernand n'essaya pas de se dégager bien que les doigts crispés sur son biceps lui fissent mal.

« Maintenant parle ! dit le maire d'Orchiecourt haletant. Que sais-tu ?

— Tout, répondit le bourrelier.

— Précise.

— Sophia Jablonska, la Polonaise.
— Et puis ?
— Sosthène.
— Tu les a vus ?
— Plus souvent que vous, j' cros bien, monsieur le maire. Mi je n'ai jamais oublié la route de Mauchief-le-Haut. A vélo, pensez ! en moins de trois heures on fait l'aller et retour... sans compter l'restant !
— Tu les a vus... récemment ? »
La voix de M. de Borre trébuchait.
« La Polonaise, pas plus tard que tantôt. Elle peut à peine causer. La paralysie a core gagné.
— Et l'enfant ?
— Le jeune homme, vous voulez dire, monsieur le maire ! Il aurait terminé sin service s'il avot été bon, le pauvre. Lui j' l'ai pas revu, sauf quand il étot core un osiau pour ch'cat ! avant sin départ pour l'orphelinat. Plus personne n'en parle.
— Et moi ? Est-ce qu'on parle de moi ?
— Qui est-ce qui s'souviendrot ? Depuis le temps, dites un peu ! Avec ça la Polonaise est fière. Elle ne s'est jamais plainte. Une fois sin tiot débrouillé — autant que ça se pouvait ! — elle l'a mis à l'orphelinat, du côté d'Ecuries, je cros. Elle allait le voir presque chaque année; à Pâques, d'après ce que j'ai compris. En dehors de ça, une bête d'somme. Elle remuait plus les bras que s'langue, sûr ! Jusqu'à cette attaque qui l'a clouée au lit, il y a un mois. Je ne vous apprends rien, monsieur le maire. »
M. de Borre écoutait avidement. Il répondit, Fernand s'en étonna, d'une voix soudain haut perchée :
« Tu m'apprends beaucoup de choses, au contraire. C'est-à-dire que tu me permets d'imaginer quelle a été l'existence de la malheureuse Sophia, entre le

moment où je l'ai... où j'ai dû cesser de les rencontrer, elle et son enfant et des nouvelles récentes. Ah ! certes, je conviens de mes torts. Mais ne me juge pas trop vite, Fernand Ramette ! »

Le bourrelier venait d'allumer une cigarette. De la main, il dissipa la fumée. Le maire d'Orchiecourt pouvait prendre le geste pour une dénégation. Entre les rangées de bouleaux, sous la lune apparue dans une déchirure de nuages, les deux hommes firent les cent pas. La voix de M. de Borre redescendait vers les sonorités assourdies.

« Ne me juge pas, répétait-elle, ni sur le passé ni sur le présent. Du passé tu as évoqué les belles couleurs. Elles se sont fanées plus tôt à mes yeux qu'aux tiens. Avant la mort de ma femme, oui. Pourtant, à dater de cette mort, je ne suis pas retourné à Mauchief-le-Haut. Il m'en coûtait, crois-moi. Jusqu'à la guerre, j'ai aidé de mon mieux, de loin, Sophia à élever le pauvre petit Sosthène. J'avais même songé à leur avenir. Après la guerre, et cette justification vaut pour le présent, tu n'ignores sans doute pas que j'ai subi certains tracas. Je remettais de mois en mois mes obligations. »

Il ne se pardonnera pas cette confession. Il garde assez le contrôle de soi pour n'en pas dire plus. C'est encore trop. Quel abaissement devant ce bourrelier ! Mais en même temps, quel âpre soulagement, analogue au plaisir de tout à l'heure, quand Ramette éveillait des fantômes. Un secret si bien défendu. Est-on jamais assuré d'un secret ? Ramette connaissait le sien en partie. Il faut lui rendre cette justice qu'il ne l'a pas trahi. Enfin, il semble !

Fernand ne bronchait pas.

« Voilà, fit M. de Borre. Je t'ai dit des choses dont ma fille elle-même ne se doute pas.

— Ça vaut mieux, répliqua Ramette, tout uniment. Comme min Frédéric le disait l'autre jour, Mlle de Borre est si pure ! »

Le maire d'Orchiecourt approuva gravement. Puis :

« Ces choses que tu sais, es-tu certain que personne d'autre ne les connaît ?

— Je parieros qu'y a core quelqu'un.

— Mon Dieu ! Qui donc ?

— Rassurez-vous, monsieur le maire. Si j'ai raison, je ne vous apprendrai rien de rien, c'te fois. Je pensos à Cassagne ch'l'assureur.

— Ah ! tu es au courant de cela aussi ?

— Ce n'était qu'eune supposition. Après sa première attaque, le mois dernier, Sophia m'avoua qu'un homme d'affaires l'avot conseillée. Elle se résignait à le laisser s'occuper de ses intérêts, parce qu'elle avot peur de ne plus pouvoir travailler. Elle ne voudrait pas finir à l'hospice. Là-dessus Cassagne passe en tournée à Orchiecourt. C'était le jour, tenez, où Mlle de Borre m'a conduit Mulysse rapport à son harnais qui la blessait, même que... Bref ! Ch'l'assureur m'a posé des questions à votre sujet, monsieur le maire. Il était, paraît-il, en relations avec vous. Bouche cousue, pensez. J'avos m'n' idée. »

Ils avaient quitté le chemin de terre. Ils se trouvèrent de nouveau devant la grille de La Maison-sous-l'église.

« Et maintenant ? dit M. de Borre d'un ton las.

— Maintenant ? fit Ramette surpris.

— Que cherches-tu ? Pourquoi, ayant dissimulé si longtemps, t'es-tu décidé subitement à me parler de tout ça ? »

Le bourrelier se caressa la moustache. Il cligna de l'œil et son visage poupin affichant un air content de soi :

« J'ai core m'n'idée, répondit-il. A c't'heure, ça me flatte de savoir que vous savez que j' sais ! »

Il rit. Il a un peu buté sur l'enfilade de mots. Il ajoute avec sa cordiale déférence habituelle :

« Bonne nuit, monsieur le maire. »

Et tandis que M. de Borre, décontenancé, tarde à ouvrir, Fernand Ramette, en sifflotant, se dirige vers l'estaminet.

IV

Le bureau de M. le supérieur était un bain de cire. M. le chanoine Débly ne restait-il pas pénétré de cette odeur quand, cédant à quelque rhétorique salésienne qu'il prisait, il le proclamait, plus que l'éloquence bossuetienne, il recommandait aux enfants de dégager « un doux parfum de modestie » : et ne songeait-il pas à ce parquet lisse et luisant quand il célébrait idéalement des âmes « où les anges aiment à se mirer » ? M. le chanoine Etienne Débly, supérieur de l'Institution Saint-Wandrille semble humer son interlocuteur. Le nez, assez débonnaire au repos, avec cette extrémité arrondie, se fronce alors, narines dilatées. Et le regard plongeant dans les yeux du vis-à-vis paraît trahir encore l'obsession du miroir. Quel effet ces manières font-elles sur les autres; et sur les élèves ? Elles intimident l'abbé Omer. C'est plus fort que lui. Dès qu'il pose les pieds sur ce parquet éclatant, instinctivement il examine ses gros souliers, ternis sinon crottés. L'odeur de l'encaustique à laquelle se mêle, discrète, celle des trois ou quatre cigarettes anglaises que M. le supérieur avoue fumer dans la journée, lui monte à la tête et il n'ose pas la combattre tout de suite à l'aide d'une bonne prise : la seule fois où, ne résistant pas à son envie, il s'excusa et tendit sa tabatière à M. le chanoine, celui-ci fit une telle grimace que le « Je vous en prie » sous-entendait « Ne vous adonnez plus à cette manie devant moi. » D'ordinaire devant cet homme de belle prestance, à l'embonpoint marqué de dignité, au teint fleuri, au sourire amène, l'abbé Omer se sent chétif, raboteux, gris, emprunté. Que dire de cette audience tardive ? Sosthène traînait la jambe, le pauvre enfant. Oh ! cette sortie d'Orchiecourt le long de la propriété. Quel supplice ! Maintenant le calme et la propreté du lieu, la cire et le miel respirés, le poêle encore tiède, le parquet et la calvitie de M. le supérieur également lumineux : tout cela étourdit et engourdit à la fois...

M. Débly considérait avec une indulgence amusée son subordonné. Celui-ci ne payait pas de mine, Dieu non ! En cette fin de journée, la soutane, visible par l'entrebâillement du vaste capuchon dont le brave abbé s'affuble de préférence à une douillette, est correctement boutonnée. Il n'en va pas de même le matin. Précipitation ou négligence, un bouton seulement sur deux ou trois respecte la décence. Ce n'est pas trop de toutes les heures de cours pour réparer le désordre d'une telle tenue. Il paraît qu'au beau milieu d'une démonstration, le professeur de sciences a l'air de découvrir le bouton — un seul à la fois — indiscipliné. Les énormes doigts rouges — Seigneur quelles mains pour un prêtre ! — n'en finissent pas de le tripoter. La scène, invariable, met les élèves en joie. Etonnant qu'il n'y ait pas de chahut. Les sciences passionnent médiocrement la majorité. Les Belles-Lettres gardent la précellence à Saint-Wandrille, et c'est bien ainsi. Cependant il faut tenir compte du programme académique. On ne saurait reprocher à l'institution des insuffisances dans l'enseignement scientifique. M. Omer a sacrifié une grande carrière de savant pour entrer dans les ordres. Du savant il affecte la distraction et l'originalité légendaires. De là cette soutane habituellement blanche de craie, à croire qu'il s'en sert pour essuyer le tableau. Ce soir on n'y discerne que de vieilles taches d'acide, de colle de pâte aussi, sans doute, car le cher homme, bibliomane de surcroît, s'ingénie à rafistoler d'innombrables bouquins. Ah ! et puis, l'horreur : le tabac à priser. Il suffit de l'avoir vu opérer : il n'entre pas le quart d'une de ses pincées dans ce nez menu jusqu'au ridicule; le reste lui choit sur la poitrine dans un soupir d'aise. Plus profond que celui poussé en ce moment. Un original, ce bon M. Omer. Petit et roux, il brave tous les désavantages. On s'y fait. Sauf à deux tics : une façon de s'humecter les lèvres en y promenant la langue à toute allure, quitte à postillonner; et surtout une soudaine dérobade des yeux, magnifiquement glauques : dès qu'on veut en capter le reflet, ils semblent saisis de tremblement et se retournent à demi comme si l'âme fermait ses volets...

L'abbé Omer ne put réprimer un nouveau soupir.

« Vous tombez de fatigue, mon pauvre ami, dit M. le supérieur.

— Je suis confus. Nous avons eu tort de nous arrêter à Mauchief-le-Haut. J'étais déjà tellement en retard. Mais ce garçon n'avait pas embrassé sa mère depuis deux ans. Et comme c'est pour le rapprocher d'elle que j'ai cru... que je me suis permis de faire appel à votre charité... Ah ! monsieur le supérieur, dans quel état nous l'avons trouvée la malheureuse femme. Nous n'avons pu échanger trois phrases. Nous ne sommes pas restés longtemps. Assez cependant pour être surpris par la nuit à Orchiecourt. Un camion, heureusement, nous avait transportés pendant quelques kilomètres. Il nous dépose à l'embranchement de Marœil. Il nous a fallu fournir encore une longue traite jusqu'ici. »

M. le supérieur, l'index plié sur le menton, hochait la tête avec bienveillance.

« Pourquoi n'avez-vous pas sonné chez nos bienfaiteurs de La Maison-sous-l'église ? dit-il.

— Chez M. de Borre ! s'exclama l'abbé Omer.

— Autant dire chez Mlle de Borre. C'est elle qui aurait attelé le cabriolet. Elle est la complaisance même. Elle vous eût rendu ce service en collègue, ajouta M. le supérieur d'un ton badin. Elle va venir enseigner le violon et le dessin.

— Mlle de Borre va professer à Saint-Wandrille ? »

M. le chanoine Débly fronça le nez et se pencha pour appuyer son regard.

« Qu'est-ce que la nouvelle a de si stupéfiant ? Vous connaissez cette demoiselle ? » demanda-t-il.

Les yeux de l'abbé Omer s'affolèrent.

« De réputation seulement, balbutia-t-il. Je ne l'imaginais pas... professeur. N'ayant pas l'honneur de connaître cette personne, je n'ai pas osé... Mon Dieu, monsieur le supérieur, je ne sais plus bien ce que je dis. Excusez-moi je crains de ne m'être assoupi, il y a un instant.

— Rassurez-vous, cher monsieur l'abbé. Je ne m'en suis pas aperçu. Moi-même je réfléchissais à la situation de votre protégé. Je vous avais écrit mon accord de principe. Je ne me dédis pas. Qu'adviendrait-il de ce garçon puisque vous lui avez fait quitter son orphelinat ? Seulement vous ne m'aviez pas prévenu qu'il était infirme...

— Je suis confus... » dit l'abbé Omer d'un air piteux.

Le chanoine Débly l'apaisa d'un geste.

« Ce n'est pas un reproche », dit-il. Et il ajouta avec un sourire fin : « Mettons que la charité profite de la distraction... Bref ! A quoi emploierons-nous monsieur Sosthène... Quel nom de famille m'avez-vous dit ?

— Jablonski.

— Jamais je ne m'en souviendrai. Sosthène suffira... Il serait temps que je fasse sa connaissance.

— Il est chez le portier. Je vais le chercher. »

L'abbé Omer se levait précipitamment.

« Ne vous donnez pas cette peine », dit M. le supérieur.

Il appuya sur une petite poire en ivoire suspendue au-dessus de la table. Peu après on frappa.

Le portier se mit presque au garde à vous. En vareuse de coupe militaire comme celle des élèves, coiffé d'une calotte de sacristain, il devait son allure fringante à la friponnerie de ses yeux et à la coquetterie d'une moustache blanche, très fournie, les pointes effilées.

« Monsieur Maffre, dit le supérieur, veuillez m'amener le jeune homme.

— Il va me falloir le réveiller. Il s'est écroulé dans mon fauteuil et sauf votre respect, monsieur le supérieur, il a commencé à ronfler sans que nous ayons échangé une parole. Même que je me demandais quand je pourrais me coucher.

— Vous aurez l'obligeance de le conduire à la chambre d'hôte quand je l'aurai vu. Monsieur l'économe s'occupera de lui demain. »

Dès que la porte fut fermée :

« La chambre d'hôte ! s'écria l'abbé Omer. Quelle bonté, monsieur le supérieur ! »

Le chanoine Débly, l'air un peu agacé, coupa court aux effusions.

« Mais non, mais non... C'est la seule qui soit prête, en permanence. Il était trop tard pour en préparer une autre. »

Il n'avait guère pris le temps de penser à ça. Ces détails matériels ne sont pas de son ressort. Il allait de soi que le nouveau domestique coucherait dans quelqu'une des chambres vacantes au fond du couloir réservé aux professeurs. Il pourrait dormir sur un lit sans draps; pour une nuit il n'en mourrait pas. Eh bien, à sa propre surprise, M. le supérieur s'était entendu nommer la chambre d'hôte. Inadvertance qu'il eût été mal séant de corriger. Qu'est-ce que le brave M. Omer s'imaginait ? Il y avait une telle lueur dans ses yeux quand M. Maffre dépeignait l'arrivant assommé par le sommeil ! Elle bascula aussitôt. Le chanoine Débly en demeura frappé comme si les prunelles chavirées la réfléchissaient encore. Fut-ce sous le coup de ce regard qu'il disposa de la plus belle chambre ?...

Ils se taisent. M. le supérieur fait une moue mi-impatiente mi-contente. L'abbé Omer contemple le crucifix de style primitif, accroché au mur face aux portraits de Sa Sainteté et de Monseigneur. Le Christ introduit un accent pathétique dans la quiétude du bureau. C'est lui qui a inspiré à M. le chanoine cette décision d'exquise charité : en gage de bienvenue à Saint-Wandrille, le pauvre Sosthène sera traité en personnage de marque. Le voici, pour une nuit, le Pauvre à qui sont dus les plus grands honneurs. Pardon, Seigneur, de n'avoir pas accueilli le geste de M. le supérieur comme une chose toute naturelle et d'avoir manifesté de l'émerveillement; merci, Seigneur, de la vertu ainsi révélée, d'autant plus exemplaire qu'elle n'est pas ostentatoire. Signe que vous bénissez la démarche de votre serviteur. Ce signe-là efface la crainte — ah ! humaine, rien qu'humaine — de Mlle de Borre.

« Entrez. »

Frère Jacques, avec un sérieux trop appuyé, s'écarta devant Sosthène et fit mine de se retirer.

« Un instant, monsieur Maffre, dit le supérieur.

— Sosthène, mon enfant, dit l'abbé Omer, saluez M. le supérieur qui a la bonté de vous recevoir dans sa communauté. »

Le garçon restait figé, la tête affaissée sur la poitrine. Si volumineuse, cette tête, qu'elle paraissait ne pas pouvoir se tenir droite. Le chanoine Débly était fasciné par des plaques sombres — crasse ou croûtes ? — qui délimitaient le front plissé et le crâne tondu. Sosthène releva la tête. Il posa sur son bienfaiteur un admirable regard, pareil à celui de ces chiens qui, eux, font penser à des juges; un mince filet de bave à la commissure des lèvres renforçait la ressemblance. L'abbé Omer, d'un sourire, encouragea son protégé. Le chanoine Débly recueillit, en plein cœur, cette fois, l'offrande du regard, seule grâce de ce visage et de ce corps disgraciés, combien émouvante et compensatrice. Il ne résistait pas au besoin d'y plonger le sien quand l'infirme eut un élan imprévisible. Il rejeta curieusement en arrière sa jambe gauche qu'il avait torse, tomba lourdement à genoux, et s'emparant de la main du supérieur la baisa. Le chanoine Débly réprima un instinctif mouvement de recul. Dans la même seconde, il fut distrait du dégoût ressenti au contact des lèvres mouillées par la vue du crâne énorme, foisonnant de ce qu'alors il reconnut être des verrues.

Quand sa main fut libérée, presque machinalement, il donna la bénédiction à Sosthène. Puis :

« Allez vous reposer, dit-il d'une voix douce. M. Maffre vous accompagne. »

Le portier s'inclina, non sans une ombre d'hilarité. L'infirme le suivit, raclant le beau parquet.

Une minute, interminable pour l'abbé Omer, le supérieur médita.

« Quels services peut-il rendre ? dit-il enfin.

— Beaucoup de services, monsieur le chanoine, se hâta de répondre l'abbé. Comme à l'orphelinat. Il en était l'homme à tout faire. N'avez-vous pas remarqué ses épaules ? Il est très fort, et assez adroit de ses mains.

— Mais... sait-il parler ?

— Oh ! oui. Il est même bavard quand il se sent en confiance. Il suffit de s'y habituer.

— Soit, cher monsieur l'abbé. Allez vous reposer vous aussi. Et à la grâce de Dieu.

— Bonne nuit, monsieur le supérieur. Et merci; dans la charité de Dieu qui est Sa plus grande grâce. »

LIVRE TROISIÈME

I

« *Benedicamus Domino.*
— *Deo gratias.* »

Plus efficaces que l'Angelus sonné par frère Jacques, les trois claquements de mains de l'abbé Douve mettaient le branlebas dans le dortoir. Signes de croix ébauchés. A l'exhortation de louer le Seigneur répondait une molle action de grâces. Voix pleines de nuit, lourdes à remonter du sommeil comme les seaux du puits. Déchirement ressenti à chaque aube, frustration soudaine de ce que chaque soir apporte : Elie, après tant d'années d'internat, s'en étonne encore. Pourquoi s'éveillait-il sans peine en vacances, devançant même le remue-ménage à bord de *L'Adèle,* ou jouissant, pareille à un rêve, d'une image floue de Manman ? Ici aussi les images sont floues, mais telles que la vie doit apparaître une dernière fois aux regards d'un noyé.

« Allons, Elie ! » dit l'abbé Douve.

Oui, allons ! Tu n'es pas un noyé, Elie. Tu n'es qu'un naufragé. Dire que certains n'attendent même pas le signal pour sauter du lit. Jules Vallard. Il se pique d'occuper le premier le lavabo et de le quitter quand les autres y arrivent. Pour la toilette qu'il fait ! Torse nu, il ne s'asperge que le visage en refoulant l'eau bruyamment avec son nez. Ça ne l'empêche pas de sentir mauvais. Tout son clan l'imite. Les Hippopotames. Cette promptitude matinale est leur seule supériorité. Tiens, Toine va être prêt, lui aussi...

La moindre exception au règlement quotidien facilite le lever. Ainsi le dimanche et le jeudi. On est jeudi. La retraite commence aujourd'hui. Le père Lorraine sera là. Antoine a été déçu de ne pas le voir dès hier soir. Il comptait le trouver au dîner. Paul Galas, le réfectorier, l'avait prévenu : il mettait un couvert de plus à la table des maîtres. Le père Lorraine a dû arriver pendant le grand silence. Il viendra sans doute à la chapelle après *Prime;* la première instruction remplace l'étude des leçons. Elie va encore être en retard. Renfrogné comme tous les matins. Son humeur à lui, Toine, dépend des jours. Elle n'est jamais aussi sombre que celle d'Elie ni aussi turbulente que celle de Vallard. Il exagère celui-là. Ce n'est pas gai le matin à Saint-Wandrille. Surtout en cette saison : il fait encore nuit à cinq heures et demie. Bah ! Ça s'éclaircit, même pour Elie, au cours de la journée. Comment Jean Demeure se débrouille-t-il dans l'autre dortoir ? Aimera-t-il le père Lorraine ?...

Jean a déjà appris beaucoup de choses en trois jours : à ne pas tricher avec M. Frédéric comme avec Maman pour gagner quelques minutes de sommeil; à s'habiller à moitié avant de faire sa toilette; à se débarbouiller à l'eau froide et à s'essuyer avec une serviette encore humide de la veille; à économiser les gestes pour ne pas perdre de temps; à ne pas mettre son lit sens dessus dessous, parce que personne d'autre que lui ne le fera; à ne pas s'impatienter contre un lacet parce que s'il casse, on ne peut le remplacer sur-le-champ; à préférer aux élégantes bottines à œillets les souliers à crochets qu'on chausse rapidement sans que les doigts mouillés de salive s'énervent sur des fils évadés de leur onglet et sans que la nuque craque en restant trop pliée. Il a appris aussi à ne calmer son estomac que deux heures après le lever.

Petites misères de collégien. Elles s'ajoutent moins aux grandes — l'abandon, la solitude, oui, malgré la gentillesse d'Antoine et d'Elie — qu'elles ne les sous-tendent. On dirait cette « limite d'une fonction » que Papa s'amusa à lui proposer une fois : l'infini sur zéro tend vers l'infini. Il en arriverait à comprendre !...

Avant de gagner la chapelle, on allait dans la cour. Cet espace promis aux cris et au mouvement et comme tel qu'on eût dit toujours frappé de stupeur entre deux récréations, apparaissait encore plus désolé sous la brume sale du matin. Le grand silence n'était pas levé. En rangs, il fallait stationner, chacun attendant son tour d'utiliser les latrines. Transi jusqu'au cœur, on croisait les bras autant par protection que par obéissance. Les plus pieux égrenaient leur chapelet. Même les « Potames », même Vallard montraient soudain des yeux gonflés, et un visage fripé comme le ciel. Après quoi la chapelle semblait douce; chaque clergeon y cherchait la tiédeur que l'apôtre goûta sur la poitrine du Christ.

Première réunion de la communauté. Les professeurs — sauf Frédéric, dispensé au même titre que les autres laïcs — prenaient la suite des élèves sur deux files, comme eux, et comme eux, après la génuflexion, face à l'autel, ne se dirigeaient pas vers leur stalle sans s'être salués de la tête. Au signal du supérieur, la récitation de *Prime* commençait.

Quand il se rappelle les matins de son enfance, l'abbé Douve se défend mal d'un apitoiement sur ces petits, soumis à une discipline qu'il ne connut lui, qu'au séminaire. Encore parut-elle dure, souvent, à l'ancien externe du collège de Jésuites et à l'étudiant qui, naguère suivait les cours de la Faculté des lettres en amateur. A d'autres moments, il envie les élèves de Saint-Wandrille d'être pliés, si jeunes, à une ascèse qui leur impose pour jamais l'automatisme de la vie intérieure. Ils auront beau, plus tard, rompre en lisière. Cette frilosité d'âme qu'il devine en eux, leur restera aux pires aubes de débauches et — c'est la vigilance de Votre grâce Seigneur — à la dernière aube, « sur le point de faire le dernier couac ! » comme dit Rimbaud, ils l'éprouveront. Ces enfants n'ont pas lu Rimbaud. Il ne figure pas au programme. Même devant les rhétoriciens on n'en prononce pas le nom. Si l'un d'eux le découvre un jour — pourquoi penser à Elie ? — il comprendra tout de suite l'évocation du « chant du coq — *ad matutinam,* au *Christus venit* ». Lui, Adrien Douve, parierait que si quelque ouverture religieuse subsiste en Valentin, elle est due plus aux années du petit séminaire qu'à l'expérience avortée à l'instant du sous-diaconat.

M. le supérieur rehaussa le ton qui,peu à peu avait fléchi. L'abbé Douve se reprit lui aussi. Il était rare qu'il cédât à une distraction pendant l'office. L'ordinaire de *Prime,* pour n'atteindre pas à la gravité poignante des *Complies,* ne stimule pas moins la piété, dès l'hymne qui place tous les actes de la journée, les paroles, les regards et les pensées dans la lumière du Seigneur. Mais aujourd'hui est dominé par la présence du père Lorraine. C'est l'impatience de revoir son directeur qui trouble Adrien. Il se sent redevenu, comme à chaque rencontre, malgré l'âge — Seigneur ! la cinquantaine est proche ! — malgré la guerre et malgré...

tout, le « Zébédée » d'autrefois. Dieu lui tiendra compte de cet émoi. Sans doute le père Lorraine est-il à la sacristie. Antoine ne peut s'empêcher de tourner la tête. Quelqu'un de non prévenu le prendrait pour le plus dissipé, ainsi que Jean Demeure, qui, entre tous les nouveaux, est celui qui met le plus d'application à s'y retrouver dans son « diurnal » et consulte sans cesse son voisin...

Derechef, M. le supérieur donne le ton. Du côté de l'Epître au côté de l'Evangile, les chœurs alternaient la récitation des psaumes. Insensiblement les voix baissaient, somnolentes et le soliste, en amorçant un premier verset, ne réagissait pas toujours contre l'engourdissement général. Il fallait que M. le supérieur s'en mêlât.

Elie s'abandonnait à la psalmodie. Il n'y participait que des lèvres : de sa gorge absolument nouée, au prix d'une immense effort, il n'eût tiré qu'un son rauque, tout de suite exténué. Les mains dans ses manches, tenant ses avant-bras croisés, il rassemblait le plus possible de chaleur. Ce n'était plus le sommeil, ce n'était pas encore la veille; état intermédiaire, comme d'une eau amie, les membres lourds en quête de soleil...

Le père Lorraine parut. Il s'agenouilla devant l'autel et se recueillit une minute. Quand il se releva, le claquoir du cérémoniaire donna le signal de s'asseoir. Antoine, le cœur battant, regardait la haute et mince silhouette faire face à l'assistance et s'approcher de la table de communion où ses doigts prirent appui. Les yeux profonds eurent l'air de chercher ceux de chaque auditeur; Toine se sentit rougir. Ne s'arrêtaient-ils pas sur lui avec insistance ? Les lèvres du père Lorraine n'esquissaient-elles pas un sourire ? Déjà la voix sourde prononçait l'invocation à la Sainte-Trinité et quatre-vingts signes de croix reproduisaient à mesure celui que le prédicateur traçait lentement sur soi-même. Il y eut encore un mouvement des manches du surplis et le père Lorraine parla.

Quel thème mieux approprié à une retraite de début d'année scolaire que la parabole du semeur ? Dans cette institution Saint-Wandrille, n'est-ce pas toujours et avant tout de la Parabole de Dieu qu'il s'agit, même sous couvert des Lettres et des sciences profanes ? En choisissant la parabole votre prêtre, Seigneur, a pensé d'abord aux enfants, certes. Il en est parmi eux qui figurent — oui, déjà, en ce moment même ! ah ! c'est terrible — le bord du chemin picoré par les oiseaux de la distraction, en attendant d'être foulé par des passants diaboliques; d'autres, la pierre où la graine sans racine est vouée au dessèchement sous le soleil tentateur; beaucoup, le buisson d'épines des convoitises étouffantes; quelques-uns enfin — ah ! Seigneur, qu'ils produisent au centuple et que cette fécondité adorable tienne le reste quitte de sa stérilité ! — la bonne terre, l'argile sainte. Ces destinations ne sont pas inscrites sur les jeunes visages attentifs à la leçon préliminaire. Elles le sont dans le secret des cœurs, dans le mystère des dispositions intimes. Aucun labour ne les peut révéler. C'est sous les apparences plus ou moins rassurantes ou inquiétantes que se dissimulent, insondables, le fossé d'indifférence, la pierre orgueilleuse, l'épine sensuelle ou l'humus nourricier. Encore importe-t-il que le semeur sache ces choses et ne préjuge pas la moisson ici ou là; la plus belle peut être la plus inattendue. C'est pourquoi, Seigneur, votre prêtre a voulu dédier aussi la parabole à ceux qui ont en charge les âmes de ces enfants.

Comptez-les au nombre des privilégiés à qui il a été donné de connaître le mystère du royaume de Dieu. D'aucune façon ne leur appliquez la redoutable prophétie d'Isaïe : « Vous entendrez de vos oreilles et vous ne comprendrez point » à laquelle Vous faites Vous-mêmes écho en vous écriant : « Que celui qui a des oreilles pour entendre entende ! » Enfin, Seigneur, celui qui entreprend, ce matin, de commenter la parabole l'a retenue et la médite à voix haute pour soi également...

Le père Lorraine parlait. Le même timbre sourd, le même ton confidentiel, la même sobriété de gestes qu'au séminaire, au cours de théologie morale et, avant, à cette retraite des étudiants de Facultés qui détermina la vocation d'Adrien Douve. La même manière encore de porter droite la tête, chenue depuis longtemps; les cheveux taillés à la bressanne y restent drus. Le visage semble un peu plus émacié. Quelle lassitude trahit le choix de ce sujet, et surtout la manière de le traiter ? Le père Lorraine a toujours aimé emprunter ses sujets de prédication à l'Evangile. A l'époque où l'abbé Douve était associé à son apostolat populaire dans la banlieue parisienne, c'était la continuelle exhortation : « Ne t'embarrasse pas des sermonnaires. Ou ils sont académiques et perpétuent une convention étrangère aux hommes d'aujourd'hui; ou ils sont originaux et affirment une personnalité différente de la tienne. Dans le premier cas tu feuillettes un herbier; dans le second la flamme que tu t'appropries devient cendre. Dans les deux cas, la Parole vivante reste prisonnière d'une langue morte. Inspire-toi directement de l'Evangile. Notre-Seigneur a parlé de manière à être compris à toutes les époques. Ce n'est pas en vain qu'à la messe, avant de lire l'Evangile, tu évoques le charbon incandescent d'Isaïe. Frotte-toi les lèvres aux mots mêmes du Christ et laisse-les aller. Elles communiqueront leur brûlure plus sûrement qu'en ressassant les formules d'autrui. » Ces conseils plaisaient à l'abbé Douve. Ils favorisaient ses propensions instinctives. Au séminaire déjà il frondait les règles de l'éloquence traditionnelle. Quel scandale, il s'en souvient, que certaine improvisation à propos de « Vous serez jugés sur l'amour » de saint Jean de la Croix ! Il n'y eut que le père Lorraine pour l'approuver. Valentin lui-même resta bouche bée. Ah ! Il respectait la tradition, Théodore Valentin ! *« Bos suetus aratro. »* Il connaissait par cœur des sermons de Bossuet. Il avait tout ce qu'il fallait pour réussir : la gravité du maintien, le bronze de la voix, la lenteur du débit, la solennité du geste. Il eût fait carrière à Notre-Dame ! Adrien, lui, mimait trop et, volubile, s'égosillait vite. L'auditoire des « missions » lui convenait mieux. Il éprouvait une joie à prêcher, à illustrer la parabole du semeur. Cela ne lui arrive plus guère, sauf, comme à n'importe lequel de ses collègues, quand un curé des environs est en panne pour une solennité paroissiale. Allocutions de circonstances. Il y a aussi le prêche à la communauté le dimanche où il est célébrant « de semaine ». Alors il a l'impression de répéter ce que les enfants entendent — sans toujours écouter ! — à longueur d'année; il aurait envie de s'exprimer en style télégraphique ! Il a été distrait, comme les enfants. Sur lui aussi les oiseaux, dont parle le père Lorraine, selon la Parabole, seront venus picorer la graine ! Que se disait-il au fort de son attention ? Ah ! oui. Que le choix de cette Parabole et surtout la façon de l'exposer semblaient accuser une lassitude chez le père Lorraine. Après l'introduction générale de ce matin, les quatre sorts réservés à la semence feront l'objet de quatre instructions successives;

la dernière, samedi après-midi, sera consacrée à l'exclamation troublante : « Que celui qui a des oreilles pour entendre entende ! » Le père Lorraine, en appliquant la Parabole à l'enseignement religieux de Saint-Wandrille, ne berce pas les éducateurs d'illusions ! Il dissimule à peine son souci de s'adresser à eux autant qu'à leurs élèves. On dirait même qu'il regarde plus loin que l'assistance.

II

Ces trois jours passaient agréablement. La contrainte la plus sensible par rapport au règlement habituel était l'absence de *Deo gratias* au déjeuner. Le grand silence ne prenait fin qu'à la courte récréation qui précédait l'entrée en classe. Là le travail ne troublait pas l'esprit de recueillement voulu par la retraite. Il se bornait à des interrogations récapitulatives à bâtons rompus. La division émulatrice des élèves en Grecs et en Romains, chacun ayant un adversaire attitré, simplifiait la tâche : la mémoire des uns suppléait la défaillance des autres. Le professeur ne sanctionnait aucune défaite. Ni leçons, ni devoirs. En étude, on n'était astreint qu'à résumer dans un cahier intime les instructions du prédicateur et à les compléter de réflexions personnelles.

Huit années de Saint-Wandrille — une de plus que Toine qui a eu tôt fait de la rattraper — ça en représente des cahiers de retraite. Elie s'y replonge avec attendrissement et malaise. Depuis les pages d'écriture malhabile, en section primaire, jusqu'à celles de l'an dernier où l'élève de troisième dissertait complaisamment, les vieux cahiers lui offrent de lui-même une image qu'il a peine à reconnaître aujourd'hui. Il retrouve plus aisément le visage et la voix des prédicateurs. Combien différents entre eux ! M. le supérieur ne renseignait jamais les élèves sur la personnalité à qui il avait fait appel. Seul le père Lorraine vient pour la deuxième fois. Il semblait qu'on voulût laisser opérer librement, mais définitivement, la séduction sacerdotale. Encore apparaît-il à Elie que le genre de séduction change selon qu'il s'agit d'une retraite de début ou d'une retraite de fin d'année. Pour la retraite de début, sous la diversité des thèmes, un identique souci se révèle : tremper ou retremper tout le monde, nouveaux et anciens, dans le bain religieux. Pourquoi Elie se sent-il étouffer ? Est-ce à cause du père Lorraine ? Il lui plaît beaucoup. Il a une belle tête. Et c'est le bienfaiteur de Toine. La retraite qu'il prêcha précédemment fut exaltante. Il y a quatre ans. Elie et Toine entraient en sixième. Le père Lorraine développa, tiens, un sujet voisin de celui de cette année : la Parabole du bon grain et de l'ivraie. Quel que fût le symbole choisi — vigne, figuier, robe nuptiale, enfant prodigue, ou talent mis en terre —, c'était prétexte à une apologie de Saint-Wandrille. Il faut être juste : c'est plus que ça chez le père Lorraine. Sinon, comment expliquer cette ferveur, ces résolutions, oh ! là, là, plus ou moins tenues, les effusions dont ce cahier porte la trace ? Elie n'était qu'un gosse, alors. Il avait été secoué. Encore moins ostentatoire d'habitude, que celle de Toine, sa piété, cette année-là, fut exemplaire. Il en est gêné quand il y repense. Jusqu'à présent il lui en restait quelque chose. L'automne dernier ne mêlait-il pas à son traditionnel programme de vie ses rituelles et naïves suppliques de petit collégien : « Mon Dieu, faites que je réussisse en classe; aidez-moi dans mes compositions; Esprit-Saint, permettez — ce n'est pas de l'orgueil, mais l'humble aveu que sans votre don d'Intelligence je ne puis rien — que je partage avec Toine seulement les places de premier. » Il croyait qu'une prière remédiait aux difficultés d'un devoir. Avant les vacances, encore, il avait remercié Dieu de ses succès aux examens trimestriels et lui avait offert les joies que promettaient les semaines à venir. Drôles de joies, pour finir ! Il attendait des consolations de cette retraite. Il espérait... il ne sais pas... : une espèce de décrassement de... des choses du monde, puisque c'est fait pour ça. Il garde le goût des recommencements; des commencements plutôt. La retraite, c'était l'occasion d'un nouveau départ. Il voulait soigner sa vie intérieure comme la première page de ce cahier. L'une et l'autre restent vides. Impossible de retrouver les élans de jadis. Loin de les provoquer, ce que dit le père Lorraine...

Dès le premier jour, à la récréation principale, on échangea ses impressions sur le prédicateur. Les plus anciens affichaient la mine avantageuse de ceux qui n'en sont plus à découvrir un mérite. Antoine allait de groupe en groupe, anxieux et aussitôt rassuré. Il eut tellement souffert que quelqu'un n'aimât pas le père Lorraine. Dieu merci, le concert était sans fausse note. Les petits, à défaut de commentaires, exprimaient leur satisfaction en rassemblant leurs doigts devant leurs lèvres où ils les ouvraient comme un fruit qui éclate brusquement. Les grands discouraient, expérimentant peut-être en public certaines formules de leurs dissertations privées. Même cette brute de Vallard hochait la tête avec componction et ajoutait des grognements approbateurs aux louanges des autres « Potames ». Le clan Hurleau-Fussy était conquis d'avance. Jean Demeure — il est pratiquement adopté — vint vers Toine, spontanément :

« Comment l'as-tu connu, le père Lorraine ?

— C'est... un ami de ma famille qui m'a mené chez lui. On habitait la même banlieue. Et lui, il m'a conduit ici.

— Tu as de la chance, dit Jean. Ça t'a empêché de te sentir trop dépaysé.

— Il ne faut pas croire, dit Toine. J'étais plus petit que toi. Il m'en a coûté d'être séparé de ma mère, de ma tante...

— Tu n'as plus ton père ?

— Je m'en souviens à peine. C'est mon oncle qui le remplaçait.

— Il est mort aussi ?

— Oui. C'est même après ça qu'on m'a mis à Saint-Wandrille. »

Jean paraissait ému. Il resta une seconde sans rien dire, puis :

« Quand je disais que tu as de la chance, je ne savais pas. En somme, le père Lorraine te sert de père !

— Ou de grand-père ! fit Toine en riant. La chance c'est qu'il ait été le professeur de l'abbé Douve.

— Ah ! Voilà ce que je voulais dire tout à l'heure : grâce au père Lorraine, ça t'a fait moins drôle de vivre du jour au lendemain avec des prêtres. Tandis que moi je n'en avais jamais fréquenté en dehors du catéchisme.

— Moi non plus ! dit Toine. Le père Lorraine est le premier et le seul que j'aie vu avant d'arriver ici. Les maîtres ne te plaisent pas ? L'abbé Blot, l'abbé Douve ?

— Ce n'est pas qu'ils me déplaisent. Comment t'expliquer ? Ils m'attirent et en même temps ils m'impressionnent. Quand l'abbé Blot ou l'abbé Douve me parlent de très près, j'ai la tête qui me tourne.

— Je vois, dit Toine. J'ai ressenti ça, autrefois, devant

quelqu'un... l'ami de ma famille qui m'a fait rencontrer le père Lorraine. Il n'était pourtant pas prêtre.

— Ce ne sont pas des hommes comme les autres.

— Bien sûr, dit Toine, ils sont consacrés.

— Je l'ai compris en écoutant le père Lorraine », dit Jean gravement.

Une ombre au bonheur de Toine : Elie semblait le moins enthousiaste; il ne critiquait pas, il se taisait; comparée à son exaltation lors de la précédente retraite du père Lorraine, il y a quatre ans, cette réserve avait l'air d'une déception.

Antoine, à brûle-pourpoint, l'interrogea le deuxième jour. Elie le prit affectueusement par l'épaule :

« Je le trouve toujours aussi épatant, répondit-il. Il rend vivante la vérité de la parabole ! »

Toine crut percevoir du persiflage. Il attendit que son ami se lançât. Elie continua avec une espèce d'âpreté :

« Regarde-les : (Il désignait les retraitants qui, au lieu de jouer comme d'habitude déambulaient dans la cour par rangs affrontés, l'un des rangs marchant à reculons, ainsi qu'on le voyait faire, parfois, aux maîtres.) Regarde-les ! Ils se donnent des airs d'âmes délivrées du corps. A la chapelle leur cou s'est haussé d'un cran, tête en avant comme une gargouille. Nul doute que tous ne se veuillent et ne se sentent la bonne terre où fructifie déjà la parole.

— Elie ! tu fais du mauvais esprit, dit Antoine.

— Je te fais part de mes réflexions sur les sermons du père Lorraine, puisque tu désires les connaître. Je te le répète, il rend criante la vérité de la parabole. Il permet de classer les types suivant l'effet que leur produit cette retraite.

— C'est du jugement téméraire !

— Mettons que je m'amuse. Rassure-toi en ce qui

te concerne : Je te vois, sur le cadastre évangélique, en terre bien meuble ! Ne rougis pas. Tu serais vexé d'être porté ailleurs. Au bord du chemin, par exemple. A cet endroit on imagine mieux un « Potame », non ? »

Jean les avait rejoints.

« Et moi, où me places-tu ? » dit-il avec un sourire timide.

Elie, un doigt sur la tempe, feignit de se recueillir à la manière d'un confesseur. Il dévisagea le petit dont les paupières précipitaient leurs battements. Il passa la main dans les cheveux embroussaillés :

« Tu as tout ce qu'il faut pour devenir un beau buisson d'épines », répondit-il.

Les yeux ardoise s'emplirent de larmes. Ils ne clignaient plus, considérant Elie avec angoisse. Toine, comme au premier jour, remarqua la longueur des cils. Il en fut plus ému qu'agacé :

« Tu n'as pas à faire la rosse avec lui », dit-il à Elie. Et à Jean : « Ne prends pas ses taquineries au sérieux.

— Quelle fille ! fit Elie en haussant les épaules.

— Il nous reste à savoir, dit Antoine non sans froideur, dans quelle catégorie tu te ranges personnellement.

— Dans celle qui reste à nommer, répliqua Elie du même ton. En pierre, voilà comme je me représente. » Il ajouta, baissant la voix : « Ce n'est pas une blague; à mesure que le père Lorraine parle, je sens que je m'endurcis. Ce qu'il a dit de ceux chez qui la bonne parole, malgré la joie qu'ils manifestent à l'entendre, se dessèche à cause... à cause d'un tas de raisons, je me l'applique à moi-même. »

Toine comprit que son ami ne plaisantait plus.

« Il faudra te confier à lui, dit-il.

— Il n'y pourrait rien, répondit Elie. C'est la vie.

— Quelle vie ? dit Jean.

— Pas celle d'ici », dit Antoine.

Sur leur gauche ils apercevaient l'allée, qui, du potager, menait au parc et hors de l'institution. Elie fit un grand geste vers l'horizon :

« Le monde, quoi ! »

Crespel arriva en courant.

« Fussy, M. le supérieur m'envoie te dire que le père Lorraine t'attend dans le parc. »

Antoine s'élança.

« Ne lui raconte pas du mal de moi ! » cria Elie gouailleur.

Chaque jour de la retraite, au milieu de la récréation générale, Toine jouit d'une récréation privée en compagnie du père Lorraine. Les premiers temps qu'il venait à Saint-Wandrille, pour une brève visite, environ tous les trois mois, le père Lorraine donnait des nouvelles de Mamy ou en demandait. C'est drôle : depuis la retraite d'il y a quatre ans, il n'en parle plus. Mamy, de son côté, ne s'était jamais beaucoup souciée de lui. Toine sentait qu'il valait mieux observer la même discrétion. Quand il était petit, on le lui recommandait assez : « Tu ne diras pas à Tanty... Tu ne diras pas à l'oncle Rodolphe. — Tu ne diras pas, tu ne diras pas... » Tu ne diras pas quoi ? Il ne sait plus; des choses qu'il n'aurait jamais dû savoir sans doute. Il ne lui en restait que des impressions confuses; comme le remords d'un péché qu'il n'aurait pas commis mais dont il se fût fait le complice involontaire; comme de l'approche du péché. Oui, c'était le Péché qu'il appréhendait dans les images pareilles à des photos pâlies et froissées, qui s'imposaient tout à coup à sa mémoire. Il les chassait comme de mauvaises pensées. Même lorsque s'y mêlait une image de Mamy. Difficile de l'isoler, la chère image. Il aimait mieux attendre que l'album entier fût remisé.

Après quoi il redessinait une Mamy selon son cœur, un peu différente, quand il y réfléchissait, de celle que ses yeux voyaient — ah ! trop rarement; mais vraie parce que conforme aux peintures que les auteurs lus à Saint-Wandrille tracent des mères, toutes dignes comme la Sainte Vierge « la commune maman du ciel » du culte que doivent leur vouer leurs enfants; parce que débarrassée d'un tas de questions troublantes auxquelles lui, Toine, refusait de s'arrêter. C'étaient encore de mauvaises pensées. Il les devinait tapies dans les silences mêmes du père Lorraine. Aussi, avec ce dernier — plus librement qu'avec Mamy : devant elle, une pudeur, la crainte qu'elle ne comprenne pas tout, ou qu'elle fasse seulement semblant de s'y intéresser, le paralysent — se contentait-il d'un bavardage sur les menus incidents de sa vie de collégien. Monde transparent à ne pas affronter à l'autre, l'impénétrable. Le père Lorraine répondait, approuvait, blâmait, conseillait, comme s'il eût vécu, habituellement, dans le premier monde et non dans le second. Pourtant derrière ses paroles, aussi bien celles qui s'adressaient à Toine seul, que celles qui captivaient tous les retraitants à la chapelle, on percevait une expérience mystérieuse et redoutable. Etait-ce la vie, comme disait Elie ?

« Et ton ami Elie ? » demanda le père Lorraine, le samedi, juste avant la dernière instruction.

Toine le lui avait présenté très tôt. Le père Lorraine l'avait revu plusieurs fois depuis. En tout cas, Toine, d'ordinaire, ne manquait jamais de le nommer dans leurs conversations. Cette fois-ci, il n'en avait pas eu l'occasion le premier jour; ensuite il se sentait gêné par l'état d'âme que lui avait révélé Elie.

« Il m'inquiète, mon père, répondit-il. Je voudrais bien qu'il vous voie. »

Le père Lorraine posa sur lui un regard pénétrant qui le fit rougir, mais, Dieu merci, ne l'interrogea pas plus avant.

« Je serai à la disposition de tous à l'heure des confessions, » dit-il.

Antoine rapporta ces propos à Elie. D'abord celui-ci fronça les sourcils.

« Si ce n'était pas toi... » murmura-t-il. Il ajouta : « Tu ne lui as rien dit de plus ?

— Il ne m'a rien demandé. D'ailleurs qu'aurais-je raconté de *sérieux ?* (Il appuya sur le mot.) Je n'allais pas moucharder ton mauvais esprit. Je n'y crois pas au fond. Et j'ignore les causes de ton désarroi qui, lui, m'inquiète pour de bon. Va voir le père, va, même sans espoir. Qu'est-ce que tu risques ?

— Soit, dit Elie. Lui ou un autre ! »

Et au cours de la longue étude précédant le dîner, réservée comme chaque samedi aux confessions, Elie, ainsi que la plupart des élèves, remplit un bulletin au nom du père Lorraine. Antoine, en raison de ses liens avec le prédicateur, resta fidèle à son confesseur habituel, l'abbé Blot.

III

Méthode inchangée : le recours deux fois l'an à un « Confesseur extraordinaire » dispose, de génération en génération, les élèves d'institutions religieuses à choisir, plus tard, pour leurs aveux peut-être les plus révélateurs, des prêtres inconnus, ignorant tout de l'âme qui s'ouvre brusquement à eux, impuissants à discerner les adhérences des cancers peccamineux qu'on leur soumet. Jeune, le père Lorraine s'insurgeait contre cette pratique. Il souffrait quand il s'apercevait que l'un de ses dirigés lui avait préféré un confesseur de passage. Non par vanité sacerdotale il croit pouvoir l'attester devant vous, Seigneur. Mais par angoisse de n'inspirer pas assez confiance à l'âme qui aurait dû toujours se sentir sous son regard comme sous le regard de Dieu. La dérobade, si épisodique et minime fût-elle, le frustrait d'une aide qu'il avait mission de donner. Il éprouvait, ah ! surnaturalisé, quelque dépit semblable à celui du médecin dont le malade lui dissimule tel symptôme au profit d'un confrère inapte à formuler le diagnostic général. L'expérience l'inclina vers une meilleure compréhension. Il admit la sagesse du procédé, la charité qui l'inspirait. Il sut qu'il existait des peccadilles plus difficiles à confesser que des fautes graves; non tenu de les avouer, puisque vénielles, le coupable finissait par les sentir *inavouables;* à la longue, pour peu qu'il fût scrupuleux, leur accumulation lui pesait. Le respect humain ne s'expliquait que trop chez de jeunes pénitents qui retrouvaient en leur confesseur ordinaire un professeur ou un surveillant. L'intervention étrangère favorisait le décrassement complet. Oh ! les objections subsistent. Cette suie de l'âme, en elle-même, ne signifie pas grand-chose. On sait que l'aveu soulage et que, la vertu surnaturelle agissant, le tirage est rétabli, l'âme respire. Mais de quelle combustion défectueuse la suie est-elle le résidu, quelle orientation spirituelle accuse-t-elle ? Impossible de le connaître au cours d'un bref entretien. Plus ou moins conscientes, les roueries enfantines ne le cèdent pas à celles des adultes : la franchise même devient une feinte; la matière du péché en masque l'animation; sa dénonciation concrète en rend abstraite la réalité. Encore quand il s'agit de vies intérieures malhabiles comme celles qui demandent à renaître après une mission dans les faubourgs, l'équivoque se dissipe-t-elle en bonne volonté : « Avez-vous tué, volé, calomnié, commis des injustices graves ? Marié, avez-vous trompé votre femme ? Avez-vous pris la femme d'un autre, etc. » A ces questions sommaires, des réponses sommaires et le repentir suffisent. Le mal se confond avec les actes en une seule tumeur à enlever d'un coup. Mais quelle chirurgie autrement compliquée dans les âmes familiarisées avec le confessionnal; quelles ressources de rétractibilité cultivées par l'examen de conscience; quels exercices anesthésiants au moyen de l'automatisme ! Et malgré cela, l'espérance tenace, le souhait non dénué de crainte, que le prêtre anonyme, la voix presque sans visage, écoutée souffle contre souffle à travers un judas, va prononcer les paroles décisives : « Mon fils, j'ai vu votre âme; elle est comme ceci et comme cela... » Tous, ils guettent l'illumination d'un curé d'Ars, d'autant plus foudroyante qu'ils lui auront opposé, comme certains, dit-on, à la pénétration du saint, leurs pauvres ruses. Ils voudraient que leurs prêtres fussent des espèces de mages qui leur épargneraient la honte d'une mise à nu spontanée et, quand la note éclaterait cependant, qui la tempéreraient en leur ayant ménagé le plaisir puéril d'être devinés. Les prêtres vous sont consacrés, Seigneur, pour assumer au besoin toute la honte des hommes, à l'instar du Christ. Mais, hélas ! qui d'autre que Vous connaît une âme — et celle de votre prêtre lui-même !

La chambre aussi est inchangée. Le père Lorraine en est l'hôte pour la troisième fois à plusieurs années d'intervalle. Il n'y a jamais logé qu'à l'occasion d'une retraite. Il n'oserait pas affirmer que seul un horaire chargé motivât son refus de passer la nuit à Saint-Wandrille, comme M. le supérieur l'y invitait quand il venait, tous les trois ou six mois, voir Adrien et Antoine. Sur ce même prie-Dieu de velours grenat, où depuis une heure des enfants se succèdent, moins, la plupart, pour se délivrer d'un tourment que pour témoigner au prédicateur, lui semble-t-il, une sorte d'attention gentille — combien émouvante la flatterie ingénue dont les enfants élevés par les prêtres les environnent ! — sur ce même prie-Dieu, d'autres enfants et quelques-uns d'aujourd'hui qui ont grandi depuis, s'agenouillèrent il y a quatre ans. A ce moment déjà le père Lorraine ne pouvait s'empêcher de penser, comme maintenant, à un séjour beaucoup plus ancien à Saint-Wandrille. Ce n'était pas alors une retraite de début mais de fin d'année. Elle s'adressait surtout à des adolescents devant qui le monde allait s'ouvrir. Le professeur de théologie morale au grand séminaire devait, en de telles circonstances, parler de vocation et indiquer discrètement le chemin de la moisson — il s'en souvient, il avait dit : maison — où les ouvriers sont peu nombreux. Qu'est-il advenu de ces garçons ? La chambre ne lui évoque la rencontre que de l'un d'eux — sa conquête de cette retraite-là, son échec de plus tard, l'objet de sa résignation durable, dans la mystérieuse miséricorde du Seigneur, la cause de son malaise présent et d'une timidité secrète devant les âmes d'enfants apparemment les plus simples. Et pourtant non, aucun de ces gamins que l'attente solitaire derrière la porte, pendant que se confesse le camarade, énerve — on en entend piaffer un — aucun ne lui rappelle Théodore Valentin, le gros garçon à l'abord peu engageant, à l'air précocement réfléchi, qui, en pesant ses mots, lui exposa des problèmes prétendus métaphysiques et dont il crut devoir brusquer la décision.

« Allez en paix, mon enfant, et priez pour moi. »

Absous, le petit se relevait et attendait que le père Lorraine lui dît le nom du camarade à prévenir en étude et qui aura à patienter encore dans le couloir. Le père Lorraine prit un bulletin, au hasard, parmi ceux éparpillés sur la table. Comme il y jetait les yeux, il éprouva une contraction violente au niveau du cœur et ne put s'empêcher de grimacer. Il vit le regard apeuré du petit. Il s'efforça de sourire. Dans le même temps la douleur cessa.

« Voilà ce que c'est que d'être vieux ! dit-il à l'enfant d'un ton plaisant. Vous vous imaginez à mon âge ? »

En guise de réponse, le petit fit une moue dubitative.

« Non, n'est-ce pas ? C'est votre chance... (Il lui tapota la joue.) Veuillez avertir Elie Hurleau. »

Un nouveau venu s'agenouilla. En écoutant la banale confession — distractions à la chapelle, dissipations en classe, bavardages sur les rangs, disputes de récréations —, et en tâchant d'engager un colloque plus profond avec cette jeune âme qui d'elle-même demeurait à la surface de sa pureté, le père Lorraine se reprochait de se sentir tendu vers le prochain pénitent, et de reporter sur l'ami d'Antoine quelque chose de la prédilection qu'il s'autorisait pour l'orphelin confié à ses soins, fût-ce ironiquement ou égoïstement, par Théodore Valentin, malheureux raté du sacerdoce.

Se livrera-t-il, lui aussi, à la confession de fautes presque impersonnelles ? Qu'est-ce qui motivait l'inquiétude d'Antoine ? Ah ! voici qu'il s'accuse d'avoir péché contre le quatrième commandement. N'est-ce pas un lapsus ?

« Vous dites bien le quatrième ?

— Oui, mon père. J'ai eu des pensées offensantes pour mes parents.

— De quelle nature ?

— J'ai prêté l'oreille à des ragots.

— Vous êtes-vous complu dans ces pensées ?

— J'en souffrais plutôt.

— Avez-vous, en paroles ou en actes, manqué de respect à vos parents ?

— Non, mon père.

— Continuez. »

Est-ce là le foyer d'infection ? Ce grand mot allusif : révolte, proféré tout de suite après, traduit-il un sursaut organique ou n'exprime-t-il qu'une inflation romantique de langage ? Comment percer plus avant le mal qui, s'il est réel, apparaît moins commis que subi ? Oh ! combien le confesseur voudrait aider, sans le violenter, ce grand garçon à redevenir un petit enfant, capable de confier sa peine avec tous ses détails, naïvement.

Elie ne s'attendait pas que le père Lorraine en usât avec lui comme quatre ans auparavant. Que le prêtre lui tînt les mains durant toute la confession l'avait, dans l'état de ferveur religieuse où il se trouvait alors, bouleversé. Il lui sembla que Notre-Seigneur en personne l'encourageait. Il sut, ensuite, par des confidences de camarades, que le père avait agi de même envers eux. Le geste ne perdit rien de sa signification émouvante. Après quoi, s'il lui arrivait d'y repenser, Elie le crut réservé aux gosses. Aussi était-il surpris que le père Lorraine l'eût renouvelé sans égard à l'âge. Il se sentait en même temps hargneux et troublé. Une espèce de pitié reconnaissante pour le bienfaiteur de Toine, et au-delà pour tous les prêtres, ballottait son cœur entre l'irritation et l'amollissement. L'odeur sacerdotale, comme de l'encens concentré dans la soutane et réchauffé par le corps, qui se dégageait de la forme noire penchée sur lui, le soûlait un peu. Il obéissait à l'automatisme du rituel. Enfin il se tut. Le père Lorraine demeura immobile, ne posant pas d'autres questions. Déconcerté, Elie dit :

« C'est tout, mon père. »

Le père Lorraine parut sortir d'une méditation. *Misereatur* et *Indulgentiam*. Et maintenant, Seigneur, quelles paroles, autres que l'exhortation commune, prononcer; quels mots spécialement destinés par Vous à cette âme ?

« Avez-vous bien profité de la retraite ?

— Non, mon père, » répondit Elie, la voix un peu provocante.

Le prêtre ne broncha pas. Il demanda simplement :

« Le prédicateur peut-il savoir pourquoi ?

— Ça n'a pas dépendu de vous, mon père, dit Elie, mais de moi seul.

— Cette fois c'est le confesseur qui est intéressé, dit le père Lorraine en souriant.

— Je n'étais pas venu tellement pour me confesser.

— ... que pour ?

— Vous voir, voilà tout.

— L'un n'empêchait pas l'autre. Vous vous êtes confessé. Vous n'avez rien dissimulé à Celui qui scrute les reins et les cœurs ? Vous avez la conscience en paix ?

— Pour ce qui regarde l'aveu de mes péchés, oui, mon père.

— Eh bien, dites votre acte de contrition. Je vais vous donner la sainte absolution. Nous causerons ensuite... Pour votre pénitence, vous relirez l'Evangile à la Fête de la Sainte-Famille. Asseyez-vous. »

Le père Lorraine déposa son étole sur le bureau. Assis en face de lui, le garçon semblait se chercher une contenance. Il tirait les plis de son pantalon jusqu'à le remonter à mi-jambes. Vaine coquetterie. Le drap pochait aux genoux. Les stations à la chapelle sont ennemies des élégances vestimentaires. Mais il s'agit bien de cela !

« Alors ? fit le père Lorraine.

— Alors, mon père, dit Elie abruptement, la vie n'est-elle qu'une cochonnerie ? »

Il rougit de sa question, comme si elle lui avait coûté un effort, comme s'il soulevait à bras tendus un lourd pavé. Pesante question, certes, tombée de ces lèvres juvéniles. Elle a frappé le père Lorraine en pleine poitrine. Il lui semble que, debout, il eût chancelé sous le choc. De nouveau la douleur qui, depuis quelques mois, l'étreignait à l'improviste mais qui, Dieu merci, l'aura ménagé pendant ces trois jours jusqu'à tout à l'heure, de nouveau l'angoissante contraction lui arracha une grimace.

« Excusez-moi », dit Elie.

Croyait-il la grimace provoquée par le mot cochonnerie ? Le père Lorraine secoua la tête et porta la main à son cœur. Il en éprouva une fatigue à croire qu'il soulevait lui aussi une grosse pierre à bras tendus. Assez vite l'alerte passa.

« Serait-ce indiscret, reprit-il de vous demander ce qui vous inspire une question si pessimiste ?

— S'il vous plaît, mon père, je souhaiterais que vous me répondiez d'abord. »

Le ton échappait de justesse à l'insolence. Le père Lorraine sourit :

« Vous me mettez à l'épreuve, n'est-ce pas ? Oui, oui. » Gravement, il ajouta : « C'est le signe que vous reniez votre enfance. Vous pénétrez dans le monde des adultes où la méfiance est le pain quotidien de l'expérience, où la confiance elle-même s'achète, avec la monnaie de la ruse.

— Je vous assure...

— Ne protestez pas. C'est une aventure commune à la majorité des hommes. Elle n'en est pas moins triste. Et c'est un peu l'histoire d'Adam qui recommence chaque fois. Vous me posez la question parce que vous avez déjà touché, d'une façon ou d'une autre, à l'Arbre de la Science du bien et du mal. Du même coup, vous me mettez à l'épreuve : suivant ce que je vous répondrai, et que vous confronterez avec votre découverte, vous jugerez si je suis digne ou non d'avoir part à cette découverte, comme je vous l'ai demandé. »

La voix, plus assourdie que de coutume, le regard chargé de moins de reproche que de mélancolie, remuaient Elie mieux que ne l'aurait fait une riposte autoritaire. La lucidité, aussi, le confondait. Il n'avait certes pas raisonné sa dérobade à la demande bien naturelle du père. Mais oui, il avait obéi à une précaution instinctive. Il connaît les prêtres : ils ont tellement le chic d'en appeler à vos bons principes, tout de suite, que vous renoncez à les contrarier. Pourtant, devant celui-là, il se sent comme ouvert en deux.

Le garçon baissa les yeux.

« Je ne sais pas s'il s'agit vraiment d'une découverte murmura-t-il. C'est difficile à dire. J'ai pensé que votre réponse rendrait l'explication plus facile.

— Croyez-vous qu'il me soit facile, à moi de vous répondre ? Que je vous dise : oui la vie n'est qu'une cochonnerie — pour reprendre votre terme — ou : non elle n'en est pas une, je vous tromperais également. Vous savez bien que la vie c'est à la fois le péché et la grâce, que les hommes peuvent s'y perdre et s'y sauver, qu'il y a les impies et les saints.

— C'est ce qu'on nous enseigne tous les jours ici, répliqua Elie avec impatience. Mais je crains que ce ne soit de la théorie. Voilà des années que je m'imaginais le monde coupé en deux : les bons d'un côté, les méchants de l'autre — ceux-ci en assez petit nombre et bien repérables, portant un signe sur le front, une espèce de lumière noire comme les damnés du catéchisme en images. Dans le monde, ça devait être plus tranché qu'à Saint-Wandrille où les rossards ne se distinguent pas du premier coup des chouchous. Maintenant j'ai peur que tout, partout, soit pareillement mélangé. Seulement ailleurs qu'à Saint-Wandrille, ça peut réserver des surprises. C'est ça que j'appelle une cochonnerie. »

Sa tirade lui avait mis le feu aux joues. Le père Lorraine le devinait frémissant, soulevé par des choses grouillantes, qu'il taisait encore et dont il faudrait le délivrer. Comment ?

« Vous dites bien : tout est mélangé, reprit le prêtre posément. Et vous aussi vous mélangez tout ! que la vision du monde reçue à Saint-Wandrille soit trop simplifiée, c'est possible. Qu'elle vous paraisse soudain enfantine, quoi d'étonnant, Saint Paul ne déclare-t-il pas dans une épître : « Quand j'étais un enfant, je « pensais, je sentais, je m'exprimais comme un enfant. » Désormais vous prétendez à une vision d'homme. Si vous la comparez avec votre imagination d'enfant, il est fatal que vous ayez des surprises.

— Donc, la vie...

— Ne vous hâtez pas de conclure. Tout est mélangé dans la vie. La... cochonnerie et la pureté. Le difficile n'est pas de les discerner, mais de les voir toutes les deux du même coup d'œil. C'est le privilège du Bon Dieu, et aussi, un peu, des prêtres — du moins de certains prêtres, ajouta-t-il rapidement. Le plus souvent, on n'a qu'une vision limitée à l'une ou à l'autre. Ça dépend pour une petite part des dispositions, vicieuses, ou innocentes de chacun; et pour une grande part des circonstances ménagées ou permises par la Providence. Hélas ! la cochonnerie est la plus visible. En revanche, il n'est pas toujours sans danger, pour des chrétiens, de ne voir que la pureté, car ils risquent de s'illusionner sur eux-mêmes et de laisser la gangrène s'étendre alentour.

— Il y a des cas où l'on aimerait mieux être aveugle ! s'écria Elie la voix tremblante. Quand la suspicion atteint ce qu'on respecte le plus...

— Vos parents ? demanda doucement le père Lorraine.

— Manman, fit Elie dans un souffle.

— Mon pauvre enfant ! » murmura le prêtre avec

tendresse. Après un silence, il reprit : Avez-vous constaté un fait précis ? »

Elie hésita. Le salopiot : « On s'vinte pas quand on a une mère qui va vir ailleurs ! », le ricanement de Dewaële, la bataille, la filature de Manman, la poste, le crachat sur le nom de *L'Adèle :* à quoi bon raconter tout cela ? Depuis une semaine, il évite de le ressasser. S'il ne peut toujours contenir une image isolée, du moins refoule-t-il l'ensemble. Il sent, en ce moment, combien reste violente l'évocation totale. Il se ferait mal à détailler ce qui l'enfièvre; inutilement mal; le récit garderait l'inconsistance des faits et ne leur restituerait pas la coloration douloureuse qu'ils prennent dans le cœur.

« Non, finit-il par dire, rien de précis. Mais il suffit que des indices m'y aient fait penser. Il suffit que la chose m'apparaisse possible. Et c'est possible, n'est-ce pas, mon père !

—Tout est possible... y compris que vous vous montiez la tête affreusement, coupablement. Tout est possible, et la vertu d'une mère est d'ordinaire probable.

— Puisque c'est possible, admettez que la conduite de Manman soit... enfin ne soit pas irréprochable.

— Admettons. Mais il serait absurde de vous torturer avec une hypothèse.

— Ce que je veux dire, c'est ceci : alors, je ne crois plus en rien. »

Le père Lorraine conjura ces mots de la main.

« Et moi je ne vous crois pas ! Quelle logique ! Parce que votre maman offenserait le Bon Dieu, vous Le supprimeriez, vous vous vengeriez sur Lui des souffrances qu'on lui infligerait, et vous l'offenseriez à votre tour ? »

Hélas ! Seigneur, votre prêtre oppose à une menace

de folie les dénégations de la sagesse. Cependant il pressent que le drame de cet enfant se joue au-delà de toute logique. C'est l'ordre divin même qui risque de basculer, c'est une subversion d'idéal. Le père Lorraine n'a qu'à se rappeler son propre ébranlement, à la veille d'entrer au séminaire, devant le peuple des faubourgs, devant les ouvriers des filatures marchant à la faim. La tentation de perdre cœur s'exerça sur un autre plan, elle ménagea la foi en Dieu; elle n'engendra qu'un dilemme de Charité, ah ! résolu depuis. Il reste cette ressemblance : une harmonie troublée. Chez votre prêtre, Seigneur, vous avez permis que le trouble naquît au spectacle d'une détresse qui ne l'atteignait qu'à travers votre compassion évangélique pour la foule. Un désarroi plus égoïste guette cet enfant. Si possible, qu'il lui soit épargné ! Il est d'une nature telle que les paroles d'apaisement s'y dessécheront, semence sur le terrain pierreux. On ne prévoyait que trop comment il y serait répondu :

« Il ne s'agit pas du Bon Dieu, mon père, disait Elie d'un air buté, mais de moi.

— Il s'agit toujours du Bon Dieu, dans le bien comme dans le mal. Et s'il prenait prétexte du mal pour vous appeler à plus de bien ?

— Je ne marcherais pas. Après tout je n'ai pas demandé à venir au monde.

— Mon pauvre Elie ! Depuis qu'il y a des enfants sur terre et qui trouvent que le monde ne tourne pas selon leur idée, ils se transmettent l'objection. On pourrait remonter jusqu'aux fils d'Adam et Eve; et ceux-ci, les premiers, les prononcèrent contre leur Père céleste. Vous n'avez pas demandé à venir au monde, non. Mais le monde demande à venir à vous; si laid qu'il soit, vous avez le pouvoir de l'embellir par votre accueil.

— Non, dit Elie. Je le prendrai comme il se présentera. Tant pis pour lui et pour moi s'il est moche. »

Le père Lorraine éprouvait une immense lassitude. Elie est à l'âge où l'on discute à perte de vue en se raidissant à mesure. C'est assez. La dernière marque d'attention à témoigner à cette âme sera de respecter son tourment, fût-il imaginaire. Pour l'heure il assombrit ces yeux faits pour éclairer de leur eau très pâle, le visage au teint mat, comme il y en a peu dans la contrée. Ce grand garçon semble bâti pour affronter la vie noblement. Il jouit de beaucoup de prestige auprès de ses condisciples, paraît-il. Dès les premiers temps, Antoine ne jurait que par lui. Rien d'équivoque dans cette amitié particulière. Adrien s'en porta garant : « Une réédition des Zébédées », dit-il avec une amertume tempérée d'ironie. Mais Elie ne ressemble pas plus à Théodore qu'Antoine à Adrien. Dieu fasse que les destinées, cette fois, s'accordent mieux ! Que sont les parents d'Elie ? Ah ! oui, la batellerie. Quand le père Lorraine s'en enquit, Toine, répétant des confidences de son ami, fit une description enthousiaste de la vie à bord d'une péniche. Adrien, lui, fut évasif. Faudra-t-il l'alerter ? Il prend tellement à cœur sa tâche d'éducateur... Cet enfant, Seigneur, Votre prêtre ne peut que Vous l'abandonner. Si décevant qu'ait été pour lui cet entretien, puisse-t-il, du moins, plus tard, quoi qu'il advienne, n'y pas puiser le motif d'un surcroît de colère.

« Mon cher Elie, reprit le père Lorraine, après un moment de silence, il ne nous reste qu'à prier le Seigneur afin qu'Il éloigne de vous le mauvais esprit. Le démon emprunte toutes les formes pour nous tromper. Le plus souvent il les choisit séduisantes. Avec vous, sans doute parce qu'il vous sait ami de la pureté, il a cru devoir recourir à une imagination déplaisante. Retournez l'arme contre lui. La tentation offre un aspect repoussant; qu'il vous soit d'autant plus aisé de la chasser. Vous avez les meilleures raisons de vous garder d'un jugement téméraire. Et dites-vous, enfin, que quelques atroces réalités que la vie vous dévoile, d'autres que vous en ont connu de pires qui ne les ont pas empêchés de tourner leurs regards vers la splendeur de Dieu; soyez persuadé que les saintes réalités sont en nombre égal, même si, par nature, elles demeurent plus secrètes. Allons, prions ensemble. »

Elie se sentit tout à coup la tête vide. Sa présence dans cette chambre, la confession, le visage cendreux du père Lorraine, les propos échangés : tout cela prit un air irréel. Docilement il s'agenouilla.

IV

Trois jours passent vite. Il semble à Toine que le père Lorraine est arrivé la veille. Pourtant il y aura eu ces bonnes conversations chaque après-midi; puis, en dehors même des exercices de la retraite, cette sensation que le père appartenait à la communauté. Ainsi au réfectoire. Toine s'émerveillait que le père Lorraine se pliât si naturellement aux habitudes. D'autres invités, à l'occasion, se comportaient... en invités, justement, en étrangers. Conduits par M. le supérieur, ils attendaient dans un coin, à côté de l'estrade, que le cérémonial eût pris fin. Elie prétend même que le visage de certains trahit de l'impatience. Le père Lorraine, lui, en allant au réfectoire, récitait comme tout le monde le *De profundis* pour les parents et bienfaiteurs défunts; comme tout le monde il s'inclinait devant le crucifix dominant, du mur auquel s'adosserait M. le supérieur, la table des maîtres et toute la salle. Il échangeait le même salut qu'à la chapelle avec son voisin; il répondait au *Benedicite* et prenait attention à la lecture de quelques versets de l'*Imitation*. Pendant le repas, les yeux de Toine rencontraient souvent les siens, graves, mais chauds d'amitié. Toine ne regrettait pas qu'il n'y eût point de *Deo gratias*. Il goûtait mieux la présence de son bienfaiteur. Il ne regrettait qu'une chose : que ce ne fût pas son tour de lecture. Oh ! Jésus, vous le savez, non pas désir de se mettre en valeur, mais joie de se rapprocher encore du père Lorraine.

Le meilleur moment aura été, chaque matin, celui de la messe. L'abbé Douve avait désigné Toine comme servant. Au petit oratoire de la tribune, l'autel n'a qu'un degré, on est tout près du célébrant. Et quand ce célébrant est le père Lorraine, les répons, les gestes, les objets liturgiques recouvrent une valeur de nouveauté — la même qui, aux premiers temps de Saint-Wandrille, angoissait Toine devant le spectacle incompréhensible; il s'en souvient, non sans honte, comme du crucifix au genou écorché et au pansement doré des Trosse, comme du mariage de Marthe et du tabernacle que Tanty appelait « la guitoune ». Oui, ces messes chuchotées du père Lorraine, la lourdeur rugueuse des ornements, l'odeur amidonnée du surplis et du manuterge, celle, aigre-douce, du vin blanc dans l'air frileux, le craquement de l'hostie autour de laquelle on dialoguait : tout cela paraissait s'envelopper de l'haleine même du Christ.

Aujourd'hui, dimanche, le prédicateur de la retraite chante la messe de clôture et d'action de grâce pour la communauté entière. Dubus et Vandame — deux « potames » — sont acolytes; mais Elie est thuriféraire et lui, Toine, cérémoniaire. Cette fois il sert le père Lorraine côte à côte, lisant en même temps que lui le missel, lui tournant les pages, ne le laissant seul qu'à la Consécration. Aucun prêtre de Saint-Wandrille ne célèbre le Saint-Sacrifice comme lui, avec cette pieuse lenteur, avec ces poses hiératiques d'orant. Pas même l'abbé Blot. Un drôle, c'est l'abbé Omer. Il mange la moitié des mots, il se trémousse; et distrait à l'autel comme ailleurs, on dirait qu'il va danser. Un fois, au lieu du *Sanctus,* il s'est mis à réciter l'*Agnus Dei,* sautant par-dessus le Canon. Une autre fois, après le *Lavabo,* il fourrait le manuterge dans sa poche; encore heureux qu'il ne s'y soit pas mouché pour de vrai. L'abbé Douve, lui, est dans la moyenne. Oh ! tout ça ne prouve rien. Mais ce qui bouleverse Antoine, chez le père Lorraine, ce qui lui porte chaque fois un coup au cœur, c'est le sourire quand il se retourne pour le *Dominus vobiscum...*

Est-ce spontanément, en l'associant à l'affection d'Antoine, ou sur la suggestion du père Lorraine, qu'hier au soir l'abbé Douve a désigné Elie comme thuriféraire ? Ils trouvent de ces ruses... Ils ne l'auront pas pour autant... La hargne te rend injuste et sot, Elie ! pourquoi voudraient-ils t'avoir ? L'abbé Douve ignore tout de tes histoires. Quant au père Lorraine, quelle raison aurait-il de ne penser qu'à toi ? Même dans l'ordre le plus intime, et alors que tu es prêt à t'insurger contre le moindre excès de zèle, tu as besoin de te sentir en vue ! Avoue cependant que tu risquais de t'y sentir trop, en vue, dans un instant. Ici le respect humain est inverse de celui que dénonce le manuel d'instruction religieuse. L'abbé Douve ou le père Lorraine — peu importe — t'aura rendu service. Le rôle de thuriféraire t'épargne l'attitude embarrassante : ou de ton banc regarder sans broncher le défilé des autres, et ç'avait l'air d'une bravade; ou le visage dans les mains, dissimuler ta vergogne, et leurs regards de biais, leurs suppositions — tu sais bien qu'on ne peut éviter d'en faire, si vagues soient-elles, ça t'est arrivé envers autrui — ajoutaient à ta honte. Si une abstention ne passe pas complètement inaperçue, du moins le service à l'autel te ménage-t-il une contenance.

Antoine commençait la récitation du *Confiteor,* repris en chœur par la communauté. Au moment où le célébrant se retourna, il attendit qu'Elie le rejoignît en haut des marches de l'autel. Il le considéra à la dérobée, parut hésiter une seconde et, l'air étonné, puis attristé, fit signe aux acolytes de s'agenouiller à ses côtés.

Est-ce bien décidé ? Tu n'y vas pas ?

Le prêtre, face à l'assistance, prononçait le *Domine non sum dignus,* tenant l'hostie en suspens au-dessus du calice.

Pourquoi n'y vas-tu pas, Elie ? Tu t'es confessé. Tu as reçu l'absolution. Il te reste ce tourment dont le père Lorraine n'a pu te délivrer. Qui le pourrait ? Le Seigneur justement. Qu'il dise seulement une parole et ton âme sera guérie. Rien que ces mots-là sont merveilleux. Vas-y; Antoine, le père Lorraine, tout le monde sera content; et toi aussi peut-être.

Elie se leva. Trop tard. Les trois clergeons avaient communié. Accompagné d'Antoine porteur du plateau, le père Lorraine se dirigeait vers la sainte table. Le dos tourné à la communauté en rang sur deux files, et au banc des maîtres là-bas, d'où l'abbé Douve devait poser sur lui son œil unique, le thuriféraire balança l'encensoir de gauche à droite, en s'appliquant à provoquer, à chaque coup, d'une légère secousse, l'éruption d'une bouffée bien ronde.

Ce fut cette même matinée qu'on découvrit Sosthène. Tête ballante et traînant la jambe derrière frère Jacques, il surgit du fond de la chapelle; il reçut la communion le dernier. Le recueillement n'était ni si général ni si profond que l'infirme pût échapper aux curiosités. Beaucoup de fronts se relevèrent. Jules Vallard poussa du coude son voisin et, entre ses doigts, lorgna le nouveau domestique jusqu'à ce qu'il eût regagné un coin d'ombre de la tribune.

V

Le dimanche, de bonne heure, Frédéric partait à bicyclette pour Orchiecourt. En quittant Saint-Wandrille, il éprouvait d'abord une sensation de délivrance. Il avait beau savoir que la journée de congé s'enliserait dans l'ennui dominical, il commençait par retrouver, intacte, son allégresse d'enfant quand, une fois par mois, il obtenait la permission d'aller chez ses parents. Franchi le portail de l'institution, il éprouva le même aiguillon d'impatience au creux des reins, une hâte à s'éloigner avant qu'on puisse le rappeler, le retenir. Alors, il se mettait à courir jusqu'à la grand'route. Maintenant il pédale en boule, ne se redressant, comme un coureur sur la ligne d'arrivée, que lorsque la forêt, contournée lui dissimule la masse du collège, même la haute croix dont la pierre, au sommet de la chapelle, tranche sur la brique utilisée pour l'ensemble de la construction.

Ce matin, il pourrait tourner la tête prématurément. Il est certain que la croix comme le reste n'est déjà plus visible. Un brouillard jaunâtre poisse le paysage. « Brouillard su ch'bos, pleuve su tin dos. » Le dicton aura-t-il raison ? Le brouillard sur le bois se changera-t-il en pluie sur le dos des élèves dont ça va être la première promenade ? Lui, Frédéric, n'a cure du temps qu'il peut faire. Le soleil qui l'attire à Orchiecourt ne saurait briller que quelques instants; après quoi c'est la grisaille du cœur, le ciel fût-il sans nuage. Mais les gosses, privés de sortie depuis une semaine, à cause de la retraite, auraient plaisir à grimper aux arbres ou à s'ébattre dans la campagne. S'il pleut, ils risquent de subir un vrai premier dimanche de liberté. Drôle de liberté que celle qui n'a le choix qu'entre l'étude où les conversations à voix basse sont juste tolérées, et le préau où dès qu'on est dix, on peut à peine bouger. A moins que l'abbé Douve — non, c'est l'abbé Filâtre qui est de semaine, un comble ! — ne profite d'une éclaircie et ne décide quelque lugubre et rapide tour de ville, en rangs. Comme par un fait exprès, le dimanche qui suit la rentrée est ordinairement maussade. Frédéric se rappelle ses mélancolies de pensionnaire, au seuil de chaque année — tant d'années à la fois si proches encore et si lointaines déjà. Comment n'aurait-il pas une pensée apitoyée pour ceux qui vont connaître ce qu'il a connu. Et lui était dans son pays, séparé par quelques kilomètres seulement de sa famille. Tandis que nombre d'entre eux font une double expérience d'exil et d'abandon. Les nouveaux surtout, dont Frédéric a spécialement la charge. Non, il ne pouvait pas refuser à M. le supérieur le service demandé. C'est entendu, à partir de demain, il assurera, avec l'abbé Filâtre, la section préparatoire; et il enseignera le rudiment du grec au petit Jean Demeure. Un trimestre doit suffire si l'enfant est intelligent, et il semble l'être, pour atteindre le niveau de sa classe. Question d'horaire à concilier avec celui de l'abbé Douve pour le travail personnel. Ah ! en semaine, pas de risque d'ennui.

Il avait traversé la ville encore mal éveillée, passé le pont du canal; les mains en haut du guidon, il roulait sur la Nationale menant directement à Orchiecourt. Dans vingt minutes, sans se presser, il sera arrivé. Il était à jeun. Il y gagnait, remarque constante, une sorte d'alacrité. Au-dessus des champs, la brume semblait moins épaisse que sur la forêt. Peut-être les gosses profiteront-ils tout de même de leur dimanche.

Les gosses ! Frédéric ne cesse de penser à eux. Prend-il tellement à cœur sa tâche de *socius ?* Va-t-il se découvrir une vocation d'éducateur ? Sans doute est-ce « l'abbé Douve, l'abbé couve, » qui déteint sur lui ! L'étonnant c'est qu'il emporte avec soi le petit monde de Saint-Wandrille tout en savourant la joie de s'en échapper. Fausse évasion. Mais cette duperie consciente même le laisse solidaire des enfants, des emprisonnés parmi lesquels il n'y a pas si longtemps il se confondait. Souffrent-ils ? Pas tous. Certains, oui, il en est sûr. Il se reconnaît en eux. Il sait la signification d'un regard perdu, au-dessus du cahier ou du livre, aventuré à travers la croisée de la salle d'études : « Eh bien, Antoine ! » — « Elie, tu rêves ! » Naguère quelqu'un d'autre criait : « Frédéric ! » Et il sursautait comme ces deux-là parfois, comme promet de sursauter le petit Jean Demeure. Ils sont plusieurs de la même race. La première année où il revint à Saint-Wandrille comme *socius,* Hurleau, qui était alors en quatrième, lui dit : « Tu en as de la chance, Frédéric. Tu es libre ! » Liberté illusoire. Il reste lié à Saint-Wandrille parce que Saint-Wandrille est près d'Orchiecourt; et à Orchiecourt il garde les entraves, mal rompues par le rêve, car le rêve devient tristesse, de Saint-Wandrille. Ah ! et puis, pour l'occuper, cette perpétuelle discussion avec soi-même, cette pesée de ses moindres pensées que lui reproche l'abbé Douve. Le moyen de ne pas s'écouter vivre quant on vit à un rythme si lent ?

La bicyclette fit une embardée. Frédéric rétablit l'équilibre de justesse. Il accéléra un peu l'allure. Sur une courte distance. Il atteignait la propriété de Borre. Il recommença de rouler lentement, complètement à gauche de la route. La courbe se dessina tandis que s'accusait le renflement du mur. Arrivé à hauteur de la brèche, Frédéric mit pied à terre, coucha sa bicyclette au bord du fossé et, s'aidant des éboulis, se hissa jusqu'à l'ouverture. Déception. Invisible d'en bas, une masse de barbelés interdisait l'accès du parc. Il fallait renoncer à l'inspection habituelle, engagé jusqu'à mi-corps dans le trou d'obus, les yeux vérifiant la place de chaque brin d'herbe sur l'allée. Frédéric descendit, frustré d'un maigre bonheur. Que le prochain, du moins, auquel il tendait maintenant en pédalant de nouveau plus vite, ne se dérobe pas. Ce serait plus scandaleux que la fermeture d'une issue à l'imagination amoureuse.

« Je ne t'en offre pas, Frédéric.

— Merci, maman. Je vais communier.

— C'est bien, ça. »

Elle servait le déjeuner aux jumelles. L'odeur du café au lait attendrissait Frédéric. Parfum du dimanche, tentation d'avant-messe. Pendant les vacances, le plaisir s'émousse. Mais durant l'année scolaire, chaque semaine il se rénove. Enfant, quand Frédéric, pour sa permission mensuelle, réussissait à partir de Saint-Wandrille tout de suite après *Prime* et arrivait chez lui essoufflé, c'était la même odeur qui l'accueillait. Parfois il succombait à la tentation. La première gorgée bue, un remords gâtait sa joie et lui fermait l'appétit devant les piles de tartines beurrées. Il lui semblait lire sur le visage maternel la désapprobation de sa propre conscience : n'avait-il pas sacrifié l'Eucharistie à une hâte gourmande ? Voilà longtemps que maman Ramette n'a plus motif à paraître blâmer la gourmandise de son fils. Il ne perçoit pas moins l'inquiétude de l'offre traditionnelle, et la satisfaction qui suit le refus. Quelle mine ferait maman Ramette s'il répondait, un beau dimanche : « S'il te plaît ! » Ah ! ce qui lui plaît, c'est que Frédéric reste un jeune homme sage. La communion hebdomadaire est le sûr indice de la sagesse telle que la comprend cette mère digne d'admiration. Pourquoi la décevoir ? A-t-elle même renoncé à une espérance plus haute, malgré la dénégation catégorique de Frédéric ? Elle eût souhaité qu'il devînt prêtre. Comme d'autres mères pleureraient parce que leur fils abandonne le monde, elle avait pleuré, elle, quand le sien lui déclara ne pas se sentir appelé. On eût dit que le défaut de vocation la frappait personnellement, que le ciel la répudiait, elle, Françoise Ramette. Bien qu'elle n'en parlât plus, Frédéric la soupçonnait de ne s'être pas résignée à ce qui devait représenter pour elle une injustice. Ce qui étonnait le père, encore qu'il en eût, lui, percé la raison : fidélité à Saint-Wandrille et assiduité à Orchiecourt, alors que la vie d'étudiant à Lille ou ailleurs serait plus attrayante, la persuadait probablement que ni le Seigneur, ni Frédéric n'avaient dit leur dernier mot. La fréquentation de la Sainte-Table figurait des relations diplomatiques prometteuses, tant qu'elles ne seraient pas rompues, de l'accord idéal !

« Il pense venir en permission pour la Toussaint... Où ai-je mis sa lettre ? »

Mme Ramette, elle non plus, ne déjeunait pas. Elle donnait des nouvelles de Désiré à qui l'existence régimentaire n'avait pas l'air de peser. Il intriguait pour passer dans l'escadron hors rang, grâce à sa spécialité. Certes, il regrettait que la distance l'empêchât de venir quelques heures au pays entre deux trains. Il profitait quand même bien de ses quartiers libres. Il espérait que le père se débrouillait tout seul à la bourrellerie, vu que lui, Désiré, était en train de dépenser ses économies, même qu'un petit mandat...

« Ça va le travail pour papa ?

— Oui. Oh ! Tout propre à rien qu'il est, Fernand Ramette sait son métier.

— Ce n'est donc pas un propre à rien, maman... dit doucement Frédéric.

— Je m'entends et tu me comprends, malgré ton indulgence. Crois-tu que ce soit la fatigue du travail qui est cause qu'il dort encore à c't'heure ? Après, il prétextera que la messe chantée est trop longue et il en passera le plus clair du temps à l'estaminet.

— Que veux-tu ! Il est faible et désarmant.

— Je ne désarme pas, moi.

— Toi, maman, tu es la femme forte de l'Evangile.

— En fait d'Evangile, nous allons manquer celui d'aujourd'hui si je ne secoue pas ces lambines. »

Elle arracha les jumelles à leur contemplation somnolente d'un reste de café au fond des bols que chacune d'elles semblait mettre un point d'honneur à épuiser la dernière. En un tournemain, elle les débarbouilla, les habilla et les coiffa. Elle-même n'avait qu'à poser un chapeau, une cloche noire, invariable, sur ses cheveux tirés sans grâce. Elle se dépêchait. Vigilante, dévouée, mais bougonne et rugueuse comme toujours. La femme forte de l'Ecriture ! Frédéric avait voilé l'ironie de la comparaison. Cette mère méritait le respect. Son fils aimerait qu'elle appelât aussi la tendresse. Il lui faut se raisonner pour accorder l'un; l'autre serait un élan spontané, pareil à celui qui le porte vers un père, évidemment moins admirable. Pourquoi, en dépit des torts de Fernand Ramette, Frédéric penche-t-il de son côté plus que du côté de la mère ?

L'heure de la messe sonnait quand tout le monde fut prêt.

Peu de gens à l'église. Le gros des paroissiens assistera à la messe chantée, deux heures plus tard. D'ordinaire, personne n'y communiait. On se contentait du pain bénit offert par les notables à tour de rôle. Plusieurs des femmes présentes à la première messe le seraient également à la seconde. C'est autour de celle-ci que s'organisait la matinée; c'est elle qui faisait du dimanche un jour différent des autres jours de la semaine. Même les hommes qui écourtaient leurs dévotions comme Fernand Ramette, ou qui s'en dispensaient, comme le père Duhamel — le bonhomme n'entrait à l'église que pour vérifier si les gosses s'y tenaient convenablement ! — réglaient sur la cérémonie leur station à l'estaminet. Frédéric aussi reviendra. Paule de Borre tiendra l'harmonium. Il y aura tous les gars du village pour l'écouter et la regarder; et qui chanteront faux à force de bonne volonté. Ils ne sont pas là maintenant... Paule de Borre est agenouillée à son banc. Les yeux de Frédéric n'ont à la disputer à nuls autres.

Il se plaça derrière elle, en débordant sur la droite, juste assez pour l'apercevoir, de biais. Il lui semblait l'entendre respirer. Il captait, de loin en loin, un frémissement des épaules, un mouvement de la main tournant la page du missel, un ploiement de la nuque aux salutations rituelles. Paule de Borre suivait la messe avec recueillement. La piété de Frédéric s'en trouvait stimulée. Vains scrupules ceux qui troublaient, parfois, son examen de conscience quand il se demandait si Dieu agréait une ferveur religieuse entachée d'élans profanes. Certes, son zèle dans l'accomplissement des devoirs dominicaux à Orchiecourt était soutenu par le désir de rejoindre Paule dans l'accomplissement des mêmes devoirs. Etait-ce blâmable ? Sans doute le serait-ce si l'amour divin servait seulement d'alibi à l'amour humain. Le souci de ne pas décevoir maman Ramette, comme naguère — et maintenant, non ? — à Saint-Wandrille, celui de ne pas alarmer l'abbé Douve, le serait pareillement s'il comptait pour plus qu'il n'est admissible, si de garde-fou de la conduite, il se changeait en règle, si moyen de persévérance, il en devenait la fin. Comment voir clair ? Tout se mêlait. La susceptibilité d'âme éveillée par des années de gymnastique spirituelle n'autorise aucune démarche intérieure qui ne soit corrigée par une démarche contraire. La lucidité acquise dans le commerce des prêtres finit par ressembler à l'éclat de ces midis dévorateurs de formes. Il n'est pas jusqu'au vocabulaire, assimilé avec les leçons morales de Saint-Wandrille, dont les ressources dialectiques ne fournissent à l'usage autant de pièges que d'échappatoires. Mais ici pourquoi suspecter l'exaltation vers Dieu d'un émoi sentimental ? Dieu ne perd rien. On est édifié quand Il profite de nos détresses. Qu'y a-t-il de scandaleux à ce qu'Il profite de nos délices ? Ah ! humbles délices : celles d'un amour qui doit se contenter de sa propre connaissance. Dieu ne peut pas rejeter l'adoration que favorise un tel amour, non plus que la pureté sauvegardée au nom du même amour. C'est une seule blancheur qui monte au ciel.

La clochette annonçait l'élévation. Frédéric s'inclina, un peu surpris. Il n'avait pas négligé une ligne du texte liturgique. Mais sa pensée ne s'y arrêtait pas. Et cela dans le même temps qu'il éprouvait un vif entraînement de piété et qu'il en justifiait les attaches sensibles. Voilà bien les déboires de la méditation ! Car enfin il méditait, ce qui est une façon de participer au Saint-Sacrifice. Oui, cet amour, heureux simplement d'exister, situé du premier coup au-delà de l'espoir et du désespoir, acquiert une valeur d'offrande au Seigneur. Et Paule, à quel esprit de renoncement obéit-elle ? Se sacrifie-t-elle au vieux M. de Borre ? Entend-elle jouer le rôle d'une nonne sécularisée, pratiquer à Orchiecourt, auprès des gosses du catéchisme, et à Saint-Wandrille — quand donc commencera-t-elle ses cours de musique ? — les vertus d'une vieille fille volontaire ? Ces vertus-là, souvent, se parent de moins de séduction. Paule n'en aurait que plus de mérite. Tout de même, le père Ramette a raison : elle ne renonce pas à plaire, si elle ne distingue aucun de tous ceux à qui elle plaît. Lui, Frédéric, l'avait découverte un jour de Fête-Dieu, il y a trois ans. Jusqu'alors, il ne s'inquiétait guère de la demoiselle de La Maison-sous-l'église qui, pendant qu'il étudiait à Saint-Wandrille, fréquentait l'externat des Dames du Saint-Sauveur. Ce jour de Fête-Dieu, le collège, spécialement sa maîtrise, contribuait aux fastes de la procession à Orchiecourt. Suivant la tradition, la procession fit halte, au retour, dans le parc de La Maison-sous-l'église, où un grand reposoir était dressé. Ce fut là que Frédéric, ébloui, vit quelle belle jeune fille était devenue mademoiselle de Borre. Elle manœuvrait un groupe de bambins qui lançaient des pétales de roses au Saint-Sacrement. Elle-même remplissait à profusion les corbeilles. Elle paraissait faire les honneurs du domaine à un invité de marque. Si dévotieuse que fût son attitude, l'élégance de sa mise, le charme de ses manières, l'attrait de son visage — oh ! ces cheveux resplendissants de soleil — prêtaient à l'accueil quelque chose d'un cérémonial mondain. Frédéric, subjugué, sentit du même coup qu'il était devenu un jeune homme. Comme la plupart des petits campagnards, il n'avait rien à apprendre, depuis longtemps, de ce qui tourmente les adolescents, à Saint-Wandrille comme ailleurs, sans doute. Quelle histoire avec l'abbé Filâtre, la fois, où, élève de deuxième section, il avait coché sur un dictionnaire, à l'intention d'un camarade de première qui l'avait questionné, les mots *vêler* et *accoucher !* On le menaçait de renvoi. Il avait fallu que l'abbé Douve prenne sa défense et se porte garant, auprès du supérieur, d'une totale absence de malice. Et puis, les balivernes de papa Ramette, surtout quand il s'est attardé à l'estaminet, suffiraient à empêcher l'imagination d'errer ! Bref ! du moment qu'il voua un culte à Paule de Borre. Frédéric se jura de n'étreindre aucune autre femme. C'est donc pour elle, et non pour Dieu, qu'il reste sage ? Ah ! pour les deux. La preuve c'est que même si Paule, sans défense, le rencontrant et le considérant enfin... Ah ! Seigneur, le voici au bord du péché. Il veut dire qu'il serait prêt à vous sacrifier le plus impétueux désir.

« Farceur, dit le démon, tu sais bien que ce n'est pas vrai, et que si l'occasion t'en était donnée... »

« Tais-toi. C'est assez de se cramponner au devoir immédiat avec la grâce actuelle. »

« Qu'est-ce que l'immédiat ? dit le démon. Que Mlle de Borre tourne la tête vers toi et te sourie, là, tout de suite, maintenant... Hein ? Elle est accrochée à une fraction de seconde, la grâce actuelle !... »

« Seigneur, écartez cette tentation. Agréez l'acte de la volonté qui crie plus fort que tout. »

« Parbleu ! Et au fond de toi, le petit cochon baptisé compte bien que le Seigneur lui tiendra compte de ce sursaut gratuit et qu'Il arrangera ses petites affaires... »

« Non, non, Seigneur, ce n'est pas cela... D'ailleurs, c'est Vous qui avez créé les reins et les cœurs que Vous seul sondez; Vous savez mieux que personne comment ils sont faits ! *Seigneur Jésus-Christ qui avez dit à vos apôtres : « Je vous donne ma paix. Je vous laisse ma paix », ne regardez pas mes péchés...* »

Frédéric se ressaisit. Malgré ses distractions tout au long de la messe, malgré ses approches du péché, à l'instant, communiera-t-il ? Quoi ! le pain des anges est en vérité le viatique des hommes. C'est risquer, peut-être, une chute grave que s'en priver à cause d'un désarroi passager.

« Farceur ! reprend le démon. Tu ne voudrais surtout pas te priver de la tremblante mais équivoque « communion » dont tu as rêvé. »

« Non, Seigneur. La preuve...»

Confiteor Deo... Mlle de Borre gagnait la Sainte-Table. Frédéric se hâta dans son sillage. Mais il s'imposa de s'agenouiller loin d'elle. Ce ne sera pas encore cette fois qu'il osera communier au Corps du Christ dans le rayonnement du corps de l'aimée, et qu'il se sentira le cœur assez naïf ou pacifié pour, sans souillure, en lui passant le plateau, frôler ses doigts.

LIVRE QUATRIÈME

I

« ELIE, vous ferez l'Epervier, dit l'abbé Douve. *Deo gratias.* »

Elie réprima un mouvement de mauvaise humeur. Le rôle de vedette ne lui plaisait pas aujourd'hui. Tout en gagnant le milieu de la cour, il fit de son mouchoir une cravate, à l'éclaireur. Les autres se massaient sur le trottoir. Frédéric se mêla à eux.

Désormais le règlement ordinaire de Saint-Wandrille fonctionnait à plein. Il n'épargnait pas les récréations. A celle de dix heures, précédant la longue étude de devoirs, le jeu collectif était obligatoire.

Elie avait donné le signal. La bande s'égailla. Il toucha sans peine deux coureurs inexpérimentés et décida de s'attaquer à Frédéric. Ce sera sa seule concession sportive. Le beau jeu, qu'il a souvent pratiqué, c'est de négliger le menu fretin pour réunir tout de suite une alliance redoutable : Frédéric, bien sûr, mais aussi et surtout Toine, Borderie et les deux « potames » les plus forts : Vallard et Lagier. Alliance qui se retournait contre lui, Elie, puisque cinq prises le libéraient du rôle d'épervier. Mais zut ! pour la beauté du jeu.

« Tenez-vous bon la main et ne vous occupez de personne d'autre que M. Frédéric. »

Par chance, les deux premières proies auxquelles il était enchaîné n'étaient pas trop moules. Elles répondaient de leur mieux à ses manœuvres, soit qu'il les tirât à leur arracher le bras, soit qu'il les poussât en direction de Frédéric. Celui-ci, à la quatrième envolée, se rendit.

« Et maintenant, on marque Fussy ? demanda-t-il.

— Eprouvons plutôt Demeure, répliqua Elie.

— Attention, Jean. Ça ne m'étonnerait pas que nous soyons visés », dit Antoine qui avait surpris la direction des regards.

La chaîne obliqua vers un point opposé, puis se rabattit brusquement vers Jean. Au passage, Elie toucha un imprudent. Alors qu'Antoine avait déjoué le piège par la rapidité, Jean l'affronta en risquant l'épreuve d'endurance sur un pied. La chaîne le suivit, guettant sa défaillance. A quelques mètres du but, elle se referma sur lui. Il fut pressé au point de trouver un soutien, mais qui se déroba brusquement. Jean faillit perdre l'équilibre. Il allait tenter de fuir à la course quand Elie ramena ses alliés. Jean luttait contre la fatigue, les dents serrées.

« Avance, brise la chaîne. »

Il reconnut la voix d'Antoine. Comment avancer ? Ces cinq corps l'encerclaient. Comment briser la chaîne ? M. Frédéric et Elie tenaient les poignets des deux plus petits. Ils semblaient même les serrer très fort : le sang quittait le bout des doigts. Jean leva les yeux vers M. Frédéric. Il le vit sourire comme pour une espèce d'encouragement. Alors ce fut sur l'une des mains de M. Frédéric qu'il frappa, des deux poings. Il se fit mal mais, surprise, la chaîne se rompit. Il en profita pour s'esquiver, accueilli par les « hourrah ! » des autres.

« Vous l'avez laissé échapper exprès, dit Elie sans trahir de dépit.

— Tu joues durement aujourd'hui, se contenta de répondre Frédéric.

— Ce gosse a du cran malgré ses airs de fille. Quant au jeu, nous sommes quittes, puisque moi j'ai ménagé Antoine. Allez, j'attrape le premier qui passe à portée et je change de camp. »

Ainsi fit-il. Après quoi la partie ne fut plus qu'une perpétuelle débandade d'un bout de la cour à l'autre. La chaîne avait beau s'agrandir jusqu'à couvrir presque la largeur du terrain; elle avait beau esquisser des manœuvres enveloppantes sous la conduite de Frédéric, nouvel épervier de fait, bien que ce fût un petit qui portât l'insigne. Elle ne pouvait résister aux coups de boutoir de Hurleau et de Vallard. Dès le signal, ils fonçaient, pareils à des locomotives; ils ouvraient la brèche où leurs suiveurs n'avaient qu'à s'engouffrer. Jean lui-même ne se donnait plus la peine de partir sur un pied.

« Ce n'était pas de jeu ! » murmura Antoine quand la cloche sonna.

Elie haussa les épaules.

Le midi, après les Grâces, on donnait lecture de l'ordre du jour. Ce lundi, et autant de jours qu'il sera nécessaire, durant la principale récréation, M. Maffre coupera les cheveux. Les mines se renfrognèrent. De la table des maîtres, on devinait le « Rrr » de protestation qui, dans un souffle, commandait la moue des lèvres.

« — Borderie, avez-vous une observation à formuler ? dit M. le supérieur.

— Moi ? non, monsieur le supérieur, fit Borderie feignant l'étonnement.

— Parce que, reprit le chanoine Débly, avec son air le plus fin, je vous aurais prié de le faire tout haut pour que la communauté bénéficie de sa pertinence. »

L'élève rougit. Il était parmi les plus coquets. En étude, il avait trop souvent recours à un miroir de poche. Il avait fallu le lui confisquer plus d'une fois. Cette année encore, la chevelure ondée dont il était si fier doit être sacrifiée jusqu'aux vacances. L'abbé Douve crut entendre un petit rire, soulignant le trait de M. le supérieur. Celui-ci tenait toujours à montrer, devant la moindre velléité de mauvais esprit, qu'il n'était pas dupe. Il semblait détecter le mauvais esprit de haut et le refuser en fronçant le nez, comme on refuse une mauvaise odeur. C'était tout. Mais le petit rire s'effilait comme la voix même de l'abbé Filâtre, décrétant, au sujet de Borderie justement : « C'est du narcissisme. » Bien rigoriste, l'abbé Filâtre. Lui, l'abbé Douve, ne veut exagérer ni dans un sens ni dans l'autre l'importance de la tradition suivant laquelle les élèves de Saint-Wandrille sont tondus. Ce n'est, d'origine, qu'un règlement de propreté et de commodité. Qu'avec le temps, son application apparaisse vexatoire à nombre d'enfants, n'autorise pas M. l'économe à la prôner comme exercice d'humilité. Seigneur, la tâche d'éducateur comporte d'autres soucis !

Frère Jacques s'installait sous le préau. Une chaise, deux boîtes où, dans le pétrole, trempaient grosse et petite tondeuses, une serviette omnibus, enfin, composaient tous ses accessoires.

Pour commencer, il feignait le plus grand sérieux en parodiant la mimique des professionnels. Il s'effilait ostensiblement les pointes de moustache, faisait jouer à vide les mâchoires de la tondeuse, et d'une voix cérémonieuse :

« Au premier de ces messieurs! » disait-il.

Des Potames se présentaient d'abord.

« Rasibus ? » demandait frère Jacques gravement.

Quoi que pût répondre le patient, il n'y avait guère de chance qu'on l'entendît. Une poigne énergique lui avait déjà écrasé le menton contre la poitrine et la tondeuse, partie du cou, broutait le crâne par larges bandes jusqu'au front. L'opération n'exigeait pas cinq minutes. Il ne restait au client qu'à se passer la main à rebrousse-poil sur la tête pour rire d'y éprouver comme un piquant d'éteule et, s'il était un peu délicat, à se frictionner sous le robinet pour atténuer l'odeur de pétrole.

Toine détestait ce rite. Après tant d'années, c'était sans doute, de tous les règlements de Saint-Wandrille, celui auquel il se pliait le moins facilement. Autant qu'au premier jour, il devait lutter contre une espèce de panique intérieure qui lui mettait le feu aux joues et les larmes aux yeux quand tombaient à ses pieds les boucles brunes. Il lui semblait qu'on le vidait de quelque chose. Il comprenait l'aventure de Samson. Il étendait son trouble, par sympathie, à toutes les victimes de frère Jacques. Visiblement, à certains, à nombre de Potames, la tonte ne coûtait pas. Il fallait même reconnaître qu'elle avantageait les porteurs de cheveux filasses, ou pelliculeux. N'empêche que le spectacle était affligeant; et odieux le portier qui paraissait prendre un plaisir féroce.

« Frère Jacques est à son affaire, dit Antoine.

— Il en a terminé avec les volontaires. C'est maintenant qu'il s'amuse », dit Elie.

Le portier ne singeait plus les coiffeurs professionnels. Hilare, il désignait lui-même du doigt, et au besoin allait le chercher dans un groupe, l'élève récalcitrant dont il « s'offrait la tête ». Cette image vint à l'esprit de Toine entre deux sauts de mouton et elle l'encoléra.

Bien qu'au cours de la plus longue récréation les jeux fussent libres, la majorité adoptait les mêmes, comme s'il se fût agi d'une mode saisonnière. Ainsi en aurait-on pour plusieurs jours à épuiser l'excitation du saut « au pas ». Il n'était pas possible d'admettre Jean dans cette partie trop violente pour lui. Le saut, en partant d'une ligne fixe, alors que le mouton s'éloigne chaque fois d'un pied et demi, nécessite des poids à peu près équilibrés; car, à mesure que le mouton — cheval d'arçon vivant, aussi bien — augmente la distance qui le sépare de la marque, le sauteur doit prendre un élan et se faire du sol un tremplin qui change son appui sur le dos de « celui qui s'y colle » en sac de plomb. Jean devra s'exercer avec des gars de son âge.

Toine lui sourit au passage. L'enfant lui rendit le sourire d'un air contraint. Les longs cils battirent plus vite. Il y avait une angoisse, un appel dans les yeux gris ardoise. Toine tourna la tête. Fripé de friponnerie jusqu'aux tempes, tétant sa moustache d'une lippe gourmande, frère Jacques venait vers eux, l'index pointé sur Jean.

« Elie, dit Antoine, je vais à la tonte.

— Tu es bien pressé !

— J'ai un mot à dire à frère Jacques. C'est au sujet de Jean. »

Le portier, toujours rigoleur, faisait signe à Demeure.

« C'est à moi, dit Antoine.

— Je t'accompagne », dit Elie.

Ils entraînèrent le portier. Il ne cacha pas son étonnement :

« Les Aristos font du zèle, maintenant ? »

Il appelait ainsi Elie, Antoine, Borderie et quelques autres du même clan. Derrière la moquerie, il leur témoignait des égards. Antoine s'assit.

« Laissez-m'en le plus possible, hein, frère Jacques ?

— Coupe spéciale des Aristos. Entendu, monseigneur Pour vous également, n'est-ce pas, mon colonel ? ajouta-t-il à l'adresse d'Elie.

— S'il vous plaît. Et aussi...

— Je sais. Pour M. le comte de Borderie, pour M. le baron...

— Pour Jean Demeure, le nouveau sur qui vous vous précipitiez, espèce d'ogre !

— Un nouveau, c'est plus difficile. Il est encore dans les petites classes ?

— Il est en deuxième section. Allons, soyez chic, frère Jacques...

— Soyez même plus chic avec lui qu'avec nous. Laissez-lui un vrai toupet, dit Antoine.

— En voilà du chouchoutage, mes princes ! » dit frère Jacques.

Elie se sentit gêné par le clin d'œil que lui adressa le portier. Ce n'était pas le simple signe d'intelligence que des gars du Nord, des Potames surtout, décochent à tout propos. C'était une allusion d'homme à quelque chose d'équivoque; une lueur malpropre, au milieu de ces rides qui semblaient la diffuser. De loin en loin, ne chuchotait-on pas des histoires sur le compte du tailleur de Saint-Wandrille ? Elie n'avait jamais voulu y prêter l'oreille. Aux premiers mots, d'instinct, il coupait court. Il savait gré à frère Jacques de le distinguer, lui, Antoine et quelques autres de la bande. Cela ne l'empêchait pas d'éprouver une méfiance et une sorte de mépris envers le bonhomme; sans motif précis, rien qu'à cause de l'obscénité de cette moustache trop humide, d'une hilarité sous-jacente à tous les airs de circonstance, et, les craquelant comme un maquillage de vieille coquette, de ces clins d'yeux, enfin, qui associent l'interlocuteur à l'on ne sait quelle duperie.

« Nous n'aimons pas les chouchous ! répliqua Elie, interprétant exprès de travers la réflexion de frère Jacques.

— Alors je doute que votre camarade puisse bénéficier d'une faveur. Je veux bien tricher avec le règlement. Mais il y a une limite. Si je la dépasse, le petit duc (« ça y est : il lui a trouvé un surnom ») risque de se faire remarquer.

— Essayez toujours », dit Antoine.

Lui-même avait la gorge serrée. La tondeuse ne l'épargnait-elle pas moins encore que d'habitude ?

« On verra, fit frère Jacques. Mais n'oubliez pas que l'abbé Filâtre verra aussi, après ! »

Et il partit d'un long rire silencieux.

II

Paule descendit la première à la salle à manger. Bien que les volets fussent ouverts, la pièce baignait encore dans l'obscurité. Le jour n'en finissait pas de déchirer ces linges gris, au ciel. Paule frissonna. L'âcre odeur de bûches à demi calcinées venait de l'âtre et créait comme un appel d'air froid. Il faudra, déjà, que Léontine allume le feu dès le matin. On se levait tôt à La Maison-sous-l'église. Paule n'obtenait pas de son père qu'il paressât un peu au lit. Il prétendait n'en avoir pas le loisir. En fait, il s'attardait à table, errait, de la bibliothèque au salon, dans l'attente du facteur. Avec l'arrivée de celui-ci, même s'il n'apportait que des imprimés, commençait véritablement l'activité du vieil homme. Il s'enfermait, dépouillait le courrier et s'efforçait de s'y référer pour établir son fameux horaire de travail. La matinée était alors fortement entamée. N'eût-il pas mieux valu qu'il dormît jusque-là ? Aux remontrances de sa fille, il opposait un entêtement boudeur. Tout au plus consentait-il à ne quitter la chambre que lorsque Paule rentrait de la messe. Il est vrai qu'on n'avait jamais de sommeil de reste à La Maison-sous-l'église. Les veillées ne s'y prolongeaient guère. Même les soirs de séance au Conseil municipal, M. de Borre respectait le couvre-feu de neuf heures. Il n'y avait eu que cette infraction de la semaine dernière. Retard si insolite que Paule s'en était inquiétée. Elle s'apprêtait à se rendre à la mairie quand elle avait entendu son père repousser le portillon. Elle était allée au-devant de lui. Il en parut contrarié. Il se montra nerveux comme jamais et sans répondre à ses questions brusqua le « bonne nuit ». Le lendemain, il s'était excusé. Il avait prétexté une discussion très vive à propos du budget de la commune. Il n'avait pas donné d'autres détails. Depuis, son humeur demeurait capricieuse. Il faut le traiter en vieil enfant gâté.

Paule avait allumé le lustre. Depuis la veille, les couverts, en tête-à-tête, étaient dressés par Léontine. Paule posa le paquet en évidence à la place de son père et se hâta vers l'église.

« Qu'en pensez-vous, mon chien ? Est-ce la même ou non ? »

M. de Borre faisait renifler à Taquin une serviette de cuir. L'animal jappait et trépignait d'élans brisés.

« Elle n'en sait rien, c'te bête, dit Léontine. Mais Monsieur devine bien qui lui a fait la surprise. »

M. de Borre eut son petit rire de tête :

« Pour une surprise, c'en est une ! »

La servante sortait, tirant comme au licol son arrière-train, quand Paule revint de la messe. Léontine branla le chef et son regard disait : « Ma fie, ton père déraisonne une fois de plus, je te le laisse. »

« J'espère qu'elle vous plaît, fit Paule en tendant son front à M. de Borre. Elle a été prête juste à temps pour la Saint-Edouard. Bonne fête ! père.

— Merci, ma petite belle, dit M. de Borre. Oui, c'est une surprise. Figure-toi que j'ai admiré la même serviette pas plus tard qu'hier.

— Oh ! vous m'avez devancé chez Ramette. Il ne m'en a rien dit.

— Qui te parle de Ramette ? » fit M. de Borre avec humeur.

Léontine apporta le déjeuner.

« Ce n'est pas chez le bourrelier que vous avez vu mon cadeau ? Je le lui ai commandé spécialement. Il m'avait promis le secret.

— Eh bien quelqu'un d'autre a passé une commande semblable pour son propre compte, ma petite belle. Cassagne, l'assureur — tu ne le connais pas — portait la même serviette, flambant neuf, en me rendant visite hier après-midi. »

Paule réfléchit.

« Comment est-il ce Cassagne ? Grand, les cheveux noirs en auréole, le teint très décoloré, d'un type étranger au pays ?

— Parfaitement. L'auras-tu rencontré ? T'a-t-il parlé ? demanda M. de Borre avec une vivacité inquiète.

— Je me rappelle qu'il se trouvait chez Ramette le jour où j'ai eu l'idée de ce cadeau. J'allais faire arranger le harnais de Mulysse. Tenez, c'était au moment de l'invitation des Lillers.

— Oui, oui, je m'en souviens, fit M. de Borre toujours agité.

— Ainsi tout s'explique. Notre homme aura eu envie, lui aussi, d'une serviette fabriquée par un bon artisan. Ramette, pour simplifier, a fourni deux exemplaires du même modèle.

— Cet homme t'a-t-il parlé ? demanda derechef M. de Borre.

— Non, dit Paule étonnée. Nous nous sommes juste salués. Que redoutez-vous ?

— Rien de grave, s'empressa-t-il de répondre, non

sans pousser un soupir d'aise. Simplement cet assureur m'importune. Il sait son métier, bien sûr. Mais sous prétexte de réviser de vieux contrats, il m'assassine de lettres. Et hier je n'ai pu l'éconduire. Taquin s'en est mêlé, ajouta M. de Borre en poussant un léger hennissement. Pourquoi ne te l'ai-je pas raconté au souper ? (La question parut le laisser perplexe une seconde.) Sans doute me forçai-je à oublier l'importun. Ta surprise de ce matin m'a remémoré l'incident. Juge : Cette serviette d'assureur, j'y prenais moins garde qu'aux papiers que le sieur Cassagne en extrayait pour mon tourment. Il l'avait posée à terre, debout contre le pied du fauteuil. Au plus pénible de la discussion, voilà notre Taquin qui s'approche et, la mine dégoûtée, lève la patte sur le cuir. Quel symbole actif ! Je me confondis en excuses. Léontine répara les dégâts du mieux qu'elle put et mon supplice prit fin comme si le bourreau avait été littéralement douché.

— Somme toute, père, dit Paule en riant, à part la déception de ne pas posséder un modèle unique, ma surprise reste amusante. »

M. de Borre se rembrunit.

« A propos, fit-il (« Quel à propos ? » pensa Paule), ces projets de cours à Saint-Wandrille tiennent toujours ?

— Vous n'ignorez pas que je les inaugure ce matin ?

— Il n'y a pas moyen de les annuler ?

— Vous n'y songez pas, père. M. le supérieur compte sur moi. Les élèves sont prévenus. A quelles objections subites vous arrêtez-vous ?

— Ça me contrarie. C'est comme un pressentiment que quelque chose de fâcheux va t'arriver un jour ou l'autre. Je ne sais pas : une révélation désagréable, une mauvaise rencontre...

— Mon pauvre papa. Vous finirez par me rendre

romanesque ! Saint-Wandrille est bien le dernier lieu au monde, après La Maison-sous-l'église, où le romanesque aurait chance de se satisfaire.

— Tu as sans doute raison. Les pressentiments avertissent de choses cachées, donc qui n'existent pas encore. Si, en les écoutant, on pouvait faire que ces choses ne se dévoilent pas, donc qu'elles n'existent jamais, ça voudrait dire aussi bien que c'étaient les pressentiments qui les inventaient. Alors, silence aux rêves. La vie elle-même ne nous découvre rien au-devant de quoi nous ne soyons allés — tout en l'imaginant derrière nous. Nos actes ne nous suivent pas, ma petite belle, ils nous précèdent. Il ne dépend pas toujours de nous, si grande que soit la liberté humaine, de nous y heurter ou non. »

M. de Borre et Paule se levaient de table. Paule observait, dans les yeux paternels, l'habituelle lueur de faux-semblant. Le ton ironique ne s'accordait pas aux paroles, ni à ces regards, aux aguets de quelle vision secrète ?

« Vous êtes fataliste, père ! dit-elle avec enjouement pour secouer le malaise qui la gagnait.

— Non, mon enfant chérie, répondit d'une voix lasse M. de Borre. Je suis résigné. Ne m'interroge pas. Va ton chemin. Ça m'étonnerait qu'il n'aboutisse pas à ton pauvre bonhomme de père ! »

Il quitta la salle à manger en reniflant. Paule surmonta son irritation. Elle devait rassembler ses affaires : des plâtres pour le dessin; la feuille d'acanthe et la main suffiront; se munir de papier et de fusain, l'économe n'y aura peut-être pas pensé; du pain pour gommer ? tout de même, la cuisine y pourvoira; la musique ce sera le dimanche; une chance qu'elle ait conservé trois violons d'étude, un quart, un demi, un trois-quarts; de quoi parer à tous les besoins; ne pas oublier les jeux de cordes achetés hier. Reste à étriller Mulysse et à l'atteler. Elle se fera aider par Léontine — la trop discrète Tine qui lui parlait un peu de sa mère quand elle était petite, mais qui, dès que les questions touchant la vie d'autrefois à La Maison-sous-l'église devinrent trop curieuses, les éluda ou affecta une amnésie décourageante.

III

SUR le seuil de la bibliothèque, M. le chanoine Débly s'effaça devant Mlle de Borre. Il y eut un bruit sourd. Paule crut entrer chez son père certains jours de rangement. Des piles de livres, dont l'une effondrée, embarrassaient le plancher : quelques volumes en mauvais état s'étalaient autour d'une casserole de colle de pâte sur la longue table recouverte d'un tapis vert. Un prêtre, à la barrette rejetée en arrière, et à la soutane maculée, descendit précipitamment de son échelle. La vivacité, la rousseur, le nez menu et les yeux comme affolés de l'ecclésiastique évoquèrent à Paule un écureuil. Elle sourit en se tournant vers M. le supérieur, dans l'attente des présentations. M. le supérieur ne souriait pas, lui. Il montrait une mine un peu congestionnée.

« Veuillez excuser ce désordre, mademoiselle, dit-il. M. l'abbé Omer, notre professeur de sciences, est distrait comme un savant. Il aura oublié que la bibliothèque devait être disponible ce matin. C'est Mlle de Borre, ajouta-t-il en s'adressant à l'abbé, qui vient donner ses leçons bénévoles. »

L'abbé, cramoisi, s'essuyait les mains à même la soutane. Il bafouilla :

« Je vous demande pardon, mademoiselle... Monsieur le supérieur... Je croyais avoir le temps... »

On lui voyait presque l'envers des yeux. Paule s'émut d'un tel trouble.

« Vous avez la passion des livres, monsieur l'abbé, dit-elle aimablement. Vous vous entendriez à merveille avec mon père. Il faudra venir voir ses reliures anciennes et discuter de la meilleure méthode de classement. Vous lui ferez un grand plaisir. »

Un glauque regard, à la fois insondable et transparent, sérieux et enfantin, se posa sur elle. Le temps de l'émouvoir et il chavira de nouveau.

« Vous êtes trop bonne, mademoiselle, murmurait le prêtre. Certainement que M. votre père me donnerait d'utiles conseils... »

M. le chanoine Débly l'interrompit avec une pointe d'impatience.

« Pour le moment, cher monsieur l'abbé, il faut se contenter de replacer les livres sur les rayons. Tant pis s'ils sont en moins bon ordre qu'auparavant. Je vais vous envoyer M. Maffre qui vous aidera.

— Ne dérangez personne, monsieur le supérieur, dit Mlle de Borre. Je n'ai pas besoin de tout cet espace. Nous disposons encore d'un quart d'heure. Si monsieur l'abbé veut bien se fier à moi, à nous deux nous parerons au plus pressé. Ainsi le classement en cours ne sera pas compromis. »

Sur elle encore le beau regard de l'abbé Omer; à la gratitude dont il est chargé, elle va répondre par un sourire, quand il se dérobe.

« Je ne permettrai pas... fit le chanoine Débly d'un air scandalisé.

— Je vous en prie. J'ai l'habitude, dit Mlle de Borre.

— Vous êtes l'obligeance même... »

Ce disant M. le supérieur considérait avec insistance l'abbé Omer. Celui-ci eût souhaité de rentrer sous terre. De la stature majestueuse et des narines dilatées du chanoine tombait une indiscutable réprobation.

Aussitôt on entendit la cloche.

« Voici la récréation, ajouta M. le supérieur. Les dessinateurs en herbe se présenteront tout de suite après. Ils sont une dizaine. Nous n'avons inscrit que les plus doués. »

M. le chanoine Débly avait laissé la porte ouverte. Un courant d'air venu du corridor pénétrait dans la pièce. Paule se sentit froid aux pieds et aux mains. Les convenances lui interdisaient de fermer. De toutes manières, elle demandera que la prochaine fois l'on fasse du feu; non pas tant pour elle que pour les enfants. Quelle application exiger d'eux s'ils ont les doigts gourds ?

Brusquement, les doigts de l'abbé Omer, qui rassemblaient des volumes à côté d'elle, la fascinèrent. Rouges, boudinés, les phalanges couturées d'engelures, ils transformaient les mains du prêtre en carrés de... oh ! elle s'en voulut d'un tel rapprochement, mais il s'imposait à elle d'une manière irrésistible... oui, en carrés de viande. Elle en imagina de semblables la touchant, et frissonna. Pourtant Dieu se laisse toucher par ces mains-là, l'hostie s'y change au Corps le plus pur qui soit. Ce sont des mains sacerdotales. Si communes, si ouvrières, si masculines ! Même celles de M. le curé d'Orchiecourt, paysannes et qui savent toujours tenir solidement la bêche, n'ont pas cet air d'énormité. M. le curé d'Orchiecourt est fortement charpenté. Tandis que l'abbé Omer plutôt chétif, porte des mains disproportionnées. On dirait qu'elles lui sont étrangères; elles jurent avec la candeur du visage, avec les yeux enfantins. Enfantins, est-ce bien le mot ? Trop peu saisissables pour être définis.

Elle tourna la tête vers l'abbé. Depuis le départ du chanoine Débly, il y avait cinq minutes, le silence, entre eux, pesait. Les réflexions de Paule lui rendaient le prêtre plus présent. Elle dit :

« Vous êtes le seul ici, je gage, monsieur l'abbé, à prendre un tel soin des livres.

— Mais non pas à en profiter, Dieu merci, répondit l'abbé Omer en continuant à se dépêcher. Mes confrères sont contents de pouvoir consulter un ouvrage en bon état.

— Ils ne vous en plaisantent pas moins, peut-être ?

— C'est que je le mérite, sans doute. Leurs taquineries me mettent en garde contre la bibliomanie.

— Manie bien inoffensive, monsieur l'abbé !

— Sauf si elle tourne au fétichisme; sauf si elle trahit un attachement excessif au contenant sous couvert de respecter le contenu. Ce serait un peu comme la coquetterie féminine, mademoiselle, » ajouta-t-il d'un voix neutre.

Paule ne s'attendait pas à la comparaison. L'avait-il faite naïvement ou intentionnellement ? Il venait de parler d'un coin de la bibliothèque où, courbé, il entassait des volumes. Redressé, il ne leva pas les yeux. Comme il s'approchait de la table :

« La coquetterie n'est-elle pas permise aux femmes ? » demanda Mlle de Borre avec un rire léger.

Cette fois, il lui fit face.

« Elle leur est recommandée, mademoiselle, à mon humble avis du moins, s'empressa-t-il d'ajouter. Encore doivent-elles veiller à ne pas l'idolâtrer. Elle n'est qu'un moyen en vue d'une fin plus haute. C'est faillir pareillement à cette fin — supposée légitime, évidemment — que mépriser la coquetterie ou que la priser pour elle-même. »

On n'aurait su dire s'il parlait sérieusement ou non. Ses yeux ne cessaient de papilloter de bas en haut.

« Le respect envers soi-même n'est-il pas une fin suffisante ? demanda Mlle de Borre.

— Certes. Mais alors il faut lui subordonner un moyen aussi *suffisant*. (Il appuya sur le mot.) Nous revenons au problème du contenant et du contenu. »

Paule s'irrita soudain du tour qu'avait pris la conversation. Ce n'était pas cette espèce de marivaudage édifiant qu'elle désirait provoquer. Le chanoine Débly, à l'occasion, s'y montrait autrement à l'aise et persuasif que ce pauvre — pourquoi pauvre ? La mine ne prouve rien et c'est bien ce qui la trouble — que ce curieux abbé Omer. Cependant, avec quelle tranquillité il lui a donné la réplique. Sans brio, mais sans sottise non plus. Moins sauvage que l'abbé Douve, malgré les apparences. Celui-là sait les usages du monde; il s'en sert comme d'une armure de glace. Son œil vivant atteint à la même réserve inexpressive que son œil de verre. L'abbé Omer ne semblait pas se défendre. L'âme, par éclairs, lui monte aux yeux sans qu'il puisse l'en empêcher. C'est elle, c'est la révélation, à loisir, de quelque chose d'inconnu, d'inconnaissable peut-être, mais de bouleversant dans un regard, que Paule recherchait en obligeant l'humble prêtre à bavarder.

La table et les abords étaient déblayés. Mlle de Borre ouvrait un carton à dessin, disposait des feuilles de papier, des fusains, plaçait des moulages de plâtre au-dessus de la cheminée. L'abbé Omer se préparait à prendre congé. Après un moment de silence, croisant et décroisant avec embarras ses grosses mains à hauteur de la ceinture :

« Je vous remercie, mademoiselle, dit-il. Votre aide... votre charité... je suis confus... »

Voilà qu'il recommençait à balbutier. Paule coupa court.

« Je vous en prie, monsieur l'abbé. Veuillez plutôt nous faire l'honneur, à mon père et à moi, de ne pas oublier mon invitation.

— Quelle invitation ? demanda l'abbé, les yeux sombrés.

— Celle de tout à l'heure : à venir à La Maison-sous-l'église. Voyons, pourquoi pas cet après-midi ? Vous avez congé le jeudi. Pourquoi pas même à déjeuner ? Si vous le désirez, je préviens monsieur le supérieur...

— Oh ! non, mon Dieu... ! Merci, mademoiselle... Vraiment, non, ce n'est pas possible. »

Il avait l'air effaré. Il sortit à reculons, en saluant gauchement et se heurta aux enfants qui arrivaient.

Ah ! elle avait oublié cet accessoire :

« Qui peut aller demander de la mie de pain à la cuisine ? » dit Mlle de Borre.

Des doigts claquèrent. Elle désigna un grand élève, qui s'agitait le plus.

« Vous, s'il vous plaît. Comment vous nommez-vous ?

— Jules Vallard.

— Eh bien, monsieur Vallard, vous expliquerez que c'est pour le cours de dessin. »

Jules sortit en clignant de l'œil aux autres. Il revint trois minutes plus tard les mains vides, la mine furieuse :

« On n'a pas voulu m'en donner, mademoiselle. Faut

vous dire que le chef cuisinier n'est pas là. Il n'y a que l'homme de peine. C'est un *minus*... »

Les enfants s'esclaffèrent.

« Du calme ! fit Paule. Peut-être devait-on s'adresser d'abord à M. l'économe ou à M. le supérieur ?

— J'y ai pensé, dit Vallard. Ni l'un ni l'autre n'est dans son bureau.

— En ce cas, j'irai moi-même. »

A peine entrouvrait-elle la porte que les enfants s'ébrouèrent.

Elle entendit la voix courroucée de l'émissaire :

« Tu parles d'un pignouf... »

Elle se retourna souriante :

« Ne faites pas de bruit en mon absence, messieurs. Si quelqu'un passait, il croirait que vous agissez avec moi en garçons mal élevés. »

Subjugués, les enfants se turent et se penchèrent sur leurs ébauches.

Paule se rappelait que la cuisine était au sous-sol pour l'avoir visitée quelques mois auparavant. Ignorât-elle le chemin que l'odeur l'aurait guidée. Elle traversa le réfectoire. Plus monacal d'aspect que celui de l'externat du Saint-Sauveur où, durant des années, elle prit son repas de midi, il ne sentait pas plus mauvais : ici comme là-bas, une sorte de buée froide poissait à jamais les murs, les tables et les bancs.

Au lieu de pousser la porte entrebâillée au bas bout de la salle, Paule frappa au guichet — le même qu'à Saint-Sauveur — par où réglementairement passent les plats. Des pas inégaux, plus traînants que ceux de Léontine, raclèrent le dallage. La trappe se souleva. Paule se retint juste à temps de reculer. Une tête énorme lui faisait face, ou plutôt s'y essayait, eût-on dit. Elle penchait de droite et de gauche, d'avant en arrière. Enfin, elle s'immobilisa. C'était donc là le *minus*. Du dos de la main il s'essuya la bouche. Paule surmonta une nausée et réussit à sourire.

« Je suis Mlle de Borre, dit-elle le plus gracieusement qu'elle put. J'enseigne le dessin chaque jeudi. J'aurais besoin de mie de pain, du pain frais, pour gommer, pour effacer », crut-elle devoir préciser.

Et elle faisait le geste à même la planchette du guichet. L'infirme la comprenait-elle ? Depuis qu'elle avait commencé à parler, il la contemplait fixement. Gênée, Paule ne sut pas, cependant, ne pas arrêter son regard dans le sien. Sa gêne se changea en une espèce de panique réprimée à grand-peine. Au milieu du visage pétrifié, de quelle avidité vivait ce regard ! Il lui en évoquait vaguement un autre. Lequel ? Impression fugace. Elle n'en connaissait pas qui jetât cet éclat doré de châtaigne fraîche jaillie de sa bogue. Devant ce mutisme inquiétant — mais que craint-elle, protégée par un mur ? — elle prit le parti de l'extrême douceur, comme avec un malade.

« Vous ne voulez pas me faire plaisir ? » dit-elle.

Une rougeur envahit le font plissé. La tête retomba sur la poitrine. L'infirme s'essuya de nouveau la bouche et, tirant la jambe, mais se hâtant visiblement, gagna le fond de la cuisine. Il réapparut porteur d'une miche de quatre livres.

« C'est beaucoup trop ! fit Paule en riant. La moitié de la moitié suffira. »

Il s'éloigna. Deux bruits de couperet. Il revint et toujours sans mot dire tendit à Paule un quart du pain.

« Merci, monsieur... Monsieur comment ?

— Sosthène », dit-il avec un brusque élan de la tête, comme s'il aboyait.

A ce moment, le portier surgit, hilare. Il lui frappa sur l'épaule.

« Une visite pour toi, Sosthène. M. Cassagne, l'assureur, t'attend au parloir. Oh ! pardon mademoiselle, je ne vous avais pas vue », ajouta-t-il en ôtant sa calotte de sacristain.

Le nom de Cassagne frappa Paule. Elle passa outre. Sosthène n'avait pas bougé. Tandis qu'elle retraversait le réfectoire, elle sentait les yeux de l'infirme attachés à sa marche. Quand, à demi tournée vers le fond, elle fut pour quitter la salle, elle vit que le guichet n'était pas encore refermé et que la face monstrueuse s'y encadrait, immobile, et la regardait.

IV

Jean Demeure, seul dans une classe, n'a pas besoin de la surveillance de Frédéric pour faire les *Exercices* de Ragon sur les deux premières déclinaisons grecques. C'est un bon élève. Le gros de la communauté, en étude, assiste, comme chaque jeudi, au cours de liturgie de l'abbé Blot. Quelques dessinateurs écoutent les conseils de Mlle de Borre. C'est parmi ces derniers, si peu de goût qu'il ait pour le dessin, que Frédéric souhaiterait s'asseoir et occuper ce loisir de fin de matinée. Dire que Paule respire, remue, parle, sourit entre les murs de Saint-Wandrille, à quelques pas de lui, Frédéric ! Des gamins qui n'ont que faire d'une telle chance peuvent la voir, l'entendre, presque la toucher. Des gamins. N'en était-il pas un quand Mlle de Borre l'éblouit pour la première fois ? Si eux aussi, comme tant d'autres, allaient subir l'ensorcellement ? Pourquoi seraient-ils mieux préservés que lui ? Le supérieur n'a-t-il pas pensé à ce risque ? Et l'abbé Douve ? Frédéric ne s'est pas encore résolu, bien qu'il en ait l'intention depuis le jour de la rentrée, à lui parler sérieusement. Quels grands ont affaire à Paule aujourd'hui ? Elie Hurleau et Antoine Fussy ? Non. Ils sont inscrits pour les leçons de violon. Jacques Borderie également. Tiens, même là ils vont par bandes. Chez les dessinateurs, majorité de Potames :

Jules Vallard et son inséparable Gustave Lagier ouvrent la marche. Guère de danger de ce côté. Les musiciens sont plus redoutables... Il reste dix minutes avant l'*Angélus*. En descendant jusqu'à la bibliothèque, en feignant d'attendre, discrètement, la liberté de consulter un ouvrage, n'y aurait-il pas une possibilité de rencontrer Mlle de Borre ?

Ainsi fit-il. A peine arrivait-il dans le corridor qu'il bénit et maudit tout à la fois la circonstance. Paule sortait de la bibliothèque, mais les élèves également, qui lui barraient le chemin. Ils durent croire qu'il venait faire acte de surveillance; d'eux-mêmes, ils se mirent en rangs. Il ne put que se plier à cette discipline spontanée et paraître l'avoir voulue. Trépignant intérieurement, il prit la contenance habituelle du « socius », attentif à ce que l'ordre soit rétabli. Puis :

« Allez directement jusqu'à la porte du réfectoire, dit-il. Sans courir et sans réciter le *De profundis*. Ce n'est pas tout à fait l'heure. Vous attendrez la communauté. »

Il avait perdu de vue Mlle de Borre. Dépité, il allait se précipiter à l'autre bout du couloir, supposant qu'elle était entrée chez le supérieur, quand elle réapparut sur le seuil de la bibliothèque, un carton à dessin sous le bras. Heureux oubli qui, réparé, s'offre en réparateur à Frédéric. Il s'inclina, le cœur battant. Paule cilla.

« Vous êtes d'Orchiecourt, n'est-ce pas, monsieur ? dit-elle.

— Vous me connaissez *aussi* (il insista) de nom, répondit-il : Frédéric Ramette.

— Parfaitement. Bien que j'aie eu plus souvent affaire à votre père; et à votre frère aîné, je crois. »

Elle marquait les distances. N'importe. Il n'avait jamais été si près d'elle, dans un face à face exclusif. Il goûtait son haleine, un peu sucrée. Il s'affolait de ne pouvoir saisir son visage en totalité. Ces pommettes, il ne les avait pas vues si saillantes ni si haut placées; la bouche ne le surprend pas, c'est celle, aux lèvres fières, de M. de Borre; il n'aurait pas cru tellement noirs les yeux; et les cheveux... Comme si la jeune fille sentait à mesure l'inspection de Frédéric, elle lissa du bout des doigts la vague blonde qu'une coque de velours laissait ondoyer sur sa tempe gauche. Ce fut au tour de Frédéric de ciller. Le visage, recomposé en entier le temps d'un éclair, recommença de s'effacer. La proximité, jusqu'à découvrir de légères imperfections combien émouvantes : ce pore dilaté au menton, cette petite tache de rousseur sur le nez, le rendait irréel, comme ces choses, quand on les possède, auxquelles on a trop rêvé.

« ... Vous êtes surveillant, m'a-t-on dit, ajoutait Mlle de Borre.

— Oui. Et professeur et étudiant tout à la fois. Le surveillant espère que vous n'avez pas eu à vous plaindre des élèves ? »

Elle rejeta la tête en arrière, dans un mouvement que Frédéric a eu déjà l'occasion d'observer et qui lui donnait alors un port altier.

« Monsieur, j'ai pour principe de ne jamais me plaindre et d'assumer seule mes responsabilités », dit-elle d'un ton sec.

Pourquoi le rembarre-t-elle ainsi ? Lui inspire-t-il de l'antipathie ? A-t-elle mal interprété sa question ? Il se sentit blêmir. Il prit son souffle et s'expliqua lentement, pour ne pas bafouiller :

« Excusez-moi, mademoiselle. Je ne songeais pas

à douter de votre autorité. Je ne me permettais qu'une interrogation de courtoisie. »

Elle se radoucit :

« Je vous en sais gré. Oubliez mon humeur. J'avais quelque raison de craindre que vous ne poussiez trop loin, parfois, le zèle professionnel ! Au revoir, monsieur. »

Frédéric rougit. Il ne releva pas autrement l'allusion à son guet intempestif par l'éboulis du mur, à la fin des vacances. Elle contenait plus de malice que de colère.

« Au revoir, mademoiselle. M'autorisez-vous à vous accompagner jusqu'à la porte ?

— Ne vous donnez pas la peine. Voici M. le supérieur et...

— Et Cassagne », ne put-il s'empêcher de s'exclamer à mi-voix.

Les yeux de Frédéric et ceux de Paule se croisèrent et se détournèrent aussitôt. L'homme portait une serviette de cuir toute neuve.

Mlle de Borre rejoignit M. le supérieur, échangea quelques mots avec lui et sortit. Cassagne, qui s'était écarté, lui adressa un profond salut. A ce moment Frédéric vit que l'assureur tenait par l'épaule Elie Hurleau. Avant de partir, il embrassa le garçon. L'*Angelus* sonnait. Frédéric se dirigea vers le réfectoire. Il était abasourdi.

La mule alternait le trot ou le pas, à sa fantaisie. Paule lui avait rendu les rênes. A cette heure-ci, les travailleurs des champs cassaient la croûte. Elle ne risquait de rencontrer personne devant qui elle dût parader, assise droite et les guides hautes. Elle se laissait bercer par la course doucement cahotée du cabriolet et par le son des grelots. Les menus événements de la matinée la tracassaient plus que de raison. Si aucun d'eux, isolément, n'offrait de prise à l'imagination, reliés les uns aux autres, ils l'échauffaient. Reliés ? C'est mal dire. L'inquiétant, c'est qu'il n'y a pas de lien visible entre tous ces faits, ces gestes, ces paroles, ces visages et que la pensée s'acharne à en découvrir un. Pourquoi ? M. de Borre, dès le petit déjeuner, avait manifesté quelque bizarrerie d'humeur. Mais ni plus ni moins qu'en beaucoup d'autres occasions. Paule, maintenant, n'y attacherait guère d'importance si l'histoire de l'assureur et de la fameuse serviette n'avait en quelque sorte rebondi à Saint-Wandrille. Etait-ce la mauvaise rencontre que son père craignait ? Il l'aurait dit, il l'aurait mise en garde. Contre quoi ? L'homme s'était contenté de la saluer, comme la première fois, chez Ramette. Rien qui motivât la méfiance, en lui. Un regard un peu trop velouté, peut-être, à la méridionale ? Cela influencerait, bien ou mal, toute autre que Paule de Borre ! Quant à la présence de ce M. Cassagne à Saint-Wandrille, sans doute des raisons professionnelles l'expliquaient-elles. Pourquoi donc Frédéric Ramette eut-il l'air étonné de le voir là ? Naturellement, il le connaît par son bourrelier de père. Alors ? Et ce fils Ramette lui-même, quelle audace derrière sa contenance transie ! Paule a mis longtemps à le distinguer des autres garçons. Elle remarquait son assiduité à la messe matinale le dimanche, et tous les jours pendant les vacances. Il fallut l'intrusion manquée dans le parc de La Maison-sous-l'église, pour qu'elle sût avoir en Frédéric son chevalier le plus intrépide. Le plus constant aussi, puisque la piété, elle se crut autorisée à le penser, servait d'alibi à sa fidélité. Depuis, elle s'en voulait d'avoir évoqué plusieurs fois, malgré elle, l'apparition éphémère dans la brèche du mur. Elle ne tarda plus à boucher celle-ci. Et tout à l'heure, ce fut pour se punir, autant que pour se venger de l'importun, qu'elle le bouscula. Elle avait eu plaisir, sur le coup, à le revoir et à constater son trouble. Ce jeune homme, malgré ses origines modestes, a de bonnes manières. Une gravité précoce ennoblit des traits assez communs; le masque trop large, encore durci par la coupe de cheveux à la bressane, les yeux trop écartés, sont corrigés par la tendresse, sans mièvrerie, de la bouche qui semble toujours frémir, et par l'élévation du front... Oh ! c'est lui avoir prêté assez d'attention. Il représente le moindre maillon dans la chaîne des rencontres. N'empêche qu'il se rattache de quelque manière au M. Cassagne. Et celui-ci avait affaire à... Comment s'appelle-t-il ? Sosthène...

Paule frissonna, ramena sur ses genoux la couverture de voyage qui avait glissé et ferma, d'un bord à l'autre du siège, une toile cirée de protection. Presque pas de nuages au ciel, par extraordinaire; mais du vent à travers lequel un pâle soleil semblait se refroidir en tombant obliquement.

Il reste un élément détaché, à première vue : l'abbé Omer. Qu'importe la stupidité de l'entretien. Il y a eu cette espèce de panique devant l'invitation pressante, la dérobade : « Ce n'est pas possible ! » De quoi s'offenser si l'attitude n'avait été tellement surprenante. Quelle timidité, quels scrupules trahissait-elle ? Paule, accaparée par les enfants, se l'était à peine demandé. Maintenant, elle reconsidère le refus par rapport à son objet : venir déjeuner et passer l'après-midi à La Maison-sous-l'église pour causer bouquins avec M. de Borre. Qu'y avait-il là d'extraordinaire ? Ah ! l'extraordinaire, c'est qu'elle, Paule, surexcite ainsi ses réflexions. Le cours de dessin l'aura fatiguée sans qu'elle s'en rende compte.

Elle se reposera tantôt. Elle a catéchisme à quatre heures.

La mule broncha. Paule la reprit en main. L'équipage atteignait l'église d'Orchiecourt.

« Tout a très bien marché, dit Paule. Ces enfants sont obéissants et attentifs. Il y en a trois qui me paraissent exceptionnellement doués. »

Ils étaient à table. Entre les plats, M. de Borre pétrissait des boulettes de pain ou picorait des miettes.

« Alors, ces messieurs sont satisfaits ? dit-il avec une âpreté contenue.

— Je n'ai vu que M. le supérieur. Ah ! et puis un professeur que je n'avais pas encore eu l'occasion de rencontrer. L'abbé Omer, professeur de sciences. Un original. Il se pique de bibliophilie. Oh ! pardon, père, ce n'est pas ce que je voulais dire. »

M. de Borre avait eu un geste de mécontentement.

« Ne t'excuse pas, dit-il d'une voix blanche. C'est contre Léontine que je m'impatiente. Je suis pressé. »

La servante apportait le café.

« Naturellement, reprit Paule, j'ai rencontré le fils Ramette.

— Pourquoi, naturellement ? fit M. de Borre, l'œil soupçonneux.

— Parce qu'il est surveillant à Saint-Wandrille. Ne le saviez-vous pas ?

— Si, bien sûr.

— Mais la rencontre la plus inattendue, je vous la donne en mille : votre assureur, ce monsieur Cassagne et sa serviette pour copie conforme. Toutefois je n'ai pas remarqué la signature de Taquin », ajouta Paule en riant.

M. de Borre ne s'égaya pas. Il alluma une cigarette, chassa nerveusement la fumée et demanda :

« Il t'a parlé ?

— L'assureur ? Pas plus que précédemment. Il était occupé avec M. le supérieur. Qu'aurait-il pu me dire ?

— Rien évidemment, se hâta de répondre M. de Borre. Allons prendre ma récréation, et causons d'autre chose. »

Paule s'étonna moins de cette sorte de réédition de la scène du matin que de sa répugnance intime à conter son entrevue avec l'infirme.

V

Ordinairement, Frédéric disposait du jeudi après-midi. Il le consacrait à ses études personnelles. Au professeur « de semaine », il incombait de conduire les élèves en promenade. Exceptionnellement, il advenait que tel ou tel priât le *socius* de le suppléer. Frédéric ne rechignait jamais. On n'abusait pas de lui. Ce qui l'incitait, quand il éprouvait le besoin d'une détente physique, à s'offrir de lui-même en remplacement, pour se mêler aux jeux des enfants. Seul l'abbé Douve tenait toujours à assurer son service. Cependant il admettait volontiers que Frédéric l'accompagnât.

Ce jeudi-ci, un autre mobile que le désir de prendre de l'exercice poussait Frédéric à décharger l'abbé Filâtre de ce que tous les professeurs jugeaient certainement une corvée. L'économe, peu habitué aux amabilités parce que ne les prodiguant guère, ne se défendit pas d'afficher un air charmé. Et comme saisi de scrupules :

« J'accepte pour le bien de la communauté. J'ai tant à faire. Mais vous-même, mon cher Frédéric, j'espère que vous ne vous imposez pas un trop lourd sacrifice ?

— Rassurez-vous, monsieur l'économe. A mon âge, aller au grand air n'est pas un sacrifice.

— Vous avez raison, dit l'abbé d'un ton compassé. « Méfions-nous de l'eau qui dort ! »

Au rassemblement, voyant sous quelle surveillance ils partaient, les élèves manifestèrent leur plaisir bruyamment. Frédéric dut, avec un sourire, les rappeler à plus de discrétion. Il les comprenait. Il se souvenait de ce que signifiait une promenade conduite par l'abbé Filâtre ! Un morne défilé où, même en pleine campagne, il était interdit de parler trop fort et de rompre les rangs sur plus de quelques mètres. Un doigt se leva :

« On peut emmener le ballon ?

— Comment donc ! »

Galopade, vestiaire, nouveau rassemblement, dans le corridor cette fois. On reçoit à genoux la bénédiction de M. le supérieur. A la sortie, Frédéric n'a pas à indiquer la direction. Trois cents mètres sur la gauche et, la route traversée, un chemin forestier mène par le plus court à la grande pâture.

« Deo gratias ! »

Dès l'orée du sous-bois, sombre et humide en dépit des chutes de feuilles, tellement les arbres sont serrés, la troupe s'égaille. Quelques enfants escortent Frédéric. Il doit écouter leur babillage et y répondre. Les grands sont passés en tête et marchent d'un bon pas. Scindés en deux groupes d'une vingtaine, les uns autour de Hurleau et de Fussy, les autres autour de Vallard et de Lagier, ils se livrent sournoisement à une lutte de vitesse. S'ils prennent trop d'avance, un coup de sifflet arrêtera la compétition. Et après ? Frédéric sera-t-il à même d'entreprendre Elie sur Cassagne ? C'est raté pour le moment. Il verra au retour. La fatigue des joueurs le favorisera peut-être. Il lui importe de connaître sans retard quels sont les rapports de Hurleau avec l'assureur. Que celui-ci ait à faire à Saint-Wandrille, rien d'étonnant. Il détient le plus gros portefeuille de la région. Selon toutes probalités, l'Institution figure au nombre de ses pratiques. Mais n'est-ce pas singulier qu'il soit venu précisément le jour où Mlle de Borre donnait son cours ? S'il faut en croire les allusions du père Ramette lors d'une discussion familiale oiseuse, Cassagne s'intéresse fort à La Maison-sous-l'église; il aurait même osé une galanterie en parlant de Paule. Frédéric en avait été indigné au point de se trahir devant son père. La conversation dans la bourrellerie, quelques jours plus tard, négligea le souvenir de l'assureur. Il s'agissait bien de lui ! Il était réapparu ce matin. Quelle espèce d'homme était-ce ? Fallait-il le craindre, le jalouser ? Qu'est-ce que Fernand Ramette savait de ses intentions ? Et d'abord qu'avait à voir avec lui, pour qu'il le traitât si affectueusement, Elie Hurleau ? Il fallait le lui demander, comme une chose toute naturelle. Frédéric ne se rappelait pas que le garçon eût fait jamais mention de Cassagne. Il est vrai que les élèves ne se renseignent guère les uns les autres sur leurs attaches du dehors. Entre intimes, on se confie ce qui touche à la proche parenté, et encore. On l'oublie vite. De certains on se souvient qu'ils ont père et mère ou qu'ils sont orphelins. De la plupart on ignore tout. Leur vie commence et finit avec le monde clos de Saint-Wandrille. Sans doute le supérieur, l'économe, l'abbé Douve étaient-ils au courant de la situation familiale de chacun. Moins encore que les autres professeurs, le *socius* n'avait à partager ces secrets. Il s'était cru permis d'interroger, pour lui marquer son intérêt, le petit Jean Demeure. « Oui, j'ai mon papa et ma maman. Papa est médecin à Paris. » Ce fut tout ce qu'on lui confia. De personne il ne pouvait prétendre en apprendre davantage. Il n'y consentirait pas d'ailleurs. Il n'était qu'un *socius;* il se sentait encore solidaire de la réserve des élèves; une indiscrétion le gênerait. Mais dans le cas d'Elie et de Cassagne, c'est différent...

Des cris, une ruée. Frédéric fut lâché par son escorte. Le gros de la troupe débouchait dans la grande pâture, en bordure de la forêt. Quand Frédéric, à son tour, y arriva, les deux bandes — laquelle, la première avait occupé le terrain ? — se disputaient déjà le ballon. Des petits, intrépides, s'en mêlaient et s'envoyaient dinguer. Il les laissa tous se mettre en train, quelques minutes, puis siffla pour ordonner la partie. Oh ! elle ne se jouerait pas selon les règles. Il y avait trop de volontaires et il n'était pas possible d'exclure plus de la moitié de la communauté. En fait, les chefs de de bande décident de la sélection.

Une fois de plus Hurleau et Vallard « débutèrent » comme on appelait, dans le langage de Saint-Wandrille, ce tirage au sort moins hasardeux qu'astucieux : placés à quelque distance, l'un en face de l'autre, les capitaines se rapprochaient pied à pied ou à demi-pied, celui-là gagnant qui, le premier, dominait du sien le soulier de l'adversaire. Le prix était un droit prioritaire pour le recrutement de l'équipe. Simple formalité. Dans n'importe quel jeu, à moins que l'initiative n'en soit imposée à des neutres qui choisissaient, alors, sans égard aux affinités sentimentales, on retrouvait des camps de composition à peu près immuable. Ainsi Vallard, ayant « débuté » victorieusement, fit-il appel à Lagier et Hurleau, parlant le second, nomma-t-il Fussy; Vallard désigna Dubus, et Hurleau, parallèlement, Borderie; et ainsi de suite. Les capitaines « débutèrent » de nouveau pour le choix du but et le coup d'envoi; Vallard, encore, l'emporta.

Frédéric n'avait pas le loisir de rêvasser. Tant bien

que mal, il arbitrait la partie des footballeurs et gardait un œil sur les laissés pour compte. Parmi ceux-ci les plus dégourdis imitaient les grands, l'un d'eux ayant obtenu de Vallard qu'il lui prêtât sa balle. De plus pacifiques jouaient à chat; les « moules », que Frédéric se réservait de stimuler s'il le fallait, se réfugiaient dans des amusements de filles : colin-maillard ici, chandelle là. Quant à lui, arbitre et surveillant, les occasions de s'agiter, de courir et même de chouter, ne lui manquaient pas.

La partie de ballon fut, comme toujours, durement disputée. Les adversaires se marquaient sans ménagement. Les têtes et les épaules servaient autant que les pieds. On ne faisait pas attention aux culbutes. Le sol de la pâture était très lourd. Avec le ballon s'envolaient parfois de grosses mottes herbeuses. On finit en nage. Cinq buts contre quatre au bénéfice du camp Hurleau. Elie et Antoine souriaient, moins contents de leur victoire que de la bonne contenance de Jean, engagé in extremis à la requête d'Antoine et qui n'avait jamais hésité à essayer d'intercepter le ballon, fût-ce quand le mastodonte Vallard dribblait. Lui aussi souriait en montrant fièrement à ses amis des bleus aux jambes et aux bras.

Comme Frédéric l'avait espéré, le retour fut moins flambard que l'aller. Elie lui-même traînassait. Frédéric, sous couleur de fermer la marche, manœuvra pour rester à proximité.

« Zut ! » dit tout à coup le garçon.

Il s'arrêta et mit un genou en terre. Son lacet venait de casser. Ses compagnons, dont Antoine et Jean, firent mine de l'attendre. Frédéric les pressa :

« Allez, allez, ne vous retardez pas. »

Lui-même ralentit comme s'il ne devait laisser

personne derrière lui. Elie le rejoignit bientôt. Ils étaient à une dizaine de mètres de la troupe. Le vent qui depuis le matin n'avait cessé de souffler, contrecarrant un maigre soleil, était tombé soudain comme si, le soleil couché, il n'eût plus à s'employer. Il faisait presque doux maintenant, malgré l'humidité de la forêt, comparable à celle de l'église d'Orchiecourt. Et régnait alentour le solennel silence des fins d'après-midi quand, dans la solitude, les oiseaux eux-mêmes se taisent. Las, les enfants n'élevaient pas la voix. En revanche, on entendait le froissement des feuilles et le craquement des brindilles mortes sous leurs pas. Frédéric tourna la tête vers Hurleau quand le garçon arriva à sa hauteur et lui sourit :

« Bonne partie, Elie ?

— Oui, mais éreintante. Jules est de plus en plus rosse.

— Je suis tranquille. Tu sais lui faire pièce. La preuve c'est que tu as gagné.

— C'est l'équipe qui a gagné.

— Grâce à toi et à Fussy, comme d'habitude.

— Merci pour nous deux. »

Un temps. Hurleau allonge le pas. Il faut se décider. Frédéric ne se retint pas de toussoter. Puis, comme on dit n'importe quoi, par politesse :

« Tu as eu une visite ce matin ?

— Oui. Mon parrain.

— Ah ! M. Cassagne est ton parrain ?

— Vous le connaissez donc ? Il est vrai qu'il est l'assureur du collège.

— Je le connais autrement. C'est un client de mon père. Quand je t'ai aperçu avec lui, dans le corridor, j'ai été intrigué.

— C'est par mon parrain que je suis entré à Saint-

Wandrille. Il a recommandé la boîte à Manman. Nous l'avons connu à Marmande où nous étions réfugiés pendant la guerre. Il a toujours été chic avec moi. C'est simple, dans mes souvenirs de gosse, je le vois lui, avant de voir mon père... »

Il s'interrompit brusquement, comme si une image attirait ses regards.

« Pensez donc ! j'avais à peine un an quand mon père partit pour le front », reprit-il en avalant sa salive.

Frédéric n'aurait su dire pourquoi il éprouva une gêne subite. Hurleau ne lui avait rien confié d'inavouable et il l'avait fait spontanément. Cependant il semblait que le garçon découvrait sa propre indiscrétion.

« Excuse-moi, j'ai peur d'avoir été trop curieux, ne put s'empêcher de murmurer Frédéric.

— Pourquoi trop curieux ? répliqua Elie d'un ton presque agressif.

— Simplement parce que cela ne me regardait pas de savoir si M. Cassagne était ton parrain ou quelque chose d'autre.

— Quelque chose d'autre ? Qu'est-ce que vous voulez qu'il soit ? » cria-t-il assez fort pour que les derniers de la troupe, dont ils n'étaient plus séparés que de trois ou quatre mètres, se retournent.

Frédéric pataugeait. S'il ne reprend pas son sang-froid, il risque de provoquer quel gâchis ? Il affermit sa voix. Et avec toute l'autorité du surveillant, nuancée d'une bourrade amicale :

« Calme-toi, Elie, dit-il. La fatigue te rend irritable. Je n'aurais pas dû te priver de tes camarades, même pour quelques minutes... Tu me rappelles que je ne suis que le *socius !* ajouta-t-il tristement.

— Mais non, mais non... fit le garçon, l'air navré.

Je ne sais pas ce que j'ai... Pardonnez-moi, Frédéric. Vous êtes un chic type.

— Alors donne-moi la main, et n'en parlons plus. »

Hurleau, bien qu'il sourît, avait l'œil sombre et une barre au front.

« On a cru que tu t'attrapais avec Frédéric, dit Antoine.

— Au contraire, répondit Elie, nous causions de mon parrain... »

Il fallut reformer les rangs et observer le silence à la sortie du bois. L'abbé Douve prenait en charge la communauté tout de suite après la bénédiction que M. le supérieur donnait au retour comme au départ. Les élèves défilèrent devant lui pour gagner le vestiaire.

« Mon Dieu, Jean, que vous êtes sale ! » dit l'abbé Douve au passage.

Et Jean, ce jour-là, apprit à vaincre une autre petite misère de collégien. Il reste dix minutes avant le goûter et les vêpres sonneront immédiatement après. Il s'agit, d'ici là, de s'être nettoyé les jambes — sans eau ! — et d'avoir fait briller les souliers boueux. Oh !

« Qui a du cirage ? »

LIVRE CINQUIÈME

I

Chaque samedi, pendant la grande récréation, le conseil des maîtres se tenait chez le supérieur. Tout en prenant le café, on attribuait, d'un commun accord, les notes de la semaine qui seraient lues à la fin de l'étude du soir, après les confessions. Trois rubriques : travail, application et conduite générale — l'appréciation de la piété, du moins dans ses données apparentes, influençant les deux dernières estimations. On calculait chaque note sur 6, le maximum était 6 — 6 — 6 et tous les écarts étant possibles entre les rubriques, jusqu'aux 0 — 0 — 0 dont la Chronique de Saint-Wandrille, en cinquante ans, signalait un seul exemple qui avait motivé, d'ailleurs, le renvoi immédiat. C'était bien avant la guerre. Du temps de Valentin, peut-être ? Celui-ci n'en avait jamais parlé à Adrien. N'importe. Donc, aujourd'hui, réunion habituelle. Elle avait commencé sans l'abbé Filâtre, appelé, avait-il dit en sortant du réfectoire, par un détail d'économat qui ne le retiendrait pas longtemps. Les notes de travail et pour une part celles d'application dépendaient des professeurs, chacun d'eux statuant sur ses élèves. Il n'y avait qu'à réserver la section primaire dont l'abbé Filâtre s'occupait. Encore pouvait-on tenir compte de l'avis de Frédéric — qui n'assiste pas aux conseils — chargé lui aussi de cette section. Frédéric communiquait également à l'abbé Douve ses notes de surveillance. Ce dernier chapitre regardait le préfet plus que n'importe qui. Ce fut au moment où l'on allait l'entamer que l'économe survint, les lèvres pincées. Il entérina, sans y jeter les yeux, les notes attribuées en son absence.

« J'ai à vous soumettre, dit-il, un cas d'indiscipline dont je viens d'être témoin. Il s'agit de l'élève Jean Demeure. »

Adrien, surpris, allait s'exclamer quand le supérieur le devança :

« Lui ? Qu'a-t-il fait ?

— Vous serez juges, reprit l'abbé Filâtre. Pendant le repas, je me suis rappelé que les parents de ce nouveau avaient réglé d'avance le prix d'un uniforme. Il convenait donc que la confection n'en fût pas retardée. Je me suis dérangé spécialement pour commander à Jean Demeure d'aller faire prendre ses mesures par M. Maffre. J'avais choisi à dessein le début de la grande récréation. Les élèves doivent perdre l'habitude d'empiéter sur les heures de classe ou d'étude pour les nécessités de ce genre. J'ajoute que je cédais, en me dérangeant, à un autre impératif. Je crains d'être seul, ici, à y attacher de l'importance. On verra que je n'ai pas tort. (Il reprit sa respiration.) J'avais remarqué que, par suite d'un passe-droit inexplicable. Jean Demeure, après la tonderie, gardait les cheveux plus longs que ne l'autorise le règlement. »

Adrien faillit se récrier. Il considéra ses collègues. Aucun ne bronchait. Ils écoutaient ou feignaient d'écouter avec componction. Il se contenta de se cogner doucement les dents avec le pouce. L'abbé Filâtre continuait :

« Je lui enjoignis de profiter de ce qu'il aurait affaire

à M. Maffre pour se plier à la discipline commune. Il parut obéir. De mauvaise grâce, assurément, mais sans protester. Je le conduisis moi-même à la loge et fis savoir au portier ce que j'attendais. Eh bien, le croirez-vous ? Le temps d'entrer dans mon bureau, d'y chercher mon carnet de notes avant de venir vous rejoindre et, comme je sortais, je suis bousculé par notre frondeur qui fuit à toutes jambes. Je l'ai appelé inutilement. J'ai demandé à M. Maffre ce qui s'était passé. Il m'a répondu qu'il ne comprenait pas, qu'il commençait à peine de prendre les mesures quand le gamin lui échappa sans crier gare. J'aurais pu descendre dans la cour, contraindre le récalcitrant à retourner où je l'avais conduit et rester là le temps qu'il aurait fallu. Mais je répugne à recourir à ces méthodes. Elles risquent d'engendrer du mauvais esprit chez les autres élèves. Il faut obtenir que le coupable vienne de lui-même à résipiscence. Pour cela une sanction s'impose. »

Personne ne réagit. Les paupières restaient baissées, comme méditatives. Enfin, M. le chanoine Débly soupira. Et d'un ton à la fois conciliant et ennuyé :

« Une sanction de principe. Sans doute. Mais ne dramatisons pas. Qu'en pensez-vous, messieurs ? »

Il s'adressait en premier lieu à l'abbé Douve. Adrien avait été excédé par le rapport de l'économe. Celui-ci empiétait souvent sur les fonctions du préfet; car, enfin, c'est le préfet qui avait à connaître de la tricherie de Jean avec la tonte réglementaire; et c'est le préfet — ou son *socius* — qui devait décider de l'heure où Jean irait faire prendre ses mesures. La susceptibilité, cette faiblesse ecclésiastique, se laisse assez facilement vaincre en lui. Il lui est plus difficile de dominer l'animosité qui s'empare de lui chaque fois que l'abbé Filâtre ouvre la bouche. Est-ce manque d'indulgence ecclésiastique, encore, ou simple incompatibilité de caractères ? Le long visage où une peau jaune, mal rasée, trouve le moyen de faire des plis, les yeux de conspirateur, la voix acide et les gestes restrictifs de l'économe ont le don de le crisper.

« Monsieur l'abbé ne prête-t-il pas une signification exagérée à une gaminerie ? dit-il. L'enfant n'aura pas su résister à la sollicitation d'un jeu, prévu peut-être pour la récréation entière. La corvée chez le portier ruinait nous ne savons quel plan !

— Quand cela serait ! s'exclama sévèrement l'abbé Filâtre. L'indiscipline ne serait-elle pas caractérisée ? Mais derrière l'acte, je présume une volonté moins excusable, quoique d'apparence aussi frivole, que celle suggérée par M. l'abbé Douve : le refus délibéré de se soumettre à la tondeuse. »

Adrien se retint de hausser les épaules. Quelle obsession d'adjudant accusait, en matière de coupe de cheveux, l'économe ! Ne considérait-il que le crâne des élèves ?

« Me permettez-vous d'observer que l'enfant s'est dérobé au tailleur sans attendre le coiffeur ? » disait l'abbé Blot.

D'aspect aussi austère que l'économe, il s'en fallait que le professeur de rhétorique trahît la même complexion. Son teint n'était pas jaune, mais pâle, contrastant fortement avec le grain noir et serré d'une barbe qu'il rasait deux fois par jour. Le seul détail dont s'amusait Adrien, chez lui, c'était la tonsure : d'une circonférence rigoureuse et d'une surface, d'une blancheur, au milieu de cheveux très fournis, provocantes. Durant un cours de l'abbé Blot, on aurait entendu voler une mouche. Néanmoins jamais Adrien n'avait surpris sur son compte de ces propos irrespectueux que les élèves tenaient sur l'abbé Filâtre. La réputation de justice fondait l'autorité du professeur de première. Une voix chaude, des yeux très bons, non exempts, parfois, d'une lueur d'ironie, comme à l'instant, atténuaient l'abord intimidant. Adrien fut frappé par la remarque de l'abbé Blot.

« Il a profité du moment qu'il a jugé le plus propice, voilà tout, disait l'économe.

— Avant de prendre la moindre sanction, ne conviendrait-il pas de l'interroger ? » demanda l'abbé Blot.

L'abbé Douve intervint avec élan :

« J'allais faire la même proposition.

— Le convoquerons-nous séance tenante ? demanda le chanoine Débly.

— Souvenez-vous de son arrivée, monsieur le supérieur dit l'abbé Douve. C'est un enfant très émotif. Je crains qu'à nous tous nous n'obtenions rien qu'une crise de larmes.

— A-t-il fait choix d'un confesseur, déjà ?

— Il s'est adressé à moi samedi dernier, à la fin de la retraite, dit l'abbé Blot. Je ne préjuge pas la confiance que j'ai pu lui inspirer. Cette affaire est d'un autre ordre. Elle me semble concerner le préfet.

— Je m'en chargerai volontiers, dit l'abbé Douve.

— Allons, dit le chanoine Débly. Je suis persuadé qu'il n'y a rien de grave au fond de tout cela. Notre nouveau est un bon petit.

— Dieu vous entende ! reprit l'abbé Filâtre, les lèvres encore amincies. Nous avons vu de « bons petits » vite transformés sous l'influence de certains camarades.

— Qui est son ange gardien ? demanda le supérieur.

— Antoine Fussy, me semble-t-il, répondit l'abbé Douve.

— Ce nom couperait court à toutes suppositions fâcheuses, dit l'abbé Filâtre avec une ironie fielleuse que perçut Adrien, s'il n'en évoquait irrésistiblement un autre : celui d'Elie Hurleau.

— Que lui reprochez-vous ? dit l'abbé Douve.

— Oh ! non pas une amitié particulière, M. le préfet protesterait. J'estime seulement que Jean Demeure aurait pu mieux choisir. Je me trompe peut-être... Sinon nous en reparlerons. La question n'est pas là. Je crois de mon devoir d'insister sur le principe. Un élève m'a bravé ouvertement. Quoi qu'il en soit de ses prochaines explications, je réclame une punition préalable. »

Le supérieur écarta les mains avec une molle résignation :

« Nous le nommerons au rapport de ce soir.

— Quelles notes a-t-il ?

— Sans cet incident, il aurait eu 6 — 6 — 6 semble-t-il. Nous abaisserons la note de conduite à 4

— C'est montrer beaucoup d'indulgence, dit l'abbé Filâtre.

— Nous ignorons encore jusqu'à quel point l'enfant est fautif, dit l'abbé Douve.

— Pour l'heure, les faits suffisent, répliqua l'économe. Il y a eu rébellion.

— C'est un bien grand mot, dit l'abbé Douve.

— Désobéissance, si vous aimez mieux.

— Elle ne doit pas rester impunie, d'accord. Veillons néanmoins à ne pas braquer malencontreusement cet enfant. Il n'est pas encore habitué à l'internat. Tenez compte, en outre, d'une situation familiale pénible.

— Cher monsieur l'abbé, reprit l'économe d'un ton aigre, nous sommes des éducateurs. Nous avons la charge d'une collectivité. Il ne nous est pas loisible de mesurer la férule à chaque individualité. A quoi servirait le règlement s'il fallait l'adapter aux cas d'espèce ! Le règlement a fait ses preuves. A nous de l'appliquer selon les méthodes traditionnelles, aux élèves de s'y conformer. S'il en résulte quelques bobos pour des sensibilités trop vives, c'est compensé par la trempe des caractères. Nous devons imposer aux esprits malléables qui nous sont confiés une solide armature chrétienne. Autant dire une discipline dont la nécessité impérieuse — et bienfaisante — se fera sentir toute la vie; même si l'attrait du siècle l'emporte sur la vocation religieuse que cette maison, ne l'oublions pas, a mission de favoriser et de cultiver.

— Le croyez-vous vraiment ? murmura l'abbé Douve.

— Plaît-il ?

— Je demande si vous croyez vraiment que la discipline dont vous parlez résiste. plus tard, à l'attrait du siècle, quand elle n'est qu'une discipline ? Aurons-nous jamais le courage d'examiner les chiffres ? Sur les milliers d'élèves qui, chaque année, sortent de nos institutions, combien continuent de vivre en vrais chrétiens ? Je ne veux même pas faire état de ceux qui deviennent les ennemis déclarés des prêtres et de la religion. Je pense à l'indifférence du plus grand nombre. Ma lointaine expérience dans le ministère actif, mon enquête à l'armée, n'ont que trop confirmé ce que j'avais constaté avant d'entrer dans les ordres. Et si vous vous rappelez ce que nous contait le père Lorraine, ici même...

— Qu'est-ce que cela prouve ? Que seraient devenus les non persévérants s'ils n'étaient pas passés par nous ? Les éducateurs catholiques, prêtres en tête, restent, malgré eux, infectés de rousseauisme. Ils font trop confiance au bon naturel des enfants. Ils ne voient pas assez en eux des pécheurs en herbe. Les échecs qu'on peut nous imputer ne proviennent pas d'erreurs de méthodes, mais de compromis à l'égard de ces méthodes. Ce n'est pas un excès mais une carence de discipline que nous payons. Notre rôle est de marquer, profondément, les âmes au passage... »

Comme des moutons ? Et qui en deviennent enragés ? Heureux si le Seigneur repasse, fût-ce au lit de mort ! Adrien, pendant sa joute avec l'économe, examinait ses collègues. M. le supérieur, congestionné, les narines dilatées, semblait butiner les répliques comme un bourdon des fleurs. Que pensait-il ? De quel côté penchait-il ? Diplomate, il ne montrait que son désagrément de cette histoire. L'abbé Blot était intervenu dans un sens favorable à Jean Demeure. Sur la discussion générale à laquelle le cas de Jean donnait prétexte, quel avis professait cet homme de doctrine ? Il restait impassible. Peut-être le cher abbé Omer, s'il l'osait, avouerait-il un sentiment voisin de celui d'Adrien. Les mains sagement à plat sur les genoux, il dissimulait sa timidité à coups d'yeux chavirés. Restaient les trois professeurs des classes de grammaire, ces abbés Marlet, Leclercq et Pruvost, nommés à Saint-Wandrille l'année dernière, qui ne se cachaient pas d'endurer cette affectation comme une disgrâce dont les aurait frappés monseigneur; remplissaient leur tâche correctement, sans plus; prenaient le moins de part possible à la vie de la communauté, au point qu'on devait faire effort pour s'apercevoir de leur existence; ne rêvaient que d'une cure où chacun serait son maître; étaient toujours volontaires pour quelque suppléance paroissiale; reconnaissaient n'avoir aucun goût pour le rôle ingrat d'éducateur — et qui, en ce moment, se désintéressaient ostensiblement du problème. L'un, assis de trois quarts, un bras pendant derrière le dossier de sa chaise, guettait Dieu savait quel signe dans le ciel à travers les carreaux; l'autre se curait minutieusement les ongles de la main gauche avec l'ongle du pouce droit; le troisième s'exerçait volontairement ou non, à remuer les oreilles grâce à des contractions des maxillaires.

« L'essentiel est donc de se faire obéir », déclarait en conclusion l'abbé Filâtre.

Le chanoine Débly toussota :

« C'est-à-dire qu'il faut faire respecter l'autorité des maîtres, dit-il.

— En s'efforçant de comprendre les enfants, dit l'abbé Blot.

— Et en s'en faisant aimer, ajouta l'abbé Douve.

— Il faut les aimer, murmura l'abbé Omer, si bas qu'Adrien crut être le seul à l'avoir entendu.

— Enfin ! J'interrogerai Jean Demeure, dit l'abbé Douve... Maintenant, messieurs, si vous voulez bien formuler vos observations sur les notes de conduite... Nous n'avons plus beaucoup de temps. »

La cotation fut terminée juste comme la cloche annonçait la fin de la récréation.

II

L'ABBÉ DOUVE convoqua Jean tout au début de l'étude du soir, tandis que le *socius* distribuait les billets de confession. Jean avait déjà inscrit sur le sien le nom de l'abbé Blot.

« Asseyez-vous là, Jean... Non, comme ceci, vous serez mieux. »

Le premier mouvement d'Adrien avait été de placer l'enfant face à la lampe et de se tenir, lui, à contre-jour. Il avait eu tout de suite honte d'une astuce chère, entre beaucoup d'autres, à M. le supérieur du Grand Séminaire, jadis. Adrien s'insurgeait assez contre de tels procédés d'intimidation. Oh ! malgré qu'il en eût, ils réussissaient sur quelqu'un de nerveux comme il l'était alors. De se sentir ainsi le visage éclairé en plein, quand celui de l'interlocuteur restait dans la pénombre, le privait de ses moyens. Il fallait le sang-froid d'un Valentin pour ne pas perdre contenance devant ces regards — le fameux regard lancé par-dessus les lunettes; en l'imitant on faisait rire les condisciples, mais de loin ! — dont on devinait la scrutation plus qu'on ne la mesurait. Bientôt, les yeux clignotaient à force de vouloir saisir un jeu de physionomie propre à révéler ce que la voix neutre ne dénotait pas. Ils n'y parvenaient jamais que trop tard. Impression déprimante de voir ce qui ne signifiait plus rien, M. le supérieur ayant eu le temps de se composer un visage autre que celui qu'aurait capté le coup d'œil instantané.

Adrien avait donc disposé les sièges de trois quarts par rapport à la lampe de bureau dont il adoucit l'éclat. Pourquoi traiter ce petit comme un animal à prendre au piège ? Il devait être assez ému. La partie gauche de son visage était légèrement plus éclairée que l'autre. Au contraire, cette même partie du visage d'Adrien était un peu dans l'ombre; l'œil de verre ne risquait pas d'acquérir des reflets trop hallucinants.

« Alors, Jean, nous désobéissons à monsieur l'économe ? Pourquoi ? »

Il s'était résolu à interroger l'enfant sans détour. Une autre spécialité de M. le supérieur du Grand Séminaire qui lui répugnait plus encore, peut-être, que l'intimidation, c'était sa manière de prêcher le faux pour savoir le vrai.

Le coupable baissait la tête sans répondre.

« Regardez-moi, mon petit Jean, reprit doucement l'abbé Douve. Il existe bien une raison à votre conduite. Vous ne vous la rappelez plus ? Nous allons la rechercher ensemble. »

L'enfant battait des paupières. Adrien le sentait contracté. Il fit mine de sourire :

« Vous avez voulu faire la nique à M. l'économe ? »

Jean secoua la tête avec une hâte qui signifiait : « Oh ! non, alors ! »

« C'est à M. Maffre que vous la faisiez ? »

Nouvelle dénégation, l'air fermé cette fois.

« Tout simplement vous aviez envie de jouer et ne vouliez pas écourter votre récréation ? »

Encore non. Adrien changea de ton.

« Ecoutez, Jean. Vous avez commis une faute contre la discipline. M. l'économe était fondé à s'en plaindre. Votre note de conduite s'en ressentira ce soir. Pas trop gravement, rassurez-vous. Mais vous comprendrez que cette indulgence, justifiée par votre bonne conduite habituelle, tenait compte aussi et surtout de la franchise dont je ne doutais pas que vous feriez preuve. Je m'en suis porté garant auprès des autres maîtres et de M. le supérieur. Devrai-je leur avouer ma déception ? Vous ne le permettrez pas. Vous montrerez que je ne me trompais pas en vous faisant confiance. »

Maintenant l'enfant avait les yeux pleins de larmes. Sa jolie figure trahissait un grand désarroi. L'effort qu'il devait faire pour ne pas s'abandonner l'obligeait à une pauvre grimace et lui creusait une fossette au menton. Tel il apparut à Adrien le jour de la rentrée. Peut-être ne sait-il plus ce qui lui est passé par la tête.

« Il vous reste en tout cas à réparer votre désobéissance, reprit l'abbé Douve d'une voix moins sévère. En sortant d'ici, vous irez chez M. Maffre...

— Oh ! non, s'écria l'enfant.

— Comment, non ? M. l'économe aurait-il raison ? Vous refusez de vous plier au règlement ? Vous ne voulez pas qu'on vous coupe les cheveux comme à tous vos condisciples ?

— Pas lui ! fit l'enfant éclatant en sanglots.

— Pas lui ? C'est de M. Maffre que vous parlez ? Avez-vous à vous plaindre de lui ? Il est un peu moqueur, je crois. Mais il ne passe pas pour un méchant homme. »

Jean ne répondit rien. Comment faire comprendre à l'abbé Douve sous quelle impulsion irréfléchie il se sauva de la loge et quelle instinctive répulsion l'empêchait d'y retourner. Cette odeur qui l'avait saisi en entrant chez le portier. Une odeur de cosmétique, de tabac, et de... il n'aurait su dire quoi. Elle ressemblait à celle qui traînait dans le cabinet de consultation de papa, après le passage de certains malades et qui dominait les effluves pharmaceutiques. M. l'économe n'en avait pas eu l'air incommodé. Lui, Jean, s'en était senti comme soûlé dès qu'il fut seul avec frère Jacques. La tête lui tournait et il éprouvait une angoisse. Ce fut pire quand M. Maffre s'approcha de lui, le mètre-ruban à la main. Le portier avait son drôle de sourire, mais, de plus, il parut à Jean que la grosse moustache blanche bougeait comme une bête, comme l'une de ces souris que papa n'a jamais réussi à lui faire toucher. Jean avait peur que la bête se faufilât par sa manche, par l'échancrure de sa veste, par sa jambe de culotte et qu'elle ne lui courût sur tout le corps. Il hurlait de l'imaginer. De même la moustache remuante de M. Maffre lui donnait l'impression qu'elle allait lui sauter dessus. Et surtout il y avait les yeux de frère Jacques, fixes, vitreux. Oui, il avait eu peur. Il s'était senti en danger. Il avait bondi sur la porte et, tout essoufflé, après avoir bousculé — qui ? M. l'économe peut-être bien ! — il avait rejoint en récréation Elie et Antoine. Au fort de la partie, ceux-ci ne remarquèrent pas son trouble : « Tu en as fini avec le glaçon ? Alors place-toi vite », lui cria seulement Elie. On jouait à la balle-rendue, qui est une adaptation du base-ball américain. Heureusement que ses amis ne l'interrogèrent pas. Il aurait été aussi en peine qu'avec l'abbé Douve de leur expliquer quoi que ce fût. Ce tantôt, pendant qu'il étudiait seul son grec, il se mit à penser à des choses que racontaient les élèves du Cours en se cachant des profs. Lui, Jean, n'en retenait qu'un sentiment de malaise, puis de panique, comme en présence du portier. Il n'en dit jamais rien à papa. Et ici, à Saint-Wandrille, les élèves n'ont pas l'air d'en parler. Ils ne parlent même pas de filles. Alors, comment se faire comprendre ?

Adrien demeurait perplexe devant l'enfant qui reniflait ses pleurs en silence. Qu'est-ce qui le braquait ainsi contre le coiffeur d'occasion ? L'abbé prit le parti de rire :

« Pourtant vous avez eu affaire à M. Maffre déjà. Et si ça peut vous consoler, quoi qu'en dise M. l'économe, il n'aura plus grand chose à tondre !

— Ce n'est pas pareil, dit Jean sans se dérider.

— Il faudra donc que je le remplace ? Ou M. Frédéric dit l'abbé continuant de plaisanter. Tant pis pour vous. Vous ne vous plaindrez pas des échelles ! Ah ! nous nous décidons enfin à sourire. Bon. Du moins irez-vous voir M. Maffre le tailleur ?

— Non, pas lui », répéta l'enfant sourdement.

Adrien s'alarma.

« Mon petit Jean, dit-il d'un ton redevenu sérieux, une telle obstination ne peut être le résultat d'un caprice. Elle serait sans excuse. Tant qu'il s'agissait simplement de votre désobéissance, j'étais prêt à tout imputer à l'espièglerie — même si elle dépassait les bornes. Votre attitude me laisse soupçonner des motifs graves. Vous avez le devoir de me les faire connaître. Pourquoi refusez-vous de retourner chez M. Maffre ? »

Silence. L'enfant était très rouge, de nouveau au bord des larmes.

« Irez-vous si je vous accompagne ? » demanda l'abbé Douve.

Jean parut hésiter. Puis il eut un regard de détresse :

« Non. Je ne veux pas », fit-il en pleurs.

Adrien attendit qu'il fût calmé. Et surmontant son propre désarroi :

« Mouchez-vous, Jean, dit-il avec douceur. Vous avez perdu votre mouchoir ? Je vous donne la permission de monter au dortoir. Les sœurs ont dû déposer le linge de la semaine. Et ainsi vous prendrez le temps d'une mine convenable. »

Cédant au premier mouvement, Adrien se dirigea vers la porte. La main sur le bouton, il s'arrêta. Chez qui allait-il ? Chez M. le supérieur ? Lui exposer quoi ? Chez M. Maffre ? Lui demander quoi ? Il avait répondu tout de suite à l'abbé Filâtre que l'enfant s'était échappé sans raison. Que s'était-il passé en cinq minutes qui, maintenant encore, bouleversait le petit ? Nécessité de réfléchir.

Adrien arpenta la pièce et revint à son bureau. Il butait sur une seule vision, toujours la même, qui lui levait le cœur autant qu'elle l'indignait. Ne ressemble-t-elle pas à un jugement téméraire ? De quel droit envisage-t-il comme simplement possible une telle infamie ? Lui qui inclinerait à reprocher à l'abbé Filâtre de provoquer le mal en le soupçonnant partout ! Le piquant c'est que le portier est un protégé de l'économe. Celui-ci n'était pas homme à engager quelqu'un sans garanties de moralité. Adrien ne connaît rien des antécédents de M. Maffre, sinon qu'il fit carrière dans l'Intendance, comme tailleur. Sa pension militaire ne lui suffisait pas. Comment est-il entré en relation avec l'économe de Saint-Wandrille dès la réouverture de l'Institution au lendemain de la guerre, comment s'en est-il fait agréer ? N'importe. La caution de l'abbé Filâtre coupait court aux curiosités qu'Adrien n'eut d'ailleurs pas jusqu'à présent; non plus, sans doute, que M. le chanoine Débly. Frère Jacques, puisque les élèves lui donnent ce surnom dont il ne se fâche point, remplit de manière satisfaisante ses divers offices. Sur sa moralité, aucun écho défavorable. Le dimanche soir, quand il rentre de la ville, il a l'air parfois un peu éméché. Seul son excès de dignité le trahit. L'économe lui-même, si rigoriste qu'il soit, ne juge pas à propos de blâmer chez un ancien militaire ces menues infractions à la sobriété. Quant au reste, on ne peut que se fier à son comportement qui est celui d'un bon chrétien. Il assiste chaque jour à la messe de communauté et communie tous les dimanches. Depuis quand est-il veuf ? L'agrandissement photographique dont le cadre ovale décore un mur de la loge représente le couple en toilette de noces. Au demeurant ce M. Maffre n'inspire pas une irrésistible sympathie à Adrien. Cette façon, à la fois obséquieuse et insolente de l'appeler « mon lieutenant »: il n'ose tout de même pas dire « sergent ». Et quoi encore ? Le préfet de Saint-Wandrille n'exerce pas sa surveillance jusqu'au portier ! C'est assez des élèves. N'est-ce pas un tort si, finalement, ils en pâtissent. Oh ! que va-t-il chercher maintenant ? Cela se saurait. Les enfants parleraient. Jean n'a pas parlé. M. Maffre n'est accusé de rien. Ecarter l'ignoble vision. Pourtant le petit ne se hérisserait pas à ce point si rien, chez le portier, ne l'avait blessé. Enfant trop sensible, trop délicat ? Mais encore ? Quelle parole, quel geste, ont heurté sa sensibilité, froissé sa délicatesse ? Il est de ceux envers qui « l'abbé Douve — l'abbé couve » se sent tenu à plus de précautions. Il reste l'unique trait d'union entre deux êtres qui ne se supportent plus. Sans doute l'aiment-ils autant l'un que l'autre. Ni le père, ni la mère, vivant désormais séparés, n'ont consenti à en abandonner la garde à l'un ou à l'autre. Ils ne se sont mis d'accord que sur l'internat qui les privait également. Seule concession du docteur Demeure, agnostique, à sa femme, chrétienne de sentiment, sinon de pratique : l'éducation religieuse, assez négligée jusqu'ici. La santé de l'enfant pouvait justifier son éloignement de Paris. C'est la raison qu'ils ont donnée à Jean. La mère n'a pas su cacher la vérité à M. le supérieur. Elle lui a écrit longuement, le lendemain de la rentrée. Confession intéressée : elle demandait qu'on veuille bien la prévenir si, par hasard, son mari venait voir Jean isolément. C'était peu probable. Les conventions devaient être respectées pour que la tragi-comédie de la bonne entente conjugale devant l'enfant fût jouée correctement. Le petit serait-il longtemps dupe, l'était-il encore, n'avait-il rien observé chez ses parents au-delà des apparences que l'éducation et leur tendresse pour lui savaient sauver ? La requête maternelle confirmait une jalousie à laquelle celle du père ne le cède en rien. Le paradoxe c'est que le docteur et madame Demeure sacrifient ce qu'ils chérissent à leur égoïsme réciproque. Puisse Jean ne pas trop en souffrir. Le chanoine Débly invoque volontiers « la seconde famille » que les élèves trouvent à l'institution de Saint-Wandrille. Adrien se méfie de cette rhétorique attendrie. Elle risque de rassurer à bon compte la conscience des éducateurs... Mais il s'égare. L'image intolérable de Jean *contraint* de fuir le portier le rappelle à la réalité. Quelle réalité ? L'enfant ne s'invente-t-il pas une fable : pour « se rendre intéressant » comme dirait M. Filâtre ? Celui-ci ne veut voir que des « pécheurs en herbe ». Jean est-il un enfant pur ? Qu'est-ce qu'un enfant pur ? Comment délimiter la trouble prescience du mal que le contact des adules inculque aux petits d'hommes et l'innocence capable d'imiter, sans malice, les actes du mal ? Cet incident du déshabillage immodeste, le premier jour, témoignait-il pour ou contre le nouveau ? Combien courte apparaît l'expérience ! La confession ? L'abbé Douve va recevoir tout à l'heure un paquet de billets portant les noms des plus petits élèves. A mesure qu'ils grandissent, ils s'éloignent de lui et font choix d'un autre confesseur. Oh ! non par manque de confiance, il le sait bien. Par pudeur plutôt. La crainte d'avoir à avouer des peccadilles au préfet, à celui qui a le plus habituellement l'œil sur eux, les gênerait moins que d'avoir l'air de capter ses faveurs. Du moins, c'est ce qu'il devine chez les meilleurs, chez ceux dont il aimerait, sacerdotalement, couver jusqu'au bout l'éclosion spirituelle. D'autres, avec un cynisme ingénu, dissimulent à peine leur politique. Mais quoi ? Que lui apprennent pratiquement ces confessions faites selon un formulaire traditionnel que lui-même pratiqua chez les Jésuites ? La pire chose qu'il entende — assez rarement, Dieu merci — est, bien sûr, le péché contre le sixième commandement. Quel embarras pour cerner la faute, pour la caractériser sans céder à une curiosité impure et sans froisser ces âmes fragiles dont l'innocence, mais oui, au sein même du mal, est émouvante ou apprêterait à sourire. C'est encore un sujet de discussion avec l'économe que cette hantise qu'il crée dans ses cours d'instruction religieuse ou dans ses sermons à la chapelle. Avec le même langage à l'adresse des élèves des sections préparatoires et des rhétoriciens ! Oh ! Jean Demeure est toujours présent à la pensée d'Adrien. La surveillance ? Si vigilant que soit le préfet, il sent que le petit monde reste défendu par d'invisibles fortifications. Une bribe de conversation, un signe, des attitudes, des regards surpris ici ou là lui suggèrent une vie où il ne pénètre pas. Et il y a tout ce qu'il n'entend pas, tout ce qu'il ne voit pas. Parfois un remuement de surface lui donne l'éveil. Il n'en continue pas moins à ignorer l'effervescence — ou la stagnation — profonde. Ces fronts rougissants, ces yeux transparents levés vers lui, ah ! il ne cesse de se répéter qu'ils sont trompeurs. Non pas qu'ils veuillent délibérément le tromper. Ils réservent ce à quoi les maîtres ne sauraient accéder, à moins de redevenir, et non pas simplement au sens évangélique, des enfants. Frédéric qui était un élève il n'y a pas si longtemps, qui surveille d'anciens condisciples et continue à se mêler à leurs jeux est-il plus avantagé ? C'est douteux. Cependant, pour ce qui concerne M. Maffre, il doit se souvenir si l'on jasait. Première indication à recueillir. Sinon quelle enquête mener ? En partant de quelles présomptions ? Il y va d'une réputation. Si le bonhomme est irréprochable, il sera fondé à protester très fort. Et M. Filâtre prendra fait et cause pour son protégé — difficilement remplaçable, il faut l'admettre; on ne trouve pas comme on veut un portier-tailleur-coiffeur aux tarifs de Saint-Wandrille. Seigneur, quel esclandre ! Mais s'il y allait, avant tout, de la préservation des enfants ? Personne n'hésiterait, certes. Encore faudrait-il être sûr...

On frappait.

« Entrez. »

Un élève apportait les billets de confession, dont le sien, au nom de l'abbé Douve.

« Attendez-moi cinq minutes », dit l'abbé.

Il se rendit chez le supérieur. Celui-ci était le seul prêtre de la communauté qui n'écoutât pas les enfants en confession. Adrien put lui parler sur-le-champ :

« J'ai interrogé Jean Demeure, monsieur le supérieur. Je n'en ai obtenu que des crises de larmes. Sans pouvoir encore motiver sa conduite de tantôt, je suis certain qu'elle ne fut pas le fait d'un caprice, encore moins d'une volonté de désobéissance. Je me crois autorisé à vous prier de surseoir à toute punition. Remettons-lui ses trois 6 et épargnons-lui la pénitence au dîner.

— Et M. Filâtre ? dit le supérieur.

— Je m'expliquerai avec lui. Dès lundi, il aura satisfaction, matériellement. L'enfant subira la coupe de cheveux réglementaire et M. Maffre pourra prendre ses mesures.

— Soit, mon bon ami. Agissez pour le mieux. Je serais navré que cet incident bénin dégénérât en affaire d'Etat ! » dit le chanoine Débly avec un sourire indulgent.

III

« AVEZ-VOUS déjà coupé les cheveux ? demanda l'abbé Douve à brûle-pourpoint.

— Non, monsieur l'abbé, fit Frédéric étonné.

— Tant pis. Vous apprendrez. Demain vous emprunterez son attirail à M. Maffre et vous vous occuperez de Jean Demeure. Vous sacrifierez la leçon de grec... »

Quelle conversation insolite ! Frédéric pourrait compter les fois où l'abbé Douve le pria, comme ce soir, d'entrer dans sa cellule. Ce ne fut jamais sans motif urgent. Y avait-il urgence à décider que le *socius* suppléerait frère Jacques afin d'épargner à un élève de nouvelles attentions vétilleuses de M. l'économe ? Puisque l'incident a eu lieu la veille, pourquoi l'abbé Douve en parle-t-il aujourd'hui seulement, supposé qu'on ne pût attendre demain ? Car enfin, Frédéric n'était pas tenu d'assurer la surveillance du dortoir le dimanche. L'été, il lui arrive de rentrer quand la communauté est couchée. Frère Jacques, qui profite largement de son congé, lui a donné des clefs.

« Que pensez-vous de monsieur Maffre ? demandait sans transition l'abbé Douve.

— Je n'en pense rien, dit Frédéric du tac au tac.

— Peut-être savez-vous comment les enfants le jugent entre eux ?

— Vous n'ignorez pas sa manie des surnoms ? Les élèves lui rendent la pareille. Ils brocardent frère Jacques. C'est tout.

— C'est vraiment tout ?

— Le reste ne me regarde pas.

— Qu'appelez-vous le reste ?

— Eh bien, mais la manière dont le portier remplit son office. Je ne suis pas son supérieur. Je ne suis pas non plus rapporteur.

— Parlez moins haut », fit l'abbé Douve.

Il écarta le rideau, et, une main en œillère contre la lucarne, examina la perspective des lits. Quelqu'un avait toussé. Comme la chute d'une feuille sur un étang dérangerait des poissons dormant entre deux eaux, la toux faisait se retourner des corps dans le demi-sommeil. L'abbé attendit que tout fût redevenu immobile.

« Pourquoi ce ton susceptible ? reprit-il. Il me donnerait à croire que ça vous déplaît de parler de monsieur Maffre.

— Ni plus ni moins que de n'importe qui, comme vous sembleriez le souhaiter ce soir, répliqua Frédéric d'une voix contenue. Nous sommes convenus que je ne tiendrai jamais le rôle de mouchard auprès de vous, monsieur l'abbé. D'abord l'emploi ne me convient pas. Ensuite il contrarierait le peu de services que je puis vous rendre. Les élèves savent que je n'agis pas en dessous, que je ne les prends pas en vache, comme ils disent. Quand je dois vous signaler la faute d'un tel, il en est le premier averti. C'est dans la mesure où ils ont la certitude que je joue franc jeu que les élèves écoutent le *socius* »

Bien que l'abbé Douve fût assis à contre-jour, Frédéric

voyait son teint, naturellement rose, s'enflammer. L'abbé est de ceux dont, à Saint-Wandrille on plaisante l'émotivité en disant qu'ils montent au cerisier. Chez quelqu'un comme le préfet, ce peut être aussi bien un indice de colère. Les anciens se rappelleraient deux ou trois éclats, d'autant plus impressionnants qu'inaccoutumés. Mais c'est une voix douce, imperceptiblement frémissante, qui demande :

« Vous ai-je mis déjà en posture de mouchard ?

— Jusqu'à présent, non.

— Qu'est-ce donc qui vous laisse supposer que je commencerai ce soir ?

— Excusez-moi, monsieur l'abbé. Cet interrogatoire inattendu sur M. Maffre... »

L'abbé Douve avait ôté son lorgnon. Le coude au creux de la main, méthodiquement, il se massait entre le pouce et l'index les chairs endolories par le pince-nez. Frédéric l'avait observé plus d'une fois se livrant à cet exercice. C'était généralement à la chapelle, au cours d'une méditation. Alors, il ne remarquait pas si les paupières étaient closes ou non. Maintenant le gênait, à côté de l'autre fermé, la fixité de l'œil de verre. Cela ne voyait rien, bien sûr, mais cela regardait.

« Aimez-vous Jean Demeure ? demanda l'abbé aussi abruptement qu'au début de l'entretien il avait demandé : Avez-vous déjà coupé les cheveux ?

— C'est un enfant attachant, intelligent, sensible... Et c'est mon premier élève privé, ajouta Frédéric avec un sourire.

— Eh bien, Jean Demeure éprouve une répulsion insurmontable, pis que cela, une espèce de terreur allant jusqu'aux larmes, à la pensée d'avoir affaire à M. Maffre. C'est l'origine de l'incident avec M. l'économe auquel j'ai fait allusion. La raison précise, je n'ai pu l'apprendre. Admettrez-vous que, sans vous traiter en mouchard, je sois soucieux de connaître votre opinion sur le portier ? Si vous savez quoi que ce soit, comme ancien élève ou comme surveillant, je laisse à votre conscience le soin de vous dicter votre devoir. »

Ce fut au tour de Frédéric de se sentir rougir.

« Jean ne vous a-t-il rien dit ?

— Absolument rien que son refus apeuré de retourner dans la loge.

— Si je le questionnais, moi ?

— Il se peut qu'il témoigne plus de confiance. Il se peut aussi que lui non plus ne veuille pas moucharder. »

Frédéric se mordit les lèvres.

« Ce que je voulais dire, monsieur l'abbé, c'est qu'il y a des choses qu'on m'avouerait plus facilement qu'à vous, ou qu'à n'importe quel prêtre. Oh ! des choses qui ne concernent pas vraiment la confession. A cause des mots pour les exprimer, vous comprenez ?

— Je comprends. Pourquoi sont-ce ces choses-là auxquelles vous ayez pensé tout de suite ? »

Derechef Frédéric se mordit les lèvres. Puis il se mit à mâchonner l'intérieur de sa joue gauche. Il hésitait.

« Un souvenir, fit-il enfin. J'étais encore élève. Des camarades tenaient des propos pleins de sous-entendus au sujet de M. Maffre. Celui qui semblait animer la conversation affirma tout à coup : « Il voulait me faire passer les pics ! »

L'abbé Douve remit son lorgnon.

« Que signifie au juste cette expression ?

— Elle est de celles dont on croit deviner le sens, dit Frédéric en rougissant. Ce sens est vague.

— A votre avis, les autres saisirent-ils mieux ce que ça voulait dire ?

— Je ne sais pas. Ils avaient tous l'air de comprendre. Peut-être, comme moi, se fiaient-ils au ton de... du type qui racontait.

— Cet élève n'est plus ici ?

— Il n'est resté que quelques mois. En récréation, ou en promenade, si on l'apercevait au milieu d'un groupe, à peu près toujours le même, on pouvait être sûr qu'il parlait de choses défendues. Je ne m'en mêlais pas habituellement. Le bavardage sur M. Maffre m'a frappé d'autant plus.

— Je vois, dit l'abbé. Le bavardage est imprécis et le bavard suspect... Ce qui m'inquiète c'est que de telles conversations puissent avoir lieu à Saint-Wandrille. La surveillance n'est donc jamais assez sévère !

— Rassurez-vous, monsieur l'abbé, dit vivement Frédéric. Il s'agit d'une exception. Saint-Wandrille demeure très préservé.

— Où commence et finit la préservation ? murmura l'abbé. Si la pourriture se cache au milieu... Bonne nuit, Frédéric, reprit-il. Dormez en paix. Et merci. »

Les dortoirs respiraient calmement, vivant d'une vie retranchée en elle-même et dont le veilleur se sentait exclu. Tous ces jeunes corps allongés ou recroquevillés sous les couvertures, toutes ces têtes dont on n'apercevait que le crâne tondu, se perdaient dans une espèce d'anonymat nocturne. On eût dit que les poumons trouvaient de l'air ailleurs que dans ces chambrées aux fenêtres closes, où il était vite confiné. Il est vrai qu'aménagés sous les combles, les dortoirs sont aussi glacials aux premiers froids qu'étouffants aux premières chaleurs. Frédéric se frictionna les bras. Il marchait sur la pointe des pieds. Dans chaque salle, une seule veilleuse bleuissait l'ombre. Il ralentit à proximité du lit de Jean Demeure. Il n'eut pas trop de peine à distinguer le dormeur de ses voisins. L'enfant reposait de trois quarts, le visage et les épaules découverts. Avait-il froid ou se défendait-il, jusqu'au fond du sommeil, contre quelque atteinte ? Il croisait les bras sur sa poitrine, tel Tarcisius protégeant le saint Viatique. Frédéric vérifia autour de lui que tous dormaient. Il s'en voulut aussitôt. Pourquoi cette précaution ? Il n'allait faire rien que de très naturel. Il remonta les couvertures et borda l'enfant qui ne bougea pas. Penché sur le petit visage, il s'attardait. Le masque tout en clins d'yeux complices de frère Jacques s'était interposé. Frédéric s'attendrissait. Ne serait-il pas le grand frère, presque le père de cet enfant ? La Providence ne le lui confiait-elle pas à un titre plus personnel que celui de *socius* ? Il y avait déjà les leçons de grec. Voilà que l'abbé Douve en appelait à son affection vigilante contre... Frédéric se redressa les tempes bruissantes : il allait toucher des lèvres le front de Jean. Il suspecta son attendrissement et cet élan brisé — « Tu manques de simplicité, souffle le Démon, tu gâtes tes intentions les plus louables; quel mal y avait-il à embrasser fraternellement un enfant qui en eût été peut-être réconforté dans ses rêves ? » — d'une connivence avec l'image contre laquelle ils prétendaient réagir. Il gagna sa cellule où il s'agenouilla.

Examen de conscience : Seigneur, vous savez mieux que nous d'où vient ce qu'il y a de trouble en nous. Non. Frédéric ne voulait pas de ce vertige. Il s'y attendait si peu ! Bonne leçon. Il se vantait en assurant l'abbé Douve qu'il mettrait Jean à l'aise. Il n'y serait pas lui-même. La figure de frère Jacques, en surimpression, fausserait, salirait tout. Il y a des choses dont on ne peut parler à un enfant quand on n'est plus soi-même un enfant. C'est encore trop d'y penser. L'abbé Douve l'a bien relevé. Pourtant Frédéric ne voulait pas faire le malin. Seigneur, il ne démêle pas les sentiments auxquels il a obéi. Il y eut le souci de Jean. Oui. Mais aussi le besoin de montrer que l'intérêt particulier que lui faisait avouer l'abbé Douve était réel. Il y eut encore, moins honorable, la nécessité de répondre à une question du préfet, question provoquée par une remarque maladroite. Résultat : un mouchardage à retardement. Et suivant le pire procédé : par insinuation. Car enfin, la réflexion du type laisse tout supposer mais ne prouve rien. Savoir si ce type, Arthur Prenant, un Parisien gros bec, ne l'a pas fait exprès. On le surnommait « le lycéen ». Il n'avait jamais fréquenté une institution catholique avant Saint-Wandrille. Il n'y acheva pas sa seconde. Renvoyé. Il puait la pourriture. Et c'est en souvenir de ce bouc que tu t'en prends à frère Jacques ! Tu ne l'accuses pas formellement mais c'est tout comme. Après avoir protesté contre la moindre invite au rapportage, il y a de quoi être fier. Comment juger M. Maffre ? Frédéric n'a pas à se plaindre de lui. En rapportant le propos de Prenant, il songeait moins au bonhomme qu'à Jean et, penché sur celui-ci, c'est le visage de Paule de Borre qu'il cherchait. Obscures substitutions. Vous voyez, Vous, Seigneur, comment elles s'opèrent. On s'englue dans sa propre conscience à y tâtonner après coup. Il y règne un brouillard poisseux. Voilà qui favorise tous les faux-semblants. Acte de contrition.

Frédéric se déshabilla et se coucha.

Ah ! c'est la faute de l'abbé Douve, aussi. Qu'avait-il à le mêler à de tels embarras ! Frédéric eût mieux aimé l'entretenir de Mlle de Borre. Pour la première fois, elle lui a souri ce matin au sortir de l'église. Maman Ramette en fut ébahie. Elle ne se retint pas d'en parler à table. Le père lança un regard narquois à son fils mais ne pipa mot. Tantôt, après les vêpres, Frédéric espérait que Mlle de Borre lui marquerait la même attention. Peut-être se fût-il enhardi jusqu'à lui adresser la parole devant tout le monde, aussi simplement que dans le corridor de Saint-Wandrille. Elle passa comme d'habitude au bras de M. de Borre, saluant sans paraître distinguer personne.

Adrien éteignit. Il sut tout de suite que l'obscurité tarderait à apprivoiser le sommeil. Elle restait peuplée d'images que la paupière en se fermant n'effaçait pas plus qu'en s'ouvrant elle n'éclairait si peu que ce fût l'ombre où les images remuaient. Extérieur ou intérieur, le regard appréhendait la même qualité de noir. Tout au plus, le corps accusait-il une subtile modification de la vision en changeant le rythme respiratoire suivant que l'œil s'accrochait à la nuit environnante ou se tournait vers la ténèbre factice, pareille à celle qui hante pour toujours l'autre orbite. C'était chaque fois une sensation de montée ou de plongée, semblable à un léger mal de mer. Et l'ouïe aussi, dans l'insomnie, jouait ce jeu de vases communicants. Dernier sens à s'assoupir, paraît-il. Elle projetait dans la chambre le bruit tout intérieur qui la tenait éveillée, elle prolongeait les échos de la conversation avec Frédéric, elle amplifiait la résonnance secrète d'une parole recueillie l'instant auparavant : « Préservé, préservation. » Adrien bascula sur le flanc du côté du mur. Le sommier métallique grinça. Dans ces cas, il faut s'efforcer au calme, ne pas penser, réciter des dizaines de chapelet : « *Ave*

Maria, gratia plena... » Autant moudre du grain. L'obsession broche sur la récitation machinale, commandée par elle, dirait-on. Cette obsession, comme Frédéric, d'un mot, l'a ravivée ! Oui, en deçà de tous les problèmes que lui pose sa tâche d'éducateur, le préfet de Saint-Wandrille est dominé par le souci de préserver les enfants contre les atteintes du mal. Certes, les problèmes qui concernent l'avenir le préoccupent. Hier encore il en discutait avec M. Filâtre. Du moins, pour le présent, que cette grâce et cette justification soient accordées à l'institution Saint-Wandrille, que lui, l'abbé Douve, y trouve le fruit de ses renoncements... ah ! et de ses expériences : des enfances préservées. Au milieu des vieilles souillures du monde, isoler une part de candeur, comme une promesse toujours renouvelée de salut; ménager aux dégoûts de l'âge adulte le souvenir réconciliateur du petit garçon qu'on a été, dont les fièvres mêmes, nées des péchés qu'il croyait commettre, demeuraient pures, serait-ce une illusion ? Jeune, Adrien était agacé par ces gens qui pleurnichent à une cérémonie de première communion. Maintenant il admet l'attendrissement parce qu'il y voit un obscur retour sur eux-mêmes d'hommes et de femmes ballotés par la vie, et un inconscient hommage à l'innocence perdue. Sentimentalité ? Votre prêtre, Seigneur, s'émeut-il à la contemplation idéale d'une âme d'enfant de la même manière que les viveurs au spectacle des brassards blancs et des voiles de mousseline ?

Derechef le sommier grinça. Plutôt que de se tourner et retourner comme un Saint-Laurent sur le gril, ne vaudrait-il pas mieux se lever et faire une ronde ? Quelle assurance que le tourment ne suivrait pas, ou qu'on ne le retrouverait pas au retour, logé dans le même creux de chaleur ? Autant l'épuiser en une fois.

Dans les Missions, la prophylaxie surnaturelle oblige parfois à des mesures contraires au droit naturel : on isole les enfants nouvellement baptisés de leurs familles encore pénétrées de paganisme. Une institution comme Saint-Wandrille ne devrait-elle pas remplir pareillement l'office de lazaret ? Hélas ! Il arrive que le pensionnaire, déjà contaminé, en contamine d'autres. Ainsi ce malheureux garçon, Arthur Prenant, qu'il fut impossible de garder au-delà du deuxième trimestre. Il n'était pas besoin de nourrir les préventions de M. l'économe contre les établissements laïques pour se sentir mal disposé envers cette recrue. Sa mine, sa façon de se tenir sur les rangs, à l'étude et à la chapelle, une gouaille permanente à l'adresse des maîtres, trahissaient la perversité précoce. Adrien se méfie de ce genre d'indices. Il existe un type d'enfant envers qui les prêtres éprouvent une sorte de tendresse spontanée; alors qu'un autre type suscite en eux une antipathie instinctive. L'expérience ne confirme pas toujours, loin de là, ces intuitions. Il n'y a qu'à considérer les anciens élèves qui donnent de leurs nouvelles ou reviennent visiter Saint-Wandrille. Combien, parmi eux comptèrent au nombre des sujets de prédilection ? Ceux-là mêmes chez qui l'éducation chrétienne a fructifié en grâce de vocation sacerdotale ne sont pas forcément ceux sur qui l'on fondait les plus grands espoirs. Tandis qu'ils célèbrent l'une de leurs premières messes, on se retient difficilement d'imaginer, non sans mélancolie, tel ou tel de leurs condisciples à leur place. Quant aux autres, souvent Saint-Wandrille est une étape de leur voyage de noces. La mémoire doit faire effort pour reconnaître un visage d'élève sur cette face heureuse de brave homme. La génération enfin repérée, on demande malgré soi, d'une voix un peu nouée : « Savez-vous ce que sont devenus X ou Y ? » On s'entend répondre : « Vous l'avez donc perdu de vue ? Je n'aurais pas cru ça de lui. Moi qui espérais retrouver sa trace ici. A cause de l'Amicale... » Et à sa femme : « Je t'ai déjà parlé du fameux X... » Mélancolie. Cette Amicale des Anciens de Saint-Wandrille, perpétuellement en projet, mais qui s'effrite avant d'avoir pris corps. Elle grouperait des noms d'ecclésiastiques et de types sans histoire. Oh ! A Dieu ne plaise que la moisson apparaisse méprisable. Une âme en vaut une autre. Il reste que l'éducateur, humainement, court toujours le risque de se tromper. L'enfant qu'il juge promis aux fidélités, adulte se dérobera; celui qui semble ne se prêter à aucune prise profonde témoigne son attachement. En fait, favorables ou défavorables, les intuitions sont également décevantes. C'est là où elles ne s'exercent pas, dans la foule des élèves moyens n'attirant aucun sentiment particulier, que germe la consolation. Ce sont eux, peut-être, les enfants vraiment préservés ! Au point que la préservation de Saint-Wandrille leur est superflue. Fils de fermiers, d'artisans, de commerçants, la majorité appartient à des familles de pratique traditionnellement chrétienne. Sans histoires — du moins visibles. Lui, l'abbé Douve, ne peut pas ne pas se vouer aux agneaux menacés; à ceux qui ont déjà frémi sous le souffle de la bête. La bête cherchant qui dévorer...

N'importe où, elle identifie, à l'odeur, la proie qu'elle a une fois respirée, comme si son haleine seule imprimait une marque Est-elle tapie dans Saint-Wandrille ? Jean Demeure l'a-t-il reconnue parce qu'elle l'a approché ailleurs ? Si elle rôde alentour, quelle enceinte serait assez haute pour en protéger la bergerie ? Il suffit d'une lettre, d'une promenade, des vacances, pour que le souffle pestilentiel atteigne l'âme la mieux défendue. Les vacances surtout. Les dernières n'ont-elles pas été dommageables à Elie ? Cette allusion du père Lorraine... Et pourtant il ne sait rien. De conduite encore irréprochable, Elie affiche une inquiétante atonie de piété. Dieu veuille que ce ne soit qu'une crise. Ne pas le brusquer. Compter sur l'influence d'Antoine. Antoine. La preuve que la tâche préservatrice n'est pas vaine. Quel enfant, ici, a vu la bête de plus près que lui ? Quand le père Lorraine l'amena, les brèves indications qu'il fournit sur le milieu où son protégé avait grandi laissaient supposer le pire. Rien n'a transpiré de souvenirs probablement affreux. L'unique retour sur le passé auquel Antoine se livra un jour fut au sujet d'un canif. Il lui avait été confisqué. Il le réclama avec une véhémence insolite. Pressé de questions, il finit par évoquer ses voisins dans l'hôtel de banlieue où il habitait. Des gens très simples, semblait-il. C'est chez eux qu'il découvrit un crucifix. C'est de la brave mère de famille qu'il tenait la médaille de la Vierge qu'il porte au cou — émouvante rencontre pour Adrien : la même médaille que celle qu'il offrit à Irène et qu'a héritée Anne-Marie; il faillit parler de sa filleule. C'est son seul camarade de jeux d'alors qui lui avait donné ce canif au moment du départ pour Saint-Wandrille. Sur le reste, silence, comme si tout était oublié . Pas la moindre allusion à Valentin. La sagesse commandait de faire comme si Théodore n'avait été qu'un passant. Du reste, le père Lorraine lui-même, à qui Antoine n'a jamais soufflé mot de son « beau-père », ne le voit plus depuis des années. Finalement l'égoïsme de Valentin aura été providentiel. Son refus de prendre l'enfant même pour de courtes vacances est bienfaisant. Oh ! cette lettre manifestement écrite sous sa dictée par Mme Fussy ! Il y a deux ans, Antoine avait exprimé à sa mère le désir de passer quelques jours auprès d'elle. Adrien tremblait en lisant la demande. Cependant il se devait de la transmettre. La réponse négative l'avait à la fois soulagé et affligé tellement il y entendait la voix de Théodore se justifiant avec ironie devant lui, Adrien, qu'il savait devoir lire la lettre en premier. Ces mots : « Une petite âme comme la tienne souffrirait au contact de laideurs qui sont le lot du monde, à Paris surtout, et dont le Bon Dieu permet que tu sois préservé encore quelques temps » affectaient un tour clérical, caricatural, comme une nique au Zébédée. Ils n'en étaient pas moins véridiques. Quoi qu'il en soit du passé et de l'avenir, Antoine est un enfant présentement préservé. Il est l'image devant laquelle s'apaise le tourment.

Adrien se mit sur le dos. Dormir maintenant. Le problème Jean Demeure-M. Maffre est insoluble dans ses données actuelles. Frédéric se chargera de la coupe de cheveux. M. Maffre n'aura qu'à prendre les mesures d'un costume de Jean. Avertir la lingerie...

IV

Ce premier trimestre n'en finissait pas. La communauté l'expérimentait chaque année. Le décompte des jours n'y faisait rien. C'était leur écoulement qui paraissait deux fois plus long que dans les deux autres trimestres. La chronique de Saint-Wandrille que, à partir de la seconde, les élèves rédigeaient à tour de rôle, de semaine en semaine, se réduisait, pour cette période, à des répétitions monotones : Lundi, mardi, mercredi... règlement ordinaire. Au mieux, sous les rubriques du jeudi et du dimanche, on lisait des impressions de promenade.

Bientôt on allumait les poêles dans les classes et à l'étude. Les élèves désignés pour cette charge quittaient le réfectoire après avoir bu leur café au lait en hâte. Ils se bourraient les poches de pain. Ils avaient le privilège de le manger grillé, ou du moins roussi sur la fonte que leur zèle chauffait à blanc. L'odeur éveillait des nostalgies familiales. La chaleur provoquait moins de torpeur que le froid subi au dortoir, à la chapelle, à l'étude du matin et au réfectoire. Les corps et les âmes se défendaient contre lui en se repliant sur eux-mêmes.

Ce trimestre, scolairement, était le plus fécond. Dans sa classe l'abbé Douve employait une méthode d'émulation apprise chez les Jésuites. Division en deux camps, chaque élève ayant un adversaire à sa taille. Interrogations jumelées : si l'un « séchait », l'autre, en répondant correctement, gagnait le double des points pour lui-même et pour l'équipe. Ce fut le seul terrain où Elie et Antoine, en tête de formations composées assez équitablement d'*aristos* et de *potames,* durent s'affronter. Suivant la tradition, l'abbé Douve avait proposé que la lutte figurât celle des Mèdes et des Perses, ou de Sparte et d'Athènes, ou des Grecs et des Romains, ou de Rome et de Carthage. Il se rappelait quelle affectivité quasi superstitieuse lui-même apportait, jadis, dans une appartenance symbolique. Il se sentait écartelé entre le prestige des vainqueurs historiques et l'appel à la revanche des causes injustement perdues. Professeur, il s'intéressait aux enseignes opposées dont la majorité devait faire choix avant que le sort décidât des attributions. Cette fois, Elie avait suggéré qu'on cherchât les modèles dans l'histoire de France : Neustrie et Austrasie, ou Armagnacs et Bourguignons, voire — Adrien, flairant du mauvais esprit, avait sourcillé mais le garçon souriait comme d'une boutade — Ligueurs et Huguenots ou Chouans et Sans-Culottes. La discussion faillit dégénérer en chahut. L'abbé Douve trancha en faveur d'une dualité classique : Grecs et Romains. Ainsi les amours-propres éventuels seraient-ils tous ménagés, puisqu'ici les vaincus temporels restaient des vainqueurs spirituels. Le sort fit d'Elie un Grec et un Romain d'Antoine.

A la récréation du matin, pour le jeu général obligatoire, le drapeau, puis les barres, remplacèrent l'épervier qui fut remis en honneur, comme plus mouvementé, lors des grands froids.

On était au temps de l'Avent. Le violet liturgique, le plaintif *Rorate coeli de super* et le pressant *Venez divin Messie* entretenaient les frilosités d'âme et poignaient les cœurs d'une attente dont Noël dessinait le blanc couronnement.

Frédéric, fidèle au prétexte de surveiller la sortie du cours de dessin, le jeudi, s'inclinait devant Paule de Borre. Il s'en voulait de ne trouver rien à lui dire que des banalités. Après avoir hésité entre, le dimanche, différer son départ pour Orchiecourt jusqu'à la fin de la leçon de musique ou faire comme d'habitude, il prit ce dernier parti. Il renonçait à la chance d'accompagner Paule. Tant à Saint-Wandrille qu'à la maison, on eût remarqué son manège. Il aimait mieux se fortifier d'une longue patience. Il saluait mademoiselle de Borre à la messe basse. Elle lui tendait la main, à présent. Il lui faisait deux pas de conduite jusqu'à La Maison-sous-l'église. Toujours les mêmes banalités, hélas ! Elle se déclarait encore plus satisfaite des élèves-musiciens que des élèves-dessinateurs. Antoine Fussy, Elie Hurleau, Jacques Borderie, Jean Demeure étaient du nombre. Il la revoyait à la grand'messe après laquelle elle sautait dans le cabriolet déjà attelé. Enfin, il la revoyait aux vêpres. Il passait le reste du temps à écouter les bavardages de la mère, à jouer avec les jumelles dont l'idolâtrie le tyrannise, à visiter M. le curé ou le père Duhamel qui, plus que les certificats de licence, vante le certificat d'études primaires obtenu par son écolier à dix ans, moyennant une dispense d'âge. Heures mortes, tuées une à une et ensevelies sous la grisaille dominicale par Frédéric de la même manière que les autres jeunes gens d'Orchiecourt, à ceci près qu'ils allaient s'enfumer et s'alcooliser à l'estaminet pour d'interminables parties de cartes ou de fléchettes. Les filles cherchaient des distractions en ville, au bal ou au cinéma. Les garçons restaient là, prisonniers d'un sortilège. Frédéric s'apitoyait sur eux comme sur soi-même. Quand le charme ou le maléfice cesserait-il ? Personne ne paraissait y prendre garde. Maman Ramette ne commentait plus l'amabilité de Mlle de Borre envers son fils. Papa Ramette ne prononçait plus le nom des hôtes de La Maison-sous-l'église, ni celui de Cassagne. Après-midi, le verre de genièvre bu, il se lissait la moustache et déclarait : « J' vas vir ailleurs. » Employait-il exprès, cyniquement, ce patois à double sens ? Il tapait sur l'épaule de Frédéric à la hâte. C'était le contraire d'une invitation à le suivre. Il s'éloignait à vélo. La mère soupirait. Il n'était pas toujours rentré quand Frédéric devait regagner Saint-Wandrille. Trame lâche des semaines : on eût dit que le destin, ayant alerté le cœur avec un canevas d'événements, laissait tout en suspens.

Au début de novembre et de décembre, Jean eut la visite de papa et de maman. La première fois, il ne s'y attendait pas; la dernière lettre reçue contenait un espoir sans date précise. Quand le portier l'appela, il ne se dérangea pas. Il évitait ordinairement de rencontrer même les yeux de frère Jacques. Il fallut que celui-ci vînt le chercher et lui annonçât la présence de ses parents. Alors il courut au parloir, y pénétra en coup de vent, et sans égard à M. le supérieur qui se trouvait là, se précipita dans les bras ouverts. A peine avait-il distingué les chers visages à travers un brouillard de larmes. Il logea le sien entre les deux, un pour chaque joue, songeant moins à répondre à leurs baisers qu'à manifester sa prise de possession. Enfin il les libéra.

« Et tes boucles, mon chéri, fit maman en lui caressant la tête à rebrousse-poil.

— Et encore ils ont un peu repoussé », dit Jean avec une intention rancunière à l'adresse de M. le supérieur.

Celui-ci sourit.

« Ce point du règlement nous vaut de menus drames de coquetterie chez les grands élèves. Chez notre petit Jean la coquetterie n'attend pas le nombre des années.

— Ça fortifie les cheveux, va, dit papa avec bonhomie. Tu verras, ils repousseront plus beaux »

Jean se sentait honteux. Il lui tardait de sortir, de parler d'autre chose. De quoi aura-t-il parlé au cours de cette journée d'intimité ? De ses études de grec, de M. Frédéric, de l'abbé Omer et des cours de sciences, de l'abbé Douve, de l'abbé Blot, de ses amis Elie, Antoine, surtout. Une fois, maman l'interrompit :

« Mon Dieu, Jean, que tu parles mal !

— L'accent du cru déteint un peu sur lui, dit papa. As-tu beaucoup de camarades qui parlent patois ?

— C'est défendu. »

Il raconta une foule de choses. Il se tut sur ses détresses de collégien. Il s'étonnait au contraire de présenter la vie à Saint-Wandrille sous un jour avantageux. Le vrai était-il inexprimable ? En donnant le change à ses parents, voulait-il les rassurer ou se flattait-il soi-même comme s'il fût non plus douillet mais aguerri ? Trop difficile à démêler. Et puis, la joie du moment illuminait tout. Après ces quelques heures, si rapides, après le retour silencieux à l'Institution, après l'arrachement du parloir, ah ! il y aurait eu ceci et encore cela à dire, tant de chagrins secrets, tant d'ennuis visibles, l'hostilité presque déclarée de l'abbé

Filâtre, les façons de frère Jacques, le lever matinal, le déjeuner tardif, les problèmes d'hygiène et de propreté : tiens, personne ne se lave ni les dents ni les pieds, faute de temps, et d'aménagement. La prochaine fois il expliquera ce qu'est vraiment la vie à Saint-Wandrille. Il citera des faits. Il ne se plaindra pas. Mais papa et maman sauront qu'il est à plaindre.

Lors de la visite suivante, il ne dit rien de plus, pour les mêmes indiscernables raisons. Il portait l'uniforme taillé par frère Jacques d'après son costume neuf. Il lui allait sans qu'il y ait eu d'essayage. Une seule gêne, mais grave : la longueur de la culotte. C'était la préoccupation de tout le monde : obtenir qu'elle ne descende pas au-dessous des genoux. Frère Jacques agissait à la tête du client. Pour Jean, il avait respecté la taille réglementaire alors que la culotte-patron s'arrêtait à mi-cuisse. Jean en aurait pleuré de rage. Ce n'était pas seulement inélégant; le drap frottait à la pliure des jambes et irritait la peau. Eh bien, Jean fit le flambard dans cet uniforme. Mieux encore, il se gonfla, comme un soldat glorieux de ses blessures, quand maman remarqua ses doigts boudinés :

« Mon Dieu, Raoul, dit-elle à papa, regardez : ces engelures suppurent.

— Comment te les soigne-t-on ? demanda-t-il à Jean.

— Si on va à l'infirmerie, la sœur les badigeonne de teinture d'iode. »

Papa haussa les épaules d'un air scandalisé et fit mine d'ouvrir son bloc à ordonnances.

« A quoi bon ! dit-il. Nous achèterons un flacon de glycérine, ça vaudra toujours mieux.

— Je ne suis pas le plus touché, reprit Jean. Si tu voyais les mains de l'abbé Omer ! Et parmi les élèves; il y en a qui ne peuvent plus mettre leurs souliers.

— Ils ont droit aussi à la teinture d'iode ?

— Non. Ils ont des pansements. Ils prennent un bain de pieds chaud tous les matins. Ils ont de la chance. »

Ils avaient ri tous les trois. Depuis, les lettres signées de papa ou de maman contenaient des recommandations de bien soigner les engelures. Jean répondait par quelques mots tranquillisants. Comment avouer que ces battements du sang dans les doigts le distrayaient de sa résignation au malheur !

Elie recevait des lettres postées en Belgique, en Hollande, en Allemagne. Il repérait sur son atlas les escales de *L'Adèle*. Avant qu'il fût pensionnaire il avait certainement séjourné dans tel ou tel de ces ports fluviaux. Sa mémoire ne les identifiait guère. Il retrouvait parfois à l'improviste une odeur de bois ou de charbon, un goût de sucre ou de farine, un enveloppement plus ou moins humide de vent, ou ce visage, entre tant, des éphémères compagnons de jeux, à cause du soleil, ce jour-là, qui semblait chauffer à blanc une tignasse blonde, à cause d'un geste ou d'une parole vulgaires dont il reste incompréhensible qu'ils aient échappé à l'oubli. Pendant les grandes vacances, comme par un fait exprès, la péniche se contentait de rayonner autour de son port d'attache. Et cette année, il y aura eu un arrêt exceptionnellement long sans lequel Elie ne se serait peut-être pas heurté à Dewaële et au péteux. Mais quoi ! L'ignorance d'un fait ne l'empêche pas d'exister. Du moins laisse-t-elle l'imagination au repos. Pourtant qu'y a-t-il de changé ? Elie ignore encore le fait évoqué par le binoclard. Manman écrit comme d'habitude; ses hauts jambages la photographient, dirait-on, rieuse, le buste droit, sabots claquants sur le plat-bord, active, aidant le père à la manœuvre, une vraie marinière. Du père, qui se bornait à signer Nicolas Hurleau au bas de la lettre, elle donnait des nouvelles, toujours sur le même ton attentif à souligner que chaque phrase exprimait des pensées et des sentiments communs. Trois semaines avant Noël, on ne savait pas si l'on pourrait descendre sur Saint-Wandrille pour les fêtes comme on l'avait espéré. Le gel s'annonçait qui rendrait la navigation difficile sur certains canaux. Heureux si *L'Adèle* ne doit pas s'immobiliser. Elie ne serait pas abandonné. Nul doute que son parrain ne vienne le voir et ne lui offre une sortie. Oui, parrain ne manque jamais, quand ses occupations l'appellent, périodiquement, dans la région, de passer par Saint-Wandrille. A vrai dire, ce n'est pas très fréquent. Il arrive que quelques jours plus tôt il a rencontré Manman; il avait justement affaire là où *L'Adèle* s'arrêtait. Il s'arrange pour que ses tournées par ici coïncident avec les deux ou trois visites de Manman. Le jour de la rentrée, il était là. C'est lui qui a parlé d'un pantalon long pour Elie. Il a même tenu à règler la note du magasin. Comme Manman protestait : « Laissez, Adèle, Ça me fait plaisir. Ça me rappelle le vieux temps », répondit-il avec son accent sonore. Le vieux temps, c'est celui de la guerre; de Marmande. Il y a des années. Un soir où le père et elle remuaient des souvenirs, à table, Manman déclara : « Sans Amédée Cassagne, je me demande ce que nous serions devenus, le petit et moi. » Le père garda le silence et parut rêver, les yeux au loin. Elie en fut frappé. C'est l'une des rares fois, à sa connaissance, où Manman prononça le nom de parrain devant son mari. Lui, Elie, ne sait quel instinct lui a toujours recommandé de se comporter en présence de ses parents comme si Amédée Cassagne ne comptait pas. Il compte tout de même. Et pas seulement dans le passé. A chaque occasion, il gâte son filleul. Grâce à lui, le livret de dépenses, chez l'économe — quelle barbe de n'avoir pas le droit de conserver de l'argent sur soi, ça pourrait servir, des fois — est largement créditeur. Elie aime sa cordialité, ses éclats de voix mêlés d'éclats de rire. Rien que de rire, parrain s'entend avec Manman. Ne s'entendent-ils pas trop bien ? Pareille idée ne lui serait pas venue l'année dernière. Il aura fallu les insinuations du binoclard. Désormais il soupçonne le mal partout. Il n'aura pas pensé tout de suite à parrain. Ça date de sa visite peu après la rentrée, ou plutôt de la curiosité manifestée par Frédéric. Le rapprochement s'est fait d'un seul coup. Des attitudes, des paroles jusqu'ici sans lien entre elles et dont Elie ne savait même pas qu'il les avait enregistrées, formaient une chaîne d'images obsédantes. Elle l'emprisonnait lui, le père, Manman et parrain, de Marmande à Saint-Wandrille, en passant par la péniche. Il sentait croître en lui une hostilité irraisonnée envers Amédée Cassagne. Quelle mine aura-t-il s'il sort avec parrain à Noël ? Le questionner adroitement ? Les grandes personnes font semblant de ne pas comprendre. Peut-être ne comprennent-elles pas ce que les enfants attendent d'elles. Elie ne se considère plus comme un enfant. Le voici entre deux mondes incommunicables. Ni à l'abbé Douve, ni à Antoine, il ne saurait se confier. Il l'a tenté avec le père Lorraine. Que pouvait-il obtenir d'autre que des exhortations de curé ? Peut-être qu'apprendre à vivre, c'est prendre conscience de sa solitude. Il tâchera de glisser cette réflexion dans une dissertation française.

Mamy reporte au Jour de l'an la visite prévue pour Noël. En compensation, elle restera deux jours. Elle fera le pont, comme elle dit. Elle arrivera le samedi matin et ne repartira que le dimanche soir. Déception à cause de la patience supplémentaire exigée; déception atténuée par la perspective d'être ensemble si longtemps. Ça ne s'était encore jamais produit.

« J'ai peur que ma mère ne se prive, dit Antoine à Elie en lui faisant part de la bonne nouvelle.

— Au contraire ! répondit Elie. N'est-ce pas de toi qu'elle est le plus privée d'habitude ? »

Antoine baissa la tête.

« Sans doute, murmura-t-il. Mais je ne peux m'empêcher de penser que c'est plus pour moi que pour elle qu'elle vient me voir. Je suis égoïste, hein ? »

Elie lui tapa sur l'épaule.

« Tu as de la chance d'être comme tu es », fit-il.

Décidément Elie cachait quelque chose. En classe, en étude, en récréation, en promenade, brusquement il prenait un air sombre et absent. A la chapelle il était bien obligé de réciter les psaumes ou de chanter comme tout le monde. Mais on voyait bien qu'il ne priait plus pour son compte. Pendant la messe, en dehors des répons à voix haute, il ne suivait pas le sacrifice; il ne tournait même pas les feuillets de son missel. Il n'avait pas communié une seule fois depuis la rentrée. Quand il paraissait préoccupé, étranger à la conversation ou au jeu, Antoine lui demandait : « Qu'est-ce que tu as ? » Il sursautait : « Rien », répondait-il avec brusquerie. Aussitôt après, des rosseries ou une réflexion à double sens comme celle qu'il avait faite au sujet de Mamy lui échappaient. Il se montrait toujours aussi affectueux avec Antoine. Néanmoins, il lui dissimulait la raison de son changement d'humeur. Fallait-il s'en inquiéter auprès de l'abbé Douve ? Ça ferait partie des devoirs de l'amitié. Ou ne serait-ce pas la trahir, l'amitié ? Si Elie refuse de se confier à Antoine, ses soucis ne regardent pas les maîtres, fût-ce l'abbé Douve. C'est peut-être un secret. Il y a des choses qu'on ne se dit pas entre garçons, qu'on n'avoue pas même à son meilleur ami. Dans les livres, personne n'éprouve de gêne à étaler n'importe quel sentiment. Cette histoire lue au réfectoire juste avant les vacances et qu'on se dispute encore aux études libres : *Les Aventures de Tom Playfair*. Ça se passe dans un collège anglais. Oh ! ce n'est pas comme à Saint-Wandrille. Les élèves sont autrement libres. Là n'est pas la question. L'étonnant c'est la manière d'agir et de parler des gars. Un moment on s'était amusé, dans la bande, à emprunter leur personnalité. Chacun s'était attribué le rôle correspondant à son caractère. Eh bien, ça ne collait pas. Dans certaines circonstances, le geste qu'il aurait fallu faire, les mots qu'il aurait fallu dire à l'instar des types du bouquin, se figeaient. Peut-être ébauchait-on l'un, prononçait-on les autres au-dedans de soi — ça se passait ainsi pour lui, Toine — mais on ne pouvait pas les extérioriser. On se serait senti bête. Voilà pourquoi, probablement, Elie se taisait. Toine aussi se taisait sur une foule d'idées importunes. Il s'efforçait de rester en paix et les chassait. Elles l'assaillaient de nouveau comme des mouches à la moindre rêverie. Elles s'engluaient dans des souvenirs ou bourdonnaient de questions. Inutile de s'en ouvrir à Mamy. Avec elle non plus certains gestes, certaines paroles que les livres prêtent aux enfants et aux mères ne conviennent pas. Une seule fois Toine reçut de Mamy une lettre telle qu'on en lit dans les livres. Il avait osé demander, moitié pour mettre fin aux étonnements d'Elie, moitié pour contenter une espérance déçue d'année en année, s'il ne serait pas possible qu'il passât au moins une partie des vacances à Paris, chez Mamy. Elle n'habite plus rue du Four. Tanty, qu'il questionne plus facilement, lui a dit qu'elle logeait dans un grand appartement. Il y avait donc de la place pour l'héberger, lui, Toine. Aussi bien le refus ne fit-il pas état de cela, ni de dépenses supplémentaires. Il invoquait les dangers du monde, de la même manière que l'abbé Filâtre. Souvent Toine se sent rougir quand l'abbé Filâtre parle de ces dangers, spécialement à Paris « La Babylone moderne ». Il a honte, comme aux premiers temps de Saint-Wandrille, lorsqu'il confondait les pharisiens et les Parisiens et croyait ceux-ci responsables de la mort de Notre-Seigneur. Les discours de l'abbé Filâtre éveillent en lui des impressions sales. Naguère, il jugeait que « le janséniste » exagérait. Le jour où le métro — qu'est-ce que les autres qui ne sont jamais allés à Paris pouvaient comprendre ? — fut présenté comme un lieu de perdition, où rien qu'à toucher une barre d'appui on risquait de contracter d'affreuses maladies, Toine faillit éclater de rire. Des bourdes pareilles ébranlaient le crédit prédicateur. Et voilà que la lettre de Mamy confirmait le point de vue de l'économe. Malgré tout, Toine se fût fait une âme d'enfant prodigue. Mais le refus était sans appel : « Parce que tu es un petit garçon habituellement raisonnable, je ne te gronderai pas d'avoir manifesté cette exigence. Pourtant elle m'a fait beaucoup de peine. Tu aurais dû penser que si elle était réalisable, je n'aurais pas attendu que tu l'exprimes; je serais pour le moins aussi désireuse, aussi heureuse que toi de t'avoir, et non pas seulement quelques jours, auprès de moi. » Chaque fois que Toine relit cette lettre, sa gorge se noue. C'est drôle : ç'a beau être l'écriture de Mamy, on ne dirait pas que c'est Mamy qui l'a rédigée. A la visite qui suivit — c'était l'an dernier à Noël — Mamy fit allusion aux vacances manquées :

« Tu sais, mon chéri, ça m'a coûté de te refuser... »

Elle paraissait contrite. Elle n'usait pas du ton de sa lettre. Il y avait comme une timidité dans sa voix. Toine ému la rassura :

« C'était un caprice. Je m'en veux. »

Elle eut l'air rassérénée. Avec une fermeté soudaine, elle dit :

« Oui. Tu m'as fait beaucoup de peine... N'y pensons plus. »

On parla d'autre chose. Mais à cause de cette phrase-là et du changement de ton, Toine fut malheureux. Mamy ne s'en aperçut pas sans doute... Maintenant le temps allait passer vite. On commençait les compositions trimestrielles. Puis ce serait Noël. Somme toute, il valait mieux ne sortir qu'au Jour de l'an. Il y avait une douceur à célébrer Noël à Saint-Wandrille.

V

Le premier matin de l'examen trimestriel, la communauté s'éveilla sous la neige. En récréation on fut dispensé du jeu collectif. Il ne s'institua pas moins : une bataille rangée à coups de boules de neige. Bientôt la cour devint un bourbier où seuls Jules Vallard et ses Potames s'entêtaient à patauger.

L'abbé Omer était le surveillant de semaine. Sosthène prit l'habitude, l'après-midi, la vaisselle faite, de rejoindre son bienfaiteur. Il collait à lui, tirant la jambe sur le trottoir qui longeait le corps de bâtiment. On eût dit d'un chien de garde. A voir cette grosse tête ballante, aux oreilles violacées, personne n'approchait, pas même les moules qui d'ordinaire trouvaient un alibi à leur répugnance pour le mouvement en escortant le surveillant. Les moules, mains enfouies dans les manches ou logées sous les aisselles par l'échancrure de la veste, s'agglutinaient dans un coin, près des latrines que réchauffait une maigre illusion de soleil. Frédéric se lassait de les stimuler. Même Jules, à qui elles servaient de cible, ne les dispersait pas. Elles se dandinaient sur place, frappant des pieds, en épousant, de loin, la cadence de l'abbé Omer. Celui-ci, de temps à autre, se tournait vers son compagnon. Qu'est-ce qu'il pouvait bien lui dire ? Sosthène continuait de ballotter la tête en tous sens, comme s'il eût répondu oui et non à la fois. De paroles point. M. Urbain, le cuisinier, affirmait cependant que son aide n'était pas muet. Un *minus* en tout cas. Jamais on ne l'avait tant vu. Jules ne lui pardonnait pas certain affront. Avoir été chargé d'une commission par Mlle de Borre et être revenu bredouille, c'est un souvenir enrageant. De quoi avait-il eu l'air, Jules ? Ce crétin qui secouait la tête; prières, menaces, rien n'y fit. Il lui avait fermé le guichet au nez. Mlle de Borre, elle, avait su l'amadouer. Depuis, le jeudi, quand le pain n'était pas déjà sur la table de la bibliothèque, Sosthène l'apportait lui-même au début du cours. Il n'avait d'yeux que pour Mlle de Borre. Il resterait planté devant elle, à la contempler en bavant, si elle ne le congédiait — avec beaucoup de douceur. Jules parierait que le *minus* a pris goût au manège. Les dernières semaines, il oubliait trop souvent de déposer le pain avant le cours, pour ne pas le faire exprès. On lui en fichera des « monsieur Sosthène », à la manière de Mlle de Borre.

Cet après-midi, Jules, entouré de son état-major, guettait l'apparition de l'infirme dans la cour. Ils avaient à leurs pieds un arsenal. De nouvelles chutes de neige ménageaient des munitions sur le rebord des fenêtres, sur le toit du préau et le faîte du mur où l'on accédait en se faisant la courte échelle, voire dans le potager où l'on se glissait, trompant facilement la surveillance de l'abbé Omer. Aux boules blanches se mêlaient, réserve personnelle de Vallard, des blocs de gadoue compressée dont il n'y avait qu'à se baisser pour entretenir la provision. Dès que Sosthène surgissait des cuisines, Jules déclenchait l'attaque. Il feignait, au cas où l'abbé Omer se fût interposé, de l'amorcer en diverses directions. Le temps que l'infirme trouve refuge auprès de son protecteur, il essuyait des rafales convergentes. La première fois, on le vit faire face, décontenancé. La deuxième, il ébaucha, bras tendus, une menace grotesque. Ensuite, il n'essayait même pas de se garer. La tête affaissée, il se hâtait autant que le lui permettait sa jambe et, à côté de l'abbé Omer, sans mot dire, maculé, trempé, il s'ébrouait. Les témoins riaient. Ce jour-là, Jules s'enhardit à bombarder sa victime presque à bout portant. A la fin, il ramassa un paquet de gadoue durcie et le projeta en pleine figure. Sosthène poussa un grognement et chancela. Cette fois, la persécution n'avait pas échappé à l'abbé Omer.

« Vallard, venez ici », cria-t-il, la voix tremblante d'indignation.

Le chef des Potames obéit de mauvaise grâce. Il s'attardait à envoyer des coups de pied dans des mottes de boue.

« Vous n'avez pas honte de vous attaquer à un infirme ? » dit l'abbé Omer.

L'émotion lui retournait les yeux.

« Quoi, ce n'est pas méchant, fit Vallard. D'abord je n'ai pas visé exprès... »

Il n'acheva pas sa phrase. Un bras d'une force terrible lui avait saisi le cou et lui ployait le corps en avant. Sosthène, lui emprisonnant la tête contre sa poitrine, se mit à le frapper de sa main libre. Il cognait à poing fermé, sèchement, avec la saillie des articulations. On eût dit qu'il battait le briquet. Le grand Jules hurlait.

« Sosthène, mon enfant, lâche-le ! » cria l'abbé Omer.

L'infirme resta une seconde le poing en l'air. Il levait sur son bienfaiteur un regard non pas furieux, mais attristé.

« Allons ! » fit doucement l'abbé Omer en étendant la main.

Le poing retomba une dernière fois sur le crâne de Jules qui gémit derechef. L'étreinte se dénoua.

L'abbé Omer prit dans la poche de son capuchon l'un de ces vastes mouchoirs à carreaux bleus et blancs que les élèves connaissent bien. Il en isola un coin que ne souillaient pas des traces de tabac à priser et, avec des gestes maternels, essuya le visage de Sosthène, dégouttant de sang, de gadoue et de bave. On faisait cercle. Ceux qui n'avaient pas assisté à l'incident interrogeaient leurs voisins. Les clameurs de la récréation avaient cessé si bien que l'abbé Douve se montra.

« Que se passe-t-il ?

— Rien qu'un petit malheur, dit vivement l'abbé Omer. Va te laver, maintenant », ajouta-t-il à l'adresse de Sosthène.

Celui-ci s'éloigna sans un regard ni pour les spectateurs, ni pour le bourreau dont il s'était vengé.

« Allez jouer », dit l'abbé Omer en frappant dans ses mains.

On ne se dispersait pas. On considérait Vallard que des types de sa bande tentaient d'entraîner, mais qui résistait à leur invite, se contentant de se frotter la tête et de répéter rageur :

« Sale brute, sale brute. »

L'abbé Douve intervint :

« Si les jeux ne reprennent pas immédiatement, je sonne la fin de la récréation. Et ce ne sera pas pour une étude libre. »

Des parties s'organisèrent aussitôt. L'abbé Omer avait fait signe à Vallard et, à l'écart :

« Ayez la générosité d'admettre que vous méritiez une punition. Il n'y en aura pas d'autre. »

Il congédia le garçon qui gardait un air buté. L'abbé Douve désirait sans doute être mis au courant. Les deux prêtres déambulèrent de conserve.

« Je leur revaudrai ça », dit Jules au milieu d'un groupe de Potames.

Une même hargne l'animait contre le protecteur et le protégé.

VI

La neige emmaillotait La Maison-sous-l'église. M. de Borre ne mettait plus les pieds dehors. Les allées et venues de Léontine ne dépassaient guère les communs. A Paule seule s'offraient les perspectives d'arbres changés en cierges quand, au milieu de la matinée, quelque soleil allumait des lueurs entre les branches. Paule, chaussée de caoutchoucs à l'ancienne mode, aimait à s'enfoncer dans cette blancheur. Elle ne la foulait pas comme la rousseur d'automne. Elle marchait avec précaution, comme s'il lui fût possible de ne laisser aucune empreinte. Elle eût souhaité qu'un grand vent effaçât à mesure les traces de ses pas. Elle évitait de les regarder et il arrivait que le lendemain, voire le jour même, son vœu fût exaucé. Elle goûtait, à ces promenades dans le parc, une volupté circonspecte. N'en serait-il pas ainsi d'un viol à demi consenti ? Folle pensée ! Il lui semblait, oui, aller au-devant d'elle-même. Elle se retenait pour ne pas s'allonger sur cette mousse élastique et immaculée, là où elle était le plus épaisse, en pleine clairière. Elle se contentait, comme d'une aubaine, la provoquant au besoin, de la caresse brutale qui lui tombait d'un arbre. Elle en savourait l'odeur froide.

Le reste du temps, dans la maison ouatée, Paule se faisait l'effet d'une chrysalide au sein de son cocon. Les cours à Saint-Wandrille étaient interrompus pour deux semaines. Ils lui manqueraient. elle en tirait des satisfactions professorales. Elle-même était émerveillée des progrès de ses élèves. M. le chanoine Débly n'avait pas tari d'éloges devant les résultats des compositions de dessin et de dictée musicale. A Saint-Wandrille elle trouvait surtout un dérivatif à la monotonie des jours. Quoi ? S'ennuierait-elle maintenant à Orchiecourt ? Jusqu'ici elle ne s'ennuyait pas, ou l'ennui lui paraissait aussi naturel que l'air qu'elle respirait. Être le point de mire du village lui suffisait. S'en lasserait-elle et de la royauté qu'il lui plaît d'exercer sur les hommes sans que les femmes aient motif à cancaner ? Elle rit un peu nerveusement. C'est malsain de prendre ainsi conscience de ce qu'on est. A Saint-Wandrille, tout paraît plus simple. L'adoration muette du pauvre Sosthène, ses ruses d'innocent pour la manifester, l'empressement de Frédéric Ramette, la gentillesse des enfants, l'urbanité du chanoine Débly et la bonne grâce des maîtres rencontrés à l'occasion — sauf l'abbé Douve qui a tout juste daigné prendre connaissance des compositions et murmurer un compliment : d'ordinaire il s'arrange pour demeurer invisible — tout, enfin participe d'une vie détendue. Quel contraste avec La Maison-sous-l'église où M. de Borre sombrait dans la neurasthénie. Il espaçait les réunions du Conseil municipal, ne se montrait qu'aux repas et décourageait la conversation. Si accoutumée qu'elle fût aux sautes d'humeur de son père, Paule s'inquiétait de cette atonie persistante.

« Mais enfin, père, qu'avez-vous ? »

A la question renouvelée presque chaque jour, il répondait invariablement :

« Rien », avec un geste excédé.

L'autre jour, Paule avait voulu le relancer dans son cabinet de travail. Elle frappa et, comme d'habitude, tourna aussitôt la poignée de la porte. Celle-ci était fermée à clef. Paule frappa de nouveau. Pas de réponse. Une seconde, elle fut prise de panique. Elle se mit à cogner plus fort, en secouant la poignée.

« Père, c'est moi ! »

M. de Borre ouvrit enfin, avec une lenteur calculée. Avait-il dormi ? Ses yeux étaient bouffis. Il portait de travers la calotte de laine dont, l'hiver, il protège sa calvitie. Il prononça, d'une voix haut perchée mais étonnamment calme ces paroles pompeuses :

« Je croyais avoir assez signifié qu'on eût à respecter ma solitude. »

Et avant que sa fille abasourdie pût ajouter un mot, il referma avec la même lenteur.

Le soir, Paule ne fit aucun frais de conversation. Ce fut lui qui parla le premier.

« Excuse-moi pour l'accueil de tantôt, ma petite belle. Que voulais-tu me demander ? »

— Pas autre chose, une bonne fois, que les raisons de votre accablement. Vous finirez par vous rendre malade si vous ne l'êtes déjà. J'ai bien envie d'appeler le médecin. »

Il eut tout de même un léger rire.

« Le médecin confirmerait son diagnostic précédent : hypocondrie. Il recommanderait l'oubli des soucis.

— Ces soucis, ne pouvez-vous me les confier à moi ? »

Le grand nez trompetta en sourdine :

« Au contraire. C'est l'obsession de te les épargner qui les aggrave. »

Un rongement d'ongles, puis le même geste excédé qui pouvait aussi bien écarter symboliquement de

Paule les mystérieux soucis. Egal insuccès auprès de Léontine :

« A ton avis, ma bonne Tine, qu'est-ce qui tourmente père ? »

Elle avait un peu redressé le buste qui aussitôt reprit sa position d'équerre : ça tenait lieu, chez elle, de haussement d'épaules.

M. de Borre, au souper, apparut ragaillardi. Il s'était changé, suivant un rite auquel Paule ne manquait jamais mais que lui négligeait depuis plusieurs semaines. Il fallait que son moral fût très bas pour qu'il renonçât à ce cérémonial intime. Paule s'appliquait d'autant mieux à être en beauté pour passer à table. Elle ne doutait pas que son père s'effondrerait encore plus si elle ne gardait pas la tenue habituelle aux repas du soir. Malgré la mine renfrognée, le laisser-aller — au point de montrer, parfois, une barbe de deux jours — du vieillard, elle surprenait le coup d'œil qu'il lui jetait en entrant dans la salle à manger. De la découvrir fidèle à l'image qu'il espérait, tout en appréhendant que, par sa faute à lui, elle rompît elle aussi avec la tradition, il trahissait un éclair de satisfaction. C'était bon signe, ce soir, qu'il se remît dans le ton.

Il valait mieux ne pas l'en féliciter, feindre l'observance d'un ordre qui eût été sans rupture. M. de Borre frétilla sur sa chaise, sembla déçu, et au bout d'un moment, comme Léontine desservait après le potage :

« Tu ne me demandes rien ? », fit-il.

Paule joua l'étonnement :

« Que vous demanderais-je, père ? Des nouvelles de votre santé ? Ces temps derniers vous ne le supportiez guère.

— Ttt, fit M. de Borre. Ma santé n'est pas en cause.

— Disons votre humeur, alors. Elle paraît meilleure aujourd'hui. J'en suis heureuse.

— Et tu ne t'inquiètes pas de savoir pourquoi ?

— J'imagine que vos soucis se sont miraculeusement envolés. Mais puisque vous n'avez pas cru devoir m'en révéler la nature... »

Il se rembrunit.

« Ne fais pas la boudeuse. Non, mes soucis ne se sont pas miraculeusement envolés. Cependant, ajouta-t-il de cet air enjoué qui avait le don d'alerter Paule, je vais essayer de nouveau de leur tendre un piège. C'est drôle de parler de piège pour ce qu'on voudrait qui fiche le camp ! Bref ! je t'annonce que les Lillers viendront passer les fêtes ici.

— Vous seul pouvez établir un rapport entre cet événement et la fin de vos ennuis, répliqua Paule avec froideur. Les Lillers s'invitent eux-mêmes ?

— Non pas. Ils acceptent mon invitation. Je la leur devais depuis cet automne. Remarque qu'ils sont gentils de ne pas l'éluder. Je craignais que la date ne leur convienne pas. A dire vrai, ils ont tardé à répondre.

— La coutume est plus aux réunions de parenté ailleurs qu'à La Maison-sous-l'église ! Même quand nous n'y sommes pas conviés, elles sont plus engageantes !

— Tu te trompes, dit vivement M. de Borre. Les Lillers tiennent beaucoup à nous. Bertrand surtout (Paule note la dérobade du regard paternel). Je parierais que c'est Bertrand qui a décidé Henry et Gertrude...

— Ah ? Madame mère vient aussi cette fois ?...

— Oui... je te disais que c'est certainement Bertrand qui a persuadé ses parents. Tiens, j'aime mieux te l'avouer : en cas de refus, la date n'aurait été qu'un prétexte. Il risquait d'y avoir un autre empêchement.

— Du côté des parents ? C'est bien ce que je disais : notre cousinage n'est pas brillant, pas assez doré ! »

M. de Borre cédait à sa manie de cueillir des miettes du bout des doigts et de les porter à la bouche; il en profitait pour se ronger les ongles.

« Voyons, Paule. Tu oublies leurs bonnes intentions à ton égard. De ta part ils n'ont jamais essuyé que des rebuffades.

— Quand Henry et Bertrand sont venus vous chercher pour la chasse, ne leur ai-je pas fait bon visage, comme je vous l'avais promis ?

— Un visage de commande, justement. Ils n'en ont pas été dupes. L'empêchement auquel j'ai fait allusion pouvait partir de là... Je veux dire que ton attitude n'a pas été étrangère à... Enfin, nous étions en froid depuis cette fameuse partie de chasse. Je ne t'en ai pas parlé à mon retour. Aujourd'hui il faut que tu le saches : j'ai besoin des Lillers. Je t'en supplie, ma petite belle, sois gracieuse avec eux. Fais ça pour moi, pour mes... soucis. »

Il reniflait. Paule se crut reportée des mois en arrière. Comme alors elle éprouvait le sentiment irritant de représenter un enjeu pour ses cousins et son père dans une partie dont M. de Borre n'osait pas lui exposer les règles. Au souvenir du désarroi affiché par le vieil homme toutes ces semaines passées, la pitié, une fois encore, fut la plus forte. Paule sourit et dit, non sans malice :

« Soit. Mais je suis mauvaise comédienne. Aurez-vous le temps de me faire répéter mon rôle ?

— Tu ne le joueras bien qu'impromptu », répondit en soupirant M. de Borre.

LIVRE SIXIÈME

I

NOËL, à Saint-Wandrille, c'était d'abord le réveil extraordinaire en pleine nuit. On avait beau s'y attendre, s'être couché — une heure plus tôt que de coutume — dans un état de surexcitation qui rendait difficile l'observance du grand silence, avoir l'impression d'y rêver les yeux ouverts, il surprenait toujours. Le claquement de mains de l'abbé Douve retentissait contre les murailles d'un monde retranché; elles s'écroulaient, les murailles, et le peuple des dortoirs se dressait hagard comme purent l'être les habitants de Jéricho après le dernier passage des trompettes ou comme pourront l'être les ressuscités dans la vallée de Josaphat : « Noël. C'est Noël. » Il fallait bien dix minutes à Toine pour que ces mots, restés en veilleuse dans un coin de conscience, l'illuminent totalement. Le pire, cette année, c'est cette espèce de contraction de la gorge, comme si toute la vie du corps se réfugiait là et refusait d'en sortir. « La mue », dit Elie qui s'en plaint lui aussi. L'autre jour il ajouta : « C'est pour ça qu'il n'a jamais fait si bon dormir, tu comprends ? Le sommeil, c'est notre cocon. » Vrai, en ce moment moins que jamais il a l'air enchanté de devenir papillon, Elie ! Mais quoi, les Potames eux-mêmes ne sont pas fiers. N'est-ce pas Crespel, là-bas, que l'abbé Douve secoue en riant : il s'était recouché ! Et Jean que ressent-il ? Il a avoué n'être jamais allé à la messe de minuit. Lui non plus, Toine, n'y était jamais allé avant Saint-Wandrille. Pas même à une messe du dimanche. Il ne se rappelle que le mariage... Non, il ne veut pas se le rappeler. Il n'y avait rien compris... Pourvu que Jean n'oublie pas le conseil de recouvrir soigneusement son lit pour y conserver la chaleur...

On passait par la cour comme au matin. Nuit basse à laisser tomber l'étoile du berger. Mais toutes les étoiles avaient dû chavirer de l'autre côté du ciel, fuyant le froid. Un froid cassant dont nulle bise ne permettait de saisir le fil; on eût dit que les vents eux-mêmes étaient gelés.

Plaisir de la boisson chaude au réfectoire. Prise avant minuit, elle n'empêcherait pas de communier. C'était égal : la permission exceptionnelle acquérait une saveur de chose défendue; quelque trouble, d'autant plus délicieux qu'il resterait à la surface d'une conscience au fond en repos, naîtrait à recevoir l'Hostie dans une bouche encore humectée au goût du lait.

Joie, enfin, de pénétrer dans la chapelle, émotion tiède comme l'air dont on s'y sent enveloppé d'un seul coup : Sosthène charge le poêle, il a dû l'entretenir toute la soirée, pauvre gars; allégresse tendre, comme celle que s'efforce d'exprimer la crèche à laquelle l'abbé Filâtre met la dernière main, aidé par frère Jacques qui, lui, accentue les saillies de la grotte en papier d'emballage.

Plus nombreux que le dimanche, des gens des environs garnissent la tribune. Un beau miracle de Noël serait que tous ces gens se révèlent être les parents des élèves, oui de ceux-là mêmes, de ceux-là surtout qui n'ont pas de visite. Mamy serait du nombre avec

Tanty. Deux, n'est-ce pas trop demander ? Elie aurait bien son père et sa mère lui, et Jean aussi. Pourtant, s'il fallait choisir... Mamy, alors. Parce que... C'est Mamy. Dieu sait où Tanty joue la comédie, en ce moment. Pour qu'elle soit ici, il faudrait un miracle trop extraordinaire. Toine n'y croit pas assez pour qu'il se réalise. Tandis que Mamy... Si souvent, quand il était plus petit, il se persuadait qu'il n'avait qu'à fermer les yeux et, les ouvrant, il verrait Mamy qui lui tendrait les bras ! Ça le prenait en promenade, pendant la traversée de la ville. Son regard choisissait une silhouette isolée encore lointaine et paraissant venir au-devant de la troupe : « C'est elle. Les autres ne s'en doutent pas. Le surveillant non plus. Dans un instant ils vont se demander ce qui se passe : lui, Toine, quittera les rangs et courra vers Mamy avant qu'elle ait pu le reconnaître au milieu de tous. » Il faisait semblant de rien, continuait de bavarder avec son voisin, mais, le cœur battant, mesurait la distance qui diminuait à chaque pas entre la silhouette et lui. Il attendait que l'inconnue parvînt à la limite où un visage, quoique perceptible, reste flou, porteur de traits comme interchangeables, apprêté à toutes les ressemblances possibles. L'identité irrécusable se dégagerait après trois pas. C'est alors que Toine fermait les yeux. Il retenait sa respiration. Un, deux, trois. Angoisse plus délicieuse que devant le rideau du théâtre, jadis. Lui-même donnait le signal à la merveille. Il allait voir. Il voyait : une dame passait, indifférente. Ce n'était pas Mamy. Ah ! non. Mamy était plus belle. Si — une supposition — cette dame-là, telle qu'elle est, avait été Mamy, ce n'aurait pas été un vrai miracle !... Le plus fort, c'est qu'il finit par se produire, le vrai miracle. Enfin, presque. Toine a remarqué que les choses qu'on désire ardemment arrivent bel et bien, tôt ou tard. La foi déplace les montagnes. Mais pas forcément dans le sens imaginé. Il y a toujours une petite différence entre le rêve et la réalité qui l'accomplit. Cette petite différence c'est la liberté du bon Dieu, le principal c'est d'être exaucé. Toine n'a pas rencontré Mamy lors d'une promenade en ville. N'empêche que sa première visite fut presque aussi miraculeuse. Ça faisait des mois et des mois qu'il était à Saint-Wandrille. Dans ses lettres Mamy laissait espérer sa venue, sans jamais préciser la date. C'est même pour ça qu'il se mit à compter sur un miracle. Eh bien, un dimanche matin, pendant l'étude libre, voilà frère Jacques qui se présente. Ce n'était pas jour de parloir. Il ne pouvait s'agir que d'une permission exceptionnelle. Toutes les têtes se lèvent, intriguées. Frère Jacques prend son temps, ne feint même pas de chercher quelqu'un et affiche son air de se ficher du monde. Toine sentit son cœur battre comme, dans la rue, à l'approche d'une dame qui serait Mamy. Assis à son banc, il ferma les yeux et compta jusqu'à trois comme s'il marchait en ville. Quand il les rouvrit, frère Jacques, goguenard, pointait l'index vers lui. Depuis, Mamy annonce ses visites. Toine s'amuse encore, de temps en temps, à supputer le miracle. Comme maintenant.

Le claquoir du cérémoniaire commandait de faire face à l'autel. C'est comme de fermer les yeux et de compter jusqu'à trois. L'officiant, M. le supérieur, entonna l'hymne *Christe redemptor omnium* et, l'Enfant Jésus de cire dans les bras, se dirigea processionnellement vers la crèche. Au nouveau signal du claquoir, la communauté virait d'un quart de tour. En profiter, jeter un coup d'œil du côté de la tribune... Si Elie se doutait de pareilles imaginations, quel charriage !...

Désormais Elie détestait les fêtes. Voilà ce que lui révélait cette nuit de Noël. Et entre toutes, il détestait Noël. C'était sa préférée jusqu'ici. A Marmande, les souliers placés devant la cheminée, le soir, l'émerveillement, le matin, de les trouver emplis de cela qu'on désirait le plus ! L'année de l'armistice, il y avait eu le train mécanique; il était pourtant certain d'avoir gardé secrète son envie, se contentant, quand personne ne pouvait le surprendre, de s'écraser le nez contre la vitrine du marchand de jouets. Manman souriait. Bientôt parrain arrivait, encombré de paquets qu'il prétendait avoir découverts, lui aussi, dans sa cheminée. Il y en avait pour Manman qui rougissait et grondait doucement : « Voyons, Amédée, il ne fallait pas... » Et il y en avait pour Elie : d'autres choses qu'il désirait en plus de celles déposées dans ses souliers. Parrain s'exclamait bruyamment :

« Hé, bé ! pitchoun, n'a-t-il rien oublié le Père Noël ?... Oh ! pardon ! faisait-il à l'adresse de Manman. C'est le Petit Jésus que je veux dire. »

Plus tard, Manman devait expliquer à Elie que les bonnes sœurs de l'orphelinat lui avaient inculqué l'horreur du « Père Noël » comme d'une profanation. Plus tard... ça fait combien de Noëls en famille ? deux ou trois, et combien : sept, non huit, un de plus qu'Antoine, à Saint-Wandrille. Ni à bord de *L'Adèle,* ni au dortoir — oh ! là ! là ! — il n'y a place pour les souliers devant la cheminée. Il n'y en a pas de cheminée, de vraie, comme à Marmande, où l'on aurait plaisir à ramasser les cadeaux du commissionnaire céleste, même quand on a cessé d'y croire. N'empêche qu'Elie se rappelle ces deux ou trois Noëls — ils se ressemblent tellement qu'ils ne font qu'un — passés sur la péniche, tout de suite après la guerre, avec Manman et avec un papa retrouvé. Aussi taciturne qu'Amédée Cassagne était sonore, le papa Hurleau. Elie crut comprendre, par la suite, qu'en ce temps-là on n'était pas riche; il avait fallu acheter l'automoteur et les indemnités touchées pour la réquisition et la perte de la vieille péniche à chevaux, transformée en ambulance, n'avaient pas dû suffire. A la veillée, Manman chantait des cantiques appris à l'orphelinat. C'est d'elle qu'Elie tenait sa belle voix, avant cette sale mue qui l'oblige, maintenant, à imiter le faux bourdon de l'harmonium. Papa s'était arrangé pour jeter l'ancre près d'une agglomération. On allait à la messe de minuit. C'est l'avantage d'être artisan. Les bateliers qui naviguent au service d'une compagnie ne sont maîtres ni de leur temps ni de leurs escales. En rentrant à bord — Elie ne sut jamais comment papa Hurleau réussissait à ménager la surprise — chacun découvrait un cadeau sur sa couchette.

Il s'écoulait quelques jours et soit qu'on demeurât là, soit qu'on gagnât un autre port, manman finissait, environ le premier de l'an, par l'emmener promener en ville, lui Elie. Ils rencontraient parrain dans un café :

« Hé, bé ! pitchoun... »

Il ouvrait des paquets. Du même ton qu'à Marmande, Manman murmurait :

« Oh ! Amédée ! Il ne fallait pas... »

Cadeaux plus somptueux que ceux de papa, mais qui ne faisaient pas plus plaisir à Elie — peut-être parce qu'il avait observé, dès la première fois, que son père en considérait d'un œil froid l'étalage, à croire qu'il souffrait de n'avoir pu les offrir lui-même. Elie n'a pas souvenir qu'Amédée Cassagne montât jamais à bord de *L'Adèle*. Cela a bien dû arriver puisque son père le connaît. Il serait temps de tirer ces mystères au clair. S'il y a eu des brouilles, des histoires que les grandes personnes cachent aux enfants et dont ceux-ci profitent innocemment, Elie est en âge de les comprendre. En attendant, bran pour Noël. « Un Enfant nous est né », dit l'Introït de la messe du jour. L'enfant Elie, lui, est bien mort. Faut-il en prendre son parti, faire semblant comme ces gens de la tribune, comme les maîtres, tiens, même le janséniste, de rire aux anges ? Ce sont les élèves, les anges. Cette messe solennelle, interminable — et il y en a une basse à la suite en guise d'action de grâces — leur fait venir l'âme au visage. Même les Potames, même Jules Vallard, sont transparents cette nuit. Chers condisciples, heureux garçons ! Elie fut l'un de vous les années passées. Il jouissait d'une telle paix qu'il lui paraissait improbable que, sur la terre, tous les hommes ne fussent pas de bonne volonté. Il ignorait le trouble dont un démon à lunettes allait être l'annonciateur, et qui le transformerait, lui, Elie, en homme de mauvaise volonté. Non. Il ne veut plus des candeurs de Noël.

Cependant il quitta sa place comme tout le monde au moment de la communion. Antoine et Jean lui sourirent.

Jean ne regrettait pas les nuits de Noël à Paris. Il ne s'y passait rien, ou plutôt tout se passait en dehors de lui; il se sentait abandonné comme jamais. Petit, il n'en souffrait pas trop. Il dormait avant que papa et maman sortent. Il ne s'apercevait qu'ils avaient réveillonné dehors que le matin, quand ils venaient à pas de loup déposer un arbre de Noël au pied de son lit. Maman était en robe longue, papa en smoking. Ils gardaient sur eux de drôles d'odeurs et des confetti dans les cheveux. A mesure qu'il grandissait, il redoutait la nuit de Noël , comme celle du Jour de l'an. Ce n'était pas tellement de rester seul. On l'y avait habitué très tôt. Une fois refermée la porte de sa chambre, c'était comme si personne d'autre que lui n'occupait l'appartement. Il savait que papa se levait souvent la nuit, appelé en consultation; et maman, autrefois, se levait aussi et l'attendait à l'office situé loin des chambres. Pour Noël et le Jour de l'an, il lui semblait qu'on se débarrassait de lui. La bonne accélérait le service et disparaissait à l'heure où, d'ordinaire, on commençait tout juste à dîner. Papa et maman s'énervaient chacun de son côté, eût-on dit. Et tous deux le pressaient d'aller se coucher. Ils pensaient bien qu'il ne dormait pas encore quand ils étaient prêts à partir. Ils entraient dans sa chambre, tout doucement, l'un derrière l'autre. Il se dressait sur son lit. Alors ils venaient l'embrasser. Non sans hâte. Il avait la sensation qu'ils le précipitaient dans la solitude comme on noie à regret un chien, en faisant vite. Et lui continuait longtemps après à se débattre contre l'asphyxie des larmes noires. L'année dernière, il décida, quand ses parents pousseraient la porte, de ne pas bouger, et de feindre le sommeil. Ils seraient bien attrapés. Il n'avait pas réfléchi qu'alors ils éviteraient de le réveiller. Les yeux mi-clos, il vit maman passer la tête, constater son immobilité, se tourner un doigt sur les lèvres et, sans aller plus loin, refermer la porte. Pris de panique, il ne put retenir un double cri : « Maman ! Papa ! » Ils accoururent. Il sanglotait. Pendant cinq minutes, il fut submergé de tendresse. Que les fourrures de maman sentaient bon ! Que la voix grave de papa savait être douce ! Il n'en fallut pas moins se séparer. Il s'accrochait à leur cou. Ils se dégagèrent avec quelque brusquerie :

« Sois raisonnable, mon chéri », dit maman qui a tout dit quand elle a dit ça.

« Cette situation ne peut s'éterniser », fit papa avec humeur.

Maman lui lança un regard tel qu'il contracta ses maxillaires, signe de contrariété chez lui. Ils partirent ensemble, mais comme étrangers l'un à l'autre. Et durant des heures, encore, le petit chien lutta pour ne pas se laisser noyer. Depuis trois ou quatre ans, le matin différait de ceux d'autrefois en ce que papa et maman ne venaient pas réveiller Jean. Celui-ci, épuisé, dormait tard. Levé, il rejoignait ses parents au salon où, maintenant, l'arbre de Noël était dressé. Quand le retour avait-il eu lieu ? Les vêtements d'intérieur, le visage, l'un rasé, l'autre fardé, ne le disaient pas. La journée consolait de la nuit. Papa et maman paraissaient presque s'aimer autant qu'ils aimaient Jean et que lui aimait l'un et l'autre. Une journée à peu près semblable est promise avec la visite annoncée pour aujourd'hui — puisqu'on est *aujourd'hui*. En attendant Jean s'enchantait de ces choses nouvelles pour lui : la liturgie nocturne, le réveillon — chocolat et pain au lait — l'effervescence des élèves, l'indulgence des maîtres empreintes toutes deux d'une espèce de nostalgie familiale, douce-amère et, remonté au dortoir, l'animale volupté, jusqu'à provoquer irrésistiblement les larmes, du corps qui se reloge au lit comme une amande en sa coque tiède.

II

Jamais comme cette année, Frédéric n'aurait béni les loisirs que lui laissait le relâchement de la discipline à Saint-Wandrille, de Noël au Jour de l'an. Tous les maîtres, à l'exception de l'abbé Douve, de l'abbé Filâtre et naturellement de M. le supérieur, qui tenait à voir les parents des élèves, prenaient une semaine de congé. La surveillance se limitant aux principaux mouvements d'ensemble, l'abbé Douve y suffisait. Frédéric envisageait de rester à Orchiecourt huit jours pleins, contrairement à l'habitude qui voulait qu'il revînt à Saint-Wandrille un jour sur deux. Le matin de Noël il partit plus tard que prévu. Il renonçait à l'horaire du dimanche. On accordait aux enfants un supplément de sommeil pour compenser la veillée. Ils n'en profitaient pas tous; des Potames s'ébrouaient prématurément et Frédéric dut maintenir l'ordre sans que lui-même fût prêt. Il ne récita pas *Primes*. Il déjeuna avec la communauté, mais ne la suivit pas à la chapelle pour la messe du jour, comptant y assister à Orchiecourt. Il allait chercher sa bicyclette quand frère Jacques le prévint que M. le supérieur l'attendait au parloir.

« Au parloir ?

— Oui, caporal. C'est une mise en demeure, fit le portier en pouffant.

— Qu'est-ce que ça veut dire, monsieur Maffre ?

— Les parents du petit duc, de votre chouchou qui ont demandé à vous voir, probable. Ils veulent peut-être vous donner des indications pour la prochaine coupe de cheveux. Ils doivent savoir que je ne suis pas responsable de la précédente ! »

Frédéric se sentit rougir. Il planta son regard droit dans les yeux du bonhomme. Celui-ci ne cilla pas. Rien qu'une multiplication de rides canailles vers les tempes. Frédéric passa outre.

C'étaient en effet le docteur et Mme Demeure. Ils désiraient remercier le répétiteur de grec de leur fils dont l'examen trimestriel avait été très brillant. Lui, distinction un peu froide, avec sur le visage un curieux contraste de traits accusés et d'une peau comme patinée d'onguents; le type d'homme que Frédéric souhaiterait d'être en face de Paule de Borre. Elle, beauté pathétique, on ne savait pourquoi, peut-être à cause de ce frémissement des ailes du nez et de ces battements de cils, les mêmes que Jean.

M. le supérieur jetait des fleurs par brassées en présentant.

«... notre cher ancien élève qui, de sa vie d'étudiant fait déjà une expérience d'éducateur là même où naguère il bénéficiait d'un dévouement auquel il rend hommage en s'y associant. »

De vraies périodes aux coupes bossuetiennes. Ça n'en finissait pas. Il se retira, appelé par d'autres visiteurs. C'était signifier à Frédéric qu'il eût à tenir compagnie à M. et Mme Demeure jusqu'à ce que Jean les rejoignît après la messe.

« Monsieur, dit le docteur, je m'en remettais à

l'économe pour le règlement de vos leçons particulières. Elles ne figurent pas sur le relevé trimestriel. M. le supérieur a écarté ma question d'un geste. Vous me permettez donc... »

Il ouvrait son portefeuille. Frédéric, le feu aux joues, l'interrompit :

« Je vous remercie, docteur. Ce n'est pas l'usage à Saint-Wandrille. Mon mérite professoral n'est pas grand avec un élève comme Jean. »

Le docteur Demeure eut l'air étonné, mais n'insista pas. Il ne saurait jamais combien sa proposition, tout honnête qu'elle fût, avait choqué Frédéric, en lui rappelant les apparences mercenaires de sa condition, apparences qu'il oubliait d'ordinaire d'autant plus facilement qu'il n'eût tenu qu'à lui de s'en libérer. Il lui sembla soudain, d'une manière absurde, que sa servitude volontaire était affectée par l'offre du médecin; circonstance aggravante : elle avait eu lieu en présence de Mme Demeure dont il affrontait le regard palpitant comme s'il se fût agi de celui, immobile, de Paule de Borre.

On parla des études du petit. Puis Mme Demeure intervint :

« Je voudrais vous demander, monsieur... Veuillez me répondre franchement. Ce n'est pas que je doute de M. le supérieur. Mais son rôle, n'est-ce pas, est de rassurer les parents. Et puis je me plais à imaginer que notre petit Jean se confie plus facilement à vous qu'à quelque autre de ces messieurs; il n'était guère familiarisé avec les prêtres avant de venir ici. Songez qu'il n'a pas encore fait sa communion solennelle. (Ce disant elle lança de biais un coup d'œil à son mari qui ne broncha pas.) Moi-même je ne sais pas toujours comment leur parler. Ils m'impressionnent. Bref, je voudrais vous demander ceci : Jean ne souffre-t-il pas de l'internat ? »

Frédéric éprouva de l'embarras pour répondre. D'être interrogé avec l'espèce de complicité que madame Demeure mettait dans sa voix le gonflait un peu. Il aurait incliné à pontifier sur le cas de l'enfant. En même temps une part de lui-même percevait avec acuité combien il aurait été balourd dans ce rôle. Par-dessus tout le gênait le souvenir, qu'avivait la rencontre de frère Jacques, un instant plus tôt, du drame obscur dont l'abbé Douve l'avait fait juge peu après la rentrée et qu'il avait renoncé à élucider. Il chercha une dérobade :

« Jean s'est-il plaint, madame ?

— Certes non, sans quoi la question ne se poserait pas. Son père et moi aurions trouvé déjà une autre solution pour... pour sa santé. N'est-ce pas, Raoul ? » fit-elle assez agressivement. Elle ajouta sur un ton alarmé : « Estimez-vous qu'il aurait eu sujet de se plaindre ?

— Apparemment, je ne le crois pas, madame, dit Frédéric. Mais quand soi-même on est passé par là — il s'en voulut de ne pas résister au désir de se rendre intéressant. — on imagine sans mal qu'une nature sensible comme celle de Jean subisse certains heurts inévitables. De ceux dont on prétend qu'ils trempent le caractère, ajouta-t-il tourné vers le docteur.

— Si ce n'est que ça, répondit ce dernier, il n'y a pas lieu de se tracasser.

— M. le supérieur ne nous avait pas parlé de ces heurts auxquels vous faites allusion, dit Mme Demeure. Ils sont inévitables, en effet. Externe, Jean n'en était pas à l'abri. Bien sûr, il pouvait toujours se faire dorloter à la maison. Hélas ! l'intérêt des enfants n'exige-t-il pas que les parents lui sacrifient le bonheur de les choyer ?

— Sans doute », fit poliment Frédéric.

Ce père, cette mère même, ne demandaient donc qu'à être rassurés une fois de plus. Ils interprétaient de la manière la plus bénigne les allusions de Frédéric. Tant mieux. S'ils se fussent inquiétés de ce qu'il entendait exactement par « heurts inévitables », comment se fût-il tiré d'affaire ? Il entra dans leurs vues :

« Jean a d'excellents amis.

— Nous savons, dit Mme Demeure. L'un se nomme Antoine et l'autre Elie. Il a l'intention de nous les présenter. »

Bruit de pas dans le corridor : la communauté quittait la chapelle. Presque aussitôt on frappa à la porte du parloir qui s'ouvrit précipitamment. Jean s'élança vers ses parents. Frédéric perdit encore cinq minutes entre les effusions dont on lui donnait le spectacle et les compliments dont on l'accabla de nouveau.

Libéré, il pédala à toute allure en direction d'Orchiecourt. Quand il y arriva, la sortie de l'église était sonnée depuis trop longtemps pour qu'il eût la chance seulement d'entrevoir Paule. En traversant la place de la mairie, il doubla les gars du village, ceux dont il comprenait qu'ils cèdent, comme lui-même, à une sorte de torpeur sous l'influence de Mlle de Borre, mais qu'il ne se résolut jamais à considérer sérieusement comme ses rivaux; qu'il se flattait, en tout cas, d'avoir supplantés. Ils s'apprêtaient à entrer dans l'estaminet. Il lui sembla qu'ils le dévisageaient ironiquement. Il gagna la maison mécontent de soi-même et de tout le monde. Il établissait un lien entre sa déception à Orchiecourt et sa conversation à Saint-Wandrille avec les Demeure. Non pas seulement à cause du retard. De façon bizarre, les égards que lui avaient témoignés les parents de Jean lui faisaient mesurer tout ce qui le séparait de Mlle de Borre. Pour inaccessible que celle-ci lui ait toujours paru, elle appartenait à son univers familier. Le même air baignait La Maison-sous-l'église et toutes les maisons d'Orchiecourt, celle du bourrelier Fernand Ramette comprise; pareillement l'ancien élève de l'Institution Saint-Wandrille se persuadait de posséder quelques manières et un langage en commun avec l'ancienne élève des Dames du Saint-Sauveur. Illusions ! Le docteur et madame Demeure lui avaient révélé l'existence d'un style étranger. Ce style aisé, il découvrait qu'il était naturel à Mlle de Borre; jusqu'alors l'accoutumance l'avait empêché d'y prendre garde. Lui, Frédéric, se voyait tel qu'il était : un rustre, à peine mieux dégrossi que les autres villageois à qui ses études n'imposaient guère.

« Je ne t'attendais plus, dit maman Ramette... Oh ! tu es encore en avance pour le déjeuner. D'siré est en permission depuis hier. Si tu veux le voir tout de suite, va à l'estaminet; tu ramèneras ton père du même coup.

— Nous avons le temps», dit Frédéric maussade.

III

« QU'ESPÈRES-TU, mon pauvre enfant ? dit maman Ramette.

— Qui te parle d'espérer quoi que ce soit ! répondit Frédéric en haussant les épaules.

— Alors, je ne comprends pas.

— En effet, maman, tu ne comprends rien à ces choses-là. »

Elle se rebiffa :

« Qu'en sais-tu ? Crois-tu que je n'avais pas observé depuis longtemps de quels yeux tu regardais Mlle de Borre ? Je me suis réjouie, mais aussi j'ai tremblé quand elle a paru faire un peu attention à toi. C'est depuis qu'elle donne des leçons à Saint-Wandrille, bien sûr. Avant tu n'existais ni plus ni moins que n'importe qui pour elle. Pendant les fêtes La Maison-sous-l'église héberge des invités. Les châtelains de Lillers, pense donc ! Mlle de Borre n'a aucune raison de se soucier du surveillant de Saint-Wandrille, du fils du bourrelier. Savoir si elle ne fréquente pas le biau M. Bertrand ?

— Tais-toi, maman ! » cria Frédéric.

Mais elle était lancée. Emue de sentir que son garçon souffrait, elle en tirait avantage pour tenter d'extirper la cause de souffrance. Elle adoucit autant qu'elle put sa voix rauque :

« Oui, tu as mal. Je comprends cela comme le reste, va. Avoue que tu te faisais des idées au sujet de Mlle de Borre. Avoue aussi que ce que je viens de dire, tu le retournes dans ta tête depuis une semaine, sans vouloir l'admettre encore. Tellement que tu n'as pu résister au besoin d'en causer à ta mère, si bête que tu la juges. Au fond, tu espérais que ce qu'elle ne comprendrait pas, elle le devinerait, comme toutes les mères. Tu ne t'es pas trompé, tu vois, mon Frédé. Et tu as eu raison de profiter de l'absence de ton père et de D'siré. »

Tout cela était vrai. L'attitude de Paule le déconcertait. Ces temps derniers, elle semblait l'encourager de plus en plus à sortir de sa réserve. Une sorte de pressentiment heureux l'avertissait même que bientôt elle l'inviterait à venir à La Maison-sous-l'église. Ce qui lui avait donné à penser cela, c'était une allusion malicieuse qu'elle avait faite à certaine rencontre devant la brèche de la clôture. Il n'avait pas répliqué trop sottement. Elle avait souri. Il avait été content de lui. Quelque chose lui disait que les fêtes leur fourniraient l'occasion d'une nouvelle intimité.

« Désiré a plus de sens pratique que moi et il a bien raison, dit Frédéric. Quant au père, il vaut mieux ne pas l'ennuyer avec ça. »

A quoi bon révéler à la mère que Fernand Ramette l'avait devancée et qu'il n'y avait qu'un risque : qu'il prît la chose plus à cœur qu'elle ! Elle répondait non sans finesse :

« Oh ! ça ne l'ennuierait pas. Ça l'émoustillerait, au contraire, et ce serait pire. Il a bien assez d'occasions de faire le sot.

— Comme tu parles toujours de lui avec amertume, maman ! Je sais que tu n'auras pas été heureuse en ménage, mais...

— Heureuse ! fit-elle bougonne. On n'en demande pas tant sur c'te terre. Il ne s'agit pas de bonheur, mais de tranquillité, de propreté. »

A ce mot, machinalement, elle frotta la toile cirée et moucha les jumelles.

« De propreté ? reprit Frédéric.

— Oui, de propreté, répéta-t-elle d'une voix qui s'enroua plus que d'ordinaire, comme chaque fois qu'elle était sous le coup de l'émotion ou de la colère. Ça veut tout dire. La propreté dont je parle, ton père n'en a cure. Tu me comprends.

— Je ne pensais pas que tu aies tellement de peine des... amusements de papa.

— Ces amusements, comme tu dis, sont des péchés dégoûtants. Il m'en ramène l'odeur jusqu'ici. Voilà ce que je lui reproche. Le reste m'est égal. Je me réjouirais plutôt, péché mis à part, qu'en allant jouer du groin tout son soûl ailleurs, il me fiche la paix.

— Oh ! maman, dit Frédéric scandalisé, t'es-tu mariée sans amour ?

— Les hommes et les femmes ne parlent pas la même langue, faut croire. Amour ça signifie des choses très différentes quand les uns et les autres en prononcent le nom.

— J'étais persuadé du contraire, dit Frédéric en souriant. C'est un mot que tout le monde comprend, même s'il est en chinois.

—Tu as appris ça dans les livres... Ce que je sais, d'expérience, c'est que Fernand Ramette et moi faisions de fameux coq-à-l'âne quand nous nous fréquentions. A dire vrai, je le craignais un peu. J'ai tardé à lui donner ma parole.

— Et il ne s'est pas lassé, lui, si inconstant ? Preuve qu'il t'aimait.

— A sa façon, sans doute. Pas à la mienne. Je m'en suis vite aperçue.

— Enfin, maman, ne voulais-tu pas avoir des enfants ?

— Justement, murmura-t-elle en tapotant son chignon revêche, et son geste dépourvu de coquetterie trahissait une pitoyable pudeur, je ne voulais rien d'autre ! »

Frédéric se tut. Elle restait les yeux perdus au loin. Si elle était franche, elle avouerait qu'elle voulait des enfants avant de savoir exactement le prix qu'il fallait les payer. Est-il possible que des créatures comme Fernand se vantent d'en connaître des quantités, se soumettant aux caprices des hommes par plaisir, sans rechercher la récompense d'une maternité qu'elles accueillent au contraire comme un châtiment ? Elle, Françoise, n'avait dû qu'au désir d'être mère la force de supporter la sale initiation — sale autant que les habitudes des animaux dont elle n'imaginait pas, jadis, que les humains les imitaient; sinon elle se fût faite religieuse comme M. le curé l'y encourageait quand elle était encore le modèle — c'est lui-même qui le disait — des Enfants de Marie. Mais voilà, elle avait toujours rêvé de bercer un bébé à elle. Elle se marierait donc. Fernand Ramette semblait épris durablement et savait être gentil, alors... Oui, il avait fallu son désir d'être mère. Le premier né mérita vraiment d'être nommé Désiré. Ensuite, ce fut la morne obéissance à ce que son confesseur, consulté, lui dit être le devoir conjugal. Jusqu'à la naissance de Frédéric, Fernand l'importuna de moins en moins. Après il la négligea complètement. Elle en fut soulagée. Mais aussi elle s'en étonna, mortifiée. Elle sut assez vite ce qui lui valait ce repos. Elle n'essaya pas de lutter, de retenir le mari volage. Par quels moyens ? Certes pas ceux dont usaient les créatures. Elle plaçait son amour-propre ailleurs. Elle avait sa conscience pour elle. L'inconduite de Fernand ne lui était pas une privation. Elle n'y trouva motif qu'à le mépriser et à le lui faire sentir. La guerre survint. Elle trembla comme toutes les femmes pour la vie de son mari. De loin il apparaissait surtout comme le père de ses enfants. Pendant les permissions, Dieu merci pas trop fréquentes, elle savait surmonter ses répugnances : les journaux laissaient entendre que les héros avaient besoin de ça. Et puis il y eut la séparation des derniers mois, aussi longue qu'au début des hostilités. Quand Fernand rentra définitivement, il dévisagea sa femme avec curiosité, comme s'il ne la reconnaissait pas. Elle-même prit conscience de son changement : elle avait vieilli, ses traits s'étaient durcis, et l'obligation d'élever, seule, deux garçons, lui avait donné un ton grondeur. Fernand lui, semblait rajeuni, plus désinvolte que jamais. Se crut-il tenu envers elle à une espèce de politesse ? Il s'y efforça. Elle l'en dispensa, voyant qu'il n'en avait guère envie; le temps des concessions à l'héroïsme était passé. Il recommença de courir. Elle lui épargna, une fois pour toutes, la peine de mentir. Il profita, jusqu'au cynisme, de ce loisir. Elle se revanchait en lui imposant l'ordre de la maison, en lui montrant que c'était elle la gardienne de cet ordre. Ils s'étaient toujours plus ou moins disputés. Elle entendait, désormais, avoir le dernier mot sur tout. Il lui aura encore fait la surprise — oui, une surprise, presque une humiliation, n'était le devoir — des jumelles, voilà cinq ans. Au total une vie malpropre.

« J'ai peur d'avoir été indiscret, dit enfin Frédéric.

— Pourquoi ? fit-elle en se ressaisissant. N'es-tu pas le seul, toi mon fils, à qui je puisse laisser entendre certaines choses qui me pèsent ? D'siré n'est pas un mauvais garçon. Mais comme tu le dis, il n'a que du sens pratique. Il est moins instruit, moins intelligent, moins sensible que toi. En parlant de ton père et de mes déceptions, c'est à toi que je pensais.

— A moi ? Tu prétendais me faire avouer que je me montais la tête au sujet de Mlle de Borre, quand la conversation a dévié.

— Elle n'a pas tellement dévié. Il s'agissait de ce que l'on appelle l'amour.

— Permets, maman », cria Frédéric furieux.

Elle lui coupa la parole avec autorité :

« Tu vas me dire que tu te défends d'employer le mot amour. Moi je l'entends derrière chacune de tes phrases concernant Mlle de Borre. Et je te le demande de nouveau : qu'espères-tu mon pauvre enfant ? »

Frédéric fit un geste découragé.

« Tu vois bien que tu ne comprends pas. »

Lui-même que comprenait-il ? Il était heureux de vivre dans l'ombre de Paule, une ombre que les regards de la jeune fille éclairaient depuis quelque temps. Il se contentait de cette illumination progressive. Il se gardait de rêver à l'incandescence que lui suggérait le mot amour : il n'y aurait plus d'ombre du tout, alors mais une espèce de fusion. Oui, ce serait une sorte de préfiguration du destin des corps glorieux fixés dans le soleil divin ! Il se moquait de son vertige astronomique, d'ailleurs salutaire. Il reprenait pied sur la terre, dans le parc de La Maison-sous-l'église devant une Mlle de Borre resplendissante de sa propre beauté autant que des éclats lumineux et fleuris de la Fête-Dieu, et de qui le séparait son obscurité de fils du bourrelier Ramette, perdu parmi les élèves de Saint-Wandrille. N'était-ce point assez miraculeux que cette zone d'ombre fût allée en diminuant jusqu'à un semblant d'amitié ? Combustion lente. Le feu intérieur se décourageait de mesurer, d'un coup, les obstacles à l'embrasement final.

« Oui ou non, disait la mère, te plaignais-tu tout à l'heure que Mlle de Borre t'ait oublié ces jours-ci ?

— Je réfléchissais à voix haute, simplement. Il est exact que je m'étonne de sa... réserve soudaine, après ses amabilités. Je me demandais en quoi j'ai pu lui déplaire. Pour m'en excuser, au besoin. Il m'est insupportable de penser que quelqu'un me juge mal. »

Il avait aperçu Paule à Noël, aux vêpres. L'office terminé, il se posta sur son passage. Elle fit exprès, il l'aurait juré, de se laisser escorter par le « biau M. de Lillers » comme dit maman Ramette et n'accorda pas un coup d'œil à Frédéric. Lui, voulut croire qu'elle le boudait pour son absence à la messe. Il ne savait encore s'il devait se sentir heureux ou malheureux. Ah ! il se flattait romantiquement. Le lendemain, Paule assistait seule à la messe de communion. Elle écourta son action de grâces et sortit avant que Frédéric ait eu le temps de quêter un signe d'elle. A la grand-messe et aux vêpres, même manège que la veille. Il parut même à Frédéric qu'elle détournait la tête à son approche. Il passa encore le lundi à Orchiecourt, espérant une rencontre. En vain. Désappointé, il retourna à Saint-Wandrille. L'abbé Douve s'inquiéta de son air sombre. C'était l'occasion souhaitée depuis trois mois, de parler de Paule de Borre. Par quel bout commencer ? Il ne pouvait pas déclarer tout à trac : « Je l'aime. » Les questions qu'il s'était promis de poser à l'abbé Douve avaient changé de nature deux ou trois fois. Et maintenant l'intérêt de Frédéric se limitait à un brusque revirement de la jeune fille. Il se déroba à la sollicitude de son directeur. Il revint à Orchiecourt hier soir pour les fêtes du Jour de l'an.

« Tu nous en contes ! disait la mère. Que t'importe qui te juge mal, tu t'en moquerais, pourvu que Mlle de Borre te fasse risette ! Et elle, ce n'est pas de son jugement que tu te préoccupes, mais de son sentiment. »

Cruelle lucidité maternelle qu'il n'avait guère expérimentée jusqu'à présent. Qu'est-ce qui la prêtait à cette femme rugueuse, la moins apte, apparemment, à dénoncer les duperies du cœur, puisqu'elle ignorait les fausses raisons qui faisaient battre le sien ? Cette lueur de connivence qui frappe Frédéric sur certains visages marqués par la vie, qui l'émut la semaine dernière en présence de M. et de Mme Demeure — les tempes finement griffées de l'un, les paupières délicatement meurtries de l'autre — qu'il découvre parfois sur la figure poupine de son père, comme au cours de la conversation, au sujet de Paule précisément, dans la bourrellerie, à la fin des vacances; qui le trouble, mais désagréablement, dans les rides de frère Jacques; cette lueur manque à maman Ramette. Une hargne vertueuse; l'explosion de ce grisou de l'âme : le dégoût qu'elle a confessé à mots à peine couverts; la hantise vengeresse d'épargner à son fils un rôle qui la blesserait encore, en tiendraient-elles lieu ? Frédéric entendait sa mère poursuivre d'un ton rauque :

« ... Et dans cette aventure je vois un signe du Bon Dieu. Il a permis que tu t'inventes une chimère pour que tu découvres où serait le vrai bonheur, il a voulu que tu sois troublé pour que tu saches où trouver la paix. Je te disais que je pensais à toi en parlant de ton père et de mes déceptions. Ecoute-moi bien : Dieu merci tu n'es pas prêt à l'imiter, lui, n'est-ce pas ? Alors tu t'exposes à endurer tout ce que moi j'ai souffert. Oh ! Il ne s'agit pas de Mlle de Borre. C'est une jeune fille pieuse, irréprochable malgré ses airs émancipés, parfois. Si elle n'était pas la demoiselle de La Maison-sous-l'église, je serais tranquille. Mais tu perds ton temps et ton cœur avec elle. De guerre lasse, viseras-tu moins haut ? Tu ne t'en consolerais pas et d'autant moins que tu connaîtrais ce que je redoute pour toi. Délicat comme tu es ! Est-ce que je me fais comprendre ? Tu ne saurais t'accommoder de n'importe quelle femme. A celle qui t'aurait convenu, c'est toi qui ne conviens pas. Eh bien, ne crois-tu pas que le Bon Dieu a choisi ce moyen de te faire entendre sa volonté ? Ne profite-t-il pas d'un rêve impossible pour t'appeler à une réalité plus belle ? Le moment n'est-il pas venu de Lui répondre ? »

Elle s'exaltait. Cette réalité à laquelle elle pressait son fils de se rendre, c'était son rêve à elle : Frédéric prêtre. Pourquoi Frédéric ? Parce qu'en lui elle mettait sa complaisance. Certes l'aîné seul avait été désiré. En fait, c'est le puîné qui avait le mieux comblé le désir maternel : par sa gravité, même tout enfant, par son goût de l'étude, par sa piété. Elle ne le montrait pas, parce qu'elle n'était pas de ces mères qui lèchent leurs enfants comme les chattes leurs petits, mais elle le préférait à Désiré. Elle s'étonnait et n'aimait pas y réfléchir quand des gens lui affirmaient que Désiré tenait d'elle et Frédéric de son père. Ah ! si quelque part de sa chair échapperait à l'empreinte de Fernand Ramette, ce serait Frédéric. Qu'il demeure ce garçon, intact, net jusque dans sa façon de porter les cheveux taillés en brosse, par quoi il se distingue des blancs-becs du village avec leurs tignasses qui leur tombent dans les yeux et qu'ils rejettent en arrière d'un mouvement plein de fatuité. Dans quelques années, devenue veuve, les jumelles casées, elle vieillirait à côté de ce garçon qu'aucune autre femme n'aura touché et qui n'aura souillé aucune femme. Elle voyait la tête de son fils comme auréolée, marquée au signe de l'Agneau. Elle avança la main.

Frédéric n'aurait su dire si sa mère prononçait exactement les paroles qu'il entendait ou si lui-même les recomposait à mesure, sous la forme qu'exigeait leur sens. Peu importait. Le sens partait bien de maman Ramette à travers un langage d'emprunt. Il était si clair qu'il aurait transparu du patois le plus épais. Pourquoi maman Ramette qui, du jour où Frédéric fréquenta Saint-Wandrille, ne parla plus patois et surveilla même son accent, pourquoi maman Ramette n'eût-elle pas disposé de l'éloquence gagnée à tant de prônes, à tant d'entretiens avec M. le curé, à tant de lectures édifiantes; la même éloquence à laquelle Frédéric aurait recouru pour exprimer à quelqu'un d'autre ce qu'elle voulait lui faire entendre ?

Il sourit. Les jumelles fatiguées de s'occuper l'une de l'autre et mettant à profit le silence, lui grimpaient sur les genoux :

« On joue à quéque chose, Frédé ? »

Elles lui épargnaient la peine de répondre. Il remua. Maman Ramette laissa retomber la main.

Morne premier de l'an. Le père et Désiré étaient partis, chacun de son côté, au lever de table. Frédéric aurait pu sortir aussi, aller rôder du côté de La Maison-sous-l'église. A quoi bon ? Ce matin non plus, aux deux messes, Paule ne l'avait réconforté d'aucun bonjour. Il ne s'était pas signalé à son attention. Il l'avait contemplée de loin comme autrefois. Il lui offrait ses vœux; elle lui tendait la main : il y posait ses lèvres; non, on ne baise pas la main à une jeune fille; il la gardait dans la sienne un peu plus longtemps que d'habitude; il disait : « Puis-je vous prier de transmettre mes vœux, également, à M. de Borre ? »; non, il n'avait aucune raison de présenter ses vœux à M. de Borre; ne fallait-il pas dire « à monsieur votre père » ? Zut ! Il s'arrangerait pour amener la conversation sur M. de Borre et les vœux; en parlant de son père à lui, Frédéric, qui devait complimenter M. le maire au nom de la municipalité et de toute la commune lors d'un vin d'honneur. Paule n'attendait que ce prétexte : « Venez donc lui présenter vos vœux à la maison, cet après-midi; ça lui fera plaisir; et à moi aussi... » ajoutait-elle avec un adorable sourire. Hélas ! l'après-midi s'écoulait en compagnie de maman Ramette. Frédéric regrettait de s'être trahi. Il n'en pouvait plus de remâcher secrètement sa tristesse comme une herbe amère. De la tendre à quelqu'un, du bout des dents, l'adoucirait peut-être. Maman Ramette ne l'avait que trop bien saisie; elle aura tiré dessus de toutes ses forces; sans l'arracher; hélas ! les racines plongent trop profond; c'est le goût de ses entrailles, lui semble-t-il, que Frédéric a maintenant dans la bouche.

Le rayon de soleil, auquel toute la nostalgie du jour était suspendue et qui s'attardait à la croisée, vient de s'éteindre. Luira-t-il quelques minutes de plus à La Maison-sous-l'église ?

IV

PAULE renversa la tête en arrière et partit d'un long rire. Cela lui arrivait rarement. Elle haletait et s'entendait hennir un peu comme son père. La crise lui était pénible; elle ne parvenait pas à reprendre souffle. Quand elle croyait être sur le point de se maîtriser, la mine de Bertrand de Lillers provoquait un regain d'hilarité.

Déconcerté, Bertrand, pendant plusieurs secondes, attacha ses regards au cou de sa cousine. Il restait fasciné par le gonflement de cette gorge et par les palpitations qu'y produisaient des houles d'un rire inattendu. C'était nacré, moiré, comme l'intérieur d'un coquillage. Non. Gorge de pigeon. Voilà : gorge de pigeon. Oh ! qui roucoule de manière désagréable !

Paule vit le jeune homme retrousser les lèvres et accuser deux spasmes brefs. Fou rire contagieux. Elle se calma instantanément. Sur le visage de Bertrand, l'inquiétude réapparut aussitôt.

« Qu'avez-vous, Paule ? fit-il. Je n'aime pas votre rire.

— Rassurez-vous, dit-elle avec froideur. Il ne vous concernait pas. Il m'a été plus pénible qu'à vous.

— Il vous a prise à un moment si grave pour moi. Est-ce là toute votre réponse ?

— Me laissez-vous le choix d'une réponse ? cria-t-elle; elle continua d'une voix sourde : Après ce que vous m'avez révélé, je vous fais juge de ma liberté ! Le sort moral, sinon matériel, de mon père — je ne parle pas d'honneur, ce genre d'accroc ne se répare pas, du moins de cette façon-là —, son repos, n'est-il pas entre mes mains, ce qui revient à dire : entre les vôtres ?

— Vous vous méprenez, bredouilla Bertrand. Loin de moi la pensée d'un tel chantage. Je vous aime. Je veux gagner votre cœur; non le contraindre.

— Jolies formules ! s'exclama Paule avec moins de colère que d'ironie. Vous vous défendez d'exercer un chantage. Mais vous me mettez en situation de ne pouvoir échapper à votre... générosité. Vous m'aimez. Pour m'en assurer, vous me découvrez les raisons qu'un autre que vous aurait de porter ses soins ailleurs. Vous voulez gagner mon cœur ! Ah cette fois le mot est juste. Vous le gagnerez contre moi-même. C'est une question de prix : celui auquel la piété filiale estime un père. En vérité, il n'y a pas de contrainte ! J'ai admis d'avance le raisonnement. Je l'ai conçu d'un coup tout à l'heure. Voilà pourquoi j'ai ri si fort », ajouta-t-elle, non sans amertume.

Le parc, dépouillé, vivait, depuis le matin, en transparence, eût-on dit; comme un corps de grand malade dont la rémission allège les membres. Cadeau du Nouvel An, le soleil, si faible qu'il fût, semblait avoir dénoué les arbres. L'air se dorait un peu. Il faisait presque doux. Seul le silence que ne troublait aucun bruit d'insecte, aucun ramage d'oiseau, pas même, au-delà des murs, vers les champs, le roulement d'un attelage ou, vers le village, les activités quotidiennes, restait poignant. On avait déjeuné tard, M. de Borre ayant dû assister au traditionnel échange de vœux à la mairie. En sortant de table, il avait proposé qu'on prît le café sur la terrasse, puis, avec un petit rire, il avait suggéré qu'on prolongeât « la récréation » dans le parc. Les Lillers avaient approuvé vivement. Vivement ? Paule ne s'en rend compte qu'à présent. Quant à elle, « la récréation », même en commun, ne pouvait lui déplaire plus que les interminables parties de bridge au salon, les conversations languissantes dès le troisième jour ou les séances de musique sur la qualité desquelles Bertrand, pianiste amateur, il le lui avait murmuré tout de suite et elle lui en sut gré, ne s'illusionnait pas. Elle avait failli le prendre au mot et lui dire : « Alors, à quoi bon cette comédie ? » Elle avait rencontré les yeux de son père, elle avait lu leur muette imploration. M. et Mme de Lillers, eux, tenaient correctement leur rôle. Elle n'avait donc qu'à tenir le sien comme elle s'y était engagée. Une comédie familiale se jouait, dont elle ignorait les ressorts; improvisées, chaque scène, chaque réplique, n'en donnaient pas moins l'impression de s'insérer dans un plan bien construit; à tel point que le moindre reproche qu'elles encouraient, était de manquer d'imprévu ! Elle, Paule, se piqua d'émulation. C'était trop réussi. Il eût été dommage de faire grincer une si belle encore qu'absurde mécanique. De l'huile, de l'huile ! Autant que père en souhaitait...

Assis à côté d'elle sur le banc que le mari de Léontine lui avait installé quand elle était encore petite fille, dans sa clairière préférée, avec un orme à peine équarri et deux souches, Bertrand s'agitait; il se tripota les mains.

« Il y a un malentendu, dit-il. Je me suis permis une allusion à... à ce que vous savez, persuadé que vous le saviez déjà. Quand vous m'avez obligé à parler plus clairement, j'ai compris que vous ignoriez. Le mal était fait. Et vous me pressiez de questions. Vous auriez voulu en apprendre plus long que je n'en connais moi-même. Je me suis demandé si vous ne cherchiez pas à voir dans quelles limites j'étais au courant. Vous encaissiez si froidement ! Jusqu'à cet affreux rire... Je suis désolé... je... »

Il bafouilla d'autres excuses.

Sincèrement, dans la comédie, Paule admirait la patience de ses partenaires, leur capacité d'ennui, la modestie de leurs exigences. Que ces cousins fortunés et bons vivants s'accommodent, une semaine durant, de l'existence morose et sans faste de La Maison-sous-l'église, avait de quoi étonner. Bien sûr, on les traitait du mieux qu'on pouvait. M. de Borre avait laissé carte blanche à Léontine et celle-ci méritait les compliments des hôtes qui sont gourmands. En dehors des repas, quelles réjouissances leur offrir ? N'était-ce pas la moindre des choses que de leur témoigner cette bonne grâce à quoi, selon père, ils sont si sensibles et dont ils se plaignaient de n'avoir pas bénéficié lors de visites plus rapides ? Paule s'ingénia à les séduire, flattant Monsieur père, écoutant les papotages de Madame mère. Le fils n'avait pas besoin d'être séduit; il l'était depuis longtemps; la bonne grâce consistait à supporter sa séduction, à lui. Il sut la contenir; il évita ces allures de joli cœur, ces empressements excessifs, ces yeux enamourés qui, d'autres fois, exaspérèrent Paule. A ce train, ils allaient se quitter camarades. Paule écartait de son esprit l'idée que le séjour des Lillers à La Maison-sous-l'église n'avait d'autre objet que de favoriser Bertrand, de désarmer, avec la complicité de M. de Borre, les préventions qu'elle, Paule, nourrissait contre son cousin. N'était-ce pas celui-ci qui avait imposé son caprice à ses parents ? M. de Borre s'était déclaré le premier intéressé. Il avait affirmé avoir besoin des Lillers, compte tenu de leur projet de demande en mariage, rengainé cet automne. Qu'importait. Tout cela faisait partie de la comédie. La pièce finirait demain matin. Elle avait quand même assez duré. L'entr'acte d'un après-midi de soleil dans le parc était le bienvenu. Comment prévoir que ce prétendu entr'acte était la scène principale !...

« Vos explications ne changent rien, murmura Paule.

— Pardon ! s'écria Bertrand. De vous à moi la situation n'est plus telle que vous l'envisagiez à l'instant. Si je vous ai convaincue de ma bonne foi, je cesse de figurer ce personnage odieux qui vous acculerait à une espèce de rançon. Comprenez-moi. Parce que je vous croyais renseignée, j'ai eu dessein de vous faire entendre que je l'étais aussi. Pour que vous vous sentiez libre, pour que de vains scrupules n'influencent pas votre réponse. N'avais-je pas lieu de supposer que vous restiez fille à cause de cela ? Je me suis montré maladroit, par... »

Il cherchait le mot. Paule acheva sa phrase sur un ton railleur :

« Par délicatesse !... »

Elle reprit aussitôt :

« Par générosité, je n'en doute pas; j'ai prononcé le mot tout à l'heure. Cette générosité là m'accable.

— Vous la souffririez si vous m'aimiez, dit tristement Bertrand. Je n'ambitionne pas tant. Il suffit que moi je vous aime et que vous ne me haïssiez pas. Vous seriez en droit de me haïr si j'avais cédé à l'ignoble calcul que vous sembliez me prêter. Aucune parole de vous ne pouvait me rendre plus malheureux. Dites-moi que vous ne pensez pas ça de moi; que vous me croyez incapable d'une telle machination. »

Lui, peut-être. Mais les parents ? Les agissements de M. de Borre ne s'accordent que trop avec les exigences des Lillers. Machination, que l'hospitalité de La Maison-sous-l'église; machination que « la récréation » dans le parc : après le café, on avait fait mine de se dégourdir les jambes de concert : on avait laissé les jeunes prendre de l'avance jusqu'à cet isolement sous bois; et là Bertrand y était allé de sa déclaration... et de ses révélations. Maintenant, effondré de ce qui doit lui paraître une gaffe monumentale, il en ramène les conséquences à soi. Son égoïsme d'enfant gâté lui fait craindre, avant tout, d'avoir abîmé une chose personnelle. Il se soucie de l'opinion qu'on a de lui au milieu de la catastrophe. Il s'agit bien de lui !

« Cessez de vous justifier, mon pauvre Bertrand, dit Paule avec une lassitude soudaine. A quoi bon ! Tout cela nous dépasse.

— Vous avez raison. De quel cœur je souhaiterais, quitte à tout perdre, que nous fussions seuls en cause. Du moins, essayerais-je de vous donner des gages de ma sincérité. Je ne veux pas que vous soyez la victime de... des circonstances, *ma* victime, fit-il avec un sourire navré. Tenez : vous m'offririez votre main que je la refuserais... pour le moment. »

Paule allait l'interrompre.

« Ecoutez-moi, ajouta-t-il précipitamment. La somme dont votre père a besoin, j'obtiendrai de mes parents qu'ils la lui procurent sans que ce service soit subordonné à nos fiançailles. Mes parents ne sont pas de méchantes gens, vous savez. Leur seul tort est de m'idolâtrer. Ils seraient prêts à n'importe quoi pour m'épargner un chagrin. Quand je leur ai avoué combien je tenais à vous, ils n'ont pas discuté. Papa, vous en souvenez-vous, a pressenti M. de Borre. Votre accueil ne me permettait guère d'espérer que la démarche aurait des suites. Ce fut cet automne que mon père, sollicité par le vôtre, jugea habile de reposer la question : sans plus de succès.

— Me direz-vous qu'il le fit à votre insu ?

— Non. Du moins pas complètement.

— Et vous acceptiez ce... cette tractation !

— Je vous aimais, dit Bertrand. Mon autre excuse, je vous l'ai déjà dite : je supposais que vous en saviez autant que moi.

— En ce cas j'aurais été méprisable.

— Oh ! non. Je me flattais de me heurter d'abord à vos scrupules. Et c'est pourquoi...

— Ne recommençons pas ! fit Paule avec impatience.

— Je vous disais, reprit Bertrand, que je déciderai mes parents à satisfaire M. de Borre. Je leur expliquerai que mon bonheur dépend de cet arrangement préalable. Moi je ne vous demande aucun engagement, même à long terme... »

Paule fut stupéfaite. Bertrand avait parlé à voix basse; le buste penché en avant, les bras appuyés sur les cuisses, il trahissait une pudeur qui contrastait avec ses attitudes habituelles de beau garçon. Il ne devait pas être en peine de conquêtes féminines. Pourquoi s'entêtait-il à l'aimer, elle, Paule ? Il l'aimait vraiment. Il venait de le prouver. N'était-ce pas flatteur ? Ni plus ni moins que d'autres hommages qui avaient le mérite de l'absolu désintéressement, qui ne tiraient pas motif d'espérer d'un désespoir ostensible. Elle était injuste. Bertrand souffrait. Son geste l'honorait. Elle aurait voulu se sentir émue. Elle n'éprouvait que de l'étonnement, une sorte de curiosité devant cet animal masculin dont elle avait sous-estimé la qualité. Elle regardait de haut et de biais la tête inclinée, les cheveux bruns collés, formant une carapace luisante, craquelée au-dessus de la nuque. Elle se retint de gratter du bout de l'index entre les craquelures, comme, parfois, entre les épis de poils de Taquin, au-dessus du collier; en même temps, d'imaginer le contact de ces cheveux d'homme la rebroussait.

« Je vous remercie, Bertrand, dit-elle enfin. Je ne puis accepter ce qui, de ma part, serait un faux fuyant. Vos bonnes intentions sauvegardées, ma première réaction reste juste : je n'ai pas le choix. Je n'ai qu'à payer... selon mes moyens. »

Bertrand se redressa :

« C'est moi finalement qui n'ai pas le choix puisque, vous perdant ou vous gagnant — au mauvais sens que vous avez donné à ce mot — je serai malheureux. Dans le premier cas, je le serai seul; dans le second, nous le serons ensemble, et vous à cause de moi. Alors ? »

Sa voix tremblait. Elle acquit une brusque autorité :

« N'avez-vous pas dit que tout cela nous dépassait ? continua-t-il. Les ennuis de M. de Borre nous dominent. Laissez-moi y remédier. Vous seriez prête à leur sacrifier beaucoup plus que la fierté qui vous fait juger ma proposition inacceptable. Pour la ménager, cette fierté... et pour me ménager moi-même, ajouta-t-il en baissant le ton, convenons que nous parons au plus pressé; quant au reste, nous nous octroyons un répit. N'en prévoyons pas la durée. C'est un chemin ouvert sur tout le possible. Vous y gardez la même liberté et moi ni plus ni moins d'espoir qu'avant. »

Paule réfléchissait.

« Soit, fit-elle en se levant. Je paraîtrais mesquine si je décevais jusqu'à votre générosité ! Je dois cependant vous prévenir : je ne mettrai pas mon père au courant de notre conversation. Si M. de Lillers en fait état en lui rendant le service et s'il m'en parle, je feindrai l'ignorance. Je serai censée ignorer... tout ce que je sais. »

Bertrand broncha un peu.

« Je l'entendais bien ainsi, dit-il. Tranquillisez-vous. Vous n'aurez pas plus sujet à vous plaindre du manque de tact de mes parents que du mien. »

Elle rougit légèrement.

« Excusez-moi, dit-elle. Comme ça nous sommes d'accord. »

Elle lui tendit la main. Il la porta à ses lèvres. Elle se crispa mais se laissa faire.

Ils revinrent à pas lents. Ils se taisaient. Dans l'allée qui aboutissait directement à la terrasse, Paule se tourna vers son compagnon :

« Vous m'avez tout dit concernant mon père ? demanda-t-elle.

— Tout ce que je sais, répondit Bertrand; le principal, qui est peu de chose, du moment que voilà votre père tiré d'embarras pour dédommager cette femme. Vous devriez ne plus y penser.

— Au principal ? Vous avez raison. Je n'y penserai plus », dit Paule avec un sourire ambigu.

Ils accédaient au perron. Le salon était éclairé.

Fernand Ramette, courbé, ôtait les pinces qui lui serraient le pantalon aux chevilles.

« J'ai rencontré l'auto de ch'l'assureur dans les environs », dit-il d'une voix essoufflée.

Puis, d'aplomb :

« Ch'est-y qu'il irot à L'Mason-sous-l'église et qu'il guette l'départ d'eux-autres ? » demanda-t-il.

Avec l'ongle du pouce, il peignait sa moustache, l'air finaud. Ni la mère, ni Frédéric ne lui répondirent.

V

MAINTENANT Mamy ne viendra pas. Jusqu'au goûter Toine espérait qu'elle serait simplement en retard, qu'elle avait manqué son train ordinaire, celui du matin. A vrai dire, il perdit cœur dès que l'heure habituelle fut passée. Il se reprit. Mamy ne pouvait pas ne pas tenir sa promesse au moins en partie. C'était la première fois qu'elle devait rester deux jours et c'était elle-même qui en avait eu l'idée. Toine lui avait assez répété, dans ses lettres, la joie qu'il en aurait. Elle ne pouvait pas le décevoir tout à fait. A mesure que l'attente se prolongeait, Toine estimait que Mamy trichait : les deux jours se réduiraient à un jour et demi, à un jour plus un avant-goût de quelques heures. Il se disait ça pour faire taire la voix, en lui, qui ne se plaignait pas, ne calculait pas le temps, mais se contentait de murmurer : « Elle t'a menti; elle ne viendra pas. » Plus odieuse, cette voix, que celle des camarades : « Alors, Fussy ? Ta mère n'est pas encore arrivée ? »

Oh ! ils n'y mettaient pas tous de la méchanceté. En tout cas pas ceux de la bande, au contraire. Chez les Potames, il percevait de la malice. N'importe. Sympathie ou raillerie lui étaient également cruelles. C'était bien fait pour lui, aussi; qu'avait-il besoin de se monter le col, auprès de celui-ci ou de celui-là, à propos des deux jours de visite ! Un monde, un événement ! On lui en demandait compte. Sauf Elie et Jean. Devant eux, il ne se donnait pas la peine de crâner. Et eux, d'un simple regard, en jouant avec lui comme si rien n'était, ils le réconfortaient. Pourtant quelle recrudescence de chagrin, un peu avant midi, quand Elie fut appelé au parloir. Toine n'était pas jaloux, oh ! non. Mais Elie n'attendait une visite, celle de son parrain, que pour demain. Qu'on vienne le voir à l'improviste, et précisément aujourd'hui, semblait un acharnement du démon : Toine se sentait trahi, abandonné deux fois. La présence fidèle de Jean ne suffirait pas à le consoler. Elie revint au bout de dix minutes. Son parrain n'avait voulu que lui dire bonjour. Il avait affaire ici. Il repasserait le lendemain, comme prévu. En racontant ça, Elie n'évita pas une allusion :

« Mon parrain m'a promis une surprise. Tu seras content de ta journée, m'a-t-il dit. Il n'a pas voulu préciser. Où serait la surprise ? a-t-il répondu. Je ne m'excite pas, tu penses ! Il n'aurait qu'à oublier... »

Elie ajouta aussitôt sur un autre ton :

« A propos de surprise : Figure-toi qu'en sortant du parloir nous sommes tombés sur l'abbé Omer et son Sosthène, récuré des pieds à la tête. Mon parrain leur a dit : « Je vous emmène ? » Le plus beau c'est qu'il ne blaguait pas et que, me plantant là, ils sont partis tous les trois. »

Même Sosthène aurait du plaisir, aujourd'hui. Toine ne l'enviait pas, le pauvre gars. Mais tout, *aujourd'hui*, concourait à le pénétrer de sa déception. Il n'était pas le seul à subir la mélancolie du Nouvel An à Saint-Wandrille, mélancolie que n'empêchait guère la liberté dont on jouissait. On eût dit plutôt qu'elle l'aggravait. En étude, où le droit de s'occuper à ce qu'on voulait laissait désœuvré, comme dans la cour où les récréations finissaient par traîner en longueur, il était visible que chacun avait du mal à échapper au cafard. Les autres étaient sortis pour Noël ou sortiraient le lendemain; sans que leur attente fût trompée. Quelques-uns même qui ne recevaient jamais de visite avaient cet avantage de ne pas en espérer une vainement. Ces jours-ci ils auront écrit à leurs bienfaiteurs. M. le supérieur prend soin de le rappeler publiquement chaque année : « Je n'ai pas à vous recommander d'écrire spécialement à vos chers parents pour leur offrir les vœux traditionnels. Mais j'adresse une recommandation semblable à ceux d'entre vous qui ont un devoir de reconnaissance envers de généreux bienfaiteurs. » Son bienfaiteur à lui, Toine, c'est le père Lorraine. Oh ! pas de la même sorte que les autres. Crespel, par exemple, son bienfaiteur paie sa pension. Qui est-ce qui paie celle de Toine ? Ni Mamy ni Tanty, sans doute. Un jour qu'il était convoqué chez l'abbé Filâtre, il a lu, sans le faire exprès, une carte posée en évidence sur le bureau, prête à être mise sous enveloppe : *L'économe de l'institution Saint-Wandrille* (imprimé) puis, écrit à la main : « présente ses religieux respects à M^{e}(un nom indéchiffrable) et lui accuse réception de la pension d'Antoine Fussy; avec ses remerciements ». L'enveloppe était déjà libellée au même nom indéchiffrable; Toine lut seulement les mots *Notaire* et *Paris*. Il n'osa pas questionner l'abbé Filâtre. Ça lui sortit de la tête. Il y a repensé lors de la recommandation de M. le supérieur. Aurait-il lui aussi un bienfaiteur comme celui de Crespel ? C'est drôle, on ne lui a jamais dit de lui écrire. Qui serait-ce ? Il interrogera Mamy. Ah ! quand ? Elle lui a menti. Elle ne viendra pas. Pas aujourd'hui en tout cas. Il est trop tard maintenant. Ça n'en vaudrait plus la peine. Allons donc ! Arriverait-elle juste à temps pour l'embrasser avant qu'il monte au dortoir qu'il la tiendrait quitte.

L'étude qui précédait le dîner touchait à sa fin. Toine se sentait recru. Il avait beaucoup joué toute la journée. A Noël, Jean les avait présentés à ses parents, Elie et lui. Monsieur et madame Demeure les avaient priés de transporter dans la communauté une grande caisse de jouets. Il y en avait que Jean possédait chez lui et qu'il avait réclamés : des trucs pour l'intérieur : lotos, dominos, nain jaune, petits chevaux; une patinette qui avait fait rire Elie : inutilisable à Saint-Wandrille ! Il y en avait aussi de neufs sur lesquels Elie et Toine louchèrent tout de suite, au contentement, sembla-t-il, du docteur Demeure : des crosses et des balles de hockey et deux paires d'échasses. Elie voulait qu'on les déballât immédiatement. Toine aurait été gêné que cela se fît pendant l'absence de Jean.

« Puisque son père nous les a donnés », disait Elie.

« C'est à Jean, pour que nous jouions ensemble », répondait Toine.

On joua toute la semaine. L'abbé Douve n'autorisa le hockey qu'une récréation sur deux parce que ça monopolisait la cour; et à la condition qu'on renouvelle les équipes pour que la communauté entière y participe. Naturellement on constitua les équipes suivant les clans, « aristos » contre « potames ». Le tour de chacune revenait assez vite; brutal, le jeu ne compta pas tellement d'amateurs. Dans l'intervalle, on s'exerça aux échasses. On commença par piétiner timidement sous le préau, en prenant appui contre le mur. Les progrès furent assez rapides pour qu'Elie proposât des duels : à celui qui ferait tomber l'autre; il avait même eu l'idée d'une joute, comme il y en a l'été sur le canal. Ça aurait lieu sur terre, bien sûr. Les adversaires devaient s'affronter en sautillant sur une seule échasse, l'autre leur servant de lance. Elie défia Vallard. Ils tombèrent tous les deux avant le heurt. Prévenu on ne sait par qui, l'abbé Douve surgit alors qu'ils se remettaient en garde et leur interdit de continuer. Le duel par poussées, dérobades et crocs en jambes est assez dur.

La fatigue n'avait-elle pas d'autre cause ? Quand Toine se coucha, il ne goûta aucun délassement. Recroquevillé, il contenait son cœur, si lourd qu'il menaçait de choir, semblait-il. En dépit du froid, il se mit à transpirer sous les draps et à « couiner » comme disait Tanty. Il faillit se dresser : l'abbé Douve, penché, lui signait le front et murmurait :

« Tu sais, Toine, on ne fait pas toujours ce qu'on voudrait dans la vie. Ta maman viendra sûrement demain. En attendant, offre ce désappointement au Bon Dieu. »

L'abbé Douve s'éloigna. Toine éprouva une paix subite, en même temps qu'il touchait le fond de sa détresse. A croire que la paix gisait là. Ainsi à Berck, cette fois où il avait nagé trop bravement, entraîné par la marée descendante; lorsqu'il avait fait demi-tour, quel mal pour regagner le bord ! Les autres, à une cinquantaine de mètres, qui ne se doutaient de rien; et lui qui s'affolait, paralysé, aveuglé, soûlé, faisant eau de tout son corps comme une vieille barque. A bout de forces, il renonça; un dernier regard vers les dunes, si blondes au soleil, vers la plage semée de tentes multicolores, vers l'abbé Douve qui, juste à ce moment, les bras étendus, indiquait la limite à ne pas franchir,

« l'abbé Douve — l'abbé couve », dont lui, Toine, avait trompé la surveillance; vers les camarades qui barbotaient; un acte de contrition; et il s'abandonna. Oui, le comble de l'angoisse et du même coup la paix : l'humide douceur du sable sous ses pieds. Il se retrouvait debout, de l'eau jusqu'aux yeux. Il n'eut qu'à marcher, en pesant de toute sa poitrine; deux pas et il respira. Il respire : Mamy viendra sûrement demain. Bien sûr qu'on ne fait pas toujours ce qu'on voudrait. Alors, il vaut mieux ne pas promettre. Mamy ne se doute pas que son fils peine à nager vers elle, tout un jour, toute une nuit. Il ne lutte plus; il va se noyer; l'eau est amère à la bouche, brûlante aux yeux. Mamy recule; elle devient lointaine, lointaine, lointaine...

Quand il arrivait en trombe au parloir, c'était chaque fois, une vision étrangement lointaine. Il n'était jamais certain de reconnaître Mamy. Idée folle : cette dame qui attendait, souriante, si ce n'était pas la vraie Mamy ? Ou s'il allait se produire un miracle à rebours de celui qu'il guettait encore la nuit de Noël ? Si, à l'instant où il se précipiterait contre elle, Mamy cessait d'être elle-même et disait : « Vous vous trompez; vous n'êtes pas mon petit garçon. » Ça durait moins d'une seconde. Des bras se refermaient sur lui. Les siens entouraient un cou et il nichait sa tête dans un creux d'épaule qui sentait bon. Après, le visage tout proche se laissait recomposer à loisir. Il fallait pétrir sa vérité présente avec les images du souvenir, celle d'il y avait six mois et celle d'il y avait six ans. Si Toine eût osé, il aurait promené ses doigts, comme un modeleur, sur ce visage. Il se fût assuré, en le détaillant, que c'était toujours le même. Malgré cette nuque rasée à laquelle il ne s'habitue pas depuis la fois — il y a trois ou quatre ans — où les premiers mots de Mamy avaient été pour la lui montrer; en plein parloir, elle avait enlevé son chapeau :

« Je me suis fait couper les cheveux. »

Il n'avait rien dit; il se sentait glacé avec une incompréhensible envie de pleurer.

« Ça ne te plaît pas ? » demanda Mamy.

Il hocha la tête pour marquer son peu d'enthousiasme.

Mamy eut une moue coquette :

« C'est la mode ! »

Justement. Les oreilles de Toine résonnaient de paroles qu'un type qui s'est fait renvoyer depuis, Arthur Prenant, « le lycéen », chantait quand le surveillant ne risquait pas de l'entendre : « Elle s'était fait couper les cheveux — A la mode — commode... » Cette chanson détonnait à Saint-Wandrille. Prenant clignait de l'œil; il chantait la bouche en coin, comme l'oncle, jadis, lorsqu'il parlait de certaines choses. Toine ne savait pas pourquoi, mais ça faisait sale. Il rougissait. Il souffrait d'associer Mamy à de telles impressions...

Le même visage, malgré les rides que, d'une visite à l'autre, il y découvrait; malgré l'empâtement des traits qui le frappe aujourd'hui et qu'accuse encore le gros manteau de fourrure dont Mamy est enveloppée.

« Tu as eu du chagrin, mon chéri, dit Mamy. C'est à cause de Tanty. Oui. Elle est arrivée sans avoir prévenu. Elle repartait le soir même. Je me suis partagée entre vous deux... Tu ne m'en veux pas ? »

Il fit signe que non.

« A Tanty non plus ? »

Même signe. C'est égal, Tanty aurait pu choisir un autre jour. Il est vrai qu'on ne fait pas toujours ce qu'on voudrait !

Mamy l'embrassa :

« Allons nous promener. Nous passerons quand même une longue journée ensemble, mon chéri. »

Si longue que ça ? Comme d'habitude, la matinée épuisait le meilleur. L'après-midi se perdait au cinéma. Mamy en sortait aussi maussade que le ciel qu'elle avait prétendu fuir. Toine n'avouait ni sa migraine ni son malaise d'âme au spectacle de ces ombres sur l'écran qui convoquaient dans sa mémoire d'autres ombres, celles-ci comme celles-là se mouvant selon les lois d'un monde étranger au sien, au monde clair de Saint-Wandrille. C'était irréel mais véridique, inquiétant mais attirant, absurde mais suggestif, impur mais désolé comme un cauchemar. Ce qu'à Saint-Wandrille on appelle « le Monde ».

Il ne restait que deux ou trois heures avant que Mamy prenne le train. Toine la conduirait à la gare, ne la quittant qu'à la dernière minute. A mesure que l'instant de la séparation approchait, Mamy se déridait, retrouvait matière à bavardage, alors que Toine eût aimé profiter d'elle en silence. Aujourd'hui cependant... Ils étaient dans une brasserie. A brûle-pourpoint :

« Mamy, je voulais te demander : qui est mon bienfaiteur ?

Elle eut l'air décontenancée :

« Ton bienfaiteur ?

— J'ai vu que M. l'économe remerciait quelqu'un que je ne connais pas pour ma pension. Je pensais bien que ni toi ni Tanty n'aviez les moyens de la payer. C'est donc un bienfaiteur ? »

Il avait parlé très vite, les joues en feu. Mamy parut à la fois soulagée et contrariée.

« Je ne te savais pas si curieux ! murmura-t-elle.

— Pardon, Mamy ! fit Toine, alarmé. J'ai peut-être réveillé de tristes souvenirs.

— Oui, se hâta-t-elle de répondre. De très tristes souvenirs. Et, cherchant ses mots : Si tu n'étais pas un petit garçon habituellement raisonnable, je te gronderais. (Tiens ! à peu près la même phrase que dans la drôle de lettre au sujet des vacances !) Tu aurais dû réfléchir que si je ne te disais rien, c'est que cela me semblait préférable, pour toi comme pour moi. »

Toine était sur le gril. Il s'étonnait et s'irritait que sa question toute naturelle rencontrât tant de mystère.

« Pardon, Mamy, répéta-t-il. Fais comme si je ne t'avais pas questionnée.

— Oh ! je connais mon petit garçon ! répliqua-t-elle. Il va se tourmenter avec des imaginations plus folles les unes que les autres. (C'est vrai. Le connaît-elle si bien ? Oh ! Mamy ! Il se sentait au bord des larmes.) Autant lui révéler la vérité. Celle qu'il est en âge de comprendre. Elle est simple. Ecoute-moi, mon chéri. Ni Tanty ni moi, en effet, ne sommes assez riches pour payer ta pension. Quelqu'un d'autre s'en charge. Tu n'as pas à en être humilié. Aie confiance en moi : tout est en règle.

— Ce n'est pas ça, Mamy, dit Toine rougissant de plus belle. Je demandais qui c'était, simplement pour... lui écrire à l'occasion du Jour de l'an. Des condisciples le font. M. le supérieur a l'air d'y tenir.

— A quoi bon, puisque tu ne l'as pas fait jusqu'ici ? Et à quoi cela te servirait-il de savoir que ce monsieur se nomme Chamard.

— Une belle vache ! fit Toine machinalement, les yeux dans le vague.

— Comment ? » s'écria Emilienne.

L'enfant eut l'air d'échapper à une sorte d'hypnose.

« C'est l'oncle Rodolphe qui disait cela, murmura-t-il confus. Chamard... Il habitait près de chez nous, près de chez Tanty n'est-ce pas ?

— Il y habite toujours, dit Emilienne. C'est un ancien ami de ton père. Voilà les mauvais souvenirs. Tu ne voudrais pas que je les remâche pendant tout le voyage ? Ne me questionne plus, mon chéri. »

Elle était mécontente d'elle-même. Elle avait trop parlé. Pourquoi avoir nommé Chamard ? Il lui semblait que le nom lui avait été arraché. Ah ! les regards de ce gosse posés sur elle, insistants, clairvoyants eût-on dit et, se trompait-elle, pitoyables ! Quelle terreur quand il avait prononcé le mot bienfaiteur ! Elle crut qu'il faisait allusion à... Et lui, que dirait-il lorsqu'elle lui rapporterait cette conversation, qu'elle lui avouerait son imprudence ? Elle l'a commise parce qu'elle s'était tranquillisée trop vite. Après avoir craint qu'Antoine n'eût retrouvé — qui sait ? peut-être à l'occasion d'une certaine ressemblance, chez le principal acteur du film — le souvenir d'un visage dont il ne lui parlait jamais et qu'elle-même veillait à ne pas évoquer, elle demeura persuadée que l'oubli noyait, autant que ce visage-là, tous ceux que l'enfant avait entrevus aux alentours du *Coq hardi*. Hormis Juliette et, rarement, Rodolphe, Antoine n'évoquait personne du passé. M. Valentin — c'est plus fort qu'elle : dès qu'elle suppose avoir démérité si peu que ce soit, elle l'appelle « Monsieur Valentin », même en pensée ! — estimait que rien n'était plus souhaitable. Pourvu que le souvenir de Chamard n'en fasse pas surgir d'autres !

Il fallait songer au départ. Elle se gantait.

« Mamy, dit timidement Toine. Est-ce que je peux quand même écrire à M. Chamard ? »

Elle hésita. Son fils lui tendait des yeux qui, d'avance, promettaient d'obéir mais ne s'interdisaient pas de juger.

« Si tu veux, répondit-elle. Tu n'auras qu'à m'adresser la lettre. Je dois le voir. Je la lui remettrai moi-même. »

VI

En sortant du collège, l'auto avait pris la direction la moins inattendue.

« Hé, bé, pitchoun, sais-tu où je t'emmène ? demanda parrain.

— Par là, c'est la ville... répondit Elie, déçu malgré soi.

— C'est aussi la surprise », dit parrain.

Il rit à gorge déployée. Il semblait toujours de bonne humeur, mais ce matin particulièrement. Il était venu chercher Elie tout de suite après la messe. Elie prit à peine le temps de déjeuner. Il avait l'autorisation de quitter le réfectoire avant les autres. Il regrettait cette hâte par égard à Antoine qui lui lança un coup d'œil éperdu. Pourvu que sa mère soit venue ! S'il n'y avait pas eu d'espoir, il aurait prié parrain d'emmener Antoine. La surprise, quelle qu'elle dût être, n'empêchait rien. L'ennui tenait à ces questions qu'Elie voulait poser à son parrain et qu'il eût fallu remettre à plus tard. Un ami comme Antoine valait bien qu'on lui sacrifiât des curiosités même douloureuses. Ce matin, la curiosité s'excitait sur la promesse de la veille, à quoi, devant Antoine, il avait feint de n'attacher aucune importance. Quelle surprise lui réservait parrain ?

Celui-ci, au parloir, l'accueillit en se frottant les mains avec jubilation. On ne perdit pas une minute.

En ville, l'auto avait traversé le pont; au lieu de continuer tout droit sur la route d'Orchiecourt, elle avait tourné à gauche, longeant le canal vers le nord.

« Hé, bé, pitchoun, tu ne devines pas où nous allons ?»

Elie n'osait comprendre :

«*L'Adèle* mouille-t-elle loin d'ici ? » fit-il timidement en guise de réponse.

De nouveau le rire d'Amédée Cassagne retentit. Il se prolongea en trois coups d'avertisseur.

« Dans trois heures, si ça gaze, nous l'embrasserons notre Adèle... »

Elie fut choqué du jeu de mot et du possessif. Il regarda son parrain. Au même moment celui-ci tourna la tête de son côté :

« N'est-ce pas une belle surprise ? »

Comment ne pas se laisser gagner par tant de bonne chaleur dans la voix et dans le sourire, sur les joues et au fond des yeux ?

« Merci, parrain. Tu es chic ! »

Amédée Cassagne se mit à siffler un air qui défiait cette purée jaunâtre sous laquelle le ciel, l'eau et la route disparaissaient. Elle piquait la gorge et le nez; elle collait au pare-brise. Mais on eût dit qu'en sifflant, parrain se frayait un chemin de soleil. Il appuyait sur l'accélérateur comme si la vue n'était pas bouchée. Le moteur ronronnait comme une toupie. Elie, pour la première fois depuis des mois, se sentit heureux.

Et les voilà tous trois dans un café, assis, lui, sur la banquette, à côté de Manman, parrain sur une chaise en face d'eux. C'est merveilleux. On se croirait reporté des années en arrière, au temps d'avant Saint-Wandrille. On se retrouvait de la même manière, sauf que c'étaient Manman et lui qui rejoignaient parrain.

« Oh ! Amédée, il ne fallait pas... »

C'est hallucinant. Toujours la même phrase. Et encore les cadeaux : un sac à main pour Manman, un portefeuille et un stylo pour Elie.

« Les affaires vont bien pour moi, malgré la crise, dit parrain. Le croirez-vous, Adèle ? Je m'offre le luxe de travailler presque gratuitement. Oh ! j'exagère », ajouta-t-il dans un rire sonore.

Ce qui est vrai, c'est qu'il s'obstine sur une affaire qui lui a coûté beaucoup de dérangements déjà. Un vieux dossier hérité de son prédécesseur. Il l'a exhumé par hasard. Il s'agit d'une assurance mixte contractée avant la guerre. Les primes ont été payées pendant cinq ans. Puis, malgré plusieurs lettres de rappel et sans doute une démarche du prédécesseur, silence. Cet été, par acquit de conscience, sans conviction, il décida de voir s'il y aurait moyen de rattraper ça. Son enquête lui fit découvrir une situation telle qu'il s'est entêté. Il ne désespère pas d'obtenir un nouveau contrat, une rente viagère immédiate, moyennant versement d'une prime unique. Ça liquiderait tout et surtout ça remédierait à une injustice pitoyable : une femme paralysée et un gosse à moitié idiot...

« Je me demande pourquoi je vous embête, chaque fois, avec mes histoires professionnelles. »

Manman souriait.

« Celle-ci ne ressemble pas aux autres, dit-elle. Mais elle ressemble bien à notre Amédée, ajouta-t-elle gravement.

— Si j'en viens à bout, j'en serai plus content que d'une affaire toute en or. J'en parle parce que je m'en suis occupé hier encore.

— Hier ? Le Jour de l'an !

— Quelle importance pour un célibataire ? L'occupation prit la forme d'une réunion de famille. Elle m'a même permis d'embrasser mon filleul en passant. Hier comme aujourd'hui j'ai conduit un fils à sa mère ! Tu l'as vu le pauvre Sosthène, pitchoun ? C'est le fada en question, dit-il à Manman; un brave abbé l'a placé comme domestique à Saint-Wandrille... »

Tout cela éclairé de grands rires et souligné de grands gestes; une façon de veiller à n'en laisser accroire à personne avec ses bonnes actions. Un type bien, décidément, Amédée Cassagne. C'était émouvant de le sentir là, généreux, attentif, protecteur; de prendre conscience dans le présent de ce qu'il fut dans le passé; de comprendre la tendresse confiante et admirative que manifeste l'attitude de Manman devant lui. C'était troublant aussi. Cette attitude, jamais Elie ne l'avait remarquée comme aujourd'hui. Il se surprenait tendu, l'imagination aux aguets, la susceptibilité en éveil, prêt à interpréter un regard, une intonation. Il avait bronché en entendant Manman dire « notre » Amédée, comme le matin, en auto, quand parrain avait dit « notre Adèle ». Il s'irritait contre une espèce de jalousie absurde et il en rendait son père solidaire. Nicolas Hurleau ne comptait pas plus aujourd'hui qu'autrefois dans la rencontre. Il semblait éliminé, même des pensées, par un accord tacite. Aujourd'hui, Elie le convoquait, en pensée, devant cette table de marbre. Aussi réconfortant qu'Amédée Cassagne, encore que sa force fût tranquille, silencieuse et un peu triste. Où s'assoirait-il ? Impression inexplicable mais fulgurante : Il n'y avait pas place pour lui ici. Elie éprouva une animosité soudaine contre ce bloc que Manman, parrain et lui-même composaient. Il ne suffisait pas d'y provoquer, par la rêverie, une fissure imperceptible aux autres. Il fallait le désagréger immédiatement, rompre la vieille et muette complicité. Il cria presque — et son ton hargneux le blessa lui-même :

« Quand voyons-nous papa ?

— Tout de suite, mon chéri, fit Manman l'air étonné. (Elle échangea un bref regard avec parrain.) Nous sommes à cinq minutes des quais.

— Je vous attendrai ici vers quatre heures. Ne t'accroche pas aux écoutilles, hé, pitchoun ! J'ai juré que tu serais de retour à Saint-Wandrille pour la soupe. »

Elie n'osa pas demander pourquoi son parrain ne les accompagnait pas.

Quais encombrés et inanimés; train de chalands attendant le remorqueur; grue, signal de détresse figé, essoufflement d'harmonica à bord d'un automoteur; s'échappant des cabines, fumées vite confondues avec la brume sale, effluves de cuisine vite noyés dans les remugles de la rivière. Un peu à l'écart, comme d'habitude, *L'Adèle,* le ventre mollement enfoncé au ras de la ligne de flottaison, la proue lustrée comme le poitrail d'une pouliche qu'on vient d'étriller. Saveur douce-amère des retrouvailles. Le père debout sur le pont, tétant sa pipe, avec un sourire contenu. Il a mis sa casquette de capitaine. Il embrasse gauchement en pesant sur les épaules d'Elie. Peut-être éprouve-t-il si « ch'garçon » a forci ? Après quoi il lui marque son contentement par la caresse coutumière : cette bourrade au menton; le gros poing velu ne frappe pas, il glisse, appuyant à peine, et cependant il semble à Elie que sa tête se décolle !

« Tu n'as rien laissé brûler, Nicolas ? dit Manman. C'est prêt dans un instant.

— En attendant, viens voir si *L'Adèle* se porte comme il faut », dit le père.

Elle a toujours aussi bonne mine, *L'Adèle*. Elie s'en était aperçu au premier coup d'œil. L'inspection de détails prouve que Manman ne relâche pas ses soins. Ce sont les cales et le chargement de charbon que le père voulait faire admirer :

« S'panse est pleine, dit-il avec satisfaction. In dirot eun'vacque gavée d'luzerne ». Il ajouta : « Sans ça on descendait jusqu'à Saint-Wandrille.

— Il valait mieux que tu fasses l'affaire, papa, dit précipitamment Elie. Et puisque j'ai eu la chance de venir... Ça été une surprise, tu sais ?

— Pour moi aussi... il y a deux jours, dit le père d'une voix neutre... Passons à table. »

Manman les appelait. Repas de fête. On rit. On parle de mille choses sans nommer une seule fois Amédée Cassagne.

Quand quatre heures sonnèrent :

« On nous a recommandé de ne pas être en retard », dit Manman.

Etreinte, frottée au menton. Avant de quitter les quais pour la rue qui menait au lieu du rendez-vous, Elie se retourna. Il distingua son père, debout à la proue, qui le regardait s'éloigner. Il agita sa casquette. En guise de réponse, Nicolas Hurleau retira la sienne; avec une telle solennité qu'Elie eut le cœur serré.

« Quand as-tu su que parrain m'amènerait, Manman ?

— Avant-hier seulement, mon chéri. Il m'a écrit qu'il te réservait la surprise.

— Il t'écrit souvent, parrain ?

— C'est selon la navigation. Tu sais que les lettres

restent parfois plusieurs semaines aux relais. Ou alors il faut que nous soyons certains de notre itinéraire et que nous indiquions l'escale à l'avance, comme cette fois-ci. Pourquoi me demandes-tu cela ? »

Il hésita :

« Parce que je m'étonnais que papa et toi m'attendiez sans me l'avoir dit.

— Nous n'en aurions pas eu le temps; et ton parrain tenait beaucoup à te faire la surprise. »

Une question, « la Question » lui brûlait les lèvres. Il se souvint d'une autre, en vacances, de la réponse de Manman, de ses remords. Manman si claire ! Il ne la posa pas.

Il la posa à mi-chemin du retour. Depuis un moment, déjà, l'auto roulait phares allumés. Amédée Cassagne conduisait en silence, comme oppressé lui aussi par la tristesse du soir.

« Parrain, pourquoi ne vois-tu jamais mon père ? »

Quelques secondes s'écoulèrent sans réponse, à croire qu'il n'avait pas entendu. Enfin, d'une voix privée de sa jovialité ordinaire :

« Un jour ou l'autre tu devais me demander ça. Je souhaitais que ce fût le plus tard possible. Oh ! je me doute que tu as observé la situation avant aujourd'hui. Mais tu ne t'en inquiétais pas; ou tu t'en accommodais intérieurement, c'était le principal. Tant que tu n'éprouvas pas le besoin d'interroger, tant que tu sentis qu'il valait mieux garder tes réflexions pour toi, tu as eu la chance de ton âge. Je me rappelle : c'est merveilleux le nombre de problèmes dont un gosse peut différer la solution au fond de soi. (Il semblait se parler à lui-même.) La solution, il compte, obscurément, que la vie la lui fournira en temps voulu. Il n'a pas tort, même et surtout si cette solution est fausse ou décevante; elle arrive toujours assez tôt ! On tient communément pour les plus malins les enfants qui assaillent leurs parents et leurs maîtres de pourquoi et de comment. Rien n'est moins sûr. La curiosité intelligente sait attendre son heure. Je ne dis pas ça pour toi, pitchoun. La tienne a su attendre. C'est à midi, au café, hein ? que la langue t'a démangé ? J'ai compris ton impatience, va. Il ne s'agissait pas pour toi de voir ton père un quart d'heure plus tôt. C'était d'ignorer les raisons de son absence qui te parut intolérable. Je me trompe ?

— Non, parrain », murmura Elie.

Tout en s'agaçant de ce qui ressemblait à une manière de tourner autour du pot, il écoutait avec un intérêt tel que les tempes lui battaient. A quoi bon chicaner sur l'instant où, réellement, il avait pris conscience du mystère familial et décidé de se renseigner ? Limitée à ce midi, l'interprétation restait correcte.

« Remarque, reprit Amédée Cassagne, je savais à quoi je t'exposais en t'offrant cette promenade. Si, depuis que tu es à Saint-Wandrille, je ne t'ai jamais fait profiter d'occasions semblables, c'était pour ne pas brusquer les choses. Tes parents auraient-ils pu venir que le risque était évité une nouvelle fois. Jusqu'à quand ? Te priver, par précaution, d'une joie qu'il m'était possible de vous procurer, à tes parents et à toi, devenait de l'injustice à la longue. »

Elie, remué, dut serrer les dents. S'il avait obéi au mouvement du cœur que venaient de faire naître les dernières paroles de son parrain, il aurait crié qu'il renonçait à toute curiosité, qu'il lui suffisait d'aimer ceux qui l'aiment sans connaître leur secrets, que les révéler coûterait à parrain et que lui, Elie, voulait lui en épargner la peine. L'aiguillon vigilant avec lequel il ne cesse de s'endurcir depuis trois mois l'incite à demander froidement :

« Tu penses aussi à faire plaisir à mon père ?

— Pourquoi pas ? dit Amédée Cassagne comme s'il n'y avait là rien que de naturel. J'estime Nicolas Hurleau. Et lui n'a pas motif à me mésestimer.

— Alors ?...

— Alors, ça t'étonne d'autant plus que nous ne nous voyions pas, hein ? L'expérience t'apprendra que l'antipathie, ou le mépris, ou la haine, ou n'importe quel sentiment hostile, n'est pas le seul obstacle qui puisse se dresser entre deux hommes. Ton père et moi ne nous voyons pas, nous ne parlons jamais l'un de l'autre, parce que nous jugeons que cela vaut mieux. Nous ne nous sommes pas disputés, note bien. Sache que ce qu'il y a entre nous est aussi noble que douloureux. Je ne saurais t'en dire plus, puisque je ne suis pas le seul en cause.

— Manman ? fit Elie d'un ton étranglé.

— Quoi Manman ? » dit Amédée Cassagne.

Sa voix, à lui, avait bronché. Celle d'Elie reprit, blanche :

« N'est-ce pas Manman qui vous sépare ? »

L'auto s'arrêta. Elie vit trembler sur le volant les mains de son parrain qui s'écria :

« Là, tu vas trop loin, mon garçon ! » Il se domina aussitôt. Une main sur l'épaule d'Elie : « Ecoute-moi, petit, reprit-il plus bas. Je t'ai dit que ce qu'il y a entre Nicolas Hurleau et moi est aussi noble que douloureux. Ne crois-tu pas que si, à tort ou à raison, cela prend, dans ton imagination, le visage de ta maman, le respect lui est dû de toutes manières ?

Tu m'entends : de toutes manières ! Quoi qu'il en soit, et pour répondre quand même strictement à ta question : non, ta mère ne nous sépare pas; elle nous est un trait d'union », ajouta-t-il avec un accent indéfinissable, douceur, amertume, mélancolie et ironie mêlées.

Il recouvra ses intonations chaleureuses pour dire :

« N'aie crainte, pitchoun. Tu n'as à rougir ni d'être le fils des Hurleau, ni le filleul de Cassagne.

— J'en étais sûr, parrain. »

Et ce disant, Elie se sentit rougir. Il était frustré. Les allusions de parrain ne détruisaient pas celles du binoclard. Il bandait ses forces pour ne pas s'avouer — oh ! pas maintenant, c'est assez pour aujourd'hui — le contraire... Les larmes lui montèrent aux yeux juste comme Amédée Cassagne remettait en marche.

LIVRE SEPTIÈME

I

Paule, couchée, récapitulait les faits : Bertrand avait tenu parole, son père en était passé par où il voulait. Ce matin, avant le départ, Henry de Lillers et M. de Borre s'isolèrent dans la bibliothèque. Quand ils en sortirent, celui-ci semblait prêt à gambader sur ses longues jambes et celui-là souriait. A ce moment Gertrude de Lillers sourit aussi. Quant à Bertrand, il se contenta de regarder intensément Paule qui, malgré elle, baissa les yeux. Lors des adieux, elle s'efforça de rester naturelle, autant qu'elle avait pu le paraître les jours précédents. Il ne fallait surtout pas que ses ultimes amabilités eussent l'air de sceller quelque accord. Tout de même, il aurait été bas de ne marquer aucune gratitude à Bertrand et de lui donner à penser qu'on se dépitait d'être son obligée. Elle tâcha de lui faire sentir le contraire dans la poignée de main. La manière dont il répondit à l'étreinte, l'espérance qui l'illumina, glaça Paule. C'était comme une fausse entente dont M. de Borre, sautillant devant Gertrude, serrant avec effusion les bras d'Henry, aggravait jusqu'à la caricature l'image dérisoire. La comédie continuait ! Si loyal qu'ait été Bertrand en proposant son arrangement, n'était-il pas fondé à croire à une véritable entente : celle qui lui laisse une chance ? Il n'est pas sot. Il a désarmé la fierté de Paule tout en sachant qu'il s'en ferait, ainsi, sa plus sûre alliée. Non ? Il n'a pas tellement calculé ? N'importe. Elle, Paule, faisait le calcul pour son propre compte; elle n'éviterait pas le résultat. Parer au plus pressé, s'octroyer un répit sans en prévoir la durée : oui, ces arguments l'avaient convaincue. Mauvaise foi. Elle gagnait du temps, elle usait d'une liberté à crédit; au fond d'elle-même, pas plus que de sa mort à laquelle pareillement elle feignait de pouvoir échapper, en s'inventant, jour après jour, une vie à long délai, elle ne doutait de l'échéance : ce qu'elle se devait à elle-même l'obligerait à payer. Pourquoi les autres n'auraient-ils pas partagé cette certitude — de bonne ou de mauvaise foi ? Bertrand, ses parents, et ce père qui consentait qu'on achetât sa fille pourvu qu'il n'eût pas l'air de la vendre !

A peine l'auto des Lillers eut-elle franchi la grille, que M. de Borre épancha sur Paule un trop-plein de satisfaction :

« Que je t'embrasse, ma petite belle ! »

L'effusion paternelle lui répugna. Elle se contraignit à en sourire.

« Est-ce de nous retrouver seuls qui vous met en joie, père ? dit-elle. La compagnie de nos cousins ne semblait pas vous déplaire. Maintenant qu'ils sont partis, ne craignez-vous pas de voir revenir vos fameux soucis ? »

Prit-il cela pour de l'innocence ou de la malice ? Il eut quelques coups d'œil de côté. Très vite la lueur affolée se changea en étincelle de gaieté. Il fit craquer ses doigts.

« Leur départ me fait encore plus plaisir que leur présence. Mes fameux soucis, comme tu dis, se sont envolés avec eux. Grâce à toi. »

Paule ne songea plus à dissimuler. Frémissante d'appréhension intime, elle réussit tout juste à contrôler sa question et sa voix.

« Comment grâce à moi ? » fit-elle d'un ton froid.

M. de Borre poussa un hennissement guilleret :

« En montrant aux Lillers un visage plus affable que celui-là, tout simplement ! » répondit-il en lui touchant le menton.

Le petit fox gambadait, à la traîne.

« Taquin ! vous allez vous enrhumer, mon chien. Nous rentrons ! » cria M. de Borre de sa voix de tête.

Paule se détendit. Le vieil égoïste ignorait le fin mot de son aubaine et ne s'en préoccupait pas. Il avait dû se contenter de raisons soufflées à Henry de Lillers par Bertrand. Oui, celui-ci avait tenu parole.

Le lendemain, tout au début de l'après-midi, elle pria son père de l'excuser : elle ne l'accompagnerait pas à sa « récréation ». Mulysse n'avait pas été attelée depuis plus d'une semaine; il fallait lui dérouiller les jambes. Paule elle-même ressentait le besoin de sortir, de redécouvrir l'horizon au-delà des murs de La Maison-sous-l'église. Elle souhaitait profiter le plus possible du jour qui finissait tôt. Elle s'attendait que M. de Borre geignît, ne fût-ce que pour la forme. Il abonda dans son sens; même on eût dit qu'il la pressait.

« Veux-tu me faire plaisir, ma petite belle ? Va en ville et choisis-toi les étrennes que je n'ai pas eu l'occasion de t'offrir.

— Merci, père, fit-elle mollement. A ce compte-là j'aurai aussi à choisir les vôtres.

— Oh ! moi, je les ai déjà reçues; comme de tes mains, je te l'ai dit.

— Exactement celles que vous désiriez ?

— Exactement, dit-il en donnant, du nez, un coup de trompette victorieux.

— Mes désirs à moi sont irréalisables !

— Ttt, fit-il. Ta couturière ou quelque magasin t'en feront naître que je puis contenter. Tiens. »

Il ouvrit son portefeuille. Elle dut accepter l'argent. Elle redoutait, si elle refusait, des explications embarrassées de part et d'autre. L'inconscience paternelle dont elle fuyait le spectacle, sous un faux prétexte, l'indisposait moins que ne l'eût fait, à demi éventée, leur mutuelle duperie.

Jouant le jeu jusqu'au bout, elle prit la direction de la ville. A l'entrée, comme la mule allait s'engager sur le pont, Paule tira brusquement sur les guides. Une auto, surgie en sens inverse, venait de freiner elle aussi. Le conducteur amorça une manœuvre pour laisser le passage. Paule disposant de plus de place lui fit signe et se rangea. L'auto traversa le pont à lente allure. Elle n'accéléra pas tout de suite au débouché. L'homme prit le temps de se découvrir. Puis il fonça vers Orchiecourt. Paule, de son siège, avait mal distingué ses traits. Cependant ils ne lui semblaient pas inconnus. Lui-même l'avait-il saluée par simple courtoisie ou parce qu'il la connaissait ? Ah ! ces cheveux de jais, en auréole, mais oui, c'était M. Cassagne, l'assureur. Elle fut tentée de tourner bride. Et puis ? à quoi bon !

Elle fit des emplettes. Pousserait-elle jusqu'à Saint-Wandrille, insisterait-elle pour voir l'abbé Douve ? Cette fois-ci, ce sur quoi elle désirerait le consulter est grave. Il ne saurait se dérober. Mais non.

Elle ne possède pas d'éléments assez précis. Elle attendra de les avoir recueillis.

Elle choisit de faire trotter Mulysse et de se laisser encore cingler le visage par le vent froid. Elle rejoindra La Maison-sous-l'église après un long détour. Passé le pont, elle quitta la route directe d'Orchiecourt et s'engagea sur celle de gauche. Elle rattrapera la départementale qui, coupant à travers champs, mène à la petite entrée de la propriété. Canal aux eaux dormantes où une péniche solitaire glisse comme si elle craignait de les éveiller; labours à perte de vue, où chaque motte a l'air d'une gerçure; silence où se propage moins qu'il ne s'y dilue le tintement des grelots de Mulysse — comme ce cri à elle, Paule, qu'elle lance à pleine gorge, face au vent et que le vent lui rejette à la bouche, muet et glacé. Voici le chemin de terre bordé de bouleaux, souvenir d'une dépendance de La Maison-sous-l'église. Ces champs, maintenant, appartiennent au père Descottes. M. de Borre n'avait plus rien à négocier que sa fille ! La mule se mit au pas. Sa robe fumait.

Paule contourna le mur d'enceinte, l'église, le mur encore jusqu'au portail. A travers la grille, elle reconnut arrêtée devant le perron l'auto de tout à l'heure.

Elle laissa Léontine se débrouiller avec la bête et le cabriolet. Elle pénétra en hâte dans la maison. Pour gagner l'escalier conduisant à sa chambre elle devait passer devant le cabinet-bibliothèque de M. de Borre. La porte s'entrebâilla. Paule vit d'abord la serviette de cuir, certes plus patinée que celle de son père, puis le bras au bout duquel elle pendait et enfin, comme s'il était entraîné par le poids, un grand corps qui sortait en se présentant de trois quarts. M. de Borre apparut presque collé à lui. Quand il aperçut sa fille il tiqua. Il se reprit aussitôt et sur le mode cérémonieux :

« Paule, dit-il, permets-moi de te présenter M. Cassagne — encore que vous vous connaissiez de vue, je crois. »

Elle approuva d'un signe de tête et tendit la main.

« J'ai déjà eu le plaisir de rencontrer Mademoiselle, dit l'assureur. Et pas plus tard que cet après-midi. »

Le timbre sonore, l'accent chantant prêtaient un air de faconde professionnelle à ces paroles. Paule s'en irritait moins que du regard trop attentif posé sur elle; elle retrouvait ce velouté qu'elle y avait remarqué dans l'atelier de Fernand Ramette et dans le couloir de Saint-Wandrille, une application à charmer en même temps qu'un hommage. Se trompait-elle en y lisant, maintenant, quelque chose de plus, qui, à la réflexion, s'exprimait déjà lors des entrevues précédentes ? Elle n'y avait pas pris garde parce qu'elle ne savait rien : quelque chose comme de la compassion. Folle imagination — jusqu'ici la plus raisonnable ! De se le dire n'empêchait pas d'attacher les yeux à la serviette de cuir qui recélait nombre de renseignements précieux : un nom, une adresse, en tout cas. M. de Borre détient le double de ce qui vient d'être signé. C'est peut-être encore là, sur son bureau; ou rangé dans une serviette semblable à celle-ci; cadeau de la fille au père, ô ironie !

« Tu rêves, ma petite fille !

— Excusez-moi, monsieur, dit-elle à l'assureur. Je tombe de fatigue. »

Elle lui tendit de nouveau la main. Il s'inclina.

« Mes respects, mademoiselle. »

Oh ! même dans sa voix, maintenant, elle découvrait

de la compassion ! Elle monta vivement chez elle.

Au dîner :

« Puis-je te faire observer, ma petite belle, dit M. de Borre qui tu as été à peine polie avec M. Cassagne.

— Je m'en suis excusée, répondit Paule. Je me sentais fatiguée. Je n'avais qu'une hâte : m'allonger. Et puis, je ne me jugeais guère en beauté, toute décoiffée et le nez rouge.

— Coquette ! fit M. de Borre d'un ton badin.

— Me le reprochez-vous ?

— Certes non, dit-il avec une impétuosité qui fit sourire Paule.

— Me permettrez-vous une observation, à mon tour, père ? Si je me suis peu mise en frais pour votre assureur, je m'étonne que vous paraissiez le regretter. Il n'y a pas tellement longtemps, vous vous plaigniez de lui comme d'un persécuteur !

— Aussi bien m'en suis-je débarrassé aujourd'hui pour toujours ! répondit M. de Borre avec enjouement. Il méritait, en la circonstance, la même considération qu'on voue à une dent douloureuse, une fois arrachée.

— Comment l'aurais-je deviné, père ? dit Paule avalant un peu de salive amère. Vous ne m'éclairez pas mieux sur vos joies que sur vos peines.

— Parce que les unes sont liées aux autres, ma petite belle », répliqua M. de Borre avec gravité

Il changea de conversation. Pas une seule fois il ne picora les miettes sur la table; pas une seule fois il ne se rongea les ongles.

II

La veille de l'Epiphanie, le soir, l'abbé Douve ne parut pas au réfectoire. Après les Grâces, et avant la lecture de l'ordre du jour, pour le lendemain, M. le supérieur déclara :

« Je recommande aux prières de la communauté le père de M. l'abbé Douve qui est, de surcroît, un bienfaiteur de Saint-Wandrille. M. l'abbé Douve a été appelé d'urgence auprès de lui. Il est à craindre qu'il ne reste absent plusieurs jours et qu'il n'ait besoin de votre assistance spirituelle. Cette pieuse consolation, mes chers enfants, je sais que vous aurez à cœur de la lui offrir, moins par devoir — encore que c'en soit un pour des chrétiens — que par affection, celle que lui vaut son dévouement incessant. Aussi je n'insiste pas... »

M. le supérieur toussota et reprit :

« Durant l'absence de M. l'abbé Douve et dès ce soir, monsieur l'économe remplira les fonctions de préfet. Ajoutée à d'autres, et compte tenu de l'aide précieuse du cher monsieur Frédéric, c'est une lourde charge. Nous ne doutons pas que vous vous efforcerez de l'alléger par votre bonne conduite. Les nouveaux ont pu voir et les anciens constater une fois de plus que la vie à Saint-Wandrille est celle d'une grande famille. Elle est marquée par des peines, certes, et l'épreuve de notre cher abbé Douve nous atteint tous. Elle est marquée aussi par des joies. Nous devons remercier la bonne Providence qui nous les a prodiguées en cette période de fêtes. Oui, ceux-là mêmes d'entre vous qui n'ont pas goûté le contentement intime d'un succès à l'examen trimestriel ou le bonheur d'embrasser leurs parents, ont bénéficié de l'aimable détente à laquelle la discipline se prête, depuis plus d'une semaine. Maintenant il faut nous rappeler l'ordinaire nécessité du travail et l'habituelle observance du règlement. Demain c'est encore fête; nous célébrerons l'Epiphanie selon la tradition. Toutefois les élèves dessinateurs n'oublieront pas que Mlle de Borre vient donner son cours le matin. Sannier, lisez l'ordre du jour. »

L'attention de la communauté se relâcha d'un coup; Sannier, le myope, les yeux collés à son carnet, ouvrait la bouche quand M. le supérieur agitant la clochette réclama audience de nouveau :

« Un mot encore : nous attendrons le retour de M. l'abbé Douve pour changer les offices. Jusque-là, que chacun continue de remplir ponctuellement celui auquel il a été affecté le trimestre dernier. »

Clochette. Sannier lut enfin l'ordre du jour d'où émergeaient deux indications : à midi, les rois; après les vêpres, séance récréative. Des Potames se frottèrent les mains comme si ces réjouissances leur étaient réservées spécialement.

On quitta le réfectoire pour la chapelle.

Ça se voyait, tout le monde restait impressionné par le discours de M. le supérieur. A des titres différents, sans doute. Lui, Toine, pensa à l'abbé Douve. C'est drôle : il n'imaginait pas qu'il existât un M. Douve père, ... enfin que ce père vécût jusqu'à présent. Ne dirait-on pas que les prêtres ont toujours été prêtres; qu'ils sont venus tels quels, tout seuls, sur la terre ? On a beau le savoir, ça paraît incroyable qu'ils aient été des enfants comme les autres. Ils parlent de leurs parents, mais si rarement que c'est comme s'ils étaient morts. Ah ! il y a quelque chose là-dessus dans l'Evangile : « Celui qui me préfère son père ou sa mère... » La vocation, c'est terrible. Pareillement, des mères comme Blanche de Castille ou sainte Jeanne de Chantal font peur. L'une répétait à son fils qu'elle aimerait mieux le voir perdre la vie que commettre un seul péché mortel. L'autre, pour aller au couvent, passa sur ses enfants qui, couchés devant la porte de leur maison la suppliaient de ne pas les quitter. L'abbé Filâtre cite toujours ces mères en exemple dans ses sermons. Il est aussi le seul qui évoque sa vocation quand il était encore petit. C'est pourtant lui qui devait ressembler le moins à l'enfant Samuel : celui de l'histoire sainte en images, avec ses boucles blondes et sa longue chemise de nuit; à genoux, les mains jointes dans un rayon de lumière : « Parlez, Seigneur, votre serviteur vous écoute. » N'est-ce pas ça la vocation ? Les élèves de Saint-Wandrille que Toine a connus et dont il a appris qu'ils étaient entrés au grand séminaire ne s'accordaient pas beaucoup mieux à cette représentation. De certains, même, on n'aurait jamais cru qu'ils aient l'idée de devenir prêtres. D'autres, oui. Toine se rappelle qu'ils étaient très pieux. Il en revit quelques uns en soutane. Ça ne prouvait rien. Ils avaient l'air déguisé. Jusqu'à présent, aucun des anciens qui ont célébré l'une de leurs premières messes à Saint-Wandrille n'avait été son condisciple. Pas moyen de vérifier la continuité de l'enfance au sacerdoce. Tiens, Samuel : on le montre tout gamin, puis prophète barbu. Le Christ aussi : on le voit bébé, puis garçonnet devant les Docteurs et tout de suite après l'homme comme saint Jean-Baptiste. Encore un de qui l'enfance ne compte pas. Pourquoi la pensée vagabonde-t-elle ainsi ? Ah ! oui ! tout ça pour s'expliquer que l'abbé Douve vivait dans le présent de Saint-Wandrille, sans passé, sans famille. C'était bête. Toine l'aime bien l'abbé Douve. Au fond du cœur, il le traite un peu comme son père. Oh ! il n'usurpe pas la place du père Lorraine. Celui-ci c'est le « plus que père ». Il connaît Mamy et Tanty. On peut tout lui dire. L'abbé Douve doit savoir des choses par lui. On n'en cause pas. Il faut veiller à ne pas poser au chouchou. Comment lui faire comprendre que son chagrin est partagé ? En a-t-il autant que Toine en aurait si Mamy mourait ? La mort. On la nomme assez souvent à Saint-Wandrille. L'abbé Filâtre la brandit comme une menace; il prétend que plus on est jeune, plus on est menacé : « Les rangs s'éclaircissent à mesure qu'on avance dans la vie » et, ce disant, il fait le geste de faucher. La mort, Toine la découvre proche, beaucoup plus proche que sur la route de banlieue où passaient les corbillards, que derrière les palissades voisines du cimetière où l'on sculptait des tombes, que dans le souvenir d'Anne-Marie qui a rejoint au ciel sa maman, que lors de l'accident de La Passoire au cours d'une grève; qu'après la disparition de l'oncle Rodolphe quand Tanty portait ce voile de crêpe dont le seul contact sur la joue donnait envie de pleurer; si proche, réelle, puisque l'abbé Douve va la tenir dans ses bras.

La récitation des *Complies* touchait à sa fin : « *Salva nos, Domine, vigilantes... Sauvez-nous, Seigneur, dans la veille.* » Pouvoir des mots : chaque soir, quand ses lèvres prononcent « *vigilantes* », Elie échappe à la psalmodie engourdissante et opère une sorte de redressement intérieur. Il se veut, il se sent *vigilant*. Il renforce, à son propre usage, la signification du terme en conjuguant les acceptions latine et française. Il lui plaît de se camper, en imagination, dans la nuit, l'âme et le corps attentifs. Comme la grue héraldique, dite justement « vigilance », il soulève une pierre — c'est peut-être son cœur — pour s'empêcher de dormir. Après quoi le « supin » a bonne mine quand il vaporise un laïus dans le goût de tout à l'heure. L'abbé Douve. On compatit. Quel besoin d'enchaîner avec les joies dont la Providence, paraît-il, s'est montrée prodigue durant les fêtes ? Elie a été oublié lors de la distribution, supposé qu'Antoine ait tenu quitte sa mère, le dimanche, de la détresse du samedi; et supposé que les types — ils sont une dizaine rien que dans le clan — dont leurs parents ne se soucient guère, aient trouvé une consolation en chahutant plus que de coutume. La « bonne Providence » se fiche de ses enfants, voilà la vérité. Quand quelqu'un l'invoque, il faut veiller : ça dissimule un piège. Au jeu de la petite guerre, Elie n'hésite pas à ménager des chausse-trapes, des « casse-gueule » sous les pas de l'adversaire. On creuse un trou, on le recouvre de branches flexibles, elles-mêmes camouflées par de l'herbe. Si un gradé ennemi passe par là, il tombe et un simple soldat peut le faire prisonnier. Une fois on tapissa le fond de bouse de vache toute fraîche. Telles sont les exhortations à la « supin ». Elles cachent de la gadoue; et la pire : de la gadoue vivante. De même les belles paroles de parrain. Non, Elie ne veut pas être rassuré. Jusque dans le sommeil, désormais, irréconcilié, il veille...

Dès la montée au dortoir, M. l'économe prit le commandement. Là-haut, il commença une ronde soupçonneuse. Il la prolongeait même dans le secteur de M. Frédéric. Les mains derrière le dos, égrenant un rosaire cliquetant de médailles, il passait et repassait lentement devant les rangées de lits. Il parut à Jean qu'il s'attardait à le regarder se déshabiller. Jean se sentit rougir. Il faisait pourtant attention à ne plus manquer à la modestie. Comme il se couchait, l'abbé — cette fois il en était sûr — tourna vers lui sa face blême, ravinée et ses yeux charbonneux. Alors il se signa. Des voisins étaient coutumiers du geste. Lui non. Il le jugeait superflu après la bénédiction de M. le supérieur. Il s'en voulut comme d'une hypocrisie. Ah ! il n'a pas fini de ruser ainsi misérablement, de trembler sans raison. L'annonce que l'abbé Filâtre remplacerait l'abbé Douve l'avait glacé. Il tenta de surprendre le sentiment d'Elie et d'Antoine. Ils semblaient indifférents. En revanche, il vit la moue de Borderie et lut du mécontentement sur le visage de plusieurs camarades. C'est certain : l'abbé Filâtre ne manque pas une occasion de manifester son hostilité aux « aristos » et ceux-ci s'en méfient. Vallard, Lagier, Crespel et autres « potames », eux, crurent malin de jubiler. L'abbé Filâtre leur réserve ses faveurs. Lui, Jean, risque de pâtir, non seulement de son appartenance au clan Hurleau-Fussy, mais encore et surtout de sa vieille histoire avec frère Jacques. A ce moment-là, il ne savait pas que l'économe protégeait le portier et tiendrait pour une offense personnelle la moindre suspicion envers le bonhomme. Jean avait compris cela lors d'une conversation à mots couverts de M. Frédéric, comme il avait compris, quand l'abbé Douve l'avait questionné, que M. l'économe était très fâché et réclamait une punition. En quoi la situation aurait-elle changé ? Jean n'avait rien dit de mal contre frère Jacques, ni à l'abbé Douve qui l'avait interrogé nettement, ni à M. Frédéric qui avait tâté le terrain et n'avait pas insisté. Il n'avait rien dit parce que ça ne pouvait pas se dire. N'empêche que, depuis, l'économe l'observe sans aménité. Jean redoutait les semaines où il était de surveillance en récréation ou en promenade. Que va-t-il en être durant tous ces jours où il aura la haute main sur la discipline de la communauté ?

Jean s'assoupissait. Comme chaque soir, d'abord transi, il finissait par se rassembler, genoux au ventre et mains entre les cuisses, en un noyau de chaleur. S'il frissonnait encore, par à-coups, c'était de bien-être. Une tape sèche l'obligea brusquement à plonger les jambes au fond glacé des draps. Il ouvrit les yeux. M. l'économe le contemplait en secouant la tête, l'air de dire : « Oui, c'est moi, et je sais ce que je fais. » La lumière bleue d'une veilleuse colorait fantastiquement sa figure sévère. Il se pencha. Jean ne put s'empêcher de froncer le nez sous son haleine :

« Il convient de respecter la décence jusque dans le sommeil, monsieur Demeure, souffla-t-il. Votre ange gardien, lui, ne dort pas, non plus que le démon. Tâchez de ne pas contrister l'un et de ne pas réjouir l'autre. Le corps, quand on cesse de le contrôler, garde le pli de la bonne ou de la mauvaise tenue habituelle. Méditez là-dessus avant de vous rendormir. »

Il s'éloigna.

Angoisse. D'instinct, les pieds remontaient vers des plages chaudes. Il fallait, bêtes rétives, les repousser dans les étangs gelés et les y maintenir. De guerre lasse, immobiles, ils se firent eux-mêmes blocs de gel. Ils pesèrent si lourd qu'il devint impossible de les remuer. Puis le corps entier refusa de bouger. Il gardait le pli ! Et lui aussi pesait. Tellement que la glace craqua. Bien fait ! Une miraculeuse chaleur décontracta tous les membres...

Etonnement honteux au réveil : cette chaleur était humide.

III

Frederic l'attendait, ce jeudi ! Ce que le fils du bourrelier ne pouvait se permettre à Orchiecourt, le *socius* n'avait pas besoin de beaucoup d'audace pour le risquer à Saint-Wandrille : contraindre Mlle de Borre à se rappeler son existence, exiger... heu : provoquer une explication. Paule ne lui échappera pas aujourd'hui.

Il fit les cent pas devant la bibliothèque dix minutes avant que sonne l'*Angelus,* signal de la fin du cours. Il fut rejoint par Sosthène. L'infirme, une main enfouie sous le plastron de son tablier de souillon, dodelinant de la tête, guettait la porte. Intrigué, Frédéric s'approcha :

« Vous êtes chargé d'une commission, Sosthène ? »

Le domestique leva vers lui des yeux dont l'éclat doré le surprit. Il n'avait jamais prêté grande attention à cet innocent. Il le savait protégé de l'abbé Omer dont il reconnaissait là le bon cœur. Il lui accordait une pitié lointaine et n'aimait pas que M. Maffre ou un élève le brocarde. Témoin de la correction infligée l'autre fois à Vallard, il avait pris tacitement le parti de Sosthène, sans même savoir ce qui s'était passé. Il ne cherchait pas l'occasion de voir de près cette tête monstrueuse. Il l'aurait fuie plutôt. Et voici qu'un regard lui livrait, au-delà de n'importe quelle flamme intelligente, un mystère d'âme. Bizarrement il eut conscience d'être indiscret, mais il insista :

« A cette heure M. Urbain doit avoir besoin de vous à la cuisine. Ne voulez-vous pas que je fasse votre commission ? »

Sosthène leva de nouveau les yeux vers Frédéric; sourcils froncés, cette fois, ils lançaient des lueurs sombres — comme ceux d'un chien à qui l'on disputerait un os. Et ce fut par une sorte d'aboiement que l'infirme répondit :

« Non ! »

Du revers de sa main libre, il s'essuya la bouche et recommença de guetter la porte.

« Tant pis pour vous, dit Frédéric, subitement agacé. Les enfants vont sortir d'une minute à l'autre. Si c'est l'un d'eux que vous attendez, ça n'ira pas sans bousculade. »

On entendit un remue-ménage dominé par la voix de Mlle de Borre :

« Ne rangez pas le fusain en train dans vos cartons. Vérifiez seulement que les pinces le maintiennent comme il faut. »

Les élèves surgirent, faisant encore un jeu de l'obligation de se dépêcher. L'épaule contre le chambranle, bouchant à moitié le passage et incapable lui-même de se le frayer, Sosthène, impavide, subissait la presse. Les gosses chuchotaient en riant.

« Voilà le minus ! s'exclama Vallard qui sortait le dernier.

— Silence ! fit Frédéric. Rejoignez la communauté. »

Sosthène était déjà dans la bibliothèque. La porte

restait entrebâillée. L'*Angelus* sonnait. Le raclement des souliers cloutés sur les dalles du corridor couvrait la voix de Mlle de Borre. Frédéric attendit que la troupe fût entrée en étude. Il hésita quelques secondes avant de se décider à frapper.

« Entrez ! dit Paule. Ah ! bonjour, monsieur Ramette. (Avec une douceur, une gentillesse, un sourire qui blessèrent d'autant plus Frédéric qu'il ne recevait, lui, qu'un accueil poli, elle ajouta :) Et au revoir, monsieur Sosthène... (du ton qu'elle aurait dit : « Vous voyez, il faut nous séparer; j'en suis aussi fâchée que vous; pardonnez-moi donc; à la prochaine fois. » Ah ! c'était enrageant. Frédéric n'allait tout de même pas se sentir jaloux de ce déshérité !)... Je mettrai votre belle image dans mon missel. En souvenir. »

L'infirme ne bougeait pas, l'air fasciné.

« L'*Angelus* est sonné, Sosthène, dit Frédéric en contenant une envie de houspiller l'intrus. La communauté se dirige vers le réfectoire. Et moi j'ai à parler à mademoiselle. »

Sosthène lui fit un œil noir. Il regarda Mlle de Borre. Elle lui tendit la main, toujours souriante. Il la toucha timidement du bout des doigts. Ses yeux s'éclairèrent. Il les reporta sur Frédéric qui s'émerveilla de ne plus y découvrir la moindre trace de colère et de bénéficier de cette lumière d'or que la jeune fille venait d'y rallumer. Avec brusquerie Sosthène tourna le dos et traînant la jambe aussi vite qu'il le pouvait, quitta la pièce.

« Malheureux garçon, dit Paule. Il montre juste assez d'intelligence et de sensibilité pour connaître son infortune et en souffrir.

— Il ne vous fait pas peur ? demanda Frédéric.

— Il ne me fait *plus* peur, dit Paule; depuis notre première rencontre, je me suis habituée à lui.

— Et il ne vous dégoûte pas ? »

Frédéric regretta sa question aussitôt lâchée. Mlle de Borre y répondit avec un naturel étonnant : « Pourquoi me dégoûterait-il ? Le dégoût suppose un goût, ne croyez-vous pas, monsieur Ramette ? C'est une attirance contrariée par elle-même, si je me fie à ce que j'éprouve. Rien de tel devant le pauvre Sosthène. Quand il me contemple, quand il m'écoute ou quand il articule quelques sons qui finissent par devenir des mots et par composer une phrase — comme tout à l'heure : laborieusement il m'a récité une espèce de compliment de nouvel an pour m'offrir en cadeau cette image d'une madone polonaise — bref ! quand j'ai affaire à lui, je remarque à peine son infirmité. Mon corps ne l'épouse pas, cette infirmité, me comprenez-vous ? Je suis tout occupée à imaginer l'âme qui bute, comme une mouche, à l'intérieur de cette grosse tête. Il me semble que mon âme, à moi, lui vient en aide sans... comment vous dire ? — se salir. C'est passionnant.

— Vous feriez une sœur de charité », dit Frédéric abasourdi.

Mlle de Borre rit, un peu durement. Elle ne sait pas rire.

« Aucune vocation, réplique-t-elle. Si charité il y a, Sosthène est le seul à m'en rendre capable sous cette forme-là; à cause de ce qu'il est. J'en suis payée tout de suite. Son âme se libère de la grosse tête , de la langue embarrassée, de la bouche baveuse et de la jambe torse. Avez-vous vu ses yeux ?

— Ils sont extraordinairement beaux par instants », dit Frédéric, ému que l'observation confirmât sa réflexion de tout à l'heure.

Emu, il ne l'est pas au point de ne plus s'irriter d'un stupide contretemps. Le voilà debout devant Mlle de Borre qui depuis cinq minutes, sans avoir pris la peine de lui demander l'objet de sa visite, l'entretient de Sosthène ! Elle continuait :

« Cela dit, ne vous méprenez pas sur mes aptitudes de sœur de charité; même à l'égard de Sosthène. Il n'est pas coutumier de manifestations comme celle d'aujourd'hui. Il se borne, d'habitude, à de petits excès de zèle dans un service que je lui ai demandé. Sinon je l'éconduirais. Tout de même son geste m'a touchée », dit-elle en regardant l'image pieuse. Elle lut à mi-voix : « Notre-Dame de Cezstokova. Pourquoi cette dévotion ? reprit-elle. J'ai cru entendre qu'il attachait du prix à l'image parce qu'elle lui vient de sa mère. Vit-elle toujours ?

— Je l'ignore, dit Frédéric avec impatience. Le protecteur de Sosthène, ici, est l'abbé Omer. Il vous renseignerait.

— L'abbé Omer... » fit Paule rêveuse.

Elle revoyait, dans cette même bibliothèque, le prêtre roux, aux mains de boucher et aux yeux chavirés — si timide et en définitive si intimidant.

« On envierait le pauvre Sosthène! dit Frédéric avec humeur. (Il pestait de ne pas trouver le ton juste.) Tout le monde n'a pas le bonheur de mériter un tel intérêt... »

Mlle de Borre le dévisagea d'un air moins offusqué qu'incompréhensif.

« ... J'étais venu, moi aussi, vous présenter mes vœux, mademoiselle », dit Frédéric. (Il avait trouvé enfin le ton de la simplicité.)

Paule se leva et gracieusement :

« Mon Dieu, monsieur Ramette, c'est vrai que nous ne nous sommes pas vus de toutes ces fêtes !

— Pardon, mademoiselle, dit Frédéric : c'est vrai que *vous* ne m'avez pas vu.

— Vous vous cachiez donc à Orchiecourt ? Vous avez la manie de l'espionnage ! » dit-elle en plaisantant.

Déconcerté à la fois et ravi, il choisit le mode boudeur :

« Sans doute étiez-vous trop entourée pour m'apercevoir à l'église.

— En effet, dit-elle avec une franchise cruelle, j'avais de quoi m'occuper ! »

Le dépit lui donna le courage de se plaindre :

« J'espérais quand même compter un peu plus que les autres ! »

Elle eut un haut-le-corps :

« Quels autres ?

— Tous les autres, dit-il avec une soudaine âpreté. Ceux parmi lesquels je me suis trouvé longtemps confondu. Ceux qui vous regardent sans exister à vos yeux. Ceux dont vous recevez l'hommage en leur rendant de l'indifférence. Prenez garde qu'ils ne se lassent... »

Il s'arrêta court, effrayé de son emportement.

« Vous vous oubliez, monsieur Ramette ! » s'écria Paule.

Le garçon se tenait devant elle, pâle et le menton tremblant; de fines gouttes de sueur lui perlaient au front, bien visibles à la racine des cheveux plantés droit. Il murmura :

« Je vous demande pardon. »

Il se précipita vers la porte. Dieu merci, Sosthène l'avait fermée. Quelle situation ridicule si quelqu'un, passant dans le corridor, avait surpris l'éclat !

Frédéric tournait la poignée :

« Monsieur Ramette ! Un instant, je vous prie. »

Penaud, il revint sur ses pas.

« Monsieur Ramette, reprit Mlle de Borre, d'une voix calme, j'ai horreur des malentendus. La scène que nous venons de jouer m'en laisse supposer un très fâcheux. Vous plairait-il de le dissiper ? »

Le garçon bafouilla quelques mots dont elle n'entendit que le dernier.

« Je vous fais grâce de vos excuses, dit-elle. Je les accepte si cela peut vous faire plaisir, se reprit-elle, voyant la mine désolée de Frédéric. Ce n'est pas ce qui m'importe. J'ai droit à une explication. Répondez-moi donc exactement : pourquoi vous êtes-vous mis en colère tout d'un coup ? A quoi faisiez-vous allusion en me disant de prendre garde ? »

Frédéric était au rouet. Ah ! il s'était flatté de provoquer une explication. C'est lui qui en avait peur maintenant. Ses paroles de tout à l'heure lui paraissaient absurdes. Il dévisagea Mlle de Borre. Comme elle est belle ! Mais quelle est cette expression qu'il ne lui connaissait pas ? On la dirait moins sûre d'elle-même, moins hautaine et cependant plus autoritaire, plus dure. Elle n'a pas eu le loisir de se repoudrer. Est-ce la pincée de taches de rousseur qu'il n'avait pas encore remarquées sur son nez qui lui prête un air de petite fille — de petite fille entêtée ?

Il se mâchonnait l'intérieur de la joue.

« Alors, monsieur Ramette ? En resterons-nous là ? C'est pour le coup que vous m'offenseriez. »

Il écarta les bras en signe d'impuissance.

« Bien. Je ne vous retiens pas. »

Il perçut une sorte de détresse dans ce congédiement. Le ton accusait l'offense, mais aussi il ne savait quelle résignation. Cela lui fut insupportable. Il aimait mieux Mlle de Borre orgueilleuse. Oui, il devait y avoir un malentendu plus grave, encore, qu'il ne le pensait. Le sourire finaud du père Ramette quand il parle de La Maison-sous-l'église, l'aide que le bourrelier s'était fait fort d'apporter à son fils, traversèrent l'esprit de Frédéric. Comment Paule avait-elle interprété ses paroles ? Si le malentendu tourne autour de ça qu'il ignore, lui, Frédéric, ne veut pas y avoir part. Il s'assit et se confessa comme on se jette à l'eau.

Il évoqua son éblouissement de collégien lors de certaine Fête-Dieu, il avoua sa ruse pour s'éloigner le moins possible de La Maison-sous-l'église, il décrivit l'espèce d'hypnose collective des garçons d'Orchiecourt et assura l'avoir subie, lui, comme eux tous, en souffrant certainement plus qu'eux tous du mépris de la « demoiselle »; il dit son bonheur quand les circonstances lui permirent d'être distingué par Paule, et qu'il se contentait d'un tel bonheur, du jeudi au dimanche et du dimanche au jeudi; il ne dissimula pas les illusions dont il s'était bercé en attendant les fêtes; il justifia, par la peine qu'il avait eue, sa colère et s'excusa d'avoir tenté de blesser Paule en lui donnant à entendre qu'à la longue ses admirateurs se fatigueraient et qu'elle vieillirait sans amour, fût-il anonyme.

« Injure romantique !... » dit-il avec un triste sourire.

Paule l'écoutait en veillant à demeurer impassible. Elle s'émerveillait que cette déclaration d'amour lui fît plaisir et, plus encore, que le plaisir ne se retournât point contre lui-même comme un scorpion, ainsi qu'il advenait de tant d'adorations muettes ou de la déclaration de Bertrand. D'habitude, ces yeux d'hommes collés à sa chair lui aspiraient délicieusement le sang, mais en même temps son âme se rétractait; exactement la sensation mitigée que lui procurait, petite fille, la pose des ventouses par M. de Borre. Frédéric parlait détaché, eût-on dit, de soi-même et de l'interlocutrice. Il ne paraissait pas la voir. Elle ne le regardait que par instants : assez pour lui marquer de l'intérêt, pas trop pour ne pas le gêner. Ce visage passionné, mais grave et net jusqu'à la transparence, l'attendrissait. Elle respira en entendant quel sens le garçon donnait à sa mise en garde.

« Et maintenant, dit-il en baissant la voix, je n'ai plus qu'à quitter Saint-Wandrille et Orchiecourt. J'irai à Lille comme les autres étudiants. Je ne saurais vivre comme avant alors que vous connaissez mon secret.

— Ce n'est pas un secret honteux... » dit avec douceur Mlle de Borre

Frédéric changea de couleur. Il balbutia :

« Oserais-je comprendre que vous... n'êtes pas fâchée, que vous me permettez de vous aimer ?

— Fâchée ? Pourquoi le serais-je ? Vous ne m'avez rien dit que de très gentil. Et il ne dépend de personne d'interdire à quelqu'un de l'aimer ! »

Elle avait repris un ton de coquetterie qui désappointa Frédéric.

« Vous vous moquez de moi, dit-il amer. Je m'éloignerai donc. »

Il se levait. Elle l'apaisa d'un signe.

« Et vous me priveriez de votre amitié ? dit-elle, soudain lasse. Vous prétendez m'aimer et ne préjugez toutes choses qu'avec votre amour-propre. Vous ne vous demandez pas s'il m'est agréable ou non, désormais, de vous savoir là, fidèle... »

Elle était injuste. Il se sentait trop heureux pour protester. Il avala sa salive.

« Je ferai ce que vous désirez », murmura-t-il.

Elle répliqua presque gaiement :

« Eh bien, donc, restons amis comme avant — ou plutôt, mieux qu'avant, cher Frédéric. »

De s'entendre ainsi nommé, un élan irrésistible le porta vers elle. Il posa la main sur la sienne, mais la retira aussitôt : il avait senti le recul de Mlle de Borre.

« Merci ! fit-il un peu piteusement.

— Vous vous devez de m'appeler Paule ! reprit-elle avec enjouement. Il y a autre chose à quoi vous n'avez pas pensé et qui commande nos rapports d'amitié : je ne suis pas libre... »

Elle pensait : Bertrand. Voyant la mine rembrunie du garçon, elle ajouta malgré elle et sans mentir :

« ... à cause de mon père.

— Je vous comprends », dit Frédéric rasséréné.

Ce fut elle qui se leva la première. Elle consulta sa montre.

« Mon Dieu, à quelle heure allons-nous déjeuner ! M. de Borre aura attendu mais non M. le supérieur, ajouta-t-elle en riant.

— Le repas de la communauté doit toucher à sa fin. Je m'en passerai, dit Frédéric. Si l'on m'interroge, je répondrai que j'ai eu la migraine. C'est la vérité !

— Vous ne vous donnez pas congé, le jour de l'Epiphanie ?

— Je le pourrais. Mais en l'absence de l'abbé Douve...

— L'abbé Douve absent de Saint-Wandrille, c'est exceptionnel !

— Ignorez-vous qu'il a été appelé d'urgence auprès de son père ?

— Je ne sais rien, dit Paule. Il m'arrive de prendre des nouvelles de l'un ou de l'autre de ces messieurs chez M. le supérieur. Aujourd'hui il était au parloir. »

Ils étaient dans le corridor. Paule demeura songeuse quelques secondes puis :

« Si je me souviens bien, vous connaissez un certain Cassagne, assureur. Nous l'avons aperçu ensemble ici même.

— C'est exact, dit Frédéric troublé.

— Quel homme est-ce ? »

Frédéric haussa les épaules, hésitant.

« Je ne le connais guère qu'à travers mon père. Ils sont clients l'un de l'autre. Mon père est assuré pour tout ce qui touche à son travail. Ils ont discuté, un jour, d'une assurance sur la vie. Ce jour-là, il avait été question de La Maison-sous-l'église. J'ai estimé que Cassagne dépassait les bornes de la curiosité professionnelle. Oh ! mon père, si bavard qu'il soit, l'a rembarré, ajouta vivement Frédéric.

— Sur quel chapitre M. Ramette risquait-il d'être indiscret, mon Dieu ! s'exclama Mlle de Borre.

— Cassagne s'inquiétait de votre situation de fortune, dit Frédéric en rougissant.

— C'est bien un souci d'assureur, fit-elle soulagée. Et puis ?

— Et puis c'est le même jour que vous avez commandé à mon père une serviette de cuir...

— Et M. Cassagne en a voulu une semblable. Je sais. Il n'y a là rien d'extraordinaire, sinon un léger manque de tact. Je n'en garde pas rancune à M. Ramette. Sans doute ne pouvait-il faire autrement. Est-ce tout ?

— J'ai découvert aussi que Cassagne était le parrain d'un élève : Elie Hurleau.

— L'un de mes meilleurs musiciens, dit Mlle de Borre... Tout cela ne m'avance pas beaucoup, murmura-t-elle comme pour elle-même. Enfin ! A bientôt, Frédéric. »

Elle lui tendit la main qu'il serra en camarade. « A dimanche... » fit-il.

Il n'osa pas prononcer le nom de Paule.

IV

Antoine avait expliqué le cérémonial à Jean :

« A Saint-Wandrille, on ne « tire » pas les rois; on les élit. Ils doivent être trois en souvenir des mages et faire honneur jusqu'au soir aux noms de Gaspard, de Melchior et de Balthazar. Traditionnellement ils ont le privilège chacun d'émettre un vœu intéressant la communauté.

— Qu'est-ce qu'ils demandent ?

— A peu près la même chose chaque année : une levée des punitions, un *Deo gratias* supplémentaire en semaine, une promenade inaccoutumée.

— On ne se met pas d'accord auparavant ?

— Pour quoi faire ? Tout l'amusement vient de la spontanéité. L'élection des rois est une espèce de plébiscite de la bonne camaraderie, comprends-tu ?

— Ça ne tourne pas à une lutte de suprématie entre « potames » et « aristos » ?

— Au contraire, on observe la trêve de Dieu, dit Antoine en riant. Bien sûr, chaque clan vote pour des hommes à lui. Mais il faut compter avec les neutres. Et puis, tu sais, les rois ont beau être égaux entre eux, on attache de l'importance à la race qu'ils représentent :

Sem, Japhet ou Cham, et aux présents symboliques dont ils sont porteurs : l'or des types brillants mais aussi des crâneurs, l'encens de la piété mais aussi du chouchoutage, la myrrhe du gars serviable mais aussi de l'endormi. La rosserie s'en mêle, quoi !

— Comment vote-t-on ?

— C'est simple. M. le supérieur demande : « Qui sera Gaspard ? » Aussitôt on crie des noms. Tu entendras le vacarme ! M. le supérieur réclame le silence. Il cite l'un après l'autre les deux ou trois noms dominants et les partisans se prononcent à main levée. Ainsi de suite pour Melchior et Balthazar.

— Avez-vous déjà été rois, Elie et toi ?

— Non. Ils sont ordinairement choisis parmi les Rhétoriciens et les Humanistes.

— Alors vous pouvez être élus cette année ?

— C'est aussi drôle d'élire un autre ! » dit Antoine.

Au signal de M. le supérieur, Sannier lut les versets propres au jour : « *Les rois de Tharsis et des îles offriront des présents; les rois d'Arabie et de Saba apporteront des dons. Et tous les rois de la terre l'adoreront; tous les peuples le serviront.* »

La communauté frétilla. M. le supérieur se penchait vers M. l'économe qui, ô surprise, daigna sourire en approuvant du chef.

« John, Harry, Willy, come here, please », dit M. le chanoine Débly.

Les trois nouveaux, qui avaient été conduits directement au réfectoire par M. le supérieur en personne, s'approchèrent de la table des maîtres. On savait déjà qu'ils ne parlaient pas un mot de français. M. le supérieur les présenta. On ne retint pas les noms de famille. John est Londonien; de taille moyenne, châtain clair, il regarde la communauté avec un sérieux poli, sans timidité; Harry est Gallois; long à paraître encombré de ses membres, il montre un visage plus rouge que le cuivre de ses cheveux; Willy est Irlandais : trapu, boutonneux, brun, le front bas, il considère le bout de ses souliers. Comme professeur d'anglais, M. le chanoine Débly fait valoir l'aubaine que représentent ces nouveaux condisciples. Ils entreront en Humanités, malgré leur ignorance du français qu'ils apprendront d'abord par la pratique. A la communauté, aux candidats bacheliers en particulier, de profiter des échanges.

M. le supérieur fit une pause. Il eut l'air de humer son auditoire. Il toussota, puis :

« Mes chers enfants, reprit-il, en ce qui concerne notre charmante coutume de l'Epiphanie, j'ai le plaisir de vous soumettre une proposition empreinte d'une délicatesse qui vous séduira, j'en suis sûr. Elle est de M. l'économe. Elle rompt avec la tradition et j'imagine que cela va coûter à la majorité d'entre vous. Mais elle leur fournira l'occasion d'un geste plein de gentillesse — au vieux et noble sens du terme — française et chrétienne. Ces nouveaux camarades, dit-il en désignant les Anglais, nous arrivent d'outre-Manche aussi dépaysés que les mages en Judée. Ne croyez-vous pas que ce serait leur manifester le meilleur accueil, « welcome », fit-il d'une voix forte — les trois Anglais tournèrent vers lui une tête un peu ahurie — que de les investir de l'épisodique royauté ? »

L'éloquence de M. le chanoine Débly, comme toujours, dorait la pilule — qui n'en était pas moins amère. On se consultait à la dérobée, la mine consternée.

« Cette fois Hérode a pris les devants ! souffla

Elie à son voisin en clignant de l'œil dans la direction de l'abbé Filâtre.

— Que chuchotez-vous, Hurleau ? demanda M. le supérieur.

— Je souscrivais à la délicatesse de M. l'économe », répondit Elie d'un ton suave.

L'abbé Filâtre ne broncha pas autrement qu'en pinçant ses lèvres minces : ce pouvait être l'ébauche d'un sourire modeste.

« Si M. Elie Hurleau donne son avis favorable, reprit le supérieur avec une nuance d'ironie, on peut espérer qu'il sera suivi. Voyons : quels sont ceux qui adoptent la proposition de M. l'économe ? Levez la main. »

Mollement les bras se dressèrent.

« Baissez. Y a-t-il des opposants ? Bien. Ainsi nous demeurons fidèles à la tradition la plus précieuse de Saint-Wandrille et j'en suis heureux : la bonne entente familiale. Je vais me faire votre interprète auprès de leurs majestés », dit-il en s'efforçant à prendre un air enjoué.

Il ne pouvait pas ne pas sentir la maussaderie de la communauté. Seuls les maîtres souriaient, non sans gêne. L'abbé Blot, la tête légèrement renversée sur l'épaule écoutait le discours anglais de M. le supérieur. L'abbé Omer se tripotait les doigts. Les abbés Marlet, Leclercq et Pruvost réprimaient des envies de bâiller.

« God save the kings ! » s'écria spirituellement pour terminer M. le supérieur.

On applaudit d'abord par besoin de faire du bruit, puis, tout aussitôt par réelle détente : Harry, le premier, cramoisi mais hilare maintenant, saluait et remerciait, secouant ses mains l'une dans l'autre au-dessus de la tête; John toujours sérieux et Willy encore bougon l'imitèrent. Les rires se mêlèrent aux bravos.

M le supérieur agita sa sonnette.

« C'est l'entente non seulement familiale, mais cordiale, fit-il épanoui. (Cette fois encore, seuls les maîtres parurent priser ce qui devait être un trait d'esprit.) Il nous reste, ajouta-t-il, à connaître ce que les rois souhaitent en don de joyeux avènement. »

Il traduisit. John n'hésita pas :

« An excursion », dit-il.

Harry fourragea dans ses cheveux.

« Abrogation of punishments », dit-il.

Willy se dandina :

« A pudding, dit-il.

— Accordé » , dit M. le supérieur.

Il n'était pas nécessaire de traduire ces vœux sans surprise.

« Il nous a eus, le glaçon ! » dit Borderie.

L'abbé Filâtre, l'air inquisiteur, circulait à travers les groupes dans la cour.

« — Et ayant reçu en songe l'avertissement de ne « pas retourner voir Hérode, ils regagnèrent leur pays « par un autre chemin », récita Elie en entraînant ses amis.

Les trois mages discutaient à l'écart sous le préau. C'est vers eux que se dirigea l'économe.

« Quel clan croyez-vous qu'ils vont choisir ? » demanda Antoine.

Elie haussa les épaules :

« L'Angleterre est une île ! » répondit-il.

Comme Jules Vallard et son état-major passaient près de lui, Elie l'entendit qui disait :

« ... Le *socius* en pincerait aussi pour la demoiselle

que ça ne m'étonnerait pas. Quelle tête il faisait quand il a vu le minus entrer dans la bibliothèque ! L'avez-vous remarqué : il n'est pas venu au réfectoire... »,

Elie, des yeux, chercha Frédéric. Leurs regards se rencontrèrent. Il parut à Elie que celui du surveillant l'interrogeait inexplicablement. Il se rappela cette curiosité soudaine du *socius* au sujet de parrain; et les confidences de ce dernier, à Manman, sur Sosthène. Quel rapport avec l'insinuation de Vallard ? Zut ! Il a d'autres tracas.

L'abbé Filâtre présidait en personne à l'installation de la communauté dans la salle des fêtes. Elie, Antoine, Jean et Borderie occupaient déjà le même banc quand l'économe les interpella :

« Pas d'amitiés particulières ! » s'écria-t-il.

Il les sépara. Vallard, Lagier et Crespel réunis pouffèrent.

Jean détesta l'abbé Filâtre et assista, exclu de la gaieté générale, à la projection de films de Charlot. C'était un Pathé Baby. Un drap remplaçait l'écran. Mal tendu, les images s'y fripaient. La luminosité souffrait de leur agrandissement excessif. Frère Jacques, l'opérateur, ne devait pas tourner la manivelle avec assez de régularité : il ajoutait au rythme déjà saccadé des accélérations et des ralentissements brusques. Et ce besoin de certains de lire le texte à haute voix ! A deux reprises, il fallut laisser refroidir l'appareil. M. le supérieur convia des élèves à se produire en intermèdes. Plusieurs chantèrent, dont Crespel, évidemment. Vallard récita, comme une mécanique, les *Stances à Du Périer*. Drôle d'idée. Les « potames » auront-ils tous les honneurs de la soirée ?

« Hurleau ! Hurleau ! »

Ah ! les camarades réclament Elie. Il secoue la tête en montrant sa gorge. C'est vrai qu'il semble enroué par moments. Ou serait-ce qu'il boude, lui aussi ?

« Vous pouvez tout de même réciter, Hurleau », dit M. le supérieur.

Elie s'exécute. Il annonce « La mort du loup » d'Alfred de Vigny. Oh ! de quelle manière il déclame « Gémir, pleurer, prier est également lâche — Fais héroïquement ta longue et lourde tâche — A l'endroit où le sort a voulu t'appeler — Puis après, comme moi, souffre et meurs sans parler ». On l'applaudit à tout rompre. M. l'économe a murmuré quelque chose à l'oreille de M. le supérieur. Celui-ci se lève :

« Je félicite Hurleau pour sa diction. Non pas pour son choix. La censure ne saurait laisser passer le premier vers de la dernière strophe que vous aurez corrigé vous-même mentalement : il n'est pas lâche de prier ! »

M. le supérieur se rassied.

« Fussy ! Fussy ! » crie l'assistance aussitôt.

Antoine, avec plus d'art encore qu'Elie — parbleu ! sa tante est actrice — récite *Oceano nox* de Victor Hugo. On est ému. On l'acclame. On aime la poésie triste à Saint-Wandrille !

M. le supérieur assura lui même les cours de Lettres en remplacement de l'abbé Douve. Il ignorait la bataille des Grecs et des Romains. Il interrogeait au hasard. L'agrément avec lui, c'est qu'il ne donnait presque pas de leçons nouvelles. La classe se passait en révisions. M. le supérieur semblait prendre plaisir à se remémorer les règles syntaxiques. Quelle que fût la matière du cours, elle se prêtait à trois études parallèles. Qu'il s'agît d'un thème latin, d'une version grecque ou d'une dissertation française, les abbés Petitmangin, Ragon et Des Granges étaient simultanément cités et les exemples grammaticaux intéressant chaque langue confrontés. La seule règle de concordance des temps pouvait faire jubiler M. le supérieur deux heures d'affilée, narines écartées comme des ouïes de poisson.

Personne ne se plaignait de la méthode. Elle distrayait les bons élèves en les assurant, à peu de frais, de leur savoir; elle ne mortifiait pas les cancres tellement l'examinateur triomphait quand lui-même devait fournir la réponse correcte. Il lui arrivait de commettre quelque solécisme. Elie alors regardait Toine et se mordant la lèvre inférieure affectait un air confus. Toine aussi se mordait la lèvre; pour ne pas éclater de rire. Il tenait quand même à travailler sérieusement. Si Rome l'avait emporté sur Athènes, à l'examen trimestriel, Elie l'avait battu de peu au classement individuel. Ils étaient de force égale et avaient une égale facilité. Mais Elie risquait de se fier trop à sa facilité. Toine comptait sur une plus grande régularité. Il s'en voulut de noter que son ami bâclait ses devoirs ces jours-ci.

Il y eut une recrudescence de froid. Jean apprit à loger, avant de se coucher, ses chaussettes entre les draps et les couvertures. Sinon, le matin, on enfilait des bottes de glace. La serviette de toilette, elle, restait dans la main telle qu'on la détachait de la table de chevet : toute raide avec la courbure du barreau. Des Potames s'amusaient à la tire-bouchonner exprès pour la porter comme un cierge. Aux lavabos, on brisait la glace et l'on s'en passait un morceau sur le visage. Les doigts gonflèrent de plus belle; les engelures éclatèrent; après, ce fut le tour des pieds.

L'abbé Filâtre frappait dans ses mains en criant le « *Benedicamus Domino* » d'une voix acide, cinq minutes au moins avant que frère Jacques sonne l'*Angelus*. Impossible de grapiller quelques secondes comme avec l'abbé Douve. Celui-ci ne s'occupait que d'un dortoir. Il n'intervenait chez M. Frédéric que si ce dernier était lui-même en retard. Il pressait les paresseux, sans rudesse, avec une espèce de compassion. L'abbé Filâtre, lui, passait et repassait devant les lits, comme au coucher, à cette différence près qu'il marchait à grands pas. Sans doute se réchauffait-il en même temps qu'il maintenait tout le monde en alerte. Jean n'attendait pas qu'il soit là pour se lever. Il aurait plutôt fait la course avec les Potames et se serait précipité l'un des premiers aux lavabos. A quoi bon ! L'économe l'aurait happé au passage, ou l'aurait rejoint. C'eût été le même regard réprobateur, le même hochement de tête. Jean se résignait donc à l'humiliation quotidienne : l'abbé Filâtre arrivait en trombe et d'un seul coup tirait jusqu'au pied du lit les couvertures. Il dévoilait ce qu'une insurmontable pudeur empêchait Jean d'exhiber spontanément. Il ne faisait jamais au lit, à la maison, sauf deux ou trois fois, en combien d'années ? Il se rappelait avoir rêvé. Papa et maman avaient ri. Voilà qu'il s'oubliait toutes les nuits depuis la première dont l'économe avait pris la surveillance. Cette fois-là, il n'avait pas songé à s'en cacher. L'abbé Filâtre lui avait simplement dit avec un sourire — ah ! qui ne ressemblait pas à celui de papa et de maman :

« Le délicat monsieur Jean Demeure augmenterait-il la troupe des pompiers ? »

Ils étaient une demi-douzaine que les autres traitaient ainsi quand ils voulaient être méchants. Ils sentaient mauvais. Au réfectoire, ils prenaient des médicaments. Parmi eux, il y avait même un rhétoricien, Pierre Coquelle. Lui, Jean, n'était pas malade. Il ne comprenait pas. La découverte matinale lui semblait incroyable. Dès le deuxième jour, il se refusa à l'étaler. Peut-être qu'en laissant ce soin à l'économe, les traces, « la carte de France » comme dirait bêtement Vallard, disparaîtraient ! Et l'économe regardait; et il hochait la tête; et Jean avait honte à en pleurer. Le pire était, le soir, de devoir se coucher là-dedans; exposés aux courants d'air une partie de la matinée, les draps étaient moins séchés que gelés; sa propre chaleur rendait le corps à leur enveloppement mouillé et malodorant.

Ni Antoine, ni Elie ne firent la moindre allusion à ces accidents. Une fois, en récréation, Vallard, tombant sur Jean isolé, lui demanda s'il ne dessinait pas de mieux en mieux les cartes de France. Juste à ce moment Elie survint. Vallard s'éloignait, goguenard. Elie le rattrapa et le tenant par le bras l'emmena dans un coin de la cour. Jean ne sut pas ce qu'il avait dit. Vallard ne se permit plus de plaisanterie.

Sans que cela fût annoncé, frère Jacques s'installa sous le préau, brandissant la tondeuse. Il n'eut pas à se déranger. L'abbé Filâtre lui envoyait d'autorité les clients. Il désigna Jean.

« Nous passerons tout de suite après lui, monsieur l'abbé », dit Elie sur le ton de quelqu'un qui devance un ordre.

D'un geste circulaire, il montrait le groupe où se trouvaient Antoine et Borderie. L'abbé Filâtre ne put qu'approuver d'un air satisfait.

Affronter frère Jacques dans ces conditions ne coûtait rien à Jean.

« Comme d'habitude, pour le petit Duc ? fit le portier avec une ironie que Jean dut être le seul à entendre.

— Comme d'habitude pour nous quatre », répliqua Elie.

Et ce fut tout. Jean aurait peut-être mis sur le compte de la hargne certains arrachements brutaux de la tondeuse et la manière rien moins que douce dont M. Maffre lui ployait la nuque; en se passant la main sur le crâne, il le jugea moins rasé qu'il ne s'y attendait. Il sourit à frère Jacques qui parut ne pas le voir. Plus tard, l'abbé Filâtre l'examina mais ne trouva rien à redire.

C'était à se demander à quels moments l'économe de Saint-Wandrille remplissait ses fonctions ordinaires. Il ne se reposait guère, comme l'abbé Douve, sur M. Frédéric. Il était tout le temps sur le dos des élèves. Certes, l'abbé Douve avait le don de surgir quand il eût mieux valu n'être pas remarqué. Mais il ne donnait pas cette impression d'un espionnage continuel. L'abbé Filâtre, lui, apparaissait jusqu'à six fois au cours de la même étude. M. Frédéric, qui lui aussi travaillait, dissimulait à peine combien ce contrôle l'excédait. Un soir, il fallut que l'abbé Filâtre entrât juste comme Jean communiquait un renseignement à son voisin.

« Monsieur Demeure, aviez-vous demandé la permission de parler ? »

M. Frédéric allait répondre; Jean, troublé, avait déjà fait signe que non. L'abbé Filâtre se dirigea vers lui, lentement, la figure tendue comme une lame.

Jean se leva. L'abbé jeta un œil sur son cahier. Des rires fusèrent : un bruit, comme de gouttes d'eau, venait de les déclencher. L'économe se recula légèrement; il considéra, impassible, les jambes de Jean, désespérément serrées l'une contre l'autre.

« Ce que vous venez de faire là, dit-il, il est plus regrettable encore que vous l'ayez fait d'abord sur le règlement ! C'est votre punition. »

Et il sortit. La porte à peine refermée :

« Sale brute ! » dit Elie d'une voix nette et tranquille.

L'abbé Filâtre ne dut pas entendre. M. Frédéric fit comme s'il n'avait pas entendu.

« Allez à la lingerie, Demeure », dit-il doucement.

L'absence de l'abbé Douve se prolongeait au-delà de ce qu'on prévoyait. Il y avait presque une semaine qu'il était parti. Son père n'était mort que le dimanche. M. le supérieur en avait informé la communauté. Le préfectorat intérimaire pesait même aux Potames. On ne jouissait de quelque répit que durant la grande récréation et en promenade. L'abbé Filâtre, alors, ménageait les initiatives du surveillant de semaine. On eut l'abbé Marlet puis l'abbé Blot. L'économe trouvait encore prétexte à venir dans la cour.

Toine aime bien l'abbé Blot. A part l'abbé Douve, aucun professeur ne lui inspire autant de confiance. Il y a aussi l'abbé Omer, mais il ne peut s'habituer à sa façon de tourner de l'œil. L'abbé Blot, lui, est d'un abord sévère. Cependant, quand il sourit, son visage s'éclaire comme si une lampe venait de s'allumer tout près. Et quelle douceur dans les conversations privées ! C'est peut-être lui qui confesse le plus à Saint-Wandrille. S'il est de surveillance, la justice règne. Ni favoritisme, ni persécution. C'est drôle, lui,

Toine, se sentirait presque plus gêné du favoritisme que de souffrir la persécution. Il a toujours peur qu'on l'accuse de chouchoutage, avec l'abbé Douve. Aussi veille-t-il à le « flatter », comme on dit ici, le moins possible en récréation, alors qu'il ne craint pas de manifester quelque gentillesse envers l'abbé Blot. Bonne occasion de se joindre au petit groupe qui l'escorte, en va-et-vient, sur le trottoir. Toine n'a décidément pas d'aptitude pour la glissade. Dès qu'il gèle assez, on utilise le caniveau en bordure du préau. Les souliers à clous griffent la croûte de glace sans la briser. Encore faut-il accomplir le parcours sans tomber. Toine ne réussit l'exploit que si Elie le soutient par-derrière. Vallard s'ingénie à talonner les maladroits. Et alors gare à la chute. C'est ce qui venait d'arriver encore une fois. Toine, endolori, renonçait.

Il bavardait depuis un moment avec l'abbé Blot, M. Frédéric et quelques camarades, lorsque l'abbé Filâtre s'en mêla. Ça jeta un froid, mais on ne pouvait pas s'égailler tout de suite comme des oiseaux à l'apparition d'un épouvantail. L'économe relançant la conversation en train prit un ton paterne :

« C'est très bien d'invoquer l'exemple de saint Louis de Gonzague. Il serait souhaitable, certes, que tous les élèves de Saint-Wandrille interrogés sur ce qu'ils feraient si on les avertissait de l'imminente fin du monde, pussent répondre comme lui : « Je continuerais de jouer à la balle » — ou à la glissade ! ajouta-t-il en regardant vers le fond de la cour. Seulement voilà : pour répondre de la sorte, il faut être en règle avec le bon Dieu. Il y a une autre histoire concernant saint Louis de Gonzague. Celle-là on la cite beaucoup moins. Elle nous propose cependant un sujet de méditation complémentaire : (Il baissa un peu la voix, lui rendant ainsi son âpreté habituelle.) De pieuses révélations assurent que saint Louis de Gonzague, ce modèle de la jeunesse, est passé par le Purgatoire rien que pour une génuflexion et un signe de croix mal faits ! »

On se taisait, accablé. L'abbé Blot toussota.

« Qu'en pensez-vous, monsieur Fussy ? dit l'abbé Filâtre à brûle-pourpoint.

— Moi ? Rien, monsieur l'abbé ! » fit Toine embarrassé.

Il n'allait tout de même pas expliquer, qu'à ce compte-là, les professeurs séjourneraient plus longtemps au Purgatoire que n'importe quel élève ! Combien parmi eux, le rigoriste abbé Filâtre en tête, se signaient comme on chasse les mouches !

« J'aurais cru que vous, un futur prêtre, reprit l'économe d'un ton plaisant, vous seriez fait le porte-parole édifié de vos condisciples. »

Les autres souriaient. Toine se sentit devenir rouge :

« Je n'ai jamais prétendu que je serai prêtre, répliqua-t-il.

— Quel respect humain ! s'exclama l'abbé. Après tout, il se peut que vous ne l'ayez jamais dit, que vous ne le sachiez même pas. Eh, bien, voilà une bonne, une sainte occasion, d'en prendre conscience. N'est-ce pas, monsieur l'abbé ? »

L'abbé Blot restait grave. Il ébaucha un geste. Trop tard. La colère grondait en Toine.

« Je vous en prie, monsieur l'économe, dit-il plus durement qu'il ne l'aurait voulu.

— Quoi donc, monsieur Fussy ? Seriez-vous fâché que l'un de vos maîtres vous ait cru l'objet d'une grande grâce ?

— Taisez-vous ! » dit Toine d'une voix suppliante.

M. l'économe paraissait se divertir.

« Est-ce à la vocation que vous imposez silence ? » dit-il encore.

Toine ne se contint plus :

« Imbécile ! » hurla-t-il.

Il entrevit le temps d'un éclair la moue à la fois égayée et navrée de l'abbé Blot, la mine courroucée de l'abbé Filâtre, l'air stupéfait des témoins. Il se sauva à toutes jambes.

Un coup de cloche l'immobilisa.

« Monsieur Fussy, venez ici. »

Le vieux respect commanda. Toine obéit. L'économe lui saisit le bras :

« A genoux jusqu'à la fin de la récréation. Vous vous accuserez ce soir et vous aurez zéro de conduite. »

« C'est samedi, jour de confession », déclara sur le mode solennel l'abbé Filâtre.

Comme si on ne le savait pas ! Frédéric distribuait déjà les bulletins. Toutes les têtes se levèrent attendant que l'économe justifiât son préambule. Il promena les yeux sur l'auditoire. Il reprit d'un ton de persiflage :

« Je rappelle qu'aujourd'hui est jour de confession parce que certains risqueraient peut-être de l'oublier. Que dis-je ! tonna-t-il tout à coup. L'un de vous ne l'a que trop oublié. Oui. Si incroyable que cela paraisse dans une Institution catholique, l'un de vous ne s'est pas confessé depuis la rentrée. Trois mois sans confession ! Et il a communié, au moins une fois. Qu'il regarde donc son âme en face ! »

Elie quitta son banc tranquillement. Il vint à l'abbé Filâtre, lui tendit un bulletin à son nom et regagna sa place. L'économe eut l'air décontenancé.

Il ouvrit la bouche, mais aussitôt pinça les lèvres et sortit. Alors, Elie remplit un second bulletin, celui-là au nom de l'abbé Blot.

Il était temps que l'abbé Douve revienne. Dès son retour, le dimanche après-midi, il constata les dégâts.

V

Paule ne se lassait pas de faire le point. Elle tâchait de se remémorer les moindres détails de ce que lui avait dit Bertrand. Sur le coup, elle n'avait pris garde qu'à la stupéfiante révélation : M. de Borre, jadis, avait eu une maîtresse de condition très humble; un enfant était né de cette liaison; M. de Borre avait rompu non sans assurer quelque dédommagement — c'est bien le mot dont se servit Bertrand ! — à la femme; puis la guerre et les difficultés matérielles ne lui permirent plus de remplir ses obligations; jusqu'à ce que la femme, réduite à la misère, après des années de silence, se rappelât à lui par l'entremise d'un assureur; il était peu probable — selon Bertrand — qu'on eût proféré quelque menace; M. de Borre, en exposant la situation aux Lillers, parla de scandale, mais seulement de celui que sa faute et sa négligence constituaient à ses propres yeux; il craignait avant tout — c'est encore l'avis de Bertrand — les reproches de sa conscience.

Tels étaient les éléments que possédait Paule. Ils manquaient de précision. Encore avait-elle dû presser Bertrand pour obtenir un récit cohérent, à partir d'une allusion. Il y consentit avec peine, s'embarrassant d'excuses et de protestations amoureuses. Ce sont celles-ci et celles-là que Paule retrouve quand elle s'attache aux détails de la confidence, quand elle cherche si une parole, une intonation, ne contenaient pas quelque indication négligée sur le moment.

Qui est cette femme ? Où vit-elle ? Qu'est devenu l'enfant ? — son demi-frère ou sa demi-sœur ! A quelle époque, exactement, l'aventure remonte-t-elle ? Autant de questions que les propos de Bertrand, ramenés du fond de la mémoire, laissaient sans réponse. Ces questions, Paule, malgré son désarroi, avait pressenti tout de suite qu'elles l'inquiéteraient. Elle se souvient d'avoir demandé à Bertrand s'il lui avait tout dit. Il ne savait, il ne sait rien de plus qu'elle-même. Il en saurait plutôt moins.

Autour des faits qu'elle scrute inlassablement, Paule voit cristalliser de vieilles impressions. L'humeur fantasque de M. de Borre, l'air traqué qui la surprenait, petite fille, les rares fois où elle se risqua à l'interroger devant l'un des nombreux portraits maternels, cette blessure secrète sur quoi il lui sembla toujours qu'il voulait donner le change, ces boutades dont elle n'approfondissait pas le double sens et dont quelques-unes, assez récentes pour affleurer encore l'esprit, s'éclairent maintenant, bref ! toutes les étrangetés auxquelles ce père la fit assister, dont elle s'instituait, par habitude, par indulgence, par pitié, témoin à décharge devant son propre jugement critique, tout un passé proche et lointain s'ajoute en transparence à ce qui, aux yeux de Paule, demeure le présent imparfaitement connu.

Pourquoi tenait-elle tant à élucider totalement une histoire dont il s'était fallu de peu qu'elle ignorât même les données essentielles ? A quoi des renseignements supplémentaires l'avanceraient-ils ? Supposé qu'elle découvre cette femme, qu'elle puisse jauger cet objet d'anciennes amours paternelles, qu'elle en apprenne tout ce qu'elle désirerait savoir, sinon plus : les créatures de ce genre doivent se complaire à des souvenirs sordides, pour elles merveilleux, Paule éprouverait-elle ensuite moins de honte, moins de dégoût ? Les conséquences changeraient-elles ? Il n'importait. Elle voulait toucher le fond de ce vide creusé en elle par la maladresse de Bertrand. A défaut d'issue, qu'elle trouve une honte et un dégoût purifiés de tout mystère. De quel meilleur remède disposait-elle ? Eût-elle des amies, comment se fût-elle épanchée auprès d'elles ? Etait-ce un tourment avouable même à la plus intime ? Les compagnes d'externat avec qui Paule entretenait des relations espacées ne lui avaient jamais confié quelque chose de semblable. Même Jeanne de Vauraing, la plus proche de son cœur, s'était montrée discrète à l'égard de sa famille. Paule ne s'en étonnait pas alors. Que dire d'un père ou d'une mère respectables par définition ! Jeanne de Vauraing comme les autres n'avait fait confidence à Paule que de soucis amoureux. Paule lui écrivait de loin en loin. Quant aux anciennes du Saint-Sauveur qui habitaient en ville, elle leur rendait visite assez régulièrement les premières années. Toutes n'affichaient qu'une hâte : se marier. La plupart sont installées ailleurs. Celles chez qui Paule s'arrête encore, à l'occasion, entre deux courses, l'ennuient avec « mon mari » par-ci, « mes enfants... » par-là, comme autrefois avec « mon fiancé... » Aucune n'avait qualité d'amie à qui l'on dit tout. Aucune, probablement, ne serait préparée à partager une peine de cette nature. S'il faut, du pire, tirer motif d'amère vanité, c'est en se persuadant qu'il est un privilège !

Se soulager au confessionnal ? Le mal dont Paule souffrait n'était pas son péché à elle, encore qu'il menaçât de le devenir par irritation. Elle n'avait pas besoin d'absolution, mais seulement de consolation et qu'une même miséricorde effaçant, en quelque sorte une seconde fois, la souillure paternelle, rassurât la piété filiale. Etait-ce du ressort d'un confesseur ordinaire et quel ? M. le curé ? Il n'y avait guère de chance qu'il fût au courant — ce qui, à la rigueur, aurait justifié la démarche. Il n'est à Orchiecourt que depuis quelques années. C'est à un vrai directeur de conscience que Paule souhaiterait s'adresser. Pourquoi l'abbé Douve s'était-il dérobé, invoquant sa charge à Saint-Wandrille qui lui interdisait tout ministère extérieur ? M. le chanoine Débly va confesser à l'église paroissiale. Quand rentre-t-il l'abbé Douve ? Paule lui présentera ses condoléances de vive voix.

Elle ressassait réflexions, arguments, souvenirs, images, projets, au long des jours, partout. Ses occupations habituelles l'en distrayaient à peine. Elle se surprit à rêver durant une leçon de catéchisme au point de laisser une interrogation en suspens. A Saint-Wandrille, devant rectifier la mauvaise position d'un petit violoniste, elle commença de lui tapoter le coude à coups d'archet, d'une manière si machinale que tous les élèves cessèrent leurs exercices; le silence subit la rappela à elle. Elle attelait Mulysse tous les après-midi et, les guides flottantes, s'abandonnait au caprice de la bête : celle-ci au pas ou au trot la promenait sur des routes familières, transparentes de verglas, identifiées entre deux rêveries, et s'arrêtait quand elle avait envie de regagner l'écurie;

alors Paule s'éveillant, la reprenait en main et l'excitait à pleines sonnailles jusqu'à La Maison-sous-l'église.

Si pénible, désormais, que lui fût le tête-à-tête avec M. de Borre, elle dissimulait. Elle avait hérité de son père ce pouvoir de dissimulation et se flattait d'en user mieux que lui. Certes, elle l'avait expérimenté, il était capable de se taire et de tromper. Mais la contrariété lui sautait au visage, l'enchifrenait comme l'eût fait un coup de froid, lui affolait les yeux et lui énervait les doigts. Elle, Paule, ah ! comme elle s'admirait de ne rien trahir de ses hantises devant le vieil homme ! Elle n'aurait que quelques mots à dire, sans colère, sans pathétique, et les masques seraient levés. M. de Borre s'affalerait-il, pleurnicherait-il, se fâcherait-il ? Il finirait par raconter. Quoi ? Il dissimulerait encore. Donnerait-il tous les détails que Paule garderait cette affreuse envie de voir, que savoir ne remplace pas : il lui resterait, comme à présent, la douloureuse curiosité de contempler cette femme... Et son père, à se confesser, se serait un peu plus avili. Paule aurait provoqué un spectacle offensant pour elle-même.

Une égale pitié, maintenant, les protégeait l'un en face de l'autre. C'est le respect d'eux-mêmes qui incita Sem et Japhet à couvrir d'un manteau l'ivresse de Noé. Et puis, l'ignorance de M. de Borre que sa fille fût le moins du monde renseignée, l'irréalité de cauchemar que conservait malgré tout, aux yeux de Paule, l'aventure tant qu'elle ne l'aurait pas reconstituée personnellement du début à la fin, tissaient aussi une sorte de manteau de Noé. Paule imaginait et supprimait des scènes. Et elle souriait à son père. M. de Borre continuait de se montrer d'excellente humeur.

Il ne l'avait perdue qu'une seconde, le temps d'une grimace, l'autre dimanche. Pour la première fois, Paule avait convié Frédéric Ramette à entrer dans La Maison-sous-l'église. Ça s'était fait tout naturellement. Il l'accompagnait à la sortie des vêpres. Elle était transie d'avoir tenu l'harmonium. (Jamais comme ces jours-ci les touches ne glacèrent les doigts et la soufflerie ne poussa des courants d'air froid le long des jambes !) Elle souhaitait boire un thé brûlant. La promenade à laquelle paraissait disposé le garçon tourna court devant le portillon de la propriété. Frédéric prit une mine si déçue que Paule l'invita. Il rougit de plaisir. Elle en fut émue. M. de Borre, après une fugitive contrariété, qu'elle fut sans doute seule à observer, fit bon visage au fils du bourrelier. A voir le contentement de celui-ci, Paule s'étonna de n'avoir pas pensé à le lui procurer plus tôt. Très vite elle dut s'avouer la tricherie d'un tel étonnement. Depuis des mois les attentions de Frédéric ne la laissaient pas indifférente, mais elle ne les payait pas de retour. Et même, dans l'état de surexcitation où la mettait, en présence des Lillers, la nécessité de jouer la comédie, les manières de l'amoureux l'agacèrent au point que, délibérément, elle l'ignora. L'amoureux ? Elle n'avait pas attendu sa déclaration pour savoir qu'il l'était. Quel garçon d'Orchiecourt n'était amoureux de Mlle de Borre ? Celui-là seul avait osé le lui dire. L'aurait-elle autorisé à une autre époque ? N'importe, cet amour qu'elle voulait nommer amitié lui devenait précieux. Elle fut sincère en l'assurant à Frédéric. Elle ne se souciait pas de cet unique attachement. Tous les autres comptaient désormais : « Prenez garde qu'ils ne se lassent... » La colère, le dépit de Frédéric ôtaient-ils toute valeur à l'avertissement ? Paule, maintenant, veillait à flatter d'un sourire, d'un regard appuyé, d'un mot aimable ceux de qui, naguère, elle recevait les hommages à distance. Elle se les conciliait, oui, comme si elle eût besoin d'eux, elle, Paule de Borre ! Faute de pouvoir les élire également tous, ne leur marquait-elle pas de la considération en favorisant l'un d'entre eux ?

Elle avait invité de nouveau le fils Ramette ce dimanche-ci. Le gel persistait. Paule reconnaissait elle-même que ce n'était qu'un prétexte à instituer une habitude. M. de Borre ne broncha pas, mais ne se mit pas en frais. Au cours du dîner qui plus que jamais, depuis le séjour des Lillers, affectait cette allure cérémonieuse à laquelle se complaisait le vieil homme, Paule demanda à son père s'il ne voyait pas d'inconvénient aux venues de Frédéric.

« Si tu trouves le moindre agrément à la compagnie de ce garçon... » répondit-il.

Le geste des deux mains qui termina la phrase signifiait le laisser faire. Paule s'en contenta. Elle attendait elle ne savait quelle aide du fils du bourrelier.

LIVRE HUITIÈME

I

Adrien avait repris les élèves en charge à leur retour de promenade. Une conversation, d'abord seul à seul avec M. le supérieur, puis avec M. l'abbé Filâtre en tiers; le rapport acrimonieux de celui-ci : « J'ai constaté beaucoup de mauvais esprit »; les excuses embarrassées de celui-là : « Le changement de méthode a été sans doute trop brutal; et l'expérience avait contre elle de devoir durer trop peu de temps »; un coup d'œil sur le cahier de notes avait déjà renseigné le préfet sur l'échec de son remplaçant.

Les cris de satisfaction qui le saluèrent et, même après que le silence fut réclamé impérativement, tant de frottements de mains, de chuchotements joyeux où il distinguait la litanie affectueuse, « l'abbé Douve — l'abbé couve », obligèrent Adrien à exagérer le rappel de la discipline. Ne fût-ce que pour désarmer les susceptibilités de l'économe, témoin de l'accueil, il afficha une mine sévère. Au fond, il était très ému.

Ces enfants sont vraiment siens. La paternité selon l'esprit ne comporte pas moins de peines et de joies que celle selon la chair; au point de s'identifier presque à elle. Adrien l'éprouva dans son deuil.

Les obsèques finies, il lui parut que son père lui manquerait moins que ne lui manquaient, après trois jours, les enfants. Il se fût accusé d'indifférence filiale si ne lui était revenue à l'esprit la sentence du Christ, au terrible chapitre x de saint Mathieu : « Celui qui chérit son père ou sa mère plus que moi n'est pas digne de moi... » C'étaient les paroles mêmes qui avaient décidé de sa vocation, prêchées par le père Lorraine lors d'une retraite d'étudiants. Plus tard, Adrien devait comprendre pourquoi le père Lorraine avait cité les paroles évangéliques comme si elles le déchiraient. Sur le moment, le jeune homme qu'il était les adopta d'enthousiasme et les répéta à ses parents en les complétant : « ... Et celui qui chérit son fils ou sa fille plus que moi n'est pas digne de moi. » Quand il quitta la Faculté des lettres pour le séminaire, renonçant définitivement aux Hautes Etudes commerciales et aux Filatures familiales, qui, de ses parents ou de lui, sacrifia le plus au précepte ? Ses scrupules, ses tourments de lévite n'eurent rien à voir avec cela. Ce ne fut pas le fils, en lui, qui s'interrogea. Mais le père qu'il renonçait à être en devenant prêtre. Il se sentait osciller entre deux vocations qu'il eût désiré, absurdement, concilier. Dans une telle incertitude, le père Lorraine le guidait en lui faisant constamment reprendre appui en soi-même :

« Ce n'est pas au-devant de vous Adrien, que se joue la partie; ce n'est pas ce que vous serez dans quelques années, suivant la volonté du Seigneur, qui compte pour le moment; l'aventure commence au fond de vous, maintenant; placez-vous au carrefour vivant qu'est votre cœur; écoutez, regardez où vous pousse la générosité. »

Chaque fois, le « carrefour » retentissait des paroles exaltantes : « Celui qui chérit son père ou sa mère plus que moi... » Et des images héroïques se levaient, au-delà des mots. Adrien, s'il se fiait à la générosité, ne doutait plus que l'attrait du sacerdoce l'emportait. Du temps passait. L'avenir tremblotait de nouveau et le présent s'obscurcissait. Combien l'équilibre de Valentin paraissait enviable ! Un jour de direction, juste avant le sous-diaconat, Adrien, comme obsédé, ne réussissait pas à prononcer une phrase sans y introduire « mon Père ». Le père Lorraine l'interrompit en souriant : « Vous voyez que le prêtre est père aussi ! » Ce fut l'apaisement. Hélas ! Il devait y avoir encore une tempête...

Pourquoi ces souvenirs ? Ah ! oui. Ils ne l'abandonnent pas depuis la mort de M. Douve. En même temps que la pensée des enfants lui faisait craindre de ne pas ressentir autant qu'il le devrait la disparition paternelle, et qu'il se rassurait en invoquant l'évangile, le mécanisme de la mémoire tirait Adrien loin en arrière. Au passage, il ne put que rendre hommage à l'abnégation de ses parents. Ils n'avaient mis aucun obstacle à sa vocation. Père eût souhaité que son fils lui succédât à la direction de la fabrique. Sans doute aurait-il passé la main plus vite qu'à ses deux gendres. Il n'aura pas eu à se plaindre de ces derniers. Mère semblait avoir rêvé d'achever sa vie à l'ombre de son aîné. Aussi n'avait-elle jamais compris qu'Adrien, peu après son ordination, sollicitât la faveur de se joindre à la communauté du père Lorraine, puis, lors de cette crise qu'elle ignora, à la veille de la guerre, qu'il fît un essai à la Trappe, pour revenir finalement, à la démobilisation, enseigner dans son diocèse d'origine. Nulle part il n'y aurait eu place pour elle. Le

Seigneur lui avait épargné la déception qui guettait son veuvage en la rappelant à Lui la première — la même année qu'Anne-Marie. Peut-être l'obstination d'Adrien, durant toute la campagne, à se porter volontaire pour les missions périlleuses, la blessure reçue presque *in extremis,* comme une ironie du sort bravé pendant quatre ans, la peur de la cécité à laquelle Adrien, lui, se résignait, peut-être ces sujets d'angoisse maternelle précipitèrent-ils l'usure d'un cœur qui toujours avait été fragile. A ce moment-là, déjà, la perte d'une mère fut moins cruelle que celle d'une filleule ! Ah ! non pas seulement à cause du vieux remords que la mort d'Anne-Marie ravivait, comme si, mystérieusement la responsabilité qu'Adrien voulait assumer dans les circonstances qui avaient laissé la fille de Valentin orpheline, se répercutait dans cette délivrance prématurée d'une âme angélique. Il y avait autre chose : le sentiment d'être frustré d'une grâce de tendresse, la plus proche de la paternité. Vous savez, Seigneur, comment en user avec Votre prêtre. Ce fut à la fin de cette même année que le père Lorraine amena Antoine à Saint-Wandrille — ce petit Fussy que Théodore Valentin lui-même semblait offrir en remplacement d'une filleule à son ancien Zébédée ! Si loin que l'ex-séminariste fût capable de pousser une certaine sorte d'humour, Adrien n'imagina pas que l'humour, cette fois, avait inspiré sa démarche; du moins pas sous la forme que la mort d'Anne-Marie lui prêtait. Le père Lorraine avait exposé la situation familiale d'Antoine — avec consigne de préserver le plus possible l'ignorance de l'enfant. L'intérêt immédiat de Valentin ressortait assez clairement. Il n'excluait pas, consciemment ou non, le rôle de la Providence. Lui, l'abbé Douve, s'émerveilla de ce rôle. Comment ne se fût-il pas attaché tout de suite au petit Fussy qui, sans le savoir, le reliait à tant de choses chères ou torturantes ? Et mieux encore : à cette époque, il accepta le préfectorat; il devait y trouver toutes les servitudes, mais aussi toutes les joies de l'éducateur; Seigneur, vous avez comblé votre prêtre d'une paternité sans mesure — la seule qui lui fût permise !

Il avait eu beau faire : s'imposant le pieux devoir de ne pas rompre trop tôt avec son affliction filiale, il y avait échappé constamment. La tombe à peine refermée, il voyait s'ouvrir devant lui une cour pleine de cris, une classe frémissante d'intelligence, une chapelle rayonnante de mystique ingénue, un dortoir allégé ou alourdi de songes impénétrables. Le visage du père s'effaçait derrière cent frimousses dont quelques-unes, surgies de très loin, prenaient un relief étonnant. Sur toutes, l'abbé Douve n'aurait su mettre un nom, mais sur la plupart un prénom, qu'il aurait cru oublié, s'inscrivait spontanément : Pierre, c'était sur le front têtu cet épi de cheveux dont le dessin agressif résistait à la tondeuse; Louis, ces yeux perpétuellement étonnés mais qui ne cillaient devant aucune réprimande; Daniel, ce nez en trompette piqué de rousseur; Jacques, ce sourire à lèvre mordue; Bernard, ce menton que l'émotion ramassait en boule tressautante... Figures d'enfants dont les hommes auront fait quels masques ? La vue de ceux-ci lui était épargnée; c'est avec celles-là que Pierre, Louis, Daniel, Jacques, Bernard et tant d'autres continuaient de vivre en lui; il ne leur connaissait que cette vérité et peut-être sa plus secrète mission était-elle de la leur garder devant Dieu, pour le dernier jour. Il convoquait les figures d'aujourd'hui; invariablement celle d'Antoine accourait la première, entraînant celles d'Elie, de Jean et — plus ancienne, mais encore puérile quoi qu'en ait ce grand garçon — de Frédéric.

Le père Lorraine était venu pour les obsèques. Il repartit tout de suite après. Adrien ne put s'entretenir qu'une heure avec lui. Il en conserve, renforcée, la même impression que lors de la retraite de rentrée. Son directeur lui a paru étrangement... détaché. Quel terme traduirait mieux la manière dont le père Lorraine vous regarde, non comme s'il ne vous voyait pas, mais comme s'il vous voyait au-delà de vous-même, dans vous ne savez quel accomplissement lointain ? Et cette résonance, lointaine elle aussi, de ses paroles, prononcées d'une voix blanche, dirait-on ! Détaché ne signifierait pas, chez lui, dépris. Sa présence à côté d'Adrien fut affectueuse. Le guide de tant d'âmes se montra comme naguère attentif envers celle qui depuis une vingtaine d'années se confie à lui. Mais son attention semblait avoir changé de pôle, ou de plan. Oh ! la nuance a la subtilité de cette irisation sur la nacre d'un coquillage quand la main tente vainement d'en immobiliser les reflets, insaisissables comme la lumière elle-même. Un regard, une voix qui prennent du recul : c'est toujours ce sentiment qu'Adrien retrouve. Dans ses directives, le père Lorraine affectionnait les mots « *hic et nunc* »; il limitait le « ici » et le « maintenant » à leur incarnation la plus locale et la plus temporelle. Il se préoccupait avant tout de répondre à la grâce actuelle : « Il ne faut pas contrister l'Esprit saint — Laissez faire la Providence. » Ces deux maximes favorites résumaient assez bien sa spiritualité. Il s'en inspirait dans le gouvernement des âmes en soumettant leur conduite à l'urgence de l'endroit et de l'heure et en les prémunissant également contre l'appréhension et contre la présomption. Il n'y avait pour lui de problème qu'au présent. C'est suivant cette règle qu'il trancha les incertitudes de votre séminariste et plus tard qu'il résolut la crise de votre prêtre infidèle, Seigneur. Voici qu'il ne dit plus *« hic et nunc »;* s'il le sous-entend, c'est en restituant aux mots leur acception d'éternité. Sa façon de regarder et de parler appartient toujours au présent; mais à un présent qui embrasse beaucoup plus, désormais, que l'histoire quotidienne. Comme Adrien lui exposait certains de ses scrupules d'éducateur, les discussions avec l'abbé Filâtre, le dilemme de l'enfance préservée mais peut-être mal aguerrie, le père Lorraine lui répondit avec une sorte d'impatience :

« Il y a deux espèces d'éducateurs : les don Juans et les pélicans. Les premiers veulent tout dévorer — parfois (sa voix s'assourdit) au moyen de la séduction que leur donne un sincère amour des âmes, mais souvent aussi par la violence, en obéissant inconsciemment à un égoïste besoin de domination spirituelle. Les seconds sont faits pour être dévorés jusqu'au cœur. Qu'ils s'offrent de face ou de flanc importe peu. L'essentiel c'est que les petits voraces y puisent le goût de Dieu. (Il sourit.) C'est une grande grâce que ton pélicanisme, Adrien. Ne t'étonne pas d'en souffrir. »

Les jours qui suivirent, comment Adrien ne se fût-il pas inquiété de Saint-Wandrille ? La comparaison du P. Lorraine l'avait bouleversé. Elle acquérait une réalité telle que son entourage l'eût plaisanté plus vivement s'il avait su. Chaque matin, après la messe, Adrien interpellait son beau-frère, Georges Pruay, chez qui il logeait :

« En aurons-nous fini aujourd'hui avec ces paperasses ?

— Vous n'êtes pas moine, l'abbé ! s'exclamait Georges. Il y va tout de même de vos intérêts ! »

Adrien s'en remettait à lui et à son autre beau-frère, Philippe Tiberghien, du soin de régler la succession. Ils épluchaient les comptes du notaire. C'était la moindre des choses qu'Adrien leur donnât des signatures. Ils tenaient, chaque fois, à lui expliquer l'arrangement. Il ne comprenait qu'à moitié. Il leur faisait confiance, autant qu'à père lors de la succession maternelle. Le respect de l'argent, chez tous, s'accompagnait d'une stricte honnêteté. Et lui, Adrien ? La remarque de Georges l'obligeait à s'avouer que son indifférence à l'argent n'allait pas jusqu'au mépris des avantages qu'il procure. Il appréciait, dans la fortune familiale, une sécurité contre certains soucis sordides dont il voyait des confrères accablés. Au séminaire, déjà, l'inquiétude de l'établissement futur gauchissait les aspirations apostoliques de plusieurs. Un caractère discipliné comme celui de Valentin, à l'époque, ne laissait pas de paraître influencé. Actuellement à Saint-Wandrille, le zèle médiocre dont font preuve les abbés Marlet, Leclercq et Pruvost tient pour beaucoup à la modicité de leurs revenus de professeurs, comparés à ceux que leur assurerait la cure dont ils rêvent. Adrien n'avait jamais évalué ses ressources. Il n'en usait guère pour lui-même. Quand il obtint de rejoindre le père Lorraine, il abandonna normalement à la communauté la rente que M. Douve lui servait. Si quelque dépense imprévue se présentait, il faisait appel à la générosité paternelle. Tout naturellement ? Ah ! il y avait eu, souvenir toujours honteux, le chantage de Valentin. Il fallut ni mentir ni se trahir et cependant plaider la gravité du cas. Il importait de « sauver un homme menacé de perdre plus que son honneur personnel ». Adrien n'eut pas le courage de s'adresser directement à son père. Sans vouloir agir en cachette de lui, il aima mieux passer par sa mère. Celle-ci lui expédia un mandat télégraphique suivi d'une lettre où elle disait que cela devait rester entre eux. Fut-ce plaisir d'une complicité quelconque avec le fils, le préféré, satisfaction de cachotterie envers le mari, ou divination ? Elle n'en reparla jamais.

Sauf cet incident, rien n'embarrassait Adrien pour demander de l'argent à sa famille. Si désintéressé qu'il fût, il n'était pas sans penser que la fabrique bénéficiait de son capital et qu'il touchait un dû. Personne ne lui reprochait ses exigences; au contraire, on avait l'air de trouver qu'il portait des soutanes trop lustrées. Il lui arrivait de se dire qu'il devait être plus riche qu'il ne l'imaginait ! C'est ce que ses beaux-frères lui ont confirmé, scandalisés qu'il n'eût pas l'air plus enchanté. Quoi de changé ? Sa part de succession demeure investie dans la Société des Filatures Douve, Pruay et Tiberghien. Les économies réalisées malgré lui sur l'avoir antérieur et sagement gérées par son père, lui ouvrent un crédit supplémentaire. Sa sécurité personnelle reste la même. Mieux que dans le passé, il pourra aider les œuvres du père Lorraine, celles du pauvre abbé Omer — qui ne veut rien accepter pour lui-même; Dieu sait cependant s'il y a de quoi se récrier devant sa soutane ! — il pourra aussi soulager le budget de Saint-Wandrille plus efficacement qu'en obtenant à M. l'économe une remise pour le prix du drap d'uniforme.

Les formalités successorales nécessitaient trop de temps au gré d'Adrien.

« Faut-il que vos mioches vous manquent, l'abbé ! » disait Philippe Tiberghien.

S'ils lui manquaient ! Comme ses petits auraient manqué au pélican légendaire invoqué par le père Lorraine ! Oui « l'abbé Douve, l'abbé couve » ressentait l'espèce d'irritation du cœur qui se donne dans le vide. Les gentillesses d'une ribambelle de neveux et de nièces ne le calmaient qu'à moitié. Quand, enfin, il fut libéré, Marguerite, sa plus jeune sœur, avec qui il se sent le plus d'affinités, lui murmura :

« Je sais que tu nous aimes bien, Adrien. Mais ce n'est plus nous ta vraie famille ! »

Il fut tiré de sa rêverie. On frappait à la porte.

« Entrez. »

Il avait décidé de mettre à profit l'étude du soir pour rétablir la paix troublée pendant son absence. Le *socius,* le premier, venait au rapport.

II

Frédéric daubait sur l'économe :

« Il était empoisonnant. Toujours sur le dos des élèves, et sur le mien par la même occasion. Au lieu de considérer que j'étais là pour le seconder, il me compliquait la tâche. Il me rappelait le temps où moi aussi je le traitais de glaçon et de janséniste. Vous vous souvenez de l'histoire du dictionnaire ?

— Quelle histoire ? fit l'abbé.

— Quand j'avais coché les mots *accoucher* et *vêler*. »

L'abbé Douve sourit.

« Ah ! oui. Vous avez la rancune tenace, Frédéric !

— A qui la faute ? L'abbé Filâtre voit le mal partout. Tenez : le premier jour qu'il vous a remplacé, à l'Epiphanie, il y est allé d'un couplet sur les amitiés particulières au moment de la séance récréative. Comme s'il suspectait Fussy, Hurleau, Demeure et les autres.

— Je suis moi aussi hostile aux amitiés particulières, dit l'abbé Douve. C'est un vieux principe : rarement un, jamais deux, toujours trois.

— Vous ne le montrez pas, dit Frédéric sceptique.

— Mais je veille. Si Elie et Antoine ne m'inquiètent pas, c'est parce qu'ils sont mêlés à un groupe.

— Oh ! Sinon vous imagineriez...

— Pas forcément ce que vous pensez et que vous jugez témérairement que M. l'économe pense comme vous. Je puis n'être pas de son avis dans certains cas. Je n'en admets pas moins la sagesse d'une règle générale d'éducation : il faut combattre la sentimentalité, le romantisme du cœur qui risque d'affecter les amitiés juvéniles trop exclusives; il faut former des caractères virils. »

Le jeune homme était « monté au cerisier » dès qu'Adrien avait prononcé les mots *sentimentalité* et *romantisme du cœur*. Il se les appliquait donc. Il faisait à soi-même une secrète allusion. Ces faciles rougeurs des enfances et des adolescences chrétiennes, de quelle fragilité d'âme sont-elles le signe ? Lui, Adrien, se garde d'en tirer des conclusions quand il interroge un élève. Il pâtit encore, dans son âge mûr, d'une émotivité qui le désespérait en face des pères jésuites : « Vous rougissez : c'est un aveu. » Mais non, mais non ! Il rougissait à la seule idée qu'on pût le supposer coupable, entre tant d'autres, et ainsi se désignait à l'attention. Le pire c'était, lors d'une lecture publique ou d'un prêche — spécialement sur l'impureté — le flamboiement soudain comme si ses plus intimes réflexions étaient mises à nu. Quels enfants vulnérables les prêtres livrent au siècle ! Frédéric pouvait paraître mieux armé que beaucoup d'autres; à cause de cela même contre quoi l'éducation de Saint-Wandrille s'efforce de dresser un écran protecteur : le mauvais exemple familial; à cause, aussi, de cette accoutumance progressive au monde tandis que la plupart y sont jetés brusquement. Adrien verra tout à l'heure ce qui en est d'une vergogne qu'il fallait feindre de n'avoir pas remarquée.

Frédéric se passa les mains sur le visage. Maudit trouble, et stupide ! puisse-t-il avoir échappé à l'abbé Douve. Derrière les lorgnons, l'œil valide cille à peine plus que l'œil de verre. Il enregistre tout.

« M. l'économe multipliait les vexations inutiles, disait le *socius*. Je n'ai pas été témoin de l'attrapade avec Fussy. Des élèves m'ont expliqué qu'il l'avait poussé à bout. J'ai assisté à ses persécutions mesquines contre Demeure.

— Et Hurleau ?

— Hurleau a pris la mouche à propos de confession. L'abbé Filâtre ne l'avait pas nommé. Je ne savais pas qu'il s'agissait de lui. Je crois que ce ne fut qu'un prétexte. Elie était exaspéré que son clan fût toujours visé par l'économe. Nul doute que la combine en faveur des Anglais ne l'ait empêché d'être élu roi cette année. Enfin, il a l'air à cran depuis la rentrée.

— Je vois », dit l'abbé Douve.

Le rapport du *socius* ne lui apprenait rien. Tout au plus délimitait-il les points sensibles que l'abbé Douve aurait à panser.

Il ôta ses lorgnons et se massant délicatement le haut du nez entre le pouce et l'index, sembla se recueillir quelques secondes. Puis :

« Et vous, Frédéric, où en êtes-vous avec le Bon Dieu ?

— Mlle de Borre demandera certainement à vous voir jeudi quand elle saura que vous êtes de retour », répondit Frédéric presque malgré soi.

L'abbé Douve remit ses lorgnons.

« Voilà qui s'appellerait passer du coq à l'âne, reprit-il, si cela ne me révélait ce qui se passe ici et là. »

Il toucha du doigt le front et la poitrine de Frédéric.

« Tout s'y passe bien, mon père », dit le jeune

homme sans chercher, cette fois, à dissimuler sa rougeur.

Il avait usé de l'appellation réservée à la confession. Adrien l'avait compté au nombre de ses pénitents jusqu'aux Humanités. A ce moment, Frédéric, comme la plupart des élèves, changea de confesseur. Il lui revint, et pour une véritable direction spirituelle, quand il fut agréé en qualité de *socius*. Peut-être la même cause avait-elle motivé son éloignement et son rapprochement : l'image de l'âme enfantine dont Adrien restait dépositaire. Vers la quinzième année, la virilité pressentie incite l'adolescent à fuir une telle image; trois ans plus tard, le jeune homme tente de retenir l'image qui, d'elle-même, fuit.

« Tout s'y passe bien, répéta en écho l'abbé Douve. Est-ce à dire que vous êtes en paix, que vous ne brûlez plus... vainement ?

— Il y a longtemps que je souhaitais vous reparler de Mlle de Borre.

— Depuis vos demi-confidences passées et ma mise en garde, votre mutisme même me renseignait.

— J'avais mal, mon père, sans être dans le mal.

— C'est pourquoi je jugeais prudent de ne pas attiser le feu par mes questions. Je le surveillais. J'espérais qu'il s'éteindrait de lui-même assez vite. A la longue, il fût devenu plus dangereux pour votre santé morale qu'un péché d'action. »

Frédéric s'agitait :

« J'ai déclaré mes sentiments à Mlle de Borre, dit-il tout à trac.

— Ah ? fit l'abbé Douve. Que vous a-t-elle répondu ?

— Elle ne s'est pas montrée fâchée, dit le jeune homme avec un air de contentement naïf. Nos rapports demeurent ceux de l'amitié. Du moins sont-ils affichés. Je suis reçu à La Maison-sous-l'église. »

L'abbé Douve ôta de nouveau ses lorgnons. La tête un peu inclinée sur l'épaule, il considéra Frédéric. Celui-ci détourna les yeux.

« Mon pauvre Frédéric, reprit l'abbé. A quoi cela va-t-il vous mener ?

— Vous parlez comme ma mère ! dit le garçon d'un ton rancunier.

— Il n'est pas interdit à Mme Ramette et à votre directeur de conscience de manifester, en la circonstance, un égal bon sens.

— Il n'est pas nécessaire que j'arrive à quelque chose en aimant Mlle de Borre ! Je n'ignore pas ce qui nous sépare.

— Je crains que vous ne l'ignoriez, au contraire.

— Elle est Mlle de Borre et je suis le fils du bourrelier Ramette. De plus, elle me l'a dit, il y a M. de Borre. Je n'ai jamais méconnu ces obstacles et je n'essaierai pas de les surmonter.

— S'il n'y avait que ça ! fit l'abbé Douve avec un geste désinvolte. Orchiecourt a beau vivre à l'écart, les vieilles convenances y sont en voie d'être révisées comme ailleurs. Figurez-vous que nos contemporains ont découvert l'amour, ou plutôt ce qu'ils nomment les droits de l'amour.

— Eh bien ? fit Frédéric interloqué.

— Eh bien, cette découverte suffirait à balayer vos prétendus obstacles. Entre Mlle de Borre et vous, mon pauvre ami, c'est un désert qui s'étend.

— Je ne comprends pas, balbutia le jeune homme.

— Vous aimez aimer, n'est-il pas vrai ? » dit l'abbé Douve.

Frédéric ouvrit la bouche L'abbé ajouta immédiatement :

« Et Mlle de Borre, elle, n'aime que d'être aimée ... de loin. »

Le jeune homme resta coi un instant. Il explosa. Les veines de son cou saillaient.

« Maintenant, c'est comme mon père que vous parlez. Ce n'est pas la première fois. Vous vous trompez tous les deux. Je m'en moque. Je suis heureux comme ça. »

L'abbé Douve remettait son lorgnon. Il répliqua doucement :

« Dites que vous vous acharnez à vouloir être heureux. Ce n'est pas seulement de votre âge, mais de tous les âges quand la grâce n'y met pas ordre. Et c'est un perpétuel échec. On n'est heureux que lorsqu'on a renoncé à l'être, lorsqu'on a compris que la quête insatiable est sans objet sur cette terre. Alors le bonheur change de nom. Il devient ce bien en apparence plus modeste, en réalité plus précieux, que le Christ nous a légué : la paix. Tant que vous m'accorderez votre confiance, c'est la paix que je vous aiderai à trouver, Frédéric. »

Sous la brosse des cheveux, les traits durement façonnés se détendirent.

« J'ai confiance en vous, mon père, murmura Frédéric. Mais je ne puis renoncer; pas maintenant. Mlle de Borre m'assure qu'elle a besoin de moi. J'ai cru comprendre aussi qu'elle vous demanderait conseil.

— A quel sujet ?

— Je ne sais pas. Je crois qu'elle a des ennuis.

— En attendant, veuillez m'envoyer, l'un après l'autre, Fussy, Hurleau et Demeure. Voyez où en sont leurs devoirs. Si Jean n'a pas fini le sien, laissez-le. Quant à Antoine ou Elie, je les tiendrai quittes. »

« Avez-vous terminé votre version latine ? demanda l'abbé Douve.

— En même temps qu'Antoine, répondit Elie. Lui, il a décidé de la recopier. Le chef des Romains est appliqué !

— Le chef des Grecs ne le serait-il pas ?

— Ce n'est pas pareil », fit Elie désinvolte.

Adrien toussota. Ce grand garçon l'intimidait. Il ne l'avait jamais compté au nombre des flatteurs de soutane. Il s'était quelque peu intéressé à lui, avant l'arrivée d'Antoine, à cause de sa voix merveilleuse. Quel étonnement de découvrir, dès le premier jour, un chanteur de cantiques chez un fils de bateliers ! Ces nomades, ces romanichels aquatiques, usent d'ordinaire d'un répertoire moins édifiant. N'était-il pas insolite, déjà, que ce gamin fût confié à l'Institution Saint-Wandrille ? Plus tard, M. le supérieur devait renseigner Adrien pour sa gouverne de préfet. Il dit l'éducation religieuse de madame Hurleau, l'entremise de M. Cassagne, l'assureur, et la pitoyable situation familiale — une de plus ! — qu'il fallait, aussi longtemps que possible, cacher à l'enfant. Dans l'intervalle, une amitié spontanée était née entre Elie et Antoine. Adrien en voulut d'abord à celui-là d'inculquer à celui-ci certaine réserve, comme une excessive méfiance du chouchoutage. Ensuite, l'expérience lui fit admettre qu'Antoine avait des motifs personnels d'imiter son camarade. Il les entoura, l'un et l'autre, d'une attention solidaire. Il admirait et favorisait leur émulation en étude, à la chapelle, en récréation, qui se communiquait à l'entourage. Une part d'Elie demeurait secrète. Non qu'Antoine fût transparent. Mais, comme vient de le dire Elie :

« Ce n'est pas pareil. » Depuis la rentrée, surtout, le garçon, inattaquable à l'égard du règlement, paraît replié intimement sur des positions nouvelles, inconnues, comme si son être réel avait changé d'assises en abandonnant des apparences à la discipline du collège. Il y a cette voix de coq enroué, il y a ce duvet sombre sur la lèvre supérieure. Ne s'agit-il que de cela ?

« Alors, reprit l'abbé Douve, Monsieur l'économe aura eu à se plaindre de vous durant mon absence ?

— Il serait plus juste de dire le contraire, répliqua tranquillement Elie.

— Vous auriez à vous plaindre de lui ? En quoi, je vous prie.

— Oh ! fit le garçon. (Et il eut un geste, comme pour rejeter la masse de griefs par-dessus son épaule.) Il n'y a qu'un coup que j'ai mal encaissé : celui de la confession. Ça ne le regardait pas.

— Si, tout de même ! dit avec douceur l'abbé Douve.

— Et la liberté de conscience ! »

Adrien se retint de sourire de cette indignation emphatique.

« La liberté de conscience est hors de cause, dit-il posément. Ne comprendrez-vous pas que, dans une maison comme celle-ci, les maîtres sont responsables devant Dieu de la santé des âmes qu'ils éduquent ? La fréquentation des sacrements par les élèves les regarde.

— J'avais communié à Noël, dit Elie. Qu'est-ce qui permettait au glaçon, pardon ! à l'économe, d'insinuer que ce fût une communion sacrilège ? Après tout, on n'est tenu qu'à la confession annuelle. Avec les péchés qu'on commet ici...

— Il y a la grâce sacramentelle, et l'indice que l'âme vit toujours en paix avec le Bon Dieu. »

Adrien parlait sans conviction. Une comparaison

absurde s'imposait à son esprit, souvenir de confidences reçues au front. Des camarades mariés lui révélaient certaines difficultés de la vie conjugale. Lui, en prêtre, prônait, selon les homélies morales, l'amour dont la sincérité se mesurait à ce qu'il survivait au désir éphémère. Eux se déclaraient d'accord, mais n'en liaient pas moins l'amour au désir; et Adrien apprenait que les femmes cherchaient dans le désir des hommes un indice. Le terme même qu'il vient d'employer. Aux yeux de ceux que le père Lorraine appelle des don Juans de l'éducation, rester trois mois sans se confesser ne signifiait-il pas quelque chose d'analogue pour une épouse inquiète à rester trois mois sans faire l'amour ?

« Si c'est ça qui intéressait l'abbé Filâtre, dit Elie provocant, il aura été édifié. Je me suis confessé à lui. Oh ! pour la frime. J'ai récité le formulaire du catéchisme. »

L'abbé Douve cilla.

« Croyez-vous qu'il a été dupe ?

— Il n'est pas bête à ce point ! Quand j'ai eu terminé, il n'a pas prononcé l'*absolvo*. Il m'a béni sans un mot.

— N'avez-vous pas pensé que vous lui faisiez de la peine ? dit l'abbé Douve avec tristesse. Vous vouliez vous venger, à tort ou à raison, de l'économe, du préfet intérimaire. C'est le prêtre que vous avez atteint. L'exploit ne m'apparaît guère courageux, contre un adversaire aussi désarmé ! De surcroît, c'est du Seigneur que vous vous êtes moqué !

— Tout de suite après, je me suis confessé pour de bon à l'abbé Blot, dit Elie d'un ton assez piteux; puis, redressé sur ses ergots : C'est quand même du tripotage de conscience ! » jeta-t-il avec âpreté.

Adrien essuya le mot en plein cœur. Inutile d'en faire préciser le sens. Il le connaissait par les plaintes des internes, chez les jésuites. Lui, externe, échappait à ces contraintes, plus insidieuses que brutales, sous lesquelles des condisciples, en prenant de l'âge, se cabraient; n'exagéraient-ils pas ? Par la suite, son activité missionnaire avec le père Lorraine, les rencontres de la guerre, allaient le persuader que le reproche n'était pas sans fondement; et quels ravages il expliquait ! Adrien se le rappelait, au sortir de l'hôpital militaire, quand il se présenta chez monseigneur, volontaire pour un poste dans l'enseignement. Il en avait débattu avec le père Lorraine. Il se promettait, sans préjuger sa réussite ou son échec d'éducateur, d'éviter qu'on détestât le prêtre à travers celui-ci. Hélas ! était-il facile, était-il même souhaitable, de dissocier les deux rôles ? « L'abbé Douve, l'abbé couve » ! La litanie jusqu'ici prise en part aimable, ne se retournerait-elle pas contre lui ? N'accuserait-elle pas son choix pratique, somme toute traditionnel, dans le dilemme : préservation ou aguerrissement des jeunes âmes ?

« J'ai donc eu tort de vous convoquer », dit-il.

Le garçon le regarda bien en face.

« Oh ! vous, vous êtes l'abbé Douve », répondit-il simplement.

Adrien s'affermit sur cette déclaration affectueuse.

« Tous vos maîtres sont... ce qu'ils sont, reprit-il. Vous ne devez douter d'aucun d'eux. Chacun a le désir de vous élever, humainement et chrétiennement, le mieux possible. »

Oui ! Mais pourquoi tant d'anciens élèves se changent-ils en ennemis ? Ces dialogues, toujours les mêmes, à l'armée :

« Si tous les curés te ressemblaient... »

« Je ne suis pas seul de mon espèce. Et il en existe beaucoup de plus épatants. C'est parce que tu n'en connais pas d'autres. »

Cet échange ressortissait à l'anecdote réconfortante pour séminaristes, à une manière d'apologétique familière utilisant l'argument *ad hominem*. La première fois, on s'émerveillait d'en retrouver une application si exacte dans la réalité. Ainsi de n'importe quelle convention. La réplique finale détruisait l'harmonie, alors même que, répétée, trop attendue, trop redoutée, elle devenait elle aussi banale :

« Moi, ne pas connaître les curés ? J'ai été élevé par eux. C'est pourquoi je ne puis les sentir ! »

Ne pas généraliser, certes. Tout de même ! tout de même !...

« Pour ça, j'aurai été bien élevé ! s'exclamait Hurleau.

— Est-ce raillerie ou amertume ? dit l'abbé Douve. Ecoutez-moi, Elie. Trêve d'enfantillages. Vos démêlés avec M. l'économe, les circonstances qui les ont provoqués n'ont guère d'importance par eux-mêmes. Mais j'y vois, ajoutés à d'autres, les symptômes de quelque chose qui va mal en vous. Là-dessus, il est de mon devoir de vous interroger, d'en appeler à votre franchise et à votre confiance. Tant pis si cela aussi vous paraît du tripotage de conscience. (Il ébaucha un sourire crispé.) Il arrive qu'il faille tripoter un abcès pour l'aider à se vider. Voyons. Qu'y a-t-il ? Quand vous êtes rentré de vacances, on aurait dit que vous portiez une personnalité nouvelle en même temps que ce pantalon de jeune homme... »

Il effleura les genoux du garçon assis en face de lui. Fréquemment Elie tirait sur le pli pour le ménager. Vaine précaution, contre tant d'agenouillements. Les boursouflures, à mi-jambes, valaient un détail d'uniforme. Adrien faillit s'en égayer une fois de plus. La voix d'Elie le laissa grave :

« Une personnalité nouvelle ! Vous ne croyez pas si bien dire !

— Vraiment ? Eh bien, expliquez-le moi. Expliquez-moi, au cas où je ne l'aurais pas compris, le désarroi du jeune homme Hurleau qui, de retour à Saint-Wandrille, après deux mois d'absence, se sent mal à l'aise dans les habitudes de l'enfant Elie. Il ne les hait pas; il leur garderait même une certaine tendresse. Seulement il juge qu'elles ne sont plus à sa taille. Non ? »

Elie secoua la tête. Puis, comme pour contredire sa dénégation :

« J'ai été un gosse qui prenait les choses au sérieux, mon père ! fit-il d'une voix soudain curieusement martelée. Presque autant qu'Antoine ! »

Lui aussi lui dit « mon père ! »

« Quelles choses ?

— Toutes celles qui composent la vie d'ici. Le catéchisme, la religion, les études, les jeux. Vous comprenez : je m'y donnais à fond. Tellement que parfois j'aurais voulu être dans la peau des autres pour sentir s'ils y croyaient comme moi. Il n'y a qu'Antoine de qui j'étais sûr. A l'époque de notre communion privée, nous avions décidé de devenir des saints. La première épreuve consistait à ne pas nous endormir avant d'avoir récité un rosaire entier. Ce fut un fiasco. Nous dûmes avouer que le sommeil nous terrassait après quelques dizaines. Et comme nous avions fait un vœu, nous nous estimions en état de péché mortel. L'abbé Blot nous rassura et nous gronda d'un même mouvement. Il nous fit rabattre de nos prétentions. Ce n'est qu'un exemple. Sans être un saint, je me scandalisais que tel ou tel fût dissipé à la chapelle, paresseux en classe ou mollasson en récréation et que ça ne l'empêchât pas de faire figure de « viande à curés », de communier chaque jour. On aurait juré que la vie à Saint-Wandrille, pour eux, signifiait seulement faire de la lèche au Bon Dieu comme aux maîtres. Je me surprenais à les scruter, de loin, à éprouver en imagination, leur solidité, front contre front. »

Il souffla. L'abbé Douve en profita !

« Ce n'est pas un réquisitoire contre vos condisciples que j'attendais de vous, Elie ! »

Il haussa les épaules et les yeux pâles se foncèrent. Il reprit violemment :

« Excusez-moi. Il ne s'agissait pas d'une comparaison à mon avantage. Au contraire. C'était pour me demander si ces types-là n'avaient pas raison.

— Raison de ne pas prendre au sérieux les choses que vous dites, — supposé que votre sévérité soit justifiée ! Seriez-vous en train de perdre la foi ? s'écria l'abbé Douve, sincèrement alarmé.

— Pas encore, murmura Elie. C'est pourquoi j'ai mal. Ou si vous voulez, j'ai peur d'avoir mal, mon père. »

Adrien lui saisit les mains, mais les sentant se rétracter, les lâcha aussitôt. Geste instinctif. Il l'évitait d'ordinaire. Il en savait, par expérience, la maladresse. Il l'abandonnait à l'onction de M. le supérieur, sans être certain que celui-ci le réussissait mieux qu'un autre. Emouvante infirmité, comme si le Saint-Chrême imposait aux mains sacerdotales un manque de mesure dans l'élan le plus naturel : ou elles s'emparent d'autres mains, celles des enfants de préférence, et les gardent trop longtemps et se montrent trop possessives, ou — celles d'un confrère, celles d'un adulte — elles les touchent à peine, affectant une pression trop sèche et trop fuyante. Ses rugueux contacts de poilu n'auront pas guéri Adrien de cette méfiance envers soi-même. A la paternité du prêtre, l'étreinte des âmes suffit.

« Quelle peur, quel mal, mon pauvre enfant ? Parlez. (Il détacha les mots.) Vous pouvez tout me dire.

— Je crains de n'avoir à rigoler de ce gosse qui prenait tout à cœur. Il me semble qu'il n'y a rien de plus cruel que de décevoir un enfant.

— Surtout quand on est soi-même cet enfant ! Que le jeune homme Hurleau ne se fâche pas si je me refuse à le séparer de son plus fidèle — mais oui ! — de son plus vieux compagnon jusqu'à présent : l'enfant Elie. Il est encore trop tôt pour que le premier s'attendrisse sur le second. Cela signifierait qu'il l'a tué. Vous verrez : le miracle de l'enfance c'est de ne pas savoir qu'elle est un miracle; on le découvre plus tard; alors on la « retrouve » comme disent les poètes. Morte, elle ressuscite : mais elle n'est plus; elle existe seulement — sous forme de nostalgie. Vous me suivez ?... »

Elie fit signe que oui.

« Vous n'en êtes pas là. Le jeune homme Hurleau pense et parle; c'est l'enfant Elie qui sent et agit. Et lui ne saurait être déçu, vous m'entendez ? Ce qu'il a pris à cœur, c'est, en dépit de tous les démentis apparents de l'avenir, le vrai, le bien et le beau. Et maintenant me confierez-vous le sujet précis de vos craintes ?

— Pas maintenant, monsieur l'abbé. Ce n'est pas quelque chose de précis. Rien qu'une idée qui m'est venue pendant les vacances, une angoisse que vous avez un peu dissipée : si la vie n'était pas telle qu'on nous l'apprend à Saint-Wandrille ?

— Il y a bien un fait qui vous a donné cette idée ? »

Le garçon hésita.

« Un fait... non. Une grossièreté lancée par un voyou. Je ne puis la répéter », ajouta-t-il précipitamment.

Etait-il sensible à ce point ? Ou se dérobait-il ? Adrien plongea son regard dans les yeux pâles. Il crut y reconnaître la trompeuse transparence où tant de secrets d'enfants se réfugient. Tentera-t-il le remous révélateur sans se trahir au cas où l'inquiétude de l'enfant aurait un autre motif ? Il feignait de rassembler des papiers, comme si l'entretien tournait court. Elie se leva.

« Avez-vous de bonnes nouvelles de chez vous, demanda l'abbé Douve, depuis cette promenade avec votre parrain ?

— Je n'espère pas de lettre de Manman avant quelque temps, dit Elie d'un ton neutre.

— Allons ! bon courage, reprit l'abbé. Pour notre conversation de tout à l'heure, réfléchissez à la conclusion que je vous propose : les paroles et les actes d'autrui ne doivent pas être jugés à leur retentissement en nous. Ce retentissement ne juge que nous-mêmes. Ainsi des baguettes et du tambour. Veillons donc, quoi qui nous touche, à rendre un son clair.

— Merci, monsieur l'abbé, fit Elie du bout des lèvres.

— Dites à Antoine de venir. »

Devait-il sermonner plus vivement Hurleau, l'acculer à une totale sincérité ? C'est plus fort que lui : la timidité qu'il éprouve devant de grands élèves et qu'il surmonte en évoquant les enfants qu'ils ont été, réapparaît tout à coup sous forme de respect dû au mystère d'une personnalité naissante. Combien susceptibles ces adolescents ! Un mot de trop, une incursion prématurée dans le domaine intime, qu'ils brûlent pourtant de vous ouvrir, afin que vous en admiriez l'ordonnance exceptionnelle, et ils se ferment à jamais. Il faudra se contenter de surveiller Elie, comme l'avait recommandé, sans insister, le père Lorraine après la retraite; un peu plus que ces derniers mois peut-être; tâcher de sentir son âme, chaque jour, à différents moments; rester à côté d'elle, discrètement, prêt à la stimuler d'une parole, d'un sourire, d'un regard: et attendre que tombe sa fièvre inconnue. Si, un jour, elle affronte le mal pitoyable qu'on s'est efforcé de lui dissimuler, faites, Seigneur, qu'elle soit immunisée. Ah ! Antoine. Celui-ci du moins rend un son clair comme est clair son visage.

« Assieds-toi, Antoine, dit l'abbé Douve. Je voulais d'abord te remercier pour ta gentille lettre... »

Adrien l'avait trouvée, sous enveloppe à son nom, dans le courrier des élèves qui passait obligatoirement par la censure du préfet. L'enfant lui exprimait sa peine de la mort de M. Douve. Il y mêlait un brin de rhétorique parce qu'il s'adressait au professeur et que la mort, pour lui, restait un thème de « Morceaux choisis. ». Mais s'étant acquitté de ce « devoir », il se laissait aller à une spontanéité qui émut d'autant plus Adrien que naguère il en enviait le bénéfice, sinon à Mme Fussy, du moins au père Lorraine. Oui, ce dernier recevait, chaque mois, une lettre d'Antoine. En les lisant, Adrien s'accusait d'une espèce de jalousie. Ce n'était pas à lui, le père quotidien, que l'enfant se confiait avec un tel abandon ! Pudeur, encore et toujours. Cette lettre de circonstance, à la place de quelques phrases de vive voix — ou du silence éloquent des élèves, ce matin, en entrant en classe — était une nouvelle manifestation de pudeur. Pour le coup, Adrien ne le regrettait pas.

Antoine, baissant la tête avec un petit sourire confus, avait rosi. L'abbé affecta un air sévère :

« Ensuite, je voulais te réprimander. Moi qui comptais sur toi, pendant mon absence, pour donner le bon exemple !

— Ce n'est pas drôle d'avoir toujours à donner le bon exemple ! répliqua Antoine.

— Raconte-moi ça, fit l'abbé amusé, en se carrant dans son fauteuil.

— On dirait que les maîtres et les camarades vous ont imposé un masque une fois pour toutes. A la moindre grimace — pour respirer quoi ! — ils n'en croient pas leurs yeux. Comme si vous étiez incapable de faire comme les autres. Le plus fort, c'est qu'ils arrivent à vous en persuader. Résultat : je me sens tout gonflé, tout content de moi quand j'ai fait une sottise et mérité un blâme public. Ça leur prouve, aux autres, que si je voulais...

— Pourquoi voudrais-tu ? dit l'abbé reprenant un ton grave. Je n'imaginais pas que ce fût à cause des autres que tu te conduisais bien; ni à cause des maîtres, ni même à cause de moi, comme tu me l'écris. Je pensais que c'était pour toi... et surtout pour Notre-Seigneur. »

L'enfant, soudain écarlate, cherchait une contenance. Machinalement il fourra une main dans sa poche.

« Oui, bien sûr, murmura-t-il.

— A t'entendre, tu n'aurais aucun regret d'avoir manqué de respect à M. l'économe. Tu en serais plutôt fier.

— Oh ! celui-là, il ne l'a pas volé ! » fit Antoine effrontément.

La riposte lui rendait si bien son aplomb qu'il avait libéré sa main; mais avec une telle vivacité que ce qu'elle devait tripoter à fond de poche suivit le mouvement et tomba par terre : un mouchoir noué aux quatre coins, et, emberlificoté dans de la ficelle et un chapelet, le fameux « couteau arabe ». Encore plus cramoisi que la minute précédente, si possible, Antoine ramassa les objets et les rangea précipitamment.

« En as-tu à sa... sévérité générale. reprit l'abbé Douve, ou à sa taquinerie envers toi ? »

Le jeune visage se crispa :

« Il n'avait pas à me taquiner là-dessus. Ce n'est pas permis, dit Antoine d'une voix rauque.

— Il ne croyait pas te blesser, mon petit Toine. Certes, cette chose-là demeure en suspens, entre le Bon Dieu et toi. Mais le Bon Dieu voit un peu par nos yeux à nous, tes maîtres, et il lui arrive de parler par notre bouche. Moi-même ne t'ai-je pas demandé, un jour, si Notre-Seigneur t'avait fait signe ? M'en as-tu voulu ?

— Vous ne m'avez plus embêté depuis.

— Tu m'avais répondu : non. Il y a trois ans de cela. Monsieur l'économe a pu penser que tu avais changé d'avis. Il aura interprété — comme moi — le bavardage de camarades.

— Quels bavardages ? Elie me chine parce que je demande aux uns et aux autres s'ils ont la vocation. Il dit que c'est une obsession. Ça prouve que moi, je ne l'ai pas la vocation. J'essaie de savoir ce qui se passe chez ceux qui l'ont. »

L'abbé Douve, lorgnon ôté, se recueillait comme à la chapelle. Antoine prenait garde de ne pas arrêter sa vue sur l'œil de verre que la lampe de bureau frappait d'un éclat fantastique.

Seigneur, si vous avez élu ce petit et qu'il faille le truchement du langage humain pour le lui faire connaître — comme jadis à votre serviteur il fallut les paroles de l'évangile sur les lèvres du père Lorraine pour qu'il connût votre volonté — inspirez les mots décisifs à votre prêtre, ou empêchez-le de prononcer ceux qui risqueraient d'engendrer un plus grand silence dans cette âme.

« L'expérience des autres, celle du père Lorraine, la mienne, si tu nous interrogeais, ne te renseigneraient pas, mon petit Toine, dit l'abbé. Notre Seigneur se manifeste de multiples façons. Parce qu'avoir la vocation, c'est être choisi personnellement. Comprends-tu ? Personnellement. A toi, c'est peut-être en silence que le Bon Dieu s'adresse. Pour autant, ne va pas croire qu'il t'appellerait avec plus d'autorité si tu entendais quelque chose comme une voix dans ta poitrine. Tiens : il y a des jours, quand tu reviens à ton banc après la communion, tu as vraiment la sensation de porter le Christ en toi; tu enfouis ta figure entre tes mains et il te semble que c'est la Face même de Dieu que tu touches; tu croises les bras et tu te dis que tu les refermes sur le Corps divin, plus vivant, plus réel que le tien. D'autres jours, au contraire, tu éprouves un vide, non pas seulement en toi, mais à côté de toi. Tu contemples le ciboire où le prêtre continue à puiser, tu considères le tabernacle et il te faut faire un immense acte de foi pour adorer. Un acte de foi qui — paradoxalement — coûte plus à ton cœur, dur comme la pierre, qu'à ta raison. Ça n'est pas vrai ce que je dis ? »

Antoine écoutait, les yeux larges, buvant, eût-on dit, la pensée, — comme en classe, avec cet air de « gosse qui prend les choses au sérieux » suivant l'expression de son *alter ego.* Il approuva de deux rapides inclinations de tête, tendu vers la suite.

« Eh bien, reprit l'abbé Douve, les mystiques nous apprennent que Dieu n'est jamais si présent que lorsqu'il nous paraît absent; nous ne sommes jamais si proches de Lui que lorsque nous ne le sentons pas. Il en va de même de la vocation silencieuse... »

Il fit une pause. L'enfant restait immobile, attendant quoi ?

« Tu sais, du moins, ce qui t'attirerait dans le sacerdoce ? La messe...

— Je sais surtout ce qui ne m'attire pas si je ne deviens pas prêtre; qui pourtant me gênerait si je voulais le devenir.

— Quoi donc ?

— Un tas de choses auxquelles j'aime mieux ne pas penser ! »

L'abbé Douve remit son lorgnon et penché vers Antoine :

« Prions chacun de notre côté et laissons faire la Providence.

— Oui, mon père », répondit l'enfant, comme si la maxime favorite du père Lorraine entraînait l'appellation.

L'abbé le congédiait quand il se ravisa :

« J'oubliais : tu as une lettre de Mme Elise Chamard. »

Antoine se troubla :

« J'ai envoyé des vœux de jour de l'an à M. Chamard... mon bienfaiteur.

— Ton bienfaiteur ?

— Enfin, celui qui paie ma pension. Mamy m'a dit que c'était un ami de mon père.

— Elle était d'avis que tu lui écrives après si longtemps ?

— Elle se chargeait de transmettre elle-même la lettre. Vous l'auriez lue si vous aviez été là. Je n'ai pas voulu trop tarder...

— Ne t'excuse pas. Tu verras : Mme Chamard a été très touchée. Dis à Jean que je l'attends. »

Avant même d'être arrivé en étude, Antoine ouvre la lettre de Mme Chamard. Elle est sur papier à en-tête de la fabrique d'hélices. Il fait la moue. Elle commence ainsi : « Cher petit frère en Jésus... »

« Où en sommes-nous de nos misères ? demandait l'abbé Douve. Montrez-moi ces doigts ? Encore boudinés. Mais ils vont mieux, non ?

— C'est au pied que j'ai eu le plus mal », dit Jean.

Quelle détresse ces derniers jours ! Les engelures de deux orteils avaient éclaté. La sœur infirmière faisait un pansement le matin. Le soir, la chaussette collait. Jean renonçait à la retirer avant de se coucher. Au matin, le drap aussi collait. Et M. l'économe qui ne voulait voir que de la paresse, qui houspillait le retardataire incapable de mettre son soulier. Quelle souffrance à boiter du dortoir à l'étude, de l'étude à la chapelle, de la chapelle au réfectoire. Alors seulement on avait le droit d'aller à l'infirmerie, de s'abandonner aux mains légères de la sœur, de tremper le pied dans l'eau tiède. Ah ! il était temps que l'abbé Douve revienne !

Adrien s'apitoyait. Il revoyait l'enfant aux maigres épaules, secouées de sanglots, que le M. le supérieur lui avait livré en présence de parents peut-être honteux. Il se rappelait l'exhortation du docteur Demeure : « Sois un homme », dont lui-même s'était servi, le premier soir. Il sourit.

« Ça coûte de devenir un homme, mon petit Jean ! reprit-il. Nous y arrivons à vue d'œil. Je parie que vous avez déjà des biceps. »

Il palpa le bras de l'enfant qui, tout fier, le contractait. Il siffla d'un air admiratif.

« J'en ai moins qu'Elie, ou même qu'Antoine, dit Jean.

— Il faut le temps ! Papa et maman n'ont-ils pas remarqué le changement ?

— Oh ! si.

— Chaque fois que vous aurez à supporter un bobo de collégien, dites-vous qu'il vous rend plus fort. Vous connaissez l'histoire du jeune Spartiate et de son renardeau ? Oui. Eh bien, vous pouvez faire mieux encore en pensant au Bon Dieu. Non seulement votre corps, mais aussi votre âme y gagnera des muscles ! C'est convenu ?

— Oui, monsieur l'abbé, dit Jean, un reflet de contentement dans les yeux.

— Et les... accidents au lit ? »

L'enfant baissa le nez et le releva tout de suite. « Je n'ai pas fait cette nuit.

— Je sais. J'espère donc que vous ne recommencerez pas. »

Jean agita timidement le doigt comme s'il se fût

trouvé au réfectoire à l'heure du rapport; et sur le même ton qu'en cette occasion :

« Permission d'avoir des draps propres, s'il vous plaît, monsieur l'abbé, dit-il.

— Accordé. Ah ! il est vrai que nous sommes à la fin du mois... Attendez : vous porterez vous-même ce billet à la lingerie. »

Il griffonna quelques lignes. Jean le regardait, pénétré de gratitude. Toutes les difficultés s'aplanissent devant l'abbé Douve. On est bien dans son bureau. Les étagères de livres, la table encombrée de cahiers, la grosse montre et son boîtier de protection, le poêle qui chantonne, et cette drôle d'odeur des prêtres. On céderait à un vertige de somnolence.

« Voilà.

— Merci, monsieur l'abbé.

— Autre chose : vous plairait-il de servir la messe à M. le supérieur ? »

C'était une faveur. M. le supérieur avait coutume de donner régulièrement quelque gâterie à son servant attitré qui changeait chaque trimestre.

« Je ne sais pas servir la messe, répondit Jean désolé.

— Vous apprendrez. J'y veillerai. »

L'enfant partit rose de plaisir.

Il restait une demi-heure avant l'angélus. Adrien entreprit l'annotation des dernières compositions françaises : « *L'habit ne fait pas le moine. Montrez que s'il ne faut pas juger les gens sur la mine, il faut cependant tenir compte de la mine.* » Sujet donné par M. le chanoine Débly...

Dans le courant de la semaine, l'abbé Douve annonça la nouvelle répartition des charges pour le trimestre. Fussy et Hurleau passaient chapelains et Demeure servant de M. le supérieur. Offices privilégiés auxquels s'ajoutaient celui de cérémoniaire, titulaire du claquoir, celui de ménager du bureau du supérieur et celui de chef réfectorier affecté à la table des maîtres; comme par souci d'équité ces emplois revenaient à trois « potames » notables : Vallard, Lagier et Crespel.

On guetta sournoisement les mimiques de l'économe devant ces attributions. Il ne sourcilla pas.

III

De nouveau la neige, douce après le gel. Le cabriolet roulait avec un crissement mou; Mulysse semblait chaussée de feutre. Paule, les mains enfouies dans des moufles de laine, tenait les guides hautes, donnant appui à la bête sur le mors. Les flocons larges et légers descendaient lentement, sans tournoyer. Du ciel à la terre, ils tissaient une mousseline religieuse.

Les enfants iront-ils en promenade, par ce temps, ou resteront-ils en étude libre ? N'importe. Ils seront sous la garde de l'abbé Leclercq qui est de semaine. Frédéric, disposant de son après-midi, n'avait pas su résister à l'invite de Paule : il rentrait avec elle à Orchiecourt. C'est exceptionnel qu'il profite ainsi du jeudi. Quoi ! Son programme de licence est à jour; et Saint-Wandrille n'a pas besoin de lui, l'abbé Douve étant là au cas où le surveillant de semaine ne dominerait pas un chahut, d'ailleurs improbable. L'abbé Leclercq est plutôt coulant à condition qu'on ne lui casse pas les oreilles. Ah ! si ç'avait été le pauvre abbé Omer, Frédéric eût hésité à le laisser se débrouiller. Il eût mieux valu prévenir l'intervention du préfet, qui paraît lui faire plus de peine que la cruauté des élèves — peut-être parce qu'elle la souligne.

« A quoi rêvez-vous, Frédéric », dit Paule.

Il tourna la tête vers elle. Des flocons scintillaient sur ce qu'une capuche laissait dépasser de sa chevelure. Il sourit.

« Je me sens bien », répondit-il.

Un peu crispé, néanmoins ! Il veillait à respecter un écart entre sa hanche et celle de sa voisine. Alors qu'il eût fait si bon s'abandonner, éprouver, même furtivement, une tiédeur autre que celle du plaid qui leur couvrait les jambes à tous deux. Frédéric n'osait pas mettre ses mains au chaud là-dessous. Nues, elles rougissaient et s'engourdissaient sur le tablier de toile cirée. Tant d'intimité et de réserve, à la fois, affectaient douloureusement le plaisir.

« Le bien-être vous rend donc muet », dit Paule moqueuse.

Frédéric attendit comme s'il cherchait un sujet de conversation. Puis :

« Avez-vous essayé de revoir l'abbé Douve ? demanda-t-il.

— Il n'est pas encore temps », dit-elle comme si elle se fût parlé à elle-même.

Deux semaines plus tôt, avant le cours de dessin, elle avait prié l'abbé de lui accorder un entretien. Cette fois il était venu et l'avait reçue au parloir. Elle lui exprima ses condoléances et celles de M. de Borre. Elle le renseigna sur les progrès des élèves. Il avait l'air disposé à en entendre davantage. Frédéric avoua, ensuite, qu'il l'avait averti. Elle recula devant la confidence; celle-ci eût été incomplète; elle, Paule, depuis plus d'un mois, malgré son angoissante curiosité, retardait le moment de s'informer. L'abbé Douve ne l'aida d'aucune question. Il patienta une dizaine de minutes en feignant de s'intéresser à son bavardage de professeur amateur, il la remercia de sa visite et prit congé. Un coup pour rien où ce prêtre, étonnamment rétractile, trouverait motif à la prochaine occasion de se défiler comme d'habitude. Paule avait mis Frédéric au courant de son inhibition, sans pouvoir lui en expliquer la cause. Dissimulait-elle moins bien qu'elle ne s'en flattait, ou le sentiment du jeune homme était-il vif au point de lui prêter des antennes ? Frédéric, dès sa première invitation à La Maison-sous-l'église, se permit de remarquer que Paule semblait soucieuse. Elle ne le détrompa pas. Depuis lors, ses « ennuis », comme il disait, faisaient l'objet d'étranges dialogues, tout en allusions perçues d'un seul côté. Après la confidence manquée, Frédéric offrit d'insister auprès de l'abbé Douve pour qu'il acceptât une nouvelle entrevue. Dieu sait quel mystère il imaginait, le cher jeune homme ! Paule doucha son zèle. Elle assura qu'elle saurait obtenir audience quand elle le jugerait à propos.

« Je voudrais tellement vous voir heureuse — comme autrefois et même un peu plus ! » murmura le garçon.

Elle rit, trop nerveusement. Ça lui donne cet air de petite fille entêtée découvert au parloir, le jour de l'Epiphanie.

« Je vous défends de me croire malheureuse ! dit-elle.

— Si au moins je connaissais vos ennuis...

— Vous ne pourriez y remédier, répliqua-t-elle avec une moue amère. Il y a cependant un soulagement qui dépend peut-être de vous, ou plutôt de votre père. Mais vous n'êtes guère empressé à me l'apporter.

— C'est en grande partie ce qui m'a décidé à vous accompagner aujourd'hui, dit Frédéric, honteux de mentir. Je ne réussis jamais à rencontrer mon père seul le dimanche. »

Ils arrivaient à Orchiecourt.

La famille était encore à table. On s'exclama sur cette visite inopinée.

« Mon Dieu, Frédé, fit la mère, ce n'est rien de grave au moins ?

— Tranquillise-toi, maman, dit Frédéric. Je me suis donné congé, voilà tout.

— Et tin vélo ? dit le père.

— Mlle de Borre m'a offert une place en voiture. Je rentrerai à pied. Le temps de manger un morceau et je sors avec toi, papa, si tu veux bien.

— Ah ! fit la mère — désappointée, soupçonneuse ou alarmée, on n'aurait su dire.

— A t'mode, min garchon ! » fit le père après un regard rapide vers Frédéric. Puis, jovial : « Madame Ramette, c'est pas core c'coup-ci l'catastrophe. Servez-nous donc eun' bistouille. Du soleil dins les boyaux ! »

Fernand Ramette n'accusait pas la moindre ébriété quand il quitta la table. Frédéric s'en félicita. Ils ne troublèrent pas par beaucoup de paroles le sommeil du village enneigé. Ils gagnèrent l'atelier de bourrellerie. Il n'y faisait pas très chaud. A cause des risques d'incendie, il avait fallu reléguer le poêle loin des tas de bourre, dans un cagibi vitré dont la porte demeurait ouverte. C'est devant cette bouche de chaleur que le père et le fils s'installèrent, le dos livré aux vents coulis. Ils se dévisagèrent d'abord avec quelque embarras, l'un peignant sa moustache de l'ongle, l'autre mordillant l'intérieur de sa joue. Fernant Ramette alluma une cigarette et attaqua :

« Où en sont tes amours, min fiu ? dit-il.

— Papa !... fit Frédéric sur un ton de reproche.

— Quoi ? Tu fréquentes Mlle de Borre à c't'heure. J'pensos qu'té voulos m' parler d'ça.

— Pas précisément.

— Dommache ! Parce que mi, j'n'auros pas été fâché d'en parler. On commence à jaser dans l' pays.

— C'est monstrueux, s'écria Frédéric. Mlle de Borre est au-dessus de tout soupçon.

— Comme il dit ça ! dit le père avec indulgence. Nigaud ! Personne ne raconte ce que tu penses. Plût à Dieu ! Au contraire. On se moque d'ti et de mi. On se demande jusqu'où tu vas te laisser emmener en bateau. J'auros cru que tu m'annonceros, je ne sais pas, que tu arrivos au port !

— Toi non plus tu ne me comprends pas, dit Frédéric.

— Possible. Mais je prétends comprendre les choses pour deux, répliqua Fernand Ramette. A part ça, quo que c'est que t'avos à m'dire ? ajouta-t-il d'un ton naturel.

— Je voulais te demander... si tu as revu Cassagne », dit Frédéric un peu hésitant.

Fernand Ramette regarda narquoisement son fils. « C'est de toi-même que tu t'intéresses à ch'l'assureur ?

— Rappelle-toi : il semblait s'intéresser beaucoup à La Maison-sous-l'église. Alors...

— Alors ?

— Alors nous en avons causé avec Mlle de Borre. Il a l'air d'être mêlé à des ennuis qu'elle me cache par délicatesse. J'essaie de me renseigner autrement.

— Ah ! oui ? fit le père sans que son visage poupin abandonnât cet air railleur dont Frédéric s'irritait. Ecoute-me, min garchon, ajouta-t-il soudain sérieux.

Je n'ai pas rencontré Cassagne depuis le début de l'an. Et encore je l'ai simplement vu passer en auto. Si tu te souviens, j'avais repéré sa présence aux environs deux ou trois jours plus tôt. Je regrette, figure-toi, qu'il ne se soit pas arrêté. Je lui aurais posé certaines questions. Si ça doit te rassurer, je crois qu'il n'a plus rien à faire à L'Maison-sous-l'église. Quant à Mlle de Borre, et pour éclaircir tes affaires à toi, té pourros peut-être lui demander qué cose...

— Quoi ? »

Fernand Ramette dit en détachant les mots : « Si elle est ou non fiancée avec ch'biau M. Bertrand de Lillers. »

Frédéric changea de couleur.

« Qu'est-ce que tu insinues, papa ! s'exclama-t-il.

— J'ai m'n'idée ! dit le bel homme en se flattant la moustache.

— C'est à mon tour de ne pas te comprendre, murmura Frédéric désemparé.

— J' te l' répète : j' comprends les choses pour deux. Fais confiance à tin père, va, min garchon. Pose l'question à Mlle de Borre. »

Frédéric quitta la bourrellerie dans un tel désarroi qu'il repartit pour Saint-Wandrille sans passer embrasser sa mère; il résista à l'envie de sonner à La Maison-sous-l'église.

En dépit de l'euphorie persistante de M. de Borre qu'il manifestait même par des sifflottements dans la solitude de son cabinet de travail, la tristesse de La Maison-sous-l'église étreignait Paule comme jamais auparavant. Ce n'étaient pas les bavardages du vieillard, à table, ses soucis municipaux, ses mirifiques programmes d'activités toutes plus vaines les unes que les autres qui risquaient de dissiper le maléfice. L'enjouement de M. de Borre l'aggravait plutôt. Paule comprenait quelle haine peut nourrir le malade contre les biens-portants qui l'entourent. Déboires de Madeleine, une amie du Saint-Sauveur, lors de ses apprentissages d'infirmière : ce tuberculeux décharné qui recevait ses soins avec injures et qui se soulagea, un jour, en la traitant de « grosse fille » ! Non pas que M. de Borre fût absolument bien portant. Secrètement il devait souffrir encore d'appréhensions nerveuses. Etaient-ce « les reproches de sa conscience », comme dirait Bertrand ? Un indice ne trompait pas : ses ongles restaient courts; s'il lui arrivait, à table, de recueillir machinalement des miettes de pain, il lui fallait toujours les picorer en s'humectant le bout des doigts; et il avait toujours besoin d'un canif pour soulever le levier de son stylo. Mais enfin il ne se rongeait plus les ongles en public; la lueur inquiétante ne dansait plus dans ses yeux; et il sifflottait ! Devant lui, c'était bel et bien Paule la malade, enrageant de le voir satisfait comme si rien n'était.

Quand elle n'allait pas errer dans la campagne, au gré de Mulysse, elle prêtait la main à Léontine. Elle était sortie ce matin. En fin d'après-midi elle aura la leçon de catéchisme. Autant de bonnes raisons, aujourd'hui, pour s'employer à l'office; sans compter l'autre raison qui, à plusieurs reprises, avait capitulé lâchement. Cette inhibition commandait celle dont fut témoin l'abbé Douve. Il faut la dominer; il faut obliger Léontine à parler.

Assises devant la table de cuisine, elles triaient des lentilles, tête baissée. Paule dit à brûle-pourpoint :

« Tine, m'aimes-tu bien ? »

La servante releva ses lunettes sur le front et considéra la jeune fille.

« Toi, ma fie, tu veux me mettre à l'épreuve, répondit-elle.

— Oui, ma bonne Tine. Si tu m'aimes bien, tu vas me le prouver.

— En quoi faisant, Jésus !

— En me disant tout ce que tu sais sur ma mère... et sur mon père. »

Paule la regardait maintenant droit dans les yeux. La grande carcasse de la Picarde parut se tasser sur la chaise; les lunettes retombèrent sur le nez plongeant vers les lentilles.

« Voilà cette curiosité qui te reprend ! murmura Léontine. T'es pourtant plus une gamine. Nous étions convenues de laisser dormir le passé.

— Le hasard l'a réveillé, ma pauvre Tine, répliqua Paule doucement mais fermement. C'est du présent pour moi; c'est même de l'avenir. J'ai appris certaines choses.

— Lesquelles ? » fit vivement la servante.

Paule crut habile de la plaisanter :

« C'est toi la curieuse ! »

Comme Léontine affichait son air bouche cousue, elle ajouta d'un ton sérieux :

« J'en ai appris juste assez pour me rendre malheureuse et pour avoir le droit d'en connaître plus. Ton devoir est de m'aider. Sinon je me débrouillerai autrement. Tant pis s'il en résulte du grabuge.

— Jésus-Marie ! s'écria la servante en se signant. Le démon te souffle de mauvaises idées, ma fie.

— Désarme-le donc ! Allons, ma vieille Tine, écoute ton cœur de nounou.

— Mon cœur, jusqu'à présent, m'a ordonné de me taire, répliqua Léontine avec dignité. J'ai jamais prétendu remplacer ta pauvre maman. Monsieur l'aurait pas permis; (il y eut comme de la rancune dans sa voix) sans ses ignorances et ses maladresses d'homme, il t'aurait voulue pour lui tout seul. Et encore ! Jusqu'à la guerre, il tenait à te baigner lui-même. Tu te rappelles pas ?

— Mais si. Tu me l'as déjà raconté », fit Paule.

Ce souvenir, naguère, l'agaçait. Maintenant il lui répugne.

« C'est pour dire que je me vante pas de t'avoir élevée comme si tu étais ma fille. Sauf pendant la mobilisation de M. de Borre. Après les Dames du Saint-Sauveur se sont chargées de ton éducation de demoiselle, comme il se devait. N'empêche que pour ce qui dépendait de moi, j'ai veillé à te garder intacte d'une foule de misères. Une agnelle qui n'a pas frotté sa toison aux épines : voilà comme je te rêvais, ma fie. En me taisant, justement. C'était pas utile que M. de Borre me le recommande. »

Paule embrassa le visage chevalin.

« Il y a des buissons qui marchent, ma pauvre Tine. Ils forcent l'entrée de la bergerie. Mieux vaut découvrir tout ce qu'ils cachent. »

La vieille redressa le buste. Elle souleva ses lunettes et considéra de nouveau soupçonneusement sa maîtresse :

« Depuis quand c'est que tu te tourmentes ? dit-elle. Ce serait-y pas, des fois, depuis que tu invites ici-dedans le fils Ramette ?

— Lui ? fit Paule surprise. Qu'aurait-il à voir ?...

— Rien, rien, se hâta de dire Léontine. J'essaie de me repérer. Remarque, le fils du bourrelier n'est pas de ton monde, mais c'est un brave jeune homme, pieux, instruit et tout. J'aurais cru qu'il irait étudier pour se faire prêtre. Sa mère me l'avait donné à entendre. Quoi qu'il en soit, j'ai rien contre. D'abord j'aurais pas à causer... »

Elle avait eu le ton qu'elle prenait par dépit, à l'occasion, de la servante qui s'est oubliée. Puis, comme se parlant à elle-même :

« ... Voyons, ça remonte plus loin. Oh ! je me doutais bien que tu n'étais plus d'aplomb ces temps derniers, ma fie. J'y suis : ça a commencé quand la dépression de Monsieur a fini. Après les fêtes. Une fois les Lillers partis. Même que j'aurais cru...

— Qu'est-ce que tu aurais cru ? »

Léontine s'était remise à son triage minutieux. Quand elle trouvait quelque gravier, elle l'écartait d'un doigt preste, victorieux, eût-on dit. Elle s'interrompit.

« Ben, fit-elle avec embarras, j'aurais cru que tu regrettais M. Bertrand. »

Paule fut secouée de ce rire nerveux et bref qui la saisissait assez facilement désormais et où, avec horreur, elle percevait l'écho d'un certain rire paternel.

« C'est presque ça ! N'importe, reprit-elle durement. Cesse d'épiloguer. Raconte en commençant par le commencement. »

La nourrice soupira.

« C'est le plus difficile ! »

Quel était le commencement, au juste ? Paule le guettait. Il surgirait peut-être, simple indication, au beau milieu du récit, à l'insu de la vieille femme. Celle-ci remontait loin en arrière, à son entrée en service avec Justin, lors du mariage de M. de Borre.

« De ce temps-là... »

Ainsi entamait-elle chaque période nouvelle. Aussitôt elle ajoutait :

« Faut te dire... »

Et la digression faisait encore un bond dans le passé. C'était son passé à elle que Léontine revivait. Paule ne s'impatientait pas. Elle assistait, prodigieusement intéressée, à la transformation d'un décor familier. La Maison-sous-l'église, « de ce temps-là », était prospère. « Faut te dire que le monde n'était pas comme au jour d'aujourd'hui », sens dessus dessous, au point que voilà le père Descottes, l'ancien vacher, devenu le plus gros propriétaire du pays. On avait des métairies. « Ici dedans, on logeait six domestiques. » Monsieur, primitivement, en employait quatre. Une semaine avant le mariage, Madame avait engagé Léontine « comme femme de chambre, oui, ma fie » et le pauvre Justin comme cocher. « Faut te dire que les anciens serviteurs de Monsieur n'étaient plus très jeunes. » La guerre les a balayés et beaucoup de monde et beaucoup de choses avec; la guerre « et c'te révolution. Tu diras ce que tu voudras. Ça s'est passé loin de chez nous, c'te révolution, n'empêche qu'on paie les pots cassés. C'est comme les coups de canon qui changent les saisons réglées par le Bon Dieu. » Les fonds russes. Paule connaissait la mésaventure commune à une foule de Messieurs de Borre, ni plus ni moins imprudents ou jobards que le hobereau de La Maison-sous-l'église. Les fonds russes après l'or sacrifié à la République en échange d'un diplôme de civisme. Cependant elle n'avait jamais mesuré exactement le désastre. Il fallait cette évocation complaisante, par Léontine, de fastes insoupçonnés : le mariage auquel tout Orchiecourt fut convié, les réceptions dans le courant de l'année, les parties de chasse de

Monsieur, à l'automne, et, auparavant, pour le 14 juillet la fête du pays dans le parc.

« Ça c'était l'affaire de Madame. Elle nous mettait à contribution. Dieu sait ! Ce n'était pas rien de donner à goûter à tous les galopins du village, et à leurs parents. Notre-Seigneur a eu plus vite fait de multiplier les pains. Des bassines de confitures y passaient. Et je ne te parle pas des jeux que Justin et les deux autres hommes s'esquintaient à préparer. C'est égal. On vivait. La Maison-sous-l'église était vraiment l'âme d'Orchiecourt.

— Et quand je suis née, finies les réjouissances, dit Paule. La guerre n'est donc pas responsable de tout, ma bonne Tine.

— Guerre ou pas guerre, sûr que le malheur était déjà là.

— Tu penses à la mort de ma mère, n'est-ce pas ?

— Monsieur a eu tant de chagrin ! dit précipitamment la servante. C'est de ce temps-là qu'il se montre bizarre, parfois. Faut te dire qu'avant y avait pas plus drôle que lui. De Madame et de lui, on n'aurait pas cru que c'était lui l'aîné.

— Ma mère manquait de gaîté, si je me fie à ses portraits », murmura Paule.

Léontine lui lança un coup d'œil par-dessus ses lunettes. Elle répliqua, bougonne :

« Manquer de gaieté ! Ça veut rien dire. Est-ce que t'es folâtre, toi, ma fie ? »

Paule haussa les épaules.

« Continue », dit-elle.

La nourrice reprit avec gravité :

« Madame était triste, profondément. C'était comme une absinthe qui lui poussait dans le cœur. Voilà la vérité.

— N'était-elle pas heureuse ? Mon père... la négligeait-il ? »

Léontine parut hésiter. Enfin elle rejeta le buste en arrière, plaça ses lunettes sur le front et dévisagea Paule :

« Pour juger, faudrait se mettre dans la peau des gens, dit-elle. Je crois que Madame se languissait de ne pas avoir d'enfant. Au village, des commères assuraient qu'elle ne pouvait pas en avoir. Comment que je leur ai fait taire leur bec quand Madame a été grosse ! N'empêche qu'à la fin, elles ont tout de même eu raison. On ne m'enlèvera pas de la tête que la pauvre Madame savait ce qui l'attendait pendant qu'elle te portait. Ça expliquerait qu'elle ait été aussi triste qu'avant et même un peu plus.

— Et mon père ? »

Léontine plongea dans ses lentilles.

« Je te le répète : Monsieur a eu tant de chagrin. Si tu n'avais pas été là, (elle se signa) j'ai comme une idée qu'il se serait détruit.

— Mais avant ça ? », reprit Paule implacable.

La servante feignit de se fâcher.

« Quoi, avant ça ? Je t'ai tout raconté par le commencement. Que veux-tu savoir de plus ?

— Comment mon père se conduisait-il envers ma mère ?

— Y avait rien à redire. »

Et elle fit sa bouche cousue. Alors Paule joua son va-tout :

« N'as-tu jamais entendu parler d'une femme avec qui M. de Borre... »

Léontine leva les mains, horrifiée, et les laissa retomber le long d'elle avec accablement.

« C'était donc ce que tu voulais me faire dire ! Le

dernier secret que j'aurais trahi. A quoi bon, puisque tu es renseignée. (Elle éclata.) Je me demande bien par qui. Si c'est qui je pense...

— A qui penses-tu ? Ce beau secret serait-il sorti de la famille ?

— Tu me rassures, fit la servante soudain calmée. Ça veut dire que c'est pas... quelqu'un de l'entourage de cette créature qui a bavardé.

— Qu'importe ! dit Paule avec une ironie amère. Cette créature, comme tu dis, et ses amis, font partie de la famille ! Maintenant j'exige des précisions. Tu connais cette femme. Qui est-elle, où vit-elle ?

— Min Di ! Ma fie, laisse tout ça, C'est si vieux.

— Pas pour moi.

— Le pauvre Monsieur a bien expié, va.

— C'est mon tour, paraît-il.

— Toi, ma brebis ? Oh ! la vieille Tine ne permettrait pas qu'on te fasse tort.

— Le mieux que puisse faire la vieille Tine, c'est de répondre à mes questions. »

Après force soupirs, la nourrice se décida à parler :

« Je l'ai vue qu'une fois, cette Polonaise. Sophia Jablonska qu'elle s'appelait.. Elle habitait à Mauchief-le-Haut. Elle servait dans un estaminet. Elle n'avait pas très bonne réputation. Je l'ai su après. Une Marie-couche-toi-là, quoi. Le croiras-tu ? Pas plus tard que la semaine qui suivit le malheur, au milieu de son grand chagrin, Monsieur pensa à m'envoyer lui porter une lettre. Pourquoi moi, plutôt que Justin, si les autres étaient trop vieux ? Peut-être parce que j'étais au service personnel de Madame. En se confessant à moi, comprends-tu, c'était comme s'il demandait pardon à Madame. Si Madame avait été au courant, je saurais pas te dire. Bref ! Monsieur m'a donné là une preuve de confiance que j'ai jamais oubliée. Il faut que ce soit toi, sa fille, qui m'obliges à faillir. C'est vrai que t'as appris le principal ailleurs. Ce que je t'en dis, moi, c'est plutôt pour arranger les choses, par le fait. Oui, ma fie, tu diras ce que tu voudras, n'empêche que Monsieur s'est conduit comme un Monsieur envers cette gourgandine. Et elle, faut te dire qu'elle est devenue toute blanche quand je lui ai tendu la lettre « de la part de mon maître, M. de Borre », que je lui ai dit. On aurait juré qu'elle avait deviné la nouvelle. Elle ouvre l'enveloppe. Il en sort quelques gros billets qu'elle n'a même pas l'air de voir. Elle s'applique à déchiffrer l'écriture. Et la voilà qui éclate en sanglots. On n'était que toutes les deux dans l'estaminet, heureusement. De quoi avions-nous l'air, elle pleurant, et moi, rageant d'être moins hostile que je l'aurais cru. Faut te dire qu'elle était belle fille. Oh ! pas fine et jolie comme Madame, sauf respect, mais faite pour plaire aux hommes. C'est vrai que tu sais pas ce que ça veut dire, Dieu garde ! Bref ! je l'ai consolée, oui, ma fie. Et elle nous a servi à boire à toutes les deux. Faut te dire que j'avais fait la route à pied en partant bon matin. Six lieues, même de ce temps-là que j'étais allante, ça faisait mon compte de kilomètres. La Polonaise offrit de me loger. Mais je tenais à rentrer à Orchiecourt. J'y suis arrivée à nuit. Monsieur m'attendait. Il avait les yeux rouges. Il a encore pleuré au récit de ma commission. Je savais pas bien si je devais le consoler pour Madame ou pour la créature. En tout cas, je te garantis qu'il n'est plus retourné à Mauchief-le-Haut. Et moi, c'est à froid que je me suis mise à détester la Polonaise. Pourtant, tout ce que j'ai pu entendre sur son compte datait d'avant ou d'après Monsieur.

— On mêlait donc le nom de mon père à ces sales histoires ?

— Non, non, fit vivement Léontine. On parlait d'un Monsieur qui avait rendu Sophia sérieuse deux années durant. J'étais seule à comprendre de qui il s'agissait. Y a belle lurette de tout ça.

— Et l'enfant ?

— Je l'ai pas vu », dit Léontine.

Paule n'insista pas. Elle se sentait brisée.

IV

Ç'avait dû commencer pour les autres de la même manière que pour lui, Jean : au réveil, ce plomb dans la tête, ces paupières collées, et puis, levé, ces courbatures. A la maison il serait resté couché. Maman lui aurait posé sa main fraîche sur le front. Papa serait venu avec sa mine de docteur. Ici, Jean avait fouetté la bête. Il aurait pu dire à M. Frédéric qu'il était souffrant, lui demander d'avertir l'abbé Douve; celui-ci n'est pas comme l'abbé Filâtre. Il n'avait pas osé. C'était lundi. La veille était jour de visite de papa et de maman. Il n'avait pas été malade pour sortir. Ça aurait eu l'air d'être de la triche que de garder le lit justement le lendemain. Il fallait serrer les dents jusqu'à l'heure de l'infirmerie, après le déjeuner. Par chance, ils furent une demi-douzaine à se présenter ensemble chez sœur Sainte-Claire et à se plaindre de la même chose. Sœur Sainte-Claire leur posa la même question à tous :

« Depuis combien de temps n'êtes-vous pas allé aux cabinets ? »

Tous répondirent »

« Depuis hier, ma sœur. »

Sœur Sainte-Claire parut perplexe. Elle leur fit tirer la langue en disant :

« Naturellement vous avez déjeuné ? »

Oui, ils avaient déjeuné. Pendant *Primes,* pendant l'étude de leçons, pendant la lecture spirituelle de M. le supérieur, pendant la messe de ce dernier qu'il servit à un oratoire de la tribune, Jean avait assez désiré le café au lait bouillant ! Il lui semblait qu'une gorgée mettrait fin à ces frissons qui le secouaient. Les autres avaient dû sentir comme lui. Ils se regardaient, ennuyés d'embarrasser sœur Sainte-Claire qui est jeune, beaucoup plus gentille que les sœurs de la lingerie et qui devient facilement toute rose. Elle se donnait une contenance en remuant des fioles de médicaments. Jean avait remarqué, lorsqu'il se faisait soigner ses engelures, qu'en dehors du flacon de teinture d'iode et d'un pot de pommade, la sœur n'utilisait aucun de ces produits pharmaceutiques. Leur étalage sur un plateau de bois n'en impressionnait pas moins. Sœur Sainte-Claire hésita entre du sel de magnésie et de l'huile de ricin. Les autres faisaient déjà la grimace. Elle se ravisa et donna un cachet d'aspirine à chacun. Puis souriante :

« Vous tenez à aller en classe ?

— Oh ! non, ma sœur, firent des voix dolentes.

— Reposez-vous ici ce matin. Nous verrons à midi comment ça va. »

On s'installa dans des fauteuils et dans des chaises longues. Il y avait trois ou quatre lits dans la pièce à côté; sans doute étaient-ils réservés à de grands malades éventuels. Il faisait bon à l'infirmerie; meilleur que dans la cour de récréation où, depuis une semaine, on mesurait les progrès d'une avancée de soleil, le long du préau; ce soleil précipitait le dégel, mais ne séchait pas la gadoue. Jean aurait souhaité dormir. Ce fut impossible l'heure que dura le ménage de sœur Sainte-Claire. Il n'y avait pas tellement de poussière. Seulement sœur Sainte-Claire disposait du temps pour la récitation du rosaire. Elle y associait ses pensionnaires. Au début de chaque dizaine, elle annonçait le mystère — joyeux, douloureux, ou glorieux — sous l'invocation duquel les « ave Maria » se dérouleraient; et pour ne pas se perdre dans le compte, faute de pouvoir égrener son chapelet, elle disait : « avec le premier, avec le deuxième, avec le troisième chœur des anges : je vous salue Marie » et ainsi de suite; le « Notre Père », lui, était précédé de tout un commentaire où, aux chœurs des anges, se mêlaient « les élus du ciel, les justes de la terre et les saintes âmes du purgatoire ». Ça n'en finissait pas. On répondait eu égard à l'épreuve pire qu'eût été une explication de texte en classe. Parfois, les voix fléchissaient, somnolentes. Sœur Sainte-Claire, qui chantonnait sa prière en frottant le parquet, se redressait, essoufflée : « Allons, garçons ! » disait-elle avec douceur. Et elle rosissait. On haussait le diapason en gage de bonne volonté.

Il y eut tout de même possibilité de se reposer. La tisane à goût de tabac servie vers dix heures fut peu appréciée. Trois des types attendirent le départ de la sœur pour aller vider leur bol dans le lavabo. Jean, lui, se contraignit à boire. C'était comme la récitation du rosaire. Il préférait endurer n'importe quoi à retourner en communauté. Il lui semblait qu'il n'écarterait la menace qu'au prix d'une soumission loyale au régime de l'infirmerie. Quand l'*Angelus* sonna, les autres aussi faisaient piteuse figure. Sœur Sainte-Claire apporta le repas.

« Ça ne va pas mieux, vous tous ? »

Dénégations et moues unanimes. A l'appui de la mimique, diète volontaire. Ce que voyant :

« Il faudra garder le lit demain garçons », dit la sœur.

Soupirs hypocrites — du moins de la part de Jean qui n'aspirait qu'à cette recommandation. Les autres trahissaient un égal contentement. Si bien que, tranquillisés, ils faillirent se faire prendre à chahuter. En fin de soirée, ils bavardaient très fort et accueillirent avec gourmandise le tapioca au lait, inconnu au réfectoire de Saint-Wandrille.

« Je vois que la santé est rétablie », dit sœur Sainte-Claire.

Jean maudit ses compagnons. Faudrait-il, à cause d'eux, se lever demain ? En attendant, ils allèrent se coucher une heure avant la communauté.

Le lendemain Jean ne broncha pas quand l'abbé Douve frappa des mains. Il feignit de dormir. Il ne risqua un œil au-dessus des couvertures que lorsque le silence complet l'eut averti qu'il ne traînait plus personne. Il découvrit trois alités, des malades de la veille; savoir si les deux qui couchaient dans l'autre dortoir étaient sur pied ou non ? Un moment désagréable, ce fut quand la communauté monta faire les lits. Au grand jour, il était plus difficile de tromper la curiosité des voisins. Heureusement le courant d'air donnait un bon prétexte à s'enfouir sous les couvertures. Après, il aurait fallu compter encore avec les chambriers, qui devaient balayer. L'abbé Douve les dispensa de leur charge. Sœur Sainte-Claire apparaissait, conduisant de nouveaux malades. Ceux-ci se déshabillèrent pendant que la sœur parlementait avec l'abbé. Celui-ci fit le tour du dortoir, s'arrêtant çà et là; il toucha le front de Jean qui, Dieu merci, était brûlant. Le médecin vint dans le courant de la matinée, un vieux, avec une barbe, le stéthoscope au cou. Lui aussi passa l'inspection, n'examinant vraiment qu'un malade sur deux, semblait-il. L'abbé Douve et sœur Sainte-Claire l'accompagnaient. Jean crut entendre nommer le docteur Demeure. Le médecin fit ce que Jean avait vu papa faire tant de fois. Une seule différence : il n'était pas permis, ici, de céder à l'envie de jouer des castagnettes avec deux spatules de bois. Ça ne servait qu'à dire « ah ! » avant d'être brisé d'un coup sec.

Voilà une semaine que Jean reste au lit sans vergogne. Touché l'un des premiers par l'épidémie de grippe, il envisage d'être l'un des derniers à se déclarer guéri. Plus il y a de victimes, plus il s'accorde de répit. Ça encourage aussi les autres qui, isolément, n'auraient peut-être pas profité d'un peu de bon temps. On a compté jusqu'à trente malades un jour. Ce jour-là, stupéfaction, Jules Vallard lui-même ne se leva pas. Du coup, plusieurs potames, qui crânaient et ricanaient, traitant les grippés de « moules », s'alitèrent à leur tour. Mais Vallard était déjà debout. Il n'était resté couché qu'une journée, refusant les soins, grognant si la sœur insistait. Jean l'avait approché avec une espèce d'effroi. Il dormait en boule; pour changer de position, il bascula d'une pièce d'un flanc sur l'autre, comme un gros animal; il entraîna les couvertures avec lui et mit son dos à l'air; sa chemise, mouillée de sueur, des reins aux épaules, fumait; l'odeur de fièvre était si forte que Jean n'eut pas le cœur de le recouvrir. Eh bien, le lendemain matin, Vallard sautait à bas du lit le premier, à son habitude, et torse nu se précipitait sous le robinet.

Elie et Antoine sont de ceux qui n'ont pas été atteints. Ils viennent serrer la main à Jean, rapidement, quand ils montent faire leur lit. Antoine l'a un peu chiné en lui demandant s'il ne jouait pas au faux malade. Dans la journée, on pourrait le croire. Entre deux tournées de sœur Sainte-Claire administrant les gargarismes — et même à ce moment-là : on s'amuse à qui gargouillera le plus fort — les dortoirs sont bruyants. S'il ne fallait pas se méfier d'une visite, à l'improviste, de l'abbé Douve, ou de M. l'économe — celui-ci fait moins la rosse : il distribue des pastilles ! — Dieu sait si certains s'en paieraient. N'empêche que le matin la maladie est là. Combien délicieuse ! Elle se confond avec la jouissance de rester au lit. Plus les autres s'ébrouent, vont et viennent, brimballent leurs souliers, plus il est agréable de s'immobiliser, les yeux clos, de baigner dans la chaleur. Tout de suite après, c'est drôle : le charme s'évanouit; le remplace une espèce de nostalgie de la communauté, une bizarre envie de la rejoindre. Jean veut bien guérir l'un des derniers, mais non s'ennuyer, tout seul, dans un dortoir désert. La difficulté sera de choisir son jour !

« Qui a faim ? » dit sœur Sainte Claire, ce jour-là.

Ça sentait le tapioca au lait. Toutes les mains se levèrent avec des claquements de doigts surexcités.

« Attention ! dit sœur Sainte-Claire. Par ordre de M. l'économe, n'ont le droit de manger du tapioca au lait que ceux qui n'ont plus de fièvre; et ceux qui n'ont plus de fièvre devront aller en classe demain. Montrez-moi vos langues. »

Jean gratta la sienne de l'ongle. Il sut qu'elle était chargée. Il hésita. Autour de lui il devinait un flottement semblable. Le tapioca était si appétissant ! En cachette Jean utilisa trois doigts à s'alléger la langue.

V

« SOSTHÈNE, mon enfant, laisse-nous, veux-tu ? » dit l'abbé Omer avec douceur.

L'infirme appuya son beau regard sur le prêtre, puis sur Paule. Il semblait les interroger, mesurer quelque lien secret entre eux. Il s'éloigna, muet, la tête affaissée.

« Je suis à vous, mademoiselle, reprit l'abbé en s'essuyant les mains à sa douillette. Désirez-vous que nous allions à la chapelle ?

— Nous serons aussi bien ici, dit Paule vivement. J'attends l'heure de mon cours. J'ai besoin d'un simple conseil. »

Pourquoi le demander à cette espèce de Benoît Joseph Labre en soutane ? C'est l'abbé Douve qu'elle avait l'intention de revoir, forte, cette fois, des renseignements appris de Léontine. Depuis près d'un mois, elle reculait le moment de les vérifier. Irait-elle à Mauchief-le-Haut ? Elle en cultivait la douloureuse curiosité et y répugnait en même temps. Qu'un avis extérieur tranche le débat, comme pile ou face ! Elle était donc arrivée en avance. Au lieu de prier tout de suite le portier de l'annoncer à l'abbé Douve, elle gagna la bibliothèque où elle tenait à se débarrasser d'accessoires de dessin. Sosthène s'y trouvait, qui finissait de balayer; l'abbé Omer aussi, perché sur une échelle, comme à la première rencontre. Tandis qu'il descendait et qu'il s'excusait, empêtrant ses grosses mains en toutes ses poches, à la recherche d'une montre posée sur la table, Paule s'entendit lui dire :

« Vous n'êtes pas en retard, monsieur l'abbé, rassurez-vous. C'est moi qui suis venue plus tôt, souhaitant un entretien. »

Paule voulait dire « un entretien avec l'abbé Douve ». Quelle puissance brida ses lèvres et contraignit son souffle ? La Providence ? Ou le démon de l'occasion qui, en elle, se souvenait d'une bizarre conversation, ici même, avec ce prêtre à la soutane maculée de tabac à priser, de colle de pâte, de craie et d'acides; avec cet homme roux, à l'aspect chétif, n'étaient les mains de boucher; peu engageant, n'était la transparence bleue des yeux quand ils ne s'effarouchent pas ? C'est le cas maintenant. Assis en face de Paule, de qui le sépare la largeur de la table, l'abbé Omer la regarde moins, dirait-on, qu'il ne lui permet, à elle, de le scruter, d'évaluer la profondeur de ses vues, de supputer jusqu'où elle peut disposer de lui. Pas une seconde il n'a douté que ce fût avec lui que Paule souhaitait de s'entretenir. Crut-il qu'elle voulait se confesser ? Naïveté; trompeuse peut-être.

« Je vous écoute, mademoiselle », disait l'abbé Omer.

Paule éprouva la difficulté de parler assez clairement pour que le conseil sollicité pût être donné, et néanmoins de taire les détails d'une infamie qui l'éclaboussait. Elle biaisa, feignant la légèreté :

« Ma question va vous paraître saugrenue, monsieur l'abbé. Elle est très importante pour moi et j'attache un grand prix à la réponse que vous y ferez : A votre avis,

Cham a-t-il été maudit par Noé pour avoir surpris son père en état d'ivresse ou seulement pour s'être moqué de lui ? »

Le prêtre n'eut pas l'air étonné. Il alla chercher un volume que Paule reconnut être la Bible de Vence; la même figurait dans la bibliothèque de M. de Borre. De retour à la table, il le feuilleta et gravement annonça : « Genèse, chapitre IX, verset 22. » Il lut : « Cham, père de Chanaan, le trouvant en cet état « et voyant que ce que la pudeur obligeait de cacher en « son père était découvert, sortit dehors et vint le dire « à ses frères. » Verset 23 : « Mais Sem et Japhet, « étendirent un manteau sur leurs épaules, marchèrent « en arrière, et couvrirent en leur père ce qui devait « y être caché. Ils ne virent rien en lui de ce que la « pudeur défendait de voir, parce qu'ils tinrent toujours « leur visage tourné d'un autre côté. » Voilà, mademoiselle. J'ai sauté à dessein les scolies qui seules montrent Cham riant et se moquant de son père. Son irrespect n'est pas moins caractérisé en regard de la conduite de ses frères.

— Il a tout de même fallu que Sem et Japhet fussent prévenus par lui, pour qu'ils jettent leur manteau sur la nudité paternelle. Ne l'auraient-ils pas mieux couverte s'ils y avaient fait face ? Cham lui-même eût-il été répréhensible s'il s'était apitoyé, après avoir regardé ce qu'il ne devait pas voir ? »

L'abbé joignit les mains à hauteur du menton. Si rouges, elles contrastaient avec la pâleur du visage. Les yeux chavirèrent.

Quel tourment Mlle de Borre s'efforce-t-elle de lui livrer, non sans réticence, sous un voile allégorique ? Et pourquoi à lui ? Que sait-elle de son rôle, — oh ! tellement tardif et limité — dans un drame familial qu'il ne soupçonnait pas quand il s'intéressa au pauvre Sosthène. Sans cette attaque de paralysie, la mère ne lui eût sans doute rien révélé. Elle n'a pas bavardé inconsidérément depuis que son sort est amélioré grâce à l'assureur, l'aimable M. Cassagne. Celui-ci semblait persuadé que Mlle de Borre ignorait tout. Et en effet, si elle manifeste quelque bonté envers Sosthène qui ne jure que par elle, le pauvre enfant, elle ne considère pas en lui son demi-frère. Alors ?

« Il faut beaucoup de charité, toute la grâce de charité du Bon Dieu, pour rester à la fois pitoyable et lucide ! » murmurait l'abbé Omer.

Paule, frappée, le dévisagea intensément, tendue vers lui, comme malgré elle. L'extraordinaire regard se déroba de nouveau. Le prêtre paraissait s'enfoncer dans l'excessive humilité d'où il n'émergeait que par soudaines et plus ou moins éphémères poussées intérieures : comme au cours de la précédente conversation, comme tout à l'heure quand il lisait la Bible, comme à l'instant, en prononçant sa sentence.

« Et s'il faut choisir ? demanda Paule.

— Choisir ?

— Oui; entre la pitié et la lucidité.

— Il faut se méfier de la tentation, je veux dire de la pente naturelle. Elle varie avec chacun.

— Qu'est-ce qu'on risque à la suivre ?

— De pécher contre la charité.

— Encore ! s'exclama Paule. Je ne comprends plus, monsieur l'abbé. Vous dites d'abord qu'il faut beaucoup de charité pour rester à la fois pitoyable et lucide. Ensuite, vous dites qu'on risque de pécher contre la charité en choisissant d'être seulement pitoyable ou lucide.

— Si le choix obéit à l'inclination la plus facile, oui, mademoiselle. Car la charité, elle, est difficile : Pour l'amour de Dieu, aimer son prochain comme soi-même. Encore faut-il s'aimer soi-même !

— Ici, du moins, il n'y a qu'à se laisser aller ! L'amour-propre ne fait obstacle qu'aux autres.

— C'est ce qui vous trompe, mademoiselle, dit lentement l'abbé Omer. L'amour-propre peut mal tourner, jusqu'à contrarier la charité qu'on se doit à soi-même. Blessé, il envenimera sa plaie; souillé, il se roulera dans la sanie; honteux, il cédera au vertige du dégoût total. Pire tentation orgueilleuse, cette attirance de l'abîme ! Lucifer, à une moindre splendeur que celle dont il rêvait, ne préfère-t-il pas la principauté des ténèbres ? »

Echange de répliques prestes. Passe d'armes, puis parade prononcée en attaque qui touchait Paule au plus profond d'elle-même; à croire que l'adversaire devinait ce qu'elle mettait en jeu et qu'il connaissait ses points faibles. L'adversaire ? Oui, c'est un adversaire qu'elle finissait par affronter en ce prêtre effacé dont elle n'avait pu ressaisir le regard. Depuis dix minutes, la personne de l'abbé Omer comptait si peu, paraissait tellement insignifiante, qu'on eût dit que quelqu'un d'autre s'exprimait par sa bouche.

Après un silence, l'abbé leva ses yeux d'enfant, croisa les mains avec embarras et toussota.

« Je vous demande pardon, mademoiselle, dit-il. Je crois avoir laissé votre dernière question au sujet de Cham sans réponse. C'était une hypothèse si je me souviens bien. C'est que je m'accommode mieux des hypothèses en matière de science qu'en matière d'exégèse ! Mais je ne voudrais pas... Voyons : vous me faisiez l'honneur de souhaiter de moi un conseil.

— Vous me l'avez donné, monsieur l'abbé ! répondit Paule. Je vous remercie. D'ailleurs, voici mes élèves. »

L'abbé, un peu décontenancé, prit congé rapidement. Des enfants entraient. Il en manque plusieurs. La grippe.

LIVRE NEUVIÈME

I

Entre deux giboulées, le soleil continuait de gagner du terrain dans la cour. Aux récréations où les jeux collectifs n'étaient pas obligatoires, les « moules » s'agglutinaient sur cet espace réchauffé. Léon Vallard et ses potames les en délogeaient brusquement, en criant aux « culs gelés ». S'il se fût écouté, si Elie et Antoine ne l'avaient pas secoué, Jean aurait collé aux « moules » lui aussi; genoux fléchis et cou dans les épaules, mains dans les poches et derrière saillant, il serait resté là à entendre son sang bruire au ralenti. Des grippés, il fut le dernier qui revint en communauté, trois jours après tout le monde.

L'abbé Douve était monté au dortoir au beau milieu de la matinée.

« Encore malade, Jean ? »

Il s'était senti rougir. Il n'y avait pas cinq minutes, il s'avouait guéri, convenait que seule la paresse l'empêchait de se lever avec les autres, et prenait des résolutions pour le lendemain; il s'ennuyait et commençait de penser dangereusement à papa et à maman. La question de l'abbé Douve lui redonnait de la fièvre.

« Un peu, dit-il.

— Un peu seulement ? reprit l'abbé Douve en souriant. Je crois que le lit vous affaiblit. Habillez-vous »

Jean pleurnicha. L'abbé lui fit honte. Comme il le détesta en ce moment ! Il se sentait si dolent, tout à coup. Et l'air moqueur des autres quand il reparut en étude ! M. Frédéric lui-même ne le regardait-il pas ironiquement ? Bouderie au réfectoire où l'odeur des aliments, le bruit des couverts, la lecture *recto tono* recouvraient leur étrangeté hostile du premier jour. Qu'allait être la récréation ? Vertige en mettant le pied dans la cour, attirance de la bande de soleil du côté du préau. Elie et Antoine encadrèrent Jean; la partie de hockey lui affermit tout de suite bras et jambes. Une chance : il y eut ensuite cours de physique par l'abbé Omer — avec des expériences ratées, naturellement; ça le réacclimatait mieux à la classe qu'une leçon de l'abbé Marlet. Pourquoi ne prend-on pas l'abbé Omer au sérieux ? Peut-être parce qu'il ne punit jamais. Et puis, on n'aime guère les Sciences à Saint-Wandrille. Il paraît qu'en Rhétorique Vallard multiplie les chahuts contre l'abbé Omer. Il ne lui pardonne pas d'avoir pris fait et cause pour Sosthène que les potames persécutaient. Des gars du clan disent qu'il exagère depuis la semaine dernière. Il prétendrait que l'abbé l'a desservi auprès de Mlle de Borre; alors il se venge.

« Qu'est-ce que cette histoire ? On s'en mêle ? » a demandé Antoine.

Elie a haussé les épaules sans répondre.

« Nous profiterons de la présence des élèves de seconde pour résoudre quelques problèmes fondés sur des théorèmes connus de tous », dit l'abbé Omer.

Un dérèglement de l'horaire, dû à la défaillance de M. le supérieur, professeur d'anglais, valait aux rhétoriciens et aux humanistes d'assister, exceptionnellement, au même cours de géométrie. Il avait fallu se serrer sur les bancs. Les classes étaient mélangées, non les clans. Elie s'était assis tout au fond; il reconnaissait n'être qu'un invité, hors de son fief.

L'abbé Omer, au tableau, trace des figures qu'il commente pour lui-même, dirait-on. Il est un excellent professeur... à l'usage des bons élèves. N'importe quel problème semble, à peine posé, comporter une solution tellement évidente à ses yeux, qu'il se hâte de la transcrire, tout étonné qu'on ait perdu le fil de la démonstration — souvent purement allusive. Les « têtes à math' » l'interrompent, exigent l'énoncé des preuves successives. Les autres s'amusent ou, écœurés, rêvent. Vallard passait pour avoir la tête géométrique. Les châtaignes de Sosthène, certain jour, la lui auront rendue carrée devant l'abbé Omer. Quant à l'histoire, comme dit Toine, avec Mlle de Borre, si c'est ce qu'il imagine, elle est de celles dont Elie ne s'est jamais mêlé à Saint-Wandrille. Il n'aurait pas cru ça de Jules. Celui-ci ne se moquait-il pas de Frédéric, une fois, parce que le *socius* avait l'air d'en pincer pour la demoiselle ?

L'abbé se démenait devant le tableau, écrasant la craie, l'effaçant indifféremment avec l'éponge, sa manche ou son mouchoir. La classe gloussait de plus en plus haut. Un claquement sec rétablit le silence. L'abbé Omer se retourna, l'air surpris; ses yeux vacillèrent; il reprit sa démonstration. N'a-t-il pas identifié le bruit ? Chaque année sévit la crise des pétards. Pendant une quinzaine, tout le monde possède un morceau de sureau qui, vidé de sa moelle, devient un canon : il se charge de deux boulettes de papier mâché, l'une éjectant l'autre par compression d'air, au moyen d'un bâtonnet. Régulièrement, une confiscation générale met fin à la crise lorsque celle-ci étend ses ravages dans les rangs, en étude, au dortoir, à la chapelle même : on veut seulement bourrer le canon, mais c'est irrésistible, on fait partir le coup au creux de la main. C'est ce qui vient de se produire. Ou le type aura d'abord essayé son engin. Où l'a-t-il repêché ? Ce n'est pas la saison.

Nouveau claquement. Cette fois une boulette de papier colle au tableau. L'abbé Omer fait volte-face :

« Qui a commis cette incon-congruité ? » dit-il.

Par malheur il a bégayé. On rit. Il répète :

« Qui ? Je veux que le coupable se dénonce. »

Des cris lui répondent :

« C'est pas moi, monsieur l'abbé. C'est pas lui non plus. »

Il monte sur l'estrade comme pour dominer la malice. Il ferme les yeux. Ses lèvres tremblent et sa voix chuinte :

« Chilence ! dit-il. Je demande le chilence. »

Les « chut » qui fusent de toutes parts, l'index sur la bouche à la manière des péteux zélés, augmentent le désordre. Ah ! c'est bien orchestré. Vallard jubile, parbleu ! Il sait le nom du responsable. Toine est désolé, bien sûr. Mais que faire ? Lui, Elie, se désintéresse de l'aventure. Dommage qu'elle arrive à l'abbé Omer. C'est un brave homme — un saint, dit Toine qui l'honore de loin. Hé ! il rendra grâce au Seigneur de cette mortification et lui en offrira le mérite pour l'assagissement de ses élèves !

Elie entendit encore crier :

« Chilence !

— Chut ! Taisez-vous, là, quoi ! Et toi tu ne peux pas te taire ? »

Puis il y eut un troisième coup de pétard. L'abbé Omer sauta de l'estrade et, bégayant :

« Monsieur Vallard ! Je vous ai vu. Donnez-moi cet objet.

— Ce n'est pas moi, dit Jules.

— Comment osez-vous mentir ! Je vous ai vu, vous dis-je.

— Ce n'est pas moi, c'est ma main, répliqua Jules, usant effrontément de cette gaminerie.

— Chortez, monsieur Vallard ! Auparavant je vous confisque votre instrument. Remettez-le-moi.

— Non, fit Jules en quittant son banc.

— Grossier personnage ! Vous refusez ?

— Avec quoi jouerai-je tout seul, dehors ? » dit Jules en prenant la porte.

Le toupet de Vallard stupéfia tellement la classe qu'au lieu de mettre le comble au chahut, il rétablit le calme. L'abbé Omer se ressaisit. Il eut une idée de saint !

« Mes enfants, dit-il, nous allons réciter un « Souvenez-vous » à l'intention de votre camarade en proie au mauvais esprit. »

Impressionnés, les élèves écoutèrent la suite du cours sans broncher. Admirable comme les choses s'arrangent. L'année dernière, encore, Elie fût intervenu dans une situation semblable. Il aurait mis son influence au service de l'abbé Omer débordé, non par amour de l'ordre, non par respect envers le professeur, mais par haine de l'injustice, par pitié du faible. Il aurait eu tort. Les belles causes n'ont besoin de personne pour triompher ! La cause qui le hante, lui, est-elle belle ? Parrain semblait l'affirmer, la dernière fois qu'ils se sont vus; c'est pourquoi il a éludé certaines questions. Tout le monde répond à côté, comme l'abbé Douve; comme lui-même, Elie, quand il s'interroge sur ce qu'il ferait s'il apprenait le pire au sujet de Manman. Et d'abord, ce pire, il en laisse la supposition imprécise — comme cette contrée que traverse *l'Adèle* maintenant et dont une lettre récente de Manman préjugeait la ressemblance avec tant d'autres qui mêlent leurs cours d'eau, leurs arbres, leurs maisons et une ligne d'horizon toujours fuyante dans sa mémoire d'enfant de bateliers.

II

L'ABBE DOUVE interrompit l'explication grecque. Frère Jacques entrait dans la classe. Il souleva sa calotte et chuchota près de l'estrade. L'abbé Douve appela : « Antoine », et il fit un signe de tête en souriant.

Toine suivit frère Jacques.

« Une visite, monseigneur.

— Qui est-ce ?

— Vous verrez », dit le portier affectant un air impénétrable.

Toine, courant au parloir, avait déjà deviné. Qui d'autre viendrait le voir ainsi à l'improviste, en pleine semaine ?

« Tanty !

— Bonjour, mon minet. C'est une surprise, dis ? Nous devions jouer ce soir au théâtre d'Amiens. En arrivant, nous apprenons que la représentation est retardée d'un jour. Tu imagines les plaintes. Personne ne savait que faire de son temps. Sauf moi ! Sans cet incident, je me demande quand j'aurais pu t'embrasser... Remercie monsieur le supérieur. Une fois de plus il tourne le règlement en ta faveur. Il t'autorise à sortir avec moi.

— Nous avons égard aux circonstances, madame, dit

M. le supérieur d'un ton majestueux. Antoine est un bon enfant.

— C'est qu'il a été bien élevé, dit Tanty. Les comédiens ne méritent pas leur mauvaise réputation, vous savez, monsieur le curé...

— Je sais, madame. Je sais aussi que vous avez été mieux qu'une tante, une mère pour notre cher Antoine. Et lui ne l'oublie pas, n'est-ce pas, Antoine ? »

Toujours ces questions stupides. Que répondre ? Il faut se contenter d'un sourire qui doit paraître niais. Heureusement que ce feu aux joues passera pour de l'émotion; ce n'est que de la gêne.

Tanty se tamponne les yeux.

« Sans la mort de mon pauvre mari, jamais je ne me serais séparée de lui; c'est mon petit à moi, dis, mon minet ?... »

Elle le presse contre elle. Ça l'étourdit un peu. Tiédeur, parfum, tendresse, souvenirs remués au fond de la chair qui remontent et le submergent. Tanty aimée. Comme d'habitude, elle se laisse emporter, elle, par la scène. N'a-t-elle pas failli évoquer de nouveau ses « années de bourgeoisie », sous l'autorité d'une mère et d'une grand-mère, son aïeule et sa bisaïeule à lui, Toine, qui n'en avait pas entendu parler avant qu'elle les nomme à M. le supérieur ? C'est drôle de se découvrir de la famille après coup ! M. le supérieur témoigne beaucoup de considération à Tanty depuis ces confidences vieilles de trois ans. Il l'a dispensée de les lui répéter.

« ...Enfin, ça vaut peut-être mieux ainsi ! ajoutait Tanty avec un soupir.

— N'en doutez pas, madame, dit gravement M. le supérieur, La Providence dispose de tout pour le bien.

— La Providence... » fit Tanty la bouche arrondie. Puis, ouvrant son sac à main et en tirant une enveloppe : « Veuillez accepter ceci, monsieur le curé. Je paie une dette à ma petite sœur Thérèse. »

Quoi ! Tanty serait devenue pieuse ! Pas plus que Mamy elle ne semblait faire attention à la religion. Il est vrai que c'est avec elle que Toine est entré pour la première fois dans une église. Elle lui avait même montré comment se signer. Elle appelait le tabernacle une « guitoune » ! C'est drôle : dans ses lettres, Toine se risque à parler de la religion à Mamy — qui lui répond d'une phrase; il ne lui vient jamais à l'idée d'en parler à Tanty. Malgré plusieurs explications, elle ne retient même pas qu'il ne faut pas appeler M. le chanoine Débly, supérieur de Saint-Wandrille, « Monsieur le curé » !

« J'aime beaucoup la petite sœur Thérèse, disait Tanty, prenant congé. Elle est plus forte que saint Antoine de Padoue. »

L'agrément avec Tanty c'est qu'on n'a pas à se mettre en peine pour la conversation. Elle en fait tous les frais. Si on veut, on n'a qu'à l'écouter, sans s'attirer, comme avec Mamy, des « Tu ne me racontes rien. Tu t'ennuies ? » Elle dit de M. le supérieur :

« Il a de l'allure, ton curé. »

Et de frère Jacques, en compagnie de qui Toine l'avait laissée, le temps d'aller chercher sa casquette uniforme et sa pèlerine :

« Je le vois en Cocardasse. Un peu vieux, mais une fois grimé... Tu sais : Cocardasse et Passepoil, dans *Le Bossu*. (Elle chantonne) : « Ce bon Monsieur de Peyrolle — est-il content ? » Non. Tu ne te souviens pas. Tu étais trop petit. »

A ses intonations, Toine en superpose d'autres : celles de l'oncle Rodolphe : « Il faut avoir des épô-ôles. » On dirait que les doigts lui tambourinent sur le ventre. Encore un avantage par rapport à Mamy : Tanty déteste le cinéma. Toine jouit donc de toutes les heures qu'on passe à deux au lieu de les gaspiller dans le noir. Tanty s'amuse de tout : de l'accent « chtimi », comme elle dit, des maisons de style hispano-mauresque, du halage d'une vieille péniche (Elie prétendait qu'il n'y avait plus que des automoteurs !) sur la rivière. Elle ramasse un caillou blanc et le range dans la bourse en argent à laquelle pend toujours le même éléphant porte-bonheur.

« Il remplacera ta dent de lait. Je l'ai perdue. Tu te rappelles, c'était celle que tu avais mise dans un trou de mur pour qu'elle grossisse. »

Souvent Tanty commence une phrase en demandant : « Tu te rappelles ? » Autrefois, c'était : « Dis, Rodolphe, tu te rappelles ? » Et elle continuait. Maintenant, elle s'arrête net, comme prise en faute et se lance dans une autre histoire. Chaque fois, Toine respire. D'entendre les mots : « Tu te rappelles ? » le dresse intérieurement, alerté, non pour aider les souvenirs; au contraire, pour les refuser. Il craint qu'un nom, un fait, lâchés par Tanty ne lui sautent à la gorge, ayant pris instantanément la forme de quelqu'une de ces bêtes qu'il tient enchaînées, loin en lui, à force de volontaire oubli. La moindre fièvre, la suggestion d'une lecture, un caprice de l'imagination, les désordres du rêve, « *et noctium phantasmata* », les phantasmes nocturnes que conjure l'hymne des *Complies* suffisent à lui faire sentir les mufles hideux proches de son visage. Ces mufles restent privés de ressemblance. Il ne veut pas les identifier; ainsi finit-il par les repousser. Tanty sait-elle que tant de souvenirs n'attendent qu'un signe d'elle pour dévorer son neveu ? Sans doute puisqu'elle les surveille. Même de l'oncle Rodolphe elle évite de parler et lui, Toine, il ne se représente l'oncle qu'en deux ou trois postures inoffensives : vidant interminablement ses poches; bombant le torse, les mains ramenées vers « les épô-ôles », ou disant : « Alors, mon vieux lapin ? » Ah ! il disait aussi : « Une belle vache, oui ! »

Il fait soleil Tanty bavarde. Elle a l'air plus jeune qu'avant, plus insouciante, plus élégante. Elle n'a pas sacrifié à la mode des cheveux courts; et elle se maquille toujours aussi peu. Mais elle porte sur elle le parfum que Toine respirait jadis au théâtre seulement. C'est drôle, par instants il éprouve envers elle une espèce d'indulgence de grande personne ! A croire que dans la vie les enfants et les parents n'avancent pas de conserve, mais que les enfants vont au-devant des parents, chargés de plus d'expérience qu'eux quand ils arrivent à leur hauteur !

« Tanty, tu le connais, toi, monsieur Chamard ? demande Toine à brûle-pourpoint.

— Bien sûr. Enfin, je l'ai connu, autrefois, quand tu étais petit. Qu'est-ce qui te fait te souvenir de lui, mon minet ?

— Il m'a écrit.

— Tiens ! Comme ça, de lui-même ?

— Je lui avais écrit le premier. C'est Mme Chamard qui m'a répondu.

— Comment t'es-tu rappelé le nom et l'adresse ?

— J'ai interrogé Mamy. Et puis elle a transmis ma lettre. »

En voilà bien d'une autre ! Emilienne aurait pu l'avertir. Il est vrai qu'elles ne se sont pas vues.

Tout de même, pourquoi lui faire tant de recommandations à elle, Juliette, dès qu'il est question du petit ? La première fois qu'elle s'apprêta à venir voir Toine, M. Valentin la soûla avec son ton de prédicateur.

« Cet enfant, madame Bonaugure... — (les années ont beau passer; il l'appelle toujours « Madame Bonaugure » et elle, « Monsieur Valentin ». Ils ne se fréquentent pas tellement. Elle ne demande pas l'hospitalité au ménage entre deux tournées. On ne la lui offre pas. Quelques invitations à dîner, oui. Repas ennuyeux. Emilienne prend un air excédé si Juliette se laisse aller à causer théâtre. Lui s'intéresse, poliment, à distance. Il manifeste des attentions de gendre, non de beau-frère !) — cet enfant, madame Bonaugure, est intelligent et sensible. On pourrait craindre qu'il ne gardât, de ses premières ouvertures sur la vie, des visions... affligeantes. Il y a lieu d'espérer qu'elles s'effaceront derrière d'autres images, celles, apaisantes, au milieu desquelles il grandit. Encore faut-il éviter d'éveiller les impressions anciennes. Silence sur le passé; silence sur le monde du *Coq hardi* et ses alentours. A moins que Toine n'en parle de lui-même, il faut faire comme si le *Coq hardi* n'avait jamais existé. »

Quel programme ! Heureusement Toine n'a jamais été un enfant questionneur; ou il se contentait d'une réponse dilatoire. Comment Emilienne s'est-elle laissé surprendre alors qu'elle, Juliette, n'arrête pas de se mordre la langue ?

« Que veux-tu savoir de plus que ce que t'a dit Mamy ? reprenait Tanty après un moment de réflexion.

— Pourquoi l'oncle Rodolphe disait-il toujours « une belle vache » en parlant de M. Chamard ? C'est pourtant lui qui paie ma pension.

— Ce vieux machin... »

Toine se rappelle-t-il aussi qu'elle disait cela, elle, Juliette ?

Tanty se prit à rire, très fort, comme au théâtre.

« Je vais t'expliquer... »

Et c'est un flot de paroles où il ne pêche guère mieux que dans les gouttes de confidences faites par Mamy. Ebénisterie, fabrique d'hélices, scierie, ouvriers, mairie, écoles, Légion d'honneur, conseiller général : les mots bourdonnent à son oreille comme de l'eau de mer quand on y plonge la tête; aussi bien ils ruissellent avant qu'il ait pu les retenir. Tanty conclut :

« La preuve que Chamard n'est pas vraiment une « belle vache » : il paie l'éducation de deux autres enfants, ceux de son comptable qui... La Passoire, on l'appelait. Sa femme y est pour quelque chose. N'empêche... »

Ouf ! Des demi-vérités ne sont pas obligatoirement des demi-mensonges ! Il s'agit de si vieilles histoires ! Le voudrait-elle que Juliette ne saurait pas les relater sans en rien trahir. Certains épisodes apparaissent peu clairs. Ainsi des accusations portées par le père du petit contre l'industriel. Elle avait cru en avoir le cœur net, à l'époque. Elle s'était convaincue que le pauvre Charles Fussy avait déliré. Plus tard, elle jugea la générosité de Chamard assez extraordinaire. Malgré elle, elle pensa à une réparation d'une autre nature que celle accordée aux orphelins d'Amédée Jégoul, dit La Passoire. Que cette générosité fût due à l'intervention de M. Valentin rendait l'aventure plus troublante : l'actuel sous-directeur de l'usine, avant d'être l'employé en redingote miteuse qui profita — par quelle intrigue ? — d'une grève pour s'imposer à Chamard, n'avait-il pas été l'homme d'affaires de celui-ci ? N'était-ce pas lui que Charles, mourant, avait dit à Emilienne d'aller voir ? Juliette a renoncé à élucider ces mystères. Elle n'a jamais fait part de ses réflexions à sa sœur qui les provoque quand elle récapitule des souvenirs. Curieux ! comme dirait M. Valentin. Apparemment comblée, Emilienne, des fois, a l'air de regretter la rue du Four. Juliette, elle, a enterré les tracas en même temps que Rodolphe. Inutile de les ressusciter. Emilienne n'est pas malheureuse; le petit s'instruit. Ce serait sottise de se soucier d'autre chose que de la prochaine tournée.

Tanty avait recommencé à bavarder au hasard, comme distraitement. Elle parlait de Mamy. Elle dit :

« Aurai-je le temps d'aller jusque chez elle en passant par Paris ? Je ne l'ai pas vue depuis cet été. »

On dirait qu'une main tord le cœur.

« Ne l'as-tu pas vue pour le Nouvel An ?

— Comment voudrais-tu ? Nous jouions à Toulouse. Et à guichets fermés encore ! Trois soirs de suite.

— Ah ?... Je croyais... »

Bon Dieu ! Cette voix blanche. Pourvu qu'Emilienne n'ait pas inventé un alibi. Tanty fronce les sourcils.

« Attends ! Pour le Nouvel An, dis-tu ? Quel jour tombait-il ?

— Un samedi. »

Elle se frappe le front.

« Où avais-je la tête ! Je suis bel et bien rentrée à Paris le dimanche. »

Et elle donne des détails contradictoires. Pauvre Tanty qui tente de réparer le mensonge de Mamy ! Pourquoi ce mensonge ?

Elle patauge. Et le petit qui hoche la tête sans sourire ! Ah ! si elle a commis un impair, qu'Emilienne ne s'avise pas de le lui reprocher. Passe encore de se contraindre avec ce que l'on sait qui doit être tu. Même si tant de précautions semblent abusives. Ne tendent-elles pas à ménager beaucoup plus la tranquillité de M. Valentin que celle de l'enfant ? Juliette se défend mal d'une telle idée. Emilienne et son « Lion » font un beau couple d'égoïstes. Tant pis pour la coupure ! Mais le petit !

« Tu as l'air triste, tout à coup, mon minet... Je reviendrai bientôt, va. »

Il a un pâle sourire et se serre contre elle. Avoue-t-il son vrai chagrin, manifeste-t-il qu'il n'est pas dupe, ou fait-il semblant de l'être en la rassurant sur ce qu'elle-même a feint de comprendre ? Déconcertée, elle ne peut que le cajoler jusqu'à l'heure du départ.

III

Mulysse encensait. Elle parut flairer le vent d'une direction familière. Paule dut tirer sèchement sur les guides, lui meurtrir la bouche, pour l'obliger à prendre cette route inhabituelle. Vexée, la bête trémula, puis, main rendue, elle partit grand train. Tant mieux. Six lieues ne se couvrent pas en quelques coups de sabots.

Le sort en était jeté. Paule allait à Mauchief-le-Haut. Pile ou face ? L'abbé Omer avait répondu : pile. Elle faisait face ! Ce sombre plaisir d'envenimer la plaie, cette amère jouissance à provoquer plus de salissure, ce vertige du dégoût total dénoncé par le prêtre, elle y cédait enfin. Iconoclaste de sa propre image intérieure, longtemps, jalousement gardée pure, il lui semblait braver un ange.

Le paysage, par ici, est plus vallonné qu'à Orchiecourt. Le ciel, gris aujourd'hui, reste léger. Dans les champs, on est en pleines semailles. Et à Mauchief-le-Haut ? Si l'arrivée de l'attelage pouvait, sinon passer inaperçue, du moins ne pas soulever trop de curiosité... Il faudra tout de même bien s'enquérir du domicile de cette Sophia Jablonska. Bah ! depuis les probables et récentes assiduités de l'assureur, une visite à la Polonaise ne doit plus être un événement, supposé que la réputation de jadis soit oubliée !

Au sommet d'une côte assez raide où Mulysse allongeait le col, deux vastes panneaux publicitaires annonçaient le bourg. Ils bariolaient le mur de la première maison de chaque côté de la rue. A gauche, une simple maison d'habitation prêtait le flanc à la morsure de quelque gargouille huileuse qui elle-même indiquait un garage à cent mètres; à droite, plus logiquement, la boutique d'*Evrard, débitant,* recevait la ruade immobile d'un poulain chocolaté. Paule s'arrêta devant l'épicerie et s'y fit expliquer où demeurait Sophia Jablonska. Mari et femme s'associèrent pour la renseigner. Ne brûlaient-ils pas de la questionner à leur tour ? Elle rejetait la tête en arrière, consciente de les intimider, mais évitant, elle-même, de lire dans leurs yeux.

La maison de la Polonaise n'était pas loin, quoique à l'écart du centre. Dans cette rue étroite, mal pavée, rien ne la distinguait de ses voisines : même construction en briques ternes, au soubassement goudronné, même rez-de-chaussée aux fenêtres placées symétriquement de part et d'autre d'une porte avare, même propreté mélancolique au point de paraître crasseuse.

Paule sonna. Elle entendit qu'on lui criait d'ouvrir. Elle entra directement dans une pièce qui devait être la principale du logis, la salle à manger sans doute. Une âcre odeur de soupe au chou y flottait. De la sciure recouvrait le carrelage, glissant sous les pieds et les freinant à la fois. Il ne faisait pas très clair; on y voyait assez cependant pour distinguer, tout de suite, dans le cadre ovale accroché au-dessus de la cheminée, cet agrandissement photographique.

Paule resta fascinée, prenant à peine garde à la femme qui se levait péniblement de son fauteuil, et cherchant appui le long de la table, venait vers elle. La femme disait :

« Excusez de vous avoir laissé ouvrir. Je suis si lourde à me bouger. On a plus tôt fait d'entrer tout seul. Vous désirez ? »

Paule, sans tourner la tête, désigna le portrait :

« Qui est-ce ? » fit-elle d'un ton qui dut surprendre Sophia Jablonska car celle-ci répondit avec une espèce de hâte, comme si elle fût en faute :

« C'est mon fils Sosthène. Oh ! la photo est retouchée. Pensez ! le pauvre enfant, il a eu des convulsions, tout ch'tiot. Je l'aime comme il est. Mais pour l'avoir toudi là, sous les yeux, j'ai préféré qu'il ressemble à ce qu'il est dans mon cœur. C'est permis à une mère, s'pas, de voir son gosse plus beau que nature ?

— Il ressemble à quelqu'un que je connais autant qu'une fille peut se vanter de connaître son père », dit Paule.

Il n'y a que les yeux. Mais quelle éloquence ils acquièrent dans ce visage remodelé jusqu'à perdre sa vérité, navrante et personnelle. Ils vivent en quelque sorte isolément. Ils abolissent les différences : grosseur de tête, forme du nez, dessin de la bouche. N'avaient-ils pas frappé Paule au premier abord ?

« Sainte Vierge ! s'exclamait la femme. Vous êtes mademoiselle de Borre ! »

Paule la considéra enfin. Elle avait porté le poing gauche à la bouche et mordait son index replié. La jambe droite supportait tout le poids du corps, aidée seulement par l'appui de l'autre main, sur la table. Un tremblement la saisit. Il ne manquerait plus qu'elle eût une nouvelle attaque !

« Prenez mon bras, dit Paule. Je vais vous reconduire à votre fauteuil... »

Et quand elle fut assise.

« Voulez-vous boire ? N'avez-vous pas un médicament ?

— S'il vous plaît, dit Sophia. C'est le flacon, sur le buffet.

— Si vous le permettez, j'allume l'électricité », dit Paule.

Elle consulta la posologie du remède, le prépara et le servit à l'infirme qu'elle affrontait, maintenant, en pleine lumière, assise près d'elle. La femme semblait s'apaiser.

« Ça va mieux ? »

Sophia eut un sourire timide.

« Merci, fit-elle. C'est l'émotion, quand j'ai compris qui vous étiez.

— Je ne vous suis pas hostile », dit Paule.

Elle-même s'en étonnait. Elle s'était attendue à une nausée devant la Polonaise. En elle, les répugnances de l'âme et celles de la chair se confondent et appellent le même soulèvement irrépressible. Les gestes que la situation venait de lui commander l'avaient-ils distraite — comme de s'agiter et de chanter dissipe souvent un malaise ? Certains actes d'ordinaire gouvernés par la sympathie lui donneraient-ils naissance incidemment — comme l'exercice fait du muscle ? Sympathie, c'est trop dire. Du moins, nulle antipathie.

« Vous me l'avez prouvé, disait Sophia. Je m'attendais si peu à votre visite ! On m'avait promis que vous ne sauriez jamais. Oh ! ce n'est pas pour moi que je m'en faisais, pensez ! C'était pour vous et pour Edouard — pardon ! M. de Borre. Même que si ça n'avait été que de moi, j'aurais pas écouté l'assureur, sûr. Je voulais rien demander. Depuis le temps que je comptais sur mes bras. Mais voilà que mes bras et mes jambes me lâchaient tout à coup. Ils sont un peu revenus aujourd'hui, surtout du côté droit. Il y a seulement six mois, c'était pire. Même ma langue qui avait l'air en bois. Et juste quand j'ai eu mon attaque, ces messieurs d'Ecuries m'ont avertie qu'ils ne pouvaient plus me garder Sosthène. Je savais pas encore que M. l'abbé Omer — un vrai saint Vincent de Paul, mademoiselle — lui trouverait une place à son collège. Je nous voyais tous les deux dans la misère, moi incapable de travailler et lui, le pauvre fils, incapable de me nourrir. J'ai laissé faire M. Cassagne. Il me jurait qu'il causerait pas d'ennuis à La Maison-sous-l'église. »

Elle parlait la bouche légèrement déviée, d'une voix mouillée qui ne manquait pas de charme. Elle mêlait curieusement des inflexions étrangères, un peu roucoulées, à des tournures patoisantes.

« Vous ne méritez aucun reproche, dit Paule. Il était juste que mon père répare ses torts envers vous.

— Ses torts ? fit la Polonaise avec une surprise non simulée.

— Enfin, dit Paule — et cette fois la nausée menaçait, lui nouant la gorge — il a ... usé de vous et il vous a abandonnée avec un enfant... »

Sophia secouait la tête :

« Non. Oh ! non, fit-elle. Ce n'est pas ainsi qu'il faut voir les choses. Edouard... (elle se reprit de nouveau), M. de Borre n'est pas responsable. Je sais bien que si après la guerre il a eu l'air de m'oublier, c'est parce qu'il a eu des malheurs. J'étais renseignée, allez ! Même qu'on m'a dit que son ancien fermier, le père Descottes, achetait tout le bien, petit à petit. Ça me faisait peine que l'assureur lui complique la vie. Encore une fois, si ça n'avait été que de moi...

— Laissons cela », dit Paule. Et avec une âpreté

qu'elle seule dut sentir : « Mon père a tout de même pu s'arranger ! ajouta-t-elle.

— C'est lui qui vous envoie ? reprit Sophia après une courte hésitation.

— Il ne suppose même pas que je connaisse votre existence.

— Ah ! il insistait tellement dans sa lettre, quand nous nous sommes quittés, pour que vous ignoriez toujours. Il y aurait eu offense s'il n'y avait eu tant de chagrin... Alors, qui vous a dit ? Mon Dieu. C'est pas Sosthène, au moins ? Il parlait de vous, le Jour de l'an, qu'il est venu ici, avec M. l'abbé, dans l'auto de ch'l'assureur. »

Depuis la première rencontre, au réfectoire, les yeux de Sosthène criaient la vérité. Mais comment Paule eût-elle entendu ?

« Non ce n'est pas lui, dit-elle, ni personne que vous fréquentez. Ne cherchez pas. Je m'étonne seulement que vous, vous n'ayez pas gardé le secret.

— M. Cassagne l'avait deviné à moitié quand il m'a interrogée pour les papiers de l'assurance. A ce moment-là j'étais impotente, pensez. J'ai tout raconté à M. l'abbé, c'est vrai. J'ai cru devoir, rapport à ses bontés; et puis il est prêtre.

— C'est à Sosthène que je pense.

— Oh ! lui, mademoiselle, c'était comme si je me rappelais les choses tout haut, pour moi-même. Quand il était un tiot éfant, et après quand j'allais le voir à Ecuries, ça me donnait du plaisir de lui parler de son père; et lui ça lui faisait l'effet d'une belle histoire. Je parlais pas en mal, Dieu sait ! Il aurait voulu que je lui décrive La Maison-sous-l'église. Il comprenait pas que je l'aie jamais vue. Et moi je voulais pas inventer. La fois qu'il l'a conduit à Saint-Wandrille, monsieur l'abbé dut lui promettre de la lui montrer en passant.

— Moi aussi j'aimerais que vous me parliez de mon père... et de vous, dit Paule plus doucement. Ma visite n'a pas d'autre motif. »

Sophia Jablonska, cette fois, ne se troubla pas.

« D'abord, faut vous dire... »

Elle expliquait l'immigration de ses parents, alors qu'elle avait une dizaine d'années, l'installation à Hénin-Liétard, où le père travailla à la mine; puis, environ la quinzième année, son placement, à elle Sophia, comme servante d'estaminet à Mauchief-le-Haut. Les parents ne pouvaient plus guère veiller sur elle. Elle les perdit, moins de trois ans plus tard. L'orpheline ne fut pas maltraitée encore qu'elle eût à se lever tôt et à se coucher tard. Elle ne considérait pas comme mauvais traitements les caprices du patron qui se lassa d'elle assez vite — non sans lui enjoindre de « ne pas faire la fière avec les clients ». Ceux-ci profitèrent de ses bonnes dispositions. Il ne se passait guère de soirs que l'un ou l'autre qui « jouait à cartes », laissant là les camarades, n'invitât d'un signe la servante à le précéder dans sa mansarde. Elle ne se rebiffait pas. Le métier exigeait ces complaisances. Elle y gagnait des pourboires supplémentaires et de menus cadeaux. Et puis :

« J'aimais l'amour », dit-elle.

Est-ce impudeur ? ou, mise en confiance, ne voit-elle rien que de naturel à de semblables ignominies ? Jusqu'ici, Paule les concevait, mais enveloppées d'une telle imprécision, si lointaines, qu'elles restaient irréelles — comme chez la Madeleine de l'Evangile. Leur évocation, leur représentation par cette femme, là, devant elle, la frappait moins de dégoût que de stupeur. Sa sensibilité ne se rétractait que sous le coup d'une vigilance aiguë, comme celle d'un chat. Elle trouva la force de demander :

« Vous n'aviez pas peur ?

— S'il avait fallu que je me prive même de ça ! » répliqua Sophia.

En posant la question, Paule ne s'était pas arrêtée à son ambiguïté. Peur du péché, de l'opinion, de la maternité ? Elle sous-entendait tout cela. Sophia le lui révélait en ne retenant que le risque physique. Oui, trois grossesses, menées à terme, bien que dissimulées à grand renfort de corset. La mode favorisait la gageure. Sophia attachait les lacets au bouton de porte et elle tirait, elle serrait, jusqu'à friser la syncope les derniers temps. Le patron l'avait prévenue qu'il se fichait des qu'en dira-t-on, mais qu'il n'hébergerait pas les marmots. Et il n'admettait pas que le service souffrît du trafic que lui-même encourageait. Deux naissances, deux morts : l'une après quelques heures, l'autre au bout d'une semaine. Sophia accouchait, mieux vaudrait dire : mettait bas, sans désemparer, debout, ne se reposant qu'aux heures creuses de l'après-midi, tendant au nourrisson grimaçant des mamelles généreuses mais pleines de « lait tourné ». La troisième naissance fut celle de Sosthène, bâtard de M. de Borre. Elle eut lieu dans de meilleures conditions. Quelle tare l'enfant hérita-t-il ?

C'est à l'estaminet que Sophia connut M. de Borre. Il y entra un après-midi, seul, en tenue de chasseur. Il demanda à se restaurer. Sophia le servit avec les égards dus au Monsieur qu'elle voyait bien qu'il était. Le patron s'absenta. Le Monsieur qui paraissait s'ennuyer sourit à la servante et commença de bavarder avec elle. Sophia se montra gentille comme elle en avait l'habitude, et même un peu plus que d'habitude, parce qu'elle était flattée qu'un Monsieur fît attention à elle. Elle ne doutait pas qu'en fin de compte, il n'attendît d'elle ce que les autres hommes lui demandaient. Il ne s'y prenait pas comme les autres. Il la questionnait sur sa famille, sur sa vie; il lui parlait poliment. Elle fut déçue quand il fit mine de partir sans avoir rien entrepris. Il manifesta le désir de la revoir, ailleurs qu'à l'estaminet si c'était possible. Sophia avait droit à un jour de congé hebdomadaire : le lundi. Elle n'en usait presque jamais. Elle réserva ce jour-là à M. de Borre dès la semaine suivante. Ce fut à cette époque qu'elle loua la maison où elle habite. M. de Borre paya l'installation. Malgré ses instances, Sophia tint à conserver sa place à l'estaminet. Elle ne pensait pas à l'avenir, Dieu sait ! A cause même de ce que M. de Borre devenait pour elle, il lui semblait plus convenable de travailler. Elle avertit le patron que les clients ne devaient plus compter sur elle autrement que pour leur servir à boire. Le patron haussa les épaules : « A t'mode, dit-il. Si tu t'y retrouves... » Sans doute fit-il la leçon aux habitués. Ceux-ci taquinèrent Sophia de temps en temps, pour la forme, mais ils n'insistaient pas. Ça dura deux ans. Ensuite...

« Je sais la suite dit Paule. Ainsi vous ne gardez pas d'amertume ?

— Oh ! non, fit Sophia d'un air à la fois scandalisé et extasié. Nous nous sommes donné trop de bonheur ! »

Paule eut un haut-le-corps. Quelle signification cette femme attache-t-elle au mot bonheur ? Serait-ce la... chose qu'elle traduisait, tout à l'heure, par un aveu indécent : « J'aimais l'amour » ? Et M. de Borre, ce maigre vieillard hennissant ou geignard, aurait eu part à cette... chose ! Il est vrai qu'il n'a pas toujours été ce vieil homme. Pas plus que la Polonaise n'a toujours été cette femme infirme dont Paule, avec une attention impitoyable, s'efforce de réinventer la séduction : « Elle était belle fille, dit Léontine. Oh ! pas fine et jolie comme Madame. » Quoi ? Une robustesse animale ? Ce corps, maintenant encombré de lui-même, il faut l'imaginer dans sa chair triomphante, fût-elle un peu lourde; il faut retendre ces fanons, décongestionner cette gorge où le sang bat comme s'il bouillait. Et encore ? La denture, intacte, égale, prête de la grâce au sourire; charme insolite à la campagne. Les cheveux durent être beaux. Coupés, ils repoussent en mèches folles qui réclament le coiffeur. Leur blondeur passée, virant à l'argent, reste mousseuse au-dessus du front. Les yeux, pâles et globuleux, sont franchement laids. Non pourtant. Ils s'embuent d'une espèce de grosse tendresse, de tendresse animale, oui, pareille à ce qu'expriment les yeux de Taquin lorsqu'on le caresse. Etait-ce là ce qui émouvait M. de Borre ?

« Ignoriez-vous que mon père était marié ? » reprit Paule d'une voix assez sèche.

Sophia Jablonska baissa la tête :

« M. de Borre respectait Madame votre mère; il l'aimait comme je prétendais pas l'être. N'empêche (elle releva la tête) qu'il était heureux avec moi d'une autre façon qu'avec elle. »

Paule derechef eut un haut-le-corps et s'emporta.

« Non content de tromper ma mère, on parlait d'elle ici ! Et vous compariez vos mérites aux siens ! »

Sophia fit de la main, timidement, un signe de dénégation.

« Ne vous fâchez pas, mademoiselle, dit-elle sur

un ton très humble. M. de Borre a causé de Madame rien qu'une fois. C'est la seule fois qu'il a été triste avec moi. Le reste du temps il oubliait. Nous nous donnions du bonheur. »

Si la disparue l'entendait ! Inconsciente cruauté ! Mais ce n'est pas d'une mère qu'elle n'a pas connue que Paule se soucie. L'obsède l'image de ce père batifolant — « y avait pas plus drôle que lui » disait déjà Léontine — de ce Noé dévêtu, en compagnie d'une fille d'estaminet. Et il était heureux !

« Qu'était-ce que ce bonheur dont vous me rebattez les oreilles ? reprit-elle sur le même ton d'irritation. Ce bonheur pour lequel mon père oubliait ses devoirs ? Ce bonheur — ajouta-t-elle en s'efforçant à l'ironie — que vous étiez seule capable de lui donner ? »

Les yeux saillants de la Polonaise s'embuèrent de nouveau.

« Une demoiselle comme vous ne peut pas comprendre, dit-elle sans insolence, de sa voix mouillée. M. de Borre a été heureux avec moi comme n'importe quel homme. Mais moi j'ai pas été heureuse avec lui comme avec n'importe qui. Après l'avoir rencontré, j'ai plus été la même. Il m'est venu des idées que j'aurais pas eues avant. Oh ! si un jour, Dieu garde, il vous parlait de moi, dites-lui que Sophia Jablonska le remercie dans ses prières... »

Paule se leva, déconcertée. L'aventure se révélait moins sordide qu'elle ne le croyait. En quoi, Seigneur ! A cause des sentiments de cette femme que père a su mériter. La belle morale que voilà ! Il ne s'agit pas de morale, mais de... Tu ne trouves pas le mot. Parce que la raison le dérobe à l'instinct. Vraiment ? La raison et l'instinct disputent en toi ? Ose donc définir le rôle de chacun d'eux. Est-ce la raison ou est-ce l'instinct qui absout ? Est-ce l'instinct ou est-ce la raison qui condamne ?

« Adieu ! » fit-elle brusquement.

Et sans tendre la main, elle gagna la porte. Comme elle la refermait, elle vit la Polonaise s'arracher de son fauteuil et elle l'entendit appeler :

« Mademoiselle de Borre !... Mademoiselle de Borre ! »

La mule piaffait. Elle partit avant que Paule eût pris les rênes. Au bas de la côte de Mauchief-le-Haut, il fallut s'arrêter pour allumer les lanternes du cabriolet. La route s'ouvrait sur une odeur de tunnel.

IV

SEMAINE de la Passion. Le deuxième trimestre prend fin. Le dernier va passer vite avec toutes les fêtes et le beau temps. On est en plein dans les compositions. Les trois premiers jours de la semaine sainte seront pris par l'oral, compliqué d'un examen de mémoire : deux fables de La Fontaine, une page de Bossuet, trois églogues de Virgile, deux pages de Xénophon et une de saint Jean Chrysostome, à réciter sur la lancée d'un début de vers ou de phrase, tiré au sort. Une chance de battre Elie, cette fois. Puis ce seront les cérémonies liturgiques : on ne quittera pour ainsi dire pas la chapelle du jeudi au dimanche. Pâques ! Et Mamy viendra.

Toine ! Tu t'accuseras de distraction pendant la messe. Elle dure plus que de raison cette messe de communauté. C'est l'abbé Douve qui la célèbre. Hier et avant-hier déjà, tout le monde a remarqué qu'il s'attardait entre le *Sanctus* et la Consécration. Sannier, son servant privé, prétend qu'il en est ainsi depuis le commencement du Carême. Ah ! lui, Toine, se le rappelle maintenant. Il y a deux ans, il remplissait la charge de Sannier; pendant le second trimestre justement. Il s'étonna, un jour, que l'abbé Douve dise sa messe plus lentement que d'habitude. Il s'inquiéta quand l'expérience se renouvela. Mais l'abbé, tout à coup, reprenait un rythme normal. A la sacristie, une fois reçue la bénédiction, Toine découvrait le visage gonflé du préfet, comme s'il avait pleuré. Il n'osait pas lui en faire l'observation. Ça se passait durant le carême. Et auparavant ? Il y a bien eu d'autres carêmes où il advint que l'abbé Douve fût de semaine pour la messe de communauté. Pas de souvenir, ou si vague... Alors le servant attitré ni personne n'en parla. Jamais l'arrêt ne s'est prolongé comme aujourd'hui. Le célébrant qui avait joint les mains pour le *memento des vivants* les appuie indûment sur l'autel. Il ne bouge plus, à part cette drôle de façon de remuer le dos, de loin en loin. Voilà dix minutes que les servants tendent le cou, guettant chacun de leur côté l'imposition des mains; celui de droite ne lâche pas sa clochette qu'un faux mouvement fait tinter par instants. D'un banc à l'autre, on échange des regards intrigués. L'abbé Douve serait-il malade ?...

Il sent la sueur ruisseler le long de son échine. Cette chasuble à la française, raide et pesante, lui meurtrit les épaules. Quelle tête doit-il avoir ? Cramoisie sans doute. Il n'est pas jusqu'à l'amict, le « casque du salut » ô dérision ! qui ne l'étouffe. S'il ouvrait les yeux, il se regarderait dans la patène. Mais non. Il verrait l'oblation sur quoi ses mains tremblantes refusent de s'étendre; la mémoire d'un geste d'homme pécheur contrarie le geste sacerdotal. Et la sueur toujours qui lui cuit les reins. Ah ! s'il pouvait perdre conscience de son corps, fût-ce au prix d'une pire souffrance. C'est dans ce corps qu'est logée l'effroyable inhibition, le vieux démon à masque de remords. La chair couve la honte que l'âme a oubliée dans la miséricorde divine. Et chaque année le fruit fiévreux s'annonce avec la quarantaine de mortifications. Il semblerait que celles-ci le nourrissent. Le fantôme n'est d'abord qu'un nom, à peine plus lourd que d'ordinaire quand il est prononcé parmi quelques autres au *memento des vivants.* Ce changement de poids suffit à donner l'alerte. Le nom cesse d'être un simple signe. Il fait signe à quelqu'un, il convoque un visage, une voix et bientôt un autre visage, une autre voix, les plus redoutables. Le *memento des morts* anticipe. La ronde des fantômes se resserre, dévorante. L'âme interdite s'évade, traverse la porte du tabernacle; le corps paralysé de crainte révérencielle tombe indéfiniment en lui-même. Et tous les carêmes passés s'amoncellent sur lui comme les pelletées de terre sur le cercueil d'Irène.

« L'aiguillon de la mort, c'est le péché. » Hélas! absous le péché, la mort d'Irène demeure le dard qui périodiquement ravive sa faute à lui, Adrien. Seigneur, vous savez, vous, que cette faute fut plus une faiblesse qu'une malice. Seul devant Vous, votre prêtre oserait parler d'égarement de la charité. Ah ! les mots trichent encore. Vous scrutez les reins et les cœurs, Seigneur. Vous n'ignorez aucun des pièges auxquels l'adversaire prend vos créatures, et Vous voyez que le manque de vigilance, si coupable soit-il, diffère pourtant de l'offense délibérée. Certes, il aura fallu que la vigilance fût émoussée, déjà, par beaucoup d'imprudences, par des abus de la grâce. Alors votre main lassée se dérobe et celui que vous souteniez tombe. Sa chute est sa punition : un visage en larmes de femme éclipse votre Face.

Ce n'était pas assez de laver la souillure à force de

pleurs. Quel mérite à se repentir d'une étreinte décevante ? Ceux-là qui doivent renier une passion dont ils furent tout entiers possédés, oui, Dieu les tient quittes plus facilement. Lui, Adrien, en même temps que le châtiment, trouvait dans le péché la grâce de n'en pas aimer le goût. Il convenait donc que la rançon du mal s'imposât à son être d'une manière plus bouleversante : c'est la mort d'Irène, et cette vie avortée en elle, de surcroît, qui le hantent.

Quel coup, le soir où rentrant rue Rabelais d'une prédication de Carême il apprit du père Lorraine le triste dénouement. Le père Lorraine y vit un effet de la compassion divine. Et sans doute, après tant de lettres démentielles, de blasphèmes, de menaces de suicide, de parti-pris de damnation, auxquels Adrien, sur l'ordre formel de son directeur, ne répondit pas, la fin pacifiée d'Irène appelait l'action de grâces. Souvenez-vous, Seigneur, que votre prêtre y mêla un « *miserere* » jailli des entrailles. Cette mort, dont il se sent responsable, prenait l'exacte figure de son péché; elle aspirait sa propre chaleur et lui figeait les membres — comme à présent, comme aux environs de chaque anniversaire. Elle semblait donner un démenti à l'absolution du père Lorraine.

Malgré les conseils de celui-ci, une autre confession ne le réconcilierait-elle pas avec lui-même ? Ce n'était pas assez de payer rançon à travers la mort d'Irène; un aveu humiliant au mari d'Irène rachèterait aussi la faute; et peut-être la pitié de l'homme — époux négligent, tout de même responsable pour une part — approuverait-elle le pardon de Dieu. Hélas ! Adrien comptait sur l'ancien « Zébédée » en qui Théodore Valentin ne voulait plus se reconnaître. L'humiliation de l'aveu, oui, votre prêtre l'éprouva, Seigneur, devant celui qui jadis paraissait promis entre tous à devenir votre ministre exemplaire et qui, en écoutant, travestissait des attitudes de son rôle manqué : l'impassibilité, chez lui, n'était que raillerie à froid. D'où un plaidoyer maladroit. Quant à la rançon, Dieu ! Adrien s'attendait à tout, sauf à ce monnayage de son honneur sacerdotal. Sans le père Lorraine, le désespoir l'eût submergé...

Oh ! pourquoi les fantômes ressurgissent-ils suivant le cycle liturgique alors que le reste du temps la prière les conjure ? Et quelle prière plus puissante que la messe ? Ils choisissent l'instant suprême pour exercer leurs maléfices. L'indignité de l'homme n'infirme pas les pouvoirs du prêtre. Mais ces pouvoirs surhumains écrasent soudain les mains qui les détiennent. Fort d'une expérience antérieure, Adrien avait cru que d'officier pour la communauté, que de sentir attachés à ses gestes tous ces regards d'enfants le stimulerait, l'arracherait à lui-même, contraindrait le corps, fût-ce comme un automate douloureux, à remplir les fonctions sacrées. Cette fois, le corps obéit moins que jamais. Moins que dans ces cauchemars où les jambes se soulèvent avec une lenteur angoissante tandis que le danger menace, où les bras ripostent à l'assaillant avec une mollesse désarmante. Les injonctions de l'esprit lucide n'y font rien.

La sueur a l'air de refluer du creux des reins aux épaules; brûlante et glacée tout ensemble; on dirait que les membres y flottent comme sur une rivière; cette même rivière où ils s'éloignaient, à perte de vue, sous le masque de chloroforme à l'hôpital militaire... *Miserere,* Seigneur !...

L'abbé Douve venait de s'affaisser au pied de l'autel.

M. Frédéric, Fussy et Hurleau s'élançaient déjà hors de leur banc. D'autres s'apprêtaient à les suivre en désordre. Le *socius* éleva la voix :

« Que chacun reste à sa place. Sannier, allez prévenir... (il hésita une fraction de seconde) l'abbé Omer, de préférence, si vous le trouvez. Ensuite vous avertirez M. le supérieur ou M. l'économe. Vallard, venez nous aider. Les autres réciteront le chapelet. Commencez, les servants. »

Elie et Antoine soutenaient l'abbé Douve qui semblait évanoui. Frédéric et Vallard les aidèrent à le transporter à la sacristie tandis que la communauté, impressionnée, alternait les répons. L'abbé fut allongé sur un banc.

« Il faut lui donner de l'air », dit Frédéric.

Et pendant que Vallard ouvrait la lucarne grillagée qui, seule, distribuait le jour à la pièce, il entreprit de débarrasser le prêtre de ses vêtements sacerdotaux les plus encombrants. Il ôta la chasuble et le manipule, dénoua le cordon, décroisa l'étole et dégagea le cou de l'amict trempé de sueur.

« Autant le dégrafer pendant qu'on y est », dit Elie.

Frédéric hésita un peu. L'abbé respirait avec difficulté. Le *socius* se décida à entrebâiller l'aube, et non content de desserrer le col romain, il déboutonna le haut de la soutane.

Alors ils se regardèrent, comme honteux d'avoir violé un secret : l'échancrure montrait, en guise de chemise, une espèce de sac en gros crin.

« Il faudra faire semblant de n'avoir rien vu, et n'en parler à personne », dit Toine.

Les autres approuvèrent. Elie affichait un drôle de sourire. Lui, Toine, avait envie de pleurer.

L'abbé Omer arriva, la barrette en bataille, juste comme l'abbé Douve poussait un profond soupir et remuait la tête.

« Laissez-nous, mes enfants, dit l'abbé Omer. Je crois que ce ne sera rien. Où en est la sainte messe ?

— La consécration n'a pas eu lieu, dit Frédéric.

— Bien. Retournez à la chapelle. »

Cinq minutes plus tard, M. le supérieur arrivait à son tour. Mais l'abbé Douve, suivi de l'abbé Omer qui s'agenouilla dans le chœur, remontait à l'autel. La clochette accompagna immédiatement l'imposition des mains sur l'oblation.

V

C'ETAIT la saison des toupies. Comme par enchantement, à chaque récréation, elles se multipliaient, sorties d'on ne savait quelle retraite. Il en existait de toutes tailles et de tous bois; l'orgueil consistait à manier la plus grosse et la plus solide. Jean n'en avait jamais tant vu. A Paris on ne connaît guère que le sabot, que les gars d'ici appellent « rabibot ». Encore ne le fouette-t-on pas avec cette maîtrise : en deux coups, ça se promène d'un bout à l'autre de la cour. C'est divertissement de péteux. Les grands, eux, tiennent une vraie toupie à pleine main — parfois même à deux mains — la pointe tournée vers l'intérieur, entre le pouce et l'index. Ils s'approchent de l'un des deux ou trois grands cercles tracés sur le sol. Ils attendent qu'une autre toupie soit prisonnière de ce cercle. A tour de bras, ils lancent la leur dans le dessein de délivrer la captive. Et aussi de la fendre si possible. Là encore, Elie et Jules Vallard s'affrontent. Ils ont tous deux une toupie en buis; ils sont à égalité. Ah ! l'abbé Douve appelle Antoine. Malgré sa fatigue de ce matin, il n'aura pas manqué la surveillance d'une récréation.

« Sois gentil d'aller me chercher mon bréviaire, dit l'abbé Douve. Je l'ai laissé sur ma table de nuit. »

C'est rare que l'abbé Douve fasse faire ce genre de commission. Rien ne l'empêchait de s'absenter. Il faut qu'il se sente las. Il répugne à monter à l'étage. Et justement à cause de sa lassitude il ne veut pas quitter son poste. Il n'a pas voulu non plus l'avouer à n'importe qui. Lui, Toine, *sait.*

Il entra dans la cellule. Le bréviaire était bien posé sur la table de nuit, hors de son étui. En essayant de l'y replacer, avec trop de hâte, Toine le fit tomber. Des images s'éparpillèrent. Il les remettait entre les feuillets, au jugé, quand l'une d'elles, qui se présentait par le verso, éveilla sa curiosité. Il reconnut l'écriture du père Lorraine. Il lut : *« Au nom de la sainte obéissance, continue à célébrer la messe en te sachant ni plus ni moins indigne qu'au premier jour de ton sacerdoce. — Lorraine. »* Suivait un verset latin d'Isaïe qu'on récite à *Prime,* pendant le Temps de la Passion précisément. Il traduisit : *« Je n'ai pas détourné ma face de ceux qui m'accusaient et crachaient sur moi. Le Seigneur Dieu est mon secours, aussi n'ai-je pas été confondu. »* Le recto n'offrait qu'une croix chargée des instruments de la Passion.

Quel drame accable l'abbé Douve ? Ou quel scrupule dont l'adjuration du père Lorraine lui-même ne l'a pas délivré complètement ? Ce serait la raison de cette demi-tristesse qui ne l'abandonne jamais, même quand il sourit. Voilà deux secrets que Toine surprend involontairement aujourd'hui — deux secrets qui ne font qu'un sans doute. « L'abbé Douve - l'abbé couve. » Oh ! les prêtres aussi ont donc besoin d'être protégés ?

Il se sentait le feu aux joues en tendant le bréviaire à l'abbé. L'essoufflement — il avait descendu les escaliers quatre à quatre — ne justifiait pas seul cette rougeur.

« Pardonnez-moi, mon père, dit-il instinctivement, par mégarde j'ai fait tomber des images; je les ai remises n'importe comment. »

Cette appellation ! Et ce regard levé, transparent mais de quelle franchise pathétique, pour quelle confidence indicible ! Adrien, comme machinalement, fit glisser quelques feuillets sous son pouce. Il replaça le signet du père Lorraine là où il devait être et plongea derechef dans les yeux de l'enfant. Cette clarté, oui, quel don du cœur elle enveloppait !

« Merci, mon petit Toine, murmura-t-il. Tout est bien ainsi. »

Il fit effort pour sourire. Un « Hosanna » inexplicable retentissait en lui. Adrien avait reçu l'assurance mystérieuse que les fantômes ne triompheraient plus.

« Tu comprends, disait Elie. Il y a ce que les choses ont l'air d'être et ce qu'elles sont en réalité. »

Ça le prenait tout d'un coup, depuis quelque temps. Il proférait une sentence dont on se demandait où étaient la tête et la queue. Dans ses réflexions sans doute. Il réfléchissait soudain à voix haute et faisait semblant de croire que lui, Toine, avait suivi son raisonnement taciturne. Chaque fois Toine était surpris — comme pendant le Canon de la messe, quand le prêtre, entre deux chuchotements, élève le ton rien que pour dire : *« Nobis quoque peccatoribus... »* Il a beau s'y attendre, il ne s'y habitue pas. Chez Elie ça doit être une espèce de soupape d'échappement. Il a l'air de plus en plus refermé sur lui-même. Sauf en récréation, par chance. Alors il rajeunit. Autrement il paraît plus vieux que Frédéric. En promenade, il est capable de marcher une demi-heure sans desserrer les dents, sans prêter attention à ce qu'on lui raconte. Et puis, il vous coupe la parole, passant du coq à l'âne : « Tu comprends... » avec cette nouvelle manie qu'il a de vous pousser du coude pour ponctuer chaque mot. Il n'est pas toujours facile de lui répondre. Il n'en a cure, d'ailleurs.

« Je comprends, dit Toine. Mais comment savoir ce que les choses ont l'air d'être aux yeux de chacun. Suppose que personne ne voie de la même manière. Il vaut mieux s'entendre sur la distinction entre substance et apparence. »

Elie haussa les épaules et lui donna une bourrade.

« Graine de théologien ! » fit-il.

Ils arrivaient à la chapelle. Les cérémonies de la semaine sainte nécessitaient des préparatifs qui incombaient aux deux chapelains du trimestre. Antoine entra le premier. Il se tournait pour offrir l'eau bénite à son ami quand celui-ci trempa la main dans le bénitier et, au lieu de se signer, se frictionna la tête.

« Ça chasse les démons; pourquoi pas les idées folles ? » dit Elie en feignant le sérieux.

Il se plaît ainsi, de loin en loin, à quelque espièglerie frondeuse. Il a commencé lorsqu'il fallut apprendre à Jean à servir la messe. Il s'ingéniait à désigner les objets liturgiques par des noms saugrenus : l'huilier, au lieu des burettes, le chiffon au lieu du manuterge, le cache-pot au lieu du voile de calice. Jean riait. Lui, Toine, préférait ne pas broncher à s'avouer choqué. Oh ! pas par respect humain. Il jugeait que le meilleur moyen de lasser Elie était de paraître n'attacher aucune importance à ses facéties. Tout de même, des fois, il exagère, Elie !

Ils s'occupèrent en silence pendant trois quarts

d'heure. Ils se disposaient à partir. Antoine, au bas de l'autel, attendait qu'Elie le rejoignît pour une commune génuflexion. Elie sortant de la sacristie, monta les degrés du côté de l'épître, se hissa à la force des poignets sur l'autel, s'y assit en amazone et heurta des doigts la porte du tabernacle :

« Petit Jésus, es-tu là ? dit-il à voix haute.

Il fit mine de prêter l'oreille une seconde. Et, regardant Antoine stupéfait il ébaucha une moue, sauta à terre, écarta les bras et dit :

« Il ne répond pas !

— Oh ! Elie, fit Antoine au bord des larmes, c'est un sacrilège ! »

Hurleau lui mit la main sur l'épaule et le considéra avec affection. Puis il eut une drôle de grimace. Gravement — plaisantait-il encore ? — il murmura :

« Non. C'est une épreuve, un défi (ce dernier mot dans un souffle). Il fallait que tu sois mon témoin. Chut ! Allons-nous en maintenant. »

Il se recueillit un instant comme Antoine. Dehors, il multiplia les coups de coude et bouffonna à froid :

« Tu comprends, il est écrit : « Frappez et l'on « vous ouvrira » !

Après quoi il suivit la communauté comme si rien n'était.

LIVRE DIXIÈME

I

Quel beau jour de Pâques ! Le ciel était resté gris toute la semaine. Depuis hier matin le soleil en ruisselle. On le dirait déchiré d'un seul coup par les carillons du *Gloria* pendant la messe. Tout ce qui sonne, à Saint-Wandrille, avait été mis en branle : en plus de celle des grands jours, si lourde, à trois timbres, qu'on actionne en tournant le poignet, les clochettes ordinaires avaient été rassemblées à la sacristie et distribuées à tous les enfants de chœur; et frère Jacques, une minute après les autres, continua de faire tinter la cloche dans la cour de récréation. Toine, après tant d'années, éprouve toujours la même exaltation à ces fastes liturgiques. Les longues cérémonies, les rites exceptionnels des jours saints, ceux du samedi, surtout, qui, avec la bénédiction du feu et de l'eau, font du prêtre une espèce de sorcier, la communauté entière en soutane et surplis, le règlement de Saint-Wandrille soumis à l'horaire de la chapelle, l'amusement du jeudi saint, à midi, quand les maîtres servent les élèves sans prendre garde aux rations : tout, alors, le transporte comme hors du temps, comme dans un étrange « ailleurs », intermédiaire entre la vie et le rêve; il lui semble comprendre le surnaturel. Les autres ressentent-ils ces choses aussi vivement que lui ? Elie, autrefois, oui. Maintenant... Ils ne sont pas revenus sur la scène du tabernacle. Elie remplit correctement son office. Toine se trompait peut-être en lui découvrant, parfois, un sourire crispé. Et Jean ? Il n'avait jamais assisté à de pareilles cérémonies. Il n'eut pas l'air impressionné, le jeudi, de figurer au nombre des « douze apôtres », choisis parmi les nouveaux — les trois Anglais en étaient — à qui M. le supérieur lava les pieds. Mais le vendredi, lorsque la maîtrise invisible chanta, en y mêlant des gémissements à bouche close, les lamentations de Jérémie, Jean s'évanouit. Publiquement, il invoqua un malaise. En privé, à Elie et à Toine, il avoua que c'étaient les lamentations qui lui avaient fait perdre cœur.

Aujourd'hui c'est Pâques. La ferveur s'appelle bonheur. Il fait soleil et Mamy est là. Bonheur sans mélange. Toine a pu lui annoncer qu'il était le premier à la composition trimestrielle. Elle semble toujours trouver ça naturel. N'importe. Elie n'en a pas paru dépité. Par chance, il est de sortie, lui aussi : sa mère est venue le chercher avec son parrain; la péniche est à quai. Toine a proposé à Mamy d'aller la voir. Il tente de diriger la promenade vers le canal. Mais Mamy baguenaude. On croise d'autres élèves accompagnés de leurs parents. C'est embêtant. Cet air sournois qu'ils prennent tous — lui, Toine, a-t-il le même ? — pour dévisager la famille du copain, en se pendant au bras maternel ! Et on devine qu'ils donnent des renseignements aux leurs. Nouvel examen, par les grandes personnes, cette fois, sourires de politesse. Mamy n'y répond guère, même quand Toine se croit tenu de lui citer un nom. Cependant, il lui a bien fallu saluer M. et Mme Demeure. On s'est rencontré nez à nez et Jean, joyeusement, a fait les présentations. M. Demeure s'est montré très aimable envers Mamy, plus que sa femme qui l'a surtout questionné, lui, Toine, avec beaucoup de gentillesse. On aurait dit que les parents de Jean n'étaient pas ensemble. Et Mamy regardait de tous côtés, elle paraissait inquiète. Ce n'était pas très poli. Qu'aura pensé le docteur Demeure ? Mamy a l'air absent ce matin. Quand Toine lui pose une question, elle la laisse en suspens quelques secondes avant d'y répondre, à croire que seul le silence lui donne l'alerte. Encore a-t-elle dû avouer sa distraction, à deux ou trois reprises, et faire répéter. Elle sourit si tendrement. Comment Toine lui en voudrait-il ? A lui de babiller. C'est Pâques. Tout le monde est heureux. Pourquoi Mamy consulte-t-elle de plus en plus souvent et si nerveusement sa montre ? Soudain, d'un ton enjoué — un peu faux, non ? — elle dit :

« Je ne t'ai pas dit que j'avais voyagé avec mon directeur, mon chéri.

— Ton directeur ? fit Toine décontenancé.

— Oui, reprit-elle, le monsieur sous les ordres de qui je travaille, tu sais bien. Il venait ici pour affaire. Il a tenu à louer lui-même les places dans le train. En première classe, s'il te plaît ! Il veut aussi que nous déjeunions avec lui, à midi. Je n'ai pu refuser. Ça ne te contrarie pas ? »

Toine secoua la tête. Cette ingérence d'un inconnu dans leur intimité ne l'enchante pas. Mamy dissimule mal son intérêt. Directeur de quoi, l'amphitryon ? Mamy n'a jamais fourni de précisions sur son travail. Longtemps, Toine la crut, comme avant, employée dans une parfumerie. Il ne jugeait pas utile d'en parler. Le jour où, par hasard, il l'interrogea, Mamy se contenta de répondre qu'elle avait changé d'occupations, que les nouvelles la fatiguaient moins et lui permettaient de vivre mieux.

« Tu es dans un bureau ? avait-il dit encore.

— Oui, c'est cela, dans un bureau », avait-elle conclu.

Et il restait sur cette vague indication. Quel bureau ? Il n'eut pas le loisir de profiter de l'occasion pour le demander. Mamy et lui venaient de tourner au coin de la rue et de s'engager dans l'artère principale. A trois mètres d'eux arrivait à pas posés un homme lisant le journal qu'il tenait très près de son visage. Ils furent tout de suite devant lui. Il s'arrêta, se découvrit devant Mamy et, tandis qu'elle bafouillait on ne savait quoi :

« Vous ne me reconnaissez pas, mon petit ? » dit le personnage.

Toine l'eût reconnu sans l'avertissement de l'instinct, la minute auparavant, sans l'appréhension de cette grosse silhouette qui marchait comme se balance mollement, dans les pâtures jouxtant les fermes, le linge à sécher, gonflé de vent; il l'eût reconnu les yeux fermés, rien qu'à la voix. La même voix chaude, lente et ronde. Elle se fraye, jusqu'au creux du ventre, le même chemin que jadis. Dans ces ténèbres volontaires, elle retrace un sillage de feu; dans cette forêt de mémoire artificiellement vierge, elle rouvre la porte des souvenirs blessants. Derrière elle, les monstres, conjurés à grand-peine, s'éveillent et grouillent. Les voici lâchés. Voici, à la place de ce trottoir, de ces paisibles maisons artésiennes, le plancher imprégné d'alcool du *Coq hardi*, l'escalier nauséabond de l'hôtel de banlieue. Voici Poujade et sa mine de chien battu, Mme Poujade et ses roucoulements « hein, mon coco ? », le Belge et ses colères « Gotfordom », Mme Bol et son jargon « Cé péquit qué jé vous dis, ma chère dame », la Mère-cirage « bisque bisque rage », Marthe et ses poupées « Qui veut mes pantins ?... », Mazelier, le sculpteur des morts et ses angelots, le ménage Trosse et Yvonne et André, ces derniers, les seuls avec Anne-Marie dont il préservât l'image. Le voici, lui, Toine, livré aux bêtes anciennes. Seigneur, ne permettez pas qu'elles le dévorent.

Le sang lui bruissait aux oreilles. Une seconde d'étourdissement. Il remua la tête affirmativement.

« Tu te rappelles M. Valentin ! » s'exclama Mamy.

Maladroite Mamy. Espérait-elle le contraire ? Croyait-elle pour de bon que mis en présence du poussah, il le regarderait avec des yeux neufs ? Ah ! les yeux superposent le passé au présent dans une même lumière inquiétante.

« Il nous reste à faire mieux connaissance », dit M. Valentin.

Et Toine, non sans malaise, retrouva ce sourire comme écrasé sur les grosses lèvres où il dessinait un double ourlet trop rouge.

Tous trois se mirent en marche lentement. D'instinct Toine se plaça à l'extérieur, à côté de Mamy qui le séparait du poussah. Précaution inutile. M. Valentin entendait bien, lui aussi, garder Mamy près de lui. Il la mettait au courant de ses affaires de la matinée. Toine entendait des mots dont il ne comprenait pas le sens : assurance, police, sinistre, contentieux. En vain Mamy lui prit-elle le bras, lui serrant la main comme pour lui dire : « Je suis là. Tu es mon petit garçon. » Il se sentait exclu. Il dressa l'oreille au nom de Cassagne.

« Ce monsieur Cassagne est honnête homme,

disait M. Valentin. (Il marqua un léger arrêt puis, avec une nuance d'ironie :) Et philanthrope comme mon cher directeur et ami Auguste Chamard en personne n'y prétendrait pas. Dans les limites de ces qualités, son obligeance ne nous fera pas défaut. »

Le poussah connaît donc le parrain d'Elie ? Et le titre de directeur que Mamy lui décernait, pourquoi le donne-t-il à Chamard ? Ah ! oui; il travaillait à la fabrique d'hélices. Mais non comme ouvrier.

« Au fait, mon petit, dit M. Valentin, n'avez-vous jamais rencontré M. Cassagne ? Il est l'assureur de Saint-Wandrille, je crois, et en tout cas le parrain d'un de vos condisciples.

— Elie Hurleau. C'est mon meilleur ami, répondit Toine d'un ton involontairement rogue. Ses parents sont bateliers. Si nous avions eu le temps, Mamy et moi, nous serions allés voir leur péniche au canal.

— Je sais cela », dit le poussah avec une moue exaspérante. A l'adresse de Mamy il ajouta : « Un rendez-vous cet après-midi eût mieux convenu à notre homme. Mais moi aussi je voulais sauvegarder mes obligations... et mon plaisir. »

Sur ces dernières paroles, Mamy tourna la tête vers Toine. Elle lui sourit sans raison. N'avait-elle pas rosi ? A lui, ce langage demeurait celé, mais, il n'aurait su dire pourquoi, hostile.

Ils arrivaient sur la grand-place bordée de maisons à arcades.

« As-tu faim, mon chéri ? » demanda Mamy.

Comme il hochait la tête, la belle voix de M. Valentin énonça :

« Laissez-vous conduire. J'ai personnellement un très vieil appétit à contenter. »

Il leur fit faire presque le tour de la place, levant

le nez, paraissant chercher des repères. Enfin il s'arrêta devant l'*Auberge du Lion de Flandre,* où Mamy, seule avec Toine, n'aurait jamais eu l'idée d'entrer, tant le menu devait être cher.

« C'est ici. Quand j'avais son âge, dit-il en désignant Toine, je lorgnais ce restaurant, doutant de m'y attabler jamais. Il symbolisait pour moi la grande vie. Curieux ! Tout arrive tôt ou tard. Il ne faut pas violenter le destin; il suffit d'en observer les signes. Cette enseigne d'auberge n'était-elle pas prophétique ? »

Tout en parlant, il avait consulté la carte affichée dans un cadre grillagé. Derrière les lunettes, ses yeux globuleux trahirent envers Mamy une lueur de connivence :

« Je crois que ce sera très bien », dit-il.

Il s'effaça, guidant paternellement, une main sur son épaule, Toine vers la porte-tambour.

Ce gros homme, est-il ami ou ennemi ? Toine ne sait plus. Il ne le savait pas jadis, partagé qu'il se sentait entre l'antipathie et l'attirance. Quand le poussah s'était mis à prendre une mystérieuse autorité sur Mamy, surtout après la mort de l'oncle Rodolphe, où il eut l'air de décider de tout, l'antipathie l'avait emporté. Au point de le supprimer, de ne jamais penser à lui, de faire comme s'il n'existait pas. Il avait bel et bien cessé d'exister puisque personne, ni Mamy, ni Tanty n'en parlait. Ni le père Lorraine. Ah ! si l'ombre du père Lorraine s'était si peu que ce fût déplacée, oui, Toine, n'en doutait pas, il aurait aperçu dans le lointain du souvenir, le corps imposant, la fascinante laideur — et ça se serait rapproché à toute vitesse. Mais le père Lorraine se taisait. Tout ce qui devait être oublié dormait dans les plis noirs de sa douillette, là où le petit garçon que le train emportait vers Saint-Wandrille avait lui-même sommeillé. Les jours, les mois, les années de Saint-Wandrille, grâce à l'abbé Douve, ouataient le cœur contre les intempéries du passé. Aujourd'hui l'ouate est déchirée, comme le ciel pour Pâques. Les yeux se réjouissent du soleil. Mais le cœur, qui d'abord s'était réjoui aussi, se demande s'il a chaud ou froid. A l'identification de ce visage, qui est là, derrière la table, visage à peine changé sous les cheveux blanchis, toujours drus, et crêpés, avec ce front protubérant, ces yeux à fleur de tête, les lunettes à large monture d'écaille au lieu du lorgnon d'autrefois, ce nez tellement haut par rapport à la bouche et ces lèvres, ah ! pareilles à une plaie, toutes luisantes de graisse en ce moment, à la vue de ce visage l'antipathie avait ressurgi, spontanée. Mamy était encore en cause. Depuis le début du repas, M. Valentin montre assez qu'il a de l'autorité sur elle. Quelle autorité ? C'est drôle, il ne lui parle pas comme à quelqu'un qu'on commande; et il ne l'appelle ni « madame » ni autrement; Mamy aussi l'interpelle sans lui donner ni son titre ni son nom; on sent bien qu'ils ont l'habitude de causer familièrement; pourtant ils ne disent rien que ne diraient un monsieur et une dame qui déjeunent ensemble pour la première fois. Cela le déconcerte, lui, Toine. Et puis, M. Valentin s'occupe de lui autant et même plus que Mamy. Il l'a interrogé sur ses études. Il l'aide à choisir les plats. Il plaisante sur la ratatouille de Saint-Wandrille. Toine, sur un signe de Mamy — et elle s'excusa d'un sourire auprès du poussah, preuve qu'elle a l'habitude de ses réactions — dut s'interrompre d'évoquer Sosthène à la cuisine : M. Valentin avait un haut-le-cœur. Comme il impose au maître d'hôtel !

Il a fait changer deux fois le vin parce qu'il lui trouvait un goût de bouchon. Toine se sent étourdi. M. Valentin l'attire et lui impose, à lui aussi, comme au temps du *Coq Hardi*...

« Reprends de la crème, mon chéri », dit Emilienne.

L'enfant paraît s'apprivoiser. Elle s'émut quand M. Valentin décida de l'accompagner. Elle ne comprenait pas qu'après avoir tant insisté pour que le petit fût élevé « en vase clos », comme il dit, il courût le risque de briser le vase brusquement. Il expliqua qu'au contraire, il éviterait ainsi le heurt brutal de la sensibilité, dans un avenir fatalement proche. Les circonstances n'étaient plus les mêmes. Antoine atteignait l'âge où l'on se pose des questions et où l'imagination s'évertue à les résoudre de la manière la plus romanesque. Deux incidents, coup sur coup, acquéraient valeur d'indices : l'obstination du petit à lui arracher à elle, Emilienne, le nom de Chamard, et les motifs de sa bienfaisance, et le compliment de Nouvel An rédigé aussitôt. Il fallait ajouter la coupure de Juliette au sujet du « pont » prétendûment partagé entre elle et Antoine. Ce qui doit arriver arrivera. C'est prévenir quelque peu la catastrophe que d'aguerrir l'enfant en lui laissant pressentir les choses. Le danger qu'il y aurait eu pour lui à les découvrir prématurément — ou à garder présent à l'esprit ce qu'il avait déjà découvert — céderait désormais au danger d'une découverte trop tardive et soudaine. Sa préservation doit pouvoir compter, maintenant, sur sa compréhension, à condition de ménager celle-ci. Enfin, M. Valentin ajouta que les affaires de l'usine nécessitant de toute façon le voyage, il serait absurde et désolant de s'abandonner à deux reprises, une fois, elle, Emilienne, une fois lui, quand il y avait possibilité de tout concilier, et d'unifier devoir maternel et devoir professionnel en escapade d'amoureux ! Le moyen de lui résister ? Elle n'en redoutait pas moins le pire. Elle avait prévenu M. Valentin : elle n'oserait peut-être pas préparer l'enfant à la rencontre : « Laisse donc la rencontre se faire toute seule », avait-il répliqué. Les voilà tous les deux assis l'un en face de l'autre, bavardant et, semble-t-il, se jaugeant. Elle, Emilienne, souhaiterait tellement tout arranger, oui, tout !... Interprétant un regard plus appuyé de M. Valentin :

« Voilà donc mon fils », dit-elle, comme anxieuse d'apprendre l'impression qu'il faisait.

Curieux que la pensée de cet enfant se soit imposée à lui avec tant de force depuis quelque temps. Pensée importune, d'abord. A la mort du comédien Bonaugure, n'avait-il pas, lui, Théodore, arrangé la situation familiale à la convenance de chacun ? Juliette Bonaugure pouvait reprendre son métier d'artiste, Chamard réparait ses torts envers Charles Fussy en payant l'éducation de son fils, celui-ci échappait à un entourage désolant, la conscience maternelle d'Emilienne restait en repos et lui, Valentin, *« quoniam nominor leo »*, supprimait le seul obstacle à la possession de sa Lienne chérie. Oh ! le lien subsistait : Emilienne chaque trimestre partait pour Saint-Wandrille; mais si distendu ! N'eût été son tempérament de Lion débonnaire, à qui répugne de violenter les circonstances, il se fût flatté de briser ça d'un coup de patte. Il s'y était amusé en partie. Il n'avait eu qu'à « raisonner » Emilienne pour qu'elle différât d'une semaine une visite prévue pour Noël. Il l'avait laissée consoler le gosse en lui promettant de passer deux jours au lieu d'un à Saint-Wandrille. Et au dernier moment il sut la persuader que la sagesse, pour le bien de l'enfant, ordonnait l'unique sortie habituelle. Il lui avait dicté les mêmes arguments en réponse à une requête d'Antoine de venir en vacances : il fallait éviter à cette jeune sensibilité les motifs de dissipation. A vrai dire, l'histoire des vacances avait été une première alerte. La demande signifiait que l'enfant commençait à revendiquer ses droits sur sa mère. Oh ! humblement, gentiment, non en enfant gâté. C'est un tendre !

Le poussah commanda le café. Il se frottait les mains avec lenteur, comme s'il se les savonnait : tiens, à la façon de M. le supérieur. Il leva le doigt et retroussa les lèvres :

« Il a bon visage, répondit-il à Mamy. Et, ce qui vaut mieux, je crois qu'il a belle âme. »

Oui, une belle âme qui lui monte au visage à la moindre émotion. L'intelligence aux aguets suit le mouvement. Aussi, fût-ce une seconde alerte que rapporta Emilienne de sa visite du Jour de l'an : le nom de Chamard lâché dans la conversation et auquel Antoine fit un sort séance tenante. Pauvre Chamard ! Encore heureux que lui, Théodore, soit solidaire de son secret. Troisième alerte : l'inadvertance de Juliette, ou plutôt d'Emilienne, qui n'avait pas prévenu sa sœur de l'excuse qu'elle lui faisait endosser. L'imagination du gamin devait s'échauffer. Curieux ! Dans le même temps qu'on s'irritait contre elle, qui cessait trop tôt d'être neutralisée, on se dépitait de n'y être pas mêlé. Si l'opération avait réussi comme tout permettait de l'espérer, si la rupture avec le passé était consommée dans le vase clos de Saint-Wandrille. Antoine ne soupçonnait plus la présence de Théodore dans la vie de sa mère, donc dans la sienne. Cette ignorance devenait désobligeante ! L'estime que le

Lion le plus débonnaire se doit à soi-même exigeait que l'agneau connût celui qui le dévorait ! Tu railles, Valentin. Tu démêles mal tes sentiments. Certes, tu ne te leurres pas sur ta jalousie. Jadis, il lui suffisait d'éliminer un enfant. Aujourd'hui, devant un adolescent, bientôt un jeune homme, et à mesure qu'il s'affirme tel, elle se veut combative. Elle ne sera contente que si le rival dérisoire voit le visage de sa défaite et renonce à lutter. Cependant, cette hostilité n'excluait pas l'attention — ah ! combien rare au sein du confort matériel et moral. Le vieil élan dominateur, qui l'incitait autrefois à mirer une âme comme on mire un œuf, et, bien qu'il ne sût plus qu'en faire, qu'il n'eût plus souci de la « prendre », Dieu non, à la soupeser comme au creux de sa main, le rappel aussi et surtout du petit séminariste de Saint-Wandrille que lui-même avait été, portaient soudain Théodore vers Antoine. Comme toujours, le destin lui traça une conduite. Une démonstration d'avions de tourisme avait eu lieu dans la région le dimanche des Rameaux. Il y avait eu un accident avec mort d'homme. Selon une première expertise, il proviendrait d'une défectuosité de l'hélice, fabrication Chamard. La version, si elle s'accréditait, serait d'autant plus dommageable que l'usine, désormais, cherchait ses principaux débouchés du côté de l'aviation de tourisme. Les autres marchés, à commencer par celui de l'armée, malgré les atouts politiques de Chamard, se restreignaient : l'utilisation croissante des hélices métalliques renforçait encore la concurrence. L'attitude de la compagnie d'assurances serait déterminante de la publicité à donner à l'accident. On souhaitait qu'elle ne réglât pas le sinistre — quitte à s'arranger personnellement avec les ayants droit — c'est-à-dire que la responsabilité particulière de la firme Chamard fut mise officiellement hors de cause. Chiffres en main, on y gagnerait. Encore fallait-il que le rapport de l'inspecteur régional de la Compagnie fût... compréhensif. Valentin se mit en relation avec cet inspecteur, ce M. Amédée Cassagne, et convint avec lui d'un rendez-vous. Ils examineraient l'affaire ensemble. L'autre argua des fêtes et d'obligations qu'il avait ailleurs que sur les lieux du sinistre. Qu'à cela ne tienne. La rencontre en serait favorisée. Et ce matin, Théodore savoura comme une malice supplémentaire du destin la nature des obligations de Cassagne — du moins s'il interprète correctement les confidences allusives, aisément provoquées, de ce méridional plein de faconde. Allons ! il y a de quoi dérider Chamard au retour.

Antoine échangeait quelques mots avec sa mère. Valentin, tout à sa rumination, les interrompit :

« Vous avez écrit une bien jolie lettre à M. Chamard, mon petit, dit-il de sa voix de bronze. Il me l'a donnée à lire. Vous a-t-il répondu ?

— Pas lui; sa femme, dit Toine.

— Ah ? C'est une personne fort pieuse... Je ne doute pas qu'elle ne vous ait remercié en termes édifiants. »

Curieux ! Elise Chamard, la triste et sèche Elise était devenue bigote et lui, Théodore, ne se sentait pas étranger à cette conversion !

« Elle a l'air un peu toquée, dit l'enfant en cognant de l'index contre sa tempe.

— Voyons, Toine ! » fit Mamy.

M. Valentin eut un geste apaisant, accompagné d'un sourire de connivence pour Toine :

« Laissez-le dire... Et pourquoi donc, mon petit, Mme Chamard vous paraît-elle un peu... dérangée ? »

Il haussa les épaules et fit la moue.

« Je ne sais pas. On dirait qu'elle parle plus haut qu'elle n'a la bouche.

— Parlait-elle de religion ?

— Elle ne parlait que de ça

— C'est peut-être sa foi qui la transporte.

— Comme un avion, répliqua le gamin, mais il fait des « loopings ».

Théodore, amusé, entra dans le jeu. Et s'il sondait cette jeune sagesse ?

« Préférez-vous le vol plané ? » demanda-t-il. Il ajouta gravement : « Il passe pour être le privilège des anges et, non pas même des saints, des enfants innocents. Vous verrez cela quand vous volerez de vos propres ailes. »

Toine cilla mais se ressaisit aussitôt :

« Voler de ses propres ailes, n'est-ce pas se servir de celles que le Bon Dieu nous a données, si petites soient-elles ? Les sautes de vent leur sont mesurées. Ce qui me gêne chez des personnes comme Mme Chamard, à la lire, c'est qu'elles semblent s'être accroché elles-mêmes leurs ailes. Et par-dessus le marché, elles les ont choisies trop grandes. Je me méfie. »

Il devrait couper court. L'épreuve se retourne contre lui, Théodore. L'enfant raisonneur ne sait pas à quelle profondeur sa comparaison l'atteint. Il s'agit bien d'Elise et de sa mystagogie ridicule ! C'est l'ancienne démangeaison sacerdotale, le prurit orgueilleux, habituellement calmés par de plus communes satisfactions, qui, dénoncés, ressurgissent. Il faut voir jusqu'à quel point cet instinct spirituel d'Antoine reste tributaire du catéchisme ou s'exerce spontanément. Modulant ses phrases :

« Vos maîtres, s'ils vous entendaient, seraient contents de vous, mon petit, dit M. Valentin. Vous retenez admirablement leurs leçons. Puissent-elles vous être utiles plus tard. Regardez-moi : je ne vole pas, je marche. Si j'adoptais votre manière de raisonner, je me méfierais encore plus que vous non seulement d'une dame dévote — j'en ai connu d'autres que Mme Chamard —, mais encore des anges et des enfants innocents. (Ses lèvres se plissèrent.) Car moi je n'ai nul besoin d'ailes.

— En êtes-vous sûr ? dit l'enfant d'un ton intrépide.

— Toine ! » fit Mamy.

M. Valentin enchaîna posément :

« Il me semble; puisque je suis ici à discuter avec vous, sans avoir la chance de croire — ce qui s'appelle croire.

— La chance n'est pas de croire, dit Antoine, mais d'aimer. (Et plantant hardiment les yeux dans ceux de Théodore.) Moi, une fois, j'ai rencontré un ange ou c'était tout comme puisque un monsieur instruit, peu après, m'annonça que l'Enfant-Jésus jouait avec, désormais. Cet ange me dit, du même monsieur qui aurait pu être son père : « Il est très malheureux parce « qu'il n'aime personne. » Je n'oublierai jamais ça. »

Emilienne s'exclama :

« Quand as-tu imaginé cette histoire ? Tu discutes comme un homme ! »

Un malaise la gagnait durant cette joute. L'intérêt lui en échappait. Elle appréhendait elle ne savait quelle blessure de part et d'autre. M. Valentin ne surestimait-il pas son frêle adversaire ? Non pourtant. Elle, Emilienne, était fière de son fils. Comme il a fait face bravement. Trop bravement : elle ne se trompe pas à cette rougeur, à cette âpreté frémissante de la voix; l'enfant est à bout. Dieu ! Et M. Valentin qui se tait, comme s'il marquait le coup. C'est vrai que la sueur lui perle aux tempes...

...Touché, Théodore ! Une fois de plus. Cette évocation d'Anne-Marie, l'éclaircissement irréfutable de la phrase mystérieuse prononcée par ta fille dans son délire, étaient la dernière botte à quoi tu t'attendais ! Il ne faut pas jouer avec les anges, même dans le dessein de palper leurs ailes. Il arrive qu'on les froisse, sans doute. Mais en se libérant, elles vous giflent. Une seule parade, tardive, et combien misérable :

« Moi non plus je n'oublierai jamais ça, mon petit, murmura M. Valentin avec componction. Je vous rends les armes... »

Le poussah aura-t-il perçu ce tremblement intérieur qui allait croissant, menaçait de déraciner l'être et qui dure encore ? Ah ! maintenant, Toine le déteste, ce gros bonhomme. Voilà donc comment est fait un ennemi de la religion. En commençant, il feignait de défendre la toquée pour mieux se moquer de lui, Toine, et de Saint-Wandrille. Il s'attendait peut-être à du respect humain. Ils ont élevé la voix, en plein restaurant. On les écoutait. A-t-il compris l'allusion à Anne-Marie ? On dirait qu'il a été « sonné ». Il lui faut un prodigieux effort de volonté pour se maîtriser. Il est un homme, bien sûr. Lui, Toine, risque de rester troublé plus longtemps. Le poussah a beau abandonner la partie avec des paroles condescendantes, il a perdu. Oh ! qu'il ne touche pas à Mamy ! Ce qu'il lui dit a l'air d'une saleté dans sa bouche...

Le buste légèrement penché vers Emilienne, M. Valentin ajoutait :

« Il est exact qu'on a besoin des ailes de l'amour, même pour marcher !

— A propos, si nous marchions ? » dit Emilienne, pressée de distraire tout le monde.

L'après-midi était largement entamé. On se dirigea du côté du jeu de paume où se tenait une ducasse. Théodore ne goûtait pas le plaisir qu'il avait espéré, à revoir ces lieux. Ce plaisir n'aurait pu être que désintéressement, désinvolture, à l'égard des souvenirs. En prenant le train, il se croyait immunisé. Il en demeura persuadé toute la matinée. Avec quel sentiment de vacance intime n'avait-il pas cherché l'*Auberge du Lion de Flandre?* Aura-t-il suffi de la conversation malencontreusement provoquée par lui-même, pour lui rendre une odieuse susceptibilité aux heurts du passé ? Comme toujours, c'est l'odorat qui s'émeut le premier. La tristesse des promenades en ville, au temps de Saint-Wandrille, lui rentre par le nez avec la fumée des fritures. Là-bas, plus loin, s'étend sa vraie province, l'Artois maritime. Il n'ira pas, demain, comme il l'avait projeté. A quoi bon exposer un quant-à-soi si vulnérable malgré qu'il en ait. L'escapade d'amoureux promise à Emilienne se continuera ailleurs.

Antoine allait en avant, détaché du couple. Il ne prêtait qu'un regard indifférent aux manèges. Théodore lui avait offert de monter sur l'un d'eux. Il avait refusé. Il paraissait morose.

« Il est si sensible ! » dit Emilienne, comme si elle avait surpris sa pensée.

Elle le répète en toute occasion. A croire qu'elle ne sait rien d'autre de son fils.

« Ne crains pas pour lui, Lienne chérie, répondit à voix basse Théodore. Ce sensible est armé. »

L'enfant s'était arrêté devant une baraque de confiserie. Ils le rejoignirent.

« Cette fois, mon petit, dit M. Valentin avec bonhomie, vous m'obéirez. Je veux vous payer un nougat. Vous n'avez que le droit d'annoncer votre préférence : le dur ou le mou ? »

Il secouait la tête :

« Merci.

— M. Valentin sait que tu aimes ça, mon chéri. Ce serait mal poli de refuser.

— Alors le dur », dit le garçon d'un ton farouche.

Le poussah choisit le plus gros de l'étalage et le lui tendit avec, à l'adresse de Mamy, le sourire de quelqu'un qui a gagné son pari.

On s'installa dans une brasserie. L'heure tournait. N'y aura-t-il plus un moment de solitude avec Mamy ? Ah ! quand même !

M. Valentin établissait le programme :

« Prenez un fiacre. Vous conduirez le petit à Saint-Wandrille et reviendrez me prendre ici. »

Toine eût mieux aimé rester jusqu'au départ du train. Sans le bonhomme. Comme il lui disait au revoir, M. Valentin retint sa main prisonnière dans la sienne — aussi grasse, aussi chaude, aussi fondante que celle de M. le supérieur. Et de sa voix plus que jamais semblable à une cloche :

« Vous n'omettrez pas de présenter mes compliments pascaux — vous vous rappellerez ? de la part de Valentin, M. Valentin, le mari d'Irène — à l'abbé Adrien Douve, mon petit. »

II

Les lundis de Pâques et de Pentecôte, il est de tradition de faire une « grande promenade ». Départ de bonne heure dans la matinée. On emporte des provisions de bouche. On se rend, le plus souvent à pied, parfois en autocar, ou en train, à quelque lieu de pèlerinage, ou sur un « mont » qui offre un site intéressant, ou dans la propriété d'un bienfaiteur.

Cette fois, on va à l'Ermitage : à une douzaine de kilomètres de Saint-Wandrille, à la lisière d'une forêt plus étendue et plus touffue que celle qui s'ouvre devant l'Institution, un oratoire rappelait le culte voué à sainte Berthe de Blangy par un anachorète aveugle. Il avait perdu la vue en punition d'un sacrilège. Il s'était retiré du monde pour faire pénitence. Se plaçant sous la protection de celle qui obtint que l'une de ses filles, morte, soulevât un instant les paupières pour regarder le visage maternel, il la pria de l'honorer d'une faveur semblable quand elle jugerait qu'il aurait expié. Il pleura sa faute des années durant. Enfin ses yeux, juste avant qu'ils s'ouvrissent à la lumière éternelle, purent contempler, quelques secondes, la beauté du jour terrestre. Il lui avait suffi, sur l'ordre de sainte Berthe, de les baigner dans le ruisseau qui coule encore et dont l'eau, longtemps, passa pour saumâtre, tellement le solitaire y avait mêlé de larmes.

Frédéric « allait servir », comme disent les paysans artésiens parlant de pèlerinage, pour la troisième fois à cet endroit. Il préférait l'excursion, pour lui sans surprise, avec la communauté, à l'ennui d'Orchiecourt. Paule et M. de Borre étaient partis hier soir, après Vêpres, dans l'auto des Lillers. Le désœuvrement villageois lui devenait insupportable; et plus encore la contrainte familiale, entre les soupirs de la mère et les clins d'œil du père. Les jumelles le tyrannisaient et il laissait les plaisirs de la ducasse en ville à Désiré permissionnaire, devenu le boute-en-train de la jeunesse d'Orchiecourt. Les autres gars prenaient-ils leur parti de l'attention que Mlle de Borre lui accordait, à lui, Frédéric, depuis qu'au vu et au su de tous, il était admis à La Maison-sous-l'église ? Il semblait. Comme ils devaient s'illusionner sur son privilège ! Il n'y gagnait qu'un surcroît de tourments. Paule ne lui paraît jamais si lointaine que lorsqu'elle lui permet de l'approcher. Ils bavardent dans un illusoire abandon : Frédéric sait la jeune fille sur le qui-vive, derrière un voile de pensées insoulevable. Ce n'est pas le voisinage de son père qui le gêne. A la première visite, M. de Borre s'attarda courtoisement à converser avec eux. Ensuite il affecta la plus grande discrétion. A Saint-Wandrille aussi, Paule donne l'impression de ne livrer d'elle-même qu'un simulacre. Le dialogue essentiel c'est celui qu'elle poursuit avec elle-même. Une parole mystérieuse lui apporterait-elle l'aide qu'elle assura un jour attendre de Frédéric ? Où en puiser l'inspiration ? Le nom de Cassagne, proféré l'autre jour, demeura sans écho. Frédéric n'avait rien appris sur le compte de l'assureur qui méritât d'être rapporté : il avait échoué dans ses tentatives d'interrogatoire auprès tant d'Elie Hurleau que de Fernand Ramette; et il n'avait pas récidivé. N'importe, puisque, contrairement à ce qu'il avait cru comprendre, la personnalité de Cassagne n'intéressait plus Paule de Borre. Quant à la question que Fernand Ramette lui avait suggérée : si Mlle de Borre était ou non fiancée avec le fils Lillers, ah ! il ne se résout pas à la poser. Ce départ en auto, que signifiait-il ? Rien de plus, rien de moins, sans doute, que le branle-bas de Noël à La Maison-sous-l'église. Ce fut alors que l'humeur de Paule changea. Son étrangeté s'est aggravée ces dernières semaines. Oh ! voir clair !

On marchait débandé, d'un bon pas. Le *socius* et l'abbé Douve pressaient les traînards. A leur habitude, les grands prenaient de l'avance. Pour éviter toute contestation, ils convinrent, potames et aristos, que leur groupe se chargerait des paniers de provisions. On se relaierait deux à deux. Elie et Antoine allaient de conserve.

Hier, Manman avait sollicité l'autorisation de garder Elie cette seconde journée de congé. M. le supérieur avait invoqué la tradition de la grande promenade. Manman n'avait pas insisté. Ne s'est-elle pas résignée trop facilement ? Mais lui-même, Elie, ne tenait pas tellement au congé supplémentaire. A bord de *L'Adèle*, il se faisait remarquer dans son uniforme de Saint-Wandrille. Et quel charme aurait eu la promenade en ville quand papa et Manman ne pouvaient y prendre part ensemble ? Qui que ce fût qui restât pour veiller sur la péniche, Elie, en compagnie de l'autre, se serait senti amputé. Oh ! il y avait des chances que Nicolas Hurleau encourageât sa femme à sortir. Il est moins curieux qu'elle de la rue et des vitrines. Elie eût été obsédé par le bon regard, un peu triste, qui les aurait suivis du plat-bord; la joue lui eût cuit au souvenir de la bourrade qui aurait signifié : « Aie du plaisir sans moi, mon garçon. » Qui sait si l'on n'aurait pas rencontré parrain, comme par hasard ? C'est comme par hasard qu'il a eu affaire dans le secteur, justement alors que *L'Adèle* s'y arrêtait ! Il n'a pas menti. Antoine a entendu parler de lui par un bonhomme que connaît Mme Fussy. Il est directeur, ou sous-directeur d'une fabrique d'hélices, ce bonhomme. Antoine n'a pas l'air de l'aimer beaucoup. Lui aussi a l'air troublé au sujet de sa mère... La présence de parrain était motivée. N'empêche. C'est comme par hasard qu'il accompagnait Manman à Saint-Wandrille ! Savoir s'il ne la retrouvera pas de nouveau aujourd'hui ? Lui, Elie, eût été de trop, peut-être ! Ah ! s'il avait pu les guetter, en douce... Quelle cochonnerie une telle suspicion. Il n'a tout de même pas boudé les œufs de Pâques de parrain : ce gros billet dont l'économe ne verra pas la couleur...

On arriva à l'Ermitage pour midi. Récitation de l'*Angelus* devant l'oratoire. Et l'on déballa les provisions à même l'herbe, au bord du ruisseau. La clairière était spacieuse, parsemée de pâquerettes; le dos tourné au gros de la forêt — qu'il fera bon s'y cacher tout à l'heure, en jouant à la petite guerre — on recevait le soleil en pleine figure; quelques taillis masquaient à demi la vue sur la route.

C'est de là que vint une surprise au milieu du repas : l'abbé Omer et une troupe d'enfants. Drôle d'équipe !

Ils portaient des vêtements disparates parmi lesquels on distinguait plusieurs uniformes de Saint-Wandrille; mais dans quel état ! On remarquait tout de suite les cous, émergeant de chemises sans cols ni cravates. Quelques-uns affichaient la coquetterie de foulards aux teintes criardes comme les aiment les fiers-culs de village. Beaucoup de souliers étaient lacés de ficelles plus ou moins noircies. Les bérets — de vraies galettes de chasseurs alpins — ôtés, mirent à nu des crânes tondus comme jamais frère Jacques ne réussit à tondre celui d'un potame.

L'abbé Douve frappa dans ses mains pour obtenir le silence.

« M. l'abbé Omer a eu la bonne pensée de se joindre à nous avec des orphelins d'Ecuries qu'il a conduits en grande promenade, dit-il. Faisons-leur place, fraternellement.

— Nous avons nos provisions, vous savez ! » fit l'abbé Omer en rougissant.

Il y eut des rires. La communauté accueillait sans enthousiasme les intrus. Ceux-ci, intimidés, faisaient bloc, louchant sournoisement vers la nourriture. De plus hardis, à l'air voyou, ricanaient. Trois ou quatre seulement détournaient la tête, comme honteux.

« Asseyez-vous, mes enfants », dit l'abbé Douve.

La troupe hésitait. Antoine se leva et prenant par l'épaule l'un de ceux qui se tenaient à l'écart, l'installa à côté de lui. Jean et d'autres du clan l'imitèrent. Elie, sans bouger de sa place, fit un signe :

« Approchez puisqu'on vous le dit. »

La communauté assimila les nouveaux convives à contre-cœur. Il y avait des infirmes parmi eux. On ne comptait ni les têtes teigneuses, colorées par plaques à la teinture d'iode, ni les mentons gourmeux où l'oxyde de zinc avait séché. Moins que d'un bec de lièvre, moins que d'un nez à demi rongé, les regards se détachaient, quelle que fût la répulsion, de ce trou qu'un enfant malingre présentait au sommet du crâne et au fond duquel une membrane palpitait. On lorgnait le pilon de bois sur lequel une jambe, pliée à angle droit, reposait.

Toine mangeait le cœur serré. Jean, très pâle, semblait avaler avec difficulté — comme Borderie très rouge. Elie — aussi impassible que John — interrogeait son voisin. On apprit que l'abbé Omer allait presque tous les dimanches et les jours de fête à l'Orphelinat d'Ecuries, tenu par un personnel mi-religieux, mi-laïque. Il leur avait offert le déplacement en autocar.

Dans le groupe de Jules Vallard, on s'esclaffa.

« C'est Montigny. On l'appelle l'homme caoutchouc », dit le voisin d'Elie.

Un long garçon exhibait ses talents. Il saisissait la chair de ses joues, de son cou, de ses cuisses et la distendant d'une manière incroyable, la relâchait comme s'il se fût agi d'un lance-pierres. Encouragés par ce succès, d'autres firent étalage de leurs singularités : tel allongeait sa langue du nez au menton; tel se tordait le poignet jusqu'à toucher presque du bout des doigts, la saignée du bras; celui-ci, se désarticulait le corps comme un pantin; celui-là annonçait qu'il possédait trois pouces et le prouvait en montrant deux phalanges jumelées à la main gauche. Cette ostentation submergeait Toine de dégoût. Mais la glace était rompue. L'enrôlement des orphelins dans la traditionnelle petite guerre en fut facilité.

La petite guerre pouvait durer tout l'après-midi

sans se terminer par l'anéantissement complet de l'une des deux armées. La victoire était acquise aux points, ceux-ci croissant suivant le grade. Du moment que cinquante simples soldats, valant à eux tous cinquante points, n'étaient pas en mesure de faire prisonnier le général qui en valait cent à lui seul, la capacité de manœuvre des chefs, une fois mise au point la stratégie d'ensemble, restait d'autant plus souple qu'eux-mêmes ne s'encombraient pas d'éléments retardataires à la course. Elie agissait donc en isolé, à charge pour lui, s'il rencontrait une formation supérieure en points à ce qu'il représentait, d'appeler à l'aide au moyen d'un signal convenu. Il ne s'exposait pas à pareille rencontre. Il n'apporte plus, au jeu, l'allant de naguère. Insensiblement l'Elie nocturne, le réfractaire, prend le pas sur l'Elie diurne, l'entraîneur. Passe encore dans la cour de Saint-Wandrille. Mais ici, pourquoi se contraindre ? Mieux vaut s'abandonner au tourment — ah ! qui devient cher — de se sentir rugueux et vert, fort et impuissant, bouillonnant de sève et immobile comme ce chêne embrassé.

Errant au hasard avec une vague intention de s'égarer — il n'entendait plus les coups de sifflet des joueurs qui devaient aussi bien servir de signes de ralliement en plus des marques sur les arbres — il déboucha inopinément dans la clairière. Ce fut pour assister à la fin d'un spectacle qui le rebroussa. L'orphelin à la jambe repliée sur un pilon — un lambeau crasseux de peau de mouton amortissait seul le contact du genou — gisait par terre. L'écume aux lèvres, il accusait les derniers soubresauts d'une crise de haut-mal. De flanc, dessinant une fourche avec l'appareil de prothèse, la jambe frappait le sol; le pilon suivait le mouvement et l'on eût dit d'une colère risible. A quelques pas, d'autres enfants, trop infirmes pour avoir pu participer au jeu collectif, se serraient, apeurés, autour de l'abbé Omer. Celui-ci leur tapotait les mains à tour de rôle.

« Récitez tout bas votre chapelet, disait-il. C'est fini. »

L'abbé Douve regardait la scène avec compassion. Elie s'approcha de lui.

« Puis-je faire quelque chose ?

— Merci, Elie. Le pauvre enfant est sujet, de loin en loin, à ces crises terrifiantes. On ne peut qu'attendre qu'elles se passent. Celle-ci n'a pas été trop grave. Le mieux est que vous retourniez jouer. N'en parlez pas à vos condisciples. (Il consulta sa montre.) Préparez déjà le rassemblement qui risque d'être long. L'autocar vient chercher les orphelins vers cinq heures. »

En répondant à l'appel, personne ne put deviner l'incident. L'abbé Omer regroupait son monde. Vallard faisait des gorges chaudes. Sa hargne à l'égard du professeur de sciences ne désarmait pas. Elie l'entendit chuchoter :

« Il ne lui manque que Sosthène. Avec cette bande d'éclopés, il ne risque pas d'être chahuté. C'est sa consolation ! »

Elie le prit à part et, face contre face, les dents serrées :

« A dater d'aujourd'hui, tâche de respecter l'abbé Omer. Sinon tu auras affaire à moi.

— De quoi te mêles-tu ? dit Jules en reculant cependant.

— De ce qui me plaît », répliqua Elie le plantant là.

On tirait la jambe au retour. Les cannes taillées dans la forêt n'apportaient qu'une aide illusoire à la marche. Mieux valait que les grands encadrent les petits. L'abbé Douve mettait sans cesse Crespel à contribution qui entonnait l'une après l'autre toutes les chansons de route du répertoire.

On atteignit la ville comme s'y allumaient les premiers feux.

« Formez les rangs », dit l'abbé Douve.

Au lieu de l'itinéraire habituel qui suivait l'artère principale, il ordonna de prendre un raccourci. Il fallait passer par des ruelles à proximité du canal. L'abbé Douve vint à la hauteur d'Elie. Et souriant :

« Désirez-vous passer la nuit à bord ? demanda-t-il.

— Vrai ? Vous m'en donnez l'autorisation ?

— Soyez rentré pour la classe.

— Merci, mon père. »

Hâtivement, il toucha la main d'Antoine et de Jean, fit un salut joyeux à ses autres voisins et courut en direction du quai.

« Il en a de la chance ! » s'exclama quelqu'un derrière eux.

Il n'y eut pas d'écho. La fatigue pesait sur la troupe; la fatigue et aussi une mystérieuse appréhension, comme chaque fois qu'on traversait ce bas quartier de la ville. Toine se le rappelle : le malaise date d'un propos d'Arthur Prenant, cet élève renvoyé depuis. C'est lui qui attira l'attention de plusieurs camarades sur une maison aux persiennes toujours fermées. Comment le malaise se communique-t-il à ceux-là mêmes qui n'ont pas connu Prenant ? Le propos a-t-il été colporté, d'année en année ? Une rumeur circula dans les rangs avec des rires :

« Frère Jacques ! Frère Jacques ! »

Le portier se tenait à l'angle d'une ruelle. Il titubait. Il eut l'air ahuri de rencontrer la communauté. Il semblait chercher une contenance. Il prit le parti de saluer militairement l'abbé Douve qui, détournant la tête, pressa le mouvement. Frère Jacques parut hésiter et s'éloigna en zigzaguant.

L'effervescence tomba à l'approche d'une autre maison, un estaminet; peints au minium, avec quelques bavures pareilles à du sang dégoulinant, deux gigantesques emblêmes, on ne savait trop pourquoi redoutables, recouvraient le mur : une faucille et un marteau.

Oui, les conversations baissaient jusqu'au silence quand on s'aventurait de ce côté. Encore, d'ordinaire, était-ce en plein jour. Le crépuscule rendait plus désolants le bruit des souliers cloutés sur les pavés inégaux, les vociférations patoisantes de quelque ivrogne, les miaulements de chats querelleurs. Il convoquait les maléfices. Le jour on respirait quand on débouchait sur la berge. Ce soir la délivrance serait sur le chemin qui, le long de la forêt, aboutit à Saint-Wandrille; et mieux encore elle serait à Saint-Wandrille même, dans la paix de *Complies*. On aura gagné un kilomètre. Lui, Toine, ne veut pas parler d'ici là. Elie absent, il lui semble que le cœur de Jean, comme le sien, est las, à ne pouvoir battre qu'en veilleuse...

III

Sosthène gargouillait sans contrainte. Les bulles au coin de ses lèvres se multipliaient l'une par l'autre comme de l'eau savonneuse au bout du chalumeau. Redécouverte surprenante pour Paule, après une semaine d'absence. C'était donc là son frère. Le même sang, pour moitié, coulait dans leurs veines à tous deux. Cette chair disgraciée, il lui fallait la sentir parente de la sienne, dont son âme — ah ! elle se l'avoue avec amertume — était amoureuse parce qu'elle la croyait intacte. Rien ne fera, désormais, qu'elle ne participe à la souillure paternelle, à l'infirmité fraternelle — celle-ci plus humiliante que celle-là; et payée de quelles infortunes supplémentaires ! Sosthène les lui conte par bribes, au cours de ce quart d'heure où il reste avec elle dans la bibliothèque avant le cours de dessin ou de musique. Elle fait exprès d'arriver en avance. Les élèves doivent s'étonner de rencontrer régulièrement l'infirme. L'un d'eux, le grand Jules Vallard ne dissimule pas son dégoût. Il s'ingénie aussi à se rendre intéressant. Quelque jalousie peut expliquer l'animosité. Naïf garçon. S'il savait ! Sosthène n'évoque pas les années noires à l'Orphelinat d'Ecuries pour apitoyer. Il donne simplement à Paule ce qu'il possède : ces lamentables souvenirs d'enfance. C'est elle qui provoqua les confidences. La première fois qu'elle le revit, dans les jours qui suivirent la visite à Mauchief-le-Haut, elle dissipa l'équivoque :

« J'ai fait la connaissance de ta mère, Sosthène », se borna-t-elle à dire.

Cette annonce et le tutoiement le renseignaient assez. Il leva vers elle son admirable regard. Et comme elle s'efforçait à sourire, elle y lut l'aboutissement du pathétique élan dont, longtemps, elle avait ignoré le sens. Dans les prunelles qui, soudain, semblèrent moins noyées de larmes qu'émergées d'une source lumineuse, un rien de confusion s'effaça derrière la gratitude et la sérénité. Paule tendit la main. Il s'en saisit et la baisa. Oh ! ce contact humide. A la Paule instinctivement frémissante, une autre Paule souffla que le pacte naturel était scellé à bon compte, qu'un frère et une sœur qui se découvrent seraient tenus à plus d'épanchement, que la peau rebroussée sous une bave respectueuse devait s'en laisser imbiber par solidarité et ne pas s'essuyer, fût-ce subrepticement !

« A présent, raconte-moi ce qu'a été ta vie jusqu'à ton installation à Saint-Wandrille. »

Il obéit comme pour bien manifester sa confiance. Sans doute jouit-il d'un plaisir ingénu à occuper ainsi l'attention de « Moizelle » comme il continue à nommer Paule. Ses récits laissent croire à un inconcevable détachement de tant de misères passées. L'élocution difficile, monotone, n'est pas seule cause d'une telle impression. Sosthène se comporte en témoin objectif de l'expérience dont il a pâti. C'est elle, Paule, qui s'émeut, s'indigne et crie intérieurement au scandale. Que de traits, déjà, d'une conversation à l'autre, sans ordre narratif, l'ont blessée, achevant de déranger cette harmonie longtemps protégée en elle, comme derrière la clôture de La Maison-sous-l'église !

Des embarras de langue et des bouillonnements de salive de Sosthène naissait un monde effrayant comme une cuve de damnés au tympan d'une cathédrale. Et ces damnés étaient des enfants. Pourquoi l'Orphelinat d'Ecuries serait-il une exception ? Il y aurait plutôt des chances que cette Institution ne fût pas la pire, puisque sous caution religieuse. Sans elle que fût devenu Sosthène ? Quel eût été le sort de ces gosses dont elle, Paule, n'ose imaginer le visage adulte ? On les a sauvés de la rue et de la faim, dans la mesure où les ressources charitables le permettaient. Le sauvetage ne pouvait-il être mieux assuré ? Ces détails fournis en passant par Sosthène :

Le bac d'eau croupie où les gamins assoiffés, une fois fermée la robinetterie commandant les lavabos, allaient boire; un miracle : il n'y eut jamais de cas de typhoïde. L'autre sorte de bac, dans un coin du dortoir, qui empestait le sommeil et qu'il fallait descendre, débordant, du deuxième étage. L'élevage, dans la cour de récréation, de deux chèvres, de poules et de lapins qui galopaient pêle-mêle avec les enfants et « déposaient » sur les tables du réfectoire. La nourriture réputée, comme partout, « saine et abondante », mais qui ne l'était pas au point qu'elle ne vouât des délicats au jeûne prolongé et n'incitât les boulimiques à la rapine dans les champs de rutabagas. Le linge remplacé sans égard aux besoins réels et malheur à qui perdait son mouchoir, fût-il perpétuellement enchifrené. N'y était-on pas exposé par la discipline spartiate du torse nu pour traverser la cour et gagner l'abreuvoir qui servait de lavabos, même quand il gelait à pierre fendre ? Malheur à qui souffrait d'énurésie : il portait le jour la même chemise humide jusqu'aux épaules, que la nuit et, de temps à autre, en guise de traitement, il avait droit au tour d'honneur dans la cour de récréation, en compagnie de malades de son espèce, la paillasse sur le dos, clairons et tambours faisant escorte. Inutile cruauté, comme de punir le voleur en le vêtant toute une journée d'un sac mouillé à même le corps, pieds nus dans des sabots, voire — Sosthène l'a vu une fois — en autorisant son passage à tabac. Oh ! il est probable qu'une lourde hérédité pesait sur beaucoup d'orphelins et que les maîtres devaient armer de sévérité leur dévouement. Mais l'abus des coups n'endurcit-il pas autant les âmes que les corps ?

Sosthène parvient à être drôle, hélas ! quand il tente d'imiter le maître laïque qui lui apprit à lire. Il brandit un bâton — une ganache comme il dit — imaginaire et crie : « Passez au tableau, les baudets, venez ici, cœurs de vaches. Top ! top ! » Les onomatopées accompagnent la mimique des coups de férule. Et en cas d'erreur de l'élève : « Top ! top ! Seigneur Jésus, Dieu des armées ! Il traînera la savate sur les grand'routes de France et de Navarre. Vous m'hébétez, tenez. Top ! top ! » Un religieux cédait, périodiquement, à une colère disproportionnée à son objet. Il réunissait tout le monde dans la cour : « Un tel, venez ici »; et à un autre : « Donnez-moi votre ceinture. » Et il administrait à la victime désignée — souvent l'un de ses « chouchous » — une correction qui déchaînait pendant cinq minutes les hurlements du flagellé et laissait le bourreau cramoisi, hagard et haletant. Un laïque ne frappait pas, mais n'était pas moins redouté parce qu'il caressait trop. Des flatteries s'affichaient en public, devant les bienfaiteurs, que la clique de l'Orphelinat régalait parfois d'une sonnerie sous leurs fenêtres : occasion d'une quête supplémentaire et d'ostensibles gâteries aux enfants. C'est de cela, dit Sosthène, que lui et quelques autres eurent le plus de vergogne. Pour le reste, malgré son infirmité, il était robuste et sut toujours se défendre contre la méchanceté qui n'épargnait personne, les gosses ne se ménageant pas entre eux.

Et la religion, dans cette éducation ? Le comble est qu'on lui réservait la plus grande part. Sosthène sait à merveille son catéchisme. Ce n'est pas la faute des maîtres si l'enseignement de la religion favorisait chez des gamins vicieux de funestes obsessions. Sosthène eut révélation de ces choses, qu'il qualifie sans autre précision du terme de « cochonneries », quand il fut promu domestique au pair. Environ ce temps, l'abbé Omer apparut à l'Orphelinat. Il venait y prêcher une retraite. Il sut conquérir les sauvageons. Il revint de plus en plus souvent, les dimanches et jours de fête. Il conduisait les enfants en promenade. Il leur achetait des friandises. Il s'occupa de Sosthène qui s'attacha à lui comme à son vrai père. Le pauvre garçon rougit en prononçant ces mots. Jusqu'alors les seules embellies avaient été les visites annuelles de Sophia Jablonska.

« Es-tu allé voir ta mère pour Pâques ? » demanda Paule, profitant que Sosthène s'essuyait la bouche.

Oui, il a passé la journée du lundi à Mauchief-le-Haut. M. l'économe de Saint-Wandrille lui donne des appointements, désormais. Grâce à l'abbé Omer, Sosthène se proclame heureux. Heureux ! Même en remuant ces souvenirs. Certains devraient le faire éclater en sanglots. Mais non. Si d'aventure il surprend un mouvement irrépressible de Paule, s'il semble avoir conscience de l'énormité de ce qu'il rapporte, il modifie son gargouillis : c'est de rire qu'il éclate !

Quant à elle, Paule, sa curiosité horrifiée ne s'émousse pas. Elle s'identifie au pitoyable narrateur. Elle plonge avec lui, plus profondément que lui, dans la désolation. Elle recrée des détresses endurées, dirait-elle, par procuration. C'est encore sa chair qu'elle plaint de toute son âme; c'est elle-même, à travers Sosthène, qui éprouve l'humiliation. Elle y goûte une âpre ivresse.

Cette fois Frédéric avait à peine attendu que le groupe des élèves dessinateurs se fût éloigné. Il entra dans la bibliothèque avant que Paule en sortît. Elle s'y était attardée. Elle aimait mieux lui annoncer cela ici, maintenant, que plus tard, dans l'intimité de La Maison-sous-l'église. Elle hésitait sur le préambule. Le garçon l'en dispensa.

« Avez-vous passé de bonnes fêtes de Pâques chez vos cousins de Lillers ? » demanda-t-il avec une tristesse un peu acerbe.

Elle n'eut qu'à enchaîner d'un ton uni :

« Du moins y ai-je passé des heures utiles. Votre amitié a le droit d'être la première renseignée : je suis fiancée à Bertrand. »

Frédéric pâlit affreusement. La sueur lui emperla les lèvres.

« C'était donc vrai ! s'exclama-t-il.

— Qu'est-ce qui était vrai ? fit Paule, tout de suite cabrée. De quoi parlez-vous ? Quelqu'un a-t-il prétendu savoir avant moi ce que j'ai décidé il y a trois jours seulement ? »

Le garçon se mordillait la joue. Il rougissait aussi vite qu'il avait pâli. Il murmura :

« Je pensais à la question que mon père m'engageait à vous poser. Je n'ai pu m'y résoudre.

— Quelle question, s'il vous plaît ?

— Si oui ou non vous étiez fiancée avec Bertrand de Lillers.

— Eh bien, vous pourrez lui répondre sans attendre la publication des bans... Mais... fit Paule, à la réflexion, à quel moment M. Ramette se montra-t-il si curieux ? En quoi ma vie privée l'intéressait-elle ?

— Quand vous avez commencé à me traiter avec amitié... Il me voyait malheureux à votre sujet. Comme vous le désiriez, je l'interrogeais sur Amédée Cassagne.

— Ah ?... fit Paule en fronçant les sourcils. Et pourquoi n'avez-vous pas suivi son conseil ? ajouta-t-elle.

— Par discrétion... et aussi par crainte de me rendre encore plus malheureux, dit-il d'une voix sourde.

— Mon pauvre Frédéric, reprit-elle doucement. Je n'ai même pas la ressource d'en appeler à la convention chevaleresque et de vous consoler en me déclarant heureuse ! »

Ils se tenaient debout, vis-à-vis l'un de l'autre. Moins d'une longueur de bras les séparait. Le garçon céda à une impulsion irrésistible :

« Mais alors ?... » s'écria-t-il.

Et il saisit la jeune fille aux épaules. Il la sentit frémir, se raidir; dans le visage têtu, les prunelles s'élargirent; leur eau fonça. Panique, dégoût ? Non pas consentement en tout cas. On eût dit, avec ces pommettes hautes et ces narines palpitantes, le hérissement d'un chat sous une caresse importune. Il la lâcha. Paule rejeta la tête en arrière de ce mouvement qui la faisait paraître fière autant que coquette.

« Alors rien », dit-elle.

IV

Après lecture des notes hebdomadaires, M. le supérieur annonça la nouvelle distribution des charges trimestrielles par l'abbé Douve; il annonça aussi, saluée par les frottements de main des intéressés, la retraite préparatoire à la communion solennelle et au sacrement de Confirmation. Elle commencera le lundi et durera toute la semaine. Les élèves que l'événement touchait appartenant tous, sauf Jean Demeure, à la section élémentaire, c'est M. l'abbé Filâtre lui-même qui dirigera cette retraite. M. Frédéric le suppléera pour les classes. Ainsi l'ordre général des études ne sera-t-il pas troublé.

« Quelle barbe ! avait dit Jean.

— Il faut bien que tu fasses ta communion solennelle et que tu reçoives la confirmation, avait répondu Antoine.

— La confirmation, soit. Mais pour la communion qu'est-ce qu'il y aura de changé ? Papa prétend que l'une et l'autre devraient avoir lieu à la majorité — la confirmation surtout. Maman s'est presque cachée pour me faire faire ma première communion privée. Ç'a été vraiment une communion privée.

— Ton père n'est plus contre, maintenant, puisque tu es ici.

— Je ne sais pas. C'est quand même la barbe !

— Plains-toi ! dit Elie. Vous autres, les retraitants, vous allez être chouchoutés pendant huit jours.

— Chouchoutés par le glaçon ? fit Jean sceptique.

— Tu verras quelle chaleur dégage notre janséniste, dans ces cas-là ! Et quelles belles histoires il connaît ! Dis, Antoine ? »

Antoine s'était contenté de sourire.

Plus que tout, au départ, d'être séparé de ses amis ennuyait Jean. Et certes, il appréhendait de tomber sous la coupe de l'économe. Les exercices de piété le rebutaient à la mesure de ce double déplaisir. Dès le deuxième jour, cependant, l'épreuve lui parut moins pénible qu'il ne le redoutait. Il s'accoutumait à respirer cet air insensiblement raréfié que seuls de brusques sursauts de conscience lui permettaient de juger différent de l'air habituel de Saint-Wandrille. Alors, avec une espèce d'effroi, il bouchait les issues. Comparée à celle de l'îlot que formaient, au sein de la communauté — qui ne les résorbait qu'au dortoir — les retraitants, l'ordinaire température spirituelle de Saint-Wandrille devenait aussi médiocre que, comparée à celle-ci, la température du monde extérieur. Jean, avec une volupté d'âme horrifiée plongeait dans les abîmes ou s'élevait vers les cimes — somnambule à demi lucide, il perdait la notion de pesanteur et le sens du haut et du bas lui échappait tant ils étaient absolus — que découvrait l'abbé Filâtre. Elie n'avait pas menti. Le glaçon fondait à vue d'œil. Il enveloppait chacun d'un rayonnement attentif, presque tendre. Le teint jaune s'éclairait, le regard inquisiteur se voilait, les lèvres minces esquissaient un sourire suave parmi les plis sévères. C'était bien vrai qu'il dégageait de la chaleur. Il la communiquait. Il s'évertuait à chauffer les âmes prises spécialement en charge pour une semaine, comme un soutier à pousser sa chaudière. Jean s'en voulait de l'irrévérence. La sensation flamboyante ne l'en dominait pas moins. Elle naissait de cantiques — inusités à Saint-Wandrille — que l'abbé Filâtre faisait chanter : « *Ah ! qui me donnera des paroles ardentes — Une langue de feu — Et des lèvres brûlantes...* » Ou : « *Je n'ai qu'une âme — Qu'il faut sauver — De l'éternelle flamme...* » Et encore : « *Reposant comme Jean — Sur ta sainte poitrine — Jésus fais-moi jouir — Du céleste entretien — Pour que je sente en moi — Ton étreinte divine...* » Surtout il y avait les histoires. L'abbé Filâtre parlait comme si l'on ne s'était jamais confessé, comme si l'on n'avait jamais communié. A l'entendre, on pouvait se demander si jusqu'ici on n'avait pas multiplié les sacrilèges. Oh ! que rien de semblable n'advienne pour le grand jour, ni le crime ni le châtiment ! C'était à la veillée que M. l'économe contait de terrifiantes histoires : un enfant au confessionnal dissimula un péché mortel. Le prêtre qui soupçonnait sa faute tenta vainement de la lui faire avouer. L'enfant persista dans le mensonge et, le lendemain, s'approcha de la sainte table. Durant toute la journée sa tristesse, au milieu de l'allégresse générale, frappa les témoins. Fortifié dans ses soupçons, le confesseur, à l'heure du coucher — car ceci se passait dans une institution analogue à Saint-Wandrille — fit une ultime démarche :

« Vous n'avez rien à me dire que le Bon Dieu sache déjà ?

— Non, mon père.

— C'est bien vrai ? vous allez vous endormir l'âme en paix ?

— Oui, mon père. »

Le malheureux ! La nuit même, le dortoir fut éveillé par d'affreux hurlements accompagnés d'aboiements terribles. Tous ne le virent pas, mais les voisins de lit se portèrent garants de la réalité du spectacle : un énorme chien noir avait saisi le sacrilège à la gorge. La bête disparut. On se précipita. L'enfant était mort. Sur son cou, la marque de crocs dessinait une plaie de la surface exacte d'une hostie.

Quel était ce chien noir, sinon le démon ? Ces jours-ci, plus que jamais, il rôdait autour des retraitants. Il savait l'importance de la partie qui allait se jouer. Une bonne communion solennelle, comprenant le renouvellement des vœux du baptême, ne devait-elle pas déterminer toute la vie — donc influer sur la persévérance finale, préfigurer les dispositions de l'âme au moment de la mort ? Oui, elle décide de la vie, la vie décide de la mort et la mort de l'éternité. L'éternité ! Une sphère de marbre, grosse comme la terre, qu'une hirondelle viendrait tous les mille ans frôler d'un coup d'aile : le temps au bout duquel elle serait usée ne représenterait rien en regard de l'éternité. Béatifique ou maudite, celle-ci peut s'ouvrir à n'importe quel moment.

M. l'économe déployait deux cartes murales du catéchisme en images. L'une représentait le paradis. Au centre, le père à barbe blanche et à sa droite, le Fils à barbe blonde soutenaient le globe terrestre, sommé du Saint-Esprit, en Colombe. A leurs pieds, la sainte Vierge; les environnant, des arcs-en-ciel concentriques étageaient la hiérarchie céleste des anges, des patriarches, des bienheureux nommés dans le *Confiteor* et des élus anonymes aux auréoles plus ou moins lumineuses. Vision suave devant quoi l'imagination s'engourdissait vite. L'autre carte la stimulait mieux. Elle représentait l'enfer. Par autant de précipices qu'il y a de péchés capitaux, des grappes de damnés des deux sexes tombaient dans l'antre embrasé où des diables armés de toutes sortes d'instruments leur infligeaient un supplice approprié, de l'orgueil à la paresse, de la luxure à la gourmandise, de l'envie à l'avarice et à la colère — on les identifiait bien — à la nature du crime. Sur l'ensemble du tableau se détachait Satan, cornes, griffes et queue épanouies, en main un long trident en guise de sceptre; il paraissait rythmer, dansant d'un pied sur l'autre, l'inscription fatidique de la pendule qui lui tenait lieu de diadème : « *Toujours ! Jamais !* » C'était cette image seule que M. l'économe heurtait de la règle, à coups répétés, en déclarant : « La mort frappe à tous les âges. » Les statistiques prouvent même que les enfants sont plus menacés que les vieillards : « Je viendrai comme un voleur », a prédit le Christ. Heureux ceux qu'il ravit en état de grâce. Les autres, c'est le démon qui vient, comme un voleur lui aussi, les chercher. Sainte Thérèse d'Avila, favorisée d'une vision, a constaté la présence d'enfants de cinq ans en enfer ! Il faut être prêt, toujours prêt. Faire une bonne communion solennelle, c'est prendre des résolutions et les tenir. On peut tromper ses maîtres, son confesseur; on ne se moque pas de Dieu. Ne se sont-ils pas moqués de Dieu ceux qui, après avoir reçu une éducation chrétienne, ont été surpris par la mort dans l'impénitence ? L'abbé Filâtre ne sait que trop, dit-il, comment les choses se passent, même à Saint-Wandrille. Il y a les amitiés particulières, les pensées et les paroles déshonnêtes, les actes, parfois, à quoi les coupables feignent d'accorder peu de gravité, le mauvais esprit aidant. La gravité va en diminuant en effet;

mais au profit de l'habitude, de l'endurcissement. Plus tard, la pente est inévitable :

« On commence par fumer avec des airs émancipés. Fumer donne soif. Et quand on a bu !... »

M. l'économe a connu ainsi un garçon, ni meilleur, ni pire que tant d'autres. Il était même d'une intelligence au-dessus de la moyenne. Il devint savant. Oublieux, sur la pente fatale, de ses promesses baptismales, il posa au libre penseur. Libre penseur ! Le malheureux ! Enchaîné à des vices dont le mariage, de pure convenance, ne le délivra pas. Il eut un enfant que la mère, qui par chance était pieuse, réussit à élever chrétiennement en cachette. (Jean se sentit rougir.) Le jour de sa première communion cet enfant offrit sa vie au Bon Dieu pour la conversion de son papa. Il tomba malade et put, avant de mourir, se croire exaucé. Hélas ! le savant avait joué une infâme comédie. Peu après, il tomba gravement malade à son tour. Sa femme appela un prêtre. Celui-ci accourut. Il était trop tard. Quand on souleva le corps pour la toilette funèbre, on découvrit le drap du dessous brûlé comme avec un fer à repasser.

Nul n'est assuré de son propre salut, ni de celui d'autrui. Des personnages dont l'existence aura été apparemment exemplaire pouvaient entretenir au fond d'eux-mêmes une tare honteuse. Ainsi, jadis, cet évêque qui jouissait d'une sainte réputation et à qui le peuple fit des funérailles grandioses. Comme le célébrant s'apprêtait à donner l'absoute, voici que des coups retentissent contre le cercueil, glaçant l'assistance d'effroi. On allait se précipiter, croyant à une erreur et que le pseudo-mort sortait d'un simple sommeil cataleptique, quand le drap mortuaire, les fleurs, les couronnes, furent balayés par des mains invisibles,

les cierges éteints par un vent de l'au-delà. Le couvercle du cercueil fut arraché et le gisant apparut vêtu de ses insignes épiscopaux. Un silence épouvanté avait succédé aux cris provoqués par les manifestations précédentes. Le cadavre dressa le buste et d'une voix, en vérité sépulcrale, celle-là même de M. l'abbé Filâtre, proféra ces paroles :

« Je suis pesé. »

Il se laissa retomber. D'interminables secondes passèrent. Le corps se releva de nouveau à demi, et des lèvres pétrifiées sortirent ces mots :

« Je suis jugé. »

Derechef le cadavre s'affaissa et une troisième fois il se dressa pour annoncer à la foule angoissée la suprême sentence :

« Je suis condamné ! »

Il ne resta plus au fond du cercueil qu'un petit tas de cendre.

Néanmoins, la miséricorde divine est infinie. Le riche au cœur dur qui, excédé par les supplications d'un pauvre lui jeta, faute de caillou, un petit pain à la tête, vit ce petit pain, cueilli au vol par son ange gardien, renverser la situation de la Balance céleste. La communion, neuf premiers vendredis de mois de suite, prémunit contre l'impénitence finale. Et la récitation fréquente du *Souvenez-vous* ménage l'irrésistible intervention de la Sainte Vierge.

Affolantes culbutes surnaturelles ! De ces abîmes à ces cimes, le vertige le saisissait, lui, Jean, sans qu'il sût où se raccrocher. Il passait du désespoir à l'exaltation, ne doutant pas qu'il était déjà virtuellement damné et se flattant, au prix que coûtait le salut, d'avoir cent fois payé le sien. Pourquoi ne deviendrait-il pas un saint ? Savoir s'il n'en est pas un déjà ?

Il est bête. La vertu distinctive des saints, c'est l'humilité. Jamais l'idée de leur sainteté ne les effleure. C'est drôle. Quand ils s'imposent les macérations que décrit l'abbé Filâtre, quand ils ont fait un miracle, comment peuvent-ils encore se croire n'importe qui ? C'est de faire des miracles qui lui plairait à lui, Jean. On a beau dire que ce n'est pas ça qui compte dans la sainteté, c'est tout de même un avantage. Les saints proposés en exemple sont ceux qui ont fait des miracles. Les autres, on ne les connaît pas. Ils n'ont même pas de statue. S'il ne s'agit que d'aller au ciel, pas besoin de se donner tant de mal. La dernière place, tout au bas de l'arc, suffit. Ce n'est pas que personne ait l'air tellement heureux, sur la carte. Le principal c'est d'éviter l'enfer. Et de l'épargner à ceux qu'on aime. Serait-il possible que lui, Jean, regarde rôtir papa et qu'il ne puisse même pas tremper le doigt dans l'eau pour le rafraîchir ? S'il était un saint, il obtiendrait le miracle, même dans ce cas-là. Il s'en voulait d'avoir rougi au récit de l'économe sur le libre penseur. Il lui semblait que tous les autres le dévisageaient. C'était absurde. Ils ne savent rien. L'abbé Filâtre avait-il pensé à papa ? Papa n'est pas mort, Dieu merci. Et quels vices aurait-il ? Est-ce un vice de ne pas s'entendre avec maman ? C'est un malheur. Inventée, l'histoire ? Si Dieu l'avait inspirée à l'économe pour qu'elle lui serve d'avertissement, à lui, Jean ? Seigneur, le jour de Pâques, papa et maman se sont disputés. Oh ! à mots voilés, mais il ne s'y trompa point. Il doute s'ils viendront ensemble à sa communion solennelle. Ses péchés sont-ils cause de leur zizanie ? Péchés d'avant Saint-Wandrille, dont il ne s'est jamais accusé, qu'il avait oubliés depuis le rappel de frère Jacques et que l'économe dépeint comme un chancre qui ronge l'âme des enfants... Comment expier, comment se sauver ? Ah ! s'il pouvait parler à Antoine ! Seigneur, tenez en laisse le chien noir...

Jean entrouvrit les yeux et les referma aussitôt. Où était-il ? Dans l'éternité, sans doute, là où l'espace et le temps s'abolissent. Cela expliquerait les contradictions auxquelles il achoppe. Il se confesse, donc il vit. Confession publique, selon un cérémonial inusité qu'institue l'abbé Filâtre. Les retraitants, réunis au parloir, forment cercle, bien visibles les uns par les autres, agenouillés sur de petits tapis — ces « patins » que dispose frère Jacques quand il a ciré le parquet. Il est là, frère Jacques. Il imite les retraitants en bouffonnant. Il multiplie les simagrées et cligne de l'œil vers Jean. N'a-t-il pas peur ? Chacun doit s'accuser à voix haute. Sans que l'abbé Filâtre ait prévenu personne, tout le monde sait ce qui peut se passer. On se surveille mutuellement. Et c'est à Jean que la chose arrive : le tapis sous lui se met à dégager de la fumée, les autres s'écartent et le désignent en disant : « Il brûle ! » Le portier ricane. Jean nie l'évidence, tandis que les flammes, déjà, lui lèchent les hanches. Cela lui paraît injuste; il l'appréhendait et ne pouvait y échapper. Il crie encore : « Non, non. » Et il sombre dans un gouffre rougeoyant; donc il est mort. En même temps, il est couché sur deux lits à la fois et sur chacun il est papa. Ce qu'il y a de déroutant, c'est que, au chevet du premier lit, il aperçoit à sa gauche le même papa et à sa droite maman : graves, l'un et l'autre, lui caressant le front; il se sent calme; cela s'appelle « La mort du juste. » Autour du second lit, beaucoup de monde s'affaire, des femmes surtout qui jouent de la musique et prennent des poses lascives; il se sent agité, les draps et les couvertures glissent en désordre; cela s'appelle « La mort du pécheur » : donc il n'est pas mort; il est en train de mourir.

Oui ou non, a-t-il fait sa communion solennelle ? Oui. Il se rappelle son brassard blanc sur l'uniforme de Saint-Wandrille — même que cet uniforme était boutonné jusqu'au col, le plastron de chemise amidonné ne servait à rien —, et le cierge, le plus gros de la communauté, avec sa ganse de velours grenat, et la pièce montée de confiserie, au réfectoire : un beffroi en nougat, le communiant de sucre logé dans le clocher. C'est alors que le cœur commença de lui tourner. A quel moment eut lieu la confession publique, au parloir ? Ce n'était pas au parloir, mais à la chapelle; ce ne fut pas une confession, mais le renouvellement, lu par lui, Jean, au nom de tous, des vœux du baptême. C'était l'après-midi. Ensuite... Au parloir, papa et maman se sont disputés, comme jamais, s'accusant mutuellement de choses que lui, Jean, aurait mieux aimé de ne pas entendre. Et puis... Il ne se souvient plus. Alors, où est-il ? Mort ou vivant, damné ou...

Il ouvrit les yeux de nouveau, franchement cette fois.

« Sauvé », fit une voix où il crut reconnaître celle de papa.

« La mort du juste » et « la mort du pécheur » se jouaient devant lui : deux gravures sur le mur de l'infirmerie. Il occupait l'un des trois lits dont sœur Sainte-Claire avait la garde. Il tourna la tête à gauche et à droite. Papa et maman étaient là qui lui souriaient à travers leurs larmes.

« J'ai donc été malade ? dit Jean.

— Une grosse fièvre. Tu as déliré pendant trois

jours, mon pauvre chéri, dit maman. Heureusement nous avons pu rester tout ce temps près de toi.

— Te voilà hors d'affaire, dit papa. Il ne faut plus que du repos. Que dirais-tu d'une convalescence à la maison, en attendant de partir pour un pays de soleil ?

— Avec... vous deux ? fit Jean hésitant.

— Bien entendu, dit papa. Nous ne nous quitterons plus tous les trois. »

Jean leur tendit les bras. Sous les deux souffles ainsi rapprochés, il ferma les yeux de bonheur. Il lui sembla entendre les premières notes d'une berceuse en duo :

« Oui, dors... »

Une ombre — pourquoi faut-il qu'il y en ait toujours une ? les adieux à Elie et surtout à Antoine.

V

« QUAND comptes-tu faire publier les bans ? demanda M. de Borre.

— On ne se marie pas au mois de mai, dit Paule.

— Il n'en est pas question. Prévois-tu la cérémonie en juin ?

— Bertrand et moi ne sommes convenus d'aucune date.

— Puisque vous êtes d'accord, pourquoi tarder ? Les Lillers souhaiteraient sans doute prendre leurs dispositions. Nous-mêmes...

— Etes-vous si pressé, père ?

— Moi ? Oh ! non, plus maintenant... »

Il porta les doigts à sa bouche, comme pour refouler ce cri du cœur. Il se rongea les ongles. La manie l'en reprenait depuis quelque temps.

« Vous me semblez nerveux, père, fit Paule de la voix dure qu'elle ne savait plus éviter en lui parlant.

— L'orage menace », dit le vieil homme geignard.

Après des journées d'une merveilleuse légèreté, l'air, tantôt, s'était alourdi. Ce soir il semblait peser jusque sur la floraison du parc. Les senteurs délicatement mariales, il en pressait le suc, comme au fort de l'été. Paule continuait de fuir le tête-à-tête avec son père au début de l'après-midi. Sous divers prétextes, elle laissait M. de Borre à sa récréation solitaire. Elle attelait Mulysse ou partait à pied dans la campagne. Elle n'allait pas loin. Dès qu'elle ne risquait plus d'y rencontrer personne d'autre que Léontine, elle revenait à La Maison-sous-l'église. Le parc, de nouveau, lui était le plus sûr des refuges. Se trompait-elle ? Elle éprouvait une bizarre impression d'hostilité, maintenant, au-dehors. La compagnie à quoi elle se dérobait après le déjeuner, elle n'avait pas motif de la refuser à son père après le dîner, servi selon le cérémonial habituel. M. de Borre aimait de bavarder sur la terrasse et de se préparer au sommeil dans l'ombre qui l'envahissait peu à peu. Ainsi en ce moment.

« Voulez-vous que nous rentrions ? dit Paule.

— Pas encore, répondit le vieil homme d'un ton boudeur. Pas avant que nous ayons envisagé quelques dates possibles pour ton mariage. Ne crois pas, ajouta-t-il vivement, que je cède à la moindre impatience personnelle, comme tu t'es plu à le supposer. Au contraire.

— Je sais, fit Paule avec ironie. Vous me disiez, il y a un instant, que vous n'étiez plus pressé... maintenant. L'étiez-vous donc auparavant ? Cet automne vous protestiez déjà du contraire ! »

Il s'agita. La trompette nasale résonna, pathétique :

« Admettras-tu jamais que je pense à toi autant qu'à moi-même, pour égoïste que tu me juges ? Je ne me dédis pas : j'ai appelé de mes vœux ton mariage avec Bertrand. Je le souhaitais à la fois plus et moins ardemment que les Lilers. Plus, parce que notre situation de fortune rendait urgent ton établissement; moins parce que les jours qui me restent à vivre seraient bien tristes si tu m'étais enlevée; plus, parce que je craignais la lassitude du prétendant; moins, parce que rien n'annonçait que tu fusses éprise.

— Bref ! mes fiançailles comblent vos vœux.

— Justement. Elles me suffiraient à moi. Ne ris pas ! Tu comprends ce que je veux dire : l'avenir assuré, je ne demanderais pas mieux que le présent demeure sans changement pour moi. »

Il paraissait sincère. Rien dans ses explications ne violait la vérité. Il la voilait, simplement. Si Paule n'avait pu charger d'une réalité précise l'allusion à la situation de fortune, elle eût ressenti, comme souvent dans le passé, quelque tendresse nourrie de pitié. Ce sont, maintenant, des humeurs figées. Il n'en faut pas soulever la croûte. Plus profonde que l'impure pitié, remuerait la nappe de pus dont l'écoulement est mortel pour le cœur même qui l'a secrétée : le mépris.

« Alors, c'est votre souci d'en finir avec le présent que je ne comprends pas, reprit Paule froidement.

— Ne comprendrais-tu pas qu'un futur opéré soit partagé entre le désir de conserver son membre le plus longtemps possible et celui d'être débarrassé au plus tôt d'une hantise ? (Il retrouvait son ton disert et désinvolte; il le perdit tout de suite.) C'est ton bonheur qui m'importe.

— Et vous ne doutez pas que je brûle de devenir la femme de Bertrand ! s'eclama Paule avec une violence soudaine.

— Voyons, ma petite belle, balbutia M. de Borre, n'as-tu pas donné ta parole librement ?

— Qui donc m'y eût contrainte ? Ne puis-je aussi librement différer l'annonce officielle ?

— C'est que... on jase déjà dans le pays. Le conseil municipal m'a félicité. J'ai fait l'imbécile. Je m'attendais si peu à cette... indiscrétion. Comment te dire ? Les congratulations étaient tellement enveloppées que je me suis demandé s'il n'y avait pas méprise. La mine de Fernand Ramette, en particulier, m'intriguait.

— Quoi d'étonnant ? J'ai autorisé son fils à lui communiquer la primeur de la nouvelle.

— A lui ? s'écria M. de Borre. Pourquoi lui ?

— Parce qu'il est le père de Frédéric, et aussi, me semble-t-il, parce que cette nouvelle devait l'intéresser particulièrement, répliqua Paule sèchement.

— Ah ! » fit M. de Borre.

Il leva des yeux pleins de questions et les baissa très vite. Il se rongeait les ongles. Paule le devinait anxieux de connaître ce qu'elle savait de la curiosité manifestée par Ramette. Elle-même, s'il l'interrogeait, n'apprendrait-elle pas ce qu'elle ignorait ? Il choisissait de se taire. De quelles révélations la privait-il ? Lorsque Frédéric lui eut rapporté le propos paternel, Paule conçut un soupçon : le bourrelier était au courant des tractations de La Maison-sous-l'église et de Mauchief-le-Haut. Grâce à Cassagne, peut-être. Dans quelle mesure, supposé qu'il ne le fût déjà, l'assureur l'avait-il renseigné ? Cassagne lui-même était censé ignorer la provenance de l'argent. Le troublant dans la question que Ramette conseillait à son fils de poser, c'était qu'elle parût faire état de l'arrangement financier. Et pourquoi l'annonce du mariage au bourrelier trouble-t-elle tant M. de Borre ?

« Si les potins d'Orchiecourt vous inquiètent ! » reprit Paule.

Le vieil homme allumait une cigarette. Il souffla très fort la fumée par le nez. De biais il lança deux ou trois regards affolés à sa fille et battit des paupières. Il dominait ses nerfs. Ce fut d'une voix sourde et lente qu'il murmura :

« Je vais t'avouer ce qui m'inquiète, ma petite belle : c'est l'animosité dont tu fais montre à mon égard depuis un certain temps, et spécialement depuis tes fiançailles. J'aurais cru que tes accordailles avec Bertrand — assez subites, puisque tu ne daignais pas m'entretenir de tes nouveaux sentiments envers lui — j'aurais cru que votre satisfaction réciproque influerait sur ton humeur. J'attribuais à une indécision, peu dans ton caractère, les rebuffades dont tu me gratifiais. Je constate qu'il n'en était rien. Ou dois-je compter avec la hâte, méconnue de toi-même, que tu éprouves à devenir une femme mariée ? (Il ébaucha un petit rire hennissant. Résultat navrant. Il renonça.) Quoi qu'il en soit, ton attitude envers moi, tes regards, le timbre de ta voix, tes gestes, tout me blesse. Ce soir on eût dit que tu t'acharnais à plaisir. En as-tu conscience ? Je souhaite que non. »

Il renifla et attendit. Espérait-il que Paule se pendrait à son bras, comme petite fille, qu'elle appuierait la tête, une seconde, contre son épaule, comme naguère ? Elle ne bougea pas.

« Je vous promets de vous contenter bientôt, père, dit-elle d'un ton neutre. Nous fixerons ensemble la date de la cérémonie.

— Quand cela ?

— Quand je me serai acquittée envers moi-même d'une dernière formalité. »

Elle se leva. Il la suivit, résigné. Des nuages crevassés de fin du monde roulaient au-dessus des frondaisons. Du fond du parc, une ombre mauve investissait la terrasse.

VI

Adrien luttait contre la fatigue. De réciter ainsi son chapelet, à genoux au pied du lit, les bras en croix, le pénétrait d'une vertu comparable à celle de Moïse priant pendant le combat des Hébreux ! Il semblait que lui aussi, l'abbé Douve, soutenait le courage d'un peuple, ce petit peuple d'enfants confié à sa conduite, en une obscure bataille. Contre qui ? Toujours le même adversaire dont la proche présence, fût-elle silencieuse, se devinait à d'imperceptibles frémissements d'âme.

Le phénomène se reproduisait chaque année. Ce dernier trimestre était redoutable. Fallait-il accuser le surmenage des mois précédents, l'effervescence de la nature, la dissipation favorisée par les contacts multiples avec l'extérieur, à l'occasion des fêtes religieuses, l'excitation à la perspective des grandes vacances ? Sans doute, ces raisons expliquaient-elles les maléfices qui tourmentaient la communauté après Pâques. Mais ne servaient-elles pas d'instruments à une action plus profonde ? Ne pouvait-on croire que le démon mettait à profit ces causes naturelles d'affaiblissement pour se ruer sur le troupeau ? Comme s'il redoublait de hargne durant les dernières semaines où les proies convoitées demeuraient rassemblées dans la bergerie. Un agneau a quitté prématurément le bercail. Pour son salut ou pour sa perte ? Ah ! béni soit le grave accès de fièvre qui a saisi Jean le soir de sa communion solennelle : il a permis à un foyer ruiné de se reconstruire. L'enfant y trouvera-t-il autre chose que la chaleur du cœur ? Si son âme doit y périr d'inanition surnaturelle, n'eût-il pas mieux valu n'importe quelle catastrophe familiale ? Voilà qu'il raisonne à la manière de l'abbé Filâtre, lui, Adrien ! Il a éprouvé une sorte de déchirement au départ de Jean : comme l'artiste à qui l'on arracherait une œuvre inachevée. Le docteur Demeure avait tenu à prendre congé personnellement.

« Je veux vous exprimer ma gratitude, monsieur l'abbé, dit-il. Je sais votre rôle dans cette maison. Si peu que vous l'ayez gardé, vous me rendez mon fils en merveilleux état. »

Se moquait-il ? Adrien, prudemment, regretta que l'éducation communautaire ne pût montrer, toujours, une égale sollicitude pour les corps et pour les âmes.

« Il n'apparaît pas, repartit le docteur. Physiquement, Jean s'est fortifié. Naguère, je me demande s'il aurait résisté à cette secousse. Il en a éprouvé une dont sa mère et moi sommes responsables. A vrai dire, elle s'est produite en terrain déjà ébranlé. Vous surprendrai-je, monsieur l'abbé : c'est l'âme, chez notre garçon, qui a fait des siennes. »

Adrien sourit.

« Le mot seul me surprend dans votre bouche, docteur. »

Il sourit aussi.

« Je ne lui donne pas le même sens que vous. N'empêche : tout agnostique que je sois, je ne nie pas les rapports du psychique et du physiologique. J'admets, dans certains cas, que celui-là gouverne celui-ci. Eh bien, le psychique de Jean est également enrichi.

— J'avais cru comprendre que vous le jugiez atteint.

— Pardon : ébranlé. Par excès d'activité, j'imagine; cela accroîtrait l'acuité des perceptions, comme pour les nerfs. Monsieur l'abbé, mes compliments : vous êtes de fameux stimulateurs de la « vie intérieure » comme vous dites, vous autres prêtres. »

L'image frappa Adrien comme un cliché personnel. Il murmura :

« Cette fois encore, nous n'employons peut-être pas les mots dans le même sens.

— Nous nous entendons, néanmoins, répliqua le docteur. A mon sens à moi, vous courez un risque : celui de trop pousser le moteur... avec un carburant de qualité douteuse. Le délire de Jean était révélateur. »

Il mentionna quelques obsessions cauchemardesques de l'enfant. Adrien ne sut les rattacher à rien de précis. Il présumait qu'elles pouvaient avoir été déterminées par les trop célèbres anecdotes de l'abbé Filâtre. Il soupira.

« Comment mesurer la résistance de chaque âme !

— Notez que je préfère l'emballement à l'assoupissement, dit le docteur avec une ombre de sarcasme. Ensuite, il s'agit de régler la mécanique. Rassurez-vous, je m'y emploierai sur mon fils. »

Ils se séparèrent sur ces paroles. Comment les interpréter ? Signifiaient-elles que Jean vivrait désormais en pleine indifférence religieuse ou, au mieux, qu'on réduirait sa ferveur au formalisme ? Qu'espérer de la contrepartie maternelle ? La dévotion chez elle n'était-elle pas toute mondaine ? N'y avait-il pas à craindre, selon certains indices de sa lettre demandant l'admission de Jean, que la religion eût été pour

Mme Demeure seulement une arme contre son mari ? Cette arme tomberait entre les époux réconciliés. La femme veillerait même à en écarter l'ombre si l'homme le voulait ainsi. Oh ! ce n'est pas la première fois que le problème se pose. Fin juillet, devant nombre de ceux qui ne reviendront pas en octobre, Adrien s'interroge sur leurs chances de persévérance chrétienne. A ceux-là, du moins, a-t-il donné tout ce qui était en son pouvoir. Mais Jean, âme de passage, d'éphémère passage, à peine signée ? Quel souvenir, le pire ou le meilleur, conservera-t-il de son initiation ? Subie trop jeune pour que, spontanément, il en ait rejeté les maladresses, trop âgé pour que ces maladresses ne lui soient point apparues, ne la changera-t-il pas en sujet de révolte ou de risée ? Et lui-même, l'abbé Douve, a-t-il accordé à cette âme tous les soins auxquels elle avait droit — ceux qu'il dispenserait à une âme dont il saurait qu'elle lui est confiée pour moins de temps encore ? Cet incident avec M. Maffre, jamais tiré au clair... Enfin ! Jean a écrit, gentiment, annonçant son prochain départ pour la Tunisie et promettant des nouvelles. Il laisse un vide, une brèche, par où l'on dirait que l'Esprit mauvais tente de s'introduire à Saint-Wandrille.

Les bras lui tombaient presque le long du corps. Il les releva, les mains à hauteur de la tête, et ne retint pas une grimace douloureuse. Il restait deux dizaines à égrener. Ses réflexions accompagnaient l'automatisme de la prière. Tant pis. La prière n'embrassait-elle pas ces réflexions sur le devoir d'État ?

Pure coïncidence ? C'est depuis le départ de Jean Demeure que la communauté vacille. Le désarroi a beau être annuel, il anticipe cette fois; et surtout il paraît exceptionnellement secret. L'agitation de surface, les velléités d'indiscipline, les rêvasseries, même, en classe ou à la chapelle, préoccupent moins l'abbé Douve que ce symptôme nouveau : il ne sait quelle fièvre larvée et en même temps quelle tension. Comme d'habitude, le troupeau suit l'humeur des béliers : celle, entre tous, d'Elie et d'Antoine, voire de Jules Vallard. Quel ferment travaille cette pâte, ne la gonflant que pour mieux en accuser les retombées ? Elie traversait déjà une mauvaise passe. La visite de ses parents, la permission supplémentaire que lui, l'abbé Douve, prit sur soi de lui octroyer, semblaient l'avoir rasséréné. Il recommence, tout en observant le règlement, à montrer certain sourire qui trahit une émancipation intime. Antoine, de son côté, redouble d'application et de piété, mais il projette sur ce qui l'entoure des regards comme alourdis d'expérience. L'étonnant, c'est Vallard : jusqu'ici insouciant, hirsute, il affecte des airs contraints que l'angoisse de la prochaine session du baccalauréat ne suffit pas à justifier. Ah ! il y a le *socius* aussi : les soupirs de Frédéric sont facilement explicables. Et la collectivité enfantine, inconsciemment, cherche issue à son malaise. Votre prêtre, Seigneur, ne peut que tâtonner avec elle, dans l'ignorance d'une partie qui se joue hors de son gouvernement, sous vos seuls yeux. *Gloria Patri...*

Il se remit debout. Un éclair, au même instant, illumina la cellule. Il prêta l'oreille. Des lits grinçaient. Sans doute l'orage importunait-il des dormeurs. Le tonnerre roula, encore éloigné. Savoir si tout le monde avait trouvé le sommeil ? Il écarta le rideau de la lucarne. Un autre éclair. Le dortoir surgit dans une lumière brève, crue. Beaucoup de couvertures dérangées. La petite récréation qui désormais suivait le repas du soir, à la brune, avait dû augmenter l'énervement...

Lui-même, Adrien, était en nage. Il ira faire une ronde. Quelle heure est-il ? Onze heures. Il a licence de boire. Vieille précaution familiale : il veillait à ce qu'il y eût toujours sur sa table de chevet, encore qu'il en usât rarement, une carafe d'eau et une boîte de poudre de réglisse...

Jules, suant, se tournait et se retournait, jusqu'à s'emberlificoter dans ses draps. Il tournait et retournait aussi dans sa tête un moyen de river le clou à Elie, d'envoyer aux diables l'abbé Omer et son minus de protégé, de damer le pion au *socius* et de s'imposer à l'attention de Mlle de Borre. Il s'emberlificotait également dans ces plans. Ça s'effilochait comme les images qui peuplaient son insomnie. Même l'image de Mlle de Borre devenait inconsistante. Et cela juste au moment où lui, Jules, se voyait, au terme de ses exploits, s'approcher d'elle pour...

Oh ! dis donc, rien que pour l'entendre dire « Monsieur Vallard », d'une certaine voix, avec un certain regard, elle qui semble à peine te voir, comme elle dit « Monsieur Sosthène ». Comme elle disait plutôt. Maintenant elle dit « Sosthène ». C'est encore mieux ! Non. Lui, Jules, ne voyait pas Mlle de Borre lui disant « Jules ». Elle s'évanouissait, la demoiselle. Elle devenait n'importe quelle femme. Zut alors ! elle se confondait avec sœur Sainte-Claire ! Il fallait tout reprendre au début...

C'est décidé. Elie n'attendra pas les vacances pour en avoir le cœur net. Comment ? Il trouvera bien l'occasion. Même si *L'Adèle* ne repasse pas ici à la Pentecôte comme prévu, le gros billet de parrain servira. Les vacances seraient insupportables si elles devaient ressembler à la fin des précédentes. Hélas ! qu'il y ait ou non quelque chose d'inavouable entre Manman et parrain, c'en est fait pour Elie de sa pureté d'autrefois. Il a remué trop d'idées sales en lui-même. Et ne voilà-t-il pas que ces idées, si elles le révoltent quand elles concernent Manman, le troublent délicieusement quand il se les approprie. C'est le plus sûr moyen de préserver l'image de Manman que de se mettre ainsi soi-même en scène. Commet-il un péché ? D'abord, jusqu'à nouvel ordre, il ne sait pas si le péché existe ou non. Ça dépendra... de ce qu'il découvrira. « On vit pour ça », affirmait un jour Arthur Prenant. En voilà un qui rigolerait des affres d'Elie. Ensuite, Elie évite de pousser le rêve trop loin. Mlle de Borre ! Elle le prie de rester après la leçon de violon. Elle veut lui faire répéter ce morceau pour lequel elle l'a complimenté dimanche dernier. C'est une musique qui lui met les larmes aux yeux. Mlle de Borre s'émeut à son tour. Ah ! il avait remarqué sa tristesse depuis quelque temps. Elle s'assied, n'en pouvant plus. Il s'approche d'elle. Pour la consoler il redevient un petit garçon. Il se met à cheval sur ses genoux. Il la câline comme il câlinait Manman jadis. Quoi de mal ? Il y goûte du plaisir. Tu triches, Elie. — Non. Il s'arrête au bord du péché... si le péché existe. — Alors, pourquoi ton rêve tremble-t-il d'être découvert ? — Bran à tous !

N'y a-t-il que lui, Toine, à ne pouvoir s'endormir ? Il prenait garde de bouger le moins possible. Mais il ne résistait pas au besoin de tendre les mains vers les barreaux du lit, pour y chercher un peu de fraîcheur. Que cette moiteur l'indispose ! Il lui semble que c'est son âme qui transpire, qu'elle n'en finit pas d'éliminer des poisons. Ce n'était pas assez que le poussah la navrât. Il fallait encore que Jean, peu après, la déçut. Ces mots glissés à l'oreille en lui disant au revoir : « Ne t'en fais pas, Toine. Tu sais, le Bon Dieu n'en demande pas tant ! » parce que Toine venait de l'assurer qu'il penserait chaque jour à lui dans ses prières. C'était peut-être bête de déclarer ça. Se taire eût été du respect humain, puisqu'il n'y avait pas d'autres paroles pour exprimer l'amitié — une amitié, c'est drôle, où l'appréhension le disputait à la jalousie devant la joie que Jean affichait. Elie, lui, fut cordial et bourru. Quand Toine essaie de lui parler de Jean, il l'écoute une minute avec son bizarre sourire, puis il fait un geste comme si ça l'ennuyait. L'amitié de Jean comptait moins pour eux deux que la leur. N'empêche que Toine y tenait comme à une mission dont il aurait été chargé. Rien ne prouve que Jean doive oublier ce qu'il a appris à Saint-Wandrille. Il a écrit. Il dit : « Je vous ferai goûter, à Elie et à toi, des délicieux fruits de la Tunisie. » On ne reconnaît pas sa voix derrière les lignes; elle est devenue étrangère, comme, déjà, en prononçant les mots désinvoltes. Il n'a plus l'air d'être dans le coup. Ajouté aux miasmes respirés près de M. Valentin, c'est ce qui empoisonne l'âme. Elle aussi se laisserait aller, étrangère désormais à ses instinctives raisons de vivre : croire, espérer, aimer à toutes forces, guetter l'appel qui mesure les forces. Si les autres avaient raison ? Si le Bon Dieu n'en demandait pas tant ? De quoi se contenterait-il ? Pour Toine, il serait encore plus embarrassant de refuser ceci ou cela que de tout donner. Mieux vaut donner tout. Et ce n'est plus aimer. C'est être malheureux. Anne-Marie. La première, elle lui aura enseigné le vrai sens d'aimer. Il ne l'a pas compris tout de suite. Du moins remarqua-t-il que le verbe sonnait autrement dans sa bouche que dans celle d'Yvonne et des gens du *Coq hardi,* ou, plus tard, d'Arthur Prenant. Si le démon lui inspire de mauvaises pensées, le dégoût a tôt fait de les dissiper. André Trosse avait raison : « L'amour (cet amour-là) c'est dégueulasse. » Pourquoi Toine a-t-il mal à l'âme comme on a mal au cœur ? Si elle pouvait s'évader, forme blanche, telle que la représente le catéchisme en images ! Une fois, Toine a rêvé qu'il s'envolait sous cette forme par la fenêtre du dortoir... Oh ! malgré les éclairs et le tonnerre, qu'il lui plairait de quitter ainsi son lit, pour de bon. Voici l'averse. Eau lustrale...

En silence l'abbé Douve lui tendait un gobelet. Quand il eut fini de boire, l'abbé le signa au front et, carafe en main, continua sa ronde.

VII

Paule ne dormait pas. Elle écoutait l'orage. Il servait son projet autant qu'il le contrariait : s'il risquait de surexciter les nerfs de M. de Borre et de retarder son sommeil, il couvrirait de son fracas le bruit que Paule pourrait faire. Au jugé, elle n'avait qu'à attendre que le vieil homme fût assoupi et que, par chance, la bourrasque, au même moment, atteignît son paroxysme.

L'idée lui était venue à la fin de la conversation de ce soir. M. de Borre avait raison : à quoi bon différer le mariage, maintenant que les engagements sont pris. Elle s'y était décidée à l'improviste, le lendemain de l'arrivée chez les Lillers. Elle avait porté le coup droit à Bertrand :

« Si vos sentiments n'ont pas changé, vous disposez des miens. »

Bertrand n'en croyait pas ses oreilles, lui qui avait fait preuve d'une discrétion exemplaire, évitant l'allusion même d'un regard appuyé, refrénant ces soupirs dont il était ridiculement prodigue autrefois. Il bafouilla :

« Est-ce possible, Paule ? Avez-vous bien réfléchi ?

— Sera-ce vous qui ferez appel à la réflexion ? » répondit-elle.

Son ton dut sonner mélancoliquement car Bertrand s'alarma :

« Je ne voudrais pas vous recevoir comme une rançon.

— Recevez-moi comme un don volontaire. Nous aurons été loyaux l'un et l'autre. Que faut-il de plus ?

— L'amour... murmura encore Bertrand.

— Je n'envisage pas un mariage de raison ! » répliqua Paule.

L'ambiguïté de la réponse, enveloppée d'un sourire, lui donna-t-elle le change ? Il se rasséréna. Il lui saisit la main. Elle comprit quel geste rituel les fiançailles exigeaient. Elle s'y prêta, secouée de tremblements des pieds à la tête, désireuse de fermer les yeux et fascinée, malgré elle, par cette face d'homme qui se penchait sur son visage. Du moins serrait-elle dents et lèvres. Bertrand se contenta de lui effleurer le coin de la bouche. Elle lui en sut un tel gré que, soulagée, elle lui sourit sans contrainte. Il eut l'air heureux.

Elle regretta, ensuite, de n'avoir pas affronté ce dégoût-là aussi. Pendant qu'elle y était ! Même au départ, Bertrand lui baisa respectueusement le poignet. Pauvre Bertrand, non, elle n'avait pas réfléchi avant de vous donner sa parole. Elle se précipitait dans le renoncement horrifié à elle-même. Les découvertes des semaines précédentes, les explications de la Polonaise, les récits de Sosthène, la poussaient par les épaules. L'abbé Omer — ah ! plus intuitif encore que bien renseigné — ne se trompait pas. Paule est de celles qui vont jusqu'au bout de leur honte et se roulent dans la sanie, une fois éclaboussées. Ces fiançailles, c'était le dernier plongeon — l'avant-dernier, puisqu'il y aurait les noces. Pourquoi les retarder ? Paule ne souhaitait plus que de satisfaire cette inspiration dont elle était redevable à l'insistance paternelle.

Elle se vêtit d'un peignoir, chaussa des babouches et sortit de sa chambre avec précaution. Elle retint son souffle en passant devant la porte de M. de Borre. Nul rai de lumière. Le vieil homme devait dormir en dépit de ces rafales — ne seraient-ce pas des grêlons ? — contre les persiennes et du tonnerre. Béni le vacarme où se perdent les craquements de l'escalier, et bénis les éclairs qui protègent des faux pas.

Paule gagna le rez-de-chaussée. Dans le vestibule silencieux, elle évita toute hâte jusqu'à la bibliothèque. M. de Borre en laissait la porte entrebaillée, afin de ménager les aises de Taquin qui élisait là domicile pour la nuit. Elle entre et allume. Pourvu que le petit fox ne jappe pas ! Ça y est.

« Chut ! Paix, Taquin. C'est moi. »

L'animal l'a reconnue. Il pousse des cris semblables aux rires de M. de Borre. Il frétille, prêt à jouer.

« Sage, mon chien ! »

Elle le flatte d'une main, lui enserrant le museau de l'autre. A-t-il compris ? Elle le lâche. Il retourne se coucher, en boule, sur la chancelière de M. de Borre. Paule se dirige vers le secrétaire. Comme le cœur lui bat ! Ne croirait-on pas qu'elle va cambrioler ou violer un secret ? Elle a d'ordinaire libre accès à ce réduit paternel. Et ce n'est plus un secret qu'elle cherche à percer, mais une ultime précision qu'elle est en droit de dérober à celui à qui elle sacrifie tout, même l'amer plaisir de le désillusionner, puisqu'il est persuadé qu'elle ne sait rien. Ses gestes sont fébriles tandis qu'elle inspecte les tiroirs du secrétaire. Ce n'est pas là-dedans. Non plus dans le tiroir du bureau. Où M. de Borre a-t-il pu ranger, lui si maniaque, ces papiers importants ? Ah ! la serviette liée, ô ironie, au souvenir de Ramette et de Cassagne. Transporterait-il toujours de tels documents ? Les voici, mêlés, par mégarde sans doute, à des circulaires administratives. Police, rente viagère, quittance, prime unique : les mots dansent; et les chiffres aussi. Vous voilà pleinement renseignée, mademoiselle de Borre. Vous n'ignorez même plus, désormais, quelle somme vous représentez. Vous estimiez-vous plus chère ?

Un rire mêlé de larmes, l'habituelle nausée, lui gonfla la gorge, et s'arrêta net : Taquin aboyait, en même temps que le tonnerre ébranlait la maison. Elle fit face. En robe de chambre et bonnet de coton, fantomatique parmi les fulgurances, M. de Borre se dressait dans l'encadrement de la porte.

Muets, Paule et son père se dévisagèrent de longues secondes. Des éclairs parurent crépiter jusque dans la pièce et tout de suite après, le tonnerre éclata plus fort qu'auparavant accompagné d'un craquement sourd en direction du parc : la foudre avait dû tomber sur la hêtraie. M. de Borre soupira comme soulagé :

« Ainsi, tu savais ! » fit-il.

Paule inclina la tête et laissa passage au vieil homme qui s'assit à sa table de travail. Il lui désigna un siège à proximité.

« Depuis quand ? qui t'a dit ? reprit-il. Peu importe, d'ailleurs », ajouta-t-il avec un geste las.

Paule se taisait.

« Tu dois me mépriser... » murmura M. de Borre.

Comme il n'obtint pas de réponse, pas même un signe de dénégation, il haussa le ton :

« Il n'aura pas dépendu de moi que cette misère te soit épargnée. Dieu sait que j'ai tout fait, quoi qu'il m'en coutât, pour te garder intacte, préservée fût-ce de mes chagrins et de mes remords. Tu as pu t'impatienter de mes humeurs moroses. J'aimais mieux t'inspirer l'indulgence et la pitié qu'on accorde à un vieillard cacochyme, que de me soulager par des confidences. Elles avaient chance de me valoir une compassion plus noble, plus filiale; mais elles auraient terni ce cristal — ah ! froid autant que pur — en toi, que je suis peut-être coupable d'avoir chéri trop jalousement; parce que j'y vénérais, sans plus en souffrir, une ressemblance : celle de ta mère, belle, pure... et froide comme toi ! Ma discrétion acquiert son prix, du moment, bien sûr, où tu étais en âge de comprendre ce qui ne peut se dire qu'à demi-mot. La crainte que l'un de ces demi-mots ne m'échappe m'a interdit, même quand tu étais enfant, de te parler de ta mère — qui fut si peu ma femme. Et voilà le premier aveu, le principal, lâché. Il ne tend pas à justifier, mais à expliquer ma conduite. Oui, ta mère était une sainte; seulement elle éprouvait à l'égard de certains de ses devoirs d'épouse une insurmontable répugnance — la même, je ne crois pas me tromper, que tu ressens d'instinct. Moi, je n'étais pas un saint. Tu connais l'existence de cette femme, Sophia...

— Je suis allée la voir, dit enfin Paule.

— Ah ?... Comment était-elle ?

— Vieille et impotente, l'ignorez-vous ?

— Tu ne l'as pas rudoyée ? Elle n'est pas fautive, la malheureuse !

— Rassurez-vous. Je ne voulais que juger par moi-même.

— Et qu'a-t-elle dit ?

— Rien d'autre que ce que vous vous torturez à me révéler quand il n'est plus temps. »

Pour cet échange de répliques, le ton de M. de Borre

était redevenu geignard. Le grand nez claironna de nouveau :

« Il y a cependant un point que Sophia n'a pu t'éclaircir, parce qu'elle-même n'en a pas eu connaissance : c'est que ta mère savait qu'elle paierait de sa vie ta venue au monde. Elle s'y exposa délibérément, comptant ainsi m'arracher à ce qu'elle appela, sur son lit de mort, mes désordres. Comment en avait-elle eu vent ? Sans doute m'étais-je trahi moi-même. Quoi qu'il en soit, imagine quel tourment me fut cette manière de suicide, confirmé par le médecin, et dont je me sentais responsable. Du moins, ai-je accompli le vœu qui le motivait. J'ai rompu sur-le-champ avec Mauchief-le-Haut et ne me suis plus occupé que de toi. »

Il fit une pause. Il reniflait. Paule ne trouva rien à lui dire. Elle se sentait plus écœurée qu'émue. Elle avait beau s'appliquer à recréer le drame. Il manquait, au pouvoir de sympathie, l'évocation vivante de la principale héroïne. Si on l'eût, toute petite, plus souvent et mieux entretenue de sa mère, Paule n'aurait peut-être pas de peine, aujourd'hui, à l'exalter, figure tragique dont la lumière baignerait les autres. « Ta mère. » L'image que ces deux mots appelaient se heurtait à l'indifférence, comme celle qui, en multiples exemplaires, peuplait la maison, comme cette toile pendue au panneau central de la bibliothèque, où une femme ébauche son triste sourire. Elle était très bonne, selon Léontine. Si la mémoire viscérale existe, pourquoi, dans la sienne, Paule ne se découvre-t-elle de commun avec cette femme que les répugnances auxquelles M. de Borre a fait allusion ? Ce sont ces répugnances qui s'exercent devant le drame. Elles incitent la spectatrice à négliger l'héroïne, insaisissable, pour ne considérer que sa rivale et le Héros ! Il est là lui, Ce corps maigre, flottant dans la robe de chambre, a « donné du bonheur », comme dit la Polonaise ! Ce visage de vieux perroquet, sous le bonnet de nuit, a été dévorateur et dévoré de baisers ! Victimes consentantes : deux femmes — trois en la comptant, elle, Paule. Car enfin, elle n'est pas simple spectatrice, mais bel et bien actrice du drame. Il ne l'intéresse qu'à ce titre. Elle apparaît au dernier acte. C'est celui-là qu'elle attend.

« Les soins que je te vouais, reprenait M. de Borre, ne me dispensaient pas de mes obligations envers l'humble femme que je renonçais à revoir et... (il hésita). Naturellement tu as identifié Sosthène ?

— Louez-vous de votre fils, répondit froidement Paule : il vous respecte au point de ne pas vous nommer, même depuis que les masques sont levés.

— Pauvre enfant », murmura M. de Borre tête basse. Et la relevant : « Je te jure que ce n'est pas par négligence ou lésine que j'ai cessé de venir en aide à sa mère et même d'assumer un engagement de prévoyance. Nos ressources, après la guerre, diminuèrent de telle sorte que ces dépenses ne m'étaient plus possibles. Oh ! ce ne fut pas sans déchirement de conscience. Mais quoi ! il y avait ton éducation à assurer, et plus tard tes légitimes fantaisies de jeune fille à contenter. Je ne parle pas du souci, auquel il m'a fallu vite renoncer, de te ménager une dot. Je ne nie pas avoir agi par égoïsme : je t'ai sacrifié mes autres devoirs parce que je te préférais... à cause de tout. Tu sais la suite.

— Et qu'il est juste que je paie votre préférence ! cria Paule.

— Qui a prétendu cela ? s'exclama M. de Borre.

— Mon mariage avec Bertrand ne représente-t-il

pas la rançon de votre dette aux Lillers ? » continua-t-elle véhémente, l'index tendu vers le contrat d'assurance resté sur la table.

Le vieil homme parut s'effondrer. Il se tassa au fond de son fauteuil. La voix assez autoritaire dont il avait usé pour sa confession l'abandonna. Ce ne fut plus que le timbre de trompette bouchée, annonciateur des plaintes larmoyantes. Dans les yeux s'alluma la lueur qui semblait une flamme folle dérobée au calme foyer des regards de Sosthène.

« Le marché n'a pas eu ce caractère odieux de donnant-donnant, dit M. de Borre. Et que parlé-je de marché ! se reprit-il. C'est toi qui me forces à employer un mot impropre... La convention fut avant tout morale, comme il sied entre parents qui désirent le bonheur de leurs enfants. J'avais promis à Henry de plaider auprès de toi la cause de son fils. Reconnais que j'ai tenu ma promesse avec le plus de discrétion possible. Il était entendu que, profitant des bonnes dispositions où j'aurais été censé t'avoir mise, Bertrand se déclarerait. Si tu lui laissais quelque espoir, son père me tirait d'embarras, persuadé qu'une fille comme toi n'accorderait pas un gage, si faible soit-il, à la légère et que le prétendant aurait, à plus ou moins long terme, partie gagnée. Que s'est-il passé entre vous ? J'ai voulu en respecter le secret jusqu'à ce que vous jugiez bon de le révéler vous-mêmes. J'augurai bien de l'avenir quand Henry me signa le chèque. Il m'assura ne pas en savoir plus long que moi sur vous deux. Lui aussi et Gertrude avaient confiance. J'étais heureux que mes affaires s'arrangent non pas au prix, mais à cause même de ton propre bonheur. Dire que je ne me suis pas étonné, par la suite, de te voir inquiète, irritable, non; toutefois, je te l'ai avoué ce soir, j'attribuais cette humeur à quelque tergiversation intime. Je n'ai jamais cherché plus loin. Tout à l'heure encore, quand, sous le coup d'une mystérieuse prémonition, je me suis éveillé et suis descendu te surprendre, je n'ai pas pensé que tu mêlais ton mariage à mes pitoyables aventures; ou plutôt, je craignis, soudain, que leur découverte ne mît obstacle à tes projets, qu'elle ne te laissât prisonnière de je ne savais quels scrupules envers Bertrand. J'entreprenais de t'apaiser. Et voilà que tu invoques un chantage abominable auquel j'aurais prêté la main ! S'il en est ainsi, reprends ta parole; et moi je restituerai l'argent aux Lillers, dussé-je mettre notre dernier bien à l'encan. Qu'importe, maintenant. J'ai vécu en vain dans le mensonge pour que la vérité ne te souille pas. Je me sens nu comme un ver devant toi. Qu'est-ce que cela ferait, ce qui reste de la propriété après hypothèques vendu, que je parte mourir au bord d'une route ! »

Sa voix s'étranglait. Il paraissait sincère. Nu comme un ver. O Noé !

« Et moi ? fit doucement Paule.

— Toi ? répéta-t-il en clignotant des yeux.

— Oui, moi, Je n'épouse pas Bertrand. Vous vendez ce qui nous reste pour dédommager les Lillers, et vous partez sur les routes. Quel sort me réservez-vous dans le cataclysme ? »

Il fit craquer ses doigts.

« Qu'envisages-tu ? » demanda-t-il d'un air piteux.

Elle haussa les épaules.

« Rien pour l'instant, que la situation telle qu'elle est. Elle me regarde seule. Retournez dormir, père. »

Il se dressa dolemment. Paule n'éprouvait plus aucune colère. Elle se sentait creusée comme si tout ce qui l'étouffait depuis tant de semaines avait reflué au plus profond d'elle-même — ce fond qu'on n'atteint jamais. A preuve : il en remontait quelque chose, une algue dont elle reconnut, pas tellement ancienne, la saveur douce-amère : la pitié filiale. Comme M. de Borre l'observait, debout, désemparé, elle lui tendit son front à baiser.

« Il est l'heure de m'acquitter d'une commission, père, dit-elle. Je vous la rapporte textuellement : « Oh ! si un jour, Dieu garde, il vous parlait de moi, « dites-lui que Sophia Jablonska le remercie dans ses « prières. »

M. de Borre ne répondit pas. Il pleurait.

VIII

Quand Frédéric entra dans le bureau de l'abbé Douve, Sosthène y balayait encore. C'était l'heure des « charges ». Frédéric n'avait pas attendu que la journée fût plus avancée. S'il n'avait pas été si tard, dès hier soir, en revenant d'Orchiecourt, il serait allé frapper à la porte du préfet. La cellule n'était plus éclairée. Il dut se coucher dans un état d'agitation qui le reprit au réveil. Il profita du *Deo gratias,* pendant le déjeuner, pour demander à l'abbé Douve de lui accorder une entrevue aussitôt après.

L'abbé le rejoignait.

« Ça ira comme ça. Merci, Sosthène. »

A peine l'infirme était-il sorti :

« C'est au sujet de Mlle de Borre », dit Frédéric précipitamment.

L'abbé, en s'asseyant à sa table, de trois quarts, lui indiqua une chaise. Il refusa.

« Excusez-moi, je ne tiens pas en place. Je m'expliquerai mieux debout. »

Le préfet le considéra une seconde et d'une voix compatissante :

« Est-ce tellement difficile ? Que voulez-vous m'expliquer que je ne sache déjà, mon pauvre Frédéric !

Vos illusions... pardon : l'espèce de rêve immobile que vous entreteniez autour de Mlle de Borre a pris fin. Et vous souffrez.

— Il ne s'agit pas de moi, s'écria le jeune homme, mais d'elle. Elle est contrainte d'épouser quelqu'un qu'elle n'aime pas.

— N'est-ce pas votre déception personnelle que vous venez me confier ?

— Je vous jure, monsieur l'abbé, que je ne pense pas à moi.

— Ne jurez pas... En ce cas, mon cher ami, je puis vous avouer que la nouvelle me stupéfie moins que si vous m'annonciez que Mlle de Borre va épouser quelqu'un qu'elle aime !

— Oh ! pourquoi ?

— Ne vous l'ai-je pas déjà dit en manière de mise en garde ? Parce que cette personne ne me semble pas faite pour aimer. Voilà tout.

— Je ne comprends pas vos préventions. »

Lui non plus, Adrien, ne les comprend pas. Elles datent de deux ou trois ans, quand la jeune fille, sous différents prétextes, multiplia ses visites à Saint-Wandrille. Il la reçut plusieurs fois, en l'absence de M. le supérieur. Elle se prétendait très préoccupée de pédagogie. Au début, sachant son père fidèle bienfaiteur de la maison, et connaissant son dévouement paroissial à Orchiecourt, il lui fit bon visage. Peu à peu, il ne se passait guère de semaine qu'elle ne le réclamât au parloir. Elle finit par exprimer le désir qu'il devînt son directeur. Il refusa. Il se retrancha derrière un principe qui lui interdisait tout ministère. Il disait la vérité. Ce principe découlait de son choix, après la guerre, d'un apostolat purement éducatif. Il l'invoquait comme une véritable défense, devant

Mlle de Borre, devant cette intimité qu'à tort ou à raison il lui semblait qu'elle se plaisait à créer entre eux. Ce qui l'indisposait, c'était la coquetterie — consciente ou inconsciente ? — dont la jeune fille usait, non seulement avec lui, mais avec tous les professeurs qu'occasionnellement elle rencontrait à Saint-Wandrille. Elle avait une façon altière de paraître ignorer une présence et soudain de regarder et d'écouter, comme si personne d'autre n'avait eu plus d'importance dans sa vie, qui tournait au jeu — dangereux pour autrui sinon pour elle-même. D'instinct, Adrien redoutait en elle une âme trop contrôlée, se consumant en soi, sans abandonner de chaleur — rien qu'une lueur trompeuse.

« Si préventions il y a, elles ne demandent qu'à désarmer, disait l'abbé Douve. Et que cela tourne en votre faveur. »

Frédéric marchait à travers la pièce, en se mâchonnant la joue. Il s'arrêta. Et avec un pathétique contenu :

« Ecoutez-moi, mon père — oui, je suis venu à vous comme à un père. Je crois pouvoir trahir un secret qui d'ailleurs n'en est plus un tout à fait. C'est peut-être pour le bien de celle qu'il concerne. »

Et il exposa le drame de La Maison-sous-l'église, tel qu'il l'avait reconstitué hier, à la suite d'une conversation avec Paule, conversation pleine de réticences où le nom de Fernand Ramette « sans doute au courant de bien des choses », dit-elle, fut prononcé; ce qui poussa Frédéric, de retour chez lui, à questionner son père. Celui-ci ne savait pas tout ou ne voulut pas tout dire. Des points restaient mystérieux. L'essentiel apparaissait suffisamment clair : Paule de Borre se sacrifiait.

Quand il eut terminé :

« L'histoire est navrante, dit l'abbé Douve. Mais

comment, de me la confier, supputiez-vous le bien de celle qu'elle concerne ?

— Il doit y avoir un moyen d'empêcher ce mariage ! » s'exclama impétueusement Frédéric.

L'abbé Douve sourit.

Et il jurait ne pas penser à soi ! Il est peut-être sincère après tout. S'il est de la race de ceux qui seront jugés sur l'amour, il est capable de n'avoir en tête que le sort de celle qu'il aime, sans égard au sien. Dans quelle mesure ce renoncement ne s'accompagne-t-il pas de l'exigence qu'un autre, aussi, soit frustré ? Seigneur, l'impureté du cœur humain plaide encore pour ses ressources. Voyez celui-ci, comme son rôle nouveau l'exalte. Ce garçon qui depuis des mois jouait les amoureux transis, le voilà transporté hors de lui-même. Il semble investi d'une soudaine autorité; il se pose en protecteur d'autant plus ardent que désintéressé.

« Est-ce sur le choix d'un moyen que vous vouliez me demander conseil ? » dit l'abbé.

Frédéric remua les bras avec embarras.

« Oui... non. Je ne sais pas. J'ai agi de confiance. »

L'abbé ôta son lorgnon et commença de se masser le haut du nez; c'est l'œil de verre sous la paupière figée qui semblait méditatif.

« Un conseil venant de moi ne peut être que moral, dit l'abbé doucement. Or, les difficultés sont d'ordre très pratique.

— Evidemment, dit Frédéric en rougissant; il suffirait de régler la dette de M. de Borre. Hélas ! une telle somme ne se trouve pas chez un bourrelier. Sans quoi je suis sûr que mon père...

— Vous achèterait le bonheur ! dit l'abbé avec un sourire las.

— Non, répliqua fermement le garçon. Il rachèterait le malheur de plusieurs.

— Nous réfléchirons, dit l'abbé.

— C'est que... c'est urgent.

— Nous disposons bien de la semaine ?... A propos : la communauté va en promenade à Orchiecourt, le lundi de la Pentecôte. M. le curé nous voulait pour la Fête-Dieu. Nous étions déjà engagés. M. le supérieur a demandé hier à Mlle de Borre si son père consentirait que les enfants déjeunent et jouent dans le parc... »

Comme Frédéric allait parler, l'abbé Douve, qui depuis un moment prêtait l'oreille, se leva.

« Un instant », fit-il.

Il se dirigea vers la porte qu'il ouvrit toute grande. Il regarda dans le corridor. Il ne vit que Sosthène, de dos, traînant la jambe en hâte vers le réfectoire.

« J'aurais cru qu'on nous écoutait », dit-il.

La cloche annonça l'heure des cours.

LIVRE ONZIÈME

I

A LA Pentecôte, le déjeuner du matin durait longtemps. Le *Deo gratias* commémorait le miracle des Langues. Suivant la tradition, deux rhétoriciens lurent des discours, l'un latin, l'autre grec. Le discours français incombait à la classe d'Humanités. L'abbé Douve avait jugé piquant d'en charger Harry. Celui-ci, rouge brique et hilare, s'en acquitta en aspirant tellement les dentales qu'on crut d'abord qu'il s'exprimait en anglais. C'est à John que revenait le soin d'illustrer le pur parler londonien. Il le fit avec un sérieux imperturbable et à toute vitesse. M. le supérieur opinait mais l'on doutait qu'il suivît. D'un ton rogue, Willy prononça une courte allocution en idiome irlandais. Van der Broock, bruyamment soutenu par une demi-douzaine de compatriotes, vociféra en flamand. Après quoi ce furent les fantaisies : patoisants picard, artésien et lillois se succédèrent; ils eurent moins de succès que Sanicandro avec son italien mitigé de français, que Menosa dont le catalan, on n'aurait su dire pourquoi, restait suspect, et que Aslan, incapable de dire lui-même si ce qu'il traduisait, en hésitant, du français, faute de savoir écrire la langue qu'il prétendait parler, était du turc ou du libanais !

Les exercices oratoires terminés, la conversation devint générale. M. le supérieur caressait déjà la clochette. Sosthène se montra dans le réfectoire. Il commençait de desservir. Vallard leva la main. M. le supérieur agita la clochette.

« Vallard ?

— Monsieur le supérieur, il paraît que Sosthène est polonais. Alors... »

L'éclat de rire de la communauté l'interrompit. Vallard, l'air satisfait, se rassit. A la table des maîtres, l'abbé Omer ne riait pas. La clochette retentit de nouveau.

« Le don des langues est inégalement réparti, monsieur Vallard, dit M. le supérieur. Sosthène ne l'a peut-être pas reçu. En revanche, vous en possédez, vous, cette excroissance qu'on nomme la malice. Méfiez-vous. »

L'infirme, dodelinant de la tête, regardait le railleur. Il sortit, le menton affaissé sur la poitrine.

Cette promenade du lundi de la Pentecôte n'est pas une vraie grande promenade. Plusieurs fois, l'été, chaque année, on allait le dimanche à Orchiecourt chanter les Vêpres et le Salut. Aujourd'hui ça commence par la grand-messe. Mlle de Borre tient l'harmonium comme d'habitude. Il y a moins de monde qu'avant à l'église. Cette église a toujours impressionné Toine. Elle est sombre et humide. Face à la chaire, ce Christ gigantesque sous lequel Toine se trouve placé — la maîtrise est dans le chœur, mais lui, sa voix est trop enrouée —, ce Christ aux bras presque verticaux, semble respirer quand il le contemple fixement. Une histoire de l'abbé Filâtre : un enfant, dans des circonstances analogues, affichait une attitude scandaleuse, tournant la tête de droite et de gauche, bavardant, distrayant ses voisins. Soudain, la main du Crucifix se détacha de la croix et gifla le garnement. Celui-ci garda l'empreinte des cinq doigts sur la joue toute sa vie. Il devait plus tard entrer à la Trappe et faire pénitence. Malgré l'autorisation qu'il en reçut, il refusa de se laisser pousser la barbe. Il aima mieux, jusqu'à son dernier souffle, conserver visible la marque de l'impatience divine. Ce stigmate témoignait d'autant d'amour et de repentir que les sillons creusés par les larmes sous les yeux de saint Pierre. C'est le genre d'histoires qui fâchent Elie. Lui non plus, Toine, ne les aime guère. Il se rappelle celle-là à cause d'Elie. Si le tabernacle s'était ouvert l'autre jour ! Et depuis : toutes ces messes qu'Elie se vante de passer à lire des brochures profanes, dissimulées dans son missel. Et en ce moment même, qu'a-t-il l'intention de faire, s'il ne l'a déjà entrepris ? Toine ne veut pas le guetter. Il a promis. Ce fut ce matin, avant le départ de Saint-Wandrille.

« Je vais te demander une grande preuve d'amitié, mon vieux Toine : il nous faut faire semblant d'être brouillés tous les deux pour la journée. »

Toine avait ri.

« Penses-tu ! Nous ne saurions pas. Personne ne nous croirait !

— Ne nous occupons pas l'un de l'autre en promenade. Si quelqu'un s'étonne, ne lui réponds pas. »

Toine croyait encore à un jeu.

« Qu'as-tu inventé ? »

Elie fit sa drôle de grimace :

« Si c'est une invention, l'heure de l'expérience décisive a sonné. »

Le ton avait beau être parodique, il alarma Toine.

« Elie ! Tu ne vas pas faire des bêtises ? »

Elie redevint grave. Il y eut comme une bouffée de chaleur dans sa voix :

« Bêtises ou non, l'expérience me l'apprendra. Mon vieux Toine, tu penses bien que le seul à qui ça me soulagerait de découvrir mon projet, c'est toi. Je ne le puis. Parce que tu essayerais de m'en détourner. Ce qui serait inutile. Parce que, ne me cafardant pas, tu te sentirais mon complice. Parce que, enfin, si on t'interrogeait, tu serais obligé de mentir. Tu comprends ?

— Tu me forces quand même à être ton complice, dit Toine ému.

— Pour quelque chose que tu ignores. Ça change tout.

— Quelque chose que je n'approuverais pas, tu l'as dit toi-même.

— Et si je te jure que ce n'est pas mal ? Tiens ! »

Mi-plaisant, mi-sérieux, il renouvela le rite de jadis, quand ils étaient en troisième section. Il étendit le bras, cracha et frotta le sol d'un vigoureux coup de semelle.

« Ne jure pas, Elie. J'ai confiance en toi.

— C'est promis ? Tu me laisses mes coudées franches et tu t'arranges pour ne rien voir. »

Ainsi en fut-il. Il n'y eut aucune difficulté à la sortie de Saint-Wandrille : on rompit les rangs tout de suite. On les reforma pour traverser la ville. Toine entendit l'abbé Douve interpeller Elie. Il ne broncha pas. Passé le pont, on eut de nouveau la bride sur le cou et Toine, à dessein, prit les devants avec plusieurs de la bande, dont Borderie. Celui-ci avait demandé :

« On n'attend pas Elie ?

— Il nous rejoindra si ça lui chante », avait répondu Toine. Les autres n'insistèrent pas.

Toine tend l'oreille en vain. L'irremplaçable voix

d'Elie ne se distingue plus, désormais, des faux bourdons que nombre de rhétoriciens et d'humanistes, malgré les recommandations, mêlent au chœur avec des éclats éraillés. N'a-t-il pas eu tort de capituler devant l'amitié, devant l'honneur de l'amitié ? M. l'économe dirait que c'est pécher contre l'amitié que de ne pas multiplier les remontrances à son ami et de ne pas contrarier en lui, à n'importe quel prix, ce qu'on désapprouve. Pas au prix d'un mouchardage ! La délicatesse d'Elie paralyse les scrupules de Toine. Il est complice, oui, par passivité, mais aussi par respect d'une mutuelle confiance. Elie a juré qu'il ne ferait pas mal. Qui sait s'il ne se fera pas du mal à soi-même ou si on ne lui en fera pas. Oh ! Seigneur, protégez-le...

Après la messe on ira dans le parc de M. de Borre. Les anciens comme Toine le connaissent pour y être allés en procession à la Fête-Dieu. On aura le droit de jouer parmi la hêtraie. C'est la seule nouveauté. M. le supérieur a seulement recommandé de ne pas entailler les arbres...

Elie attendit un moment. Le pas des traînards s'éloignait. Il lui avait été difficile de se laisser distancer. Il dut feindre de cueillir des fleurs au bord du fossé. Encore heureux que les plus fidèles de la bande soient allés en tête avec Toine. Une chance, surtout, que l'abbé Douve, seul surveillant, Frédéric étant déjà chez lui, ait choisi de marcher non en serre-file comme d'habitude, mais au milieu du peloton. C'est assez enrageant d'être venu presque jusqu'à Orchiecourt. L'idéal eût été de s'éclipser en ville. L'abbé Douve exigea qu'on reformât les rangs. Et comme Elie essayait quand même de lambiner, il le rappela à l'ordre. Après, rien que des champs et des chemins de terre sans un arbre pour se dissimuler. Il fallait profiter de la courbe de la route et du renflement que dessine le mur de la propriété de M. de Borre. Maintenant Elie peut rebrousser chemin. Même s'il prend fantaisie à l'un des traînards de grimper sur le talus et de se retourner, il ne risque plus d'apercevoir celui qui leur a faussé compagnie.

Elie partit au pas de course. Il ne ralentit qu'après avoir franchi le pont. Inutile de se faire remarquer en ville. Il gagna la gare et consulta l'horaire. Il avait manqué le train pour Arras de dix minutes. Il n'y en avait pas d'autre avant midi moins le quart. Un omnibus. Il y serait à deux heures. Il prit son billet en échangeant la grosse coupure que parrain lui avait donnée comme œuf de Pâques. Il fut soulagé. Cet argent lui brûlait les doigts, spécialement depuis quelques jours où il semblait porter, en filigrane, sa destination d'aujourd'hui. Monnayé, il subissait une espèce de purification. Elie acheta au buffet un petit pain et une tablette de chocolat. Au kiosque, il eût fait l'emplette d'un magazine; il y renonça. Il se souvint qu'il était en uniforme et que la casquette au chiffre de Saint-Wandrille n'était que trop identifiable. Cette tenue lui interdisait aussi bien de baguenauder en ville jusqu'à l'heure du train. Il se fût fait repérer de loin. Si les abbés Marlet, Pruvost et Leclercq s'étaient évanouis dès hier tantôt, restaient M. le supérieur, M. l'économe, les abbés Blot et Omer, sans parler de frère Jacques. Il était peu probable qu'ils demeurent cloîtrés toute la journée à Saint-Wandrille. Ils pouvaient avoir affaire en ville ce matin même. Force fut donc d'errer de la salle d'attente aux guichets, non sans guetter les allées et venues.

Elie présenta son billet.

« On s'offre une permission ? dit le poinçonneur en le lui rendant.

— Comme vous dites ! répliqua Elie.

— Aie du plaisir, va, mon garçon ! » fit l'autre, bonhomme.

C'est ce qu'aurait dit Nicolas Hurleau avec ni plus ni moins d'à-propos ! Elie ne le verra pas cette fois, son doux géant de père. A moins que... Ah ! cela vaudrait une réprimande. Le tourment cesserait-il ? Comment savoir ? C'est un pari.

Le train aux compartiments étroits, sans couloir, cahotait entre deux haltes campagnardes où il ne ramassait pas plus de monde qu'il n'en déposait. Elie ne s'impatientait pas. Ce répit servait son plan. Il ne se voyait jouant la partie que l'après-midi. Qu'eût-il fait jusque-là en arrivant plus tôt à Arras ? La lettre de Manman, reçue cette semaine, avait décidé de tout. Elle annonçait que *L'Adèle* ne repasserait pas du côté de Saint-Wandrille, à la Pentecôte, comme on l'avait espéré. Un frêt important l'obligerait à se trouver sur la Scarpe, à Arras, pour cette date. Parrain n'était pas prévenu du changement d'itinéraire. Si d'aventure il venait à Saint-Wandrille, qu'Elie l'avertisse. Peut-être l'emmènerait-on en auto, le dimanche. Savoir où il voyageait, à cette heure ? Manman lui écrivait, à tout hasard, en même temps qu'à Elie. Quoi qu'il en fût, elle consolait celui-ci avec l'approche des grandes vacances. Elle joignait aux siennes les tendresses de papa qui n'avait pas signé. Voilà. Comme par hasard, la péniche s'arrêtait, pour les fêtes de la Pentecôte, là où habite parrain; il ne serait pas étonnant que, comme par hasard, parrain n'ait pas à bouger de chez lui pendant ces fêtes !

Juste avant l'arrivée, Elie mangea son petit pain et son chocolat. Il avait soif. Surmontant un accès de timidité, il entra, au débarqué, dans une brasserie. Il commanda de la bière et se fit indiquer par le serveur la direction de la Scarpe et celle du faubourg d'Amiens où habitait Amédée Cassagne. Le serveur émit un sifflement.

« Ce n'est pas tout près d'ici, dit-il, et ce sont deux directions opposées !

— Tant pis, fit Elie. Expliquez-moi quand même. »

L'autre le renseigna. Les trajets, s'ils étaient longs, paraissaient assez simples.

Elie se plaisait à croire qu'un infaillible instinct le guiderait vers la rivière en n'importe quelle ville où elle coulerait. Il déboucha sur les quais sans difficulté. Plusieurs péniches y somnolaient. Il ôta sa casquette. Il ne voulait pas être reconnu par quelque « voisin », et encore moins par ses parents. Etaient-ils tous les deux à bord de *L'Adèle ?* C'est ce qui lui importait de savoir avant toute chose. Il découvrit *L'Adèle* un peu à l'écart des autres, comme à l'accoutumée. Il s'en approcha autant que le lui permettait son souci de voir sans être aperçu. Son cœur battit. Nicolas Hurleau émergeait de la cabine. La silhouette se découpait sur un fond de ciel bleu pâle dont l'eau, paresseuse, assourdissait les reflets. Le soleil tombait avec autant de mélancolie qu'une pluie, sur ces berges. Papa semblait rêvasser, désœuvré. Si Manman était là, on remarquerait plus d'activité. Comme ce serait bon de surprendre le solitaire, d'affirmer que M. le supérieur a donné la permission. Il faudrait s'inquiéter de Manman. Lequel, du père ou du fils, mentirait le mieux ?

La gorge sèche, Elie s'éloigna à reculons, espérant

jusqu'au dernier regard qu'une autre silhouette se montrerait à côté de celle du patron de *L'Adèle*. Il traversa la ville à demi déserte. Il s'égara. Il s'entêta, comme sur une clause du pari, à trouver le chemin sans le demander. Il avait chaud. Il butait contre les pavés de ruelles escarpées. Ses marches et contremarches le conduisirent devant la gare. Il n'aurait pas dû aboutir ici. Il vit l'heure. Il s'affola. Un retard pouvait tout compromettre. La fugue aura été inutile. Et il se sentait si las. Redemander le chemin au serveur de la brasserie ? Il s'en fit vergogne. A un employé de gare plutôt.

Il paraît que c'est tout droit, qu'il n'y a pas moyen de se tromper. Une église : Notre-Dame-des-Ardents. *« Souvenez-vous sainte Vierge Marie qu'on n'a jamais entendu dire... »* Ce feu qui l'arde, lui, Elie, n'est pas extinguible par votre secours, Mère immaculée ! Cette souffrance-là, votre Fils ne l'a pas éprouvée !

Où commence-t-il le faubourg d'Amiens ? Laquelle de ces maisons est celle de parrain ? Elie se rappelle vaguement y être venu, jadis. Il y a des années de cela. Le numéro ? Il l'a dépassé. La maison de l'assureur est moins éloignée du centre qu'il ne semblerait.

Volets clos, au rez-de-chaussée comme à l'étage. Elie respira, s'épongea. Mais aussitôt : qu'est-ce que ça prouve ? Certaine maison aussi, là-bas, signalée par Arthur Prenant, a toujours des volets clos ! La rue était silencieuse et vide. Il s'avança jusqu'à la porte; il écouta. Rien. Ah ! si peut-être : un rire, le rire clair entre tous. Non. Il se trompe. C'est en lui-même, comme un désaveu, que résonne le rire. Il n'y a personne. Eh bien, s'il n'y a personne, il n'y aura pas de dérangement. Plaisir gratuit. Elie appuya sur la sonnerie. Pas de réponse. Avec une espèce d'allégresse, il récidiva plus longuement. Et une fois encore, pour satisfaire à l'adage de Saint-Wandrille : « Rarement un, jamais deux, toujours trois. » Alors qu'il ne s'y attendait pas, des volets claquèrent au-dessus de lui, la fenêtre s'ouvrit et la voix courroucée de parrain cria :

« Qu'est-ce que c'est ? »

La tête et le buste de parrain apparaissaient dans le même temps : échevelée, dépoitraillé.

« C'est moi, Elie.

— Bou diou ! Que viens-tu fiche ici ! Attends, je descends. »

Elie attendit cinq terribles minutes. Il aurait voulu fuir, maintenant. Il avait honte de son indiscrétion. Parrain dormait le lundi de la Pentecôte. Et après ? Mais s'il n'était pas seul ? En quoi cela te regarde-t-il ? Mais s'il dormait avec...

Elie, à la fois, souhaitait une certitude et la redoutait. Les choses ne s'étaient pas déroulées assez vite. Dans son plan, il ne se morfondait pas ainsi devant la porte. Il entrait et voyait... ou ne voyait pas. Ça se passait en une sorte de transparence.

« Entre. »

Parrain n'était qu'à moitié rhabillé. Il avait tant bien que mal discipliné son auréole de cheveux. Il n'embrassa pas Elie.

Il était très rouge.

Ils pénétrèrent dans une pièce qui servait de bureau. Cassagne alluma l'électricité, les persiennes restant fermées.

« M'expliqueras-tu ton équipée ? » dit parrain d'un ton dépourvu de jovialité.

Elie baissa la tête.

« Je voulais voir Manman.

— Une envie comme ça, irrésistible ? Pourquoi être venu ici ?

— Pour commencer je suis allé sur les quais. Il m'a semblé que Manman n'était pas à bord.

— Il t'a semblé ? Tu n'es donc pas monté à bord ? Tu n'as pas vu ton père ? »

La voix de parrain se détendait.

« J'ai vu papa de loin. Il était seul. J'ai supposé...

— Tu as supposé quoi ? Que ta mère était absente, que ton père ignorait où elle se trouvait et, par conséquent, que ce père ne valait même pas la peine d'être embrassé ! (Le ton de parrain redevenait acerbe.) Toi, mon garçon, tu as agi avec une idée de derrière la tête. Me la diras tu ?

— Je voulais voir Manman, répéta Elie.

— Et tu comptais qu'en sonnant jusqu'à demain chez moi, tu finirais par la faire apparaître ? Prends-tu ma maison pour une boutique de prestidigitateur ? »

Il semblait contenir une explosion de colère et donner le change. Elie, lui, se cramponnait pour ne pas lever les yeux au plafond; il entendait marcher dans la chambre au-dessus.

« Excuse-moi » dit-il.

Il fit mine de partir.

« Une minute ! dit Cassagne. Je ne vais pas te laisser retourner à Saint-Wandrille avec cet air de chien quinaud. Une punition t'y attend, j'imagine. Tu ne l'aurais pas volée. Cependant tu es assez déconfit. Il faudrait te chercher une excuse.

— Je dirai la vérité : je voulais voir Manman.

— Mais tonnerre de tonnerre, s'exclama parrain, encore aimerait-on savoir ce que tu lui voulais à ta mère, ce que tu caches dans ta sacrée caboche ! Que penserait ton père s'il apprenait que son fugueur de fils n'a même pas daigné lui dire bonjour ? Qu'en penserait ta mère elle-même ? Que dois-je en penser, moi ? »

Elie se taisait. Pourquoi parrain avait-il l'air tantôt d'avoir deviné le motif de sa fugue, tantôt de n'y rien comprendre, et dans les deux cas, de se dérober lui-même derrière des questions ? Arrivera ce qui arrivera.

Elie joua son va-tout :

« Jure-moi que Manman n'est pas ici », dit-il d'une voix frémissante.

Amédée Cassagne, déjà congestionné, vira au violet. Il béa une seconde et allait éclater quand la porte s'ouvrit. Adèle Hurleau parut, très pâle. « Manman », voulait dire Elie. Le mot ne sortit pas.

« A quoi bon, Amédée ! fit-elle. L'inévitable est arrivé. Cela devait se produire un jour ou l'autre. Ecoute, mon chéri... »

Elle s'avançait les bras tendus. Elie, dressé, bondit en arrière, secouant la tête. Cassagne recouvrait son sang-froid.

« Oui, écoute, pitchoun, tu es un homme à présent ! dit-il avec gravité. Rappelle-toi notre conversation du Jour de l'An. Ta mère et moi... »

Elie n'en entendit pas davantage. Bousculant tout, il se précipita hors de la pièce et du même élan de la maison.

« Elie ! »

L'appelait-on ? Courait-on sur ses traces ? Il ne fut pas rattrapé avant la gare où il eut la chance de pouvoir sauter dans un train en partance.

« Ah ! Elie, vous arrivez bien, mon enfant », s'écria M. le supérieur.

Le chanoine Débly n'avait plus sa majesté coutumière. En douillette et nu-tête, le visage marbré, le nez pincé, il frissonnait et s'agitait devant le portail. En l'apercevant, Elie, instinctivement, avait ralenti le pas. N'était-ce pas lui qu'on attendait ? Cet accueil déconcertant. Et M. le supérieur qui, tout en lui faisant signe d'entrer, semblait, exprès, lui boucher le passage. Elie commençait à bafouiller :

« Monsieur le supérieur, je m'excuse... »

Le chanoine Débly l'interrompit. L'entraînant et le freinant, tout à tour, il lui dit par phrases précipitées et entrecoupées :

« Dieu soit loué de ce que vous précédiez la communauté... Il ne s'est rien produit de fâcheux en promenade, au moins ?... Non ? Ah ! ce n'est pas comme ici... Tout le monde était sorti cet après-midi... Il ne restait que le malheureux Sosthène... Si M. l'abbé Omer et moi-même étions rentrés une heure plus tard... La communauté risquait de voir... Je la guettais pour lui interdire l'entrée, avant que tout fût en ordre... Elie, mon enfant, c'est le Bon Dieu qui vous envoie... Vous êtes un homme... Vous allez nous aider... C'est vrai : je ne vous ai pas encore dit... Sosthène... un... un affreux accident... inexplicable... Tombé de l'escalier... Il était déjà froid quand M. l'abbé Omer l'a découvert... Il y a une heure... Je suis arrivé peu après... »

Ils avaient traversé les pelouses, ils pénétraient dans le bâtiment. Préparé au pire, Elie n'en suivit pas moins avec appréhension le supérieur jusqu'au bout du corridor. A cet endroit seulement, d'où s'élevait l'escalier conduisant aux dortoirs, la corpulence du chanoine Débly s'effaça.

L'abbé Omer, à genoux, finissait d'éponger le carrelage. Il tordait, au-dessus d'un baquet, une serpillière d'où coulait de l'eau rougeâtre. Caché par un manteau maculé, où l'on distinguait nettement des traces de tabac à priser, le cadavre de Sosthène gisait, le buste surélevé par les marches; les jambes dépassaient dont on n'aurait su dire laquelle fût infirme.

L'abbé Omer se mit debout. Il considéra Elie avec une tristesse plus bouleversante que la présence de la mort; ses yeux se révulsèrent; il dit en désignant le corps :

« Monsieur le supérieur et moi n'avons pu le porter plus haut. Avec votre aide, monsieur Hurleau, j'y parviendrai. Il faut faire vite avant le retour des enfants.

— Où le monterons-nous ? demanda Elie.

— Dans la chambre d'hôte, dit le chanoine Débly avec émotion, celle-là même où il dormit sa première nuit à Saint-Wandrille. »

L'abbé Omer lui dédia un regard de gratitude et la funèbre ascension commença. Le protecteur de Sosthène avait tenu à la charge la plus lourde. Au palier, Elie lui proposa de changer, mais il refusa. On n'eût pas cru ce petit homme roux si robuste. Il montait à reculons, serrant contre soi son fardeau comme soucieux de lui épargner des heurts et que du sang, qui pourtant devait être caillé, ne s'égouttât pas. Ses mains à lui, de grosses mains, seules semblaient saigner de compassion.

Ils déposèrent Sosthène sur le lit.

« Merci, monsieur Hurleau, dit l'abbé Omer. Rendez-moi encore le service de vérifier si tout est propre en bas.

— Ne puis-je pas vous aider ici ? »

Il effleura, comme pour une caresse, la tête voilée.

« Ce n'est pas un spectacle de votre âge, dit-il avec douceur. Laissez-moi faire. »

Elie hésita. Rencontrant le regard de l'abbé, il se sentit rougir. Il se signa, puis à voix basse :

« Comment l'accident a-t-il pu se produire, monsieur l'abbé ?... Vous ne croyez pas...

— Je crois en l'infinie miséricorde de Celui qui sait tout, répondit l'abbé Omer, ses mains s'étreignant fortement l'une l'autre. Comprenez-vous cela ? Une miséricorde et une science également infinies, celle-là à raison de celle-ci... Sosthène avait communié ce matin », ajouta-t-il d'un ton plus simple.

Comme Elie descendait, il entendit la communauté qui revenait en chantant. Il se précipita. Le supérieur se hâtait déjà au devant d'elle. Il le vit parlementer avec l'abbé Douve. Les élèves s'étaient tus. Ils devaient avoir compris qu'un événement insolite avait eu lieu. Le supérieur leur adressa quelques mots. Ils se dirigèrent vers le bâtiment l'air consterné. Ils gagnèrent la chapelle non sans jeter des coups d'œil apeurés du côté de l'escalier et curieux sur Elie qui rejoignit leurs rangs.

On attendit un long moment. Il n'y avait que Frédéric dans la stalle des maîtres. Enfin le supérieur, l'abbé Douve, l'abbé Omer, accompagnés des abbés Filâtre et Blot dont le visage témoignait assez qu'ils savaient, revinrent. On récita le *De Profundis* et M. le supérieur annonça que ceux qui désiraient rendre à Sosthène un pieux devoir pourraient le faire en montant ranger leur casquette d'uniforme au dortoir.

La sortie de la chapelle fut troublée par des éructations.

« Petits cochons ! Ce sont tous de petits cochons »

C'était frère Jacques qui rentrait, ivre. Malgré des « chut ! » indignés, il continuait à montrer les élèves du doigt :

« Petits cochons ! »

M. l'économe, la mine mortifiée, intervint. Tout en le gourmandant, il poussait dans sa loge frère Jacques qui résistait, soudain hébété. On eut le temps d'entendre le portier s'écrier, d'une voix pâteuse :

« Je lui ai assez souvent répété de ne pas se laisser glisser le long de la rampe !... Sous prétexte d'économiser sa patte folle... »

La vision de Sosthène, la tête disparaissant sous un épais pansement, un chapelet enroulé autour de ses mains mal jointes, impressionna moins qu'on ne le redoutait. Même les petits de la section primaire s'attardèrent près du corps. A la surprise générale, Jules Vallard éclata en sanglots. Et le premier, il se porta volontaire pour la veillée mortuaire.

II

« Il faut prévenir aussi Mlle de Borre », dit l'abbé Omer.

Le chanoine Débly eut une moue scandalisée :

« A quel titre, mon Dieu ! Je sais que Mlle de Borre a la bonté de se considérer comme membre de la communauté. Elle l'est *in partibus,* si j'ose dire. Il serait indiscret de lui imposer la moindre obligation. Notre malheureux Sosthène n'était jamais qu'un domestique. Certes, reprit-il vivement, sa mort n'en est pas moins affligeante à nos yeux. Mais à ses yeux à elle...

— Le pauvre enfant lui était très attaché. Et il est exact qu'elle s'intéressait beaucoup à lui, répondit avec fermeté le professeur de sciences. Si nous ne lui faisions pas part tout de suite du malheur, elle nous en tiendrait rigueur. »

Le chanoine Débly, perplexe, regarda son interlocuteur. Il soupira.

« Soit, fit-il. Je vous abandonne la démarche la plus pénible. Ecrirez-vous à Mme Jablonska ou lui télégraphierez-vous ?

— Je vais la voir dès ce matin, avec votre permission, monsieur le supérieur. »

Resté seul le chanoine Débly soupire derechef. Quelle épreuve ! Ce matin, à la première heure, il fallut avertir la police. Ces messieurs vinrent accompagnés du médecin légiste. Ils se montrèrent courtois, compatissants. L'institution Saint-Wandrille a bonne réputation, même auprès des pouvoirs civils. Ils simplifièrent le plus possible les formalités. Cependant ils examinèrent les lieux, mesurèrent la hauteur de l'escalier, éprouvèrent la solidité de la rampe. C'était pénible et inutile. Moins que les interrogatoires auxquels ils s'excusèrent de devoir procéder. La rédaction du rapport en dépendait. L'abbé Omer ne put que relater dans quelles circonstances, au retour d'Ecuries où il était allé visiter les orphelins, il découvrit Sosthène qui, la tête en bouillie, avait cessé de vivre. Lui, le chanoine Débly, revenait de la ville où une famille de bienfaiteurs l'avait convié à déjeuner quand l'abbé Omer l'alerta.

« Il n'y avait pas d'autre domestique dans la maison ? » demanda avec étonnement l'un de ces messieurs.

Le chanoine Débly se sentit coupable de libéralisme excessif.

« C'était jour de grande promenade. La communauté avait congé. Il suffisait que notre chef cuisinier, M. Urbain, fut rentré pour le repas du soir qu'il avait déjà préparé. Qùant au portier, il s'était arrangé, précisément, avec notre malheureux garçon.

— Laisser la garde de cette maison à un infirme n'était guère prudent.

— Que craindre ? Et puis, normalement, un ou deux professeurs, M. l'économe ou moi-même, restions là. La malchance a voulu que, dans le courant de l'après-midi, nous fussions absents tous ensemble. D'ailleurs, cela n'aurait rien changé.

— Sinon que quelqu'un aurait entendu crier, dit le médecin. La mort ne semble pas avoir été instantanée. »

Horrible suggestion !

« J'y pense, dit alors le chanoine Débly, nos religieuses aussi s'étaient donné congé. Sauf une, âgée, qui ne bouge guère de sa chaise de ravaudeuse à la lingerie, que pour aller à la chapelle ou dans sa cellule. Désirez-vous la voir ?

— Volontiers », firent ces messieurs, non sans un soupçon de curiosité gratuite.

On gravit le grand escalier. L'un de ces messieurs observa qu'il était éloigné de celui où s'était produit l'accident, de toute la longueur du coridor. En tenant compte de l'étage où logeaient les sœurs, il fallait supposer des cris perçants et une ouïe bien fine pour qu'ils fussent entendus.

« Vous n'imaginez pas, commissaire, ce qu'un homme en pareil cas peut gueuler ! » répliqua le médecin.

La vénérable sœur Sainte-Amélie accrédita, hélas ! la remarque du médecin. Oui, vers quatre heures, la veille, elle avait entendu des cris. Ils ressemblaient à ceux que poussent les chats, la nuit. Ce fut ce qui la surprit. Ce fut aussi ce qui la tranquillisa. Elle s'émerveilla que dure d'oreille comme elle l'est, elle identifiât une plainte de chat en plein jour. Elle fut prise de doute, le soir, quand l'abbé Omer, venu chercher un pansement et du linge, annonça le malheur. L'abbé avait l'air tellement ému qu'elle jugea oiseuses ses réflexions personnelles.

Le témoignage de sœur Sainte-Amélie corroborait les constations médicales. Quant aux causes de l'accident, elles demeuraient vagues. M. l'économe, mandé à son tour, fit état d'une observation de M. Maffre.

« Encore, dit-il d'un ton sévère, que cet homme, à ce moment-là, fût scandaleusement ivre.

— De toute manière, nous n'aurions pas manqué d'interroger le portier », dit l'un des messieurs.

La mine contrite, M. Maffre expliqua que s'étant fait remplacer, le lundi de Pâques, par le chef cuisinier, il n'espérait pas disposer de son temps, hier après-midi. Ce fut Sosthène, gentiment, qui lui offrit de garder la loge. Il assura n'avoir pas le goût de sortir, se sentant fatigué. De l'avis de M. Maffre, il aura eu affaire dans sa chambre et il en sera descendu comme il en avait la dangereuse habitude : penché en avant, le ventre sur la rampe. C'était à prévoir qu'un jour il perdrait l'équilibre, avec sa jambe torse, et qu'il basculerait la tête la première.

Ces messieurs approuvaient. Le rapport reconstituerait l'accident de façon plausible. Ils se levaient, saluaient :

« Monsieur le supérieur, vous en serez quitte pour échelonner des arrêts sur cette fichue rampe d'escalier. Les gosses devaient bien imiter le domestique à l'occasion, s'ils ne lui ont pas donné l'exemple. On ne peut pas toujours être derrière eux. L'empêchement matériel est la plus sûre des interdictions », dit le commissaire.

Et il dessina un modèle de cône, en bois ou en fer, sorte de clou dont la tête ferait saillie tous les cinquante centimètres sur la rampe. On frappa. Jules Vallard se présenta. Il avait les traits tirés. Il dit avoir une déclaration à faire. Comment fut-il averti de la présence des enquêteurs ? Le chanoine Débly ne souhaitait rien tant, passé le choc inévitable, que de tenir les élèves à l'écart du drame. Ces messieurs étaient d'accord. Il tenta donc d'éluder :

« Vous voyez bien que nous sommes occupés, Vallard. Je vous écouterai, plus tard. »

— C'est à la justice que je veux parler », dit le garçon avec une emphase qui, n'eût été la circonstance, aurait fait sourire.

Et comme on se consultait des yeux, il ajouta en s'adressant aux trois prêtres qui se trouvaient là :

« Je préfère quand même que vous restiez, l'abbé Omer particulièrement... Voilà : c'est moi le responsable de la mort de Sosthène. »

Et devant la stupeur générale, il confessa que non content d'avoir humilié l'infirme en public, le jour de la Pentecôte — le regard qu'il avait essuyé, en échange, le hante depuis hier soir —, il l'avait fait « bisquer » juste avant le départ pour la promenade. N'était-ce que cela ? On respirait. Cependant l'un des messieurs demandait, très sérieusement :

« Comment l'avez-vous fait « bisquer » la seconde fois ? »

Jules Vallard rougit.

« En le narguant parce qu'il n'irait pas se faire chouchouter chez elle par Mlle de Borre.

— Quels enfantillages !... » commençait à dire le chanoine Débly. Il lui semblait pourtant que l'abbé Omer bronchait. Un enquêteur l'interrompit :

« Vous permettez ?... Qui est cette demoiselle ? »

On le renseigna. Il n'y avait pas à mêler Mlle de Borre à ce débat puéril, étranger au drame. L'enquêteur reprit :

« Qu'est-ce qui vous laisse croire à un lien entre votre taquinerie et l'accident ?

— Ce n'était pas une taquinerie, dit le garçon d'une voix sombre; je voulais être vache. Je n'ai que trop réussi. La preuve, c'est que sur le coup Sosthène pleura. »

Et il se mit à pleurer, lui aussi, en silence, comme un homme. Le chanoine Débly tenta une nouvelle fois de s'interposer.

« Je vous demande pardon, monsieur le supérieur, fit l'enquêteur. Une dernière question : Pourquoi, dit-il à Vallard, en vouliez-vous tellement à ce domestique ? »

Le garçon se troubla. Puis :

« Je ne sais pas... Oh ! je n'aurais pas cru qu'il prendrait les choses au tragique... Simplement je ne pouvais pas le souffrir... Ça remonte loin. Demandez à l'abbé Omer. »

Celui-ci, qui depuis un instant s'agitait, intervint. Et avec une autorité qu'on ne lui connaissait pas :

« M. le supérieur a prononcé le mot juste, dit-il. Ce sont là des enfantillages. Supposé, à ce que Dieu ne plaise, que le pauvre Sosthène ait commis un acte de désespoir, je puis vous certifier, sur ma conscience sacerdotale, que les petites persécutions dont s'accuse cet élève n'y seraient pour rien. Il en a supporté d'autres, le pauvre enfant. M. Vallard, et c'est tout à son honneur, cède à un assaut de remords, de scrupules, que l'exaltation de l'adolescence exagère. Je suis en mesure de l'apaiser, si vous nous donnez l'autorisation de nous retirer. »

Ces messieurs discutèrent brièvement à voix basse. Ils laissèrent aller l'abbé, par qui ils paraissaient impressionnés, et Jules Vallard qui n'en pouvait plus.

« En dehors de ce que raconte ce gosse, le domestique, selon vous, aurait-il eu à se plaindre de mauvais traitements ? » demanda l'un des enquêteurs.

Ce fut l'abbé Filâtre qui répondit avec quelque irritation :

« En ma qualité d'économe, j'étais directement responsable de M. Sosthène Jablonski. Je n'ai pas souvenir qu'il subît aucune brimade. Reçu dans cette maison au pair, il toucha des gages après un trimestre d'essai.

— Monsieur l'abbé Omer qui sort d'ici a fait allusion à sa situation antérieure, crut devoir ajouter le chanoine Débly. Et certes, à cet égard, Saint-Wandrille où nous l'avons accueilli par charité, lui semblait un paradis. Il nous en témoignait une touchante gratitude. »

L'enquêteur toussota, ennuyé.

« Cela est hors de question. Je voulais parler des gamins. Ils sont souvent cruels...

— Sans l'aveu spontané de notre grand élève, qui revendique la faute pour lui seul, nous ne nous serions même pas doutés que Sosthène fût le souffre-douleur de quelqu'un. Si vous désirez l'avis du préfet de discipline et du moniteur...

— Inutile. Notre insistance était de pure curiosité professionnelle. Suicide ou accident ? Des présomptions, non des preuves, équilibrent les deux hypothèses. La justice n'a qu'à entériner le fait.

— Ce ne peut être qu'un accident, dit M. l'économe offusqué. Le malheureux jeune homme était très pieux.

— Admettons que les présomptions de ce côté sont un peu plus fortes », dit le commissaire en manière de conclusion.

Et le médecin signa le permis d'inhumer.

Oui. Quelle épreuve ! Après cela, ce n'était pas assez de convenir avec M. l'économe d'obsèques décentes; ce n'était pas assez de revivre, une fois de plus, le drame en en relatant les détails à l'intention de M. Cassagne, l'assurance « Responsabilité civile » devant jouer. Voici que l'abbé Omer, pressenti au sujet de la mère de Sosthène, exigeait que Mlle de Borre fût prévenue. Qu'elle se soit intéressée à l'infirme n'étonne pas de la part d'une personne si charitable. Ce simple n'abusait-il pas ostensiblement de sa bienveillance ? Cela expliquerait l'agacerie de Vallard. L'abbé Omer semble dépositaire de quelque secret. Ce timide, ce distrait, aura fait preuve plus que quiconque, dans la circonstance, de décision et de présence d'esprit... Reste qu'il est déplaisant d'associer Mlle de Borre à la communauté dans une telle traverse. Pourquoi pas d'autres bienfaiteurs et amis — alors que l'abbé Filâtre a téléphoné aux directeurs des journaux régionaux pour qu'ils fassent le moins de publicité possible, voire aucune, à ce fait divers...

Tout en écrivant, le chanoine Débly soupirait; son embonpoint, aujourd'hui, le gênait.

Depuis la veille, Elie savait que les yeux d'Antoine cherchaient les siens. Hier soir, il les lui avait refusés obstinément — même lorsque M. le supérieur demanda des volontaires, parmi les rhétoriciens et les humanistes, pour la veillée funèbre. Il entendit nommer Fussy après Vallard. Lui, Elie, ne leva pas la main. Il en avait assez fait. Il aspirait au sommeil, au bain noir — et pourvu que nul bruit de train, de volets coléreusement ouverts, ou de corps s'écrasant sur le dallage, nulle image de tête congestionnée ou pâle... ou éclatée, ne déchirent les lourdes eaux de la mer morte; *la mère morte ?* N'y pas songer. Il fut exaucé. Au réveil, le poids sur lui, encore, du regard d'Antoine. Il ne l'affronta qu'au réfectoire, ce regard chargé d'interrogations inquiètes, affectueuses et comme terrifiées. En signe de deuil, il n'y avait pas de *Deo gratias*. Elie recourut à la téléloquie, utilisée entre les membres de la bande à moindres risques que les billets; il articula muettement : *A-la-ré-cré.* Toine fit signe qu'il avait compris.

Dès la fin de la classe, à dix heures, l'abbé Douve invita Elie à le suivre dans son bureau. Il fallait s'y attendre. Il eût été trop beau, à la faveur de l'événement d'échapper à l'abbé Douve. Il a fait la guerre, l'abbé Douve. L'œil qui lui reste ne se trouble pas pour si peu !

« Vous n'ignorez pas pourquoi je vous ai retenu, dit le préfet.

— Je me serais excusé tout de suite sans ce qui s'est passé ici, répondit Elie. Je voulais voir ma mère. »

Ne disait-il pas « Manman » naguère ?

« L'impatience filiale vous dispensait-elle d'une permission ? »

L'absence d'Elie ne fut remarquée qu'au moment d'engager la partie de petite guerre. On l'appela sur tous les tons pour tirer au sort contre Vallard. Si bien qu'Adrien qui déjeunait, ainsi que M. le curé d'Orchiecourt, chez M. de Borre, dut quitter la table. Antoine, questionné, assura ne pas avoir vu son ami de toute la promenade; Borderie et quelques autres de leur bande confirmèrent qu'ils avaient fait route sans lui.

« Si je vous l'avais demandée, vous ne me l'auriez pas accordée, répondait sans effronterie le garçon.

— Précédemment, je n'ai pas eu besoin que vous me la demandiez pour vous donner l'autorisation qui était en mon pouvoir. Vous m'en remerciez de singulière façon ! Aviez-vous une raison urgente ?

— Je ne pouvais pas, je ne puis pas vous la dire. »

Ce ton farouche, ces yeux qui se dérobent.

« Vous l'avez vue, votre maman ? demanda l'abbé Douve comme si, soudain, rien n'était.

— Oui. »

Réponse à dents serrées, jetée comme un aveu de souffrance. La suite viendra-t-elle ? L'abbé Douve attendit quelques secondes. Puis recouvrant sa voix de préfet :

« Je ne vous apprendrai pas que cette fugue est un cas de renvoi. »

Le garçon leva le front, éperdu. Les poings ramassés l'un contre l'autre, et d'un accent pathétique :

« Oh ! non, s'écria-t-il. Punissez-moi aussi sévèrement que vous le jugerez bon. Mais je vous en supplie, mon père, ne me faites pas renvoyer. Pas encore. Pas maintenant surtout. Ou je n'aurais plus qu'à imiter Sosthène ! »

L'abbé Douve, ému, s'était dressé. Lui signant le front du pouce, par trois fois, précipitamment :

« Calmez-vous, dit-il. Et que parlez-vous d'imiter Sosthène ? Qu'insinuez-vous ? »

Elie se passa la main sur les yeux.

« Je ne sais pas, murmura-t-il. Une impression. A mon arrivée, hier soir, quand M. le supérieur m'eut conduit près du cadavre, en un éclair, je me suis vu à la place de Sosthène. Je me sentais l'âme comme du plomb. Elle avait entraîné mon corps. Revenant à moi, j'ai cru que Sosthène... »

Adrien le prit par les épaules. Il en sentait la musculature contractée. Seigneur, sous quel choc profond se bandait-elle ainsi ? Ce plomb de l'âme, quelle découverte, avant celle d'une mort étrangère, l'avait versé comme une mort intime ? La pitoyable révélation a-t-elle eu lieu ? Faut-il opérer à chaud dans une sensibilité écorchée, ou surseoir ?

« Mon pauvre enfant ! disait lentement l'abbé Douve. Vous n'avez pas le droit de vous adonner à de semblables imaginations ni pour votre compte, ni pour le compte d'autrui. Il est parfois téméraire d'ajouter aux apparences. Si terribles ou... laides qu'elles soient, il faut toujours y ménager la part de la sainte compassion. Cette compassion, la vie de la grâce la met en nous. Ne vous rappelez-vous pas notre conversation de cet hiver ? Le tambour à son clair que nous devons être, quoi qui nous frappe... Nous reprendrons cette conversation plus tard. Détendez-vous d'ici là. M. le supérieur a cru que votre arrivée insolite avait mon agrément. Je ne l'ai pas détrompé. Je réglerai cet incident avec vous. »

La cloche annonçait la fin de la récréation. L'abbé Douve serra la main d'Elie.

« Merci, mon père, » fit Elie d'une voix étranglée.

En gagnant son pupitre à l'étude, il rencontra le regard d'Antoine, inchangé, entre tant d'autres simplement curieux.

— *Ça-va* », fit-il des lèvres.

A la grande récréation :

« Tu t'es fait attraper ? demanda Toine.

— Pas trop, répondit Elie. C'est partie remise. L'abbé Douve m'a menacé de renvoi.

— Oh !... »

Toine attendait une explication. Elie resta songeur un instant. Et à brûle-pourpoint :

« Te souviens-tu de la conférence sur le lépreux ? »

C'était l'année dernière. Un père du Sacré-Cœur de Picpus vint parler du père Damien et projeta des vues de Molokaï. Lui, Toine, avait été bouleversé. Le récit du père, l'évocation des religieux et des religieuses au milieu de ces chairs ravagées...

« C'est beau, hein ? avait-il murmuré à Elie.

— Très peu pour moi ! avait répliqué celui-ci avec une grimace.

— Eh bien ? faisait Antoine étonné.

— Si ça t'excite toujours, tu n'as pas besoin d'aller si loin pour en rencontrer des lépreux, tu sais ! Le monde en est rempli. »

Elie, d'un geste circulaire, désignait l'horizon autour de Saint-Wandrille. D'au-delà la forêt, le canal, la ville, la gare, sous l'azur de la fin mai, des spectres accouraient.

« Je ne comprends pas », dit Toine.

Mais déjà il n'était plus en récréation dans la cour de Saint-Wandrille, il ne longeait plus la barrière du potager à travers laquelle il apercevait des espaliers en fleur, il n'avait plus devant les yeux la façade, froide d'aspect, mais ordonnée pour la confiance, comme le visage de l'abbé Blot, surveillant de semaine, ni les deux ailes, chapelle et salle d'études, avancées comme des bras. Il se trouvait dans un décor de banlieue aux arbres rabougris, aux murs pelés; léproserie, le *Coq hardi* se peuplait de corps écaillés comme les statues entrevues par les fentes de la palissade, allée du Reposoir, sur le chantier de Mazelier, le « sculpteur des morts ».

Et, la bouche mauvaise, Elie lui raconta tout. En finissant, il s'anima rageusement :

« Ils ont essayé de mentir jusqu'au bout, dit-il. J'aurais voulu me boucher le nez. Ils puaient la peau frottée !

— Elie ! C'est quand même ta mère. »

Et lui, Toine, sentait saigner en soi une plaie — moins une cicatrice mal fermée qu'une blessure encore fraîche à quoi on n'aurait pas pris garde sur le coup.

Elie haussa les épaules en ricanant. Toine reprit :

« Dire qu'au moment, j'ai eu peur que tu ne sois pour quelque chose — involontairement bien sûr ! dit-il très vite — dans l'accident de Sosthène ! »

Elie ne parut pas surpris du rapprochement.

« Ce serait presque le contraire, dit-il rêveusement. Figure-toi que je me suis vu, pour de bon, à la place de Sosthène... C'était comme si les deux autres m'avaient flanqué en bas, tu comprends ? »

Toine se tut. Puis :

« Et ton père ? » fit-il timidement.

Elie avala sa salive. Il répondit sombrement :

« La seule marque de respect que je puis lui donner, c'est de ne pas penser à lui ! Allons jouer. »

De quelle poche était tombée la première, voilà quelques jours ? C'était en étude. Elle avait rebondi cinq ou six fois, à intervalles de plus en plus rapprochés, jusqu'aux tressautements et au roulement finals. Deux ou trois autres avaient suivi, rien qu'en classe d'Humanités; et d'autres encore à la chapelle : il suffisait que leur possesseur eût tiré son mouchoir sans précaution. Ces traîtresses avaient été confisquées. Il n'en restait pas moins de quoi gonfler les sacs des champions. Toute la communauté jouait aux billes. La tiédeur de l'air, autant que l'accablement causé par la mort de Sosthène, s'y prêtaient. Dommage que Jean ne soit pas là. Toine s'était promis de lui montrer comment on lance la bille, non pas à la triche, à bout de bras, mais par la seule détente du pouce, tandis que la main posée à plat sur le sol ou exhaussée par l'autre main qui prend appui sur l'extrémité des doigts, l'index la maintient en ligne. De la poursuite au pot, des cinq trous au mur, les parties sont variées et divers les profits. Jean... N'avait-il pas, lui aussi, des parents lépreux ?

III

Que M. Cassagne demandât à le voir, lui, l'abbé Douve, confirmait trop d'appréhensions, de quasi certitudes. Sans doute était-ce en qualité d'assureur qu'il se trouvait à Saint-Wandrille une heure avant la messe des funérailles; mais c'était sûrement le parrain d'Elie qui désirait parler au préfet.

Adrien le reçut dans son bureau. Ce fut à l'assureur qu'il eut affaire d'abord. M. Cassagne crut devoir lui exprimer des condoléances pour le malheur qui affectait la communauté. Il les avait présentées premièrement à M. le supérieur avec qui il avait mis au point la déclaration du sinistre. Il savait, disait-il, combien l'abbé Douve prenait à cœur tout ce qui survenait à Saint-Wandrille. Il n'imaginait qu'une personne de la communauté qui pût être plus affligée que lui par la mort de Sosthène Jablonski : l'abbé Omer. Aussi bien, n'ignorait-il pas quelle sympathie unissait les deux prêtres. Les termes dans lesquels, à l'occasion, l'abbé Omer, pourtant si réservé, l'avait entretenu de l'abbé Douve l'avaient édifié, sans l'étonner. Lui, M. Cassagne, se permettait d'invoquer aussi une sympathie ancienne, des gages inoubliables de compréhension...

Arrivait-il au fait ? Adrien réprimait son impatience.

L'assureur nommait de nouveau l'abbé Omer. Il ne cédait pas à la faconde professionnelle. La mort de Sosthène semblait signifier pour lui plus qu'un sinistre entre autres. Comment connaissait-il l'abbé Omer ? L'abbé Douve ne serait-il pas au courant de l'intérêt que lui, Cassagne, fut amené à porter à son protégé ? Admirable discrétion de l'abbé Omer ! Il convenait que cette affaire gardât son caractère privé, que M. le supérieur lui-même fût laissé dans l'ignorance. Cassagne supposait que le protecteur de Sosthène se serait confié à l'abbé Douve. Il en avait trop dit, maintenant, pour ne pas préciser. D'ailleurs, le tiers mis en cause renonçait au secret puisque la voiture de l'assureur avait dépassé, sur le chemin de Saint-Wandrille, le cabriolet conduit par Mlle de Borre.

Et M. Cassagne révéla quels liens existaient entre le pauvre Sosthène et la famille de Borre. Du même coup s'éclairaient, pour Adrien, des points qui, dans les faits relatés par Frédéric, demeuraient obscurs. Les versions se complétaient, chaque narrateur ignorant l'un toutes les causes, l'autre tous les effets de ses démarches. Et la fin de Sosthène ? Fallait-il la traiter comme un épisode en marge ou la rattacher à l'ensemble ? Seul le cher abbé Omer le sait peut-être... mais ne pourrait le dire.

« Quelle tristesse ! » murmura l'abbé Douve.

M. Cassagne, lui, ne semblait pas suspecter la réalité de l'accident. Il s'éclaircit la voix et sans autre transition :

« La tristesse est le lot des vivants, monsieur l'abbé, dit-il. C'est une histoire de vivants que je vous ai contée à propos d'un mort. Je venais vous parler d'un autre drame familial. Il s'agit de mon filleul... Il nous a surpris, sa mère et moi.

— Je l'avais deviné, dit l'abbé Douve. Elie a refusé de me justifier sa fugue, même devant la menace de la plus grave sanction. J'attendais, hélas, votre visite.

— Après qu'il se fut enfui de chez moi comme un fou, et tout hier encore, sa mère et moi nous sommes torturé l'esprit pour savoir quoi lui dire... ou lui écrire. Ah ! la vérité n'est pas toujours la voie la plus simple.

— Si, à condition qu'elle ne débouche pas, par force, d'un long mensonge ! Alors, en effet, elle apparaît pleine d'aspérités : chaque excuse s'y change en embûche.

— Nous blâmez-vous d'avoir tout fait, pendant tant d'années, pour épargner au petit la connaissance d'une situation pénible — et insoluble ?

— Je ne puis vous louer de vous être mis dans cette situation. La voie de la vérité, la plus simple, partait à l'écart.

— Vous en parlez à votre aise, monsieur l'abbé ! s'exclama Cassagne avec humeur.

— Non, pas à mon aise, répliqua doucement l'abbé Douve. Je ne méconnais pas la difficulté. Vous avez bien voulu vous souvenir, tout à l'heure, de ma compréhension, quand Mme Hurleau et vous m'aviez fait vos confidences. Compréhension ne signifie pas approbation. Mon devoir m'ordonnait de vous le rappeler aujourd'hui qu'une âme d'enfant est blessée, peut-être irrémédiablement. »

L'assureur était rouge. Il dit d'un ton irrité : « C'est pour trouver un remède que je m'adresse à vous. Que me conseillez-vous ? Expliquerai-je les choses à mon filleul comme à un homme ? Après tout, il est d'âge à les comprendre. Pas plus qu'à vous, monsieur l'abbé, je ne lui demanderai de m'approuver.

L'essentiel est qu'il admette qu'entre sa mère et moi, d'une part, entre nous et son père, d'autre part, il n'y a pas que saleté et tromperie !

— Qu'en pense M. Hurleau ? demanda-t-il.

— Adèle ne lui a encore rien dit. Pourra-t-elle lui dissimuler longtemps son inquiétude ? Ce taciturne est perspicace. La conduite à tenir dépend de l'accueil que me réserve Elie. »

L'abbé Douve réfléchit un instant. Il reprit lentement :

« Je vous dissuaderai de rencontrer votre filleul. Il se cabrerait encore plus, si tant est qu'il acceptait de vous entendre. Il a subi deux ébranlements au cours de la même journée. Monsieur le supérieur vous aura dit qu'il avait aidé l'abbé Omer à transporter le corps de Sosthène ?

— Oui. Je m'apprêtais à plaider la cause du fugueur. M. le supérieur n'y fit pas allusion. J'ai préféré m'en remettre à vous.

— M. le supérieur ne soupçonne rien... Donc, Elie a les nerfs à vif. Sans doute vous hait-il. Je crois plus sage de le laisser se calmer. Non qu'il ait chance d'oublier. Il ressassera. L'obsession agira à la manière de ces rongeurs dont la morsure anesthésie leur proie. Et quand je jugerai le moment venu, je lui parlerai. Je l'y ai préparé quelque peu. J'espère que le Bon Dieu m'inspirera les mots qui, tout en respectant la vérité, lui ôteront ce qu'elle a de... scabreux. La tâche me coûtera moins qu'à vous. »

La cloche sonnait.

« Je partirai donc tout de suite après l'enterrement du pauvre Sosthène.

— Il vaut mieux que vous n'y assistiez pas. Elie vous verrait. »

M. Cassagne baissa la tête et la releva pour remercier Adrien. Son visage avait encore rougi.

La levée du corps eut lieu dans la chambre d'hôte. Alignée sur deux rangs dans le corridor, la communauté accompagna le cercueil à la chapelle en chantant le *Miserere*. De la tribune où elle avait pris place avec son père, Paule écoutait les voix fraîches, si mal accordées à la plainte du psalmiste :

« Car je reconnais ma culpabilité, et mon péché est sans cesse devant moi. » Presque mot pour mot, ce furent les paroles de M. de Borre, hier matin, quand elle lui tendit la lettre du chanoine Débly. *« Contre toi seule j'ai péché... pour que la justice apparaisse en son arrêt. »* Déjà qu'il voyait son propre châtiment dans l'infirmité de Sosthène... Il en parlait après la nuit d'orage. *« Vois, je suis né dans la faute et ma mère m'a conçu dans le péché. »* Elle lève les yeux de son missel. Toute seule sur un prie-Dieu, au milieu de l'espace que ménagent les stalles des élèves, livrée à leur curiosité inconsciemment cruelle — mais y prend-elle garde ? — face à l'autel, à quelques mètres du cadavre de son fils que, peut-être, elle n'aura même pas pu embrasser une dernière fois, cette forme noire, écroulée : Sophia Jablonska. Elle ne comprend pas, elle, ce que dit ce latin : *« Fais-moi entendre des paroles de joie et d'allégresse, pour qu'exultent les os que tu broyas. »* Elle ne sait que pleurer sur les os broyés enfermés dans la bière, et la grande gerbe de fleurs que Paule elle-même commanda et la couronne offerte par Saint-Wandrille ne consolent pas la Polonaise. Seigneur, le pauvre Sosthène paie-t-il pour les lâchetés inavouées d'un père, pour la morne fidélité d'une mère... et pour la miraculeuse liberté d'une

sœur ? « *Délivre-moi de la peine du sang, Seigneur...* » La délivrance s'offrait en même temps que l'annonce de la mort de Sosthène : au même courrier que la lettre du chanoine Débly, ce chèque signé par un notaire de Roubaix, pour le compte, disait succinctement l'expéditeur, d'un client désireux de garder l'anonymat et à des fins de réparation. C'est la formule qu'emploierait un confesseur chargé de quelque restitution. M. de Borre n'a pas mémoire qu'on lui eût dérobé une telle somme. Elle lui était adressée à elle, Paule, et le plus troublant, c'est qu'elle correspond à la redevance d'Henry de Lillers. « *Car tu ne prends pas plaisir au sacrifice et t'offrirais-je l'holocauste, tu ne l'agréerais pas.* » Elle s'était familiarisée avec la pensée d'appartenir prochainement à Bertrand. M. de Borre et elle étaient convenus de la date. Elle s'apprêtait à faire publier les bans. Elle ne se retint pas d'une allusion devant M. le curé d'Orchiecourt qui, à table, lundi, se plaignait d'une inexpiable désertion de son église par la jeunesse depuis deux ou trois dimanches :

« Nous nous flattons de la remplir de nouveau, une fois au moins, votre église, monsieur le curé ! »

L'abbé Douve qui, ô surprise, n'avait pas fait de façon pour accepter l'invitation à déjeuner, appuya sur Paule, elle s'en souvient maintenant, un regard singulier, ensemble apitoyé et moqueur, bienveillant et sceptique.

Il était juste que la messe fût célébrée par l'abbé Omer. M. le supérieur donnera l'absoute. Après l'évangile, l'abbé Omer prononça une brève oraison funèbre. Ses sermons, d'ordinaire, égayaient les enfants par le pittoresque des attitudes tout en forçant leur attention par la simplicité et la vérité du ton. Cette fois, l'abbé Omer, qui n'avait pas retiré sa chasuble, ne fit pas un geste. Adossé à l'autel, ses grosses mains croisées sur la poitrine, il montrait à l'assistance un visage aveugle. Il semblait s'arracher du cœur des mots pantelants. Et pourtant son adieu à Sosthène n'était pas triste. Il appliquait au disparu la première béatitude « Heureux les pauvres en esprit ». M. le supérieur dilatait ses narines. M. l'économe pinçait les lèvres, les abbés Pruvost, Leclerq et Marlet affichaient un air éberlué sinon scandalisé; seul l'abbé Blot restait imperturbable. Et lui, Adrien, savait gré au cher abbé Omer de passer outre à l'éloquence traditionnelle, et surtout, oh ! surtout, d'épargner aux enfants l'exhortation de circonstance, la leçon d'épouvante sur la mort qui menace de les saisir à l'improviste. La vue du pauvre Sosthène sur le lit de la chambre d'hôte, la veillée pour quelques-uns, la présence, sensible à tous, durant quarante-huit heures, d'un silence et d'une immobilité absolus au-dessus des cris et du mouvement, la contemplation de ce cercueil destiné à être enfoui dans la terre, ont rendu la leçon suffisamment insistante. Seigneur, c'est d'apprendre à vivre devant Vous, avec Vous, par Vous, que ces petits ont besoin d'abord. La suite, la fin, hélas ! ils l'apprendront au fur et à mesure des hécatombes autour d'eux. Blâmerez-vous votre prêtre, priant pour un mort, Seigneur, de penser encore aux vivants ?

Un groupe d'élèves, et à l'exclusion des candidats bacheliers, fut désigné pour escorter, avec M. l'économe, la dépouille de Sosthène jusqu'au cimetière. L'abbé Omer assurera l'inhumation. Tout le monde irait à pied, sauf madame Jablonska qu'attendait la voiture louée pour la transporter de Mauchief-le-Haut et qui l'y ramènerait.

L'office terminé, Paule avait quitté rapidement la tribune en recommandant à son père de ne pas s'occuper d'elle et, au besoin, de conduire lui-même le cabriolet. Elle était venue offrir son bras à Sophia et avait pris place à côté d'elle dans l'auto de louage. La Polonaise l'avait-elle reconnue ? Elle s'abandonna de confiance à une aide féminine. Elle ne dit rien, sanglotant seulement, avec de loin en loin une espèce de râle, tout le long du trajet. Paule, par pudeur, ne lui parlait pas.

Elle demeura près d'elle pendant l'inhumation et, d'autorité, l'écarta de la tombe quand les fossoyeurs commencèrent à manier la pelle. Paule fut ainsi la première à devoir témoigner à Sophia Jablonska la sympathie rituelle. Elle l'embrassa. Elle sut, au « merci, mademoiselle de Borre » proféré par une voix soudain pacifiée, qu'elle avait été reconnue. Elle ne s'éloigna que de quelques pas, prête à secourir Sophia en cas de fatigue. L'hémiplégique, n'eût été un léger fléchissement quand elle marchait, semblait avoir recouvré de la robustesse ces temps derniers. Droite, le voile de crêpe relevé, elle tendait aux condoléances un masque pathétique où flottait une espèce de sourire. Un peu en retrait, Paule fut touchée à son tour, jusqu'à l'âme, par le regard de l'abbé Omer, qui s'attarda sur elle, porteur, en transparence, d'elle ne comprit quel appel, quel ordre mystérieux du pauvre Sosthène, avant de chavirer. Elle répondit à peine au salut de M. l'économe et des enfants. Elle surveillait, frémissante malgré elle, l'approche de M. de Borre qui venait le dernier. Quand il fut en présence de la Polonaise, celle-ci se mit à trembler de tous ses membres, un poing sur la bouche, et déjà Paule allait intervenir. M. de Borre, pliant sa haute taille, prit doucement la main qui ne résista pas. Il la baisa, cette main vulgaire, suivant le cérémonial dont il se plaisait souvent à user envers sa fille.

« Pardon, Sophia », murmura-t-il.

Et sans voir le visage extasié de la femme, il partit, il fila de sa démarche en crabe, laissant Paule guider une endeuillée somnambulique, mais non plus douloureuse, vers la voiture. Elles ne se dirent rien, même pas au revoir.

Paule retrouva M. de Borre dans le cabriolet. Elle prit les rênes. Ils n'échangèrent aucune réflexion. N'en serait-il pas toujours ainsi désormais ? La nature de ce père n'est pas d'interroger les signes auguraux et un sacrifice d'Iphigénie eût été une fausse note dans son destin. Œdipe aux yeux crevés, il ne lui faut, pour fille, qu'une Antigone. Après... Cette lumière dans les yeux du prêtre roux, cet appel, cet ordre, à quelle offrande impolluée la vouaient-ils ? Dernier verset du *Miserere : « Alors tu agréeras de justes sacrifices, holocauste et oblation parfaite; alors sur ton autel... »*

IV

TOINE s'en veut de n'être pas plus inquiet. Le télégramme de Tanty a beau recommander de ne pas s'alarmer, il a dû arriver un accident à Mamy. Si Toine essaie d'imaginer, là, en fermant les yeux, Mamy sur la table d'opération, il tremble. Mais son tremblement même l'exalte. Très vite, il n'éprouve plus que le vertige d'une circonstance extraordinaire. Demeuré à Saint-Wandrille, nul doute qu'il ne se fût rongé les sangs. Seulement voilà : il est dans le train, il roule vers Paris, l'abbé Douve assis en face de lui. Comme il a l'air soucieux. l'abbé Douve ! Il l'était déjà hier après-midi en lui lisant le télégramme de Tanty et en lui annonçant qu'ils voyageraient ensemble. Il y avait un autre télégramme sur son bureau. Toine n'a pas osé demander à l'abbé s'il avait reçu, personnellement, une mauvaise nouvelle. Lui, Toine, était trop attentif à cette espèce de main qui serrait le ventre; une angoisse, oui, mais... délicieuse. Le malheur possible perdait tout visage dans l'aventure. Ne comptait que l'échappée à Paris, hors de Saint-Wandrille, le lendemain de l'enterrement de Sosthène de qui la mort pesait sur la communauté : on chuchotait même que M. le supérieur à cause des tracas et de la responsabilité, était atteint de pelade. L'abbé Douve lit son bréviaire. Toine, lui, regarde le paysage sans bien le voir. Il guette Paris. Tanty l'attendra à la gare. Ensuite... Où iront-ils ? Oh ! il n'avait pas pensé à cela...

Adrien se signa, ferma son bréviaire et sourit à l'enfant. Celui-ci fronçait les sourcils. D'une voix hésitante, il dit :

« J'ai négligé de vous faire une commission, monsieur l'abbé. Ça remonte à Pâques. Un monsieur, qui accompagnait Mamy, m'avait chargé de vous transmettre ses compliments. Il s'appelle Valentin, M. Valentin, le mari d'Irène, a-t-il dit. »

Adrien cilla. L'enfant levait vers lui des yeux interrogateurs. Quel instinct lui fit retenir la flèche de Théodore, quelle appréhension la lui fait lâcher aujourd'hui ? Ainsi donc, Valentin n'avait pas craint de réveiller tout un passé par sa seule présence. Ce passé, désormais, est plus facile à conjurer que le proche futur qu'il commande.

« C'est une vieille connaissance, répondit Adrien. Une vieille connaissance du père Lorraine aussi... » (Le nom prononcé, ah ! Seigneur, qu'il mobilise les tourments de ce jeune cœur !) Et doucement : « Il faut que je te dise, mon petit Toine : le père Lorraine est gravement malade. Il m'a fait appeler. Ne l'oublie pas quand tu prieras pour ta maman. »

Les yeux de l'enfant s'emplirent de larmes. Il détourna la tête et, le front contre la vitre, ne prononça plus une parole de tout le voyage.

Tanty agitait joyeusement la main. Il n'y avait pas sujet à s'inquiéter.

« Bonjour, mon minet. »

Elle découvrit l'abbé Douve, s'exclama, s'excusa, remercia. Elle croyait qu'on jugerait Toine assez grand garçon pour voyager seul. Elle se déclarait désolée d'un tel dérangement. L'abbé Douve la rassura. Il devait venir à Paris de toutes manières. Elle lui offrit de le déposer en taxi. Dans quelle direction allait-il ? Elle pouvait le rapprocher. Il déclina l'invitation. Elle n'insista pas.

« Tu remercieras M. Valentin de ma part, mon petit Toine, murmura tristement l'abbé en prenant congé. Tu lui annonceras, également de ma part, que le père Lorraine est au plus mal. »

Il salua Tanty. Celle-ci, quand il se fut éloigné :

« Le père Lorraine, c'est bien celui qui t'a conduit à Saint-Wandrille autrefois ?... Il était distingué, cet homme-là. Je le vois en Mgr Myriel, des *Misérables*... Mais, dis-moi, ton abbé là... Il est beau garçon lui aussi; dommage qu'il ait cet œil réfrigérant... Il connaît donc M. Valentin ? Hep ! »

Elle n'attendit pas la réponse. Elle hélait un taxi. Elle fit monter Toine et donna l'adresse au chauffeur, non sans un luxe d'explications. Elle parla de clinique. L'horloge de la gare marquait dix heures trente cinq. Dès que Tanty fut installée à son tour, son exubérance tomba. Elle prit une mine que Toine ne lui avait pas vue depuis longtemps, depuis le temps d'avant Saint-Wandrille. On eût dit d'une tête accourant de très loin et grossissant jusqu'à tout envahir, comme au cinéma. C'était la mine de Tanty causant, avec l'oncle Rodolphe, de Mme Bol et de Mazelier, ou de Mme Poujade et du Belge.

« Ecoute-moi, Toine, fit-elle. Tu sais, M. Valentin ? Eh bien, il vit avec Mamy. Ils sont en ménage, tu comprends ? On ne te l'a pas dit plus tôt pour que ton imagination ne travaille pas. Maintenant, tu es un homme, n'est-ce pas, mon minet ?... »

Il approuva de la tête. Se raidir, rester froid. C'est facile. Les phrases sont descendues comme un bloc de glace en lui. Montrer qu'on l'est, un homme, et affecter de trouver naturel ce contre quoi, enfant, on s'insurgerait. La révélation ne le surprend pas. Depuis Pâques, il la pressentait. L'éventualité s'en était imposée à lui dans le train. Elle faisait partie de la meute tenue en respect à force de refus. Le brusque face-à-face, la morsure de la certitude, n'en sont pas moins douloureux... Voici donc Paris. C'est drôle : à travers les vitres du taxi, les maisons semblent moins hautes que dans le souvenir.

« ...une femme seule ne se tire pas d'affaire à Paris, reprenait Tanty. Moi, ce n'est pas pareil; j'ai le théâtre... Mais Mamy ! M. Valentin lui assure la tranquillité. Tu verras leur bel appartement. Nous logerons chez eux. Pour le moment nous allons à la clinique. Mamy doit être opérée ce matin. Tout se passera bien. N'aie pas peur. Beaucoup de femmes supportent cela. Et vois si M. Valentin est gentil : c'est lui qui a voulu que tu viennes pour réconforter Mamy. »

Le petit approuvait toujours, silencieusement. Il ne paraît pas outre mesure bouleversé. A entendre Emilienne, on n'aurait su trop user de précaution pour le mettre au courant; il aurait été capable de hurler comme un écorché. Quelle exagération ! Du moment qu'on la chargeait de dévoiler ce que, jusqu'ici, on cachait si soigneusement, elle, Juliette, n'y était pas allée par quatre chemins. Elle n'avait observé qu'une consigne d'Emilienne, touchant son mariage avec M. Valentin. « Explique les choses au petit comme tu voudras, mais ne lui dis surtout pas que je suis mariée. Il estimerait que je l'ai abandonné. » Singulier scrupule ! Après tout, il est peut-être justifié. M. Valentin n'émit aucun avis. Il lui suffisait d'avoir insisté — au risque d'augmenter les craintes pré-opératoires d'Emilienne — pour que l'enfant fût mandé. Quelle histoire pour un simple fibrome ! La vérité, c'est que M. Valentin redoute follement cette intervention. Depuis qu'elle a été décidée, il ne vit plus. Ah ! « L'amour, petite mère », dirait Laurence Poujade. Oui, l'hamourr ! Mais aussi, peut-être, une émotivité toute masculine. Rien de tel que ces gros hommes pour se transformer en mauviette à l'idée d'un ventre ouvert. Que M. Valentin ait perdu son habituel sang-froid, Juliette le comprit lorsque, appelée par lui — heureusement, elle chômait — elle s'entendit demander, non sans solennité, si elle était d'accord pour qu'Emilienne entrât en clinique. Voyons ! Puisque le médecin le jugeait nécessaire ! N'était-ce pas déjà convenu ? Oui, mais, au dernier moment, M. Valentin ne se sentait pas le droit d'assumer seul une telle responsabilité. Comme cette défiance de soi lui ressemblait peu ! Il eût été franc de dire « courage » au lieu de « droit ». Il ne se sentait pas le courage, non plus, d'habiter, fût-ce quelques jours, un appartement désert. La chambre qui n'avait jamais été offerte à Juliette se révéla prédestinée à l'accueillir sur-le-champ. Elle la partagera avec le petit. Hier midi, juste comme Emilienne s'apprêtait à partir pour la clinique, M. Valentin, redoublant de componction, suggéra que Toine — puisque aussi bien il avait refait connaissance avec lui, M. Valentin — pût embrasser sa mère, sinon avant, du moins après l'opération. Bonne intention. Quel air de mauvais augure lui prêtait la circonstance ! Juliette avait dû s'ébrouer et cabotiner pour dissiper le malaise. Et elle a pesé les termes du télégramme au petit.

Le taxi s'arrêtait devant la clinique.

« Nous n'avons plus qu'à attendre », dit Théodore.

Curieux ! La détestable dépossession de soi, l'espèce de dédoublement oubliés depuis tant d'années, l'éprouvent de nouveau. Comme jadis, adolescent, dans la campagne artésienne, comme plus tard durant la cérémonie d'ordination; comme une fois auparavant, dans la rue malfamée de Nancy et comme combien d'autres fois dans les rues troubles de Paris, le même partage, en lui, entre sa volonté et son automatisme, celle-là frappée d'inhibition lucide, celui-ci surexcité aveuglément, s'opère dans cette salle de clinique. Sans doute les odeurs à quoi il reste si sensible le stupéfient-elles. Toutes les cinq minutes, il essuie les verres de ses lunettes. Il lui semble ne voir les murs ripolinés, les blouses blanches des infirmières, et par l'entrebâillement d'une porte, quelque furtif éclat métallique, qu'à travers une buée. Il se sent flotter sur des vapeurs d'éther et de chloroforme. Du moment où, ce matin, il a retrouvé Emilienne couchée sur le lit étroit, aux ressorts trop souples, de l'heure où il a patienté avec elle, de l'instant où il l'a embrassée avant que le chariot s'éloigne, il connaît cet état d'égarement : la part la plus raisonnable de lui-même le persuadant qu'il s'agit d'une intervention aux risques très limités, mais il ne sait quelle part tout animale s'affolant et superposant à l'image d'Emilienne vivante celle d'Irène morte; non pas simples impulsions contradictoires : on dirait deux êtres autonomes, affrontés, que l'être intégral arbitre, hors du coup. Les odeurs ne sont pas les seules responsables. L'hypnose, comme jadis, touche aux racines de l'âme. Trompeuse anesthésie qui ne le préserve pas de la douleur tandis que le chirurgien taille dans la chair d'Emilienne endormie. Et sa chair à lui, Valentin, se hérisse. C'est la vie de Théodore que le corps d'Emilienne met en jeu — à la merci d'un accident. Cher corps, le seul qui ne soit pas répugnant avec ce mal logé en lui, imaginé comme un champignon sanguinolent que l'homme de l'art est en train de cueillir. Théodore n'a qu'à se rappeler ses dégoûts devant les hémorragies d'Irène pour apprécier l'amour qu'il porte à Emilienne. A mesure qu'approchait la date d'entrée en clinique, il s'ingéniait à le lui prouver toujours plus... Il l'a gâtée au-delà de ce qu'elle pouvait souhaiter... Elle verra une preuve d'amour, encore, dans cette idée qu'il eut, hier, de faire venir le petit. Elle sait combien il tient à leur intimité exclusive. Ce fut elle qui hésita, arguant des motifs mêmes que lui, Théodore, invoquait naguère pour laisser l'enfant à l'écart. Agissait-elle ainsi par amour de son mari ou de son fils ? La générosité spontanée se changea en jalousie calculatrice — oui, tu peux nommer ainsi ce sentiment, déjà conscient lors du voyage de Pâques : Antoine à la longue devient plus encombrant absent que présent, et son ignorance de tes droits sur sa mère plus gênante que leur contestation déclarée ! A preuve ce souci d'Emilienne, après que Théodore l'eut convaincue, de cacher à l'enfant leur mariage. L'instinct maternel est-il infaillible qui suppute que la sensibilité filiale préférera les aléas du concubinage à l'union régulière ? Autre chose importe à Théodore Valentin et dont il fallait que le fils avec lui fût témoin. Cette nervosité contenue à force de respirations lentes et profondes, c'est l'attente du réveil de l'opérée qui la justifie; l'attente, alors, se muera en attention de tout l'être, ses deux parts réconciliées...

« Nous n'avons plus qu'à attendre. » Toine s'évertuait à rester calme. Le silence, à peine troublé par le passage feutré d'une infirmière, par un cliquetis ou par une toux, venus d'une chambre à la porte entrouverte, l'impressionnait, mais lui donnait envie de parler haut. Il avalait sa salive. Tanty aussi se taisait. Il aurait voulu ouvrir la fenêtre. Ça puait l'infirmerie. Ça l'étourdissait. Il se tenait coi. Le poussah ne bougeait pas, lui, — sauf son ventre qu'il ne cessait de gonfler et de dégonfler. Ah ! il ressentait peut-être la même chose que Toine : la main, plus que jamais, qui serre l'estomac. Angoisse sans plaisir à présent : Quoi qu'en dise Tanty, si ça ne se passait pas si bien, si Mamy... Ah ! le poussah et Tanty se lèvent et quittent la pièce. Sur le chariot, la forme allongée, c'est Mamy ? Ils se précipitent tous les trois. Toine n'a le temps de rien voir.

« Tout va bien. On vous fera signe dans cinq minutes », dit une infirmière.

Encore attendre. En arpentant le couloir. Le poussah souffle. Tanty sourit. Enfin on peut y aller.

Mamy est couchée. Une infirmière, près d'elle, tient une cuvette et lui essuie la bouche. Comme elle est changée, Mamy ! Les cheveux collés aux tempes et au front, la figure marbrée, sa tête balle d'une épaule à l'autre. Elle vomit. Entre deux spasmes ses lèvres bouillonnent et roulent en faisant « brou ». Elle commence à geindre.

« Allons, grande fille ! dit l'infirmière, on est réveillée. »

Mamy geint de plus belle et fait des « areu » comme les bébés.

« Mais oui, mais oui, dit l'infirmière bêtifiant. On a bobo ventre ! »

Et tout à coup Mamy se met à crier à voix intelligible :

« Mon petit ma-ri ! Mon petit ma-ri !

— Lienne ! Lienne ! répond le gros bonhomme en s'affalant contre le bord du lit.

— Mon petit ma-ri ! Mon petit ma-ri ! reprend la voix *crescendo*.

— Lienne ! Je suis là ! répond le poussah.

— Ouvrez les yeux. Regardez qui est là, dit l'infirmière... Je vous laisse, ajoute-t-elle. Elle reprend ses esprits.

— Emilienne ! fait Tanty, c'est moi, Juliette. Le petit aussi est là. »

Toine s'approcha. Il aurait voulu murmurer « Mamy ». Il ne put pas. Sa langue semblait gelée comme son cœur. Mamy regardait autour d'elle avec un sourire crispé. Mamy revivait.

Toine souhaita de retourner le plus tôt possible à Saint-Wandrille.

« Il a été extrêmisé cette nuit, dit-on à l'abbé Douve quand il arriva rue Rabelais. La sœur garde-malade, alertée par un râle, crut que c'était la fin et qu'en tout cas il passerait à l'aube. Eh bien, il reprit connaissance dès l'entrée du Saint Viatique. Il suivit attentivement le rituel et, malgré nos conseils, fit à haute voix tous les répons. Le mieux subsiste ce matin. Le médecin juge que c'est la rémission dernière. »

Avec un serrement de cœur, Adrien se laissa guider dans cette maison, témoin de ses premières activités apostoliques. Ils n'étaient que trois prêtres, alors, autour du père Lorraine, à chercher librement une formule de vie communautaire et un nouveau style de prédication. Hélas ! cette famille presbytérale ne suffit pas à le sauver, lui Adrien, de la solitude intime; dans la calme banlieue le guettaient des pièges plus sournois que dans la fébrile administration d'une paroisse urbaine. Ses compagnons du début ont été tués à la guerre. D'autres les ont remplacés et se sont multipliés; une dizaine. Il connaît le nom de quelques-uns pour l'avoir entendu citer plusieurs fois par le père Lorraine — comme eux connaissent le sien. La vieille maison n'a guère changé d'aspect. Des murs repeints, la même humidité suinte toujours. Inchangée, pareillement, la chambre — une véritable cellule monacale — du père Lorraine. Il n'est pas jusqu'au légendaire morceau de miroir, d'où un reflet de soleil éblouit Adrien en entrant, qui ne paraisse avoir trouvé, depuis des années, sa fraction définitive.

Sur le lit de fer, le père Lorraine repose, les épaules à peine exhaussées par l'oreiller; immobile, en une espèce de garde-à-vous couché, les pieds curieusement joints bosselant seuls les couvertures, il paraît plus grand que nature. Il a beaucoup maigri. Ses pommettes et ses maxillaires saillent. Ses narines sont pincées. La brosse blanche de ses cheveux, encore très fournie, s'incline en arrière. Il ouvre les yeux, juste le temps d'identifier le visiteur et les referme. Il a un pâle sourire pendant qu'Adrien lui touche la main.

« Tu es venu, c'est bien, murmure-t-il. Le Bon Dieu ne m'en voudra pas pour cette ultime concession à mes attachements terrestres. Je tenais à te le dire : il n'y a pas de problème ! »

Il avait mis quelque exaltation dans ces derniers mots.

« Ne vous fatiguez pas, mon père,, », dit Adrien.

Il remua la tête imperceptiblement.

« Oh ! les forces me sont mesurées pour notre

suprême rendez-vous. Je doute d'en avoir besoin encore devant quelqu'un d'autre que toi. Il m'eût été consolant de réunir (il s'efforça à sourire) mes deux Zébédées.

— Théodore sera prévenu, mon père, dit Adrien troublé. Antoine a voyagé avec moi. Sa mère doit subir une opération.

— Voilà pourquoi on n'a pas pu atteindre Valentin par téléphone à son usine, dit le père Lorraine comme rasséréné. Je craignais qu'il ne se dérobât exprès. Jugement téméraire. Il aurait eu peut-être égard à l'appel d'un mourant. Il est juste qu'il réserve ses soins à la femme qu'il aime. S'il pense à moi, ce sera sans doute trop tard. J'aurais voulu lui parler, en même temps qu'à toi, de ce petit.

— Antoine ?

— Oui. Qu'il respecte, mieux qu'en soi-même l'œuvre de la grâce dont il a été l'instrument, fût-ce involontaire. Tu le lui écriras de ma part.

— Je vous le promets, père. Que comprendra-t-il au point où il en est ?

— Ce n'est pas de sa compréhension que je m'inquiète, mais de sa curiosité... et aussi bien de sa... jalousie.

— Si, comme nous avions toutes raisons de le croire, Valentin a séparé un enfant de sa mère par passion exclusive, cette jalousie, hélas ! ne peut que continuer à faire le jeu de Dieu.

— Je ne songeais pas à cette jalousie-là. Mais à celle qui le pousserait à disputer à Dieu, chez un autre, ce dont il estime avoir été frustré. Il y a longtemps que je ne l'ai vu. Je n'en reste pas moins convaincu qu'aujourd'hui encore, ne serait-ce que par éclairs, il éprouve la nostalgie de sa vocation manquée. Qu'il surprenne les signes de l'élection dans une jeune âme à sa portée, il frémira; plus ou moins consciemment, il les confrontera avec sa propre expérience.

— Tenez-vous pour assurée la vocation d'Antoine, père ? Supposé qu'il s'interroge autant, il en parle moins qu'avant. Et moi aussi je respecte l'œuvre de la grâce. En me taisant. Je ne sais si cette forme de respect plaît au Seigneur... Vous vous épuisez, père ! »

Le père Lorraine avait eu un rictus douloureux. Il leva légèrement la main.

« Je te congédierai bientôt, dit-il... Je dois assumer mon rôle jusqu'au bout. Ecoute mes dernières directives. Reçois-les en pensant que peut-être elles bénéficient déjà d'un rayon de cette lumière où ton vieux maître, avec une espérance égale à sa crainte, risque de basculer d'une heure à l'autre. Je te lègue ce petit garçon... Antoine. Les desseins du Seigneur sur lui, nous les ignorons. C'est ce mystère qu'il faut respecter. Tu viens de trahir tes perpétuelles hantises d'éducateur... »

Adrien ne put s'empêcher de l'interrompre.

« Ah ! mon père. C'est qu'elles ne m'ont pas ménagé, ces temps-ci. Antoine n'est pas la seule brebis de mon troupeau. Si vous saviez...

— Ne t'ai-je pas déjà dit que tu étais fait pour être dévoré ? Peu importe comment, du moment que tes affamés absorbent Dieu du même coup. C'est là-dessus qu'il me reste à te rassurer. En confessant ma sottise. Oui. Je m'accuse et te demande pardon, de t'avoir, d'aventure, contaminé avec mes propres scrupules touchant le don de soi dans le sacerdoce, ou la part trop sentimentale de la charité, ou le goût des âmes pour elles-mêmes, que sais-je ! Je me suis torturé, j'ai risqué de te torturer absurdement avec ces problèmes. M'as-tu entendu tout à l'heure ? Il n'y a pas de problème. Ce que le premier séminariste venu apprend et retient tout de suite, ce que j'ai moi-même enseigné jadis aux futurs lévites, je l'ai méconnu, oublié dans le secret de ma vie sacerdotale. Et je me suis inventé un drame. Rappelle-toi la leçon et pratique-la : l'essentiel n'est pas que le prêtre se donne aux hommes, mais qu'il leur donne Dieu. Certes, il ne saurait offrir Dieu en se refusant, lui. Il y a au contraire toutes chances pour que, mieux il leur tendra la Proie divine, plus les hommes exigeront qu'il se confonde avec elle. L'acte essentiel simplifie tout. C'est la totale réduction des moyens à la Fin qui les a choisis : une simple croix contre laquelle le Seigneur daigne se clouer de nouveau, à chaque ordination, voilà ce que nous sommes, Adrien. »

En prononçant la dernière phrase, le père Lorraine s'était un peu redressé, les bras écartés. Il retomba, haletant. Ses yeux brillaient de fièvre. Adrien se précipita.

« Vous avez présumé de vos forces, mon père, Il ne faut plus parler. Je vous laisse vous reposer. »

Le père Lorraine retrouvait son souffle et sa pose de gisant. Il dit d'une voix ferme, sans bouger :

« N'attends pas ma mort, Adrien. Elle ne saurait tarder, mais ta présence est plus utile à Saint-Wandrille qu'ici. Je serai assez entouré. Tu n'as plus d'autre marque d'affection obéissante à me donner que celle-là... Embrasse-moi... »

Et comme Adrien, sanglotant, se penchait vers lui :

« Paix ! » murmura le père Lorraine.

Adrien s'agenouilla. Son directeur ébaucha une bénédiction. Puis il lui fit signe de se retirer. Adrien hésitait. Le père Lorraine, lentement, tourna la tête vers le mur.

L'abbé Douve reprendra le train l'après-midi même.

V

Ce premier dimanche de juin, on célébrait, en ville, la fête des Corporations. La communauté y participait, la maîtrise assurant les chants liturgiques au cours de la messe solennelle à la cathédrale. Mgr l'évêque officiait. Cette fête était la seule, en dehors de la cérémonie de la Confirmation, qui valût à coup sûr que le prélat occupât son siège secondaire. Il s'agissait d'une tradition séculaire. Voilà deux ans, la ville ne célébrait-elle pas le huitième centenaire de sa charte bourgeoise ? A cette occasion, il y eut, derrière le couple de géants légendaires, un prodigieux cortège historique où comtes de Flandre, rois de France et ducs de Bourgogne figuraient en grand arroi. Cette année, comme d'ordinaire, on s'en tiendra aux fastes du défilé en musique.

La musique s'impatientait aux portes de l'église. Celle-ci, archi-comble, gagnait en liesse ce qu'elle perdait en recueillement. Dans le chœur, les porteurs de bannières — celles des plus vieilles corporations locales : tisserands, tondeurs, foulons, celles aussi de corps de métiers délégués par les environs : éleveurs, brasseurs et sucriers, pêcheurs d'Etaples et mineurs de Bruay — étouffaient stoïquement derrière leurs velours. Comme un coq, de loin, répond à un autre, parfois un éclat de clairon ou une frappe de tambour répliquait d'un coin de la table de communion à quelque mesure de fanfare extérieure dont l'écho se répercutait sous la voûte. C'est qu'on préparait le grand moment : l'élévation. A peine les voix limpides de la maîtrise achevaient-elles le dernier « hosanna in excelsis » du *Sanctus,* la clochette tintait. Les porteurs de bannières dans le brouhaha des agenouillements, se redressaient, la hampe fichée sur le ventre; et la clique s'alignait face à l'autel. Quand l'hostie, entre les mains de monseigneur, monta, les bannières s'abaissèrent, les porteurs, cramoisis, bombant le ventre afin de n'être pas entraînés par le poids; et clairons sonnèrent et tambours battirent *Aux champs,* écrasant jusqu'au bout les timides appels de la clochette. Après, dans le nef ébranlée, il se fit un calme étonnant : l'assistance, à l'instar de la clique, soufflait et l'ange du jugement dernier, sa trompette sous l'aile, anxieux de voir qui l'avait devancé, passait.

Elie n'avait jamais goûté cette coutume militaro-religieuse de sa province. Aujourd'hui, il la considérait avec un écœurement ironique. Que lui importaient désormais les malfaçons de la piété ? Tout n'est que malfaçon dans la vie. L'abbé Douve et son tambour. Joli tambour, Monsieur l'abbé ! Non, rendre un son clair ne suffit pas. Ce peut être aussi incongru que le retentissement d'il y a un instant... Ah ! l'écœurement n'est pas seulement moral. On respire un air confiné dans cette église. S'il n'y avait une telle affluence, Elie sortirait sans attendre la fin de la cérémonie. Se frayer un chemin à travers la cohue le décourage. Et le pauvre abbé Douve qui le couve d'un œil inquiet. Il paraît plus affecté par la mort de père Lorraine, que le supin a annoncée hier midi à la communauté, que par celle de son propre père cet hiver. Toine aussi aura de la peine. Quand rentre-t-il ? L'abbé Douve ne pense pas que sa mère soit en danger. Il a une drôle de mère lui aussi, Toine. Mais il a la bosse de la vénération. Tant mieux pour lui. Sage Antoine...

Aux abords de la cathédrale, la foule s'écoulait difficilement. Les gens qui n'avaient pas pu ou pas voulu assister à la messe guettaient, comme les autres, l'apparition des bannières et de Monseigneur qui devait les bénir. Au milieu de la chaussée, les chefs de musique rassemblaient leurs hommes. Ceux-ci arrivaient par groupes, sortant des estaminets voisins, leur instrument sous le bras. On se forma en cortège par corporation. Toutes les fanfares ou harmonies n'appartenaient pas à une corporation. Nombre d'entre elles prêtaient leur concours à qui l'avait sollicité. De là une floraison supplémentaire de bannières trapéziformes à la hampe couronnée de médailles et de palmes. Le soleil tombait d'aplomb. Des musiciens épongeaient le cuir de leur casquette ornée d'une lyre. Les cuivres, astiqués de neuf, resplendissaient. Elie se sentait les tempes douloureuses. Monseigneur se laissait désirer. Enfin il se montra, souriant, sous le porche et bénit par trois fois les bannières et la population.

Juste à ce moment, un coupé découvert longea le trottoir où se tenait Elie. Les occupants n'eurent cure de la bénédiction épiscopale : à demi renversée sur les coussins, une femme blonde, les cheveux ébouriffés, très fardée et très décolletée, qu'un homme élégamment vêtu serrait par la taille en lui chuchotant dans le cou, riait à pleine gorge.

Quand, aux accents d'un « pas redoublé », le défilé

commença, la communauté regagna Saint-Wandrille. Elle y restera l'après-midi. Elie se plaignit d'un mal de tête intolérable. Il obtint de ne pas descendre au réfectoire et de se reposer sur son lit. Le sommeil l'engloutit presque tout de suite.

« Oser manquer de respect à Mlle de Borre ! » s'écria Frédéric.

Il était hors de lui. Il venait d'être témoin de cette chose inconcevable : les gars d'Orchiecourt, — il y avait même parmi eux quelques têtes chenues; il avait reconnu le père Descottes et M. Duhamel, l'instituteur — murmurant, ricanant sur le passage de Paule de Borre ! Il avait bien remarqué comme une désaffection autour d'elle, ces temps derniers. Les braillards de la grand-messe désertaient l'église et fuyaient le village, le dimanche. Ce changement d'attitude datait à peu près du jour où Paule avait annoncé à Frédéric qu'elle épouserait Bertrand de Lillers. Frédéric, alors, se fit la réflexion, d'une ironie amère, que ses « rivaux » en amour transi paraissaient lui laisser le champ libre, au moment où les convenances l'emportaient sur eux tous.

« On a un tiot queu écornifié l'piédestal de ch'l'idole ? C'est mi eune catastrophe, dit Fernand Ramette. T'as eu tort de te mettre en colère. »

Frédéric suivait Paule à quelques mètres; M. de Borre avait pris les devants. Il ne comprit pas immédiatement le sens de cette rumeur sur le seuil de l'église. Ce ne fut que lorsqu'il vit la jeune fille, les pommettes en feu, la bouche dédaigneuse — qu'elle était belle ! — foncer vers le groupe le plus proche, qu'il pressentit une manifestation d'hostilité. Il s'interposa véhémentement. A sa profonde stupeur,

Mlle de Borre l'arrêta d'un geste et tourna contre lui son courroux.

« Je vous en prie, monsieur Ramette. N'ajoutez pas au bel ouvrage de votre père ! »

Et elle le planta là.

« Qu'as-tu fait, papa ? Qu'as-tu colporté sur le compte de Mlle de Borre ?

— On est avec ti, Frédéric, dit un gars.

— Oui, oui », firent les autres.

Abasourdi, il hésita : ou se précipiter à La Maison-sous-l'église ou courir chez lui chercher l'explication du scandale. Par chance, Fernand Ramette se trouvait là et n'était pas ivre. Il écouta le récit indigné de l'incident. Il ne cessait, comme maintenant, de se lisser la moustache, l'air goguenard. Maman Ramette remuant les casseroles sur la cuisinière, ne pipait mot.

« J'ai rien fait que d't'arvenger, min fiu. En racontant la vérité vraie, dit Fernand Ramette.

— Me venger de quoi ? Quelle vérité ? s'exclama Frédéric.

— Tin père en savot plus long que ti, min fiu... Eune bistouille ? Non ?... Ecoute me à c't'heure. Je t'ai pas tout dit la dernière fois. J'avos core m'n'idée. »

Et Frédéric apprend, dans tous les détails, la vieille aventure de M. de Borre et ses récentes conséquences. Des comportements énigmatiques de Paule lui deviennent clairs. Il n'en est aucun, jusqu'à celui qu'elle adopta envers le pauvre Sosthène, qui ne lui fasse honneur. Les circonstances sont plus navrantes que ne l'imaginait Frédéric à travers les confidences de Paule et les premières et réticentes révélations de Fernand Ramette. Le sacrifice filial, invoqué devant l'abbé Douve, ne serait pas moindre, au contraire.

« Pourquoi, après avoir gardé le silence si longtemps, as-tu ébruité ces misères ?

— J'ai tenu ma langue tant que L'Mason-sous-l'église était seule en cause. Elle a commencé à me démanger quand ti, min fiu, tu t'es mis à avoir gros cœur. J'ai pensé qu'alle pourrot servir. Du jour que t'es revenu désespéré en m'annonçant le prochain mariage de la demoiselle, je me suis core tu, note bien. Ou plutôt, j'ai laissé entendre, à droite et à gauche, que c'est ti qu'elle marierait.

— Tu es fou, papa !

— Quoi ? Aux yeux de tout le monde tu la fréquentais. J'espérais forcer la main à M. de Borre. Même que le conseil municipal le félicita ! Il fit celui qui ne comprenait pas. Il n'avait qu'à me regarder.

— Mais elle, Mlle de Borre, croyais-tu pouvoir disposer d'elle de cette façon ?

— Ne m'avais-tu pas dit qu'elle marierait son cousin à contrecœur ?

— Poussée tu sais par quelle nécessité !

— C'est ce que je n'admets pas d'une demoiselle qui fait la fière. Elle l'a lanterné, min fiu. Elle aurait continué aussi bien sans cette histoire de gros sous. Un fameux prétexte ! J'ai core patienté. Au mitan de la semaine, quand ch'curé a dit à t'mère que L'Mason-sous-l'église serait bientôt à l'noce, j'ai lâché le morceau. J'ai expliqué, au village, que mademoiselle de Borre se ravisait d'un seul coup, qu'elle se vendait et que ch'biau Monsieur Bertrand qu'elle n'aime pas l'acquatait un bon prix.

— Tu as tout gâché ! » hurla Frédéric.

Il avait vu Paule avant les obsèques de Sosthène. Il avait été frappé par sa tristesse. Elle lui dit pourtant qu'elle était en mesure de se libérer envers les Lillers.

Elle écourta l'entretien. Frédéric ne se retint pas d'annoncer la nouvelle à l'abbé Douve, le soupçonnant d'y être pour quelque chose. L'abbé lui dit seulement qu'il croyait, en effet, que Mlle de Borre ne serait pas obligée de faire violence à ses inclinations. Depuis, un espoir insensé le possédait, lui Frédéric. Il attendait avec exaltation ce dimanche, ce matin, où Paule serait dispensée de son cours à Saint-Wandrille, la communauté allant en ville pour la fête des Corporations. Tous les rêves devenaient possibles, plus avouables qu'auparavant, en raison de cela même qui avait failli les ruiner. Et voilà que la malice autant que la sottise paternelle les anéantissait irrémédiablement.

« Oui, tout gâché ! répétait Frédéric. Tu m'as privé de ma meilleure chance, entends-tu ? Jamais je n'oserai revoir Mlle de Borre. Je lui écrirai. Je ne reviendrai pas de sitôt à Orchiecourt. Je vais à Lille passer mes examens la semaine prochaine. J'y resterai quelques jours. Je ne quitterai pas Saint-Wandrille jusqu'aux vacances. Et puis, j'accompagnerai la colonie. A la rentrée prochaine, je verrai quoi faire, loin d'ici. »

Tout en parlant, il s'apprêtait à partir.

« Là, là, min fiu, calme-te, disait Fernand Ramette. De quelle chance parlais-tu ? »

Le visage poupin affichait la désolation d'un enfant pris en faute.

« Inutile d'en parler, dit Frédéric. C'est fini.

— Ça ne pouvait que mal finir ! gronda la mère élevant la voix pour la première fois. Ça ne doit pas t'empêcher de dîner avec nous », ajouta-t-elle.

Frédéric éclata :

« Merci, maman. Ta cuisine ne passerait pas mieux

que le rappel de tes prédictions. Tu as été heureuse de rapporter à papa le propos de M. le curé, dis ? Tu possédais toi aussi ta meilleure chance : ce fils qu'une femme ne t'enlèverait pas n'aurait plus qu'à jeter son dévolu sur Dieu qui se contente des restes !

— Tu blasphèmes, Frédé ! » dit Mme Ramette.

Et elle s'enfouit la figure dans son tablier. Les jumelles, s'agrippant à elle, firent écho à ses sanglots. Tout en pleurnichant, elles regardaient leur grand frère avec plus d'étonnement que de crainte. Elles devaient se demander comment il se faisait que le Frédé, d'ordinaire si doux, se mette en colère à l'exemple de papa. Celui-ci ne l'était pas en colère, pour l'heure. Il semblait accablé. Il fronça les sourcils et murmura :

« T'es injuste, min fiu.

— C'est vrai, dit Frédéric. La douleur fait crier n'importe quoi. Excuse-moi, maman. »

Il l'embrassa, ainsi que les jumelles, et vint vers son père :

« Ne crois pas que je t'en veuille, papa, dit-il. Tu m'as rendu malheureux sans le faire exprès... Avouez, tous les deux, reprit-il doucement, que vous n'aimez pas beaucoup Mlle de Borre. »

Sa fureur était tombée d'un coup. Il n'était même pas certain de souffrir. Les paroles qu'il venait de lancer à sa mère avec hargne l'atteignaient, lui, comme par un choc en retour, avec une espèce d'évidence à la fois cruelle et douce.

« Ça, min fiu, répondait Fernand Ramette non sans embarras, je t'ai pas caché m'n'idée, un jour de c't'automne. A c't'heure, la demoiselle apparaît un peu salie à eux autres. Pour mi, elle est, comme tu diros, humanisée.

— Toi-même, Frédé, l'aimais-tu tellement ? dit maman Ramette.

— Il vaut mieux que je m'en aille », se contenta de répondre Frédéric.

La mère fit mine d'intervenir. Fernand Ramette l'apaisa d'un clin d'œil.

« Fais à t'mode, min garchon », dit-il avec une tendresse grave...

Chaque coup de pédale allégeait Frédéric. A mesure qu'il s'éloignait d'Orchiecourt, il lui semblait rompre un sortilège. Au-dessus du mur de La Maison-sous-l'église, les frondaisons verdoyaient aux rayons du soleil comme sous les touches furtives d'un pinceau. Frédéric ne ralentit pas la cadence. Il s'émerveillait de son détachement. « Cher orgueilleux ! dit le démon. Tu ne te distingues pas des autres. Si à leurs yeux, comme le prétend ton père, l'idole est salie — elle le fut dès qu'il parla de son mariage avec toi et ils ne pardonnent pas ça mieux que le reste, les jaloux, les hypocrites ! — elle l'est également aux tiens et c'est pourquoi tu ne gémis pas plus sur ta chance piétinée. Ta mère a raison : tu n'aimais pas une femme pour elle-même, mais pour ce qu'elle représentait d'intouchable. » A cet instant, l'intouchable ressurgit en Frédéric : la fille aux cheveux lumineux, aux pommettes hautes, qui rejetait d'altière façon la tête en arrière et passait sans paraître voir qu'on l'admirait. Une fille dont on oubliait qu'elle eût un père... Et Frédéric sut, d'intuition à la fois douloureuse et joyeuse, que l'abbé Douve aussi avait raison, qu'à cette fille-là, personne, sinon Dieu peut-être, ne toucherait.

Il n'y a pas d'autre solution. Depuis trois jours qu'il tourne et retourne le problème dans sa tête, lui, Nicolas Hurleau, il ne trouve que cette issue. Il a toujours été lent, d'accord, pour ce qui ne regarde pas directement le métier. De son temps on n'allait guère à l'école dans la batellerie. Il sait juste lire; quant à écrire, ça lui demande une trop grande application. Adèle s'en chargeait au besoin. Eh bien, elle non plus, Adèle, qui a pourtant de l'instruction, qui a emporté de chez les sœurs de l'Orphelinat un beau diplôme, encore encadré dans la cabine, elle non plus ne voit pas comment s'en sortir. Et Amédée Cassagne, si hâbleur et si dégourdi qu'il soit, n'est pas plus avancé, à ce qu'il paraît. Même qu'Adèle s'est résignée à lui conter l'affaire, à lui, Nicolas, en désespoir de cause. Jeudi soir seulement. Cassagne, ce jour-là, était allé à Saint-Wandrille. Les choses se seraient peut-être arrangées, croyaient-ils tous les deux. De quelle façon ? Amédée n'avait pas vu le petit. Et quand bien même ? Que lui aurait-il expliqué ? Ah ! vingt dieux, tout de même pas ce que Nicolas ne pouvait souffrir que le petit apprît, lui vivant ! Allons ! Il valait mieux que Cassagne fût rentré bredouille. Ça décida Adèle à parler. Dieu ! quel coup quand elle lui avoua :

« Mon pauvre Nicolas, nous sommes bien malheureux : le petit sait tout. »

Il s'inquiétait de sa tristesse, elle si gaie, si chantante d'ordinaire, depuis le commencement de la semaine. Il n'osait pas l'interroger rapport au plaisir qu'il n'aurait pu dissimuler des fois qu'elle se serait chamaillée avec son Amédée. Il n'est pas d'un naturel causant. En fait de plaisir, cette révélation, comme une poulie qui lâche et dont on s'ingéniait à ignorer la menace en y pensant le moins possible. Et lui, Nicolas, dans la chute, se souciait d'un craquement particulier.

« Tout ? » fit-il en appuyant sur le mot.

Adèle comprit.

« Non, pas tout », répondit-elle avec une tendresse apitoyée.

Bêtement, il respira. Comme si ce n'était pas reculer pour mieux sauter — sauter : le mot est juste ! Le dilemme reste entier : ou laisser le petit dans l'état de révolte et de chagrin qu'a décrit Adèle, ou tenter de lui faire entendre raison et lui disant la vérité. A cette humiliation, parole, tu ne survivrais pas, Nicolas !

La Scarpe coulait paresseusement. Là-bas, Arras s'étendait dans le soleil, avec les coqs d'or de ses églises, sa cathédrale et son beffroi en réfection. Quel sort avait voulu que l'ancre fût jetée, ainsi, dans les eaux de Cassagne ? A cette heure, Adèle était chez lui. Ils devaient moins s'amuser que réfléchir encore au moyen de limiter les dégâts. Le visage d'Elie se glissait entre leurs têtes rapprochées désormais — et entre leurs corps, il y en aurait un autre... Récapitulent-ils eux aussi le passé, ouvrent-ils les écluses de la mémoire, suivent-ils les canaux de la commune vie, jusqu'à cette espèce de rivière morte où les voilà flottants ? La guerre est responsable de tout. Sans la guerre, lui, Nicolas, n'eût pas abandonné sa jeune femme et son gosse encore dans les langes; Adèle, serrant Elie dans ses bras, n'eût pas été l'une de celles qui, fuyant les régions envahies, partirent chercher refuge le plus loin possible, vers le sud; elle n'eût pas rencontré, à Marmande, Cassagne, embusqué grâce à une maladie pulmonaire — il ne s'en ressent guère, le gaillard ! — et qui s'institua son protecteur. Oh ! Nicolas la crut, plus tard, quand elle lui jura que pendant plus de deux ans elle lui demeura fidèle. Il la crut, également, quand elle lui démontra qu'elle avait multiplié les démarches pour obtenir de ses nouvelles et que Cassagne lui-même l'avait aidée de tout son pouvoir. Franche de conduite, nette de caractère, comme sur sa personne, elle est, Adèle; et Cassagne est correct. Ils voulaient que la situation fût en ordre. Dieu sait quelle ultime précaution les empêcha de se marier. Il manquait le certificat de décès, bien sûr. Pour la paix de leur conscience, c'était tout comme : ces fainéants de scribouillards de l'administration militaire avaient porté le soldat Hurleau disparu. Il n'était même pas prisonnier, le soldat Hurleau. Il trimait de tranchée en boyau, de boue en gadoue, « de la Marne à l'Yser, de la Somme à Verdun » comme dans la chanson, de régiment décimé en unité reconstituée. Il ne recevait pas de lettre. Et où aurait-il écrit le premier ? Une fois, il vint en permission : à Paris ! Dès sa descente du train, il courut à la Seine; il alla jusqu'à Conflans. Il espérait voir quelque « voisin » capable de lui donner des nouvelles. Les hommes étaient pour la plupart mobilisés, et les péniches réquisitionnées par le service médical. Il devait apprendre, à l'armistice, que son vieux bateau avait été ainsi transformé en infirmerie puis coulé. Après cette permission décevante, les autres fois il se contenta d'un cantonnement à l'arrière des lignes. C'est à six mois de la fin qu'il fut évacué. A Arras, précisément. Pour cette blessure sans gloire qui décida de tout... D'Arras, l'administration militaire put enfin aviser Adèle que son mari vivait. Adèle accourut avec le petit. Cassagne se présenterait plus tard. Quand il n'importerait plus, hélas ! que son existence fût dévoilée. Loyauté pour loyauté, il n'y avait pas de raison qu'Adèle ne mît pas Nicolas devant le fait accompli.

Elle pouvait s'en prévaloir comme d'un gage de propreté : elle n'avait pas été, elle ne serait pas une gourgandine. Elle et Cassagne s'étaient cru autorisés à s'aimer; le retour de Nicolas ne ruinait pas cet amour. Adèle n'en continuait pas moins d'aimer Nicolas d'une autre manière, de la seule manière possible désormais : non plus vraiment comme une femme aime son mari, mais comme une mère aime le père de son enfant — et le compagnon fort et doux qui lui offrit un bras et un nom à la sortie de l'Orphelinat. Oui, par égard tant à Elie qu'à lui-même, Nicolas, qui ne pouvait rester seul, qu'on assurait d'une indéfectible affection, il convenait de s'accommoder de l'état de fait. Il ne doutait pas que sa fierté serait ménagée, en privé comme en public, à force de tact et de discrétion. D'abord, il se referait sa place dans la batellerie, en patron, comme il était de tradition chez les Hurleau.

Et lui, Nicolas, fut faible; il accepta. Quelle autre prétention émettre ? Il y avait ce fils, né de son sang; il y avait l'angoisse de faire encore bonne figure sur les cours d'eau : et sans attendre la récupération des dommages insuffisants, pour la vieille péniche halée à cheval, Cassagne commandita l'achat de L'*Adèle,* automoteur à grand rendement. Il y avait, enfin, Adèle. Ce ne fut pas la moindre nostalgie du soldat Hurleau, aux heures de cafard, que l'évocation de la femme ardente à l'amour qui était la sienne. Au retour, allait-il exiger, lui le châtré, que l'ardeur se consume en vain, que cette femme jeune et belle se dessèche sur place ? Un jour ou l'autre, tu portais des cornes, Nicolas. La loyauté d'Adèle fut plus méritoire que la tienne qui était contrainte. Ah ! l'humiliant récit de cette blessure sans prouesse : les feuillées, le gaz moutarde... Adèle ne rit pas comme tu le craignais, malheureux. Elle pleura. Et lui, Nicolas, l'aimait tout autant. Il aimait sa présence, sa vivacité, sa clarté, son rire, ses chansons — et son affection comme une aumône.

On vit plus facilement avec le malheur qu'avec la honte. Le malheur s'estompait en tristesse au long des années. Adèle et Cassagne tenaient parole : ils étaient discrets. Ils s'écrivaient plus souvent qu'ils ne se voyaient. L'errance des bateliers — Adèle remplissait sa tâche à bord irréprochablement — ne favorisait guère les rencontres. Quand elles avaient lieu on veillait à n'y faire aucune allusion. Et le petit grandit. Et Adèle parla, pour lui, du collège où il entrerait par l'entremise de Cassagne. Ici encore, tu fus faible, Nicolas. Tu n'as pas eu motif à t'en plaindre. Elie ne renie pas ta condition, que tu saches. Chaque fois qu'il revient à bord, comme il s'intéresse à la péniche... Ce qui coûte le plus, à cette heure, c'est de ne pas le revoir. Ne pouvait-il se précipiter vers toi, lundi, quand il partit, comme un fou, dit sa mère, de chez Cassagne ? Non. Il a eu honte, ce petit, honte pour sa mère, honte aussi pour son père. Il est de ton sang, va. Et ce serait une pire honte, pour lui, et pour toi, pour toi surtout, avoue-le, de lui faire comprendre que tu... n'es plus un homme ! Qu'il suppose n'importe quoi, qu'il offense même ta mémoire en t'imputant la dernière lâcheté, que les deux autres lui racontent ce qu'ils voudront, qu'Adèle et lui se débrouillent avec leur Bon Dieu — tu n'as jamais été contre, Nicolas, sans t'inquiéter de ces momeries — bref ! que ton fils prie pour toi et te plaigne si la vie, un jour, lui fait toucher le fond du cœur, mais ça, non, jamais : dans ses yeux de jeune homme croisant les tiens, une lueur de commisération, qui sait ? peut-être égrillarde. Il n'y a décidément pas d'autre solution.

Il entra dans la cabine de commandement, caressa le volant si bien astiqué par Adèle, sortit, marcha sur le plat-bord de l'avant à l'arrière, comme pour une inspection, et vint s'asseoir en avaterre. Il tournait le dos à la ville. Devant lui la Scarpe miroitait mollement. A sa droite, la première péniche était distante de cent mètres. Rien à sa gauche. Sous ses pieds, la cale béait, déchargée d'hier et nettoyée de ce matin. Il prit un grelin et l'amarra solidement, posément, au crochet d'une poutrelle d'écartement, près du bord. Il entendit sonner quatre heures. Il vit la rivière couler...

Le coupé n'allait pas vite. Il avançait même avec une lenteur désespérante. Elie ne pourrait pas attendre. La chose fatale se produirait. A sa honte, irrésistiblement. Devant tout le monde. Devant l'évêque à la main levée, devant l'abbé Douve à la mine attentive, devant Antoine, qu'il croyait à Paris et qui se tient près de lui, les yeux interrogateurs, devant les musiciens qui portent les feux du soleil à la bouche, devant Manman et parrain qui le regardent, figés — bien que Manman (mais ce n'est pas elle) ait l'air de rire, ah ! comme elle rit, dans le coupé, et que parrain (mais ce n'est pas lui) ait l'air de la serrer par la taille. Ils savent tous que ça va venir et il voudrait les prendre à témoin de la force irrépressible qui le pousse. Le coupé longe le trottoir. La femme est seule avec ses belles dents, sa gorge gonflée et ses cheveux fous. Elie ne voit plus qu'elle lui fait signe. Un pas à faire du trottoir au marchepied. Vite, vite, ou... Trop tard. Fanfare de sang et de soleil. Il trébuche. Quelle vertu, naïve et savante, cruelle et délicieuse, morte et vive, tumultueusement sort de lui et s'épanche ?...

Il s'éveilla et sauta du lit. Il se sentait l'âge de l'humanité. Son mal de tête persistait, ivresse légère. La cloche sonnait le goûter.

VI

L'ENFANT ne bougeait pas, ne pleurait pas. Adrien eût préféré une crise de nerfs à cette pétrification, des lèvres tordues de cris à cet étrange sourire.

Il paraît que le taureau sur le point de subir l'estocade s'immobilise comme offert au coup de l'homme; et que frappé à mort, un instant encore il reste debout, forces ramassées. Ainsi Elie. Il ne réagit même pas aux banderilles qu'Adrien plaça pour le préparer, pour, ô paradoxe, le ménager. L'annonce que son parrain était chez M. le supérieur d'aussi bonne heure, qu'il venait le chercher, qu'il devait le suivre, qu'un malheur était arrivé, non, pas maman... papa, oui... Seigneur, ces derniers mots n'étaient déjà plus de simples banderilles! L'enfant frémissait à peine. Il attendait. Et votre prêtre dissimulait maladroitement l'épée sous la cape d'un euphémisme : accident. Il éprouva, lui, Adrien, la rigueur expressive de ce que la tauromachie nomme « le terrain de la vérité » : cet espace réservé à l'affrontement mortel de l'exécuteur et de sa victime désignée. On avait discuté, chez M. le supérieur, pour savoir s'il convenait d'atteindre l'enfant sur ce terrain-là, s'il fallait lui dire la vérité du suicide paternel ou lui laisser croire à un accident. Il apparut que l'inévitable publicité donnée au drame de la péniche — Mme Hurleau en découvrant le pendu, le soir, n'avait pas pu ne pas alerter les mariniers voisins, la justice était venue enquêter et les journaux du matin relataient le fait-divers — rendrait la précaution inutile. Détrompé, Elie ne risquait-il pas de ne retenir que le mensonge volontaire et de souffrir un peu plus, à retardement ? Adrien se résigna donc à porter le coup de grâce.

Le petit taureau ne s'effondrait toujours pas. Enfin il proféra d'une voix blanche :

« Ce sont eux les responsables.

— Ne vous hâtez pas d'en juger, mon pauvre enfant, dit doucement l'abbé Douve. Proches ou lointaines, nous avons tous des responsabilités dans ce qui arrive, de bien ou de mal, sur terre. La conscience de chaque homme est le lieu d'une mystérieuse élection à quoi ont part tous les autres hommes; c'est une balance dont le fléau indique avant tout, certes, la liberté personnelle; mais sur les plateaux pèsent aussi les fautes et les mérites communs. Vision non moins consolante que terrible : vous, Elie à l'égard de votre malheureux papa, vous disposez d'un contrepoids de grâces incalculable. Les vivants ne doivent jamais désespérer, ni d'eux-mêmes ni des morts, puisqu'ils peuvent prier et que leur prière agit non dans le temps, mais dans l'éternité. Et surtout, ne l'oubliez pas : sur l'un des plateaux de la balance, il y a Notre-Seigneur crucifié. »

Seigneur, ah ! souffrez que votre prêtre masque aux yeux du fils le crime du père en spéculant sur la miséricorde que nulle compassion humaine ne saurait outrepasser.

« Monsieur l'abbé, disait Elie comme s'il n'avait

pas entendu, vous saviez, n'est-ce pas ?... Ma mère et... M. Cassagne...

— Oui, mon petit, je savais, dit l'abbé Douve.

— Vous les absolviez ?

— Je n'ai pas eu l'occasion de les absoudre. Mon rôle n'était pas de les condamner.

— Et maintenant ? cria le garçon avec une soudaine rage. Maintenant que papa s'est tué à cause d'eux ?

— Le ministère du prêtre demeurerait le même. Rien ne vous autorise à penser que c'est à cause d'eux que votre papa...

— A cause de qui serait-ce ?

— De lui-même peut-être...

— Oh ! vous l'accusez, lui ?

— Je ne l'accuse pas, reprit vivement l'abbé Douve. Au contraire. Je voudrais que vous le plaigniez en deçà de sa mort, pour une possible détresse qu'il gardait secrète. Et je souhaiterais que le ressentiment n'aggravât point votre chagrin. »

Impossible de dire plus.

« Le chagrin ou le ressentiment ne regardent que moi, dit le garçon sombrement.

— Non, Elie, fit l'abbé Douve. Ils regardent aussi tous ceux qui vous aiment. Et ils regardent le Bon Dieu.

— Alors c'est une affaire entre eux et moi, entre le Bon Dieu et moi, également, répliqua-t-il les dents serrées. Je ne dis pas ça pour vous, mon père, ajouta-t-il en ravalant sa salive. Vous avez été chic. (Il eut de nouveau son étrange sourire.) L'abbé Douve, — l'abbé couve. Je n'oublierai pas. Je ne dis pas ça non plus pour Antoine. Puis-je le voir avant mon départ ?

— Naturellement. Attendez-ici. »

L'abbé Douve introduisit Toine dans son bureau.

« Je reviens dans dix minutes », dit-il.

Et il les laissa seuls. Elie avait son drôle de sourire. Il eut un mouvement de tête en direction de la porte.

« Il t'a dit ? demanda-t-il.

— Oui. En quelques mots, sur le seuil de la chapelle. Tu as de la peine... »

Elie haussa les épaules.

« Depuis huit jours, je me sentais orphelin. M'y voilà pour de bon.

— Il y a plusieurs manières de se sentir orphelin, murmura Toine. Si tu savais... Ce n'est pas simplement par amitié que je compatis. »

Elie le dévisagea.

« Nous n'avons pas eu le temps de causer, hier soir à ton retour. Toi aussi tu as découvert des cochonneries ?

— Des cochonneries, non; des mensonges. »

Tanty, pressée de questions durant leurs promenades à travers Paris, avait bien été obligée de lui raconter ces histoires de famille dont il évitait de se préoccuper auparavant. La vie à Livourne, son départ à elle, Tanty, avec l'oncle Rodolphe, pour faire du théâtre, la rencontre de Mamy et de papa de qui Toine ne garde qu'un souvenir confus, l'association avec M. Chamard, la mort de papa, un suicide en somme, l'entrée en relation de Mamy avec M. Valentin quand il travaillait pour M. Chamard avant d'occuper un poste dans son usine; leurs retrouvailles plus tard, au *Coq hardi* — ça Toine se le rappelait — et leur mise en ménage, l'oncle Rodolphe disparu et Toine placé à Saint-Wandrille, puis leur mariage. On n'avait pas voulu encombrer la cervelle de Toine avec ces choses.

« C'est la vie, mon minet, dit Tanty. Tu avais bien le temps de la connaître ! »

Etait-il temps à présent ? Pourquoi lui avoir caché que Mamy était remariée ?

Tanty eut un petit rire embarrassé :

« Mamy avait peur que tu ne sois jaloux ! »

Mamy qu'il allait voir à la clinique semblait gênée. Elle l'eût peut-être cajolé comme avant. Ce n'était pas possible à cause de son opération. Lui, Toine, aimait mieux n'avoir pas à feindre la tendresse. Quel drôle de rêve elle lui dit avoir eu, dans la nuit de samedi à dimanche !

« Figure-toi, mon chéri, que tu étais un chevreau. Oui, un chevreau : mais je te reconnaissais à ne pouvoir m'y tromper. Et moi je te mettais à cuire au four, dans un plat. Et tandis que tu rôtissais et que je t'arrosais pour que tu sois bien à point, je pleurais, je pleurais ! Crois-tu que c'est bête ? »

Toine en éprouva inexplicablement un surcroît de chagrin. Mamy contait ce rêve devant M. Valentin qui se frottait les mains et distendait ses grosses lèvres. Lui, Toine, crut l'entendre murmurer :

« Abraham. »

Ça ne signifierait rien. Il ne fut pas embêtant, le poussah, pendant ces trois jours. Le samedi matin, il remit de l'argent à Tanty « pour distraire ce jeune homme », dit-il. Et il ajouta en plaisantant, mais lui, Toine, se sentit monter au cerisier :

« S'il lui prenait fantaisie d'aller voir les filles, veillez qu'elles lui en laissent, ma chère Juliette !

— En fait de fille, il se contentera de sa vieille Tanty, n'est-ce pas mon minet ? répliqua-t-elle d'un ton un peu courroucé.

— Cochonneries et mensonges, c'est la même chose, disait Elie. Tu ne te rebiffes pas ?

— Notre-Seigneur a dit : « La vérité vous délivrera. »

— Amen ! » s'exclama Elie railleusement. Et aussitôt, dans un élan, non sans tristesse : « Pardonne-moi, mon vieux Toine. Nos routes bifurquent aujourd'hui. Le meilleur restera le chemin fait ensemble, mieux qu'en copains : en frères.

— Tu ne reviendras pas ? dit Toine au bord des larmes.

— Ça m'étonnerait. Penses-tu : le fils d'un pendu à Saint-Wandrille !

— L'abbé Douve...

— S'il n'y avait que lui !

— Les autres n'en sauront rien.

— Tu diras adieu pour moi à ceux de la bande. Tu choisiras ce qui te plaît dans mon casier, à l'étude. Tu leur partageras le reste. Je laisse tout... C'est moi, de toute manière, qui ne voudrais pas revenir. »

Toine hésita une seconde.

« Ecoute, Elie, fit-il, moi aussi j'ai un souvenir, et même deux, à te donner. Promets-moi, quoi qu'il arrive, de ne jamais t'en séparer. Mets tes doigts comme ça. »

Docilement Elie posa, en ciseaux fermés, le majeur sur l'index de sa main gauche. Toine tirait de sa poche le canif légué jadis par André Trosse : ce n'était pas couper un lien, mais le prolonger.

« Ton « couteau arabe » ! fit Elie attendri.

— Et ceci surtout ! » dit Toine.

Il ôta de son cou la chaînette et la médaille de Notre-Dame des-Sept-Douleurs, l'amulette de madame Trosse, sœur du pieux talisman d'Anne-Marie. Extraordinairement, il se sentit à la fois démuni et thésaurisateur.

« Je te promets de garder l'un et l'autre », dit Elie gravement.

L'abbé Douve entra comme ils se donnaient l'accolade. Elie enfouit précipitamment la médaille derrière son col. L'abbé dut surprendre le geste mais ne le montra pas.

« Votre parrain vous attend chez M. le supérieur, mon petit Elie, dit-il avec une espèce de sécheresse, comme pour en finir. M. l'économe a fait le nécessaire à la lingerie. Il ne me reste plus qu'à vous embrasser, moi aussi et à vous confier au Seigneur... Toine, dépêche-toi de regagner la chapelle. Tu arriveras juste à temps pour la communion. »

Seigneur, combien le pasteur demeure impuissant contre certains coups qui frappent la bergerie ! Il n'est préservation dont la Bête ne vienne à bout. Qu'en fut-il de Sosthène, qu'en sera-t-il de Jean et d'Elie, qu'en est-il de Frédéric dont lui, Adrien, crut favoriser les aspirations trop humaines, peut-être contre le gré de Dieu, et qui s'avoue vacant jusqu'à la nécessaire retraite d'orientation; qu'en est-il de Toine dont les réticences, hier, à son retour de Paris, trahissaient le bouleversement intérieur; qu'en est-il de lui-même Adrien, que la disparition du père Lorraine prive de soutien ? Qu'en est-il, qu'en sera-t-il de tous ces petits, abandonnés à sa garde ? Seigneur, votre prêtre consent à être dévoré par eux, comme le père Lorraine l'y voua. Mais eux, comment les empêcher d'être dévorés, maintenant ou plus tard, par les autres — ou par quelque férocité tapie au fond d'eux-mêmes ?

Il marchait dans les allées du potager. Faire la classe, corriger des copies toute la matinée, lui avait été douloureux. Il profitait de la grande récréation d'après-midi pour s'isoler, sans trop s'éloigner des enfants laissés à la surveillance de l'abbé Pruvost qui est de semaine. La communauté avait appris, à déjeuner, le départ d'Elie. M. le supérieur parla d'un accident mortel à bord de la péniche. Ce fut accueilli avec consternation : Elie était aimé, en dehors même de sa bande attitrée. Mais cette mort sans visage et lointaine violentait moins les sensibilités enfantines que celle de Sosthène. Tant mieux. La cour, au-delà du mur, retentit de cris insouciants. Le mois prochain, les vacances — déjà !

Adrien vint près de la barrière. On jouait à la marelle, jeu de filles garçonné au moyen de la superficie des carrés et du poids du palet : franchir les uns et pousser l'autre devenait un exploit. Un groupe formé d'amis d'Elie — il y avait Borderie parmi eux — errait, désœuvré. Où est Antoine ?

Le vent qui depuis quelques heures balayait le ciel jusqu'au bleu limpide, souffla soudain plus fort, si fort qu'Adrien dut retenir sa barrette. Dieu, quel carnage ! Les dernières fleurs, blanches et roses, des espaliers, neigeaient. Ah ! il faut que la fleur tombe pour que naisse le fruit. Quel saccage inutile si l'on compte les fleurs et les fruits ! Inutile ? Qui sait ! Ni votre prodigalité, ni votre économie, Seigneur, ne sont les nôtres.

Adrien tourna la tête. De l'autre côté de la barrière, à l'écart de ses condisciples, Toine levait vers lui des yeux chargés d'autant de réponses que d'interrogations.

Le prêtre et l'enfant se sourirent.

Paris, décembre 1949 avril 1951

Du même auteur

AUX MÊMES ÉDITIONS

Temps d'amour
roman, 1946
(épuisé)

CHARGES D'ÂMES

I. Les Stigmates
roman, 1950
Grand prix de la Société des gens de lettres
coll. « Points Roman », 1984

II. Cherchant qui dévorer
roman, 1952

III. Les Fontaines du grand abîme
roman, 1954

Invitation à la poésie
essai, 1952

Le Passage du Seigneur
essai, 1952

Saint-Exupéry
coll. « Écrivains de toujours », 1956

L'Interrogatoire
roman, 1957

L'Horloger du Cherche-Midi
roman, 1959
coll. « Points Roman », 1980

Le Bonheur et le Salut
roman, 1964

Que ces mots répondent
roman, 1964

Le Jour de Caïn
drame, 1967

L'Apostat
roman, 1968

La Fille à l'oursin
roman, 1971
Prix des Maisons de la presse

IL ÉTAIT UN P'TIT HOMME

I. A la chasse aux perdrix
roman, 1975

II. Boislevent
roman, 1975

Les Déicides
roman, 1980

Les Femmes de M. Legouvé
roman, 1983

Le loup meurt en silence
roman, 1984

AUX ÉDITIONS DE LA N.R.F.

Les Béatitudes
poèmes

Les Quatre Éléments
poèmes

D'une nuit noire et blanche
poèmes

La Laisse du temps
poèmes

Corps à cœur
poèmes

CHEZ D'AUTRES ÉDITEURS

Présence de Bernanos
essai, Éd. Plon

Ce que je crois
essai, Éd. Grasset

LIVRE DE POCHE

Les Stigmates
Cherchant qui dévorer
Les Fontaines du grand abîme
La Fille à l'oursin

A PARAÎTRE

Le Démon de pitié
roman

BRODARD ET TAUPIN À LA FLÈCHE
DÉPÔT LÉGAL AVRIL 1986. N° 9137 (1731-5)

Collection Points

SÉRIE ROMAN

DERNIERS TITRES PARUS

R180. Le Sommeil agité, *par Jean-Marc Roberts*
R181. Roman Roi, *par Renaud Camus*
R182. Vingt Ans et des poussières, *par Didier van Cauwelaert*
R183. Le Château des destins croisés, *par Italo Calvino*
R184. Le Vent de la nuit, *par Michel del Castillo*
R185. Une curieuse solitude, *par Philippe Sollers*
R186. Les Trafiquants d'armes, *par Eric Ambler*
R187. Un printemps froid, *par Danièle Sallenave*
R188. Mickey l'Ange, *par Geneviève Dormann*
R189. Histoire de la mer, *par Jean Cayrol*
R190. Senso, par *Camillo Boito*
R191. Sous le soleil de Satan, *par Georges Bernanos*
R192. Niembsch ou l'immobilité, *par Peter Härtling*
R193. Prends garde à la douceur des choses
par Raphaële Billetdoux
R194. L'Agneau carnivore, *par Agustin Gomez-Arcos*
R195. L'Imposture, *par Georges Bernanos*
R196. Ararat, *par D. M. Thomas*
R197. La Croisière de l'angoisse, *par Eric Ambler*
R198. Léviathan, *par Julien Green*
R199. Sarnia, *par Gerald Basil Edwards*
R200. Le Colleur d'affiches, *par Michel del Castillo*
R201. Un mariage poids moyen, *par John Irving*
R202. John l'Enfer, *par Didier Decoin*
R203. Les Chambres de bois, *par Anne Hébert*
R204. Mémoires d'un jeune homme rangé
par Tristan Bernard
R205. Le Sourire du Chat, *par François Maspero*
R206. L'Inquisiteur, *par Henri Gougaud*
R207. La Nuit américaine, *par Christopher Frank*
R208. Jeunesse dans une ville normande
par Jacques-Pierre Amette

R209. Fantôme d'une puce, *par Michel Braudeau*
R210. L'Avenir radieux, *par Alexandre Zinoviev*
R211. Constance D., *par Christian Combaz*
R212. Épaves, *par Julien Green*
R213. La Leçon du maître, *par Henry James*
R214. Récit des temps perdus, *par Aris Fakinos*
R215. La Fosse aux chiens, *par John Cowper Powys*
R216. Les Portes de la forêt, *par Elie Wiesel*
R217. L'Affaire Deltchev, *par Eric Ambler*
R218. Les amandiers sont morts de leurs blessures *par Tahar Ben Jelloun*
R219. L'Admiroir, *par Anny Duperey*
R220. Les Grands Cimetières sous la lune *par Georges Bernanos*
R221. La Créature, *par Étienne Barilier*
R222. Un Anglais sous les tropiques *par William Boyd*
R223. La Gloire de Dina, *par Michel del Castillo*
R224. Poisson d'amour, *par Didier van Cauwelaert*
R225. Les Yeux fermés, *par Marie Susini*
R226. Cobra, *par Severo Sarduy*
R227. Cavalerie rouge, *par Isaac Babel*
R228. Tous les soleils, *par Bertrand Visage*
R229. Pétersbourg, *par Andréi Biély*
R230. Récits d'un jeune médecin, *par Mikhaïl Boulgakov*
R231. La Maison des prophètes, *par Nicolas Saudray*
R232. Trois Heures du matin à New York, *par Herbert Lieberman*
R233. La Mère du printemps, *par Driss Chraïbi*
R234. Adrienne Mesurat, *par Julien Green*
R235. Jusqu'à la mort, *par Amos Oz*
R236. Les Envoûtés, *par Witold Gombrowicz*
R237. Frontière des ténèbres, *par Eric Ambler*
R238. Les Deux Sacrements, *par Heinrich Böll*
R239. Cherchant qui dévorer, *par Luc Estang*
R240. Le Tournant, histoire d'une vie, *par Klaus Mann*
R241. Aurélia, *par France Huser*
R242. Le Sixième Hiver, *par Douglas Orgill et John Gribbin*
R243. Naissance d'un spectre, *par Frédérick Tristan*